BASTEI LÜBBE Von John Jakes
erschienen bei BASTEI LÜBBE:

JOHN JAKES

Sterne
der
Hoffnung

Aus dem Amerikanischen
von Erna Tom

BASTEI
LÜBBE

BASTEI LÜBBE TASCHENBUCH
Band 14398

1. Auflage: August 2000

Vollständige Taschenbuchausgabe
der im Gustav Lübbe Verlag erschienenen Hardcoverausgabe

Bastei Lübbe Taschenbücher ist ein Imprint
der Verlagsgruppe Lübbe

Titel der amerikanischen Originalausgabe:
AMERICAN DREAMS
© 1998 by John Jakes
© für die deutschsprachige Ausgabe 1998 by
Verlagsgruppe Lübbe GmbH & Co. KG, Bergisch Gladbach
Umschlaggestaltung: Manfred Peters
Titelabbildungen: Superstock
Satz: Kremerdruck GmbH, Lindlar
Druck und Verarbeitung: Elsnerdruck, Berlin
ISBN 3–404–14398–1

Sie finden uns im Internet unter
http://www.luebbe.de

Der Preis dieses Bandes versteht sich einschließlich
der gesetzlichen Mehrwertsteuer.

Der Mann, der mit mir an dem Buch *California Gold* gearbeitet hat, war einer der großen Verlagslektoren der jüngsten Vergangenheit. Ich wollte ihm für seine Hilfe öffentlich danken, konnte es aber nicht, weil er seinen Namen in diesem Zusammenhang nicht genannt haben wollte. Er sagte, das Buch solle Anerkennung finden, nicht sein Lektor.

Ich war enttäuscht, respektierte jedoch seinen Wunsch. Also steht sein Name nicht in *California Gold*, dem Buch, dessen Vervollkommnung er mit dem Rat und dem Bleistift des Redakteurs in hohem Maße gedient hat.

Jetzt kann ich, traurig zwar, aber gleichwohl in alter Verbundenheit, tun, was ich 1989 nicht tun durfte. Ich widme dieses Buch in Dankbarkeit dem Andenken des verstorbenen Joe Fox.

INHALT

Amerika ist immer das Land der Träume gewesen. Ein Land, in dem die Menschen mit ihren Sehnsüchten nach dem für unerreichbar Gehaltenen greifen können – Menschen, deren Heimatländer eine reiche, schwer lastende, aristokratische und ideologische Vergangenheit haben. Hier haben sie versucht, ihre Träume zu verwirklichen.

Daniel Boorstin

»Eddie«, sagte Papa, »du hast das Glück, in einer Zeit geboren zu sein, in der viel Neues entsteht, und da mußt du versuchen mitzuhalten.« Es waren die letzten Worte, die Papa zu mir sagte… Das war im August 1904.

Edward V. Rickenbacker

TEIL EINS

Träumer

Zum Teufel mit dem heimischen Herd! Zu gerne würde ich das ganze Königreich bereisen … und überall auf der Bühne stehen. Es gibt nichts Schöneres auf der Welt als ein jubelndes Publikum, ein Meer froher Gesichter, stürmischen Applaus!

Charles Dickens auf Tournee mit seiner Truppe, die aus Amateurschauspielern bestand, 1848

Sag der ganzen Gang von der Zweiundvierzigsten Straße, daß ich bald dort sein werde.

George M. Cohan im Musical Little Johnny Jones, *1904*

1. SCHAUSPIELERIN

Fritzi Crown warf ihr Rad ins Gras und lief hinunter zum Ufer. Sie sprang über die feuchten Steine, bis sie dorthin kam, wo die Wellen sich brachen und ihr ein feiner Sprühregen entgegenschlug. Es wurde hell, ein früher, frostiger Morgen Anfang Dezember 1906. Am Horizont war der Himmel orangegelb wie der Schlund eines riesigen Stahlofens, und darüber spannte sich metallenes Grau.

In Gedanken an den immer wiederkehrenden Traum, den sie kurz vor dem Aufwachen geträumt hatte – einen Traum, in dem sie auf einer Bühne am Broadway stand und der stürmische Applaus des Publikums zu ihr heraufbrandete –, warf Fritzi den Kopf in den Nacken und breitete die Arme aus wie eine heidnische Priesterin in Anbetung der Morgendämmerung. Der Wind blies vom Michigan-See her, von Osten, wo der geheimnisvolle und verlockende Ort lag, der ihre Gedanken beherrschte.

Die Wellen brachen sich am Ufer. Der Wind sang in ihren Ohren einen immer wiederkehrenden Refrain, der in den letzten Wochen nur nachdrücklicher geworden war. *Es ist Zeit zu gehen. Zeit zu gehen!*

Mit geröteten Wangen und durchgefroren, aber voller Tatendrang, sprang sie von den Felsen und ging zu ihrem Fahrrad zurück, das in dem vom ersten Kälteeinbruch braunen Gras lag. Das Fahrrad war ein wunderschönes Fleetwing mit karminrotem Emailrahmen, glänzenden silbernen Felgen und Speichen. Es war ein »Sicherheitsrad« – Vorder- und Hinterrad waren gleich groß –, das gängige Modell nach dem früheren Hochrad, auf dem sie noch fahren gelernt hatte.

Fritzi war eine langbeinige junge Frau mit ovalem Gesicht und einer Nase, die sie für lang hielt. Ihre Beine hielt sie für zu dünn, ihren Busen für zu flach. Sie war dem kalten Wetter entsprechend warm angezogen. Über der Unterwäsche mit langer Hose trug sie noch einen Ganzteiler aus Alpakawolle, darüber blaue Pumphosen und ein blaues Oberteil und schließlich einen

Rock. Ihre Radschuhe waren aus fleischfarbenem Stoff, die
Gummisohlen gerippt. Um auf Nummer Sicher zu gehen, hatte
sie Wollhandschuhe und die schwarze Football-Weste mit dem
orangefarbenen aufgestickten P ihres jüngeren Bruders mitgenommen. Er hatte sie ihr überlassen, nachdem man ihn aus
Princeton rausgeworfen hatte. Unter der Strickmütze quoll ihr
kaum zu bändigendes blondes Haar hervor. Diese Aufmachung
war genau das, was ihr Vater, General Joseph Crown, der millio-
nenschwere Brauereibesitzer, mißbilligte – stimmgewaltig und oft.

»Ta-ta, Papa, du darfst nicht vergessen, daß ich erwachsen bin
und anziehen kann, was ich will«, sagte sie und versuchte ihn
durch eine kleine Neckerei umzustimmen.

Aber auch das mißbilligte er.

Die Sonne tauchte in einem atemberaubenden Schauspiel
über dem Wasser auf und legte sich als Goldglanz auf die Bäume
nahe dem Fußweg. Der Wind riß die letzten verwelkten Blätter
von den Zweigen und wirbelte sie in vielfältigen Mustern durch
die Luft. Schäfchenwolken schraubten sich in Spiralen, und ge-
radeso schraubten sich Fritzis lebhafte Gedanken. Die Entscheidung, die sie treffen mußte, beschwor Gefahr herauf. Angefangen bei ihrer Familie hier in Chicago.

Fritzi hatte ihr Fahrrad fast erreicht, als sie wie angewurzelt
stehenblieb. Aus dem dichten Gebüsch hinter den Bäumen starrten ihr zwei große vorstehende Augen entgegen. Sie gehörten
einem Mann – einem schmutzigen, abgerissenen Landstreicher,
der sie schon einige Zeit beobachtet haben mußte. Er kroch aus
dem Gebüsch und machte ein paar Schritte auf sie zu. Blitzartig
wurde ihr klar, daß es früh am Morgen und sie mutterseelen-
allein hier draußen war.

Der Landstreicher baute sich breitbeinig vor ihr auf, kaum
mehr als eine Armeslänge entfernt. Die Ärmel seines Mantels
glänzten wie eine fettige Bratpfanne. »Hallo, Süße.« Fritzi
schluckte und überlegte verzweifelt. Selbst gegen den Wind
roch sie den scharfen Gestank aus Schnaps und Schweiß. Der
Mann war kräftig, zweifellos viel stärker als sie.

Er blinzelte ihr zu.

»Mädchen, die um diese Zeit allein spazierengehen, sind entweder Ausreißerinnen oder kleine Levee-Huren.« Das Levee war
das berüchtigte Hafenviertel Chicagos. Seine tiefe Stimme klang

belegt. Er streckte eine Hand aus und grinste lüstern. Seine Fingernägel waren abgebrochen und kohlrabenschwarz.

»Komm, gib mir einen Kuß!« Seine linke Hand fuhr an seinen Hosenschlitz. »Wohin du magst.«

In Ermangelung ihrer gewohnten Verteidigungswaffe, einer langen Haarnadel, griff Fritzi auf ihre größte Begabung zurück. Als sie jetzt antwortete, war ihre Stimme eine laute und fast perfekte Imitation seines schnaufenden Baritons. »Laß dich von dem langen Haar nicht irreführen, Kleiner. Du bist leider an den Falschen geraten.«

Die Augen des Landstreichers traten noch mehr hervor. Das männliche Bellen aus Fritzis trockenem Mund hatte ihn vollkommen aus dem Konzept gebracht. Sie war schon immer eine phantastische Imitationskünstlerin gewesen und hatte sich damit früher oft Ärger eingehandelt, wenn sie unbedacht Lehrer nachgeahmt hatte. Die Verwirrung des Landstreichers hielt gerade so lange an, wie sie brauchte, um zu ihrem Fahrrad zu laufen, es auf den Fußweg zu zerren, anzuschieben und eines ihrer langen Beine über den Sattel zu schwingen. Dann trat sie in die Pedale, als wäre der Teufel hinter ihr her.

Als sie einen Blick zurück über die Schulter riskierte, sah sie, wie sich der Landstreicher die Nase rieb, und hörte, wie er ihr unflätige Worte nachrief. Sie raste um eine Biegung und riß sich die Mütze vom Kopf, so daß ihr die blonden Locken auf die Schultern fielen. Erleichtert lachte sie auf und radelte noch schneller.

Zumindest heute morgen hatte sich ihre Begabung schon bezahlt gemacht. In New York City war sie vielleicht noch mehr wert.

Zeit zu gehen …

Da war sie ganz sicher. Und die Schwierigkeiten, die sie sich damit einhandelte, würde sie auf sich nehmen.

Während Fritzi weiterradelte, ließ sie sich noch einmal alles durch den Kopf gehen, was ihr an diesem Morgen zu einer inneren Offenbarung geworden war:

Diffuse Empfindungen wie das zunehmende Unbehagen an dem Zusammenleben in diesem Haus, in dem sie groß geworden war, wo sie aber entschieden nicht mehr hingehörte.

Törichte Dinge wie der Aushang am Kosmetikstand im Kaufhaus Fair: ÜBER FÜNFUNDZWANZIG? DIE CREME VON
LUXOR BEUGT FALTEN VOR!

Lachhafte Begebenheiten wie eine erst gestern abend gefal-
lene, wohlgemeinte Bemerkung ihres Vaters. Die Familie hatte
beim Abendbrot gesessen, der in deutschen Haushalten traditio-
nell letzten, leichten Mahlzeit des Tages. Ilsa, Fritzis Mutter, berichtete stolz, daß sie immer noch mit Komplimenten über-
schüttet werde für das verschwenderische Fest, das die Crowns
alljährlich an ihrem Hochzeitstag für gute Freunde gaben, für
Joe Crowns Geschäftspartner und andere, die zum deutsch-amerikanischen Kreis in Chicago gehörten. Mit diesem Fest Anfang
Oktober hatten sie ihren siebenunddreißigsten Hochzeitstag gefeiert.

Der General schloß sich der Meinung an, daß es ein schönes
Fest gewesen sei, wenn nicht das schönste überhaupt. Mit be-
sorgter Miene wandte er sich an seine Tochter:

»Fritzi, meine Liebe, du hast in einem Monat Geburtstag. Es
wird Zeit, Vorbereitungen zu treffen. Was wünschst du dir am
meisten?«

Fritzi saß rechts von ihrem Vater, an der Längsseite des Eßtisches. Ihr gegenüber saß ihr älterer Bruder Joey – Joe Crown
junior – in mürrischem Schweigen wie immer. Der arme Joey
war ständiger Kostgänger. Im Jahr 1901 hatte er sich von der
Westküste nach Hause durchgeschlagen, nachdem er bei einem
Gewerkschaftsstreik zum lebenslänglichen Krüppel gemacht
worden war. Zwischen Vater und Sohn herrschte seitdem ein
spannungsgeladener Waffenstillstand. Joey arbeitete in der
Brauerei Crown, wo er nur Handlangerdienste verrichtete. Er
und sein Vater fuhren getrennt zur Arbeit und wieder nach
Hause, der General in seinem teuren Cadillac – er war begeister-
ter Autofahrer – und Joey mit der Tram.

Einen Augenblick lang überlegte Fritzi, sich Fahrstunden zu
wünschen, doch dann entschied sie sich dagegen. Der General
vertrat die Ansicht, daß Frauen nichts am Steuer eines Autos zu
suchen hatten.

Nach einer kleinen Pause sagte sie: »Ich weiß nicht, Papa. Ich
werde darüber nachdenken.«

»Tu das bitte, meine Liebe. Wie alt wirst du überhaupt?« Die

Frage war ernst gemeint. Ihr eleganter, silberhaariger Vater ging auf die Fünfundsechzig zu und war mitunter schon vergeßlich. Noch heute hörte man den deutschen Akzent, den der junge Einwanderer Josef Kroner aus Aalen, einer Kleinstadt in Württemberg, mitgebracht hatte, wo die Familie Kroner seit Generationen beheimatet war.

»Sechsundzwanzig.« Es klang wie das Urteil aus dem Munde eines Richters.

Von der jähen Vergegenwärtigung ihres Alters hart getroffen, verbrachte sie eine schlaflose Nacht in ihrem alten Zimmer im zweiten Stock, dem Zimmer, in dem sie seit fast einem Jahr wohnte, seit ihrer Rückkehr nach Chicago.

Im Jahr 1905 hatte der General während einer letzten, großen sommerlichen Hitzewelle einen Schwächeanfall erlitten, der später als leichte Herzattacke diagnostiziert worden war. Er war auf einer Rednertribüne zusammengebrochen, wo er ruhig und eindringlich das Braugewerbe verteidigt hatte, um es im Bewußtsein seiner Zuhörerschaft von der Herstellung harter Spirituosen zu unterscheiden. Sein Publikum wollte weder von dem einen noch dem anderen etwas wissen, er sprach vor einer Gesellschaft von Abstinenzlern.

Ilsa Crown schalt ihren Mann töricht, überhaupt aufzutreten. Keiner seiner Kollegen, die Brauereien in Chicago besaßen, hatte den Mut, sich vor ein Publikum überzeugter Wassertrinker hinzustellen. Der General aber berief sich darauf, im Bürgerkrieg 1898 auf Kuba Schlimmerem getrotzt zu haben, so berichtete Ilsa später Fritzi. Außerdem sei es vielleicht von grundsätzlichem Nutzen.

Zwanzig Minuten nach Beginn seiner Rede klammerte er sich ans Pult, seine Knie knickten ein, er sank zur Seite.

Ilsas Telegramm erreichte Fritzi in jenem Mekka der Kultur, in Palatka, im Staate Florida. Sie trat dort mit der Mortmain Royal Shakespeare Combination auf, einem zweitklassigen Ensemble, dem sie sich 1901 als Schauspielschülerin angeschlossen hatte. Die Mortmain Combination brachte Shakespeare und andere Klassiker in diese südliche Baumwollgegend – von Ian Mortmains ruhmlosen Künstlern als »Kerosingürtel« bezeichnet, weil die Theaterbesitzer im Süden anscheinend noch nichts von elektrischen Rampenlichtern wußten oder zu geizig waren, um ihrem Publikum solche Juwelen der Technik vor die Füße zu werfen.

Kaum hatte Fritzi das Telegramm gelesen, kündigte sie bei Ian Mortmain. Noch in derselben Nacht bestieg sie den Zug nach Chicago, um ihrer Mutter bei der Pflege des Vaters zu helfen. Der ohnehin nicht eben sanftmütige General war alles andere als ein einfacher Patient. Seine Bettlägerigkeit stellte seine Frau Ilsa auf eine harte Probe; auch ihr fehlten die Geduld und Kraft ihrer Jugendzeit.

Obwohl Ilsa ihre Tochter nicht darum gebeten hatte, nach Hause zu kommen, glaubte Fritzi, helfen zu können und zu müssen. Nach vier Jahren in billigen Eisenbahnwaggons, Hotelzimmern mit Ungeziefer, fetten Hühnereintöpfen und steinharten Brötchen, nach endlosen Vorstellungen in traurigen Baumwoll- und Tabakstädten, wo es Negerkneipen in eigens dafür vorbehaltenen Stadtteilen gab, nach schlampigen Proben mit verkaterten männlichen Kollegen, billigen Produktionen mit wackligen Kulissen, ganz zu schweigen vom Publikum, das die Schauspielkunst in der Regel nicht vom Gebrüll eines Marktschreiers zu unterscheiden wußte – nach alldem hatte Fritzi das Gefühl, alles gelernt zu haben, was es bei Mortmain zu lernen gab.

Nach Meinung seiner Frau und seines Arztes verließ der General das Krankenlager viel zu früh. Wieder fuhr er jeden Morgen um sechs Uhr eigenhändig in die Brauerei, wo er für gewöhnlich zehn bis zwölf Stunden zubrachte. Eigentlich hatte Fritzi nur kurz bleiben wollen, und ihr Vater verwies auch niemals auf seine Krankheit, um sie zum Bleiben zu bewegen. Warum sie letztendlich blieb, wußte sie selbst nicht.

Damit ihr die Zeit nicht lang wurde, ging sie allen möglichen Beschäftigungen nach. Sie trieb regelmäßig Sport – angefangen von morgendlicher Gymnastik in ihrem Zimmer bis hin zu Tennis, Radfahren und Schwimmen –, so lange das Wetter mitspielte. Sie schloß sich einer Amateurtruppe an und spielte dort alles, von der Heldin in einem Melodram von Clyde Finch bis zu Mrs. Alving in einer privaten Vorstellung der *Gespenster* – privat deshalb, weil Ibsens Drama zu gewagt war, um es öffentlich aufzuführen.

Wenn sie nicht probte, malte sie Bühnenbilder, nähte Kostüme und verteilte Handzettel, um für die Vorstellungen zu werben. Sie erkannte rasch, daß sie weitaus ehrgeiziger war als ihre Mitspieler, die sich mit einem Lob, verdient oder nicht, von Tante Bea oder Vetter Elwood zufriedengaben. Einige waren verheiratet und suchten flüchtige Abenteuer. Einen dieser Schürzenjäger verscheuchte Fritzi mit ihrer bewährten Haarnadel.

Der Wind blies ihr ins Gesicht und summte in ihren Ohren, als sie sich der Innenstadt näherte, wo sich schläfrige Einwohner zur Arbeit schleppten und selbst die Karrengäule sich mit frühmorgendlicher Langsamkeit zu bewegen schienen. Das Singen des Windes konnte die zarte innere Stimme jedoch nicht übertönen.

Mach dich auf, mein Kind!

Die Stimme gehörte jener unsichtbaren Gefährtin, die Fritzi seit Jahren begleitete. Es war die herrliche, göttliche Ellen Terry, Königin internationaler Bühnen. Fritzi hatte Miss Terry in der Rolle der Ophelia neben Henry Irving als Hamlet gesehen auf der Tournee, die die beiden in den neunziger Jahren des vorigen Jahrhunderts durch ganz Amerika gemacht hatten. Eine kolorierte Lithographie der großen Dame hing an der Wand über Fritzis Bett. Es war eine Reproduktion von John Singer Sargents berühmtem Portrait von Terry als Lady Macbeth. Fritzi hatte stundenlang vor dem Bild gestanden, das 1892 auf der Weltausstellung in Kolumbien gezeigt worden war. Aber nicht Ellen Terry hatte den Anstoß gegeben für ihren Wunsch, Schauspielerin zu werden, sondern eine zauberhafte Aufführung vom *Sommernachtstraum*, die sie als Siebenjährige mit Mama und Papa besucht hatte. Als Fritzi aus der Matineevorstellung ins helle Tageslicht hinaustrat, war ihr Weg vorgezeichnet. Später erst wurde Miss Terry ihre Lieblingsschauspielerin und ihr großes Vorbild.

Daß sie stumme Dialoge mit einer imaginären Person führte, schien ihr selbst nicht weiter verwunderlich, obwohl sie keiner Menschenseele davon erzählte. Für sie waren diese Unterhaltungen tägliche Phantasieübungen, und ihre Phantasie war besonders lebhaft. Bezeichnenderweise wiesen Ellen Terrys Kommentare auf Fritzis Mängel hin, ihre Stimme war eine Art personifiziertes Gewissen.

Denk daran, wie alt du nächsten Monat wirst!

Sie war ärgerlich; sie brauchte niemanden, der sie daran erin-

nerte, daß sie im kommenden Januar wieder einen großen
Schritt auf die Dreißig zu tun würde und somit auf dem besten
Wege war, eine »alte Jungfer« zu werden, ein Zustand, den man
als normale junge Frau inbrünstig zu vermeiden suchte.

Natürlich setzten sich normale junge Frauen auch nicht vor
Tagesanbruch aufs Fahrrad, um am See den Sonnenaufgang zu
betrachten. Fritzi hatte schon vor langem erkannt, daß es ihr
nicht gegeben war, normal zu sein, weder äußerlich noch innerlich. So war ihr Fleetwing immer ihr Rad, niemals ihr Fahrrad
oder, Gott bewahre, ihr Veloziped. Auch wenn sie sich noch so
sehr gewünscht hätte, normal zu sein (was ihr ohnehin nicht gelang), und obwohl ihr Vater und ihre Mutter es sich wünschten,
konnte sie nur etwas ganz anderes sein: sie selbst.

Aber wer und was war sie? Im Augenblick fiel ihr nur eine
einzige zutreffende Antwort ein: Schauspielerin.

Kaltes, gelbes Morgenlicht fiel auf das geschäftige Treiben im
Stadtzentrum, als sie auf dem Michigan Boulevard nach Süden
radelte. Es fiel auf Telephon- und Telegraphenleitungen, Drosch-
kenpferde und Brauereigäule, ab und zu auf eine Elektrische
oder ein rauchendes Dampfauto. Es fiel auf die immer größer
werdende Menschenmenge, welche die Gehwege bevölkerte
oder vor den verschiedenen Fahrzeugen die mit Pferdeäpfeln
übersäten Straßen überquerte. Fritzi trat kräftig in die Pedale
und schlängelte sich durch den Verkehr. Hin und wieder mußte
sie schnell zur Seite ausweichen, um einen Zusammenstoß zu
vermeiden.

In der Nähe einer Kreuzung lag ein umgekippter Milchwagen, die heruntergefallenen Kannen mit der auslaufenden Milch
blockierten den ganzen Michigan Boulevard. Fritzi radelte
schwungvoll über den Bordstein an der Ecke, um Richtung Westen die Jackson hinunterzusausen bis zur State Street und von
da aus weiter nach Süden zu fahren. Die Sonne stand jetzt höher
und beleuchtete den Eingang eines Ladens, der seit neuestem in
ein Fünf-Cent-Theater verwandelt war, wo man sich bewegte
Bilder ansehen konnte. Es trug den vielversprechenden Namen
Bijou Dream. Der Blick durch die Fenster wurde durch schwere
Vorhänge verwehrt, hinter denen sich nach Meinung der Öffentlichkeit allerhand Verbotenes verbarg. Auf geschmacklosen, grellen Schildern wurde um Zuschauer geworben:

TÄGLICH NEUES PROGRAMM!
Kurzweilige Unterhaltung für Männer, Frauen und Kinder! Fritzi rümpfte die Nase. Ein Junge aus der Laienschauspieltruppe arbeitete in dem Filmtheater, er bediente die Kurbel des Projektors. Die Freikarten, die er für seine Mitspieler besorgte, warf Fritzi jedesmal in den nächstbesten Abfalleimer, denn ehrbare Bürger setzten keinen Fuß über die Schwelle so schäbiger Etablissements. Und bevor sie je in einer dieser Kraut-und-Rüben-Bildergeschichten aufträte, würde sie lieber sterben. Schließlich war sie eine ernstzunehmende Bühnenschauspielerin.

Oder würde eine werden, wenn sie die Kraft aufbrachte, Chicago den Rücken zu kehren und ihren Traum in New York zu verwirklichen.

2. LANDSTREICHER

Im Hunderte von Meilen weiter östlich gelegenen Riverdale, einer kleinen Ortschaft am Nordrand von New York City, klapperte ungefähr zur gleichen Zeit Carl Crown ein Haus nach dem anderen ab. Er war auf der Suche nach Arbeit und Brot.

Fritzis jüngerer Bruder war im November vierundzwanzig geworden. Seit man ihn nach dem ersten Studienjahr aus Princeton rausgeworfen hatte, wanderte er ziellos umher. »Bull« Crown war der Star des Football-Teams gewesen, aber in seinen schulischen Leistungen ein totaler Versager. Er war intelligent, aber weder fleißig noch ehrgeizig.

Heute war Carl zur Abwechslung gekämmt und rasiert. In Poughkeepsie hatte er als Gegenleistung für eine Rasur und einen Haarschnitt einen Friseursalon gereinigt. Seine zusammengewürfelte Kleidung war verhältnismäßig sauber. Er trug ausgebleichte Jeans, ein blaues Flanellhemd, einen karierten Wintermantel mit Kragen aus Cordsamt und hohe, seitlich geschnürte Stiefel. Er bemühte sich nach Kräften, sich sauber zu halten, erstens, weil er so erzogen war, und zweitens, weil er dadurch einen besseren Eindruck an der Haustür machte. Die meisten Landstreicher sahen aus, als kämen sie geradewegs aus dem Heuschober.

Den ganzen Morgen wurden ihm die Türen vor der Nase zugeschlagen. Auch am Nachmittag änderte sich daran nichts. Als die winterliche Sonne hinter den Palisaden auf dem westlichen Steilufer am Unterlauf des Hudson River unterging, war er mutlos und ausgehungert. Er klopfte an die Küchentür eines hübschen Häuschens mit weißem Lattenzaun und einem kleinen Vorgarten, der für den Winter abgeräumt worden war.

Eine einfache, blasse Frau Anfang Dreißig öffnete die Tür. Ein wenig erschrocken trat sie einen Schritt zurück. »Ja, bitte?« Carl versuchte, nicht auf die zwei goldgelben Kuchen zu starren, die auf dem Küchentisch auskühlten.

»Hab'n Sie vielleicht Arbeit für mich, Ma'am? Ich heiße Carl und bin sozusagen auf der Durchreise. Ich habe geschickte Hände.«

Er streckte sie vor, sie waren sauber, die Nägel hielt er mit der Feile seines Taschenmessers kurz. Für einen kräftigen Mann wie Carl waren seine Hände erstaunlich schlank und zart.

Die Frau musterte ihn im schwindenden Licht des Tages. »Na ja, meine Tochter Hettie ist vergangenen Samstag mit dem Fahrrad gestürzt. Seitdem ist es kaputt. Wenn Sie es reparieren, geb' ich Ihnen dreißig Cent. Ich bin Witwe und selbst handwerklich furchtbar ungeschickt.«

Aus einem der Zimmer drang die Stimme eines Mädchens: »Ma? Ich brauche die Schüssel.«

»Hettie«, sagte die Frau erklärend. »Gebrochener Knöchel. Das Werkzeug ist im Schuppen.«

»Ja, Ma'am. Ich mache mich gleich an die Arbeit, solang 's noch hell ist.« Carl bedachte sie mit dem warmen Lächeln, das ihm angeboren war. Er sah auf eine unaufdringliche Art gut aus. Er hatte die kurzen Beine seines Vaters und den langen Oberkörper seiner Mutter, aber insgesamt ähnelte er mehr Ilsa als dem General. Er hatte auch das gleiche dichte Haar, wie sie es gehabt hatte, bevor es ergraut war. Seine braunen Augen leuchteten hell wie die seiner Schwester.

Die Frau mit dem faltigen Gesicht lächelte zurück, ihr Mißtrauen schien verschwunden. »Klopfen Sie, wenn Sie fertig sind.« Sie schloß die Tür, als ihre Tochter erneut nach ihr rief.

Carl überquerte den Hof. Das Häuschen stand auf einer kleinen Anhöhe, der Blick über das dunkelnde Tal mit den versprengten Hausdächern war fast atemberaubend. Der klare Himmel bot ein herrliches Farbenspiel, dunkelblau bis lavendelfarben, dann leuchtend rot entlang den Palisaden. Die Luft war so kalt, daß das Atmen schmerzte.

Er fand das kaputte Rad im Schuppen. Es war ein schwarzes Sicherheitsfahrrad, hergestellt in Dayton von den Brüdern Wright, die diese Fabrikation vor ihren aeronautischen Entwicklungen betrieben hatten. Inzwischen waren die Brüder Wright durch ihre Flüge in Kitty Hawk und anderswo weltberühmt und steinreich; sie hatten es längst nicht mehr nötig, Fahrräder herzustellen oder zu reparieren. Carl fand Flugzeuge und andere mechanische Wunderwerke der Technik einfach faszinierend. Es fehlten ihm lediglich die Gelegenheit und die notwendigen Mittel, sich intensiver damit zu beschäftigen.

Mit einer Hand auf dem dreieckigen Rahmen hockte er vor dem Fahrrad. Nachdem er sich den Schaden angesehen hatte, kramte er herum und fand auf einem Regal ein paar alte Werkzeuge. Er schob Sägeblätter und Feilen zur Seite und griff nach Schraubenschlüssel und Zange, die mit einer dicken, braunen Staubschicht bedeckt waren. Die Zange fiel ihm aus der Hand, er machte einen Schritt zur Seite, um sie aufzufangen, und stieß dabei mit der Schulter gegen ein anderes Regal, das furchtbar wackelte, so daß ganze sechs leere Einmachgläser zu Boden fielen. Zwei davon zerbrachen in tausend Stücke.

Er sah sich nach einem Besen um, fand jedoch keinen, woraufhin er die größten Glasscherben vom Boden auflas und sie nach kurzer Überlegung in ein leeres Nagelfäßchen warf. Er ärgerte sich, weil es ihm bis heute nicht gelungen war, diese Tolpatschigkeit loszuwerden, die aus seiner Körperkraft resultierte und aus dem Wunsch, alles schnell zu erledigen. In seiner Kindheit und Jugend hatte seine Mutter immer um ihre kostbaren Möbel und ihr teures Porzellan gebangt. Nicht, daß er etwas mit Absicht kaputtgemacht hätte, nein, es passierte ihm einfach. Nicht selten wußte er sich, wenn der Schaden erst einmal entstanden war, nicht zu helfen. Diesmal war es nicht so schwer; es dauerte kaum eine Minute, die restlichen großen Glasscherben in das Nagelfäßchen zu werfen und die kleineren mit dem Absatz seines Stiefels zu Staub zu zermalmen.

In der Ferne bellte ein Hund. Jemand spielte auf einem Harmonium *My Gal Sal*. Einen Augenblick lang fühlte er sich einsam und verloren, ein Mensch, der ohne Plan, ohne Ziel und meistens ohne einen Pfennig Geld in der Tasche durch das Leben stolperte. Er versuchte diese Gedanken zu verscheuchen, als er sich an die Arbeit machte.

Er schraubte das Vorderrad ab und flickte den Schlauch, der den Sturz nicht heil überstanden hatte. Das verbogene Lenkrad bog er mit bloßen Händen gerade. Nach zwanzig Minuten war er fertig. Weil er der Witwe nicht sagen mochte, wie einfach die Reparatur gewesen war, rieb er sich die Hände an einem schmutzigen Lappen ab und trat an den Lattenzaun. Im Westen erstreckte sich ein scheinbar endloser Himmel, dessen Anblick ihm die unseligen Jahre an der Universität in New Jersey ins Gedächtnis rief.

Der Tag, an dem alles zu Ende gegangen war, stand ihm noch lebhaft in Erinnerung. An einem Freitag im Mai des Jahres 1904 war sein Vater, der einen Brief vom Dekan der Universität erhalten hatte, in Princeton eingetroffen. Um zwei Uhr nachts entstieg der General schmutzig, müde und ungehalten dem Personenzug von New York. »Ich schätze es gar nicht, wenn ich wegen deiner schlechten akademischen Leistungen mein Geschäft im Stich lassen muß«, erklärte er, als Carl ihn für den kurzen Rest der Nacht zum Nassau Inn begleitete.

Als der General am nächsten Morgen um neun Uhr vor seinem nervösen Sohn das Büro des Dekans betrat, war er erfrischt durch eine Rasur und Talkpuder auf den Wangen und infolgedessen auch ruhiger. Dr. Woodrow Wilson, Rechtsanwalt und Sohn eines presbyterianischen Geistlichen, machte einen steifen und strengen Eindruck, der durch einen Kneifer am Band noch verstärkt wurde. Sein Lächeln wirkte stets gezwungen. Der General ließ sich auf dem Besucherstuhl nieder. Carl stellte sich hinter ihn und betete im stillen, das Gespräch möge zu dem von ihm gewünschten Ergebnis führen.

Dr. Wilson ließ sich über die Leistungen Carls aus. Er studierte bereits im vierten Jahr, hatte bis jetzt jedoch nur die Qualifikation eines Juniors erreicht. Seine Leistungen als Verteidiger der Football-Mannschaft von Princeton erwähnte Wilson nur am Rande. Die Schlußfolgerung des Dekans war kurz und mitleidlos: »Tatsachen sind und bleiben Tatsachen, General. Es tut mir leid, aber wir haben keine andere Wahl, als Carl so lange von der Universität zu verweisen, bis er anderweitig die notwendigen Voraussetzungen für eine Wiederaufnahme erworben hat.«

Carl hätte am liebsten einen Luftsprung gemacht. Die Gemeinschaft bedeutete ihm viel, ebenso wie die Herausforderungen auf dem Football-Feld und die Glücksmomente, wenn seine Mannschaft einen Punkt nach dem anderen machte. Die akademischen Fächer dagegen bedeuteten ihm nichts.

Der General legte beide Hände auf den Silberknauf seines Gehstockes. »Ich möchte darauf hinweisen, Dr. Wilson, daß ich Ihrer Universität ganz erhebliche finanzielle Unterstützung habe zuteil werden lassen.«

»Dessen bin ich mir bewußt, Sir. Princeton ist Ihnen zu Dank verpflichtet. Aber wir können es uns nicht leisten, unseren Ruf auch nur durch einen Hauch von Bevorzugung zu schädigen. Schlechte Noten sind und bleiben schlechte Noten.« Er nahm seinen Kneifer ab. »Es tut mir leid.«

Als sie hinterher im Bahnhofsgebäude auf den Zug nach New York warteten, sagte der General: »Viele Väter würden einen Sohn, der so leichtsinnig ist wie du, aus dem Haus weisen. Aber ich will bei dir nicht den gleichen Fehler machen wie bei deinem Bruder Joe. Doch ebensowenig habe ich die Absicht, einen Sohn zu unterstützen, der meine Investition in seine Ausbildung mit Füßen tritt. Du kannst jederzeit in der Brauerei arbeiten und dir deinen Lebensunterhalt verdienen.«

Carl mußte seinen ganzen Mut zusammennehmen, um zu antworten: »Es tut mir leid, Pa, aber ich will nicht den Rest meines Lebens in der Brauerei arbeiten.«

Der General zuckte zusammen, aber seine Antwort verriet nur eine Spur von unterdrücktem Zorn. »Und wo dann, wenn ich fragen darf?«

»Das weiß ich noch nicht.«

»Tja, dann bist du, bis du dich entschieden hast, auf dich allein gestellt. Mit mir darfst du nicht rechnen. Ist das klar?«

»Ja, Sir.«

»Du bist ein erwachsener Mann, Carl, wenngleich dir noch die charakterliche Reife fehlt.« Das saß. »Gib auf dich acht! Meide schlechte Gesellschaft! Vielleicht bist du in ein paar Wochen darüber hinweg. Wenn dem so ist, dann sollst du wissen, daß zu Hause immer Platz für dich ist. Vergiß nicht, daß du deiner Mutter und mir viel bedeutest.«

Der Vater umarmte den Sohn, der General bestieg den Zug, und der Zug rollte aus dem Bahnhof …

Carl, der immer noch am Lattenzaun stand, schüttelte den Kopf, wie um den Tagtraum zu verscheuchen. Er glaubte immer noch, daß dieses Jahrhundert mit seinen wunderbaren neuen Maschinen ungeahnte Möglichkeiten bereithielt. Die Frage war nur, wo in dieser großen Landschaft von Abenteuern und Möglichkeiten sein Platz war. Er hatte ihn noch nicht gefunden und würde ihn vielleicht nie finden.

Sein Vetter Paul war jahrelang in der gleichen Situation gewesen, das hatte Carl einst in einem langen Gespräch erfahren. Jetzt hatte Paul seinen Platz gefunden, hinter einer Kamera. »Du wirst deinen Platz auch finden, es sei denn, du gibst zu früh auf. Aber das tust du nicht, Carl. Ich weiß, du wirst durchhalten.«

Er klopfte an der Küchentür, um der Witwe mitzuteilen, daß die Arbeit erledigt war. Er bekam sein Geld, dazu ein Abendessen und schließlich noch zwei Decken.

»Wenn Sie wollen, können Sie im Schuppen übernachten. Ich sollte Ihnen aber vielleicht sagen, daß der Sheriff und seine Leute ziemlich rauh mit Landstreichern umspringen. Am besten machen Sie sich morgen früh wieder auf den Weg.«

»Werde ich«, versprach Carl mit einem schiefen Lächeln. »Bin ich gewöhnt.«

3. PAUL UND SEINE FRAU

Einen Tag später tigerte Carls und Fritzis Vetter Paul jenseits des Atlantiks im wogenden, eleganten London in der Nähe des Victoria Embankment ungeduldig auf und ab. Es war Freitag, der Tag, an dem das Parlament nicht tagte. Die meisten Parlamentsmitglieder hielten sich in ihren Büros auf der gegenüberliegenden Straßenseite auf.

»Siehst du was?« fragte Paul seinen Freund Michael, einen Reporter des *London Light*.

»Noch nicht«, rief Michael ihm von der Straßenecke zu, ohne den Blick vom Eingang der Untergrundbahn in der Nähe der Bridge Road zu nehmen, hinter der Big Ben und die gotische Pracht von Westminster Abbey zu sehen waren.

Paul Crown war neunundzwanzig. Er war von Beruf Kameramann, einer, der »Aktuelles« einfing – Dramatisches und Einmaliges aus der ganzen Welt. Sein Metier hatte er in Chicago erlernt, wo er als Lehrling des lasterhaften Colonel R. Sidney Shadow angefangen hatte. Vor seinem Tod hatte der Colonel die American Luxograph Company an einen englischen Zeitungsbaron verkauft, der die Firma unter ihrem alten Namen und mit ihrem ersten Kameramann weiterführte. Vor drei Jahren war Paul mit seiner Familie nach London gezogen.

Pauls Kamera stand auf dem Bordstein, mitten im Gewimmel von Reportern und Photographen. Darunter waren auch drei weitere Kameras, die der Konkurrenz gehörten. Der Marsch der WSPU war seit langer Zeit geplant, auch wenn das nicht publik gemacht worden war. Trotzdem hatten Behörden und Presse Wind davon bekommen.

Der Mann von Pathé rief: »He, Dutch, was, wenn sie deine Missis ins Kittchen stecken?« In Amerika hießen alle Deutschen »Dutch«. Der Spitzname war ihm geblieben.

»Dann werde ich wohl oder übel die Kiddies solange allein versorgen müssen«, gab Paul mit verkrampftem Lächeln zurück. Daß Julie an diesen Märschen teilnahm, bereitete ihm nicht wenig Kopfzerbrechen, aber er hütete sich, sie zu bitten, es nicht zu tun. Pauls Frau war eine glühende Anhängerin der neuen Frauenbewegung und eine begeisterte »neue Frau«. Vielleicht war es die Reaktion auf ihre Kindheit in Chicago, wo ihre krankhaft nervöse Mutter jedes Unabhängigkeitsbestreben der Tochter unterdrückt und Julie schließlich in eine kurze, lieblose Ehe gezwungen hatte.

Michael kam von seinem Posten zurückgeeilt. »Sie kommen aus der U-Bahn herauf. Ach, was für eine schreckliche Bedrohung der Menschheit«, stellte er mit gewohntem Sarkasmus fest.

Paul rannte zur Ecke, ungeachtet des sich verschlimmernden Schmerzes im unteren Rückenbereich. Vor einigen Wochen hatte er in Marokko eine schwere Kiste gehoben und sich irgend etwas verrenkt. Obwohl er vor Schmerzen nachts oft nicht schlafen konnte, klagte er nicht.

Er sah die Frauen, die sich in zwei Gruppen von ungefähr zwölf und fünfzehn aufgeteilt hatten, in der Mitte der Straße nach Norden ziehen. Trotz langer Kleider und Hüten mit Federn marschierten sie wie Soldaten. Jede Frau trug ein zusammengerolltes Papier. Der Kutscher einer Droschke, dem von den Frauen der Weg versperrt wurde, schlug vor lauter Zorn mit der Peitsche auf sein Pferd ein. In der zweiten Reihe erspähte Paul seine wunderschöne Frau mit ihrem ovalen, porzellanweißen Gesicht. Julie und die anderen gehörten Mrs. Emmeline Pankhursts Women's Social and Political Union, kurz WSPU, an, der radikalsten Organisation der Frauenrechtsbewegung. Die nicht mehr junge Gründerin marschierte zwischen ihren beiden Töchtern Sylvia und Christabel in der vordersten Reihe. Mrs. Pankhurst, Tochter eines liberal denkenden Industriellen aus Manchester, war die Witwe eines noch weitaus liberaleren Rechtsanwaltes.

Die Marschierenden, die den Verkehrsstau, den sie verursachten, nicht im geringsten beachteten, lächelten und schwatzten. Ein Unbeteiligter hätte beim Anblick der Frauen annehmen können, daß sie sich trotz des naßkalten Tages und verhangenen Himmels wie an einem milden Frühlingstag auf dem Weg zu einem Picknick befanden.

Kopfschüttelnd kehrte Paul zu Michael zurück. »Sieht aus,

als würden diese verdammten Demonstrationen allmählich überhandnehmen. Kürzere Arbeitszeiten, Enthaltsamkeit, Abrüstung, Wahlen – jeder will irgend etwas. Die Welt wird immer verrückter.«

»Aus dir spricht der Kameramann. Unruhen und Katastrophen sind unser täglich' Brot, vergiß das nicht.« Wie wahr. Anfang des Jahres war Paul überstürzt aus Manila abgereist, um in San Francisco das große Erdbeben und Feuer zu dokumentieren. Seine Bilder hatten weltweit für Aufsehen und tränenreiche Anteilnahme gesorgt.

»Außerdem sind diese kleinen Scharmützel nichts im Vergleich zu dem, was uns noch bevorsteht«, sagte Michael.

Michael Radcliffe war groß und hager und ungefähr zehn Jahre älter als Paul. Er schrieb für den *London Light*, eine große Zeitung, die seinem Schwiegervater Lord Yorke gehörte, der auch Pauls Chef war. Der unter dem Namen Mikhail Rhukov Geborene war jahrelang als staatenloser und hungernder Freischaffender umhergeirrt und immer wieder unerwartet und unter rätselhaften Umständen in Pauls Leben getreten. Nach einer Affaire mit Cecily Hartstein, der Tochter des Pressezaren, hatte er eine bemerkenswerte Verwandlung durchgemacht: Er ließ sich die Haare schneiden, anglizierte seinen Namen, kaschierte seine alles verneinende Einstellung und heiratete Cecily, die ihn trotz seiner Charakterschwächen liebte.

Dem Aussehen nach hätten die beiden Männer nicht gegensätzlicher sein können: Von den glänzenden Schuhen bis zu seinem Bowler war Michael ganz und gar Gentleman, während Pauls Kleidung aus einem Kirchenbasar hätte stammen können. Seine Schuhe waren abgetragen, die Cordhosen zerknittert. Sein einreihiger Khakimantel war am Ärmel schwarz verfärbt. Die karierte Golfmütze war mit ihm um die Welt gereist, und genauso sah sie aus. Kaum ein Mensch hätte ihn für das gehalten, was er war – ein Meister seines Faches.

»Du kannst nicht aufhören, die Kriegstrommel zu schlagen«, sagte er mit einem Seufzer. Michael zuckte die Schultern und warf seine halbgerauchte Zigarette auf die Straße.

»Ich weise lediglich auf das Unausweichliche hin, Bruderherz.« Paul erinnerte sich an das trunkene Geschwafel seines Freundes in einem Restaurant in Kuba 1898. »Ich habe den Auf-

bau der Kriegsmaschinerie gesehen, ich habe die Kanonen gesehen. Wir werden es erleben, das Ende der Welt ...« Er schlug mit
der Faust auf den Tisch und zitierte aus der Offenbarung des Johannes: »›Und es geschahen Blitze und Stimmen und Donner
und Erdbeben und ein großer Hagel ... und die Völker sind zornig geworden ...‹« Michael machte sich lustig über Pauls
Träume von einem zufriedenen Leben in einer friedlichen Welt.
Er behauptete, sie würden schneller, als man sich vorstellen
könnte, auf Alpträume zutreiben.

Paul steckte seine ungerauchte Zigarre in eine Tasche und
vergewisserte sich, daß sein Stativ sicher stand. Über die Kamera
hinweg musterte er das Bürogebäude. Ein Dutzend Polizisten
vom Revier Richmond Terrace bewachte die Türen. Mit ihren
hohen Mützen und ihren Gummiknüppeln verkörperten sie
Recht und Ordnung. Einige von Mrs. Pankhursts Frauen – die
Daily Mail hatte ihnen den Namen Suffragetten gegeben – waren
bereits festgenommen worden und hatten eine kurze Strafe im
Holloway-Gefängnis verbüßt, weil sie beispielsweise bei Partei-
versammlungen Redner, darunter auch den aufstrebenden Winston Churchill, mit Fragen belästigt hatten. Frauen durften weder ihre Meinung kundtun noch irgendeine politische Rolle
spielen. Mrs. Pankhurst hatte geschworen, das zu ändern.

Die Marschierenden bogen um die Ecke in Richtung Derby
Gate. Im bewährten Rhythmus – eins, zwei, drei – eins, zwei,
drei – fing Paul an zu kurbeln. Julie sah ihn und winkte. Paul
benutzte die freie Hand, um zurückzuwinken.

Am Victoria Embankment ertönten die Hupen der verärgerten Autofahrer. Männer beugten sich aus ihren Taxis und
beschimpften oder bejubelten die Suffragetten, die sich inzwischen in einem Halbkreis vor den Polizisten aufgestellt hatten.
Der ranghöchste Polizist, ein schmächtiger Mann mit grauem
Schnurrbart und einschüchterndem Gehabe, trat einen Schritt
vorwärts auf Mrs. Pankhurst zu.

»Guten Tag, Madam. Darf ich Sie fragen, warum Sie hier den
Verkehr aufhalten?«

Emmeline Pankhurst hielt ihre Papierrolle hoch. »Wir haben
hier Resolutionen, die den Parlamentariern überbracht werden
müssen. Treten Sie bitte zur Seite, damit wir mit ihnen sprechen
können.« Die meisten Frauen, darunter auch Julie, bekräftigten

die Forderung mit lauten Worten. Der Polizist schüttelte den Kopf.

»Das ist ganz unmöglich, Madam, und das wissen Sie. Weder dürfen Sie das Gebäude betreten, noch dürfen Sie mit den Parlamentsmitgliedern sprechen. Am besten kehren Sie jetzt wieder um, damit die öffentliche Ordnung wiederhergestellt werden kann.«

»Wir gehen hinein«, erklärte Mrs. Pankhurst. »Sind Sie bereit, meine Damen? Dann vorwärts!«

Sie trat an dem verdutzten Polizisten vorbei, der auf diesen Ungehorsam nicht vorbereitet war. Zweifellos hatte er erwartet, daß die Frauen wie brave Hunde gehorchen würden. Mrs. Pankhurst segelte auf die Absperrung der Polizisten vor den Türen zu. Zwei Beamte hatten keine andere Wahl, als sie zurückzustoßen und schließlich handgreiflich zu werden.

Die Frauen setzten sich in Bewegung. Paul kurbelte gleichmäßig weiter, ohne seine Frau aus den Augen zu verlieren. Die Frauen täuschten Attacken zur einen, dann zur anderen Seite vor, versuchten, die Sperrkette der Polizisten zu durchbrechen und die Türen zu öffnen. Das allgemeine Hupen, Johlen und Gröhlen hatte inzwischen ein ohrenbetäubendes Ausmaß angenommen.

Die Polizisten wehrten die Suffragetten mit Händen und Knüppeln ab. Paul zweifelte keine Sekunde daran, daß die ausgebildeten und an Körperkraft überlegenen Beamten die Frauen überwältigen würden. Etliche der Frauen reagierten auf die rauhe Behandlung ihrerseits mit Stößen und Fußtritten. In den Augen mehrerer umzingelter Polizisten flackerte Zorn auf. Ein Gummiknüppel landete am Kopf einer Frau und hinterließ eine klaffende, blutende Wunde an der Wange. Ein zweiter traf Sylvia Pankhursts Knöchel, sie stolperte und fiel der Länge nach hin.

Der Schlagabtausch dauerte noch ein paar Minuten lang. Dann forderte Mrs. Pankhurst ihren Anhang zum Rückzug auf. »Genug, genug! Wir ziehen uns zurück! Ich will keine weiteren Brutalitäten. Aber wir kommen wieder.«

Augenblicklich hörte das Handgemenge auf. Die Frauen schienen nicht entmutigt, hatten sie doch den Polizisten eine ehrbare Schlacht geliefert. Mit erhobenen Stimmen und schrillen Pfiffen drohten sie wiederzukommen.

Paul kurbelte weiter. Insgeheim atmete er auf, dankbar, daß Julie unverletzt geblieben war. Jetzt sah er, wie sie sich mit einem Stück Kreide nach vorne beugte. Die WSPU hinterließ häufig für jedermann sichtbare Botschaften: WAHLRECHT FÜR FRAUEN. NIEDER MIT DER MÄNNLICHEN BEVORMUNDUNG! WIR WERDEN UNS GEHÖR VERSCHAFFEN.

Julie bückte sich weit vor, um zu schreiben. Der ranghöchste Polizist, vor Anstrengung noch keuchend und wütend, sah sie, rannte auf sie zu und versetzte ihr einen harten, heimtückischen Schlag auf den Rücken. Das entsetzliche Geräusch des Aufpralls von Julies Kopf auf dem Pflaster drang an Pauls Ohren.

Er schrie ihren Namen, ließ von seiner Kamera ab und rannte über die Straße, ohne auf den Schmerz zu achten, der sich wie ein glühendes Eisen in seinen Rücken bohrte. Halb betäubt hob Julie den Kopf und versuchte, sich mit den Händen aufzustützen, nur um einen Augenblick später wieder ohnmächtig auf das Pflaster zu sinken.

»Keinen Schritt weiter«, herrschte der Polizist ihn an und packte Paul am Kragen. »Sie haben hier nichts zu ...«

»Gehen Sie mir aus dem Weg, Mann, das ist meine Frau!« Paul versetzte dem Polizisten einen Schlag in die Magengrube, daß seine Hand schmerzte, und der Mann wankte. Er wich einem weiteren Knüppelhieb aus und streckte die Hände nach dem Polizisten aus, der Julie den Schlag versetzt hatte. Der Mann trat einen Schritt zur Seite und brüllte Befehle.

Einer der Polizisten, der hinter Paul stand, packte ihn, ließ den Knüppel auf seinen Rücken niedersausen, und Paul fiel nach vorne. Er schlug mit der Schläfe so hart auf dem Randstein auf, daß sich alles um ihn drehte. Er rollte sich zur Seite. Sein Gegner bückte sich, um ihm einen zweiten Schlag zu versetzen. Mit letzter Kraft zog Paul das Knie an und rammte ihm den Fuß zwischen die Beine. Der Mann taumelte nach hinten.

Auf Händen und Knien robbte Paul zu Julie. Verzweifelt drückte er seine Lippen auf ihren Mund, er spürte die Wärme ihres Atems. Ein tiefer Seufzer der Erleichterung drang aus seinem Mund. Als er den Kopf hob, sah er, daß ihre bleiche Haut verschmiert war von hellrotem Blut, das aus einer Wunde auf seiner Wange tropfte.

Kräftige Hände packten ihn an Nacken und Armen. Er wurde

hochgezogen und umgedreht. Der Polizist spuckte Gift und
Galle:

»Das wär's, Bürschchen! Sie haben einen Polizisten tätlich
angegriffen. Dafür wandern Sie hinter schwedische Gardinen,
garantiert.«

Gegenwehr war vergeblich – drei Männer hielten ihn fest –,
nur sein Blick schoß über die Straße. Was er sah, drehte ihm den
Magen um. Michael Radcliffe war verschwunden.

Seine Kamera auch.

Aber hinter Gitter kam er nicht. Vielmehr war er drei Stunden
später wie durch ein Wunder wieder auf freiem Fuß. Er verließ
die Polizeiwache und begab sich schnurstracks in seine Wohnung am Cheyne Walk im Stadtteil Chelsea. Das Hausmädchen
Philippa kümmerte sich um die Kinder, den sechsjährigen Joseph
Shadow Crown, genannt Shad, und die zweijährige Elizabeth
Juliette, genannt Betsy.

Paul saß neben Julies Bett. Sie döste. Doch sie schlug kurz die
Augen auf; ein Ausdruck des Erkennens huschte über ihr Ge-
sicht. »Du mußt nicht glauben, daß ich eine unverbesserliche
Närrin bin.«

Er beugte sich über sie, um ihr einen Kuß auf die nunmehr
vom Blut gereinigte Wange zu drücken. »Ich glaube, daß du eine
bemerkenswert tapfere Frau bist, die sich mit anderen Frauen
zusammengeschlossen hat, um törichte Dinge für eine ehren-
werte Sache zu tun.« Er küßte sie lang und zärtlich auf den
Mund und drückte ihre Hand. »Schlaf jetzt!«

Eine leise Zustimmung murmelnd, ließ sie den Kopf zur
Seite sinken und schlief ein.

Paul staunte immer noch über seine plötzliche Freilassung, als
er am nächsten Morgen aus seinem Büro in Cecil Court in das
des Besitzers der Zeitung beordert wurde, das in der obersten
Etage des *Light*-Gebäudes in der Fleet Street lag. Ein Sekretär,
dessen Gesichtszüge wie eingefroren wirkten, wies ihn in das
opulente Gemach, in dem Lord Yorke seine Geschäfte tätigte.

Der Zeitungszar war ein kleiner, dicker Mann mit spiegel-
blanker Glatze. Michael Radcliffe, der mit dem einzigen Kind
Seiner Lordschaft verheiratet war, beschrieb ihn als einen Mann

mit den Augen eines aufgeschreckten Frosches und der Natur einer in die Enge getriebenen Kobra. Seine Lordschaft war alles andere als ein liebenswerter Zeitgenosse, aber er bezahlte gut und kümmerte sich um seine Angestellten mit dem Eifer eines bekehrten Geizhalses. Der Sohn eines Lumpensammlers aus Dublin namens Otto Hartstein hatte mit zweiundzwanzig Jahren sein erstes Provinzblatt gekauft und es zu einem Verlagsimperium ausgebaut.

»Nun, Sir?« fragte er. Der üppig gepolsterte Thronsessel hinter dem Schreibtisch ließ ihn zwergenhaft erscheinen. »Was haben Sie zu Ihrer Verteidigung vorzubringen?«

»Ich habe getan, was jeder Mann tun würde, dessen Frau brutal zusammengeschlagen wird.«

»Aber ihr Gegner war ein Polizist in Ausübung seiner Pflicht.«

»Ich komme aus Amerika, Euer Lordschaft. Niemand steht über dem Gesetz. Ist das hier anders?«

Mit einem heiseren Schnauben, das als Lachen herhalten mußte, klatschte Lord Yorke die Hand auf die Armlehne seines Stuhls. »Cecilys Mann hat Sie gerettet.« Michael war immer »Cecilys Mann«, und in der Stimme seines Schwiegervaters schwang bei dessen Erwähnung immer Abneigung mit, als spräche er von einem Penner unter einer Brücke.

»Bevor Ihr Film zu Ende war, haben Sie noch den Polizisten aufgenommen, wie er Ihrer Frau diesen brutalen Schlag versetzte. Wie geht es ihr übrigens?«

»Sie ist auf dem Weg der Besserung. Der Schreck und die Angst waren schlimmer als die eigentlichen Verletzungen.«

»Das hört man gern. Wie ich schon sagte, hat Cecilys Mann Ihren Kinematographen in Sicherheit gebracht, bevor die Polizei ihn zu Kleinholz machen konnte. Danach hat er mich angerufen. Und ich wiederum habe die beiden Persönlichkeiten in Whitehall angerufen, die kein Interesse daran haben, daß ein derartiges Vorgehen der Polizei bekannt wird. Natürlich haben wir die betreffende Stelle unverzüglich vernichtet« – angesichts dessen, daß er heil aus dem Schlamassel herausgekommen war, schluckte Paul seinen Protest hinunter –, »aber das bleibt unser Geheimnis. Ich finde, Sie haben Schwein gehabt.«

»Da bin ich ganz Ihrer Meinung, Sir. Ich danke Ihnen.«

»Bitte bestellen Sie Ihrer entzückenden Frau meine besten Grüße, und bitten Sie sie, in Zukunft vorsichtiger zu sein. Das gilt auch für Sie. Sie sind ein wertvoller Mitarbeiter, Paul. Versuchen Sie, sich nicht in Gefahr zu begeben. Und auf keinen Fall sollten Sie sich die Obrigkeit, egal ob hier oder wo auch immer, zum Feind machen!«

»Wenn ich mich danach richte, kriege ich nichts Gescheites in den Kasten.«

Gereizt erwiderte Lord Yorke: »Das Dilemma des Reporters. Verdammt lästig, wenn Sie mich fragen. Ich wünsche einen guten Tag.«

4. ILSAS SORGEN

Der kalte Dezemberregen verwandelte die Wells Street buchstäblich in einen See. Nicky Speers manövrierte den langen ka-
stanienbraunen Benz-Tourenwagen vorsichtig durch das Wasser,
um den Motor ja nicht abzuwürgen. Es gelang ihm, direkt vor
dem Restaurant Heidelberg zu parken. So schnell beziehungsweise langsam es seine Arthritis erlaubte, stieg er aus dem Wagen. Nicky war der englische Chauffeur der Familie, loyal und
schon ziemlich alt. Mit dem Schirm in der Hand humpelte er auf
die Beifahrerseite hinüber, um zunächst Fritzi, dann Ilsa zu dem
prächtigen Eingang zu geleiten. »Ich werde in einer Stunde und
fünfzehn Minuten wieder hier sein, Mam.«

»Danke, Nicky«, sagte Ilsa.

Die erste Person, die sie im Foyer erblickte, war Rudolf, der
Oberkellner. Er gehörte zu den wenigen Menschen, die Ilsa
überhaupt nicht mochte. Denn er war überheblich und hatte
schlechte Manieren, die nach Ilsas Meinung eher auf den
schlimmsten preußischen Kasernenhof gepaßt hätten. Rudolf,
der am Hausapparat telefonierte, übersah sie geflissentlich.

»Wir freuen uns auf Ihren Besuch, Herr Klosters, vielen
Dank.« Mit unwirschem Gesichtsausdruck knallte Rudolf den
Sprechtrichter auf die Gabel an der Wand und beugte den Kopf
unverzüglich über ein Reservierungsbuch vom Umfang einer
Altarbibel. Während er eifrig schrieb, machte sich Ilsa durch
Klopfen mit der Schuhspitze bemerkbar. General Crowns Frau
ließ nicht mit sich spaßen.

»Rudolf. Können wir einen Tisch für zwei haben? Ich hatte
keine Zeit, vorher anzurufen.«

»Ganz unmöglich, wir sind voll ...« Er sah auf. »Oh. Gnädige Frau! Bitte entschuldigen Sie vielmals! Natürlich haben wir
einen Tisch für Sie. Wer ist die junge Dame?«

»Unsere Tochter Fritzi.«

»Aber natürlich. Ja, ja, wie doch die Zeit vergeht! Wenn Sie
mir bitte folgen wollen.«

Er klemmte sich zwei riesige Speisekarten unter den Arm, schwenkte herum und marschierte mit großen Schritten, einem Stechschritt verdächtig ähnlich, voraus. Fritzi hob ihren Rock und schickte sich an, ihn nachzuahmen, aber Ilsa flüsterte: »Sei bitte nicht ungezogen!« Mit reumütiger Miene faltete Fritzi die Hände vor der Brust. Wider Willen mußte Ilsa lächeln.

Rudolf wies ihnen ihre Plätze an, ohne das stumme Spiel bemerkt zu haben. »Boris wird umgehend bei Ihnen sein, meine sehr verehrten Damen.« Mit überschwenglicher Verbeugung entfernte er sich von ihrem Tisch. Fritzi nahm ihren Hut ab, dessen Band noch feucht vom Regen war.

Aus Ilsa Crown war im Laufe der Jahre eine korpulente, achtunggebietende Frau geworden. Sie besaß markante, aber dennoch weibliche Gesichtszüge, die von Journalisten gern als »hübsch« bezeichnet werden. Sie war neunundfünfzig Jahre alt. Ihr hochgekämmtes silbergraues Haar wies keine Spur mehr des einstigen rötlichen Brauns auf. Sie war stets elegant und teuer gekleidet; heute trug sie eine weiße Bluse mit großer Schleife unter einem dunkelgrünen Schneiderkostüm, dessen Saum knapp über den Schuhen endete. Obwohl lange Rüschenröcke noch immer in Mode waren, waren sie ihrer Meinung nach nur Schmutzfänger. Männer, die über kürzere Röcke und über Frauen, die solche Röcke trugen, die Nase rümpften, fand sie nur idiotisch – noch dazu, wenn sie an so regnerische Tage wie den heutigen dachte.

Sie streifte ihre langen mauvefarbenen Handschuhe ab. Insgeheim amüsiert, sagte sie: »Du kannst manchmal ganz schön boshaft sein, Liebchen. Etliche Gäste haben deine kleine Darstellung gesehen. Sicher haben sie Rudolf wiedererkannt.«

»Weißt du«, gab Fritzi mit lässigem Schulterzucken zurück, »ich muß es diesem aufgeblasenen Tyrannen mal heimzahlen. Rudolf hat mir einmal eine Kopfnuß gegeben.«

»Ist das wahr? Wann?«

»Als ich klein war. Ich war mit dir und Papa hier. Ihr beide habt euch mit den Leiters unterhalten. Rudolf kam zu mir an den Tisch und zischte wie eine Schlange, ich solle nicht auf meinem angezogenen Bein sitzen. Ich weiß nicht mehr, was ich gesagt habe, aber da hat er mir die Kopfnuß gegeben, so.« Sie ließ den Mittelfinger vom Daumen abschnellen.

Ilsa mußte lachen, obwohl ihr eigentlich gar nicht nach Lachen zumute war. Sie hatte ihre Tochter nicht ohne ernsthaften Grund ins Restaurant eingeladen. Sie wußte, daß Fritzi unglücklich war. Nicht daß ihr das ganz plötzlich klar geworden wäre, nein, sie wußte es seit Monaten. Sie kannte ihre Tochter in glücklichen Zeiten. Wenn Fritzi zufrieden war, war sie nicht ruhelos. Sie runzelte nur selten die Stirn, ihre braunen Augen leuchteten, und alle erlagen ihrem heiteren Charme. Fritzi war keine Schönheit im herkömmlichen Sinne, gewiß nicht, aber es ging ein Strahlen von ihr aus. Man merkte schnell, daß sie Sinn für Humor, einen scharfen Verstand und dazu eine natürliche Liebenswürdigkeit besaß. Zu Ilsas Bedauern war bisher kein geeigneter junger Mann auf diese guten Eigenschaften aufmerksam geworden. Zumindest wußte sie von keinem.

»Ich gestehe, daß ich mir den ganzen Morgen wie ein Tiger im Käfig vorgekommen bin«, verriet Fritzi, als sie ihre Speisekarte aufschlug. »Ich war wirklich froh, daß du diesen Lunch vorgeschlagen hast.«

»Unsinn, keinen Lunch! Das ist für Vögelchen. Wir essen richtig zu Mittag. Schließlich sind wir hier in einem echt deutschen Lokal.«

Übertrieben deutsch: Akkordeonspieler in Lederhosen und Tirolerhut, frische Blumen auf makellos weißen Tischdecken, auf Wandborden zahllose Bierkrüge und Kuckucksuhren, die zermürbend regelmäßig zwitscherten und bimmelten.

Ilsa studierte die Karte durch eine randlose bifokale Brille, die sie an einer Kette am passenden Goldetui auf ihrem ausladenden Busen trug. »Ich sehe da einige Spezialitäten, Liebchen. Ich hoffe, du suchst dir etwas Anständiges aus. Bitte sei mir nicht böse, wenn ich das sage, aber ich finde, du bist zu dünn.«

Fritzi verzog das Gesicht. »Du meinst, zu wenig Busen.«

»Ach! Schrecklich, daß man heute alles so schamlos beim Namen nennt.«

»Wir leben in einer neuen Zeit, Mama. Heute kann man ganz ungeniert von Beinen und Busen sprechen.«

»Da bin ich anderer Meinung, und ich muß gestehen, daß ich überhaupt nichts von dieser sogenannten neuen Zeit verstehe. Also, sollen wir bestellen? Die Leber mit Knödeln ist ganz ausgezeichnet.« Ilsa deutete mit einer Kopfbewegung auf die Fische,

die in einem beleuchteten Aquarium ihrem traurigen Ende ent-
gegensahen. »Karpfen auch.«

»Glaub mir, Mama, ich esse wirklich genug. Manchmal esse
ich sogar wie ein Scheunendrescher. Aber wenn ich zunehme,
dann leider nie an den richtigen Stellen.«

Ilsa beugte sich vor und berührte Fritzis Hand. »Vor kurzem
hab' ich etwas bei Field's gesehen, was vielleicht ganz nützlich
sein könnte. Bald ist Weihnachten.«

Erfreut nahm Ilsa zur Kenntnis, daß Fritzi eine vollständige
Mahlzeit bestellte: Beefsteak, Kartoffeln, grüne Bohnen. Ilsa entschied sich für Nudelsuppe und Karpfen. Dazu bestellte sie eine
Flasche Liebfrauenmilch, einen süßen Weißwein. Sie hob das
Glas und stieß mit Fritzi an. »Prosit!« Der Wein, der ihr samtig
die Kehle hinunterrann, hüllte die blankliegenden Nerven in
einen schützenden Kokon. Sie machte sich Sorgen um Fritzis
Zukunft in einem Beruf, der nicht sicher und nicht einmal angesehen war. Im Gegensatz zu deutschen Eltern früherer Zeiten
konnten Ilsa und ihr Mann Fritzis Leben nicht direkt beeinflus-
sen oder gar bestimmen. Ihre mütterliche Sorge verleitete sie
aber, es wieder einmal zu versuchen.

Noch bevor sie etwas sagen konnte, fragte Fritzi: »Hast du
von Vetter Paul gehört?«

»Nein, nur von Julie. Du kennst ja Pauli, immer unterwegs
mit seiner Kamera. Julie schreibt, daß sie sich der Organisation
von Mrs. Pankhurst angeschlossen hat und mit anderen Frauen
marschiert und demonstriert.« Ilsas Gesichtsausdruck verriet
wenig Begeisterung für die militanten britischen Suffragetten.
»Sie ist stolz darauf, eine ›neue Frau‹ zu sein, wie sie sich nennen. Ich hoffe bloß, daß sie sich nicht in Schwierigkeiten bringt.
Ich bewundere ihren Idealismus, aber sie täte gut daran, auch an
ihren Mann und ihre Kinder zu denken.«

»Julie ist eine liebenswerte, mutige Frau. Ich bin so froh, daß
Paul so glücklich mit ihr ist. Ich mag ihn wirklich sehr.«

Ein sehnsüchtiger Ausdruck huschte über Fritzis Gesicht.
Nachdem Paul aus Berlin zu seinen Verwandten nach Chicago
gekommen war, hatte die damals dreizehnjährige Fritzi ihrer
Mutter gestanden, daß sie ihren Vetter später heiraten werde.
Ilsa mußte ihr leider sagen, daß in ehrbaren Familien Cousins
ersten Grades einander nicht heiraten durften.

Fritzi verfiel in Schweigen. Ilsa strich erneut über Fritzis Hand. »Ich wünschte so sehr, daß es dir besser ginge.«

»Aber, Mama, es geht mir gut.«

»Nein, nein, mir kannst du nichts vormachen. Die Liebe zu deinem Vater hat dich nach Hause geführt, weil Papa krank war, und dann bist du geblieben. Aber ich weiß, daß du eigentlich hin und her gerissen bist. Der Laienspieltruppe bist du wahrscheinlich überdrüssig.«

»Um ehrlich zu sein, ja.«

»Die Arbeit im sozialen Bereich ist auch nicht das Rechte für dich.«

»Es war wirklich nett von dir, daß du mich nochmals mit Jane Addams zusammengebracht hast. Ich weiß, daß sie eine gute Freundin ist und Hull House eine sehr nützliche Einrichtung für die Armen. Aber die Frauen, die ich dort getroffen habe – deine Freundinnen, die wie du unentgeltlich arbeiten –, sind viel älter als ich. Sie wissen, wo ihr Platz im Leben ist, und haben ganz andere Interessen.«

»Sie sind alt, genau wie ich«, konstatierte Ilsa munter, ohne eine Spur von Selbstmitleid. »Ich weiß, was du meinst.«

Der Kellner brachte Ilsas Suppe und ein Körbchen mit Roggen- und Schwarzbrot. Während Fritzi ein Stück Pumpernickel dick mit Butter bestrich, sagte ihre Mutter: »Ich könnte dir so viele Vorschläge machen, manche sind sogar ziemlich ausgefallen. Ein Kochkurs bei einem französischen Meisterkoch zum Beispiel.«

Fritzi kicherte. »Ach, Mama, du weißt doch, daß ich vollkommen versage, was die häuslichen Pflichten anbelangt. Wenn ich Kannibale wäre, könnte ich nicht mal einen Missionar kochen.«

Ilsa nahm noch einen Schluck Wein, atmete tief ein und wechselte das Thema. »Du weißt, daß es etwas gibt, womit du deinen Vater sehr glücklich machen könntest. Dein Vater wünscht sich nichts so sehr wie einen Schwiegersohn und Enkelkinder.«

Erneutes Schweigen. Fritzi saß reglos auf ihrem Stuhl, beide Hände am Stiel ihres Weinglases. Ilsa hatte ihre Tochter nie nach Liebesdingen gefragt. Aus vereinzelten Hinweisen in ihren Briefen wußte sie, daß Fritzi sich bis über beide Ohren in einen jun-

gen Mann aus Georgia verliebt hatte, als Mortmains Truppe zwei
Wochen lang in Savannah gastiert hatte. Umgekehrt fand der
junge Mann sie offenbar ganz nett, aber nicht mehr. Zweifellos
hatte er sie für leichtlebig gehalten, ein Urteil, das man über
Schauspielerinnen rasch fällte. Der junge Mann stammte aus
einer alten Familie – er war Aristokrat, was für Ilsa meist gleichbedeutend war mit Snob. Noch Monate danach hatte sie in Fritzis Briefen Traurigkeit gespürt.

Keine ungewöhnliche Geschichte, dachte Ilsa. Es kam häufig
vor, daß sich ein Mädchen nicht von der ersten enttäuschten
Liebe erholte, daß es keinen Ersatz für die erste Liebe gab und
das Mädchen als alte Jungfer endete. Ilsa kannte mindestens vier
Frauen mittleren Alters, denen dieses Unglück widerfahren war.
Der Volksmund sprach von »unerwiderter Liebe«. Eine davon
war Ilsas gute Freundin Jane Addams, die Leiterin des Armen-
hauses.

Ilsa wußte, daß sie sich noch in ihrer letzten Stunde grämen
würde, sollte Fritzi unverheiratet bleiben. Doch auch sie wußte
keinen Rat. Da konnte sich Fritzi nur selbst helfen – Fritzi und
der Mann, der bis jetzt weder Namen noch Identität besaß, der
einzig in der Hoffnung einer liebenden Mutter existierte.

Endlich brach Fritzi ihr Schweigen. »Mama, ich glaube
nicht, daß das jemals passieren wird.«

»Warum denn nicht? Liebchen, du bist wirklich ein Schatz.
Bist du denn so sehr gegen die Ehe?«

»Nein, aber ich weiß, was ich bin. Ich bin Schauspielerin.
Nur dazu habe ich Talent. Ich liebe meinen Beruf. Und
deshalb …« Die plötzliche Röte, die Fritzis Gesicht überzog,
ließ Ilsa nichts Gutes ahnen.

»… habe ich beschlossen, nach Silvester nach New York zu
gehen.«

»Das glaube ich nicht. Du möchtest in diese gräßliche Stadt
ziehen?«

Fritzi ergriff die Hand ihrer Mutter und fuhr ernst fort.
»Mama, du bist eine kluge, gebildete Frau. Und du weißt so gut
wie ich, daß es Theater, *richtiges* Theater, nur in New York gibt.
Ich weigere mich, mein Leben auf irgendwelchen heruntergekommenen Bühnen zwischen Florida und Texas zu verbringen –
oder in einem Gemeindehaus in Chicago. Ich muß es versu-

chen, und wenn ich es nicht schaffe, habe ich Pech gehabt. Aber ich muß es versuchen.«

Nun war es an Ilsa zu schweigen, obwohl ihre Gedanken wild durcheinander rasten. Sie zweifelte nicht eine Sekunde an der Fähigkeit ihrer Tochter, für sich selbst zu sorgen, auch in einer Stadt, die so sündhaft und voller Verbrechen war wie New York. Ihr war nur bange, wenn sie an eine weitere Person in dieser Gleichung dachte.

»Hast du schon mit deinem Vater gesprochen?«

»Noch nicht, aber bald.«

»Du weißt, daß er es übel aufnehmen könnte?«

»Du willst sagen, daß er es mir verbieten könnte? Mama, ich kann meine Entscheidung nicht rückgängig machen, nur weil ich Angst vor einer Auseinandersetzung habe.«

»Darum bitte ich gar nicht. Ich bitte dich nur, noch einmal darüber nachzudenken, das ist alles. Denk noch einmal gründlich darüber nach.« Das Stocken in Ilsas Stimme ließ Fritzi aufhorchen; Ilsa hatte ihre Panik verraten. »Wer weiß, vielleicht änderst du ja deine Meinung.«

Fritzi antwortete nicht, sie starrte auf ihren Teller. Das erneute Schweigen legte sich wie ein Mantel aus Unsicherheit und Verzweiflung um Ilsa.

5. TRAUM VON DER
GESCHWINDIGKEIT

Auf einem Verladebahnhof für Kohlen in Maryland wurde Carl
kurz vor Baltimore von einem Bahnbeamten im Güterwaggon
entdeckt. Damit fand seine Reise Richtung Süden ein jähes
Ende. Als im Tal des Hudson der erste Schnee fiel, hatte er beschlossen, in südlichere Gefilde zu ziehen. In Maryland war das
Klima, wie erwartet, milder, wenngleich die Sonne jetzt früh unterging und lange, traurige Schatten warf.

Nach meilenweitem Fußmarsch auf staubigen Straßen
quälte ihn der Hunger. Vor einem Wirtshaus, einem baufälligen
Holzhaus mit lehmgestampftem Hof, auf dem vor Jahren die
Postkutschen gestanden hatten, machte er schließlich halt. Vor
der Tür standen Eimer mit Asche und eine schwere Schaufel, ein
deutlicher Hinweis darauf, daß es auch in Maryland manchmal
schneite.

Im Gastraum des Wirtshauses war es rauchig und warm. An
der Bar bestellte Carl Schweinebraten und einen Krug Bier,
was er mit seinen letzten vierzig Cent bezahlte. Die beiden Männer in zweireihigen Anzügen, die neben ihm an der Bar lehnten,
ergingen sich in Vermutungen über den Ausgang des Mord-
prozesses Harry Thaw in New York. Thaw, prominentes Mitglied
der New Yorker Gesellschaft, hatte in einem Dachtheater im
Madison Square Garden den Architekten Stanford White ermor-
det, der mit Thaws Frau, einem ehemaligen Showgirl, geliebäugelt hatte. An einem Tisch in der Ecke saßen vier Männer
beim Kartenspiel.

Carl schlenderte an einen der kleineren Tische, zog einen
Stuhl heraus und ließ sich erschöpft nieder, ohne auf die Beschaffenheit des Stuhls zu achten. Das alte trockene Holz
knarzte laut. Der muskulöse Wirtshausbesitzer bedachte Carl
mit einem vielsagenden Blick. Carl sprang auf und besah sich
den Stuhl.

»Nichts passiert.«

»Glück gehabt. Möbel sind nicht billig.«

Man servierte ihm das Essen und sein Bier. Der lauteste der Kartenspieler, ein schlaksiger Mann mit pustelbedeckter Nase, piesackte seine Mitspieler. Endlich warf ein älterer Mann seine Karten auf den Tisch.

»Ich hab' genug von deinen blöden Sprüchen, Innis. Wir spielen weiter, wenn du wieder nüchtern bist.«

Innis rappelte sich hoch und warf dabei seinen Stuhl um. »He, Bastard, du kannst jetzt nicht aufhören. Du bist am Zug.«

»Ich höre auf, Innis. Und zwar jetzt.« Der ältere starrte Innis eindringlich an. Carl stippte die Soße mit einem Stück Haferbrot auf. Der ältere Mann war einen guten Kopf größer als Innis. Innis gab klein bei. Der ältere Mann verließ die Gaststube.

Carl senkte den Kopf nicht rechtzeitig. Innis bemerkte seinen Blick. »Spielen Sie Karten, Mister?«

Carl verspürte eine Abneigung gegen Innis und machte auch keinen Hehl daraus, als er antwortete: »Nein.«

»Kommen Sie schon, leisten Sie uns für ein paar Runden Gesellschaft. Wir pokern.«

»Ich hab' kein Geld. Außerdem möchte ich in Ruhe fertig essen.«

Bösartig funkelte Innis Carl an. »Manieren hab'n Sie auch keine.«

Einer der Kartenspieler zupfte Innis am Arm. »Um Christi willen, Innis, setz dich hin! Irgendwann mußt du doch drüber wegkommen.«

Innis schüttelte die Hand des Mannes ab. »Ich kenne diesen Burschen nicht, und außerdem riskiert er 'ne große Lippe.« Innis torkelte nach vorne und versetzte Carl einen Schlag auf die Schulter. »Was sagst du nun, Bürschchen?«

Carl war kein draufgängerischer Heftchenheld wie Nick Carter oder Frank Merriwell, aber er hatte von seinem Vater gelernt, sich von einem Großmaul nicht einschüchtern zu lassen, denn meistens gaben sie schnell klein bei, wenn man ihnen selbstsicher gegenübertrat.

»Ich sage, mach das nicht noch einmal.«

Innis kicherte. Dann schlug er Carl mit der Hand leicht ins Gesicht. »Meinst du so?«

Carls Magen verkrampfte sich, als er seinen Stuhl zurückstieß. Der Wirtshausbesitzer verließ seinen Platz hinter der Theke und eilte herbei. »Raus hier, raus! Ich will hier nichts demoliert haben.«

In einem letzten Versuch der Versöhnung breitete Carl die Hände aus. »Es gibt keinen Grund, warum wir ...« Bevor er den Satz zu Ende sprechen konnte, versetzte ihm Innis einen saftigen Kinnhaken.

Carl taumelte nach hinten, traf die Wand und prallte zurück. Verdammtes Großmaul, dachte er, während Innis auf ihn zugetorkelt kam. Aber noch bevor Innis zu einem weiteren Schlag ausholen konnte, packte Carl ihn mit beiden Händen am Hemd und riß ihn zur Seite. Der Wirtshausbesitzer sprang zur Tür, riß sie auf, Innis flog in hohem Bogen rückwärts hinaus und landete draußen auf dem Erdboden.

Carl ging ihm nach. »Laß gut sein! Ich will keinen Streit mit dir. Geh nach Hause, und schlaf deinen Rausch aus.«

Innis rappelte sich auf die Knie hoch, wischte sich mit dem Ärmel den Mund ab. Einen Augenblick lang dachte Carl, die Sache sei erledigt; er ließ sich von Innis' krankem, scheißfreundlichem Lächeln täuschen.

»Also, dann«, setzte Innis auf den Knien robbend an. Zu spät begriff Carl, was der andere im Schilde führte. Innis' rechte Hand klammerte sich um Carls Knöchel und riß ihn zu Boden. Dann sprang Innis auf, versetzte Carl zwei kräftige Fußtritte und streckte die Hand nach der Schaufel aus.

»Und jetzt«, keuchte er, während Carl sich mit brummendem Schädel aufrappelte, »und jetzt wollen wir mal sehen, du verdammter Scheißkerl.«

Carl hieb mit der flachen Seite der rechten Hand auf Innis linke Ellbogenbeuge ein. Der Griff des anderen lockerte sich, so daß es Carl gelang, ihm die Schaufel zu entreißen. Plötzlich zückte Innis ein Klappmesser, das genauso aussah wie das von Carl, und ließ es aufschnappen. Carl wich einen Schritt zurück. Innis sprang zur Seite und führte einen Stoß mit dem Messer aus. Wie mit einem Baseballschläger holte Carl nun mit der Schaufel aus.

In letzter Sekunde zog er die Hand etwas ein, denn er hatte nicht vor, den Mann umzubringen. Trotzdem traf die Schaufel mit metallischem Klirren auf. Innis ging zu Boden, aus dem linken Ohr floß Blut. Er fiel nach vorne, stöhnte und verlor das Bewußtsein.

Der Wirtshausbesitzer und die Kartenspieler standen in einem Halbkreis um Innis herum, während sich Carl tief durchatmend die Schulter rieb, die sich anfühlte, als habe er sich einen Muskel gezerrt. Der Besitzer übergoß den am Boden Liegenden mit einem Eimer Wasser. Innis leckte sich das Wasser von den Lippen, ohne aufzuwachen.

»Seit Wochen ist er fuchsteufelswild«, klärte ihn der Wirt auf. »Erst hat man ihn bei der Rennbahn rausgeworfen, dann hat ihn seine Alte vor die Tür gesetzt. Seitdem ist er aus dem Ruder gelaufen. Wenn ich Sie wäre, würde ich nicht bleiben, bis er aufwacht. Ich würde gleich verschwinden.«

»Klar doch, daran bin ich gewöhnt«, gab Carl mit bitterem Lächeln zurück. »Ich brauche Arbeit, vielleicht könnte ich seinen Job kriegen. Wo ist die Rennbahn?«

»Baltimore Downs. Am Nordrand der Stadt.«

»Danke freundlichst.« Carl drehte sich um und humpelte über den Hof davon.

Die Nacht verbrachte er unter einer Parkbank in einem kleinen Kaff, freilich ohne ein Auge zuzutun, denn ihm klapperten die Zähne vor Kälte. Der kräftige Nordwestwind roch nach Schnee.

Am Morgen machte er sich auf den Weg nach Baltimore Downs. Schließlich stand er vor einer herrlichen, eine Meile langen Rennbahn mit großer, flaggengeschmückter Tribüne, einem zweistöckigen Clubhaus, teuren Ställen und Sattelplätzen. Ein Pferdeknecht, der ein Fohlen bewegte, wies ihm den Weg zum Büro. Der Mann im Büro namens Reeves brachte das Vorstellungsgespräch sofort auf einen knappen Nenner:

»Sie wollen Innis' Job, stimmt's? Er hat die Ställe saubergemacht, den Pferdeknechten geholfen und was sonst noch so anfiel. Sind Sie willens?«

»Ich bin willens, mir ab und zu etwas hinter die Kiemen zu schieben«, antwortete Carl.

Die Antwort gefiel Reeves. »Sie haben Innis also kennengelernt?«

Carl fuhr mit der Hand an die sich verfärbende Stelle an seinem Kinn. »Leider.«

»Wer hat gewonnen?«

»Ich.«

Diese Antwort gefiel Reeves noch besser. »Also dann, die Ställe sind sauber und warm. Sie können so lange in einer leeren Box schlafen, bis Sie eine Unterkunft gefunden haben. Morgen früh fangen Sie an, pünktlich um sechs.«

Während sich Carl bei Reeves bedankte, hörte er das tiefe Brummen eines Motors. »Klingt wie ein Benzinwagen.«

»Ist einer. Wenn keine Pferde laufen, finden sich seit neuestem Automobilisten hier ein, die sich für Autorennen begeistern. Unsere Rennbahn ist auch bei den Fahrern beliebt. Schon mal ein Rennen gesehen?«

»Ich hab' das erste Autorennen überhaupt gesehen. An Thanksgiving, 1895, in Chicago.«

»Das berühmte Rennen im Schnee«, bestätigte Reeves mit einem Nicken.

»Vierundfünfzig und drei Zehntel Meilen. Die Duryea-Brüder haben mit ihrer Nummer Fünf in zehn Stunden und dreiundzwanzig Minuten gewonnen. Frank Duryea hat das Auto gefahren, das man damals noch Motorwagen nannte.«

Seit jenem frühen Wintertag, als die Blicke des staunenden kleinen Carl den pferdelosen Wagen gefolgt waren, die über die Michigan Avenue schlitterten, trug er eine unstillbare Liebe zu Autos mit sich herum. In New York City hatte er unzählige gesehen. Für ihn spielte es keine Rolle, ob sie mit dampfenden Kühlern dastanden, mit surrenden Batterien oder knatternden Benzinmotoren. Er fand sie alle aufregend. Es waren Maschinen, und er liebte Maschinen. Autos waren längst kein Gegenstand des Gelächters mehr wie zu Anfang; inzwischen waren sie Symbole für Macht und Reichtum – rollende schnaubende, rauchende Wunderwerke des neuen Jahrhunderts.

Aber nicht alle mochten Autos. Dr. Wilson beispielsweise, der Dekan von Princeton, hatte öffentlich verlauten lassen, es handle sich um leichtfertige und prahlerische Spielzeuge, die sich nur die Reichen leisten könnten. Und deshalb schürten sie Unruhe und förderten den Sozialismus und die Anarchie unter den Armen. War das nicht der beste Beweis dafür, daß Wilson ein verknöcherter alter Esel war?

Natürlich würde es noch ein Weilchen dauern, bis die Autos

wirklich zuverlässig waren. Die Wahrscheinlichkeit war größer, eines am Straßenrand zu sehen, das den Geist aufgegeben hatte, als die, eines fahren zu sehen. In Ohio hatte Carl auf seinem Weg über die Landstraße einen buttergelben Stanley im Schlamm stecken sehen. Ein Farmer versuchte den Wagen mit Hilfe seiner Maultiere herauszuziehen. Carl erbot sich, von hinten anzuschieben. Der Farmer trieb seine stupiden Maultiere mit der Peitsche an; die Reifen standen in einer braunen Brühe. Der Stanley wurde herausgezogen. Carls erdverkrustetes Gesicht verzog sich in einem breiten Grinsen.

Er träumte oft davon, hinter dem Lenkrad eines Autos über die Landstraße zu fahren, schnell zu fahren. Seit er vor drei Monaten in Indianapolis gearbeitet hatte, war der Traum zur Besessenheit geworden. Obwohl er seit seiner Kindheit nicht mehr in einem Theater gewesen war, kaufte er sich eine Karte für das Musical *The Vanderbilt Cup.* Inhalt des Musicals war das große Long-Island-Straßenrennen, das der angesehene William K. Vanderbilt 1904 ins Leben gerufen hatte. Die Truppe ging anschließend mit ihrem Broadway-Star, dem Rennfahrer Barney Oldfield, auf Tournee.

Der aus Ohio stammende Oldfield war ein ehemaliger Radrennfahrer, der 1903 zum ersten Mal am Steuer eines Autos gesessen hatte. Er fuhr Henry Fords großen 999 gegen den Favoriten, den vom Autohersteller Alexander Winton in Cleveland hergestellten Bullet. Oldfield gewann auf dem 999.

Barney Oldfield war kein besonderer Schauspieler, aber in der ausschlaggebenden Szene im zweiten Akt war er überzeugend. Zwei Rennautos, der Peerless *Blue Streek* und Barneys Peerless *Green Dragon*, lieferten sich vor laufendem Hintergrund ein spannendes Kopf-an-Kopf-Rennen. Der Rauch, die Funken und blauen Flammen, die aus den Auspuffrohren loderten, waren täuschend echt. Barney trug seinen bekannten waldgrünen Rennanzug, einen grünen Lederhelm und eine Schutzbrille. Der Rest der Truppe feuerte ihn an. Natürlich gewann er. Er war der ungekrönte König des schnellen Fahrens, und er kriegte nicht zweitausend Dollar im Monat, um zu verlieren.

Es war das erste Mal, daß Carl diesen Barney Oldfield sah, der damals auf dem Höhepunkt seines Ruhmes war. Es war auch das erste und einzige Mal, daß er begriff, was seine Schwester meinte, wenn sie von der Faszination des Theaters sprach. Das Schauspiel auf der Bühne wirkte wie ein Zauber auf ihn.

Carls Traum erwachte erneut zum Leben, als Reeves sagte: »Zwei Typen in einem Fiat trainieren gerade für das Hundert-Meilen-Rennen am Wochenende. Schauen Sie doch mal rüber.«

Er lief in das blasse, winterliche Sonnenlicht hinaus, schlängelte sich zwischen den Stallgebäuden hindurch zur Rennbahn, wo eine Maschine in einer braunen Staubwolke aufheulte. Er stieg auf die erste Brüstung. Als der Rennwagen kurz darauf auf die Kurve zuraste, wurden seine Haare und Schultern mit einer dicken Staubschicht bedeckt. Der Rennwagen erinnerte an eine Blechdose auf einem Gestell mit ungeschützten Rädern. Das Lenkrad befand sich wie bei allen anderen Autos auf der rechten Seite. Der Fahrer und sein Mechaniker hockten in niedrigen Einzelsitzen, schutzlos Staub und Wind ausgeliefert. Beide trugen Schutzbrillen und handgenähte Handschuhe. Carl träumte davon, selbst am Steuer dieses Autos zu sitzen.

Auf der Geraden legte der Fiat an Geschwindigkeit zu. Carl fiel die Kinnlade herunter. »Du lieber Gott, die müssen ja vierzig oder fünfzig Sachen draufhaben!«

Er ließ den Fiat, der in einer großen Staubwolke um die Kurven raste, nicht eine Sekunde aus den Augen. Beinahe eine Stunde lang stand er so da. Hinterher sagte er zu Reeves: »Ich muß unbedingt fahren lernen. Ich weiß zwar noch nicht wo und wie, aber ich lerne es, darauf können Sie wetten.«

6. PAULS FILME

Der Chauffeur erwartete Fritzi und ihre Mutter mit aufgespanntem Schirm vor der Eingangstür des Restaurants Heidelberg. Fritzi sprach auf der Fahrt nach Hause nur wenig. Ihre Mutter war spürbar aufgebracht über ihre Entscheidung.

Das Wohnhaus der Crowns an der South Michigan war ein weitläufiges viktorianisches Schloß mit sechsundzwanzig Zimmern, zweimal im Laufe der Jahre umgebaut, immerwährendes Symbol für den Erfolg seines Besitzers im Brauereiwesen. Joe Crown gehörte das ganze Gelände zwischen der Zwanzigsten und Neunzehnten Straße; die der Neunzehnten Straße zu gelegene Hälfte schmückte ein gepflegter Garten mit funkelndem Schwimmbecken, das zur Zeit leer war, mit Rosenbeeten und der Marmorstatue eines Friedensengels, verborgen hinter hohen Büschen und Sträuchern, die jeden Einblick von der Straße her verwehrten. Zehn Minuten nachdem Fritzi in ihr Zimmer gegangen war, eilte Ilsa mit einem Brief herbei.

»Liebchen, deine Gebete sind erhört worden! Schau doch nur, was mit der Nachmittagspost gekommen ist. Pauli hat den Brief vor sechs Wochen in Gibraltar aufgegeben. Er hat sogar einen Schnappschuß von sich mitgeschickt.«

Ilsa gab ihr das Kodakphoto. Ein Lächeln breitete sich auf Fritzis Gesicht aus, als sie ihren kräftigen Vetter betrachtete, der mit Filmkamera und Stativ auf einer Hotelveranda posierte. Wie immer fehlte auch nicht die obligatorische Zigarre in seinem Mund. Mit einem Arm hielt er das Stativ, mit der anderen Hand hob er den Panamahut zum Gruß.

Pauls Spenzer war nicht zugeknöpft. Seine Krawatte hing schief. Die Knie seines weißen Anzugs waren schmutzig. Er war der alte, nachlässig, was seine Kleidung betraf, aber niemals nachlässig bei seiner Arbeit. Er hatte die Angewohnheit, Erinnerungsstücke und Andenken zu sammeln und zu verteilen, und deshalb schickte er hin und wieder Photos an seine Freunde.

Geschwind überflog Fritzi den Brief. Paul war in Nordafrika

gewesen, hatte in Marokko und in der Sahara Nomaden und die seßhafte Bevölkerung aufgenommen und war dann nach Gibraltar gereist, um dort die Jungfernfahrt des neuen britischen Kriegsschiffes, der *HMS Dreadnough*, zu filmen.

»Es ist das erste seiner Art – 17 000 Registertonnen, schneller als jedes andere schwimmende Gefährt. Die großen Kanonen haben eine bisher nie dagewesene Reichweite. Mein Freund Michael behauptet, wegen dieses Schiffes habe bereits ein Wettrüsten zur See begonnen. Aber leider haben mir die blöden Briten nicht gestattet, das Ding zu filmen. Die Aufnahmen von Nordafrika werden im Dezember geschnitten in die Filmtheater kommen. Plane für nächstes Jahr eine Reise in die Staaten, dann sehen wir uns bestimmt. Bis dann, seid gegrüßt, Ihr Lieben.«

»Wir müssen herausfinden, wer die Aufnahmen der American Luxograph Company zeigt«, sagte Ilsa aufgeregt. »Du wirst sie sicher auch sehen wollen. Wir gehen zusammen hin, wir machen uns noch einen schönen Tag.«

In einem dieser gräßlichen, billigen Filmtheater? Du lieber Himmel! Aber Fritzi konnte der korpulenten grauhaarigen Frau, die sie über alles liebte, den Wunsch nicht abschlagen. Sie seufzte leise in sich hinein und sagte laut: »Das fände ich ganz wunderbar.«

Auf Ilsas Wunsch zog der General Erkundigungen ein. Ein Vorarbeiter der Brauerei kannte zufällig einen geschäftstüchtigen deutschen Juden, der erst seit kurzem im Filmgeschäft war. Der Mann hieß Carl Laemmle. Er vertrieb Filme und war Besitzer eines Filmtheaters in der North Milwaukee Avenue. Nach Laemmle sah man sich »Aktuelles« der American Luxograph Company am besten im *Bijou Dream* in der State Street in der Nähe der Van Buren Street an, also dem Filmtheater, an dem Fritzi mit dem Fahrrad vorbeigekommen war.

Fritzi und ihre Mutter kauften ihre Karten um zehn nach zwei an einem trüben Nachmittag. Ein kurzer Blick genügte, um festzustellen, daß das Bijou Dream besser war als die anderen Filmtheater, die sie wegen der Filme ihres Vetters aufgesucht hatten. Die Fenster des ehemaligen Ladens waren mit grünen Samtvorhängen verkleidet. Der Projektor stand in einer durch einen Vorhang abgetrennten Kabine im hinteren Teil eines langen rechteckigen Raumes. Den Filmvorführer kannte Fritzi nicht; der junge Mann aus der Theatertruppe war heute nicht im Dienst. Dafür dankte sie dem Himmel. Nie hatte sie einen Hehl aus ihrer Abneigung gegen die bewegten Bilder gemacht.

Anstelle von Holzbänken gab es hier Stühle, mindestens einhundert, und dabei handelte es sich nicht um eine wahllose Ansammlung aus Eisdielen und Gebrauchtwarenläden, vielmehr waren alle gleich. Das Bijou Dream beschäftigte einen Pianisten, der kerzengerade neben der Leinwand saß, und einen Sprecher in mitternachtsblauem Smoking, der die Ereignisse von einem Pult auf der gegenüberliegenden Seite aus ankündigte und erklärte. Die bewegten Bilder, die in den Fünf-Cent-Theatern gezeigt wurden, waren in der Regel ohne Text. Viele hatten nicht einmal einen Titel.

Etwa zwanzig Personen besuchten die Vorstellung um zwei Uhr fünfzehn. Fritzi und ihre Mutter waren mit Abstand am besten angezogen. Einige Zuschauer rochen nach Knoblauch, Wein oder mangelnder Körperpflege. Nicht aus Überheblichkeit, sondern einfach als Feststellung bemerkte Fritzi, daß sich diese Bilder hauptsächlich an ein Publikum neu angekommener und noch nicht eingegliederter Einwanderer richteten. Der Erfolg der laufenden Bilder beruhte auf der allen verständlichen Sprache der Pantomime und auf ihrer Verfügbarkeit. Slumbewohner erreichten ihr Filmtheater nicht selten zu Fuß und sparten Fahrgeld.

Ein durch ein Seil gesonderter Bereich vorne war Kindern vorbehalten. Ein halbes Dutzend lärmender Jungen in geflickten Knickerbockern und Stoffmützen lachten und pufften einander. Ilsa flüsterte: »Ob die die Schule schwänzen?«

»Oder geschickte Drückeberger«, gab Fritzi zurück. Sie und Ilsa folgten einer auf der Leinwand aufscheinenden Aufforderung an die Damen im Publikum, die Hüte abzunehmen. Die abgebildete Dame trug ein breitkrempiges Modell, das mit so viel Obst und Federvieh verziert war, daß man damit eine ganze Football-Mannschaft hätte füttern können.

Der Pianist verließ seinen Platz am Klavier, um zwei Jungen zu trennen, die im Gang miteinander rauften. Als sie schließlich wieder auf ihren Stühlen saßen, schaltete der Vorführer die von Blechschirmen geschützten Deckenlichter aus. Auf der Leinwand erschien ein neues Bild:

Der neueste Hit
von
T. B. HARMS!

Text und Musik
von
HARRY POLAND

präsentiert
von
FLAVIA FARREL,
The Irish Songbird

»Oh, das ist Paulis Freund«, sagte Ilsa und meinte den Komponisten.

Zwei Gesichter in ovalen Rahmen erschienen zu beiden
Seiten des Lichtbildes. *The Irish Songbird*, der irische Singvogel,
war eine Frau mit Tränensäcken, die in der Jugend sicher hübsch
gewesen war, bevor die Spannkraft von Haut und Muskeln nachgelassen hatte. Der Mann in dem anderen Rahmen war Harry
Poland. Er hatte 1891 zusammen mit Paul auf einem Schiff den
Atlantik überquert. Als polnischer Einwanderer hatte er sich
einen neuen Namen zugelegt, der inzwischen in der Welt der
Musik einen guten Klang hatte, denn er hatte bereits mehrere
populäre Lieder geschrieben. Harry war ein junger Mann mit
länglichem Kopf, breitem Lächeln und lebhaften Augen. Auf
dem Bild nahm er gerade den sommerlichen Strohhut von seinem dunklen Lockenkopf. Diese Pose erinnerte Fritzi an einen
Schnappschuß von Paul. Paul hatte ein heiteres Gemüt, und der
Komponist machte den gleichen Eindruck. Vielleicht war dies
der Grund, warum die beiden Freundschaft geschlossen hatten
und warum sie sich jedesmal, wenn es ihre Zeit erlaubte, in New
York trafen.

Jetzt erschien auf der Leinwand das erste zum Lied
gehörende Bild. Zu sehen waren ein Mann mit Schutzbrille und
eine junge Frau mit einem großen Hut und Schleier, die in
einem Auto saßen. Der Text des Liedes erschien auf der langen
Motorhaube des Autos. Der Pianist spielte die ins Ohr gehende
Melodie.

THAT AUTO-MO-BILING FEELING
IS STEAL-ING O-VER ME

Nächstes Bild: Ausgestopfte Tauben, die über dem Paar standen, das sich umarmte. Die Jungen im vorderen Teil kreischten und ahmten furzende Geräusche nach.

IT'S AN AP-PEAL-ING FEEL-ING,
RO-MAN-TIC AS CAN BE

»Verpiß dich!« schrie einer der Jungen. Der Sprecher trat von seinem Pult herunter und versetzte dem frechen Knaben durch Schnalzen des Zeigefingers eine harte Kopfnuß, was Fritzi schmerzlich an Rudolf erinnerte.

Ilsa sang mit ihrem unüberhörbaren deutschen Akzent mit. Auch Fritzi fiel schließlich ein. Pauls Freund komponierte wirklich mitreißende Melodien.

Nachdem das letzte zu dem Lied gehörende Bild von der Leinwand verschwunden war, verriet ein klapperndes Geräusch in der Kabine, daß der Vorführer die Kurbel des Projektors drehte. Ein Lichtstrahl schoß über die Köpfe der Zuschauer zur Leinwand. Die Jungen applaudierten und pfiffen anerkennend, als eine junge Frau mit einem Terrier an der Leine durch einen sonnigen Park spazierte. Die Aufnahme war dunkel, das Bild zerkratzt und von kleinen, luftbläschenartigen Lichtpunkten verschandelt. Der Sprecher verkündete: »Marys Hund, eine kleine Komödie.«

Die Drei-Minuten-Sequenz begann damit, daß Mary die Hundeleine aus der Hand glitt, der Hund sofort das Weite suchte und Mary mit verdutztem Gesicht zurückließ. Schon im nächsten Augenblick allerdings rannte Mary ihrem Hund hinterher. Ihrer Jagd schlossen sich ein Polizist an und ein junger Mann, der auf einer Parkbank gesessen und ein Brot gegessen hatte. Der krude Film war nichts weiter als ein Vorwand, drei Schauspieler wie irre durch die Gegend rennen und mit Bäumen und mit den Filmpartnern zusammenstoßen zu lassen.

»Der Gigolo, ein pikanter Import aus Paris.«

Dieser Film handelte von einem jungen Kavalier mit einem gezwirbelten Schnurrbart, einer älteren Frau und einer jungen

Kellnerin, die er zu zwicken versuchte. Die Ausstattung bestand aus Tisch, Stühlen und einem Hintergrundvorhang, auf den ein Restaurant gemalt war. Etwa in der Mitte der albernen Geschichte stieß jemand von hinten gegen den Vorhang und brachte ihn zum Wackeln. Die Schauspieler ließen sich davon nicht beirren. Wie konnte sich ein vernünftiger Mensch freiwillig solchen Unsinn ansehen?

»Das Neueste von der American Luxograph.«

»Jetzt kommt's«, flüsterte Ilsa aufgeregt und griff nach Fritzis Hand.

»Teddy in Panama.« Pauls erster aktueller Film zeigte Präsident Roosevelt bei der Inspektion des Panamakanals.

»Ungewöhnliche Bilder aus Marokko. Der wilde Stamm der Berber.« Männer in wallenden Gewändern und Burnussen schritten säbelschwingend und mit finsteren Blicken an der Kamera vorbei. Dann folgte ein Kamelrennen in der Wüste.

»Der Basar von Marrakesch.« Pauls Aufnahmen überdachter Basarbuden und verschleierter Frauen, die prüfend Waren in Händen hielten, vermittelten trotz der durch harte Schatten bedingten Düsternis einen sehr realistischen Eindruck. Die gelangweilten Bengel stampften und pfiffen.

Jetzt warf der Projektor das Bild einer Hotelveranda auf die Leinwand; es war die, vor der es auch ein Photo von Paul gab. Weißgekleidete britische Marineoffiziere, die meisten ziemlich beleibt und mit wichtigtuerischem Gehabe, spazierten auf und ab. Unterbrochen wurde die Eintönigkeit gelegentlich durch elegant gekleidete Damen, die ins Bild kamen.

Mit einem nicht erklärten Ruck – vielleicht ein geklebter Riß im Film? – erfolgte ein Szenenwechsel. Das Publikum erhaschte einen Blick auf ein riesiges Kriegsschiff, das weit unterhalb der offenbar auf einem Felsen postierten Kamera vorbeidampfte. Die *HMS Dreadnought*? Das Schiff war nur wenige Sekunden zu sehen, bis sich eine Hand über die Linse legte und die Leinwand verdunkelte. Einer der Bengel buhte. Ein neues Bild erschien: An einem Flaggenmast wurde die amerikanische Fahne emporgezogen.

Eine weitere Verfolgungsjagd beendete die Fünfzehn-Minuten-Vorstellung. »Das war aufregend, findest du nicht?« sagte Ilsa auf dem Weg nach draußen. Fritzi meinte auch, daß Pauls

Filme etwas ganz Besonderes und wirklich sehenswert seien im Gegensatz zu den billigen kleinen Dramen und Komödien.

Draußen schlug sie ihren Mantelkragen hoch. Das Wetter war schlechter geworden. Ein schwerer grauer Himmel lag drückend über der Stadt. Vom See wehte ein bitterkalter Wind herüber. Schnee lag in der rußgeschwängerten Luft, die erfüllt war vom Gestank des Pferdedungs und dem Rattern der Hochbahn, die ihre Schleifen um das Stadtzentrum zog.

»Ach, ich beneide Pauli um sein aufregendes Leben. Er kommt in der ganzen Welt herum«, seufzte Ilsa.

»Er sollte ein Buch darüber schreiben«, meinte Fritzi. Der Gedanke war ihr eben erst gekommen. Paul war zwar kein Schreiber wie sein Freund, der Journalist und Schriftsteller Richard Harding Davis, aber er war klug und würde das sicher zustande bringen.

Ilsa und Fritzi kämpften sich gegen die Windböen zur Trambahnhaltestelle vor. Ilsa hatte dem Chauffeur heute freigegeben. An der Ecke kaufte sie bei einem Straßenhändler zwei geröstete süße Kartoffeln, um sich aufzuwärmen, solange sie warteten.

»Fritzi, die Leute in den kleinen Geschichten – sind das Schauspieler?«

»Sie halten sich wahrscheinlich dafür. Das ist ganz altmodisches Brimborium. So hat man vor fünfzig Jahren Theater gespielt. Modernes Theaterspiel ist – na ja, zurückhaltender. Ausdrucksstark und gleichzeitig verhalten. Booth hat es hierzulande eingeführt.«

»Wahrscheinlich müssen die Leute auf der Leinwand übertreiben, um das zu vermitteln, was sie ausdrücken wollen. Wäre das nicht auch eine Möglichkeit für dich?«

»Auf keinen Fall, Mama«, gab Fritzi heftig zurück. »Auf diese Art Unterhaltung werde ich mich nie einlassen! Lieber spiele ich gar nicht.«

»Und ich dachte, spielen sei spielen«, antwortete Ilsa verwundert. »Früher war das Leben soviel einfacher.«

7. DER GENERAL UND SEINE KINDER

Sein Cadillac sprang nach der zweiten Drehung der Kurbel an. Es handelte sich um einen zuverlässigen Vierzylinder, Modell 1906, mit vierzig Pferdestärken. Das für den Winter montierte Verdeck war schwarz wie die Karosserie und die Ledersitze. Der Wagen, ein Modell der Luxusklasse, hatte neu fast viertausend Dollar gekostet. Das teuerste Auto des Generals war jedoch sein für fast sechstausend Dollar erstandener Welch, ein Tourenwagen, der bei solchem Wetter wohlbehütet in der Garage stand.

Der General nahm auf der rechten Seite hinter dem Steuer Platz und setzte seine teure Fahrbrille auf, die mit den zwei vorderen und den beiden seitlichen Linsen an eine lederne Dominomaske erinnerte. Er fuhr durch das Osttor auf die Larrabee Street hinaus, wo ihm eine Schlange von Lieferwagen entgegenkam, alle hochbeladen mit Fässern, voll von dem eigens für Weihnachten gebrauten, kräftigen dunklen Bier.

Die Fahrt durch die verstopften Straßen der North Side ging nur langsam voran. Auf einer Kreuzung mußte Joe kräftig auf die Hupe drücken, weil ihm ein Simplex beinahe die Vorfahrt genommen hätte. Er fluchte, als Pferdedung bis zu seinen Kotflügeln heraufspritzte. Dem Fahrer eines Reo, der gefährlich nahe an ihm vorbeifuhr, drohte er mit erhobener Faust. Am östlichen Himmel türmten sich Wolken auf, die an riesige graue Granitblöcke erinnerten. Immer dichter werdende Graupelschauer prasselten gegen die Windschutzscheibe. Zum Glück trug er einen Mantel mit Fellkragen und warmem Lederfutter. Seine Stimmung paßte ausgezeichnet zum trüben Grau des Tages.

Die Graupelschauer gingen in Schnee über, als der General in die große Vierergarage am hinteren Ende des Grundstücks fuhr. Er parkte den Cadillac neben seinem Lieblingsfahrzeug, dem wunderschönen cremefarbenen Welch-Tourenwagen, der Platz für sieben Fahrgäste bot. Dessen vier Zylinder brachten es auf fünfzig Pferdestärken. Die funkelnde Karosserie, die herrlichen, knallroten Ledersitze mit den Rautenfalten waren eine

Wonne für das Auge. Der in Pontiac, Michigan, hergestellte
Welch war genau das richtige Topmodell für einen reichen Mann
wie Joe. Lange hatte er mit einem Mercedes mit Kettenantrieb
geliebäugelt, aber der kostete doppelt soviel. Aber zwölftausend
Dollar für ein Auto waren seiner Meinung nach einfach übertrieben.

Im Haus übergab er dem Butler Leopold seine Automobil-
kleidung. Der phlegmatische Mann mittleren Alters ging einem
weniger auf die Nerven als sein strenger Vorgänger Manfred.
Leopold stammte aus Bayern, aber Joe konnte an ihm nicht die
Trägheit bemerken, die er mit den Deutschen dieser Region verband.

In der Küche traf er Ilsa und die Köchin Trudi an, die dabei
waren, den Teig für den traditionellen Weihnachtsstollen zu kne-
ten. Joe küßte seine Frau, die laut lachte, als sie sah, daß sie ihm
dabei Mehl aufs Kinn gestäubt hatte. Er bat, das Abendessen gegen acht Uhr zu servieren.

»Ich gehe noch mal ins Arbeitszimmer, um mir die neuesten
Verkaufszahlen anzusehen. Klingle, wenn es soweit ist.« Joe
hatte das Haus mit einer ausgeklügelten Klingelanlage ausstat-
ten lassen, die seiner Vorliebe für Akkuratesse entgegenkam, allen anderen jedoch nicht selten auf die Nerven ging. Ilsa klingelte fünf Minuten nach acht, und Joe betrat gleich darauf das
Speisezimmer.

Das Haus der Crowns war bereits weihnachtlich geschmückt.
Im zweistöckigen Foyer stand unter dem ausladenden elektrischen Kronleuchter ein fast drei Meter hoher Tannenbaum, darunter eine wunderschön geschnitzte Holzkrippe. Der Baum trug
ein festliches Kleid aus Glaskugeln, Emailornamenten, Gold-
fäden und Silberlametta. Unzählige weiße Kerzen waren an seinen Zweigen befestigt. Sie wurden, wie in deutschen Haushalten
üblich, am Heiligabend angezündet.

Im Speisezimmer brannten zwei Kerzen vom Adventskranz,
der in der Mitte des langen Eßtisches lag. Auf der Anrichte stand
eine geschnitzte, bemalte Holzfigur, die den heiligen Nikolaus
mit langem Bart, Bischofsmütze und Krummstab darstellte.

Joe saß am Kopfende des Tisches. Er hörte seinen älteren
Sohn kommen: das Nachziehen eines Beins und den abge-
hackten, rauhen Husten. Joe junior rauchte zuviel, nichts und

niemand vermochte ihn davon abzuhalten. Der General zügelte seine Verärgerung und bürstete geistesabwesend nicht vorhandene Stäubchen von seinem makellosen Spenzer.

Joe junior erzeugte bei seinem Vater heftiges Mitleid und brennenden Zorn. Der Junge war ein tragischer Versager. Als Anhänger der sozialistischen Weltanschauung – er war mit dem durch und durch roten Gene Debs befreundet – hatte er in einer Schindelfabrik in Everett, Washington, wo er eine Zeitlang gearbeitet hatte, an einem Streik teilgenommen. Zwischen den Streikenden und bezahlten Raufbolden war es zu einer blutigen Auseinandersetzung gekommen. Zwei dieser Rabauken warfen Joe junior auf eine der Kreissägen, die Zedernstämme in Schindeln zersägte; die Säge schnitt ihm den rechten Fuß ab.

Nur dem schnellen Eingreifen einer Norwegerin namens Anna Sieberson war es zu danken, daß er nicht an Ort und Stelle verblutete. Er heiratete Anna und hätte auch ihren kleinen Sohn adoptiert, wäre Anna nicht frühzeitig von einer Grippe dahingerafft worden. Ihr Sohn zog zu Verwandten, und Joe junior kehrte als verbitterter, geschlagener Mann nach Chicago zurück.

»Guten Abend, Joe«, grüßte der General, als sein Sohn zur Tür hereinhumpelte.

»Hallo, Pa.« Joe junior setzte sich – nein, eigentlich ließ er sich auf den Stuhl fallen und sank in sich zusammen. Sein rechter Schuh lugte unter dem Tisch hervor, als wolle er in seinem Trotz alle daran erinnern, daß nur ein Korkfuß darin steckte. Schau ihn nur an, dachte Joe, schmutzige Fingernägel, Schweißflecke auf dem Hemd. Joe junior mußte demonstrieren, daß er zu den »einfachen Leuten« gehörte, obwohl er fast unentgeltlich unter Joe Crowns Dach lebte, Ilsas Mahlzeiten verzehrte und ein ungleich besseres Leben führte als jeder andere, der in der Brauerei einer niedrigen Beschäftigung nachging. Joe junior war dreißig. Er war so groß wie sein Vater und erinnerte an den jugendlichen Joe senior, bevor Bier und reichliches Essen dessen Bauch vorgewölbt und Ausschweifungen seine blauen Augen mit grauen Ringen unterlegt hatten.

Ilsa und Fritzi kamen herein. Ilsa setzte sich an eine Schmalseite des Tisches. Fritzi küßte ihren Vater auf die Stirn, murmelte »Papa« und begab sich zu ihrem Platz neben Joe. Die beiden Dienstmädchen stellten Platten auf den langen Tisch, einem Familienerbstück aus dunklem Walnußholz mit mächtigen, geschnitzten Beinen. Ilsa deckte immer mit einem Tischtuch aus feiner Spitze.

»Hast du mit deiner Mutter heute nachmittag Pauls Filme gesehen?« fragte Joe.

»Ja.«

»Wie war das Filmtheater?«

»Dunkel, aber sauber. Mr. Laemmles Empfehlung war genau richtig.«

»Du weißt ja, daß er sein eigenes Filmtheater White Front genannt hat, weil er hofft, der Name vermittle Sauberkeit und Achtbarkeit und ziehe ein besseres Publikum an. Eine vergebliche Hoffnung, wenn ihr mich fragt. Danke, Bess«, sagte Joe und nickte dem Mädchen zu, das einen Krug Crown Lager zu seiner Rechten abstellte.

»Pastor Wulf ist der Meinung, Filmtheater seien Brutstätten des Lasters, aber wir haben nichts Unmoralisches gesehen. Nur ein paar Jungs, die versucht haben, die Zeit totzuschlagen.«

»Pauls Filme sind wirklich bemerkenswert«, fuhr Fritzi fort. »Man sieht da Orte und Ereignisse, die man sonst nie zu Gesicht bekäme. Wir haben gesehen, wie der Präsident den Hebel einer riesigen Dampfschaufel betätigt hat, und wir haben Marokko gesehen.«

Joe nahm sich ein großes Stück von Ilsas Braten und reichte die Platte weiter. Unachtsam wie er war, hätte Joe junior sie beinahe fallen lassen. Joe warf ihm einen unfreundlichen Blick zu und sagte: »Theodores Energie und Neugierde sind grenzenlos.«

»Es ist eine Schande, daß Pauls Arbeit nur in Fünf-Cent-Theatern zu sehen ist«, klagte Fritzi. »Die anderen Filme, die angeblich eine Geschichte erzählen, sind Schund.«

»Ganz deiner Meinung«, pflichtete Joe ihr mit freundlichem Nicken bei. Joe junior machte einen gelangweilten Eindruck, sein Kopf hing über dem Teller, von dem er den Kartoffelbrei in sich hineinschaufelte. Joe fuhr fort: »Ich habe mir vor einem Jahr ein paar dieser Filme angeschaut. War ein großer Fehler. Sie bieten nichts außer ein paar Schmierenkomödianten, die hinter ein paar leichtbekleideten Mädchen herjagen oder Lattenzäune niederreißen und auf Blumenbeeten herumtrampeln. Kein Respekt vor fremdem Eigentum.«

Joe junior kicherte. »Eigentum. Ja freilich.«

»Wir wissen alle, was du und dein Freund Debs über das Eigentum denken«, herrschte sein Vater ihn an. »Ich brauche keine Erläuterungen von ...«

Er wurde von einem lauten Klopfen an der vorderen Haustür unterbrochen. Ilsas Blick wanderte in Richtung Halle, während Leopold schon zur Tür eilte. Die Haustür ging auf; man hörte den Wind. Ilsa sagte: »Wer um alles in der Welt besucht uns so spät?«

Leopold kam zurückgeeilt. »Sir – Madam –, es ist Ihr Sohn«, stammelte er.

»Carl? Mein Gott!« Ilsa sprang auf, rannte an Leopold vorbei und rief: »Wo kommst du her?«

»Aus Pittsburgh, Mama«, antwortete Carl stolz. »Pittsburgh und South Bend, im Güterwaggon von Pullman.«

Sprachlos vor Freude, folgte Joe seiner Frau in die Halle. Auf Carls Haar und seinem geflickten Mantel schmolz der Schnee. Ein langer roter Schal, den er sich mehrmals um den Hals gewickelt hatte, schleifte auf dem Boden. Man sah ihm an, daß er sich tagelang nicht rasiert hatte. Um seine Stiefel bildeten sich kleine Wasserpfützen auf dem Marmorfußboden.

Carl eilte seiner Mutter entgegen, umfing sie mit den Armen, nahm sie hoch und wirbelte sie im Kreis herum. Ilsas durch die Luft fliegenden Füße warfen eine hohe chinesische Vase um. Wenn Carls Ungeschicklichkeit mit seiner unbändigen Energie zusammentraf, ging nicht selten etwas kaputt. Heute achtete niemand darauf.

Nachdem er seine Mutter wieder abgesetzt hatte, schüttelte er seinem Vater die Hand. »Grüße dich, Papa. Hallo, Joey. Fritzi, komm, laß dich umarmen!« Und schon wurde sie genau wie Ilsa einmal im Kreis herumgewirbelt. Sie war atemlos, als er sie wieder absetzte.

»Mit dir haben wir wirklich nicht gerechnet«, gestand sie.

»Ich bin auf dem Weg nach Detroit.«

»Detroit?« wiederholte Joe Crown ungläubig.

»Ich will mir dort Arbeit suchen. Seit neuestem beschäftige ich mich mit schnellen Autos, und jetzt möchte ich auch noch wissen, wie sie gebaut werden. Ich möchte eines fahren.«

»Du suchst Arbeit?« fragte Joe. »In einer Autofabrik?« Fast

fürchtete er, mit der Nachfrage die Sache erst wirklich wahr zu machen. Grinsend legte Carl einen Arm um die Schultern seines Vaters und beugte sich zu ihm hinunter.

»Ganz genau, Papa, dein unsteter Sohn hat tatsächlich etwas gefunden, was ihn interessiert. Es war noch im Osten – Baltimore. Ich erzähl' euch später alles ganz genau.«

»Du bleibst doch bis Weihnachten?« erkundigte sich Fritzi erwartungsvoll.

»Ja, ich bleibe über die Feiertage, aber dann muß ich weiter«, antwortete Carl.

»Das ist ja wunderbar«, rief Ilsa. Nur Joey, der am Türrahmen des Speisezimmers lehnte, sah gleichgültig drein. Das machte seinen Vater wütend.

»Komm rein, komm rein, es ist noch genug zu essen da«, erklärte Ilsa, überschäumend vor Glück.

»Hört sich gut an«, gab Carl zurück. »Kein Speisewagen in den Güterwaggons.«

»Das ist doch lebensgefährlich, ohne Fahrkarte im Güterwaggon mitzufahren«, meinte Ilsa.

»Aber nein, ich hatte einen ausgezeichneten Lehrer: Paul. Er hat's in Berlin gelernt.«

»Ich bin froh, daß du wieder zu Hause bist«, sagte Joey, als die anderen ins Speisezimmer zurückgingen. »Ich bin müde, wir reden morgen.« Er humpelte zur Treppe, wobei er sein künstliches Bein nachzog. Joe ballte die Hände zu Fäusten, als er seinem Sohn auf dem Weg hinauf nachblickte.

Er verlangte eine Flasche Schnaps und ein weiteres Gedeck. Ilsa, Fritzi und Carl schwatzten munter drauflos, während er still daneben saß und abwechselnd Kaffee und Schnaps trank. Der Alkohol tat die gewünschte Wirkung, schon bald fühlte er sich besser. Carl hatte ihm ein großartiges Weihnachtsgeschenk gemacht.

Aus den Augenwinkeln heraus beobachtete Joe seine Tochter Fritzi. Nachdem sich Carls Leben völlig unerwartet in eine neue und positive Richtung wandte, war es Zeit, sich auf sie zu konzentrieren. Wer sagte denn, daß er die Heiratsvermittlung ganz seiner Frau überlassen sollte. Warum sollte er sich nicht unter seinen wohlhabenden Freunden nach einem geeigneten unverheirateten Sohn umsehen, der an einer guten Partie mit einer

Millionärstochter interessiert war? Fritzi brauchte einen anständigen Mann und ein Heim, und zwar hier in Chicago. Eine andere Möglichkeit gab es einfach nicht.

Nun sollte es also doch noch eine fröhliche Weihnachtszeit
werden!

8. CARLS MUT

Am nächsten Morgen waren alle schon früh auf den Beinen. Nachdem Carl beim Frühstück für zwei gegessen hatte, machte er sich auf, Weihnachtsgeschenke zu besorgen, jedoch nicht, ohne Fritzi vorher das Versprechen abgenommen zu haben, später mit ihm Baseball zu spielen, was sie schon als Kinder gern getan hatten.

Die Morgensonne sorgte dafür, daß die Schneedecke vom Vorabend um mindestens drei Zentimeter dünner wurde. Nicky fuhr Ilsa zu einer Komiteesitzung der Orchestervereinigung. Fritzi, die allein zurückblieb, machte sich ihre eigene Weihnachtsliste. Anschließend ging sie die Post durch, die ihr Leopold ins Musikzimmer gebracht hatte. Ungeduldig öffnete sie einen an die Familie gerichteten Brief von Julie.

Sie hielt den Atem an, als sie las, was Julie bei der Whitehall-Demonstration durchgemacht hatte. Fritzi bewunderte Julies Einsatz für das Wahlrecht der Frauen. Obwohl sie Julies Begeisterung teilte, hätte sie doch nie an einer Demonstration oder einem Marsch teilgenommen.

Julies Brief schloß mit einem Absatz über Vetter Paul:

»Seit Jahren, seit dieser schreckliche Jimmy Daws ins Gefängnis gewandert ist, schleppt er seine ganze schwere Ausrüstung allein. Auf der letzten Reise nach Afrika hat er sich verhoben und noch wochenlang danach unter starken Schmerzen gelitten. Lord Yorke hat ihm angeboten, einen Gehilfen einzustellen, aber Paul ist strikt dagegen. Obwohl ich ihm immer wieder versichere, daß ein Gehilfe seine Männlichkeit keineswegs untergraben würde, stellt er sich taub. Diese Deutschen können schrecklich stur sein – am allersturesten aber ist mein lieber Mann!

Seid mir alle lieb gegrüßt ...«

Fritzi legte den Brief für ihre Mutter auf ein Silbertablett, nahm Papier und Tinte zur Hand und setzte sich im winterlichen Morgenlicht an den Schreibtisch, um ihn zu beantworten. Sie bat

Julie, ihre weiblichen Überredungskünste noch auf ein weiteres
Thema auszudehnen: Paul müsse ein Buch schreiben.

»Warum nicht? Er ist intelligent. Seine Briefe sind unterhaltsam, seine Schilderungen lebhaft (sofern er sich überhaupt Zeit
zum Schreiben nimmt!), und ich glaube, daß sich viele Leute für
das interessieren, was er erlebt und gefilmt hat – die Schwierigkeiten und Gefahren, denen er ausgesetzt war und die er überwunden hat. Sein Freund Richard Harding Davis ist mit seinen
Büchern sehr erfolgreich. Bitte versuche ihn zu überzeugen, es
wenigstens zu probieren! Sag ihm, daß er seine Lieblingscou-
sine enttäuscht, wenn er es nicht tut.«

Carl ließ die Faust in seinen Fanghandschuh sausen. »Also
dann, Fritzi, laß sehen, ob du in deinem Alter noch was zustande bringst.«

Fritzi blinzelte gegen die Nachmittagssonne. An einem der
oberen Fenster auf der anderen Seite der Neunzehnten Straße
bewegte sich ein Vorhang. Mit einem gezierten Lächeln reckte
Fritzi ihren kalbslederner Fanghandschuh winkend in die Luft.
»Hallo, Mrs. Baum, Sie alte Ziege.«

Sie holte aus und schleuderte den harten Ball in hohem Bogen über Carls Kopf. Seine Hand schoß nach oben, der Ball landete in seinem Handschuh. Für jemanden, der so kräftig und so
tolpatschig war, war er erstaunlich flink. »Nicht schlecht, du
bist doch noch nicht eingerostet«, rief er lachend.

Die Sonne auf Fritzis Haut fühlte sich wunderbar an. Die tau-
ende Erde im Hof verströmte auf dieser Seite des Hauses einen
warmen, aromatischen Duft. Sie schleuderten den Ball hin und
her und fanden einen Rhythmus, der an die Tage ihrer Kindheit
erinnerte.

Mit einem harten, klatschenden Geräusch traf der Ball jeweils in den Handschuhen auf. Carls nächster Wurf ging vollkommen daneben; Fritzi versuchte den Ball aufzufangen, mußte
dazu in die Hocke gehen und schlitterte dem Ball schließlich auf
Knien und Rock entgegen. Während sie den Schmutz von ihrem
Kleid klopfte, verbeugte sie sich in Richtung von Mrs. Baums
Fenster. Hätte man Mädchen für undamenhaftes Verhalten eingesperrt, hätte ihre Nachbarin bestimmt unverzüglich die
grüne Minna gerufen. Mit ihren Imitationen der neunmalklu-

gen Witwe am Abendbrottisch brachte Fritzi sogar ihren Vater zum Lachen.

»Ich freue mich so, daß du nach Detroit gehst, Carl.«

»Pa hat mir gestern abend tatsächlich gratuliert. Er freut sich auch.« Das machte sie nachdenklich. Würde der General ähnlich reagieren, wenn er von ihrer Entscheidung erfuhr, ihr Zuhause zu verlassen? Wohl kaum, sie war ja eine Frau.

»Ich habe mich in Baltimore dazu entschieden, als ich mir diesen Fiat ansah«, fuhr er fort. »Drei Tage lang habe ich mich mit dem Fahrer und seinem Mechaniker unterhalten. Das hat mich so viel Bier gekostet, daß ich dachte, ich würde wegen Zechprellerei im Gefängnis landen. Habe aber eine Menge gelernt und beschlossen, daß ich selbst fahren muß. Aber dann habe ich entschieden, daß ich zuerst lernen muß, wie man sie baut.« Das Aufklatschen des Balls im Handschuh war nun in kürzeren Abständen zu vernehmen. »Ich suche mir eine Arbeit in einer Autofabrik oder bei einer Firma wie Dodge Brothers, die Teile anfertigt. Davon gibt es Dutzende, das weiß ich, weil ich in der Bibliothek nachgesehen habe. Detroit ist groß im Kommen. Und was ist mit dir? Du hast doch die Schauspielerei nicht an den Nagel gehängt, oder?«

»Das werde ich nie.«

»Ich hatte nicht erwartet, dich in Chicago zu sehen, jetzt, wo Pa wieder gesund ist.«

»Ich bin schon zu lange da. Aber das wird sich ändern.«

»Erzähl!«

Fritzi knallte den Ball in ihren Handschuh, dann holte sie tief Luft und warf.

»Ich werd's am Broadway versuchen.«

Carl überlegte kurz, dann verzog sich sein Mund zu einem Lächeln. »Klar, das scheint mir genau der richtige Ort für jemanden, der soviel Talent hat wie du.«

»Es muß aber ein Geheimnis bleiben, bis ich es Papa sage.«

»Das wird nicht so leicht sein, Schwesterchen.«

»Brauchst du mir nicht zu sagen«, antwortete sie niedergeschlagen. »Aber ich muß es tun, Carl. Wenn ich es nicht tue, werde ich es immer bereuen.«

Er klatschte den Ball immer wieder in seinen Handschuh und fragte: »Wie fühlst du dich dabei? Hast du Angst?«

»Entsetzliche Angst. Alle Schauspieler, die ich kenne, sagen, New York sei eine kalte, herzlose Stadt. Aber gleichzeitig kann ich's kaum erwarten.«

»Wann willst du los?«

Fritzi durchlief ein kalter Schauder, der nichts mit der winterlichen Temperatur zu tun hatte. »Gleich nach Weihnachten. Mama hab' ich's schon gesagt. Sie ist zwar nicht dafür, aber sie wird mir keine Steine in den Weg legen. Das große Hindernis ist Papa. Ich habe mir fest vorgenommen, es ihm noch vor Weihnachten zu sagen. Ich habe jetzt schon Bauchschmerzen.«

Carl warf den Ball über die Schulter ins Gras und legte einen muskulösen Arm um sie. »Ich bin zwar kein Experte auf dem Gebiet, aber ich will dir trotzdem einen Rat geben. Du weißt, daß Papa wahrscheinlich toben wird. Irgendwie lebt er immer noch in der Vergangenheit. Eine Frau braucht einen Ehering und Kinder und so weiter. Na ja, klar, für die einen ist das ja auch genau das richtige. Aber ich glaube, du bist in gewisser Weise wie ich, Fritzi. Einzelgänger und Außenseiter. Wir beide haben andere Träume. Andere beispielsweise, als sie Pa hatte, als er jung und arm aus der Alten Welt kam und versessen darauf war, viel Geld zu verdienen. Wir leben in einem unglaublichen, neuen Jahrhundert. Heute gelten andere Regeln. Hast du das kleine schwarze Auto gesehen, das eben hier vorbeigetuckert ist? Henry Ford hat das Modell erst in diesem Jahr auf den Markt gebracht und bereits mehr als tausend Stück verkauft. Mir tut der Typ mit der Peitschenfabrik leid, denn heute gelten andere Regeln. Auch für Pa. Und deshalb rate ich dir, laß dich nicht einschüchtern und nicht von deinen Plänen abbringen.« Er deutete auf den blassen Himmel im Osten. »Wenn dein Traum dort liegt, mach dich auf den Weg und such ihn.«

Er drückte ihr einen brüderlichen Kuß auf die Wange.

»Versprich mir, das du's tust.«

»Ich versprech' es, Carl, ich versprech' es – danke dir! Du gibst mir die Bestätigung, die ich brauche. Es wird nicht leicht sein, es ihm zu sagen.«

Carl machte ein paar Schritte, um den Ball aufzuheben. Er holte aus und zielte auf ihren Unterarm. »Aber vergiß nicht, Pa respektiert Stärke. Wenn dir die Knie zittern, darfst du's ihn nicht merken lassen. Du schaffst es. Wirklich, Schwesterchen, du bist doch Schauspielerin, oder etwa nicht. Spiel ihm was vor!«

Sie rannte auf ihn zu. »Oh, Carl! ›Welch eine Unmöglichkeit wird er zunächst zustande bringen?‹«

»Huch. Was war denn das?«

»Das sagt ein Mann namens Antonio in *Der Sturm*. Zweiter Akt, erste Szene. Paßt genau zu dir!« rief sie aus und warf ihm die Arme um den Hals. In spontaner Begeisterung schlang Carl seine Arme um sie und drückte sie an sich. Als er sie endlich freigab, war sie atemlos und rang nach Luft, aber sie hatte seit langem nicht mehr so viel Mut und Zuversicht verspürt.

9. DIE UNVERMEIDLICHE SZENE

Vorweihnachtliche Aufregung hatte auch das Haus der Crowns erfaßt. Fritzi stürzte sich aufs Einkaufen und durchstöberte Marshall Field's und Fair and Carson's auf der Suche nach passenden Geschenken. Sie ging wohlüberlegt mit ihren Ersparnissen um; die vierzig Dollar, die sie zurückgelegt hatte für eine Fahrkarte nach New York und die ersten Tage in der Stadt, bis sie Arbeit finden konnte, wurden nicht angerührt.

Jeden Morgen verließ Ilsa das Haus, um entweder Einkäufe zu erledigen oder bei Kinderparties im Hull House zu helfen oder um sich mit Freundinnen zu treffen. Fast jeden Abend besuchten sie und der General eine Party oder ein Bankett. Joe junior verschwand entweder nach dem Abendessen, oder er kam nach der Arbeit überhaupt nicht nach Hause, wodurch Carl und Fritzi Gelegenheit hatten, Dame zu spielen und stundenlang zu reden. Joe junior kam erst heim, wenn alle längst im Bett waren.

Sonntags gingen die Crowns zur Messe in die lutherische St.-Pauls-Kirche, auch das ohne Joey. Er gesellte sich auch nicht zu ihnen, wenn Fritzi im Musikzimmer Weihnachtslieder spielte und der General mit kräftiger Baritonstimme sang und Carl wie ein leidenschaftlicher, wenngleich stocktauber Stier mitbrüllte.

Am Mittwoch vor Weihnachten – alle vier Adventskerzen brannten auf dem Eßtisch – verließ Fritzi das Haus, um eine Fahrkarte für den New York Central Empire State Express zu kaufen. »Einfach und den Tageszug, bitte.« Sie hatte keine Lust, zusätzliches Geld für einen Schlafplatz auszugeben. Bei der Mortmain-Truppe hatte sie viel Erfahrung gesammelt, was das Schlafen im Sitzen anbetraf; sie wußte, wie man einen Platz in der Nähe der Heizung ergatterte und daß man Zeitungspapier als zusätzlichen Wärmeschutz benutzte.

Im Geiste ging sie immer wieder durch, was sie ihrem Vater sagen wollte, doch sie schob die Aussprache immer wieder hinaus. Joe Crown neigte zu Wutausbrüchen. Sie war versucht zu fliehen, ohne vorher mit ihm zu sprechen.

Nein, sagte Ellen Terry heftig:

Du weißt ganz genau, daß in guten Dramen bestimmte, unvermeidliche Szenen einfach gespielt werden müssen, weil alles auf sie hinführt. Sie wegzulassen wäre Betrug. Genauso ist es in einer Familie. Dein Vater ist kein Nebendarsteller, den man mit ein paar Zeilen in einem parfümierten Kuvert einfach von der Bühne schicken könnte. Der andere Grund, warum du mit ihm sprechen mußt, ist persönlicher Natur. Feigheit gehört sich nicht für die Mitglieder deiner Familie, und dazu gehörst auch du.

Also gut, am Samstag sollte es sein, bevor die Familie zur alljährlichen Weihnachtsfeier für die Angestellten der Brauerei aufbrach. Die Feier wurde jedes Jahr vom General ausgerichtet.

Am Samstag wachte Fritzi schon früh auf, ihr Magen drückte fürchterlich, ihre Handflächen waren jetzt schon feucht. Um vier Uhr begann sie sich anzuziehen. Es war ein klarer, kalter Nachmittag, der Himmel vor ihrem Fenster zeigte bereits die ersten winterlichen Sterne. Sie zwängte sich in ihr Abendkleid aus rotem Satin mit lose herabfallender, breiter Spitzeneinfassung am Ausschnitt. Ilsa hatte ihr das Kleid für die letztjährige Weihnachtsfeier gekauft.

Fritzis Hand fuhr nach hinten in den Nacken, um den Verschluß der engen Perlenkette zu schließen, die sie sich von ihrer Mutter geborgt hatte. Dann zerrte sie einen Kamm durch ihr zerzaustes Haar. Ihr Haar erinnerte an ausgefransten gelben Seilhanf. Sie warf den Kamm auf das Glas des Frisiertisches und streckte ihrem Spiegelbild die Zunge heraus.

Eine Uhr auf dem Sims des kleinen Kamins zeigte halb fünf. Ihr Vater hatte die gemeinsame Abfahrtszeit auf sechs Uhr festgelegt. Fritzi ging davon aus, daß der General sie persönlich im Welch zur Schwäbischen Halle fahren würde; die Straßen waren trocken.

Sie vernahm schwere Schritte im oberen Korridor und rannte zur Tür.

»Papa! Du kommst heute früh nach Hause.«

»Ja, ich konnte mich freimachen.«

»Könnte ich dich einen Moment sprechen?« Ihr Herzschlag dröhnte wie Donner in ihren Ohren.

»Aber natürlich«, sagte er mit einem gutmütigen Lächeln. »Soll ich reinkommen?«

»Es wäre vielleicht besser, wenn wir in dein Arbeitszimmer runtergingen.«

»Ganz wie du willst.« Sie standen nebeneinander auf dem oberen Treppenabsatz. Er bot ihr seinen Arm. »Du siehst ganz bezaubernd aus. Du wirst die Schönste auf der Feier sein.«

»Kaum.« Vor lauter Nervosität wäre sie auf der langen Treppe, vorbei am herrlichen Christbaum, zweimal beinahe gestolpert.

In seinem Arbeitszimmer zog Joe Crown den Besucherstuhl von der Wand weg. Draußen legten sich die tiefen blauen Schatten des Winters auf die Stadt. Kahle Äste schüttelten sich im Wind, der vom See heraufwehte.

Fritzi setzte sich auf die Stuhlkante und faltete die Hände fest im Schoß, damit sie nicht zitterten. Lampenfieber! Sie konnte sich beim besten Willen nicht an die ermutigenden Worte Carls erinnern.

»Was ist, mein Mädchen? Was hast du auf dem Herzen?«

»Pläne, Papa. Ich möchte dir von meinen Plänen erzählen.«

»Bitte«, sagte er und lächelte wieder. Er schlug die Beine übereinander und faltete die Hände über der Rundung, die sich um seine Mitte abzuzeichnen begann. Außer seiner Haarpomade roch Fritzi Bier. Vielleicht hatte er bereits in der Brauerei ein wenig gefeiert. Er schien in guter Stimmung zu sein.

»Ich gehe nach New York«, sagte sie.

Seine Stirn kräuselte sich. »Interessant. Zum Einkaufen, nehme ich an?«

»Nein, ich werde dort leben und mir Arbeit am Theater suchen.«

Irgendwo im Westen drangen die Strahlen des schwindenden Tageslichts durch die Wolken, fielen auf das Fenster des Arbeitszimmers und färbten es rot. Joe Crowns Haltung und Gesichtsausdruck blieben unverändert. Trotzdem war es Fritzi, als sei das Blut aus seinen Wangen gewichen.

»Ich verstehe. Gut. Es ist gut, daß du es mir gesagt hast.«

Er schritt zur Tür, die ein paar Zentimeter weit offenstand. Er warf die Tür zu, und ihr war, als fiele eine Kerkertür ins Schloß. Wie ein Soldat stand er mit gespreizten Beinen da, den Rücken zum Fenster gewandt. Alles, was sie erkennen konnte, war eine schwarze Gestalt vor einem feuerroten Hintergrund.

»Darf ich fragen, wann du dich entschieden hast?«

»Es ist schon eine Weile her. Am Mittwoch habe ich mir die Fahrkarte für den Zug gekauft.«

»Laß uns vernünftig darüber reden.« Er sprach immer noch in ruhigem Ton, der zwar nicht gerade freundlich, aber auch nicht feindselig war. Das ermutigte sie.

»Bei allem Respekt, Papa, aber es ist nicht nötig, daß wir darüber reden.«

»Erlaube mir, daß ich dir widerspreche. Es ist nicht gut für ein Mädchen deines Alters, sich in New York auf eine Karriere in einem zweifelhaften und gefährlichen Gewerbe einzulassen. Eine Karriere, die es vielleicht gar nicht gibt.«

»Carl geht nach Detroit, ohne daß er eine feste Stelle hätte. Das heißt du doch auch gut.«

»Carl ist ein Mann. Das ist ein großer Unterschied.«

»Oh, Papa. Das ist so altmodisch!« Ohne es recht zu merken, wies sie ihn zurecht. Sie war wütend.

Seine Stimme klang nach wie vor ruhig und gefaßt: »New York ist eine schmutzige und lasterhafte Stadt, das habe ich mit eigenen Augen gesehen. Und sehr gefährlich für eine alleinstehende junge Frau. Du besuchst ein öffentliches Theater« – er gestikulierte heftig, sich auf seine Rede einstimmend – »so wie die unschuldigen Leute, die vorigen Sommer im Dachtheater des Madison Square Garden waren, und auf einmal wirst du und nicht Stanford White von einem eifersüchtigen Irren über den Haufen geschossen. Es ist einfach zu gefährlich, Fritzi. Bitte überleg es dir noch einmal.«

Er ließ sich nicht beirren. Aber sie genausowenig.

»Ich habe lange darüber nachgedacht, Papa. Ich informiere dich nur, weil ich loyal bin.«

»Wie rücksichtsvoll«, antwortete er, diesmal mit bitterem Groll.

»Du weißt, daß in der Theaterwelt nur der Broadway zählt. Wenn ich nicht herausfinde, ob ich dort wirklich Erfolg haben kann, werde ich mich mein ganzes Leben dafür hassen.«

Joe Crown starrte aus dem Fenster, sein Profil wirkte in dem roten Abendlicht wie ein Scherenschnitt. »Bitte versteh doch, Fritzi, glaub bitte nicht, daß ich es dir schwermachen oder meinen eigenen Kopf durchsetzen will.« Ach, nein?

Bittend streckte er ihr seine kleinen, gepflegten Hände entgegen. »Ich will nur das Beste für dich. Einen Mann. Ein Heim. Kinder.«

»Ich bin wahrlich nicht die phantastische Schönheit, die sich ein Mann zur Frau wünscht.«

»Du bist ungerecht zu dir selbst, furchtbar ungerecht. Du wirst jemanden finden. Vielleicht solltest du deine Erwartungen nicht ganz so hoch hängen. Auf jeden Fall bin ich der Meinung, eine junge Frau mit gutem Charakter gehört …«

Sie sprang auf. »Du meinst, Kinder, Küche und Kirche, hab' ich recht? Papa, das war in deinem Jahrhundert so. Dieses ist meines. Mein Leben.«

»Dein Leben! Du mußt es sehr gering achten, wenn du darauf bestehst, es mit diesem niederen Theatervolk zu verbringen.«

Seine Stimme war lauter geworden. Fritzi preßte die Hände zusammen. Das Gespräch geriet außer Kontrolle. »Wie kannst du so etwas sagen? Du selbst hast mir doch die Erlaubnis gegeben, mich der Mortmain-Truppe anzuschließen.«

»Für eine Tournee durch den Süden – ein Teil des Landes, der sehr viel sicherer ist als New York.« Er hakte einen Finger in seinen Kragen ein und zerrte daran, ein untrügliches Zeichen seiner Erregung. »Ich dachte mir, daß ein Jahr oder zwei auf Tournee dich kurieren würden. Du solltest das einfache Leben von Schauspielern sehen, von denen die meisten ohnehin nie etwas Bedeutendes zustande bringen. Du solltest dieses unglückselige Los so lange mit ihnen teilen, bis dir die Augen aufgingen und du eines Besseren belehrt wärst.«

»Das hast du wirklich geglaubt, als du mich gehen ließest?«

»Ja.«

»Dann hast du mich also gar nicht unterstützt? Du hast mich losgeschickt in der Hoffnung, daß ich scheitere?«

Er streckte die Hände nach ihren roten Satinärmeln aus. »Bitte beruhige dich.«

Sie machte sich los. »Ich bin kein Kind mehr, das gegängelt und getröstet werden muß. Diesen Fehler machst du leider immer wieder.« Das Blut war ihr ins Gesicht geschossen, ihre Stirn glühte, ihr Magen rebellierte.

»Du, du verstehst mich nicht. Ich wiederhole, ich will nur

das Beste für dich. Als du gingst, habe ich geglaubt, du wärst
töricht und fehlgeleitet. Ich habe dich *nicht* gehen lassen, damit
du scheiterst, sondern damit du des Theaters überdrüssig wirst.
Aber es scheint so, als sei ich gescheitert. Deshalb muß ich noch
einen Versuch machen. Ich bitte dich, nicht zu gehen. New York
ist ein Pfuhl für Kriminelle, Radikale und Pseudointellektuelle
der Eliteuniversitäten, die ihre Nasen hoch halten. Und diese
verdammten neuen Frauen mit ihren kurzen Haaren! Ich habe
Photos gesehen, auf denen sie in Hosen und Krawatten und Her-
renhüten herumstolzieren. Manche prahlen sogar mit Zigarren
und Pfeifen. In aller Öffentlichkeit! Ich möchte nicht, daß du
auch so wirst.«

»Papa, das ist doch lächerlich! Das wird ganz bestimmt nicht
der Fall sein.«

»Du bist ein liebes Mädchen« – sie mied seinen Blick –, »aber
sehr sensibel. In diesem Augenblick bist du wahrscheinlich sogar ein wenig hysterisch. Laß es mich in einfachen Worten sagen. Wenn du an dieser irrsinnigen Idee weiter festhältst, ziehst
du dir mein größtes Mißfallen zu.«

Doch das hatte sie bereits, das war klar ersichtlich an der
Stellung seines Mundes, an den Krähenfüßen um seine Augen.
Mit zwei schnellen Schritten trat sie auf ihn zu und hob den
Blick, ohne zu blinzeln.

»Und was ist dann, Papa? Wirst du mich dann enterben?«

»Ich mag deinen Ton nicht.«

»Das tut mir leid, ich bin eine erwachsene Frau. Ich werde
immer deine Tochter sein, aber ich bin nicht deine Sklavin.«

»Ich verbiete dir zu gehen. Ich verbiete es dir!«

Im Arbeitszimmer war es inzwischen so dunkel geworden
wie in einem Grab; das letzte rote Licht war erloschen, die
Sterne glitzerten hoch oben, jenseits der Glasscheibe, die im
Wind klirrte.

»Die Entscheidung darüber liegt nicht bei dir, Papa. Adieu.«

Fritzi war den Tränen nahe. Sie rannte hinaus und schlug die
Tür mit lautem Knall hinter sich zu. Das Stichwort war genau
richtig gefallen, bühnenreif. Nur daß auf der Bühne, wenn das
Stück zu Ende war, keine Konsequenzen folgten.

10. OSTWÄRTS

»Liebchen, bitte geh nicht«, flehte Ilsa. Fritzi warf Strümpfe und
Unterwäsche in das mit Baumwolle ausgeschlagene Innere ihres
Schrankkoffers. Es handelte sich um einen schönen, alten Koffer
aus Lindenholz, überzogen mit Leinen, der oben, unten und seitlich mit Holzleisten verstärkt war. Nicht zu übersehen waren die
Spuren, die ihre einmaligen Auftritte in all den Jahren hinterlassen hatten: Ölflecke, die auch durch wiederholtes Scheuern
nicht zu beseitigen waren, und tiefe Dellen in den Metallkappen
an den Ecken.

»Ich gehe, Mama. Er verachtet mich.«

»Das stimmt nicht, es ist nur die Schauspielerei. Und der Gedanke, dich allein in New York zu wissen.«

»Was macht das schon für einen Unterschied? Ich bin nun
mal Schauspielerin. Schauspielerinnen gehören nach New
York.« Sie stopfte ein Paar Schuhe in ihre braune Ledertasche
auf dem Bett. In einer Lasche unterhalb des Griffs steckte eine
zerknitterte Karte, die sie 1901 sorgfältig mit Tinte beschriftet
hatte:

Miss Frederica CROWN
MORTMAIN'S
Royal Shakespeare Combination
Birmingham, ALABAMA

Verzweifelt nach einem Ausweg suchend, rang Ilsa die Hände.
Der Himmel vor Fritzis Fenster wirkte düster und bedrohlich.
»Papa hat seit der Feier vorgestern noch keine drei Worte mit
mir gesprochen. Er geht mir aus dem Weg. Ich habe noch nie
einen so schrecklichen Sonntag erlebt. Ich nehme den Zug um
vier Uhr.«

»Fritzi, heute ist Heiligabend. Es ist das Fest der Familie,
Papa zündet die Kerzen am Baum an …«

»Ich werde Heiligabend allein feiern. Er kann sich nicht ändern, Mama. Oder mir das Recht zugestehen, mein eigenes Leben zu leben – zu versagen, wenn es denn sein sollte. Aber das wird nicht sein, das verspreche ich dir. Papa verfällt in sein altes Verhalten. Er kommandiert alle herum, und alle müssen tun, was er für richtig hält; und wenn sie ihm nicht wie kleine Soldaten gehorchen, ist er furchtbar böse mit ihnen, was er ihnen auch ohne Worte deutlich zu verstehen gibt.«

»Ich gebe ja zu, daß dein Vater ein schwieriger Mensch ist. Es ist oft nicht leicht, mit ihm zu leben.«

»Schwierig? *Unmöglich* wäre wohl das bessere Wort! Ich hätte schon vor Monaten gehen sollen, sobald er wieder auf den Beinen war.«

»Gibt es denn nichts, was ich tun könnte, um dich umzustimmen?«

»Nichts. Carl begleitet mich zum Bahnhof, du brauchst dir also keine Umstände zu machen.«

»Umstände? Du bist mein Kind, meine einzige Tochter.«

»Nun, du brauchst dir keine Sorgen zu machen, deine einzige Tochter wird in New York sehr gut zurechtkommen.« Die Worte klangen zuversichtlicher, als ihr in Wirklichkeit zumute war. Sie riß die Ledertasche auf und legte einen Rock auf das braungelbe Lederfutter.

Ilsa tupfte sich mit dem Taschentuch die Augen ab. »Ich habe Geschenke für dich.«

»Meine liegen unter dem Baum. Für Papa habe ich einen karierten Schal gekauft, aber ich bin sicher, er wird ihn verbrennen oder wegwerfen.«

»Du urteilst zu hart über ihn.«

»Das glaube ich nicht.«

»Du mußt deine Geschenke mitnehmen. Warte.«

Fritzi packte weiter. Kurz darauf kehrte Ilsa mit zwei weißen Schachteln zurück, einer großen mit dem Namen des Fair Store und einer kleineren, ungefähr sechs Finger breit und lang, von Field's.

»Mach sie auf. Bitte.«

Sie sah ihre Mutter mit einer Mischung aus Liebe und Trauer an, während sie das rote Geschenkband von der großen Schachtel löste und das Seidenpapier zurückschlug.

»Oh, Mama, wie schön!«

»Ein Wintermantel. Du braucht einen warmen Mantel, egal ob du hier oder in dieser gräßlichen Stadt bist.«

Mit leuchtenden Augen nahm Fritzi den Mantel aus der Schachtel. Er war aus dunkelbraunem Cheviot-Stoff mit kleinem schwarzbraunem Karomuster und auf der Vorderseite mit Perlmuttknöpfen zu schließen. Das Futter war aus leuchtendgelber Seide, der Kragen pelzverbrämt.

»Ich hoffe, er paßt dir in der Länge, ich habe einfach geschätzt«, sagte Ilsa.

Fritzi hielt ihn an sich, im stillen froh und glücklich. Hätte ihr Vater ihr den Mantel gegeben, hätte sie sich geweigert, ihn anzunehmen, aber da er von ihrer Mutter kam, konnte sie ein Auge zudrücken. Sie war vernünftig genug, um einzusehen, daß sie nicht den ganzen Winter frieren konnte; ihr alter Mantel war für den milderen Süden gedacht.

»Ich hoffe, daß du das andere Geschenk ebenfalls brauchen kannst.«

Fritzi öffnete die Schachtel von Field's; ihr Blick fiel auf zwei weiße Polster. Als sie eines in die Hand nahm, spürte sie, daß es wattiert war. »Das sind Einlagen«, erklärte Ilsa. »Man steckt sie in …«

»Ja, Mama, ich hab' schon verstanden.«

»Aber eigentlich hast du sie gar nicht nötig.«

Fritzi ließ die Polster in ihren Schrankkoffer fallen. »Du bist eine miserable Schwindlerin. Natürlich brauche ich sie. Danke.«

Als sie ihre Mutter umarmte, spürte sie, wie ihr Tränen in die Augen stiegen; sie schluckte sie hinunter. Jedesmal, wenn die Angst vor der unsicheren Zukunft sie dazu verleiten wollte, wieder auszupacken, mußte sie sich nur das Gesicht Joe Crowns vor Augen rufen, als er sich auf dem Brauereifest von ihr abgewandt hatte. Das genügte, um ihr den Rücken zu stärken.

Am Bahnhof verabschiedete sich Fritzi von Carl und ihrer Mutter inmitten von Reisenden, die auf dem Weg zu ihrem Urlaubsziel waren. Sie trug den neuen braunen Mantel und hatte ein Tuch über ihren Hut gebunden, um die Ohren warm zu halten. Unter einen Arm hatte sie sich eine runde Blechdose mit Ilsas stern-, herz- und ringförmigen Pfefferkuchen geklemmt.

Ein eiskalter Wind pfiff durch das Bahnhofsgebäude und zer-

stob die unter den Waggons aufsteigenden Dampfwolken. Carl
trug Fritzis Schrankkoffer und Ledertasche zum Gepäckwagen
auf den Bahnsteig hinaus. »Du mußt mich sofort wissen lassen,
daß du gut angekommen bist. Ich übernehme die Kosten für das
Telegramm.«

»Wenn du darauf bestehst, Mama.«

»Ja, sonst kann ich wochenlang nicht schlafen. Oh! Hutnadeln! Hast du genügend Hutnadeln? Für den Fall, daß man dich
auf der Straße belästigen sollte?«

Fritzi lachte. »Ja, ich habe etliche eingepackt.«

»Dann hab' ich noch ein Letztes für dich.« Ilsa nahm einen
verschlossenen weißen Umschlag aus ihrer Handtasche und
reichte ihn ihrer Tochter. Fritzi bewegte den Umschlag mit ihrer
behandschuhten Hand.

»Was ist das?«

»Einhundert Dollar.«

Fritzi schüttelte den Kopf. »Nein, das kann ich nicht annehmen. Ich werde es in New York schaffen, ohne daß ich auch nur
einen Cent von Papas Geld annehme.«

»Es ist von mir«, protestierte Ilsa.

»Nimm es zurück, Mama.« Fritzi hielt ihr den Umschlag hin.
»Wenn du's nicht zurücknimmst, stecke ich es in Carls Tasche,
wenn er's nicht merkt. Oder ich verschenke es.«

»Oh, bitte, Liebchen – ich bitte dich, deinen Vater nicht so zu
hassen.«

»Ich hasse ihn ja gar nicht. Aber ich werde ihm beweisen, daß
ich alt und mutig genug bin, es in New York auch unter den wid-
rigsten Umständen zu schaffen.« Ihre Worte waren nichts weiter
als gespielte Tapferkeit. Mit hundert Dollar mehr hätte sie viel
länger durchhalten können. Aber ihr Zorn und ihr Groll verboten ihr, das Geld anzunehmen.

Carl kam zurück. Sie umarmten und küßten sich und sagten
einander Lebewohl. Im Innern des Eisenbahnwagens preßte
Fritzi die Stirn gegen das kalte Fensterglas und winkte mit dem
Taschentuch, als der Empire State Express langsam aus dem
Bahnhof rollte.

Ilsa wurde vom Dampf der Lokomotive verschluckt. Der
kräftige Carl schwenkte die Mütze und lief neben dem rollenden
Zug her, bis er nicht mehr mithalten konnte. Der Express

wandte sich nach Süden, um die untere Spitze des Michigan-Sees zu umfahren. Schon breitete sich winterliche Dunkelheit über dem Land aus.

Fritzi war an Heiligabend noch nie allein gewesen. Selbst in der Theatertruppe hatte sie sich in der trunkenen Gesellschaft der anderen Schauspieler befunden. Sie versuchte, nicht daran zu denken. Aber es war nicht leicht.

Dorfbahnhöfe und Hauptstraßen rollten, hell erleuchtet wie Teile von Spielzeugstädten, an ihr vorbei. An einem Übergang winkten drei Kinder, die einen Christbaum hinter sich herschleiften, dem vorbeifahrenden Zug zu. Etwas später erhaschte Fritzi durch ein Fenster einen Blick auf eine Familie, die sich im Wohnzimmer um eine Orgel versammelt hatte. Sie wandte den Kopf ab.

Der Eisenbahnschaffner trat neben ihren Sitzplatz. »Die Fahrkarte, bitte, Ma'am.« Der rundliche, gutmütige Mann schien genausowenig erfreut, am Weihnachtsabend zu arbeiten, wie sie es war, zu reisen. »New York City«, sagte er, während er die Fahrkarte zwickte. »Wohnen Sie dort?«

»Das werde ich, wenn ich dort angekommen bin«, antwortete Fritzi mit einem Lächeln.

»Der Speisewagen befindet sich im vorderen Teil. Heute haben Sie die Wahl zwischen gebratenem Truthahn und gebratener Gans.«

»Danke schön.« Sie hatte nicht die Absicht, ihr Geld für eine teure Mahlzeit zu verschwenden. Ihr genügten die Pfefferkuchen, die sie in der Blechdose mitgenommen hatte.

Unendliche winterliche Dunkelheit umhüllte den Zug. Wie ein trauriger Schrei hing sein Pfeifsignal über öden Feldern. Sie versuchte einen der Artikel im *Ladies' Home Journal* über das Frauenwahlrecht zu lesen, konnte sich aber nicht konzentrieren. In Gedanken beschäftigte sie sich mit den anderen acht Fahrgästen in ihrem Waggon. War der rotgesichtige Mann ein Alteisenhändler oder Knopfverkäufer auf dem Weg nach Hause zur Familie? Die junge Frau mit den beiden vorlauten Jungen, war sie Witwe? Und der braungebrannte Herr in dem grünkarierten Anzug auf der anderen Seite? Er hatte große, kräftige Hände; war er vielleicht Trapezkünstler im Zirkus? Oder ein stellungsloser Musiker? Sie bemerkte die Mundharmonika in seiner Brusttasche.

Als der Zug Toledo verließ, fing es an zu schneien. Aus dem Wind wurde ein Sturm, längst hatte der Express seine Geschwindigkeit gedrosselt. Offenbar hatte es weiter östlich bereits heftig geschneit. Als die Lokomotive eine langgestreckte Biegung nahm, sah Fritzi, wie sich die Scheinwerfer in den wütenden Schneesturm bohrten. Links und rechts der Gleise türmten sich Schneeverwehungen auf.

Eine halbe Stunde später – die Schneeverwehungen wurden gewaltiger – wurde der Zug noch langsamer, rollte auf ein Nebengleis und blieb stehen. Der Schaffner ging durch die Wagen.

»Die Gleise sind blockiert. Wir müssen auf einen Schneepflug warten, der uns befreit. Es ist übrigens fünf Minuten nach Mitternacht. Fröhliche Weihnachten allerseits!«

Er schneuzte sich in sein Taschentuch und trottete weiter. Angst und Einsamkeit stürzten auf Fritzi ein.

Ellen Terry schalt sie:

Reiß dich zusammen, Mädchen! Feigheit steht dir nicht. Du hast ein großes Abenteuer vor dir, für das du dich aus freien Stücken entschieden hast, wenn ich dich daran erinnern darf.

Auf der anderen Seite des Gangs raschelte der sonnenverbrannte Mann mit den Seiten eines *Chicago American*. »Entschuldigen Sie bitte«, sagte Fritzi, »können Sie Mundharmonika spielen?«

»Ein bißchen«, antwortete er mit fremdem Akzent.

»Kennen Sie *One-Horse Open Sleigh*?«

Er spielte die ersten zwölf Noten. »*Jingle Bells.*«

»Als ich klein war, habe ich das Lied nur *One-Horse Open Sleigh* genannt. Ich finde es schrecklich, an Weihnachten wie eine Trauergemeinde auf einer Beerdigung herumzusitzen. Würden Sie es spielen?«

»Wenn Sie wollen«, sagte er lächelnd, wobei er seine weißen Zähne entblößte. Er tippte mit dem Finger an seinen weichen Hut. »Ich heiße Aristopoulous. Christos Aristopoulous. Bin seit fünf Jahren in diesem Land.«

»Und? Mögen Sie es?«

»Kann man sagen.«

»Das freut mich.«

»Ich fahre nach New York, meine Liebste abzuholen. Sie heißt Athena und kommt mit einem großen Schiff von Piräus. Wir heiraten.«

»Gratuliere! Ich hoffe, Sie werden sehr glücklich miteinander. Spielen Sie jetzt?«

Er spielte, und sie sang mit. Die vorlauten kleinen Jungen kamen angerannt und sangen ebenfalls mit. Schon nach wenigen Takten fiel der ganze Waggon ein.

Eine halbe Stunde lang sangen sie ein Weihnachtslied nach dem anderen, nur der Knopfverkäufer, der mit verschränkten Armen und mißmutigem Gesichtsausdruck dasaß, sang nicht mit. Die Tür des Speisewagens öffnete sich, und Kaffee und Kakao wurden kostenlos ausgeschenkt. Fritzi machte ein kurzes Nickerchen, im stillen dankbar für ihren neuen Mantel. Um fünf Uhr morgens etwa ratterte eine Lokomotive, die einen Pflug auf Schienen vor sich herschob, vom Westen heran und bahnte ihnen den Weg.

Über den weißen Feldern erhob sich glitzernd die goldene Sonne. Als Fritzi aus dem Fenster sah, fiel ihr Blick auf eine endlose Weite, die sich bis zum Horizont erstreckte. Sie hatte diese Nacht überlebt, hatte die Schwermut abgeschüttelt. Jetzt konnte sie es mit dem Schlimmsten in New York aufnehmen und es bezwingen. So dachte sie, ahnungslos und unerfahren, an diesem frühen Weihnachtsmorgen des Jahres 1906.

TEIL ZWEI

Kämpfen und Ringen

Und sag mir nicht, es sei Aberglaube …

Shakespeare, Das Wintermärchen

Wir werden expandieren, und Sie werden sehen, daß die Firma in ungeheurem Tempo und gewaltigen Ausmaßen wachsen wird. Was mir vorschwebt, ist das Auto für alle.

Henry Ford

11. ALLEIN IN NEW YORK

Im Frühjahr 1908 kündigten die New Yorker Zeitungen ein neues Gastspiel einer der größten Bühnenschauspielerinnen, Mrs. Patrick Campbell, an. Sie hatte ihre amerikanische Tournee im vergangenen Herbst im Lyric Theater begonnen, um von dort mit ihrem Ensemble in einem Privatzug sechsundzwanzig Wochen lang kreuz und quer durch das Land zu reisen und auf unzähligen Bühnen aufzutreten. »Die unsterbliche Stella« würde ihre Tournee mit einer Abschiedswoche am Lyric beenden, nach *Hedda Gabler*, der *Elektra* von Sophokles und der Hauptrolle in Pineros *Die zweite Mrs. Tanqueray*. Letzteres war eben das Stück, das 1893 im West End zu einem Skandal geführt und sie quasi über Nacht zu einem Star gemacht hatte.

Fritzi hatte die meisten großen Bühnenschauspielerinnen gesehen, angefangen von der jungen Ethel Barrymore bis zur alten, beinamputierten Sarah Bernhardt – und natürlich zu ihrem Idol Ellen Terry. Aber im vergangenen November war sie zu spät an die Theaterkasse gekommen; sämtliche Vorstellungen waren ausverkauft. Sie schwor sich, die große Dame diesmal zu sehen, selbst wenn sie hungern müßte, um die Karte bezahlen zu können.

Und genau das sollte eintreten.

Um zehn Uhr an einem Montagmorgen im Mai stieg Fritzi die Stufen eines Gebäudes in der Sechzehnten Straße unweit von Union Square West hinauf; eine Anzeige im *Dramatic Mirror* hatte dort ein Vorsprechen angekündigt. Ihr Ziel war das Büro eines der Agenten, die es in dieser Gegend zuhauf gab. Sie mochte Agenten nicht; die meisten waren käuflich und neigten dazu, sich bei Frauen allerlei Freiheiten herauszunehmen. Jeder Agent wartete mit demselben Fragenkatalog auf: »Welche Rollen gespielt? Bühnenkleidung vorhanden? Wie steht's mit Singen und Tanzen? Wie schnell können Texte gelernt werden?« Wenn sich ein Produzent für einen entschied, kassierte der Agent zwi-

schen einem Drittel und der Hälfte der ersten Wochengage und
tat so, als erwiese er einem einen Riesengefallen.

Bis jetzt hatten ihr die Agenten überhaupt keinen Gefallen
getan; sie hatte für unzählige Rollen vorgesprochen, ohne eine
einzige zu bekommen. Bei der Agentur Mehlman sprach sie an
diesem Morgen für ein neues Drama von Edward Sheldon namens *Die gute Nell* vor, das in Kürze auf die Bühne kommen
sollte. Elf weitere Schauspielerinnen bewarben sich um dieselbe
kleine Rolle mit ganzen achtzehn Textzeilen. Mehlman machte
sich nicht einmal die Mühe, sie einzeln und nacheinander ins
Zimmer zu rufen; sie standen dichtgedrängt in seinem Studio.
Die frechste Vorstellung lieferte eine Rothaarige mit melonen-
großen Brüsten. Mehlman strahlte von einem Ohr zum anderen,
als die Rothaarige zwei Schritte von seinem Stuhl entfernt ihre
Rolle mimte und sich dabei weit nach vorne beugte, damit er
ihre Vorzüge auch wirklich in Augenschein nehmen konnte.
Nach eineinhalb Stunden forderte Mehlman – welche Überraschung! – die Rothaarige auf zu bleiben; alle anderen waren
entlassen.

Am Nachmittag sollte sie noch einmal vorsprechen, vielleicht hatte sie dabei mehr Glück. Wenigstens hatte der Agent sie
angerufen und sie zu sich gebeten.

Aber trotz allem fühlte sie sich entmutigt. Alles, was sie nach
einem Jahr größter Anstrengung vorweisen konnte, war die
Rolle einer stummen Statistin in einem Flop mit dem Titel *Die
Braut des Mongolen* für ganze fünfzig Cent pro Abend. Nach
einer Woche war das Stück abgesetzt worden. Nicht einmal die
unterste Stufe der Schauspielerleiter hatte sie erklommen, nicht
ein einziges Mal war sie als Kleindarstellerin aufgetreten. Als solche durfte man wenigstens ein paar Zeilen sprechen.

Seit sechzehn Monaten lebte Fritzi jetzt schon in New York
und hatte sich größtenteils als Kellnerin in einem gutbesuchten
Restaurant namens Dutch Mill über Wasser gehalten. Sie
mochte den Besitzer, der nichts dagegen hatte, wenn sie sich hin
und wieder freinahm, um für eine Rolle vorzusprechen. Sie war
kräftig genug, lange Arbeitszeiten durchzustehen und schwere
Tabletts zu tragen. Nur die alberne holländische Trachtenhaube,
die sie tragen mußte, ebenso wie die Holzpantinen, die ihr Blasen an den Füßen machten, gefielen ihr gar nicht.

Leider war der Besitzer des Dutch Mill schon ein älterer Herr. Im März nun hatte er beschlossen, sich zur Ruhe zu setzen und zu seiner Tochter nach Virginia zu ziehen. Der neue Besitzer verwandelte das Restaurant im Handumdrehen in ein Fünf-Cent-Theater oder Nickelodeon – ein Nickel entsprach fünf Cent –, wie die verabscheuungswerten Etablissements genannt wurden. Fritzi fand sich wieder auf der Straße, die sie so mühsam abgeklappert hatte, bevor sie diese Stelle als Kellnerin bekommen hatte.

Vor kurzem hatte sie eine Stelle als Stubenmädchen in der Nachtschicht im Bleecker House, einem heruntergekommenen Hotel im Theaterviertel, angenommen. Der Hotelmanager, Mr. Oliver Merkle, war durchaus kein Gentleman, sondern ein schmieriger, ekelhafter Zeitgenosse, in Fritzis Augen die Verkörperung all dessen, was an New York abstoßend und angsterregend war. Bei den weiblichen Angestellten hieß er entweder »Ollie der Oktopus« oder aber »Oh-Oh«, nach dem Aufschrei des Entsetzens, wenn sie ihn sahen.

Um zwei Uhr saß sie auf einer Bank im Vorzimmer von Shorty Lorenz, einem blonden Winzling von Mann, der siebenmal verheiratet gewesen war. Sechs weitere junge Frauen saßen zusammengedrängt da oder standen nervös herum; ein einziges Gesicht kam Fritzi bekannt vor, das des schmalen, blassen Mädchens mit dem schwarzen Pony, das sie schon bei ähnlichen Gelegenheiten gesehen hatte. Pauline Irgendwas. Pauline sah zu ihr hinüber, ohne sie zu erkennen.

Um Viertel nach zwei kam Shorty Lorenz mit einem Stapel Papiere in der Hand hereingerauscht. »Also dann, meine Süßen, hier haben wir ein Gesellschaftsdrama mit dem Titel: *Lassen wir uns scheiden?* Der Produzent ist Brutus Brown.« Ein paar kleine Juchzer waren zu hören und ein provozierendes Seufzen aus dem Mund eines schmalen Mädchens. Brown stand im Ruf eines Schürzenjägers.

»Sein Bühnenmanager ist da drin«, fuhr Lorenz fort. »Ihr werdet ihm nacheinander vorsprechen. Es handelt sich um die Rolle der Allyson, der Schwester des in Scheidung lebenden Ehemanns. Sie ist ein bißchen nervös und fahrig und hat einen ziemlich guten Auftritt, vier Seiten lang. Laßt euch fünf Minuten Zeit, schaut es euch an. Wir beginnen mit Miss Abrams.«

Fritzi war die dritte, die dem dickwanstigen Bühnenmanager, dessen Gesicht wie in Granit gemeißelt war, vorsprechen sollte. Er saß in der Mitte des Raumes auf einem Stuhl. Shorty Lorenz las den männlichen Part, den von Allysons Bruder. Fritzi verhaspelte sich mehrere Male – der Stil des Autors war schwerfällig – und sprach mit zu hoher Stimme; ihr Auftritt war eine Katastrophe. Aber als sie fertig war, verzog sich das Granitgesicht, mit väterlichem Lächeln schüttelte ihr der Bühnenmanager die Hand.

»Wie war gleich noch mal ihr Name?«

»Fritzi Crown.«

»Das war nicht schlecht, Fritzi. Wir rufen Sie gegebenenfalls heute abend an.«

»Danke, Sir.«

Als nächstes rief Lorenz Pauline ins Zimmer. Sie rauschte an ihr vorbei, als wäre Fritzi unsichtbar und absolut keine Konkurrenz.

Am Abend saß sie in der zweitletzten Balkonreihe im Lyric Theater. Ihre Karte hatte fünfundsechzig Cent gekostet, fünfzehn mehr als sonst. Parkettplätze kosteten fünf Dollar, alle waren besetzt. Nur eine Schauspielerin vom Rang einer Mrs. Patrick Campbell konnte die Preise derart in die Höhe treiben und das Haus bis zum letzten Platz füllen.

Das Stück *Die zweite Mrs. Tanqueray* steuerte dem Höhepunkt zu. Mrs. Pat hatte soeben im vierten Akt ihren tragischen Abgang gehabt. Paula Tanqueray war von ihrer Vergangenheit eingeholt worden – enthüllt war das Geheimnis, daß sie einst die Geliebte des Offiziers gewesen, der jetzt mit der Tochter aus Tanquerays erster Ehe verlobt ist. Die Tochter kommt auf die Bühne und ruft: *»Ich habe sie gesehen! Es ist schrecklich!«*

Tanquerays Freund fährt zurück. *»Sie – sie hat …?«*

»Selbstmord begangen? Ja – ja! So wird man sagen.«

Fritzi war schwindlig, ob vor Aufregung oder Hunger konnte sie nicht sagen. Seit Sonntag abend hatte sie nur leichten Tee und ein paar harte Brötchen zu sich genommen, aus der Küche des Hotels, in dem sie arbeitete. Sie aß nicht gern, bevor sie vorsprach. Hunger schärfte die Sinne, wohingegen ein üppiges Mahl einen Schauspieler träge machte. Aber nach dem Vorsprechen bei Lorenz aß sie nichts, weil sie es sich nicht leisten konnte.

Tanquerays Tochter rang die Hände. »*Aber ich weiß, ich bin schuld, daß sie sich umgebracht hat ...*«

Fritzi reckte den Hals. Kein Geräusch, kein Laut war im Publikum zu hören, alles starrte auf das erleuchtete Wohnzimmer auf der Bühne.

»*...wenn ich nur etwas Mitleid gehabt hätte.*«

Ohnmächtig sank die Tochter auf das Sofa. Das Publikum hielt die Luft an.

Der Freund zögerte, dann schritt er zur offenen Tür und sah hinaus, seine Miene und seine Gebärden verrieten Bestürzung, ja Entsetzen.

Der rote Samtvorhang schob sich zur Bühnenmitte. Das Stück war zu Ende.

Fritzis Herz raste, das Blut in ihren Schläfen pochte. Sie hatte schon große Bühnenschauspielerinnen gesehen, aber noch nie eine empfindsamere, ausdrucksvollere Vorstellung erlebt als diese mit Mrs. Pat.

Die Bühnenlichter richteten sich auf den Vorhang. Das Orchester, die Logen, das ganze Theater atmete wachsende Spannung, die sich in ohrenbetäubendem Applaus entlud, als die Schauspieler nacheinander vor den Vorhang traten.

Die Reihe des vor dem Vorhang stehenden Ensembles teilte sich in der Mitte. Ein blendend blauweißer Lichtstrahl fiel in die Lücke. Der Star trat auf. Jetzt sprangen alle Besucher von ihren Plätzen auf, jubelten und applaudierten.

Als Mrs. Pat in den blauweißen Lichtkreis trat, hallten die Begeisterungsschreie von Wänden und Decken wider. Die Menschen neben Fritzi pfiffen und stampften und warfen leere Butterbrotpapiere über die Brüstung; hier oben konnte sich niemand Callas, Gladiolen oder Orchideen leisten, die jetzt unten auf die Bühne geworfen wurden.

»Bravo, bravo!«

Mrs. Pat war eine große, etwa zweiundvierzigjährige blasse Frau mit langem Hals. Das dunkle Haar umrahmte ihr Gesicht wie wogende Wellen, und die großen Augen, die sie von ihrer italienischen Mutter geerbt hatte, strahlten hell. In ihrem orangeroten, mit Goldpailletten bestickten Kleid sah sie geradezu atemberaubend aus. Sie hatte eine Ausstrahlung, die jedes Auge auf sich zog; wenn sie mit ihren Kollegen zusammen auf der Bühne stand, verblaßten diese neben ihr.

Aus der Seitenkulisse trat ein Mann mit einem Dutzend roter Rosen. Mrs. Pat nahm sie entgegen, lächelte und verneigte sich erneut. Das ganze Ensemble verbeugte sich und verließ die Bühne. Natürlich mußte Mrs. Pat noch einmal erscheinen, diesmal mit ihrem Partner. Sie und Mr. Webster verbeugten sich, dann trat er lächelnd nach hinten und überließ mit einem Winken ihr allein die Bühne. Mrs. Pat stand im Lichtkreis, blickte ruhig um sich, nahm mit huldvollem Lächeln die Zuneigung des Publikums entgegen, die sie aus dem Applaus hörte. Fritzi klatschte so heftig, daß ihre Handflächen schmerzten.

Als der Beifall verstummte, hob Mrs. Pat die Hand zum Abschiedsgruß und trat nach hinten. Der rote Vorhang fiel. Das Scheinwerferlicht brannte noch einen Augenblick lang weiter, als wollte es die Huldigung festhalten. Dann erlosch es, und die Lichter im Saal gingen an.

Die Besucher auf den Balkonen drängten zu den Ausgängen. Mit einem kostbaren Programm in der Hand bahnte sich Fritzi wie eine erfahrene New Yorkerin mit der Kraft ihrer Ellbogen den Weg durch die Menge. Erdnußschalen knirschten unter ihren Schuhen. Ihr linker Fuß tat an der gestopften Stelle ihres Strumpfes weh. Nähen und stopfen konnte sie immer noch nicht.

Sie schritt die steile Treppe der wunderschönen, marmornen Eingangshalle hinunter, wo Männer in Abendkleidung und Frauen in Pelzen oder goldfarbenen Umhängen mit farbigem Satinfutter in Grüppchen zusammenstanden und sich unterhielten. Es war unmöglich zu sagen, ob diese Menschen wirklich reich waren oder nur so taten. Auf jeden Fall machten sie Fritzi ihre eigene Armut deutlich. Ihre hohen Schnürschuhe waren billig, genauso ihr wollener Ausgehrock und ihre baumwollene Bluse, deren weiße und blaue Streifen durch vieles Waschen fast grau geworden waren. Der Matrosenhut aus Stroh war längst aus der Mode. Das einzige anständige Kleidungsstück, das sie besaß, war der braune Wintermantel, das Weihnachtsgeschenk ihrer Mutter.

Draußen prasselte der Regen auf die Zweiundvierzigste Straße nieder. Der Marsch nach Hause, bis hinunter zur First Avenue in der Nähe der Achten Straße, würde lang und mühselig werden. Geld auszugeben für öffentliche Verkehrsmittel kam nicht in Frage.

Unter dem Schirmdach, dessen Hunderte von elektrischen Glühbirnen zum betörenden Glitzer des Viertels beitrugen, steckte sie ihren Hut mit einer Haarnadel fest und öffnete den Regenschirm. Auf ihrem Weg, der zunächst Richtung Osten führte, kam sie vorbei am Belasco, dann am Times Square an Hammersteins Victoria. Der Platz hatte vordem Longacre Square geheißen, bis die Zeitung aus ihrem rosaroten Granitturm über der neuen Untergrundstation etwas weiter nördlich gezogen war. Auf protzigen, elektrisch beleuchteten Reklameschildern wurden Sapolio-Seife, Kellogg's Cornflakes, Arrow-Hemdkragen angepriesen.

Pferdedroschken und knatternde Autos mit flackernden Kerosinscheinwerfern erfüllten die Nacht mit Lärm und einer giftigen Mischung aus Pferdedung und Benzin. Von den Dampfwagen stiegen weiße Rauchfahnen in die Luft. Durchdringende Hupsignale ertönten aus kleinen schwarzen Autos, die wie wildgewordene Bienen zwischen den anderen umhersurrten; es handelte sich um sogenannte *Taxi-meter*, den neuesten Import aus Paris.

Als sie nach langem Fußmarsch endlich zu Hause war, sah sie Licht unter der Tür ihrer Vermieterin. Sie klopfte.

»Bitte verzeihen Sie die späte Störung, Mrs. Perella.«

»Aber das macht doch nichts, ich habe nur Zeitung gelesen.« Mrs. Perella war eine gebürtige Neapolitanerin von furchterregendem Aussehen und mit einem Herz aus Gold. Sie war Fritzi zugetan, außerdem nachsichtig, was den verspäteten Eingang der Miete anbetraf, und nahm Nachrichten am Telephon entgegen, ohne zu meckern.

Zögernd fragte Fritzi: »Hat heute abend jemand für mich angerufen?«

Mrs. Perella schüttelte den Kopf, sah Fritzis Enttäuschung und drückte ihr sanft die Hand. Fritzi dankte ihr und schleppte sich nach oben.

Ihr Zimmer im dritten Stock war groß, aber das war auch schon alles, was man an Positivem darüber sagen konnte. Obwohl das Gasventil nicht aufgedreht war, roch der ganze Raum nach Gas; das Gebäude war noch nicht modernisiert.

Müde und naß hängte Fritzi Hut und Mantel in den Schrank. Ihr Blick fiel auf den Tennisschläger, der in der Ecke lehnte, ein Geburtstagsgeschenk ihrer Eltern. Der Rahmen aus Esche war abgekantet, der Griff aus Zedernholz mit feinen Kerben versehen, um ihn besonders griffig zu machen. Er mußte mindestens zehn Dollar gekostet haben. In ihrem Überseekoffer war er nach New York mitgekommen, wo er unberührt geschlummert hatte, bis sie ausgepackt hatte. Tennis war ein Sport für Leute, die nicht jeden Cent zweimal umdrehen mußten.

Sie hörte das Rattern der Hochbahn, die von Süden herandonnerte. Fritzi zog die Jalousie auf. Laut raste der Zug vorbei; hellerleuchtete Fenster warfen Schatten auf die Jalousie, schwarz-gelb, schwarz-gelb. Der Fußboden bebte. Der Wasserkrug auf dem Waschtisch tanzte. Sie war daran gewöhnt.

Sie zündete den Gaskamin neben einem gesprungenen Spiegel an, dann wand und schlängelte sie sich, um die Knöpfe auf der Rückseite ihrer Bluse aufzuknöpfen. Um sich an- und auszuziehen, brauchte man als alleinstehende Frau entweder ein Dienstmädchen, einen Geliebten oder die Beweglichkeit eines Schlangenmenschen.

Sie zog den einen, dann den anderen Ärmel herunter und legte die Bluse aufs Bett, daneben den Rock. Unter ihrem Unterkleid trug sie einteilige Leibwäsche, bestehend aus Unterhose und Korsage, an Hals und Armen mit kostbaren Spitzen verziert. Den Blick zur Decke gerichtet, griff sie unter ihre Korsage und löste die Haken ihrer Büsteneinlagen.

Sie schlüpfte in einen baumwollenen Morgenmantel, streckte sich auf dem Bett aus und ließ den Abend noch einmal Revue passieren. Mrs. Pats darstellerische Leistung hatte Fritzis Blut ins Wallen gebracht, aber jetzt, im nachhinein, war sie niedergeschlagen und verzagt. Für eine angehende Schauspielerin war die Kluft zu diesem Star beinahe unüberwindlich.

Welche Voraussetzungen waren nötig, um den Sprung von einem Rang zum anderen zu schaffen? Nach diesem Geheimnis suchte sie noch immer. Was, wenn sie es nie entdeckte? Was, wenn sie eines Tages aufwachte und feststellen mußte, daß ihr Traum nichts als ein jugendliches Hirngespinst gewesen war, von dem sie sich schon vor langem hätte trennen sollen?

Sie traute sich kaum, das zu denken.

12. FRITZI UND OH-OH

»Probier mal«, flüsterte Maisie.

»Ich habe bisher nur ein paarmal geraucht, aber es schmeckt mir nicht«, gab Fritzi zurück.

»Sei kein Spielverderber! Die sind was ganz Besonderes.« Maisie zeigte ihr das farbenfrohe Päckchen. »*Parfum de Paree.* Das heißt soviel wie Duft von Paris.«

Es war eine Viertelstunde vor Mitternacht, einen Tag nach Mrs. Pats Auftritt. Das Bleecker House in der Siebenundvierzigsten Straße West war still – nur das entfernte Quietschen der alten Fahrstuhlkabine war zu hören. In der schäbigen Eingangshalle roch es nach Staub, Zigarrenstummeln in Sandurnen und einem Waschmittel, von dem man im Bleecker anscheinend Unmengen verbrauchte. Fritzi kannte lebhaftere Abende: Türenschlagen, Paare, die um zwei Uhr nachts auszogen, Wimmern und Stöhnen und kreischende Schwüre aus verschlossenen Schlafzimmern. Für gewöhnlich war sie nicht nur damit beschäftigt, Möbel und Lampen im Korridor abzustauben, sondern sprang auch noch von Zimmer zu Zimmer, um Waschtische und Kommoden zu putzen, umgestürzte Stühle aufzustellen und frische Bettlaken aufzuziehen, um die deutlichen Spuren des Beischlafes zu beseitigen. Diese Spuren körperlicher Leidenschaft störten sie nicht, machten sie höchstens nachdenklich und manchmal ein wenig neidisch.

Maisie Budwigg war von ihrem Posten im vierten Stock in den dritten heruntergekommen. Das verstieß gegen die Vorschriften, aber die Zimmermädchen verstießen oft dagegen. Fritzi war dankbar für die Pause.

»Also, komm«, drängte Maisie.

»Mrs. Patrick Campbell raucht parfümierte Zigaretten, wirklich sehr schick«, sinnierte Fritzi laut. Ihr Widerstand schwand bereits. »Sind die nicht teuer?«

»Kann man wohl sagen. Ich hab' sie von einem Gast bekommen. Ein kleines Dankeschön für einen besonderen Dienst.«

Maisie zwinkerte ihr zu. Die arme Maisie, drall und hausbacken, mußte ihre Gunst vergeuden.

»Also gut, ich probier'.«

»Laß uns da reingehen. Der Chef schleicht hier irgendwo rum.«

Sie versteckten sich in einem geräumigen, begehbaren Wäscheschrank; die Tür war zu, die nackte Glühbirne flackerte. Maisie nahm Streichhölzer aus ihrer Schürzentasche und zündete zwei Zigaretten an. Augenblicklich füllte sich der Raum mit Rauch und einem undefinierbaren Blumenduft.

Fritzi nahm eine Zigarette und tat einen Zug. Der Rauch war nur bis in ihren Mund gelangt, aber das reichte aus, um einen Hustenanfall auszulösen.

»Diese Dinger können nicht gut sein für die Stimme«, fing sie an. Dann blickte sie verdutzt auf die aufgehende Tür. Die Zigarette, die auf Maisies Unterlippe hing, fiel zu Boden, als ihr Blick über Fritzis Schulter fiel.

»Oh-oh.«

»Ich dachte doch, ich hätte Rauch gerochen«, schrie Oliver Merkle. Er machte einen Satz in den Schrank hinein und vollführte einen wilden spanischen Tanz auf Maisies Zigarette. »Was ist bloß los mit euch? Ihr könntet mir ja die ganze Bude anzünden.« Da der Boden aus Linoleum bestand, war das unwahrscheinlich, trotzdem drückte Fritzi ihre eigene Parfum de Paree schnell mit dem Schuh aus. Ein neuer Duft breitete sich um sie herum aus – der von Whiskey, den der Hotelmanager in großen Mengen trank.

Merkle schob den Kopf nach vorne und rieb sich die Hände. »Ich dulde keine Faulenzer hier.« Er packte Fritzi am Arm. »Sie kommen mit in mein Büro! Mit Ihnen, Miss Budwigg, beschäftige ich mich später.«

»Ich würde die Sache lieber hier besprechen, Sir«, warf Fritzi ein.

»Sie besprechen sie dort, wo ich es für richtig halte.«

Maisie und Fritzi tauschten einen Blick; beide wußten, daß sie sich auf mehr als auf eine Abmahnung gefaßt machen mußte. »Ich bin diejenige, die Fritzi überredet hat, eine zu rauchen«, begann Maisie. Aber Merkle hatte sich bereits mit dem Gebaren eines Generals umgedreht. Seine Froschaugen wanderten über Fritzi, als sie auf ihrem Weg zur Treppe an ihm vorbeiging.

Im Erdgeschoß stolzierte Merkle vor ihr in sein Büro. Nachdem Fritzi eingetreten war, warf er die Tür mit lautem Knall zu. Sie wartete darauf, daß der Schlüssel im Schloß umgedreht würde. Als sie es hörte, wappnete sie sich.

Merkle setzte ein widerliches Grinsen auf und berührte sie scheinbar zufällig, als er an ihr vorbei zu seinem Schreibtisch ging und sich auf die Kante hockte. »Miss Crown – Fritzi. Sie verstehen doch sicher, daß es in diesem Hotel gewisse Regeln gibt, oder? Ohne Regeln würde Chaos herrschen.« Fritzi dachte an gewisse Nächte, in denen die zuschlagenden Türen an ein Geschützfeuer erinnerten, aber es schien ihr klüger, ihn nicht daran zu erinnern.

»Es tut mir wirklich sehr leid. Bitte geben Sie nicht Maisie die Schuld. Ich habe ja zugestimmt, mit ihr in den Schrank zu gehen.«

»Schuld? Wer spricht denn von Schuld? Das kriegen wir schon wieder in Ordnung. Sie sind ein intelligentes Mädchen, nicht so wie diese Kuh.«

»Sir, Maisie ist ein anständiges, fleißiges …«

»Papperlapapp. Sie steigt zu jedem zweitklassigen Schlagzeuger und heruntergekommenen Schauspieler ins Bett, wenn er sie nur schön bittet.« Auf dem Sideboard standen unter dem gestrengen Portrait von William Jennings Bryan, dem ewigen Präsidentschaftskandidaten der Demokraten, Merkles Alkoholkaraffen und Gläser. Er goß zwei Whiskeys ein und reichte ihr ein Glas.

»Nein, danke. Ich kann nicht«, sagte Fritzi.

»Warum nicht?«

»Ich spreche morgen bei einem Agenten vor.« Es war eine bequeme Ausrede, um die Begegnung abzukürzen.

»Ach so, das hatte ich vergessen, Sie sind eine berühmte Schauspielerin, die hier inkognito arbeitet.« Er stellte beide Gläser auf dem Schreibtisch ab und trat näher. »Wir haben es mit einem ernsthaften Verstoß gegen unsere Vorschriften zu tun, Fritzi. Wir müssen eine Lösung finden.« Er strich über den Ärmel ihres schwarzen, wollenen Kleids. »Sind Sie bereit, eine Lösung zu finden?«

»Mr. Merkle, bitte nehmen Sie Ihre Hand weg.«

Seine Alkoholfahne wehte ihr ins Gesicht, als sich seine Finger um ihren Arm schlossen; sie hätte beinahe vor Schmerz aufgeschrien.

»Mr. Merkle, lassen Sie mich bitte los.«

»Ich gebe Ihnen hier eine Chance. Und die sollten Sie nützen.« Die Finger immer noch um ihren Arm geschlossen, drängte er sich an sie. Die Lider seiner Froschaugen flatterten und schlossen sich. Fritzi spürte etwas Hartes an ihrer Schürze.

Sie hatte keine Haarnadel zu ihrer Verteidigung parat, ihr blieb nur die eigene Kraft. Sie riß die Arme nach unten und hinten. Als sie ihre rechte Hand frei bewegen konnte, holte sie aus und schlug ihm mitten ins Gesicht. Der Schlag brachte ihn zum Wanken, wodurch sie Zeit hatte, zur Tür zu rennen und aufzusperren.

»Du Miststück, mach, daß du hier verschwindest, du bist gefeuert! Und wenn du auch nur einen Lumpen aus diesem Hotel mitgehen läßt, lasse ich dich einlochen.«

Weiß wie die Wand und am ganzen Leib zitternd, hatte sie nur einen Gedanken: Nichts wie weg hier! Aber etwas zwang sie, sich noch einmal umzudrehen und zu sagen: »Mr. Merkle, wissen Sie eigentlich, welchen Spitznamen Sie in diesem Hotel haben?«

Es schien, als vibrierten seine Froschaugen. »Weshalb sollte ich das wissen wollen?«

»Jeder hier nennt Sie ›Ollie den Oktopus‹. Ich finde, das ist eine Beleidigung für Oktopusse. Für alle Oktopoden, um genau zu sein.«

»Raus hier!« schrie er. »Finde erst mal eine Arbeit, die so gut ist wie die hier. Aber das wird dir nicht gelingen, du wirst dich langlegen für ein paar Pennies, genau wie deine fette Freundin.«

Da ihr keine passende Antwort einfiel, stieß sie den Kopf nach vorn und rieb sich die Hände, eine perfekte Nachahmung Merkles. Er lief rot an und stieß gurgelnde Laute hervor. »Du ... du ...«

Fritzi floh und prallte mit dem Nachtportier zusammen, der, vom Lärm aufgeschreckt, den Korridor entlanggelaufen kam. *Mein Gott, was habe ich getan?*

Sie verließ Bleecker House mit dem quälenden Gedanken an

eine kleine, rechteckige Blechschachtel, die sie in einer Schublade ihres Zimmers versteckt hatte. Ursprünglich waren Zitronenbonbons darin gewesen. Jetzt enthielt sie ihre Ersparnisse – vier Dollar und ein paar Cents.

Als sie am nächsten Morgen vor die Tür trat, um eine Zeitung zu kaufen, wartete Mrs. Perella am Ende der Treppe. Die Vermieterin murmelte leise: »*La pigione.*«

Fritzi versprach eine Teilzahlung der Miete in Höhe von zwei Dollar bis zum Abend.

Mrs. Perella murmelte: »*Bene, brava,* die anderen Mieter sollten sich an Ihnen ein Beispiel nehmen.«

Fritzi studierte die Stellenanzeigen und bewarb sich noch am selben Tag für drei Stellen. Als Tellerwäscherin war sie überqualifiziert; als Schreibkraft in einem Versicherungsbüro zu langsam. Die dritte Stelle war die eines »Künstlermodells«. Der schmuddelige Raum mit Blick auf die Bowery war offenbar das Aushängeschild für etwas anderes, wahrscheinlich etwas Unanständiges. Der »Agent« hatte Pickel und die Augen eines Frettchens. Zuerst Merkle und nun der. Fritzi floh.

Am Abend bezahlte sie Mrs. Perella und verringerte damit den Inhalt ihrer Dose um die Hälfte. Am nächsten Tag machte sie sich auf den Weg zu einem Laden in der Second Avenue, um ihren Tennisschläger zu versetzen. Sie hatte ihn dem zwergenhaften Besitzer schon einmal überlassen.

»Ein Dollar«, sagte der Pfandleiher, den Stift bereits in der Nähe des Papiers.

»Mr. Isidor, letztes Mal waren es ein Dollar fünfzig.«

»Ich weiß, Fritzi, aber das war vor mehr als einem Jahr. Dinge verlieren an Wert.«

»Ich hoffe nur, daß sie ihn nicht verkaufen. Ich werde ihn sobald wie möglich auslösen.«

Er tätschelte ihre Hand. »Ich glaube Ihnen. Also ein Dollar.«

»Einverstanden.«

Sie spazierte zur Siebenundvierzigsten Straße und spähte durch das Eingangsfenster von Bleecker House. Da der gefürchtete Merkle nirgendwo zu sehen war, ging sie hinein. Der Tagportier, mit dem sie sich immer gut verstanden hatte, erzählte ihr, daß

nur eine Stunde nach ihrem Rausschmiß auch Maisie gefeuert
worden sei. In ihrer Wut habe Maisie Merkle eine eiserne Bratpfanne aus der Küche auf den Kopf gehauen.

»Der Nachtkoch war gerade beim Aufräumen, als sie ihn darum bat. Als er erfuhr, wofür sie die Pfanne haben wollte, nahm er
sie ihr wieder aus der Hand und gab ihr eine schwerere. Als die
Bullen vom Revier eintrafen, hatte Maisie bereits die Stadt verlassen und war auf dem Weg zu Verwandten nach Wyoming.« Er
blinzelte. »Haben wir denen wenigstens erzählt. Merkle kann ihnen nicht helfen, er hält sich für unbestimmte Zeit im Yonkers
Hospital auf.«

Sie würde also Maisie nicht wiedersehen. Das machte sie
traurig, sie mochte das dicke Mädchen.

Fritzi saß am Union Square und genoß die Sonne. Der schwin-
dende Tag tauchte den Platz in ein blasses gelbbraunes Licht. Zu
ihren Füßen sammelten sich Papierabfall, Taubenkot und Erdnußschalen. Die Luft schwirrte vom Geschrei der Taxifahrer, von
dem Rasseln der Schneeketten und Wiehern der Pferde, dem
Singsang der Zeitungsjungen, den Geigen und Ziehharmonikas
der Straßenmusikanten, dem Hupen der Taxis und Geknatter der
Benzinmotoren, den lärmenden Stimmen in fremden Sprachen –
dieser Musik von New York, die sie so liebte. Heute hörte sie nicht
darauf. Sie war in ihre Stellenanzeigen vertieft.

Unweit von ihr rief ein Mann mit lauter Stimme: »Ich brauche vier Statisten.« Er hielt vier Finger in die Höhe. »Die Gage
ist sechzig Cent.« Fritzi nahm an, daß der Fremde einer von
denen war, die man »Statistenkapitäne« nannte. Sie hielten sich
jeden Abend um diese Zeit am Union Square auf, immer auf der
Suche nach Statisten für die Abendvorstellungen.

Fritzi hatte ihre Statistenrolle in *Die Braut des Mongolen*
nicht gemocht. Als Statist spielte man nicht; man probte auch
nie. Man kam ungefähr fünfunddreißig Minuten bevor sich der
Vorhang hob, um das Kostüm anzuziehen und einfache Instruk-
tionen entgegenzunehmen. Den meisten war es gleichgültig, in
welchem Stück sie auftraten. Viele waren Arbeitslose, die Geld
für Alkohol brauchten, und die Statistenkapitäne waren in der
Regel nicht besser.

Heute konnte sie jedoch nicht wählerisch sein. Sie hob die
Hand.

Der Mann trat an ihre Bank. Er trug eine alte, aber saubere Cordjacke, eine Hose, ein Arbeitshemd und ein blaues Arbeiterhalstuch. Er war um die Dreißig und hatte ein freundliches, faltiges Gesicht. Er legte den Finger an die Mütze.

»Hallo, meine Liebe. Ich bin Earl.« Seine hellbraunen, goldgesprenkelten Augen waren seltsam verwirrend.

»Suchen Sie jemanden für eine Vorstellung heute abend?«

»Ja, aber ich kann nur Männer gebrauchen. Tut mir leid.« Er lächelte, und dabei entblößte sein breiter Mund eine Reihe von großen, schön geformten, weißen Zähnen. Obwohl sie sein Lächeln anziehend fand, war es auch beängstigend.

Während er Fritzi von oben bis unten musterte, sagte er: »Ich kenne Sie nicht. Da habe ich anscheinend was verpaßt. Aber Sie müssen wissen, daß ich das hier nicht regelmäßig mache.«

»Ich mach' es gar nicht, wenn es sich vermeiden läßt.« Sie überlegte, wie sie sich am besten davonstehlen könnte, und trat einen Schritt zur Seite.

Er machte einen Schritt nach vorne. »Schauspielerin, was?« Sie nickte und ging weiter. »Hätten Sie Lust, ein Bier mit mir zu trinken, wenn ich meine vier Leute zusammenhabe?«

»Nein, danke.« Sie drehte sich rasch um und eilte davon.

Als sie zurückblickte, sah sie, daß er ihr folgte, mit finsterem Blick – beleidigt von ihrer Abfuhr. Auch andere starrten ihn an; er blieb stehen und schrie hinter ihr her:

»Geh doch auf die Straße, du Schlampe, ist mir doch egal.« Er drehte sich auf dem Absatz um und marschierte in die andere Richtung davon. »Vier Statisten, ich brauche vier Statisten.«

Sie rannte zwei Straßen weit, bevor sie stehenblieb und zurückschaute. Warum hatte der Mann sie so aus der Fassung gebracht? Seine Augen und seine zornige Hartnäckigkeit …

Oder reagierte sie zu heftig, weil sie von ihren Zusammenstößen mit Oh-Oh und dem Bowery-»Agenten« zermürbt war? Obwohl sie keine Antwort darauf wußte, war sie dankbar, dem Fremden entkommen zu sein und in der wimmelnden Menschenmenge New Yorks untertauchen zu können.

13. BLECHSCHADEN

In der zweiundzwanzigsten Runde brachte Artie Flugel seinen kleinen Mason vor Carl absichtlich ins Schleudern, um Carls Windschutzscheibe in eine Staubwolke zu hüllen und ihm so die Sicht zu nehmen. Das war ein gefährlicher Trick, den nur routinierte Fahrer anwandten. Artie wollte nicht nur das Preisgeld einstreichen, sondern auch noch die fünf Dollar gewinnen, um die er mit Carl gewettet hatte.

Carl hielt den Wagen sozusagen blind, nur von seinem Instinkt geleitet, in der Mitte der Geraden. Der Staub verflog; im Sonnenschein tauchten jetzt die Haupttribüne und die Boxen auf. Es blieben ihm noch drei Runden, um Artie einzuholen, der bereits auf der Gegengeraden in die nächste Runde ging. Durch die ölverspritzten Gläser seiner gebraucht gekauften Zeiss-Fahrbrille sah Carl, daß die Zuschauer in der Kurve hinter den Tribünen auf dem weißen Zaun saßen. Verdammte Narren.

Die Rennstrecke befand sich in einem Vorort im Norden von Detroit. Das Rennen war das letzte des Tages, eines heißen, trockenen, frühsommerlichen Sonntags. An sechs Tagen der Woche arbeitete Carl in Henry Fords Autofabrik, und am siebten Tag fuhr er Rennen.

Heute war die Strecke von den vier bereits gefahrenen Rennen ramponiert, die Rennwagen hatten ganze Brocken aus dem harten Boden geschleudert, den die Fahrer »Gumbo« nannten. Ein Stück flog über die Kühlerhaube und traf auf die Windschutzscheibe, die in tausend Stücke zersplitterte. Trotz des Lärms der Motoren hörte Carl seinen Mechaniker schreien. Vielleicht schrie er »Du lieber Gott!« oder »Verdammte Scheiße!«, denn ein fliegender Gumbo-Brocken konnte die Brille zertrümmern und den Fahrer ein Auge kosten. Dieses Stück flog glücklicherweise rechtzeitig nach rechts weg.

Das Rennen wurde inzwischen von vier Wagen bestritten: einem Peugeot, einem National, Arties Mason und Carls Special – er gehörte Hoot Edmunds – mit den aufgemalten Blitzen auf der

Motorhaube. Der Peugeot und der National lagen eineinhalb Runden zurück, sie hatten keine Chance mehr. Carl war Artie dicht auf den Fersen, er machte ihm die Führung streitig.

Mittlerweile forderte das Rennen seinen Tribut. Carls Hintern tat weh, und die Beine schmerzten höllisch, nicht nur weil er eingezwängt und verkrampft hinter dem Steuer saß, sondern weil er alle paar Sekunden auf das Gas- und das Kupplungspedal treten mußte. Carl glich einer Mumie: langärmeliges Hemd, Lederhandschuhe, Lederhelm, Fahrbrille, weichlederne Gesichtsmaske. Unter seinem Hemd trug er heißes, kratzendes Sackleinen um Brust und Bauch, das die heftigen Erschütterungen des Gehäuses mindern sollte. Sie übertrugen sich vom Steuerrad auf seine Hände, Arme und Schultern.

Der erste Abschnitt der überfüllten Haupttribüne flog rechts an ihm vorbei. Sein Mechaniker Jesse, der links von ihm saß, war ständig damit beschäftigt, Benzin- und Ölstand zu kontrollieren, den Benzindruck zu erhöhen, um die Benzinzufuhr vom hinteren Tank in den vorderen Vergaser zu beschleunigen, und die vier glatten Gummireifen, vor allem aber die hinteren, im Auge zu behalten. Zwei hatten sie bereits nach halber Strecke in der Box ausgewechselt. Jesse beobachtete auch das Geschehen hinter ihnen und ließ ihn durch einen Schlag auf das Knie wissen, ob jemand überholen wollte. Eine Verständigung mit Worten wäre bei dem tosenden Lärm unmöglich gewesen.

Als sie die Mitte der Haupttribüne erreichten, zeigte der Tachometer an die fünfzig Meilen pro Stunde. Am Zaun in der Kurve, auf die sie jetzt zurasten, sah er unter all den faden Kleidern etwas Weißes aufleuchten. In der hinteren Kurve entschwand Artie Flugel außer Sicht. Carl drückte das Gaspedal durch. Jesse klopfte aufgeregt auf sein Knie, zweimal. *Reifen kaputt.*

Carl warf Jesse einen kurzen Blick zu. Jesse deutete mit dem Finger über seine rechte Schulter. Rechter Reifen. Er war der größten Belastung ausgesetzt.

Er wußte, daß er vor der Kurve das Tempo hätte verlangsamen sollen, aber Artie hinterließ ihm bereits zuviel Staub, und Autorennen war mehr als ein freundlicher Sport, es war ein Spiel mit hohem Einsatz. Carl raste in der Nähe des Zauns, auf dem diese Menschen wie Vögel auf der Stange saßen, in die Kurve.

Jesse brüllte ein weiteres Mal, nur Sekunden bevor der hintere
Reifen wie eine Silvesterfeuerwerkskörper explodierte.

Carl holte das Letzte aus seinen Autos heraus, er riskierte
viel. Als der Special ins Schleudern und Schlittern geriet, wußte
er, daß er sich diesmal verrechnet hatte. Der Special raste direkt
auf die Zaungäste zu, die kreischend versuchten, herunterzu-
klettern und wegzurennen, aber es gelang ihnen nicht, nicht
schnell genug.

Als der Special durch die sonnenbeschienene Staubwolke
auf den Zaun zu jagte, verspürte Carl dieses eigentümliche Gefühl, Zeit und Raum für eine Sekunde zu verlassen, ein Gefühl,
das er in gefährlichen Situationen schon öfter gehabt hatte. Er
hatte Angst, war wie gelähmt vor Schreck, aber es war eine aufregende Art von Angst – kaum auszuhalten, aber wenn man
sie überlebte, wenn es einem gelang, das Schicksal noch einmal
zu überlisten, wurde sie von schwindelerregendem Stolz abgelöst – begleitet von schneller Atmung und grundlosem Gelächter –, wenn man dem Auto entstieg. Aber diesmal würden er
und Jesse dem Wagen nicht mehr entsteigen, wenn er nicht
schnell etwas unternahm.

Wenn er in den Zaun fuhr, würden viele Menschen sterben.
Am Ende des Zauns hatte man in der Kurve Heuballen aufge-
türmt. Carl riß das Steuer nach links und trat auf die Bremse.
Das Hinterteil des Wagen rutschte und schlingerte. Der Special
schaffte es, am Zaun vorbeizukommen, wo sämtliche Zuschauer
aus Angst um ihr Leben Deckung suchten. Carl brüllte ein sinn-
loses »Halt dich fest, Jess!«, als der Special auf die Heuballen
prallte, sie durchbohrte, in einen Graben krachte und beide
Männer wie Stoffpuppen aus dem Wagen geschleudert wurden.

Der Ast eines Baums streifte Carls Kopf. Mit heftigem Aufprall landete er im hohen Gras auf dem Rücken, kurz davor, in
die Hosen zu machen, weil er jetzt sah, daß der Baum ihn ent-
hauptet hätte, wäre er nur eine Handbreit höher geschleudert
worden: *zack und weg.*

Auf allen vieren bahnte er sich einen Weg durch das Gras, riß
sich Brille, Helm, Maske vom Gesicht und atmete tief ein. Der
Special lag mit der Nase nach unten im Graben, das Vorderteil
zusammengequetscht wie eine Blechdose, auf der jemand her-
umgetrampelt hatte. Öliger Rauch stieg aus dem Wagen auf. Der

Benzingestank war unerträglich. Vom Zaun und von der Haupttribüne kamen Menschen herbeigelaufen – die Rennbahngeier,
die jedes nur erdenkliche Souvenir von einem Autowrack ab-
montierten und mitgehen ließen.

Nirgends sah Carl seinen Mechaniker. Er hatte das schreckliche Gefühl, daß sein Freund mit gebrochenem Hals irgendwo
im Graben lag.

»Jesse?«

Nichts – Stille, unterbrochen nur durch die habgierigen
Schreie der Geier um den Special und das weit entfernte Brummen der Wagen, die das Rennen zu Ende brachten. Der Besitzer
des Special, Hoot Edmunds, ging langsam auf die Plünderer zu.
Sein Strohhut saß ihm wie immer keck auf dem Kopf, sein gestreifter Leinenblazer war ordentlich zugeknöpft, und er wirbelte seinen Malakka-Spazierstock durch die Luft. Carl hatte soeben Hoots letzte Investition in Höhe von mehreren tausend
Dollar in den Graben gesetzt.

Dann entdeckte Carl die leuchtendweiße Person am Zaun.
Das Weiße war eine Hemdbluse und die Person ein Mädchen mit
blondem Haar.

Ein länglicher Kopf mit milchkaffeebrauner Haut und
schwarzen Locken tauchte aus dem Graben auf. Blut rann aus
einer klaffenden Wunde über dem linken Auge des Mannes und
tropfte auf seinen Overall.

Benommen kletterte Jesse aus dem Graben. Er war größer als
Carl und spindeldürr. Er war farbig, obwohl deutlich zu erkennen war, daß auch eine Menge weißes Blut in seinen Adern floß.
Jesse Shiner war zehn Jahre älter als Carl und glücklich mit seiner Arbeit als beifahrender Mechaniker. Er hatte sie bekommen,
weil Carl dabei geblieben war, daß Jesses Hautfarbe keine Rolle
spiele, sondern seine Fähigkeiten als Mechaniker.

Jesse und Carl standen sich gegenüber und starrten einander
an. Wie durch Gedankenübertragung kamen sie im gleichen Augenblick zur gleichen Schlußfolgerung, daß sie nämlich auf
wundersame Weise heil waren. Beide brachen in wildes Lachen
aus.

»Jess, du verrückter, langer, gelber Bastard, bist du okay?«

»Ich sag's dir später, wenn meine Knochen wieder geflickt
sind.« Sie fielen sich in die Arme und klopften sich auf den

Rücken. Beide Männer stanken nach Schweiß und Öl, aber das war ihnen völlig schnuppe. Hoot Edmunds kam auf sie zugeschlendert, seinen Spazierstock durch die Luft schwingend.

»Hallo, Jungs, seid ihr noch ganz?« Hoot nannte sie am liebsten Jungs, obwohl er mit seinen Zweiundzwanzig drei Jahre jünger war als Carl. Hoot war der einzige Sohn von Magnus Edmunds, der, wie andere Männer in Detroit auch, mit der Herstellung von Schiffsmotoren für Dampfer und Frachter auf den Großen Seen ein Vermögen verdient hatte. Der Erbe von Magnus Marine Motors, »Tripple M«, haßte seinen Taufnamen Eldwood, deshalb hatte er sich einen flotteren Namen zugelegt.

»Glaub' schon, Hoot«, antwortete Carl. »Diese gottverdammten Reifen halten einfach nicht lange genug. Firestone und seine Kollegen sollten zum Trocknen aufgehängt werden, bis sie sich etwas Besseres einfallen lassen.«

Hoot lüftete seinen Strohhut und entblößte einen Kopf voller brauner Löckchen über einem weichen, rosafarbenen Gesicht. Er wischte sich über die schweißbedeckte Stirn und nickte bedächtig.

»Das war wirklich großartig gefahren da im letzten Moment«, gratulierte er.

»Das einzig mögliche.« Carls Beine zitterten von der ständigen Arbeit an den Pedalen. Er deutete auf die große Platane, die ihn beinahe geköpft hätte. »Ich muß mich setzen.«

Er lehnte sich mit dem Rücken an den Baumstamm. Die Geier umlagerten den Special, sie zerlegten ihn, schnitten mit ihren Taschenmessern Stücke aus den Reifen und rüttelten an der Windschutzscheibe, um sie herausheben zu können. *Lieber Gott, der Mann dort hat sogar eine eigene Handblechschere mitgebracht.*

»Tut mir leid, daß ich deinen Wagen zu Schrott gefahren habe, Hoot.«

»Laß dir da keine grauen Haare wachsen; ist noch genügend Geld da, um einen neuen zu bauen.« Wie viele andere reiche, junge Detroiter Erben gab es auch für Hoot Edmunds nicht so viele Möglichkeiten, die Zeit herumzubringen. Er hatte sich für Autos entschieden, er liebte ihre Geschwindigkeit, Verwegenheit und den Hauch von Luxus, der sie umgab.

»Warum hocken sich diese Narren bloß auf den Zaun?« be-

schwerte sich Jesse. »Warum haben die Wachen sie nicht ver-
jagt?«

»Sie haben's versucht«, antwortete jemand hinter Hoot mit
süßer, heller Stimme. »Wir haben uns nicht verjagen lassen, weil
man dort einfach die beste Sicht hat.« Diese Mitteilung wurde
von einem Mann im Graben übertönt, der laut sagte: »Schau dir
das an, Jack, sein Mechaniker ist 'n Nigger.«

Jesse rollte mit den Augen und wandte sich angewidert ab.
Carl warf dem Flegel im Graben einen vernichtenden Blick zu.
Die Person hinter Hoot trat zur Seite, um sich zu erkennen zu
geben. Die Platanenblätter zeichneten ein hübsches Schatten-
muster auf die Vorderseite ihrer leuchtendweißen Bluse.

»Sie haben wirklich einige Leben gerettet. Das war sehr mutig von Ihnen«, fuhr sie fort. Carl vermochte seinen Blick nicht
zu lösen – er glaubte zu ertrinken in den schönsten dunkelblauen Augen, die er jemals gesehen hatte.

Ganz der vollendete Gentleman, der er nun einmal war, entschuldigte sich Hoot, als er Carls Interesse bemerkte. Er schlenderte zurück zum Autowrack. Sein Auftauchen trug keineswegs
dazu bei, die hemmungslos reißenden, biegenden, schneiden-
den Geier zu entmutigen. Hoot legte sich den Spazierstock über
die Schulter und betrachtete den Vorgang mit einer Mischung
aus Verwunderung und Bestürzung.

Jesse wandte sich in die andere Richtung, weg von den
Weißen, um sich mit Bull Durham aus seinem Säckchen eine Zigarette zu drehen.

»Sie sind ein ausgezeichneter Fahrer«, sagte das Mädchen.
Carl fragte sich, woher sie die Erfahrung nahm, darüber zu urteilen. »Fahren Sie schon lange?«

»Hab' letzten Sommer damit angefangen. Es ist eigentlich
nicht schwer. Man braucht starke Arme und Schultern, und man
muß das Risiko eingehen zu sterben, bevor man dreißig ist.«
Das hatte er lächelnd gesagt. Sie lachte.

»Man braucht dazu viel mehr, Sir. Zum einen Geschicklich-
keit. Und wie ich sah, besitzen Sie davon eine ganze Menge.«

Carl war noch nie einer jungen Frau begegnet, die so unverblümt war wie sie; nicht keß, nur geradeheraus. Sie war
ungefähr in seinem Alter, ungefähr genauso groß wie er und

rundherum wohlgeformt. Ihre Hüften waren breit, ihre Brüste voll. Sie hatte ein hübsches, rundes Gesicht, blonde Locken und volle Lippen, die zum Küssen wie gemacht waren. Und diese lebhaften Augen – so dunkelblau, wie er sich das Wasser der Südsee vorstellte. Er wollte immer schon einmal die Südsee erleben. In der Zwischenzeit würde er sich mit ihren Augen zufriedengeben. Sie war geschmackvoll, wenngleich nicht teuer gekleidet und trug einen gebänderten Strohhut sowie einen gestreiften Sonnenschirm.

Carl drückte sich vom Platanenstamm ab und stand auf, trotz ihrer Beteuerung, das dies nicht nötig sei. Als er auf sie zuging, bemerkte er, daß Hoot sie beide mit einem seltsam grübelnden Blick ansah.

»Tja, ich danke Ihnen für das Kompliment, Miss …«

»Ich heiße Teresa, aber Tess ist mir lieber.«

»Carl. Carl Crown.« Er streckte ihr die Hand entgegen, die immer noch in dem schmierigen Lederhandschuh steckte, den er nun hastig abstreifte. Ihre Hand war kühl und fest. Er spürte, wie sein Körper darauf reagierte; er war seit Monaten nicht mehr mit einer Frau zusammengewesen.

»Die Art von Selbstlosigkeit, die Sie an den Tag gelegt haben, müßte irgendwie belohnt werden«, sagte das Mädchen. »So viele Menschen denken nur an sich selbst. Dürfte ich Sie zum Abendessen nach Hause einladen? Mein Vater würde Sie bestimmt gerne kennenlernen.«

Carl war so überrascht, daß er nicht gleich antwortete. »Klar doch, gern. Aber das ist wirklich nicht nötig.«

»Ich weiß. Aber mich würde es freuen. Leider wohnen wir ziemlich weit draußen. Im Winter wohnen wir in der Woodward Avenue, aber im Sommer in Grosse Pointe.«

»Fahren da nicht die Elektrischen raus?«

»Doch«, sagte sie und ließ ihren Sonnenschirm ins Gras fallen, um ihre Handtasche zu öffnen. »Würde Ihnen Samstag abend passen?«

»Ja, sehr gut sogar«, beteuerte er. Dann ging ein Grinsen über sein Gesicht. »Ich glaube, ich habe noch nie eine junge Dame getroffen, die Autorennen mag.«

»Mein Vater steht gewissermaßen in Verbindung mit Autos, deshalb interessiere ich mich dafür. Obwohl Vater ganz und gar nicht begeistert ist, daß ich mir die Rennen alleine ansehe. Er versucht, es mir zu verbieten, dann muß ich ihn immer dran erinnern, daß ich bereits volljährig bin. Meist ärgert er sich darüber. Ich scheine viele Männer damit zu ärgern. Deshalb bin ich auch immer noch ledig. Meinen Sie nicht auch, daß es daran liegen könnte?« Es klang spöttisch, aber ihm entging nicht die gewisse Wehmut in ihrer Stimme. »Darf ich mir Ihre Schulter ausleihen?« Sie drückte einen Zettel auf seine Schulter und schrieb etwas mit einem Bleistift darauf. »Das ist die Adresse. Paßt Ihnen sechs Uhr?«

»Ich muß bis sechs Uhr arbeiten.«

»Dann halb acht?«

»Das ginge, Miss – hm, Tess.«

»Ich sehe Sie also Samstag.« Ernst schüttelte sie ihm ein zweites Mal die Hand, dann drehte sie sich um, und während sie den Sonnenschirm aufspannte, schritt sie über den Graben und bei dem weißen Zaun in den Sonnenschein hinein. Carl war fasziniert von den Bewegungen ihrer Hüften unter dem Rock. Sein Körper reagierte prompt.

Entsetzt fiel ihm ein, daß er vergessen hatte, sie nach der passenden Kleidung zu fragen. Für Grosse Pointe, wo die Reichen der Woodward und Jefferson Avenue ihre Sommerhäuser hatten, bräuchte er wahrscheinlich eine Krawatte. Aber er besaß keine. Wenn ihm Jess keine leihen konnte, mußte er sich bei Mabley's oder Rothman's eine kaufen.

Tess verschwand hinter der Haupttribüne, und Carl blieb auf dem Boden der nackten Tatsachen zurück. Er sah, daß sich Artie Flugel mit Hoot unterhielt. Mit schmerzenden Armen und Schultern schlenderte er zu ihnen hinüber. In seinem Zimmer stand immer eine Flasche des Einreibemittels Mustang bereit. Heute abend konnte er gar nicht schnell genug heimkommen.

»Pech gehabt, mein Junge.« Artie schüttelte Carls Hand. Artie war mindestens vierzig, untersetzt, mit zerfurchtem, wettergegerbtem Gesicht.

»Nächstes Mal kriegst du den Staub zu schlucken.« Carl kramte in seiner Tasche und bezahlte seine Wettschuld. Schmunzelnd machte sich Artie davon.

Hoot musterte Carl mit spöttischem Blick. »Was ist so komisch?« wollte Carl wissen.

»Das Mädchen. Ihr scheint euch gut zu verstehen.«

»Warum nicht? Sie ist hübsch. Außerdem hat sie mich am Samstag zum Essen eingeladen.«

»Ach wirklich? Ich nehme an, du weißt, wer sie ist?«

»Sie heißt Teresa. Reicht das nicht?«

»Wie es aussieht, bewegst du dich nicht in den Kreisen der High-Society von Detroit. Vor allem nicht in denen, die Autos herstellen. Teresa Clymer ist die Tochter von Lorenzo Clymer.«

Jesse kam gerade rechtzeitig, um mitzuhören. »Meinen Sie Clymer wie Clymer, ›das Qualitätsauto für qualitätsbewußte Menschen‹?«

»Genau das meine ich.«

»Er hat Gießereien«, informierte Jesse Carl. »Auch die, in der ich arbeite.« Mit dem verdammt gefährlichen flüssigen Metall, einer Arbeit, die kein Weißer anrühren würde. Das sagte Jesse nicht zu Hoot, aber er und Carl waren Freunde, und zu ihm hatte er es gesagt. Jesse nannte es »Niggerarbeit«.

»Clymer hat in Wirklichkeit keine Autofabrik«, erklärte Hoot. »Er stellt der Firma nur seinen Namen zur Verfügung. Das ist nichts Ungewöhnliches, J. L. Hudson macht genau das gleiche. Clymer investiert schon seit Jahren in Autofirmen. Ich schlage vor, du leidest am Samstag abend plötzlich an Bauchschmerzen. Clymer und seine Freunde, die Autos für zweitausend Dollar herstellen, halten deinen Arbeitgeber für einen Mann, der nur unsinnige Ideen hat. Clymer besaß Anteile an Henrys zweiter Firma, bei der Henry ausgestiegen ist – sie heißt jetzt Cadillac. Ich würde sagen, daß die meisten Leute in Grosse Pointe Henrys Mumm hassen, und meines Wissens ist es umgekehrt nicht anders.«

Carl blieb der Mund offenstehen. Der Henry, von dem die Rede war, war kein anderer als Henry Ford, Universalgenie und Besitzer der Ford Motor Company.

14. PAULS ANKER

In der Wohnung am Cheyne Walk war es still. Es war Nachmittag, und die dreijährige Betsy schlief noch. Der siebenjährige Shad saß neben seinem Vater am Erkerfenster und betrachtete das Buch mit großen, staunenden Augen. Paul und Julie nannten den Jungen Shad, weil zu viele Joes in der Familie Verwirrung stifteten.

Es war Juni, ein warmer, schläfriger Sonntag. Die Fensterflügel standen weit offen. Vor dem üppigen grünen Hintergrund des Battersea Park am anderen Flußufer trieben Lastkähne und Ausflugsdampfer von der einen zur nächsten Themse-Brücke. Der Junge fuhr mit dem Finger über den Namen seines Vaters, der unter dem Buchtitel stand: *Zeuge der Geschichte*.

»Hast du das wirklich selbst geschrieben, Papa?«

Mit einem Lächeln auf den Lippen zündete sich Paul eine Zigarre an. Den Spenzer aufgeknöpft, die Ärmel hochgekrempelt, hatte er den Arm kameradschaftlich um die Schulter seines Sohnes gelegt.

»Jedes Wort, gute und schlechte.«

»Oh, jedes Wort ist gut, Papa, meinst du nicht?« Shad war ein aufgeweckter, kräftiger Junge, dessen dunkelbraune Augen, die er von Paul geerbt hatte, von dem dichten pechschwarzen Haar, das Julies Erbe war, noch unterstrichen wurden.

»Na ja, so heißt es. Es ist erst seit März in den Buchhandlungen, und sie drucken schon eine zweite Auflage.« Er hatte im Büro des Verlegers am Bridewell Place, Blackfriars, angerufen. Alle, einschließlich des Verlegers Collins, hatten ihm zum Erfolg seines Buches gratuliert.

Der Erfolg hatte den Erstlingsautor selbst am meisten überrascht. Paul hatte mit Gelächter reagiert, als Julie ihm Fritzis Brief gezeigt hatte, in dem sie ihn dringend aufforderte, seine Erlebnisse schriftlich festzuhalten. Julie war es gewesen, die ihm zugeredet hatte zu schreiben, wann immer er eine Woche oder zwei zu Hause war. Sie hatte auch eine Typistin gefunden, die das

Manuskript abtippte, und hatte es persönlich verschiedenen Verlegern vorgelegt. Der vierte, bei dem sie vorstellig geworden war, kaufte es auf der Stelle. Und jetzt hatte Paul einen Vertrag mit einem New Yorker Verlag namens Century für eine amerikanische Ausgabe unterzeichnet.

Shad blätterte um. »Die schweren Wörter kann ich noch nicht lesen.«

Paul fuhr dem Jungen mit den Fingern durchs Haar. Die Kinder, Julie, die zweigeschossige Wohnung in den oberen Stockwerken eines Stadthauses am Cheyne Walk, das waren die Anker, die ihm Sicherheit gaben, wenn er in ferne Länder aufbrach, wo das Leben wenig wert und das Überleben unsicher war.

»Du wirst sie schon bald lesen können.«

Wie alle Kinder seines Alters konnte sich auch Shad nur ein paar Minuten auf eine Sache konzentrieren. Er packte das Knie seines Vaters, um Ernsthaftigkeit zu demonstrieren. »Können wir nächste Woche in den Zoo gehen?«

»Samstag. Mein Schiff läuft am Sonntag von Liverpool aus.«

»Fährst du wieder nach Amerika?«

»Ja, ich drehe dort Filme und halte ein paar Vorträge. Übrigens zum ersten Mal.«

»Was ist ein Vortrag?«

»Eine Rede vor einem Publikum. Meine Reden handeln von Orten, die ich bereist, und von Dingen, die ich gesehen habe. Ich habe zwei Rollen Film zusammengeschnitten, die ich dabei vorführen werde.«

Ein Mann in New York, ein gewisser William Schwimmer der Firma American Platform Artists, dem Pauls Buch in die Hände gefallen war, hatte ihm geschrieben, daß er bei Pauls nächstem Besuch ein paar einträgliche öffentliche Auftritte organisieren könne. Aufgeregt hatte Paul zugestimmt. Lord Yorke hatte keine Einwände, im Gegenteil, er war der Meinung, daß Auftritte in der Öffentlichkeit seinem Starkameramann weitere Türen öffnen könnten.

»Ich hoffe, ich kann die Familie in Chicago sehen«, fuhr Paul fort. »Tante Fritzi in New York vielleicht, aber Onkel Carl ganz sicher. Nach Detroit fahre ich auf jeden Fall.«

»Wo ist das?«

»Im Staat Michigan. Ein Mann namens Henry Ford will dort

ein Auto auf den Markt bringen, das ganz erstaunlich sein soll, weil es sowohl leistungsfähig als auch billig ist.« Er verrückte das Kissen, das er sich in den Rücken gelegt hatte. *Dreißig Jahre alt und steif wie Methusalem*, dachte er ärgerlich. Julie bedrängte ihn ständig, sich einen Gehilfen zu nehmen. Sogar Michael meinte, er sei ein Idiot, wenn er es nicht täte. Julie neckte Paul, daß er anscheinend alles selbst machen wolle – womit sie gar nicht so falsch lag.

Pauls Arbeitszimmer im vorderen Teil der Wohnung war früher ein Schlafzimmer gewesen. An den ziemlich feminin wirkenden oberen Bleiglasfenstern ließ sich nichts ändern, aber sonst hatte Julie das Zimmer ganz nach männlichem Geschmack eingerichtet: gestreifte Tapeten, dunkle Möbel, zwei Bücherregale im Chippendale-Stil, elektrische Tisch- und Stehlampen, deren leuchtendrote Schirme Fransen hatten, ein Schreibtisch mit Rollschrankaufsatz gegenüber dem kleinen Kamin. Die edwardianische Mode schrieb weniger Nippes vor als das vorangegangene Zeitalter, aber insgeheim war Paul ein Viktorianer geblieben. Jeder freie Platz war mit Büchern, Papieren, Metalldosen mit Filmrollen oder mit Andenken an seine Reisen vollgestellt: Bierdeckel, Streichholzschachteln, Ansichtskarten, ein Miniatur-Eiffelturm, ein malaysisches Messer mit grausam gezackter Klinge, ein japanischer Fächer, eine Pickelhaube aus Deutschland, die Shad gerne aufsetzte, wenn er mit seinem hölzernen Gewehr über der Schulter spielte, ein kleiner chinesischer Gong, der zum Mittagsmahl angeschlagen wurde, und eine ordinäre indische Fußmatte, die hin und wieder auf dem feinen Perserteppich landete, wenn Shad seine Eltern ärgern wollte. Sein Zimmer fehlte Paul sehr, wenn er auf Reisen war.

Shad war eben im Begriff, eine weitere Frage zu stellen, als die Tür aufging. Julie streckte den Kopf herein. »Du meine Güte, hier kann man ja gar nichts mehr sehen vor lauter Rauch.« Shad sprang auf, lief auf seine Mutter zu, umschlang sie mit den Armen und vergrub sein Gesicht in ihrem Schoß. Einen Augenblick später schlüpfte er grinsend hinaus.

Julie – Paul hatte sie in Chicago als Juliette Vanderhoff kennengelernt – war eine zierliche Frau mit zarter, heller Haut und großen, leuchtenden grauen Augen. Seine Herz machte einen Satz, als er sah, wie anziehend sie in ihrem Nachmittagskleid

wirkte, einer Kreation aus Seidenchiffon in stark gedämpftem
Rosa mit plissierten Ärmeln. Um den Hals trug sie die Perlenkette, die er ihr zusammen mit passenden Ohrringen vergangenes Weihnachten geschenkt hatte.

Julie erlebte so gut wie nie mehr diese schrecklichen depres-
siven Stimmungen, unter denen sie als junge Frau gelitten hatte,
als ihre geistesgestörte, übermächtige Mutter ihr ständig in den
Ohren gelegen und ihr hatte weismachen wollen, daß Krankheit, Schwäche und nervöse Verstimmungen das Los einer Frau
seien. Man hatte Julie gezwungen, einen Mann zu heiraten, der
sie mißbrauchte, einen Playboy, der schließlich von seiner Geliebten erschossen wurde, ohne daß Julie, die unfreiwillig Zeu-
gin wurde, etwas dagegen hatte unternehmen können. Diese
Erlebnisse hatten Spuren hinterlassen: eine sichtbare Zerbrech-
lichkeit, eine hin und wieder zu bemerkende Traurigkeit in den
Augen. Ihren Kindern, ihrer Ehe mit einem Mann, der sie anbe-
tete, war es zu verdanken, daß sie nicht endgültig in Düsternis
versunken war, sondern sie besiegt hatte.

Sie kämpfte noch immer für die Sache von Mrs. Pankhurst,
der sie vor einer Woche in Jean Tussauds Museum begegnet war,
wo diese sich als neue Wachsstatue fand, der Nachwelt unsterb-
lich übereignet. In Julies Ankleidezimmer stapelte sich Literatur
der WSPU. Sie arbeitete regelmäßig an einem Schreibtisch in der
Ecke ihres Nähzimmers, verfaßte Briefe, Petitionen und vor kurzem auch eine Rede für eine Versammlung im Hyde Park, zu der
in wenigen Wochen mehrere tausend Menschen erwartet wurden.

Die daraus resultierende Gewalt eskalierte auf beiden Seiten.
Zwei Frauen hatten ohne Auftrag Steine durch die Fenster von
Nr. 10 Downing Street geworfen. Es war die Rede von Hunger-
streiks und von einer Erstürmung des Parlaments durch die
Massen. Premierminister Asquith vertrat weiterhin die Meinung,
daß die Frage des Frauenwahlrechts ausreichender Unterstützung entbehre, um eine Gesetzesreform zu rechtfertigen. Jedesmal, wenn die Rede darauf kam, empörte sich Julie.

»Was soll Barbara heute abend kochen?« fragte sie jetzt.

Paul legte den Arm um sie. »Es sieht nach einem milden
Abend aus. Warum machen wir nicht mit den Kindern einen
Spaziergang und essen irgendwo *fish and chips*?«

»Das wäre wunderbar.« Julie erspähte das Buch auf dem Fensterplatz. »Ich bin so stolz auf dich, Paul.«

»Ohne dich, meine Liebe, hätte ich nicht einmal den ersten Absatz geschafft.«

Sie schlang die Arme um seinen Hals. »Du darfst nur nicht so berühmt werden, daß dir ganze Horden von Frauen nachlaufen.«

»Ich mache mir nur aus einer etwas«, sagte er und zog sie in eine innige Umarmung. Julies Lippen schmeckten süß und warm. Ihr Körper drängte sich an den seinen. Seufzend legte sie die Wange an seine Schulter. »Ich verliere dich wieder einmal an die Welt.«

»Nur für ein paar Monate.«

Sie küßte sein Ohr, kraulte ihm den Nacken. »Eine Ewigkeit. Aber wenigstens bist du diesmal nicht in Gefahr.«

Ein ironisches Lächeln huschte über Pauls Gesicht, das seine Frau in der Umarmung nicht sah. In wenigen Sekunden spulte sich eine ganze Filmrolle vergangener Ereignisse vor seinem geistigen Auge ab:

Ein außer Rand und Band geratener bengalischer Tiger, der auf Paul zugerast kam, während er auf dem Rücken eines Elefanten saß und filmte. Der Elefantentreiber, der nebenher ging, stolperte über eine Wurzel, der Tiger kam näher, und schon war der kleine braune Mann in seinen Krallen …

Die vom Regen aufgeweichte Erde am Ostende des Culebra-Grabens gab nach, eine riesige dampfbetriebene Schaufel neigte sich zur Seite und fiel mit beinahe feierlicher Langsamkeit auf die tiefer gelegene Arbeitsebene, wo sie zwei Arbeiter zermalmte, genau dort, wo Paul gefilmt hatte; er war mit seiner Kamera in letzter Sekunde geflohen. Präsident Teddy Roosevelt, in weißem Anzug und mit strahlendem Lächeln, war gekommen, das große Panamakanal-Projekt in Augenschein zu nehmen; es war noch keine Stunde her, daß er mit großspuriger Geste die Hebel eben dieser Maschine betätigt hatte …

Ein Stammesmitglied im Atlas-Gebirge in Marokko hatte beim Anblick der Kamera um seine Seele gefürchtet und mit Hilfe einer altertümlichen, langläufigen Flinte versucht, Paul am Drehen zu hindern …

Keine Gefahr? Man begab sich immer in Gefahr, wenn man

seine Arbeit gut machen wollte. Im Jahr 1898 war er auf Kuba
nur knapp dem Tod entronnen, genauso im Burenkrieg und
während des philippinischen Aufstands, der von der amerikanischen Armee niedergeschlagen wurde. Natürlich verharmloste
er diese Vorfälle vor Julie.

»Mach dir keine Sorgen, ich passe immer auf mich auf«, sagte
er und küßte die warme Mulde an ihrem Hals. »Ich würde nur
sehr ungern auf dich und die Kinder verzichten.«

»Paul, ich habe darüber nachgedacht, ob Betsy jetzt nicht in
einem Alter ist, in dem sie gern ein Brüderchen oder Schwesterchen hätte. Ich habe schon mit Shad gesprochen, und er ist ganz
meiner Meinung.«

Paul lachte und griff nach einer neuen Zigarre.

»Wunderbar! Ich schlage vor, wir besprechen das heute
abend unter vier Augen.«

15. DREI HEXEN
UND VIER SCHAUSPIELERINNEN

Die Tage vergingen – und immer noch keine Arbeit. Fritzi
schraubte ihre Ausgaben so weit herunter, bis sie nahe am Verhungern war. Zum Frühstück nahm sie zwei Tage altes Brot und
heißen Tee zu sich. Ihre Hauptmahlzeit bestand ebenfalls aus
einer Scheibe trockenen Brotes und, einmal pro Woche, aus
einem Austerneintopf, den sie auf dem Gasring in ihrem Zimmer kochte. In einem Delikatessengeschäft kaufte sie eine einzige Auster, die sie in etwas Brühe erwärmte. In den Briefen an
ihre Mutter beschönigte sie ihre Situation. »Alles bestens! Aussichten gut!«

Seit sie in New York war, inzwischen bereits so viele Monate,
hatte sie nicht ein einziges Mal vom General gehört oder ihm geschrieben. Sie erwartete keine Veränderung der Situation. Der
Schmerz über ihre Entfremdung hatte mit der Zeit etwas nachgelassen, letztendlich aber war er lediglich einer dumpfen Resi-
gnation gewichen, die ihr hin und wieder schmerzlich bewußt
wurde.

Ende August war sie an einem absoluten Tiefpunkt ange-
langt. An einem besonders frustrierenden Dienstag – auf vier Anzeigen geantwortet, keine Arbeit – trat sie an ein Schalterfenster
im Grand Central Terminal.

»Einen Fahrplan für Chicago, bitte.«

Fünf Minuten später warf sie den Fahrplan an einer
Straßenecke in den Abfalleimer. Ellen Terry schalt sie schon für
den Gedanken, nach Hause zu laufen.

Mit schmerzenden Füßen schleppte sie sich deprimiert
Downtown, als heftiger Regen einsetzte. Sie war naß bis auf die
Haut, als sie die Stufen zu Mrs. Perellas Wohnung hinaufstieg.
Waren zwei Jahre in New York nicht genug? Sie setzte sich eine
Frist. Wenn sie es nicht schaffte, bis zu ihrem Geburtstag am
fünften Januar wenigstens eine gute Rolle zu ergattern, würde
sie packen, nach Hause fahren, ihrem Vater die Niederlage ein-
gestehen und sich nach etwas anderem umschauen, womit sie

ihr Leben verbringen konnte. Vielleicht schaffte sie eine Lehrbe-
fähigung. Sie konnte jederzeit Deutsch unterrichten und eine
Theatergruppe in einer Schule leiten.

Vom Gedanken an diese Art von Rückzug niedergedrückt,
wusch sie ihr Gesicht und schlüpfte in den dünnen Morgenmantel. Heftige Windstöße bliesen Feuchtigkeit und den Gestank der Stadt in ihr Zimmer, das sie allmählich zu hassen
begann. Sie zog einen Stuhl unter den Glühstrumpf der Gas-
beleuchtung und schlug den *New York Clipper* auf, der zu den
Publikationen gehörte, die regelmäßig Anzeigen aus der Theaterwelt brachten. Inmitten von Anzeigen für dressierte Hunde
und Kinder, die Rad schlagen konnten, entdeckte sie eine Anzeige, die ihr Herz schneller schlagen ließ:

ROLLENVERGABE SOFORT
HEXEN für Neuproduktion der *SCHOTTISCHEN
TRAGÖDIE* gesucht. Hauptdarsteller und Produzent ist der
berühmte englische Darsteller tragischer Rollen HOBART
MANCHESTER. Zum etablierten internationalen Ensemble
gehört außerdem MRS. VAN SANT als Lady M. Jedes Alter
willkommen. Vorsprechen Mittwoch zwischen 14.30
und 17.00 Uhr, Novelty Theater, 48. Straße. Benutzen Sie bitte
den Künstlereingang an der Westseite des Cort Theater.

Ihr wurde beinahe schwindlig vor Aufregung. Sie hatte alle drei
der bösen Schwestern in den Produktionen der *Schottischen
Tragödie* des unglückseligen Mortmain gespielt. *Schottische
Tragödie* und *Das schottische Stück* waren in der Theaterwelt ge-
bräuchliche Euphemismen für den Namen des Dramas von
Shakespeare, das unter Schauspielern als Unglücksbringer galt.
Ein ganzes Netz abergläubischer Vorstellungen rankte sich um
das Stück und führte zu Dingen, die man weder während der
Probe noch während der Vorstellung sagen oder tun durfte.
Schreckliche Dinge, so hieß es, widerfuhren allen Schauspie-
lern, die in *Macbeth* spielten.

Fritzi lachte über diesen dummen Aberglauben. Selbst Belze-
bub hätte sie, wenn er ihr mit einer Einladung in die Hölle gewunken hätte, nicht davon abhalten können, im Novelty vorzusprechen.

Am nächsten Tag zog sie ihre besten Kleider an und versuchte, wenigstens der schlimmsten Verfilzung in ihrem blonden Haar Herr zu werden. Ihr Magen knurrte, als sie in der Broadway-Elektrischen saß, für die sie sich deshalb entschieden hatte, weil sie ihre Kleider nicht schmutzig machen wollte, bevor sie dort war. Sie wäre beinahe durch das Fenster geflogen, als der Fahrer den Wagen am Union Square um Dead Man's Curve riß. Sie hoffte, daß nicht noch Schlimmeres passieren würde.

Mit schmerzender Schulter stieg sie an der Achtundvierzigsten Straße aus. Nach ein paar Schritten in östlicher Richtung näherte sie sich einer grellen Markise, deren elektrische Glühbirnen den Namen Fünf-Cent-Variety beleuchteten. Eben war eine Vorstellung zu Ende. Fritzi mußte gegen eine Horde redseliger Männer, Frauen und Kinder ankämpfen. Offenbar schossen an jeder Straßenecke in New York Nickelodeons aus dem Boden. Fritzi rümpfte die Nase und machte sich eiligen Schrittes auf den Weg zu der Gasse zwischen dem Novelty und dem Cort.

»Tragen Sie Ihren Namen auf der Liste ein, und nehmen Sie im Auditorium Platz«, sagte der alte Mann, der den Bühneneingang bewachte. Er war damit beschäftigt, die Theaterkatze, eine übergewichtige, gescheckte Mieze, mit Häppchen zu füttern. Fritzi nahm den Federhalter und tauchte ihn in das daneben stehende Tintenfaß. Sie erbleichte. Das Blatt Papier war bis an den untersten Rand mit Namen gefüllt.

Zu ihrem Entsetzen entdeckte sie darunter noch ein zweites vollgeschriebenes Papier. Das Hochgefühl, die Ahnung, daß sich das Blatt für sie nun wenden werde, zerbrach wie eine Christbaumkugel in der Hand eines Hünen. Nach grober Schätzung hatten sich bereits vierzig Schauspielerinnen in die Liste eingetragen.

Du liebe Güte, dachte sie, ist das etwa schon der Fluch von *Macbeth*?

Ihre Konkurrentinnen bevölkerten den Zuschauerraum. Sie beäugten Fritzi wie eine Aussätzige. Die setzte sich auf einen Platz im hinteren Teil nahe dem Gang und versuchte sich zu sammeln.

Sie entdeckte ein Loch im Teppich, der im Gang lag. Vom Nabel eines Engels an der Decke blätterte die Farbe ab. Auf der

Bühne erhellte eine Arbeitsleuchte an einer senkrechten Stange
einen kleinen Tisch und einen Stuhl. Mit Sandsäcken beschwerte Soffittenzüge hingen vor der rückwärtigen Bühnen-
wand. Obwohl das Novelty im Ruf eines zweitklassigen Theaters
stand, verhieß es wie alle Theater Illusion und Vergnügen. Der
Duft von Farbe, Schimmel und Staub stieg ihr wie köstliches
Parfüm in die Nase.

Noch drei Aspirantinnen traten ein. Eine Minute später kündigten Stimmen aus der Seitenkulisse von der Ankunft eines
dicken Mannes mittleren Alters in englischem Anzug, langem
Operncape und breitrandigem Filzhut nach Art der Künstler
und Literaten. Er hielt ein Buch und Papiere in der Hand, die er
auf den Tisch legte. Dann warf er seinen Hut zur Seite und trat,
Hände in die Hüften gestemmt, an die Rampenleuchten. In Richtung Balkon rief er:

»Seid ihr wach dort oben? Wir brauchen mehr Licht, und
zwar schnell.« Die Stimme des Mannes überraschte Fritzi durch
ihren tiefen, volltönenden Klang. Aus der Dunkelheit hoch oben
fuhr ein Fluch herab. Vor dem Balkon gingen die Scheinwerfer
an. Der dicke Mann stand in vollem Licht.

»Guten Tag, meine Damen.« Er machte einen Kratzfuß. Seine
makellose Aussprache verriet die Oberschicht. Er löste den Verschluß seines Capes und schleuderte es wie ein Stierkämpfer
zur Seite. »Mein Name ist Manchester.« Er strahlte, als erwarte
er Applaus. Ein oder zwei Speichellecker kamen der unausge-
sprochenen Aufforderung nach.

Fritzi konnte sich keinen Reim auf den »berühmten Darsteller tragischer Rollen« machen. Sie schätzte, daß er ungefähr
einsfünfundsechzig groß und zwei Zentner schwer war; er war
so rund wie ein Zeppelin. Zweifellos hatte er O-Beine und trug,
wie sie sah, Schuhe mit höheren Absätzen, um größer zu wirken. Sein Gesicht war rot wie ein Rinderbraten. Träge verhangen
blickende, braune Augen, Kuhaugen fast. Sein schulterlanges
Haar erinnerte sie an Bilder von Oscar Wilde.

»Ich sehe keinen rothaarigen Gentleman hier«, erklärte Manchester fröhlich. »Als ich das Theater betrat, bin ich über eine
Stufe gestolpert. Beides sichere Zeichen, daß wir kein Unglück
zu erwarten haben.« *Aha, er auch.* Fritzi hatte schon viele Schauspieler kennengelernt, die furchtbar abergläubisch waren.

Manchester schritt an den Tisch und griff nach den Namenlisten. Obwohl er von seiner eigenen Wichtigkeit überzeugt schien, gefielen ihr seine Prahlerei und seine volltönende Stimme.

Manchester war ein Regisseur aus dem Bilderbuch, eine Kombination aus Produzent und Hauptdarsteller. Im neunzehnten Jahrhundert hatten die großen Regisseure die Bühnen regiert, aber jetzt waren ihre Tage gezählt. Das moderne Theater wurde von neuen Kräften bestimmt. Da gab es den Direktor, der eine relativ neue Position bekleidete. Dann den Produzenten, den mächtigen Geldgeber, der irgendwo im Hintergrund alles kontrollierte. Und schließlich den Star, den Schauspieler, den die Leute sehen wollten, auch wenn er oder sie nicht mehr getan hätte, als drei Stunden lang mit Äpfeln zu jonglieren. Mrs. Van Sant, Manchesters Lady Macbeth, war einer dieser Stars.

Inzwischen stand Manchester wieder an der Bühnenrampe, von wo aus er jetzt zu ihnen sprach.

»Wir alle wissen, warum wir hier sind, nicht wahr, meine Damen? Der Ruf des Thespis. Der Glanz der Lichter, der Applaus, das Publikum! Das Schriftstellergenie Charles Dickens hat diesen Zauber wie kein anderer verstanden. Er war auch ein außergewöhnlicher Schauspieler. Er hat Amateuraufführungen organisiert und aus seinen Werken vorgelesen, was einem jedesmal das Herz aus dem Leibe riß. Ich hatte die Ehre, in meiner Jugend solchen Aufführungen beizuwohnen, wobei ich manchmal die niedrigsten Arbeiten im Theater verrichtete, um mir Zugang zu verschaffen.«

Eine ältere Schauspielerin vor Fritzi wandte den Kopf nach hinten und flüsterte: »Ganz schön von sich eingenommen, was?«

Manchester berührte das Buch auf dem Tisch. »Ich gehe davon aus, daß ich das berühmte Werk, das wir besetzen wollen, nicht erklären oder gar zusammenfassen muß. Im Theater sprechen wir den Namen des Stücks nur dann aus, wenn er im Verlauf des Textes fällt. Heute sind wir auf der Suche nach drei Hexen. Die erste Hexe wird außerdem Lady Macduff im vierten Akt spielen. Die zweite Hexe zusätzlich die Kammerfrau im fünften. Die dritte Hexe hat nur eine Rolle, in der sie glänzen kann, aber aus ihrem Mund kommt die schicksalhafte Prophezeiung, daß

die Hauptfigur schließlich König wird. Jede Hexe wird auch die
Rolle der anderen einstudieren. Wir werden das Vorsprechen
hier auf der Bühne durchführen, da uns kein kleinerer Raum zur
Verfügung steht. Ich bitte Sie, Ihren Mitbewerberinnen Wohl-
wollen entgegenzubringen! Bitte treten Sie in der Reihenfolge,
wie ich Ihre Namen vorlese, nacheinander auf die Bühne.« Er
blickte auf die Namenlisten. »Miss Dorcas, Geraldine.«

Damit begann für Fritzi das qualvolle Warten, bis Schauspielerinnen, die nach Aussehen und Fähigkeiten gar nicht verschiedener hätten sein können, ihre Interpretationen ablieferten, die
von bedauernswert schlecht über annehmbar bis gefährlich gut
reichten. Manchester teilte jeder Kandidatin ihre Rolle zu. Als
Fritzi zehn Minuten nach fünf an der Reihe war, reichte er ihr
ein Blatt und sagte: »Das ist der vierte Akt. Wenn Sie bitte so
freundlich sein wollen, bei Zeile zweiundzwanzig zu beginnen.
Ich gebe das Stichwort.«

Seine herrliche Stimme füllte das Theater. »Brauche, brauche
Müh' zur Jauche, Feuer, fauch, und Kessel, rauche.«

»Echsenschuppen, Werwolfzahn, Hexenmumie, Blut und
Tran«, las Fritzi. »Nun noch Tigereingeweide ...« Sie zögerte; jedesmal stolperte sie über dieses Wort.

»Weiter«, rief Manchester aus. »Nur Mut! Bitte fahren Sie
fort.«

»Danke – hm – Tigereingeweide, daß der Brei sich nicht mehr
scheide.«

»Ausgezeichnet, bitte nehmen Sie wieder Platz. Wer ist die
nächste? Miss Levi.«

Um Viertel vor sechs waren alle durch. Manchester studierte
die Bemerkungen, die er mit Bleistift auf ein separates Blatt ge-
kritzelt hatte. »Erlauben Sie mir, Ihnen für Ihre Bewerbung und
Ihr Kommen meinen aufrichtigen Dank auszusprechen. Ich be-
dauere, daß ich Sie nicht alle brauchen kann. Würden die folgenden vier Damen so freundlich sein, morgen früh um zehn
Uhr pünktlich hier zu erscheinen? Sally Murphy, Cynthia Vole,
Elspeth Ida Wittemeyer und Frederica Crown.«

Fritzi stieß einen leisen Schrei aus, bevor sie bis in die Haarwurzeln errötete. Die nicht genannten Schauspielerinnen fanden sich wütend oder müde ab, packten ihre Sachen zusammen
und verließen das Theater. Sie hörte eine von ihnen zischen:

»Der Teufel soll ihn holen! Ich hab' gehört, daß er ohnehin immer knapp bei Kasse ist.«

Vier Schauspielerinnen für drei Rollen. Miss Murphy war eine junge Frau mit ebenmäßigen Gesichtszügen und hinreißend blauen Augen. Miss Whittemeyer war älter; sie hatte wirres graues Haar und ein Glasauge. Sie bekam die Rolle mit Sicherheit.

Die dritte Rivalin, Miss Cynthia Vole, schien die gefährlichste Konkurrentin zu sein. Sie besaß eine dunkle, fast dämonische Schönheit, einen Busen wie das Matterhorn und eine rauchige Stimme, die Fritzi, ehrlich gesagt, fast ebenso faszinierte wie die von Manchester. Mit einem eiskalten Lächeln schritt Miss Vole den Gang entlang. Als sie an Fritzi vorbeikam, bedachte sie sie mit einem kurzen Blick. Dieser Blick besagte, daß sie, wenn nötig, auch vor einem Mord nicht zurückschrecken würde, um eine Rolle zu bekommen.

Ihr Frühstück bestand aus einem Glas Wasser und zwei altbackenen Crackers. Trotzdem hatte sie Angst, selbst das wenige noch zu erbrechen.

Mit einer heftigen Bewegung fuhr sie sich mit dem Kamm durch das krause Haar, dann schlüpfte sie in ihr bestes Kostüm aus dunkelroter Seide. Als Fritzi das Novelty betrat, war Miss Vole gerade dabei, sich einzutragen.

»Ah, guten Morgen, meine Liebe. Sie sehen wirklich ganz reizend aus. Wollen wir einander nicht Glück wünschen?«

Während dieses scheinheilige Bekenntnis des Wohlwollens über ihre Lippen kam, fuhr Miss Vole fort, die Spitze der Feder ins das offene Tintenfäßchen einzutauchen. Irgendwie kippte das Fäßchen dabei um. Sie rief: »Oh, mein Gott«, während das Fäßchen auch schon zur Seite rollte und die Tinte auf Fritzis Rock spritzte.

»Das ist entsetzlich! Es tut mir ja so leid. Was können wir bloß tun?«

Sprachlos vor Entsetzen starrte Fritzi auf den Tintenklecks auf ihrem Bahnenrock.

Der alte Pförtner sagte: »Versuchen Sie's mit Wasser, bevor die Tinte trocknet. Kommen Sie, wir haben hier eine Garderobe mit fließend Warm- und Kaltwasser.«

»Ach, meine Liebe, es tut mir ja so schrecklich leid«, wiederholte Miss Vole, als sie sich trennten. Miss Vole hatte die Regeln
für ihren Wettstreit festgelegt: Es gab keine.

In der schäbigen Garderobe prüfte der Pförtner die Funktion
der Wasserhähne, dann gab er ihr ein altes Handtuch. »Verdammt«, jammerte Fritzi und rieb an dem Klecks. »Der Rock ist
hin.«

»Ich werde Manchester sagen, daß Sie ein paar Minuten später kommen.«

»Wird er böse sein?«

»Nein. Er bellt zwar kräftig, aber er beißt nicht.«

Fritzi rieb weiterhin kräftig an dem Klecks, aber ihre Bemühungen hinterließen nur einen noch größeren nassen Fleck,
in dessen Mitte ein schwarzes Auge prangte. »So ein Pech, das
tut mir leid«, sagte Manchester, als sie niedergeschlagen die
Bühne betrat. »Lassen Sie sich dadurch nicht aus dem Konzept
bringen, mein Mädchen.«

Das hatte sie bereits, obwohl Fritzi versuchte, sich nichts anmerken zu lassen. Miss Vole kam herbeigetrippelt. »Was werden
Sie bloß machen, wenn der Fleck nicht rausgeht?«

Fritzi schenkte ihr ein zuckersüßes Lächeln. »Ach, wahrscheinlich das ganze Kostüm in die Aschentonne werfen, ich
habe so viele.« Sie verspürte den unwiderstehlichen Drang, etwas kaputtzumachen, zu brechen. Beispielsweise Miss Voles
Hals. Miss Murphy, die in der ersten Reihe saß, lächelte Fritzi
mitfühlend zu.

Der Pförtner erschien zwischen den staubigen vorderen Kulissen. »Sir? Mrs. Van Sant ist am Apparat. Ihr Zimmer im Astor
gefällt ihr nicht.«

»Um Himmels willen – sie wollte doch dort wohnen.«

»Sie sagt, das Zimmer sei kleiner als ein Klo. Wie kann das
sein?«

»Die Frage kann ich in Gegenwart von Damen nicht beantworten.«

»Nun, sie will mit Ihnen sprechen.«

»Unmöglich. Sagen Sie ihr, daß sie mich später am Nachmittag im Players Club anrufen soll.«

»Das wird ihr nicht behagen«, murmelte der alte Mann, als er
zum Telefon zurückschlurfte.

Manchester gab den anderen drei Schauspielerinnen ebenfalls ein Blatt Papier. Er deutete auf das Parkett und sagte zu Fritzi: »Sie warten bitte dort unten.«

Die ersten drei Aspirantinnen bekamen Sätze aus der dritten Szene des ersten Aktes – in der die Hexen auf der verdorrten Heide Macbeth begegnen. Manchester las sowohl den Text der Hauptfigur als auch den von Banquo, beide mit verschiedenen Stimmen. Sein Vortrag war wirklich bemerkenswert. Die gelassene, selbstsichere Miss Vole stand ihm mit ihrer unvergeßlich rauchigen Stimme kaum nach.

Manchester schickte Miss Whittemeyer nach unten und bat Fritzi auf die Bühne. Die korpulente Dame gab ihr einen freundschaftlichen Klaps, als sie auf der Treppe aneinander vorbeigingen, aber Fritzi wußte nicht so recht, sollte sie ihr ins rechte oder linke Auge sehen. Sie konnte sich nicht erinnern, wann sie das letzte Mal so nervös gewesen war.

Manchester gab ihr ein Blatt. »Zweite Hexe.«

Sie lasen die Szene, dann lasen sie ein zweites Mal mit Fritzi als erster Hexe, Miss Murphy als zweiter und Miss Vole als dritter. Miss Vole war so raffiniert, sich ein paar Schritte weiter hinten auf der Bühne hinzustellen, wodurch die anderen beiden Schauspielerinnen gezwungen waren, eine unbequeme Haltung einzunehmen. Manchester, der direkt vor ihnen stand, bemerkte es, sagte aber nichts. Dieses unfaire Verhalten spornte Fritzi an, mehr Leidenschaft in ihren Vortrag zu legen.

Nach zehn Minuten brach Manchester das Lesen ab und reichte ihnen neue Blätter.

»Jetzt kommt etwas vollkommen anderes. Das ist der fünfte Akt. Ich möchte, daß jede von Ihnen Lady Macbeth liest, und zwar an der Stelle, wo der Arzt ihren Irrsinn diagnostiziert. Miss Murphy? Wären Sie so freundlich? Sie beide nehmen bitte einstweilen Platz.«

Wieder wurde Fritzi auf die Folter gespannt, einen Augenblick war ihr heiß, dann wieder eiskalt. Lady Macbeth hatte sie noch nie gespielt. Sie kannte die Rolle, aber nicht gut.

Miss Murphy las ganz passabel, ebenso Miss Whittemeyer. Manchester las den Text der Kammerfrau und des Arztes.

»Miss Crown, bitte.«

Sie wäre beinahe gestolpert, als sie die Treppe hinaufstieg. Im

Zuschauerraum hinter ihr lachte jemand. Hätte sie Macbeth'
Dolch gehabt, hätte sie ihn zu gebrauchen gewußt.

In der Rolle des Arztes las Manchester jetzt: »Still! Sie
spricht. Ich schreib' mir auf, was von ihr kommt, daß mir's nur
besser im Gedächtnis bleibt.«

»Weg da, verdammter Fleck«, las Fritzi, »weg, sag ich! – Eins;
zwei; ja dann …«

»Verzeihen Sie bitte, wie war das?« Die unverkennbare
Stimme kam aus der Dunkelheit. »Ich störe wirklich nur ungern, aber ich sitze hier hinten und kann Miss – wie war doch
gleich der Name – furchtbar schlecht verstehen. Dabei ist sie
wirklich ganz ausgezeichnet.«

»Vielen Dank, Miss Vole«, antwortete Manchester. »Wir wissen Ihr konstruktives Interesse zu würdigen, aber wenn Sie bitte
nicht mehr unterbrechen wollten, die Künstler leiden darunter.«
Er flüsterte: »Können Sie ein bißchen lauter lesen?«

Vollkommen durcheinander wegen der Unterbrechung,
schaffte sie es mehr schlecht als recht bis zum Ende. »Getan
wird nie mehr ungetan. Zu Bett, zu Bett, zu Bett.«

Und zum Teufel damit. Wütend auf sich selbst, warf Fritzi das
Blatt zur Seite. Manchester tätschelte ihren Arm und dankte ihr.

Natürlich las Miss Vole perfekt und dazu so laut, daß wahrscheinlich oben auf dem Balkon die Türen klapperten. Zum
Schluß ergriff Manchester noch einmal das Wort.

»Bevor Sie das Haus verlassen, notieren Sie bitte Ihre kor-
rekte Adresse. Ich werde den dreien, für die ich mich entscheide,
morgen nachmittag Bescheid geben. Jeder einzelnen von Ihnen
spreche ich noch einmal meinen aufrichtigen Dank aus.«

In der Seitenkulisse trat er noch einmal auf Fritzi zu. »Ich
hoffe sehr, daß sich der Fleck auf Ihrem Rock entfernen läßt.«
Er deutete eine Verbeugung an und blinzelte. Sie hatte das Gefühl, daß er sie mochte. Aber das würde letzten Endes keine
Rolle spielen.

Daheim, in ihrem Zimmer, konnte Fritzi endlich ihren Tränen
freien Lauf lassen. Als sie versiegt waren, bearbeitete sie den Tintenfleck noch einmal. Da war nichts zu machen. Und sie konnte
sich kein neues Kostüm leisten. Je mehr sie an Cynthia Voles gemeinen Trick dachte, desto zorniger wurde sie.

»Von dieser Hexe lasse ich mich nicht kleinkriegen.« Als ihr klarwurde, was sie gesagt hatte, mußte sie lachen. Plötzlich kam ihr eine wunderbare Idee.

Sie wußte nicht, wie lange sie in ihrem Zimmer auf und ab ging. Sie sagte sich, daß ihr Plan zu gemein war, nur um im nächsten Augenblick zur Tür zu laufen und wieder innezuhalten. Ihre Eltern hatten sie gelehrt, ehrlich und fair zu sein. Mußte sie deshalb jemandem unterliegen, der es nicht war?

Nein!

Sie übte ungefähr eine halbe Stunde lang mit lauter Stimme, wiederholte bestimmte Passagen immer wieder, bis sie sicher war, das rauchige Timbre perfektioniert zu haben. Sie hatte die Imitationsgabe immer für eine alberne Fähigkeit gehalten, höchstens gut dafür, andere zu belustigen.

Aber diesmal vielleicht nicht …

Unten klopfte sie an Mrs. Perellas Tür, um sich zu vergewissern, daß ihre Vermieterin außer Haus war, um ihre nachmittäglichen Einkäufe zu erledigen. Vom Wandtelephon aus rief sie im Novelty an und fragte nach Manchester.

»Seine Lordschaft ist nicht hier. Versuchen Sie's im Players unten im Gramercy Park«, riet der Pförtner.

»Danke schön, das werde ich, es ist dringend.«

»Sind Sie Miss Vole?«

Fritzi hängte den Hörer ein und sank gegen die Wand; ihre Augen waren geschlossen, ihre Hände zitterten. Jede Sekunde konnte ein Polizist hereinkommen und sie festnehmen.

Ein anderer Mieter trat von der Straße herein und grüßte mit dem Finger am Hut. Fritzi winkte zaghaft und grinste schuldbewußt. Sowie er im oberen Stockwerk verschwunden war, wählte sie die Nummer des Clubs. Sie hatte Glück:

»Hier spricht Manchester.«

»Hier spricht Miss Vole, Sir« – jede Silbe der Imitation kostete sie unglaubliche Kraft –, »ich bedaure, Ihnen mitteilen zu müssen, daß mir eine andere Rolle angeboten wurde, die ich auch angenommen habe.«

»Ach, das tut mir aber leid. Um der Produktion willen natürlich. Ich gratuliere. Darf ich fragen, in welchem Stück Sie auftreten werden?«

Oh, mein Gott, daran hatte sie gar nicht gedacht.

»Sir, es tut mir leid, ich habe nicht verstanden, die Verbindung ist entsetzlich schlecht.«

»Wer ist der Produzent? Wie heißt das Stück?«

Fritzi drehte den Kopf vom kupfernen Sprechtrichter weg, hielt die Hand vor den Mund und sagte: »Ich kann Sie nicht hören, Mr. Manchester, es tut mir leid. Auf Wiederhören.«

Sie hängte ein. Plötzlich fiel ihr Blick auf eine Gestalt in der Vordertür. Mrs. Perella stand mit einem Netz voller Zwiebeln vor ihr und sah sie an.

»Warum reden Sie so komisch, Fritzi? Sind Sie krank?«

»Nein, überhaupt nicht, mir geht's wunderbar«, rief Fritzi. Sie packte Mrs. Perella bei den Schultern und drehte sie mit ihren Zwiebeln im Kreis herum.

Am darauffolgenden Nachmittag wurde eine Nachricht auf dem Briefpapier des Novelty Theaters überbracht. Mr. Hobart Manchester bat darum, Miss Crown zur Kenntnis zu geben, daß er sie als zweite Hexe in seiner bevorstehenden Produktion zu engagieren wünsche. Und sie möge bitte am kommenden Vormittag um zehn Uhr im Theater erscheinen, um über die Gage zu sprechen.

16. SPIELE IN GROSSE POINTE

Die Schnellbahn beförderte Carl mit seiner Schachtel Pralinen nach Grosse Pointe, zehn Meilen außerhalb der Stadt. Er stieg an der Station gegenüber einer berühmten Sehenswürdigkeit des Wayne County aus, dem großen, hellerleuchteten Country Club von Detroit. Musik und Gelächter drangen aus der gegenüber gelegenen Raststätte Dobson's.

Nahezu jedes der eindrucksvollen Gebäude, an denen er vorüberkam, war hell erleuchtet. Durch offene Fenster drangen angeregte Stimmen, Kindergeschrei und Klaviermusik in die stille Dunkelheit. Im Grunde genommen war die Ortschaft Grosse Pointe nur im Sommer bewohnt, also war jetzt Hochsaison.

Als er an der Ecke des Grosse Pointe Drive in die Lakeland einbog, stieg ihm ein warmer Wind in die Nase, der Fischgeruch vom St.-Clair-See herüberwehte. Das Haus stand am Ende der Straße direkt am Wasser. Die Fenster des zweistöckigen Gebäudes in rustikalem Stil warfen gelbe Rechtecke auf den gepflegten Rasen. An der Seite gelangte man über einen Steg zum See. Auf einem kleinen lackierten Schild am Zaun stand VILLA CLYMER. Wenn schon das Sommerhaus so feudal ist, wie wird erst ihr anderes Zuhause aussehen, dachte Carl.

Ein langer, schwarzer Clymer-Tourenwagen war vor dem Haus geparkt. Im geschwungenen Messing seiner riesigen Scheinwerfer spiegelten sich die Lichter des Hauses. Das heruntergeklappte Dach gab den Blick frei auf graue Ledersitze. Der möglicherweise deutlichste Hinweis auf den Preis des Wagens war der handgemalte feine Streifen auf jeder Radspeiche. Wem gehörte das Auto? Lorenzo Clymer parkte seinen Wagen doch sicher in der Garage?

Carl hatte viel Mühe auf sein Äußeres verwendet, er wollte einen guten Eindruck machen. Er hatte nach der Arbeit gebadet, sich sogar die Haare gewaschen. Er trug eine neue Krawatte für fünfzig Cent und seinen schwarzen, wollenen Überzieher, der

vielleicht für diesen Abend etwas zu warm war. Er bereute, daß
er Fritzi seine Weste aus Princeton überlassen hatte.

Eine Stimme von der Veranda schreckte ihn auf. »Carl? Sind
Sie das? Kommen Sie doch rein!«

Der süße Klang ihrer Stimme besänftigte seine Besorgnis. Er
ging ihr entgegen, riß sich die Mütze vom Kopf. Tess trat aus der
offenen Vordertür ins Licht.

»Sie haben uns also ohne Schwierigkeiten gefunden?«

»Oh, ja, es war ganz einfach. Bitte, die sind für Sie.«

»Ich danke Ihnen. Das sind meine Lieblingspralinen.«

Betreten standen sie sich gegenüber. Vielleicht fanden andere
Männer Tess Clymer nicht schön, er aber wohl; er hatte schon
damals, als sie auf der Rennbahn das Wort an ihn gerichtet hatte,
ein gewisses Kribbeln verspürt.

Sie wußte sich vorteilhaft zurechtzumachen. Sie trug ein kurzes, enganliegendes marineblaues Jäckchen mit passendem
Rock, dazu eine hauchdünne Bluse, die ihren wogenden Busen
wunderbar zur Geltung brachte. Das Haar hatte sie mit drei tür-
kisfarbenen, mit Rubinen verzierten Muschelkämmen zu einem
Knoten hochgesteckt.

»Möchten Sie sich setzen oder lieber einen Blick auf den See
werfen? Abendessen gibt es erst um halb neun.«

»Ich dachte, ich hätte am Steg eine Jacht gesehen.«

»Stimmt. Sie gehört meinem Vater. Wenn wir im Sommer hier
draußen sind, fährt er damit ins Büro nach Detroit. Der Kapitän
schläft an Bord.«

Sie spazierten über den sanft abfallenden Rasen bis zur steinernen Seemauer. Ein heller, butterfarbener Halbmond hing
über dem See und spiegelte sich in den kleinen Wellen. Die
lange weiße Jacht bewegte sich leise im Rhythmus des Wassers.
Eine halbe Meile weit draußen sah Carl die gleitenden Lichter
eines zweiten Bootes.

»Manche behaupten, es gäbe hier Seeschlangen«, sagte Tess.

»Betrunken oder nüchtern?«

»Die Menschen oder die Wasserschlangen?« Das brachte ihn
zum Lachen. »Wenn Sie Lust haben, könnten wir Krocket spielen.«

»Krocket? Es ist doch dunkel.«

Er kam sich vor wie ein Trottel, als sie antwortete: »Ach, das hat Vater geregelt. Er hat auf dem Tennisplatz und dem hinteren Rasen brandneue Scheinwerfer installieren lassen. Kommen Sie!« Sie ergriff seine Hand.

Sie ging in die Vierergarage hinter dem Haus. Plötzlich erhellten strahlende Lichter auf hohen Stangen den Krocketplatz. Dahinter standen mehrere Reihen hübscher Pfirsichbäume.

»Ich sollte Sie warnen«, sagte Tess, als sie zum Ständer für die Krockethämmer spazierten. »Sie dürfen sich nicht über Vaters Umgangsformen wundern. Er geht ziemlich barsch mit allen um, besonders mit mir. Nach dem Tod meiner Mutter, ich war damals fünfzehn, hat er gemeint, er müsse furchtbar streng mit mir sein. Jetzt, mit einundzwanzig, versuche ich immer noch, ihn umzuerziehen. Welche Farbe möchten Sie?«

»Welches ist Ihre Lieblingsfarbe?«

»Grün.«

Er reichte ihr eine Kugel und einen Krockethammer und nahm sich selbst die rote. Sie schlenderten zum Startpfahl. »Ist Ihr Vater auch zu Hause?«

»Ja, er hat eine Besprechung mit seinem Werbeagenten Wayne Sykes. Wayne ist ein alter Freund der Familie. Ein richtiger Detroiter. Er ist verantwortlich für die Automobilabteilung. Der Arme wartete seit drei Uhr. Vater mußte an einer in letzter Minute einberufenen Sitzung des Aufsichtsrats in der Stadt teilnehmen. Er ist im Aufsichtsrat von zwei Banken. Mein Vater arbeitet sieben Tage in der Woche und erwartet von anderen das gleiche.«

»Haben Sie Geschwister?« Er bereute die Frage, als er sah, daß ein Schatten über ihr Gesicht huschte.

»Ich hatte. Mein älterer Bruder Roger starb an einer Grippe, als ich dreizehn war. Meine jüngere Schwester Winona kam ein Jahr später bei einem Fahrradunfall ums Leben. Mutter starb ein Jahr danach.«

»Das tut mir sehr leid. Ich wollte nicht …«

»Damit müssen wir leben«, sagte sie mit einem Lächeln, das ihn beruhigen sollte. »Ich bin einsam ohne sie, das ist alles. Sie zuerst.«

Der Hammer fühlte sich in seinen großen Händen klein wie ein Zahnstocher an. Die Kugel prallte vom ersten der beiden Krockettore ab und schoß zur Seite. »Verdammt«, sagte er, ohne nachzudenken. »Oh, tut mir leid. Ich habe schon lange nicht mehr gespielt.«

»Lassen Sie sich Zeit! Das ist kein Wettspiel«, sagte Tess freundlich.

Aber sie spielte gut und erwies sich als harte Konkurrentin – sie versuchte nicht, das liebreizende Mädchen zu mimen, das sich von dem großen Mann besiegen ließ. Ihre Schläge waren sauber und gezielt und trafen genau. Carl, der von Anfang an im Hintertreffen war, blieb es auch und fiel immer weiter zurück. Er näherte sich dem letzten Tor, da trat sie dazwischen und trieb seine Kugel mit ihrem Hammer weiter. Als er der Kugel hinterherrannte, blieb er mit dem Schuh in einem der Tore hängen und fiel der Länge nach hin. Er sprang auf, klopfte sich den Staub ab. *Dummkopf! Streng dich an, sonst wird sie nie wieder mit dir spielen wollen.*

»Haben Sie sich weh getan?« Ihre Frage klang besorgt, keineswegs höhnisch. Er stand kaum zwei Fuß von ihr entfernt, der Mond spiegelte sich in ihren dunkelblauen Augen wider. Am liebsten hätte er sie in die Arme gerissen und geküßt, ganz egal, was ihm danach blühte.

»Nein, gar nicht.« Er hob seine Kugel auf, schritt zum letzten Tor zurück und brachte die Kugel mit dem nächsten Schlag durch. Bei den nächsten beiden Toren hatte er allerdings kein Glück. »Mist!«

Als er endlich den Wendepfahl erreicht hatte, war sie bereits am anderen Ende des Platzes vor dem Zielpfahl, wenn auch gut einen halben Meter seitlich. Sie beugte sich über die Kugel, überlegte und schlug. Die Kugel rollte durch das erste Tor, streifte das zweite und rollte wie durch ein Wunder auch hier durch. Sie schlug die Kugel an den Zielpfahl.

»Gut gespielt, Sie haben mich geschlagen!«

»Unfairer Vorteil. Ich spiele Golf. Da ist Vater mit Wayne.« Sie schaltete die Scheinwerfer aus. Auf der Veranda sah Carl jetzt zwei Männer, von denen einer eine brennende Zigarre in der Hand hielt; seine Stimme trug bis zum Krocketplatz.

»Ich bin mir einfach nicht sicher, ob es ratsam ist, mit meinem Bild zu werben.«

»Lorenzo, du kannst mir glauben, das ist der richtige Weg. Jeder kennt dich oder hat schon von dir gehört. Die Anzeige wirbt nicht nur mit dem Bild, sondern auch indirekt. Sie bringt zum Ausdruck, daß Clymer ein Qualitätsauto sein muß, wenn ein Mann mit deinem Ruf seinen Namen dafür hergibt. Das Bild bringt die Sache auf den Punkt.« Der Sprecher hatte eine salbungsvolle Stimme, die Carl vom ersten Augenblick an mißfiel.

»Also gut, aber die ausgefallenen Rahmen um die Anzeige mag ich wirklich nicht.«

»Das können wir ändern. Ganz wie du willst. Was würde dir gefallen?«

»Ich weiß nicht. Mach ein paar Vorschläge.«

»Einverstanden. Du bist der Kunde.«

»Hallo, Tess. Ich habe Wayne gebeten, mit uns zu Abend zu essen, wo er so lange warten mußte. Das ist dein Gast? Guten Abend, junger Mann, ich bin Lorenzo Clymer.«

Clymer hatte einen kräftigen Händedruck. Wayne Sykes nickte nur. Sie betraten ein riesiges Speisezimmer, in dem zwei Serviermädchen Kalbfleisch und Beilagen auftrugen und Wasser und Wein einschenkten. Beim Anblick von Clymers gediegenem weißem Anzug und Wayne Sykes' gutsitzendem Jackett und seiner grauen Hose kam sich Carl schäbig vor. Er schritt auf Tess' Stuhl zu, um ihn für sie zurechtzurücken, aber Sykes war schneller.

Im funkelnden Licht des elektrischen Kronleuchters konnte Carl die beiden Männer eingehend betrachten. Lorenzo Clymers Gesichtszüge waren wenig bemerkenswert. Er war klein, von schmächtiger Statur, mit kleinen Händen und glattem dunklem Haar. Offensichtlich war Tess, was die Größe anbetraf, ihrer Mutter nachgeschlagen. Carl wußte bereits einiges über den Gastgeber. Der Selfmademan Clymer hatte es bis zum Millionär gebracht; er hatte eine gutgehende Eisengießerei gegründet, eine weitere sowie einen Schmelzbetrieb dazugekauft und schließlich noch Gußgehäuse für Lokomotiv- und Eisenbahnwagenräder hergestellt. Damit war er ein reicher Mann geworden. Sein zweites Vermögen hatte er verdient, als er das Ganze an die riesige Michigan Car Company verkauft hatte. Andere Unternehmen hatte er behalten; Jesse arbeitete in Clymers erster Gießerei.

»Erzählen Sie etwas von sich, Carl«, bat Clymer. »Woher kommen Sie?«

»Chicago. Meinem Vater gehört die Brauerei Crown.«

»Crown Lager? Nie probiert«, warf Sykes ein, während er sich vom Reis bediente und die Schüssel weiterreichte. »Ich persönlich ziehe Whiskey vor. Wenn nicht Kentucky Bourbon, dann französischen Champagner, stimmt's Tess?«

Er sagte es in einem Ton, als teilten sie ein Geheimnis, das Carl unmöglich kennen konnte. Sykes, ein paar Jahre älter als Carl, war schlank und gebräunt und hatte kastanienbraunes Haar. Er vermittelte den Eindruck von geschmeidiger Kraft wie ein Ruderer oder Tennisspieler. Seine Nase war lang, sein Mund beweglich, und in seinen schwarzen Augen lag ein bösartiges Funkeln. *Oder bin ich etwa nur eifersüchtig?*

»Auf welcher Universität waren Sie, mein Guter?« fragte Sykes.

»Princeton.«

»Wann abgeschlossen?«

»Gar nicht.«

»Ach wirklich? Hm. Ich in Harvard '98.«

»Was, wie bei allen Absolventen Harvards, zur Einbildung verleitet«, neckte Tess ihn.

Lorenzo Clymer gab dem Serviermädchen am Sideboard ein Zeichen. »Schlaf nicht ein, Greta, schenk Wasser nach!«

»Entschuldigung, Sir.«

»Wo arbeiten Sie, Carl? Haben Sie einen Beruf?«

Er war auf diese Frage vorbereitet. Er hatte mit Jesse darüber gesprochen, der ihm geraten hatte, bei der Wahrheit zu bleiben, obwohl er die Ansichten Clymers über Henry Ford kannte. »Irgendwann mußt du es ihm doch sagen, wenn du wirklich so verrückt nach dem Mädchen bist, wie's aussieht«, hatte Jesses Rat gelautet.

»Ich habe eigentlich gar keinen Beruf, Sir. Ich bin Fahrer für die Ford Motor Company.«

»Ah so.« Sykes warf seine Serviette auf den Tisch und lehnte sich mit verschränkten Armen zurück. Die Bedeutung seines kurzen Kommentars war klar: Carl hatte sich selbst ans Messer geliefert. Ein Blick auf Lorenzo Clymers Gesicht genügte, um zu wissen, daß er Sykes' Meinung teilte.

»Ich erwarte von Ihnen nicht, daß Sie Ihren Arbeitgeber verraten, Carl. Das wäre in der Tat ein absoluter Vertrauensbruch.

Aber Sie dürfen auch nicht erwarten, daß ich mit meinen Ansichten über Henry Ford hinter dem Berg halte. Der Mann ist ein Bauerntölpel mit einem Selbstbewußtsein, so groß wie ein ganzer Stall.«

»Ein Clown«, fügte Sykes hinzu. »Er stammt aus einer bettelarmen irischen Familie aus Cork.«

»Vor sieben Jahren hat Henrys Rennwagen 999 hier in Grosse Pointe Alex Wintons Bullet geschlagen«, sagte Clymer.

»Ja, ich weiß«, erwiderte Carl.

»Auf der Grundlage dieses Erfolges«, fuhr Clymer fort, »wurde die Henry Ford Company gegründet. Ich habe ziemlich viel Geld hineingesteckt. Innerhalb von sechs Monaten hat Henry die Firma mit seiner Stümperei beinahe zugrunde gerichtet. Der Aufsichtsrat hat ihn rausgeschmissen und der Firma einen guten Detroiter Namen verpaßt: Cadillac. Ich habe viel Geld verdient, als ich meinen Anteil verkaufte, aber ich sage Ihnen eins, mein Sohn: Henrys Ideen sind keinen Pfifferling wert. Dieses neue Modell T wird schnell eingehen, wenn das erste Interesse abgeflaut ist. Ich persönlich würde mich in einem solchen Auto ohnehin nie sehen lassen. Ein kluger Autohersteller produziert für gehobene Ansprüche.«

»Entschuldigen Sie, Mr. Clymer, aber gibt es nicht mehr gewöhnliche als reiche Leute«, warf Carl zur Verteidigung ein.

»Na ja, schon«, gab Sykes lachend zu, »aber wer will mit denen schon etwas zu tun haben?«

Lorenzo Clymer war daran gelegen, daß er richtig verstanden wurde. »Henry Ford ist ein Abtrünniger. Ein Mann ohne Bildung und Herkunft – ein sturer Bauer mit falschen Zielen. In fünf Jahren wird er weg vom Fenster sein, wenn nicht früher.«

Diese Männer sind verdammte Snobs, dachte Carl. Kein Wunder, daß Ford die Mischpoke von Grosse Pointe haßte.

Tess schien sich nicht wohl in ihrer Haut zu fühlen. Clymer, dem das nicht entging, versuchte die hitzige Diskussion zu entschärfen. »Ich mache Ihnen keinen Vorwurf, daß Sie Lohn von ihm beziehen, solange es die Firma noch gibt. Arbeiten Sie gerne dort?«

»Ich arbeite gern mit Automobilen, nur mit festen Stunden oder Stechuhren hab' ich's nicht so.«

»Tess sagte mir, Sie fahren Rennen.«

»Ich fahre für Hoot Edmunds.«

»Ich kann mir nicht vorstellen, daß man damit seinen Lebensunterhalt verdienen kann.«

»Außer man ist Barney Oldfield«, sagte Sykes. »Und der verschleudert sein Geld für Alkohol und Kartenspiel und billige Weiber. Hat schon wieder eine Frau. Die zweite.« Er rümpfte die Nase.

»Ich bin zufrieden, wenn ich tun kann, was mir Spaß macht«, sagte Carl zu Clymer.

»Crown ist eine große Brauerei, hab' ich recht?«

»Die acht- oder neuntgrößte im ganzen Land. Und sie wächst ständig weiter.«

»Hat Ihr Vater Pläne, Sie einmal in sein Unternehmen einzubinden?«

»Ich glaube schon. Aber ich nicht.«

»Ich verstehe.« Lorenzo Clymer warf seiner Tochter einen, wie Carl schien, vielsagenden Blick zu.

Das Essen schleppte sich dahin. Clymer redete von der Ankunft der amerikanischen Großen Weißen Flotte in Yokohama. Carl entschuldigte sich für seine Unwissenheit; er las nur selten Zeitung. Nach einem nervösen Hüsteln sagte Sykes: »Ach, Lorenzo, ich habe mir auf dem Weg hierher einen Strafzettel eingehandelt, weil ich zu schnell gefahren bin. Ich wollte nicht zu spät zu unserer Verabredung kommen.«

»Wie schnell bist du gefahren?«

»Der Polizist meinte, sieben Meilen über der Höchstgeschwindigkeit von fünfzehn Meilen.«

»Schick mir den Strafzettel, ich kümmere mich darum. Ich bin im Gemeinderat.«

»Darum habe ich's gesagt. Ich bin dir wirklich verbunden.«

Sykes brachte das bevorstehende Bankett der Arbeitgebervereinigung zur Sprache und überließ Carl damit seinem Essen und seinen ungeschickten Versuchen, mit Tess Konversation zu betreiben. Das Gespräch drehte sich inzwischen um die Präsidentschaftswahl. Theodore Roosevelt hatte den republikanischen Kandidaten persönlich zu seinem Nachfolger bestimmt; sowohl Clymer als auch Sykes waren treue Anhänger von Bill Taft, dessen »radikalliberalem Gegenkandidaten Bryan«, so Clymer, er eine sichere Niederlage prophezeite. Er erklärte, daß der schon zum wiederholten Male kandidierende sozialistische Bewerber Debs eine noch schlimmere Bedrohung sei, dem man das Gehorchen beibringen müsse, »am besten mit Teer und Federn«.

»Nein, erschießen müßte man ihn«, sagte Sykes.

Carl meinte, er verstehe nicht viel von Politik, aber sein älterer Bruder kenne Gene Debs und halte ihn für einen ehrenwerten Mann, der Veränderungen ohne Gewalt herbeiführen wolle. Sykes sah Carl an, als käme er vom Mond.

Carl hatte genug. Er bat darum, für den Kaffee, der im Wohnzimmer eingenommen wurde, entschuldigt zu werden, stand auf und wandte sich zum Gehen. Lorenzo Clymer schüttelte ihm die Hand, dankte ihm für seinen Besuch und beteuerte, ihn jederzeit gerne wiederzusehen, was offensichtlich gelogen war. Als Carl mit Tess das Wohnzimmer verließ, war Clymer bereits in seine *Detroit Evening News* vertieft.

Wayne Sykes folgte ihnen. Carls Geschenk lag auf einem Marmortisch im Eingangsbereich. »Woher kommt denn das?« erkundigte sich Sykes.

»Carl hat es mitgebracht«, antwortete Tess. Sykes war kein kompletter Idiot; er sah das Aufleuchten in ihren Augen und reagierte mit heuchlerischem Lächeln.

»Sehr aufmerksam. Darf ich eine probieren?« Er öffnete die Schachtel und schob sich eine Praline in den Mund. »Nicht schlecht. Ich hab' noch nie Pralinen aus dem Kaufhaus gegessen.«

Carls Nacken oberhalb seines Hemdkragens war mit einem Schlag krebsrot. Tess nahm seinen Arm und drängte ihn zur Tür. »Probier ruhig noch mehr, Wayne. Du mußt uns nur inzwischen entschuldigen.«

Mit schnellen Schritten machten sie sich auf den Weg zum Tor. »Oh, Carl, es tut mir ja so leid. Sie waren beide sehr unfreundlich zu Ihnen.«

»So wie's aussieht, stelle ich mich bei den Spielen, die hier draußen gespielt werden, ziemlich ungeschickt an.«

»Wayne war gräßlich. Ich glaube, er sieht in Ihnen einen Konkurrenten.«

»Wo sollte ich mit ihm konkurrieren?«

»Bei mir«, sagte Tess und hakte sich bei ihm ein. »Bleiben Sie nicht stehen. Er steht auf der Veranda und beobachtet uns.«

Sie bogen nach rechts zur Hauptstraße ab. Dort, wo nicht hin
und wieder das Mondlicht durch die fast kahlen Bäume fiel, umfing sie Dunkelheit. Tess' volle Brüste drückten sich an Carls
Arm, erregten ihn.

»Sind Sie wütend auf Wayne?«

»Am liebsten hätte ich einen Stuhl genommen und ihm das
Hirn aus dem Schädel geprügelt.«

»Das nenn' ich einen Gentleman, der sich so beherrschen
kann! Sie können Ihre Wut gut verstecken.«

»Sie kommt nur dann zum Ausbruch, wenn man mich wirklich bis aufs Blut reizt.«

»Passiert das oft?«

»Alle fünf Jahre vielleicht.«

An der Ecke des Grosse Pointe Drive sagte er: »Ich mache
mich jetzt auf den Weg.« Im Schatten eines mondbeschienenen
Baumes stand er ihr gegenüber. Er spürte die Wärme ihres
Atems, sog den schwachen Orangenduft ihrer Haut ein. Am liebsten hätte er sie in die Arme gezogen und geküßt, aber er wagte
es nicht. An diesem Abend war schon genug danebengegangen.

»Wissen Sie was, Tess, ich glaube, Ihr Vater wird sagen, daß
ich keinen Pfifferling wert – nein, lassen Sie mich ausreden. Ich
bin einfach nicht sein Typ. Wenn ich Sie wiedersehe, dann sollten wir uns woanders treffen. Irgendwo, bloß nicht hier oder in
Ihrem Haus in der Stadt.«

Sie griff nach seiner Hand. »Ich bin ganz Ihrer Meinung. Ich
kenne ein Dutzend Orte in Detroit, wo wir unter Menschen sind
und trotzdem allein.«

»Würden Sie das wollen?«

Sie hob ihm ihr schönes Gesicht im Mondlicht entgegen.

»Das würde ich, sehr sogar.«

»Wie kann ich Sie erreichen, ohne daß wir in Schwierigkeiten geraten?«

»Sie könnten schreiben. Niemand kümmert sich um meine
Post. Haben Sie Telephon?«

»Nicht dort, wo ich wohne. Die Vermieterin darf in Notfällen
das Telephon der Witwe von nebenan benützen. Ich könnte aber
aufs Amt gehen.«

»Rufen Sie tagsüber an, wenn Vater in der Stadt ist.«

»Egal wie, ich werde mich melden.«

»Ich hoffe bald. Gute Nacht, Carl.« Sie stellte sich auf die Zehenspitzen und streifte mit ihren Lippen seine Wange. Dann drehte sie sich um und eilte die Straße hinunter.

Carl ging beschwingt in Richtung Schnellbahn. Er dachte längst nicht mehr an den Speichellecker Sykes, auch nicht an die möglichen Folgen des Abschiedskusses, abgesehen von den Freuden, die er verhieß.

17. SCHLECHTE VORZEICHEN

In einem Saloon auf der Ninth Avenue saß der auf den Namen
Cuthbert Mole getaufte Mann an einem Tisch unter gerahmten
Photos von Boxern und Rennpferden, aß einen Eintopf und
trank sein Bier. Cuthbert Mole war das häßliche Ei, aus dem das
Federvieh Hobart Manchester im Alter von achtzehn Jahren geschlüpft war. Damals hatte er die Wahl gehabt, den Namen zu ändern oder ständig verspottet zu werden.

Hobart war ein Einzelkind. Seine Eltern waren Anteilseigner
an einer miesen Firma in Warwick, Oxfordshire. Mowbray Mole
soff sich zu Tode, als Cuthbert fünfzehn war, drei Jahre später
starb seine Mutter. Der junge Cuthbert begrub sie und floh von
Oxfordshire nach London, nachdem er sich einen neuen Namen
gegeben hatte.

Nach harter Lehrzeit erzielte er ein gewisses Maß an Erfolg
und konnte das mit Hypotheken mehrfach belastete Theater in
der St. Martin's Lane kaufen. Vor einem Jahr nun hatten ihn ka-
tastrophale Produktionen gezwungen, das Theater wieder abzu-
stoßen. Er verkaufte alles, einschließlich eines kleinen Hauses
im Wald von Kent, wo er für Freunde spielte. Mit einem Leder-
koffer und einem von seinem Vater geerbten, in Ehren gehaltenen Schminkköfferchen überquerte er den Atlantik in Richtung
jenes Landes, in dem so viele andere ihr Glück gefunden hatten.

Jeden Heller, den er aus dem Verkauf am West End hatte retten können, steckte er nun in die Produktion der *Schottischen
Tragödie*. Die Ausgaben würgten ihn, vor allem Gage und Unterbringung von Mrs. Van Sant. Nach einigem Zögern hatte er sie
angerufen, Verhinderung wegen Besprechungen mit dem Büh-
nenbildner vorgetäuscht – das Bühnenbild kam in Wirklichkeit
aus einem Lagerhaus. Nachdem er sich eine Tirade wüstester Be-
schimpfungen angehört hatte, erklärte er sich bereit, seine
Hauptdarstellerin ins Hotel Astor umzuquartieren.

Er versuchte sich einzureden, daß dies eine gute Geldanlage
sei. Mrs. Van Sant war keine besonders gute Schauspielerin. Sie

war keine jener Darstellerinnen, die auch die schrecklichste Aufführung retten konnten wie beispielsweise Mrs. Patrick Campbell. Aber sie hatte eine Gemeinde auf beiden Seiten des Atlantiks und würde den Publikumszustrom gewährleisten.

Bei den Proben konnte sie ein Alptraum sein – als hätte er
nicht schon genügend Alpträume, indem er ein Stück heraus-
brachte, das seit der Uraufführung in Hampton Court im Jahr
1606 vom Pech verfolgt war. Bedauerlicherweise war aber gerade
dieses Stück ein Publikumsrenner. Selbst Abergläubische konnten nicht umhin, es auf die Bühne zu bringen. Aber wenn diese
Produktion ein Fehlschlag werden sollte, war er am Ende.

Er stippte den letzten Rest des Eintopfs mit Brot auf und beruhigte sich mit einer positiven Tatsache: Er hatte sein Ensemble
beisammen. Das letzte Mitglied, diese Miss Crown, hatte heute
morgen unterzeichnet. Er hatte ihr Vorsprechen über die Maßen
gelobt, aber den eigentlichen Grund verschwiegen, warum er sie
engagiert hatte. Sie war billig, sie kostete nur dreizehn Dollar
pro Woche. Miss Murphy bekam fünfzehn, die erfahrene Miss
Whittemeyer siebzehn fünfzig.

Charmantes Mädchen, diese Miss Crown. Nicht hübsch im
landläufigen Sinn, aber sie hat etwas sehr Attraktives an sich.
Wärme und eine gewinnende Frische, schöne Augen.

Der Klavierspieler trat aus der Herrentoilette. Nach ein paar
Fingerübungen, die quäkend klangen, spielte er *The Mansion of
an Aching Heart*. Die Kellnerin trat an seinen Tisch. »Noch ein
Bier, mein Guter?«

»Warum nicht.«

»Möchten Sie vielleicht noch etwas anderes, später, wenn wir
schließen?«

»Oh, nein! Danke vielmals.«

Er dachte weiter über Miss Crown nach und lächelte. Es
mußte sie unheimlich Nerven gekostet haben, Miss Vole am Te-
lephon zu imitieren. Diese Miss Vole kannte jeden Trick und
Kniff, um ihre Konkurrentinnen aus dem Konzept zu bringen.
Das wäre nicht weiter schlimm gewesen, aber sie setzte ihre
Tricks in wirklich böser Absicht ein, das hatte er gleich gemerkt.

In der Tat war er einen Moment lang sogar auf Miss Crowns
Imitation hereingefallen. Er hoffte nur, daß sie auch auf der
Bühne bestand, genauso wie seine anderen Schauspieler. Er sah

schon genügend Schwierigkeiten mit seiner Hauptdarstellerin voraus, und mit den dunklen Dämonen, welche die *Schottische Tragödie* seit Shakespeares Tagen verfolgten.

Was konnte er mit diesem Abend noch anfangen? Vielleicht ein Nickelodeon; die kleinen Filme amüsierten ihn. Zwei Scheiben Brot lagen noch auf seinem Teller. Nach einem schnellen Blick in die Runde schob er sie unter seinen Umhang und verabschiedete sich.

Fritzi betrat das Novelty am folgenden Montag um neun zur ersten Probe. Der Pförtner lugte aus seinem Häuschen, wo er der dicken Katze das Fell kraulte. Fritzi stellte sich vor.

»Ah, ich erinnere mich, Miss. Ich bin Foy. Die meisten nennen mich Pop. Sie sind eine ganze Stunde zu früh dran.«

»Ich bin immer gern etwas früher dran, damit ich ein Gefühl für das Ganze bekomme. Das ist eine hübsche Katze. Wie heißt sie?«

»Königin Gertrude. Ich wollte wieder eine schwarze, als Cyrano starb, denn schwarz ist die Glücksfarbe für eine Theaterkatze. Ich hab's bloß nicht übers Herz gebracht, diese hier wieder wegzuschicken, als sie eines Tages vor mir stand.« Königin Gertrude miaute und schmiegte sich an seine Hand. »Gehen Sie ruhig rein, Sie sind nicht die erste.«

Im dunklen Zuschauerraum entdeckte Fritzi jemanden unter dem Balkon. Sie schritt durch den Halbkreis aus Stühlen auf der Bühne. »Hallo?«

»Auch hallo. Wer sind Sie?«

»Fritzi Crown.«

»Sind Sie eine der drei Damen in unserem Hexenzirkel?«

»Ja.«

Die Schauspielerin mit dem Wuschelkopf und dem Glasauge schritt den Gang entlang. »Ida Whittemeyer, willkommen.«

»Danke. Sind Sie auch früher gekommen, um sich mit dem Theater vertraut zu machen?«

»Ja. Es ist ganz nützlich, wenn man weiß, wie groß ein Theater ist und wie weit die Stimmen tragen. Außerdem bringt es Glück.« Miss Whittemeyer ging die Treppe zur Bühne hinauf. »Für dieses kleine Abenteuer brauchen wir Glück. Es heißt, daß bei der allerersten Aufführung der *Schottischen Tragödie* der junge Mann, der Lady M spielte, krank wurde und Shakespeare die Rolle selbst lesen mußte. Seit damals liegt ein Fluch auf dem Stück. Schauspieler werden krank, lahm, einige sind sogar gestorben.«

»Aber Sie haben das Risiko auf sich genommen.«

»Ich brauche die Rolle.«

»Mir geht es genauso, Miss Whittemeyer.«

»Bitte nennen Sie mich Ida. Mein rechtes Auge ist das sehende.«

In der Zwischenzeit war das ganze Ensemble eingetroffen – einunddreißig Erwachsene und zwei halbwüchsige Knaben mit lauten, unerträglichen Müttern. Der Regisseur, eine Bohnenstange namens Simkins, mahnte sie zur Ruhe. Wie auf ein Stichwort trat Manchester auf die Bühne.

»Guten Morgen, guten Morgen. Vollzählig versammelt, wie ich sehe, sehr gut.«

»Alle außer Mrs. Van Sant«, korrigierte Simkins.

»Wir werden ohne sie anfangen.« Er schritt zur Vorbühne, die Hände auf dem Rücken verschränkt. »Liebes Ensemble! Wir haben uns hier zu einer anspruchsvollen Aufgabe zusammengefunden; gemeinsam wollen wir eines der herausragenden Stücke der Bühnenliteratur erarbeiten. Ich bin voller Zuversicht, daß unsere Bemühungen von Kritik und Publikum belohnt werden. Um uns auch das Glück geneigt zu machen, habe ich heute morgen dieselbe Krawatte umgebunden, die ich am Tag meines ersten professionellen Auftritts in London trug. Die Resonanz war damals sehr gut, und seitdem hat mir die Krawatte immer Glück gebracht.«

Seine Finger strichen über die altmodische Krawatte, zwei sich überkreuzende Lappen aus verwaschenem braunem Stoff, schon leicht speckig. Fritzi bemerkte eine Hasenpfote an einer Kette, die sich über Manchesters stattlichen Wanst spannte. Ihr war, als schwimme sie in einem Meer von Aberglauben.

»Ich möchte gerne noch etwas zum Text sagen, den ich selbst bearbeitet habe. Sie werden bemerken, daß ich die Rolle der Hecate gestrichen habe. Es ist bis heute unklar, ob diese Figur tatsächlich auf Shakespeare zurückgeht. Das gleiche gilt für die drei Hexenschwestern, aber darauf besteht das Publikum.«

Er wurde von einem Geräusch im hinteren Teil des Theaters

unterbrochen. Manchester starrte in die Richtung, aus der das Geräusch kam. »Wer ist da?«

Eine stattliche Frau wallte durch den Mittelgang. Auf halbem Weg vor der Bühne blieb sie stehen und pflanzte einen großen Spazierstock aus Elfenbein, der von einem dicken Goldknauf gekrönt wurde, neben sich auf den Boden.

»Sie haben doch zwei Augen, Hobart. Gebrauchen Sie sie!«

»Mrs. Van Sant. Sie kommen spät.«

»Wir wurden draußen aufgehalten«, gab die Frau mit tiefer Stimme zurück. Sie deutete mit ihrem Stock auf einen jungen Mann, der hinter ihr stand. »Das ist Charlie, er ist Page im Astor. Nehmen Sie Platz, Charlie, und verhalten Sie sich ruhig! Mr. Manchester kann bei Proben nämlich sehr ungemütlich werden.«

Charlie winkte und tat wie geheißen. Der gutaussehende und gutgebaute junge Mann trug einen billigen grünen Anzug und einen steifen Hut. Sally Murphy berührte Fritzis Arm. »Einer ihrer Liebhaber, wetten? Es heißt, sie habe ein Dutzend.«

Eustacia Van Sant war ungefähr in Manchesters Alter, aber einen Kopf größer. Sie hatte eine beneidenswerte Figur, ein eckiges Gesicht, dessen strenger Eindruck jedoch durch die vollen Lippen gemildert wurde, und strahlende dunkle Augen. Ihr leuchtendrotes Haar stand in herrlichem Kontrast zu ihrem schwarzen Samtumhang und dem Kleid. Ein roter Rüschensaum lugte unter dem gebauschten Rock hervor. Auf dem Kopf trug sie einen großen schwarzen Gainsborough-Hut aus Samt, der mit Pfauenfedern geschmückt war. Ihre Aufmachung mochte vielleicht etwas altmodisch sein, doch sie schmeichelte ihrer Figur, ganz besonders ihrem aufsehenerregenden Busen.

Manchester sagte: »Gestatten Sie mir, eines klarzustellen, Madam. Es bleiben uns gerade mal fünf Wochen bis zur Premiere. Ich erwarte von allen Mitwirkenden, daß sie zur angegebenen Stunde zur Probe erscheinen.«

»Ach, hören Sie auf damit, Hobart! Ich habe doch gesagt, daß wir aufgehalten wurden.«

»Und wodurch, wenn ich fragen darf.«

»Durch einen Leichenwagen.«

Manchester blieb der Mund offenstehen. »Leichenwagen?«

»Ja, draußen. Da war ein Polizist mit dem Leichenbestatter.

Er wollte uns nicht reinlassen, bis sie den Leichnam rausgetragen hatten.«

Aufgeregte Rufe waren zu hören. Fritzi spürte, wie das Blut in ihren Adern rauschte. Manchester wiederholte piepsend: »*Leichnam?*«

»Ein Buchhalter aus einem Büro. Lag auf seinen Akten und war mausetot.«

Ein eisiger Windhauch schien durch das Theater zu fegen. Manchester warf einen Blick auf Pop Foy, der in der linken Kulisse stand. Foy nickte. »Stimmt. Der arme Teufel war grade mal vierzig.«

Manchester zog ein großes Taschentuch hervor und tupfte sich die Wangen ab. »Tragisch. Aber es hat nichts mit uns zu tun.«

»Vielleicht doch«, flüsterte Ida Whittemeyer. »Wir spielen die *Schottische Tragödie.*«

Manchester bat die Schauspieler, sich zu den im Halbkreis aufgestellten Stühlen zu begeben. Sie lasen den Text vom Blatt. Hobart und Mrs. Van Sant kannten einen Großteil ihrer Texte auswendig.

Fritzi war hingerissen von Manchesters Hauptdarstellerin. Sie strahlte eine unbändige Energie aus. In Verbindung mit der tiefen Stimme erzeugte sie eine grandiose Wirkung. Aber nicht auf den dunklen, freundlich wirkenden Mann namens Mr. Scarboro. Er war ihr Banquo. Fritzi ertappte ihn dabei, wie er die Nase kräuselte. Sie vermutete künstlerische Eifersucht. Auf der Hierarchieleiter des Theaters war er bloß ein mittelmäßiger Schauspieler, kein Hauptdarsteller oder gar Star.

Während der Mittagspause wanderte sie in den Aufenthaltsraum des Theaters, wo Mrs. Van Sant gerade Photos von der Bühnendekoration studierte.

»Sehen Sie sich das an«, sagte die ältere Schauspielerin. »Ich war der Meinung, wir hätten eine Originaldekoration. Aber nein! Er holt sich diesen Mist aus irgendeinem Lagerhaus.« Sie drückte Fritzi das Photo in die Hand. »Und jetzt frage ich Sie, meine Kleine, ist das eine verdorrte Heidelandschaft? Oder eher eine Gartenszene aus einer komischen Oper? Die Büsche sind beschnitten. Beschnittene Büsche im schottischen Moor, also

wirklich! Es war dumm von mir, dieses Engagement anzunehmen.«

Fritzi betrachtete das Photo, dann ein zweites aus einer
ganzen Reihe.

»Schrecklich, finden Sie nicht auch?«

Fritzi betrachtete den Entwurf des Bühnenbildes eingehend.

»Die vielen Ebenen und Leitern sehen gefährlich aus.«

»Natürlich sind sie gefährlich. Das ist überhaupt das gefährlichste Stück, das Shakespeare geschrieben hat. Sechsundzwanzig kurze Szenen, ein Bühnenwechsel nach dem anderen. Fast
alles spielt sich nachts ab, so daß die Beleuchtung immer hin-
terherhinkt. Dreißig Schauspieler in Rüstungen rennen mit
Schwertern herum, stoßen mit Bühnenarbeitern zusammen,
marschieren mit künstlichen Bäumen hin und her und hacken
aufeinander ein – wie sollte es da keine Unfälle geben?« Aus
ihrer silbernen Handtasche nahm sie einen Stumpen und eine
Streichholzschachtel. »Rauchen Sie?«

»Nein, danke.«

Mrs. Van Sant wurde fröhlicher. »Wie war doch gleich wieder
Ihr Name, meine Liebe?«

»Frederica Crown, aber man nennt mich Fritzi.«

»Um ehrlich zu sein, Fritzi, halte ich ziemlich wenig von
dem ganzen abergläubischen Unsinn, den man sich von *Mac-* …
unserem Stück erzählt. Aber ich möchte es mir auch nicht mit
unserem guten Nick verscherzen. Ich halte mich aus Höflichkeit
stets an die Regeln. Man kann ja nie wissen. Sehr erfreut, Ihre
Bekanntschaft gemacht zu haben, meine Liebe. Wir unterhalten
uns wieder.«

Sie wallte davon, den Stumpen im Mund, der eine große
blaue Wolke aufsteigen ließ.

Es dauerte nicht lange, bis die Schauspieler anfingen zu trat-
schen.

»Hat Mrs. Van Sant nicht eine herrliche Garderobe?« stieß
Sally Murphy überschwenglich hervor. »Wahrscheinlich bekommt sie das meiste von ihren Liebhabern geschenkt. Sie hatte
drei oder vier Ehemänner, einschließlich Brutus Brown.«

Mr. Scarboro wurde zur Zielscheibe von Verleumdungen.
Seine Selbsteinschätzung stand der von Mrs. Van Sant in nichts

nach, nur die Leistungen waren unterschiedlich. Er begegnete allen ziemlich überheblich, ausgenommen den beiden Hauptdarstellern. Fritzi fand seinen englischen Akzent komisch.

»Weil er aufgesetzt ist«, sagte Mr. Allardyce, ein älterer Schauspieler mit roter Nase, der die Rolle des Pförtners spielte. Er lutschte ständig Minzbonbons, um den Geruch von Gin zu verbergen. »Ich heiße Louie Scalisi und komme aus Bridgeport, Connecticut.«

Am Donnerstag abend eilte Manchester zum Theaterschneider; die Schauspieler waren eine halbe Stunde sich selbst überlassen. Fritzi ging wieder in den Aufenthaltsraum. Sie goß sich gerade Kaffee ein, als Daniel Jervis, ein hellhaariger junger Mann, der den Malcolm spielte, mit dem Lied *Hello, My Baby* auf den Lippen eintrat. Scarboro warf sein Exemplar einer neuen Fachzeitschrift namens *Variety* zur Seite.

»Du dummer Schnösel, weißt du nicht, daß man in einem Theater nicht pfeift?«

Damit beleidigte er Fritzis Sinn für Fairness. »Ach, kommen Sie, Mr. Scarboro! Ich weiß schon, daß man das nicht tun sollte, aber muß man deshalb so mit einem Kollegen umspringen?«

»Wer hat denn Sie was gefragt, Miss Nobody?« Scarboro saß da mit hochrotem Kopf, schwitzend und zu Tode erschreckt. »Wenn man den Teufel ruft, kommt er. Vor allem in diesem Stück. Irgend jemand wird für Ihren Fehler bezahlen müssen, Jervis.«

Auf dem Weg nach draußen rumpelte Scarboro mit Mrs. Van Sant zusammen, die eben eintrat. Daniel Jervis verzog sich in eine Ecke, das schlechte Gewissen stand ihm ins Gesicht geschrieben.

Der grauhaarige Mr. O'Moore, der die undankbare Rolle des Rosse spielte, zündete seine Pfeife an und sagte: »So. Außer unserem unvergleichlichen Star haben wir also noch jemanden, der an dunkle Mächte glaubt.«

»Barer Unsinn«, sagte Mr. Denham, auf der Bühne der Macduff. Er raschelte mit seiner *London Times*, um seine Ansicht zu unterstreichen. Der ungefähr vierzigjährige Denham hatte in der britischen Armee in Indien gedient. Er nahm seine Lektüre wieder auf.

Mrs. Van Sant zog Fritzi zur Seite. »Das war sehr anständig von Ihnen, sich für den jungen Burschen einzusetzen.«

»Mr. Scarboro ist ein Grobian.«

»Da haben Sie recht. Ich frage mich, ob Sie nicht Lust hätten, am Sonntag mit mir Tee zu trinken?«

»Im Astor?«

»An die Brooklyn-Brücke hatte ich eigentlich nicht gedacht, meine Liebe. Sagen wir um vier? Wenn ich es mir leisten kann, stehe ich nie vor zwei Uhr auf.«

Wenige Minuten später war Manchester wieder da. Fritzi stand mit Mr. O'Moore in der linken vorderen Kulisse, wo sie gemeinsam auf die Fortsetzung der Probe warteten. Ein leises Geräusch ließ O'Moore nach oben blicken. »Vorsicht!«

Er stieß sie mit der Schulter an und warf sie um. Mit schmerzverzerrtem Gesicht landete sie auf Hintern und Rücken. Sie setzte sich benommen auf. Der Inspizient Simkins kam auf sie zugerannt. »Was ist passiert?«

Ein paar Schritte von ihr entfernt, aber so, daß Fritzi es mühelos sehen konnte, lag ein großer Sandsack, an dessen Ende ein ausgefranstes Seil befestigt war. Was passiert war, war klar. Oben in der Arbeitsgalerie war ein Seil gerissen. Simkins hob den Sandsack vom Boden auf. »Das verdammte Ding wiegt mindestens fünfzig Pfund.«

O'Moore ergriff Fritzis Hand und half ihr hoch. »Alles in Ordnung?«

»Ich glaube schon.«

»Ich rede mit den Geizkrägen, denen das Theater gehört«, versprach Simkins. »Sie sollen dafür sorgen, daß jedes Seil und jedes Schräubchen an jeder Maschine überprüft wird.«

»So was Ähnliches hat Scarboro vorausgesagt, nicht wahr?« sagte O'Moore.

18. BEKENNTNISSE

Als Mrs. Van Sant die Augen aufmachte, ging es ihr schlecht. Gestern abend hatte dieser Lump Charlie sie verlassen, seine Arbeit als Page einfach hingeworfen, um mit einem Küchenmädchen durchzubrennen. Nicht einmal eine kurze Nachricht hatte er hinterlassen. Sie mußte es vom Personal erfahren!

Sie goß den Rest Champagner, der noch in der Flasche war, in ihr Badewasser, lehnte sich zurück und überflog ein paar Seiten von Freuds Buch über Traumdeutungen. Sie beschäftigte sich gern mit ungewöhnlichen und neuen Ideen, aber heute nachmittag konnte nicht einmal der Wiener Arzt sie ablenken. Sie freute sich auf vier Uhr, wenn die kraushaarige Miss Crown, eine unterernährte, aber sonst liebenswerte Person, zum Tee zu ihr käme.

Wie Hobart Manchester war auch Eustacia Van Sant ihre eigene Schöpfung. Sie war als Sophie Zalinsky in Liverpool zur Welt gekommen. Ihr Vater, ein Tuchhändler, hatte nie viel Geld nach Hause gebracht; er war gestorben, als Sophie zehn war. Mit fünfzehn ging sie nach London, nachdem sie vom Vermieter ihrer Mutter entjungfert worden war.

Im Verlauf mehrerer kleiner Rollen verloren sich ihr Liverpooler Wortschatz und Akzent. Sie lernte, zu sprechen wie die Gattin eines Universitätsprofessors in Oxford. Der Erfolg kam nur langsam, aber er kam, weil sie es so wollte.

Zur verabredeten Stunde wartete Fritzi in der Hotelhalle. Eustacia führte sie in das verschwenderisch im Jugendstil ausgestattete Hotelrestaurant. Es war überaus geräumig, verfügte über hohe Decken, viele Palmen und Farne und einen lebenden Pfau in vergoldetem Käfig. Ein Streichquartett spielte diskret den Walzer *Die lustige Witwe*.

Der Oberkellner wies ihnen einen abgelegenen Tisch zu. »Haben Sie die Absicht zu rauchen, Madam?«

»Ja, Viktor, habe ich.«

»Ich bitte um Verzeihung«, sagte er, während er einen dreiteiligen Paravent aufstellte. An Fritzi gewandt, erklärte er: »Wir

können es uns einfach nicht erlauben, daß man bei uns eine
Frau sieht, die Tabak raucht.«

»Ihr Kolonisten seid so verdammt puritanisch.« Eustacia
machte es sich bequem. »Also, meine Liebe, ich freue mich wirklich sehr, daß Sie hier sind.«

»Vielen Dank, Mrs. Van Sant, ich freue mich, daß Sie mich eingeladen haben. Die Sonntage sind immer ziemlich ruhig.«

»Aber bitte, meine Liebe, nennen Sie mich Eustacia. Alle, die
ich mag, nennen mich Eustacia.« Sie goß den Tee aus einer mit
kleinen blauen Blümchen bemalten Kanne ein.

»Ich danke Ihnen«, sagte Fritzi.

»Sie machen sich gut in Ihrer Rolle. Ihnen fehlt nur ein bißchen Selbstvertrauen.«

»Das hat Mr. Manchester gestern auch gesagt.«

»Hören Sie auf ihn. Der alte Schuft kennt sein Handwerk,
auch wenn er von Buchhaltung und Finanzierung nichts versteht. Kommen Sie gut mit den Kollegen zurecht?«

»Ich würde sagen, mit den meisten. Wissen Sie, daß Mr. Scarboro sich entschuldigt hat, daß er mich Miss Nobody nannte?«

Eustacia strahlte. »Was Sie nicht sagen. Lassen Sie hören.«

Fritzi erzählte es ihr und schloß mit den Worten: »Ich kann
mir nicht vorstellen, was ihn dazu veranlaßt hat.«

»Aber ich, meine Liebe. Ich habe den eingebildeten Arsch zur
Seite genommen und ihm gesteckt, daß ich mit Manchester
sprechen und dafür sorgen würde, daß er unverzüglich in einem
anderen Stück spielt, wenn er sich nicht entschuldigt. Und zwar
in dem Stück mit dem Titel *In Freiheit*.« Sie wieherte vor Lachen,
gab noch einen Teelöffel Zucker in ihren Tee und zündete sich
mit großer Geste einen Stumpen an.

Bald hing eine gefährliche blaue Wolke über dem Tisch.
Rauchschwaden schwebten über dem Paravent. Ein für sie un-
sichtbarer Gentleman hustete erbärmlich.

Fritzi sagte: »Darf ich fragen, wo sich Mr. Van Sant aufhält?«

»Es gibt keinen Mr. Van Sant. Er existiert nur in Programm-
heften und in der Vorstellung meines Publikums. Ich war dreimal verheiratet, aber Mr. Van Sant ist eine Erfindung. Hin und
wieder ganz nützlich, um am Bühneneingang unerwünschte Verehrer loszuwerden.«

»Das ist ja herrlich!«

»Es ist notwendig, wenn man wie ich viele Bewunderer hat. Ich bilde mir das nicht ein, es ist wirklich so. Die Leute kommen, um mich als Persönlichkeit zu sehen. Sie wollen keine erstklassige Schauspielerin sehen, die die Lady Sie-wissen-schon-wen-ich-meine darstellt, sondern sie wollen Eustacia sehen, die so tut, als wäre sie sie. Manchmal kommen sie auch nur, um Eustacias Kleider zu sehen. Für dieses Engagement habe ich sage und schreibe fünfunddreißig komplette Garderoben aus England mitgebracht.«

Dann befragte sie die junge Dame nach ihrer Herkunft. Fritzi erzählte von ihrer Familie und berichtete, wie zornig der General reagiert hatte, als sie Chicago verließ.

»Sie werden's ihm zeigen, stimmt's, meine Liebe?« Sie nahm noch einen Schluck Champagner. »Ach, wie reizend. Helfen Sie mir mit meinem Gurkensandwich, dann gehen wir in meine Suite. Viktor? Ach, da sind Sie ja, mein Lieber. Bitte lassen Sie uns eine eisgekühlte Flasche Mumm's nach oben bringen! Danke, mein Bester.«

Wenige Minuten später saßen sie mit Gläsern in der Hand und dem silbernen Champagnerkübel zwischen sich auf dem Perserteppich in Eustacias Suite. Eustacia leerte zwei Gläser in der gleichen Zeit, in der Fritzi drei Schlückchen schaffte.

»Sie haben sehr zur Besserung meiner Stimmung heute nachmittag beigetragen«, sagte die ältere zu ihrer jüngeren Kollegin. »Charlie, der Bursche, der mich zur Probe begleitet hat, hat mich verlassen. Leider gehe ich in der Wahl meiner Liebhaber nicht sehr klug vor. Da ich arm aufgewachsen bin, neige ich dazu, sorglos in den Tag hinein zu leben. Vor allem was Männer betrifft, bin ich vollkommen sorglos. Bernard Shaw, ein gräßlicher Mensch, hat einmal gesagt, ich würde Männer zu mir nehmen wie andere Menschen Kopfschmerzmittel: häufig und zur schnellen Linderung.« Fritzi lachte und hätte beinahe ihren Champagner verschüttet.

»Und wie steht's mit Ihnen? Haben Sie einen Geliebten?«

Mit gesenktem Blick antwortete Fritzi: »Im Moment nicht.«

»Aber Sie hatten sicher welche, Sie sind doch eine ansehnliche Erscheinung.«

»Das reicht leider nicht.« Ein bronzener Knabe auf der Kaminuhr schlug mit einem bronzenen Hammer auf einen bronze-

nen Gong: halb sechs. Die Fenster der Suite gingen nach Osten,
und Fritzi bemerkte, daß es draußen, während die Sonne im
Hudson versank, dunkel wurde.

»Ich bin hausbacken, Eustacia.«

»Unsinn, Sie sind sehr attraktiv.«

»Ich bin hausbacken, und ich weiß es. Außerdem zu dünn.«

»Dann sollten Sie mehr essen.«

»Ach, das habe ich ja versucht. Ich stopfe alles in mich hinein, was mir in die Finger kommt und nehme auch ein paar
Pfund zu, aber dann bin ich entweder sehr beschäftigt oder habe
kein Geld oder kriege irgendwo grauenhaftes Essen vorgesetzt,
und dann krieg' ich gar nichts mehr runter.« Fritzis Hand fuhr
an ihren Busen. »Und essen hilft da ohnehin nicht. Zu flach.«

»Lassen Sie sich von mir, die gerade in dieser Abteilung zuviel des Guten abbekommen hat, sagen, daß Sie sehr hübsch
aussehen.«

»Korsageeinlagen.« Fritzi hielt sich die Hand vor den Mund.
»Ich kann nicht glauben, daß ich solche Dinge sage.«

»Das ist der Champagner. Nehmen Sie noch ein Schlückchen.
Und lassen Sie sich nicht täuschen. Der Busen wird überbe-
wertet. Ein großer Vorbau ist keine Garantie für das Glück. Denken Sie an Charlie, diesen undankbaren kleinen Mistkerl.« Sie
stieß einen langen, sentimentalen Seufzer aus. »Die Leute glauben immer, wir führten ein so herrliches Leben, wir vom Theater.
Aber in Wahrheit ist es sehr einsam.«

»Das habe ich auch festgestellt«, pflichtete ihr Fritzi bei.
»Man lernt im Theater unheimlich viele Leute kennen, aber man
gewinnt nur wenige Freunde.«

»Aber ab jetzt haben Sie eine Freundin. Ja, wirklich.« Sie tätschelte Fritzis Hand, erfreut und beglückt von der Überraschung und dem Entzücken, das sich auf dem Gesicht der jungen Frau widerspiegelte. Sie sprang auf. »Ich lasse noch eine
Flasche heraufkommen. Wo ist das Telephon?«

»Danke vielmals. Aber ich glaube nicht, daß ich …«

»Und ein kleines Abendessen. Ich setze es auf Hobarts Rechnung. Wenn er meckert, werde ich ihm kräftig einheizen. Das
wird er so schnell nicht vergessen«, bellte Eustacia und schlug
sich lachend auf die Schenkel. Sie und Fritzi kicherten wie zwei
Schulmädchen – zwei ungezogene Schulmädchen.

19. WIEDERSEHEN

Auf der *Lusitania* der Cunard-Linie, der Welt größtem Schiff, fuhr Paul in den Hafen von New York ein. Wieder packte ihn die Erregung beim Anblick der Freiheitsstatue, die er 1892 zum ersten Mal erblickt hatte.

Am Hudson-Pier überwachte er die Entladung der Überseekoffer mit Kameraausrüstung, Filmmaterial und einem Dutzend Exemplare der englischen Ausgabe von *Zeuge der Geschichte*. Nach der Zollfreigabe winkte er ein elektrisches Taxi herbei, um das Mitgebrachte zum New Yorker Hauptbahnhof zu transportieren. Dann rief er Fritzi unter der Theaternummer an. Sie kam sogleich an den Apparat und versicherte ihm, daß Geschrei und Lärm im Hintergrund nur von einem auf der Bühne geprobten Schwertkampf herrührten.

»Bist du's wirklich, Pauli? Du hier?«

»Ja, aber ich muß noch heute abend mit dem Zug weiter. Könnten wir vorher noch zu Abend essen?«

Sie trafen sich in einem Restaurant am Times Square, wo sie sich überschwenglich in die Arme fielen, bevor sie sich an den Tisch setzten. Paul bat um Verzeihung, daß er so bald wieder abreisen müsse; bei der Premiere von *Macbeth* werde er leider unterwegs sein. »Aber ich schau' mir das Stück auf jeden Fall an, bevor ich wieder nach Hause fahre.«

Plötzlich winkte ihnen ein untersetzter, gut und teuer gekleideter Mann in Pauls Alter und kam an ihren Tisch. Paul stand auf. »Fritzi, darf ich dir einen alten Freund vorstellen? Bill Bitzer. Wir haben uns auf Kuba kennengelernt. Billy ist auch Kameramann.«

»Biograph Studio«, fügte Bitzer hinzu und ergriff Fritzis Hand.

»Fritzi ist Schauspielerin und tritt in einem Stück am Broadway auf«, sagte Paul.

»Shakespeare«, erklärte sie.

»Großartig«, antwortete Bitzer. »Sollten Sie je Lust an einem

Nebenverdienst haben, schauen Sie in der Vierzehnten Straße vorbei; ich mache Sie mit ein paar Leuten bekannt. Fünf Dollar pro Tag. Man ist meist an der frischen Luft, wir drehen viel auf dem Dach.«

»Danke, Mr. Bitzer, aber leider haben Bühnenschauspieler keine Zeit für bewegte Bilder.«

»Ach, das wissen wir«, meinte er freundlich. »Die Leute vom Broadway geben sich nicht mit Filmen ab. Aber das wird sich ändern, wenn wir erst ein paar Schauspieler zu Stars gemacht haben. Das Angebot gilt auf jeden Fall. Ruf mich an, wenn du wieder in der Stadt bist, Paul«, schloß er und empfahl sich, indem er an den Hut tippte.

Als sie wieder allein waren, sagte Paul: »Du warst ziemlich unfreundlich.«

Fritzi schaute bestürzt. »Du hast recht, es tut mir leid, doch so empfinde ich nun mal. Ich hätte aber etwas diplomatischer sein können.«

Nachdem Paul in Buffalo einen ganzen Tag damit zugebracht hatte, die Niagarafälle zu filmen, hielt er seinen ersten Vortrag. Er war furchtbar nervös, doch die Resonanz aus dem Publikum war positiv. Der Agent Bill Schwimmer war mit dem Schlafwagen aus New York gekommen, um sich seinen Vortrag anzuhören. Der ruhige Mann, der auf den ersten Blick wie ein zerstreuter Professor wirkte und gelegentlich seine Frau erwähnte, ohne die Miene zu verziehen, nannte Paul eine »natürliche Begabung« und versicherte, daß er jederzeit eine längere Vortragstournee für Paul zusammenstellen könne. Auf dieser Reise hatte Paul nur noch zwei Vorträge zu halten, in Cincinnati und Louisville. Als er Louisville verließ, um in der Nähe von Lexington die herrlichen Pferdegestüte zu filmen, fühlte er sich bereits wie ein alter Hase.

In Indianapolis filmte er einen spektakulären Flaggenmastkletterer, um sich dann dem eigentlichen Ziel seiner Reise zuzuwenden, einer geplanten neuen Autorennstrecke. James Allison, einer der federführenden Männer des Projekts, holte Paul im Hotel ab und fuhr ihn hinaus. Auf dem ganzen Weg wurde Allison nicht müde, von seiner Firma Prest-O-Lite zu erzählen, die sich auf Generatoren für Scheinwerfer spezialisiert hatte.

Er und seine drei Partner waren der Meinung, Indianapolis stehe eine große Zukunft im Autorennsport bevor. Stolz deutete Allison auf das brachliegende Land im Westen der Stadt, aber mehr war derzeit nicht zu sehen. Paul dankte ihm, tippte an seine Mütze und versprach, nach Eröffnung der Rennstrecke wiederzukommen. Um vier Uhr morgens bestieg er einen Zug nach Detroit, der neuen Hauptstadt des Automobils.

Aber nicht die Amerikaner hatten die pferdelose Kutsche, wie sie damals genannt wurde, erfunden. Diese Ehre gebührte zwei Deutschen namens Gottlieb Daimler und Carl Benz. Doch in Amerika schien man die Kraftwagen schneller und aggressiver zu entwickeln als in Europa. Wie Pilze schossen Firmen aus dem Boden, die ein paar Modelle herstellten, dann aufgaben oder sich zusammenschlossen oder einfach in der Versenkung verschwanden. Im Augenblick gab es mehr als tausend verschiedene Automobilhersteller. Die meisten setzten ihre Autos aus Teilen zusammen, die anderweitig hergestellt wurden.

Paul hatte einen Artikel in *Harper's* gelesen, der die verschiedenen Branchen aufzählte, aus denen die Automobilhersteller kamen. Colonel A. A. Pope hatte Fahrräder hergestellt, für die er mit dem vertrauenerweckenden Slogan »Man kann die Leute doch nicht dazu bewegen, sich auf einen Feuerwerkskörper zu setzen« geworben hatte. Ransom Olds hatte ursprünglich Gasmaschinen hergestellt, White Nähmaschinen und David Buick Armaturen. Studebaker war früher der größte Hersteller von Pferdewagen.

Eine Firma aber tauchte in der Presse häufiger auf als alle anderen, und zwar die, die den Namen ihres Gründers trug: Henry Ford. Paul hatte im *London Light*, dem Paradeblatt des Pressezaren, für den er arbeitete, von Ford gelesen.

Der mitunter als autodidaktisches Genie bezeichnete Ford war seit zehn Jahren im Automobilgeschäft, gründete Firmen, um sie wieder aufzulösen oder ihnen den Rücken zu kehren, wenn er sich mit seinen Partnern überwarf, zu denen Bankiers, ein Kohlenhändler und ein Radrennfahrer gehörten. Paul interessierte sich vor allem für Fords neuestes Modell, das Automobil, an dem seit zwei Jahren unter Ausschluß der Öffentlichkeit gebaut wurde.

Die Fahrt nach New York in einem alten Holzwaggon entsprach keineswegs Pauls Vorstellung von Komfort, doch er mußte sich eingestehen, daß er durch seinen Erfolg wahrscheinlich schon ziemlich verwöhnt war. Die Luft, die von draußen hereinkam, stank nach Kohlenrauch und Toiletten. Butterbrotpapiere und Erdnußschalen bedeckten den Boden. Der Wasserbehälter an der Wand war leer, ein Schöpflöffel nicht vorhanden. Als die Sonne aufging, war es in dem Waggon heiß wie in einem Schmelzofen. Außerdem verfügte ein ungnädiges Geschick, daß sich keines der Fenster öffnen ließ. Obwohl Paul nicht der Ordentlichste war oder sich nicht sehr um Äußerlichkeiten kümmerte, zog er es vor, einen Großteil der Zeit auf der offenen Plattform zwischen den Waggons zu verbringen, wo er seine Zigarre paffte.

Der Zug erreichte den Michigan-Hauptbahnhof am Ufer des Detroit River. Paul holte seine Ausrüstung am Gepäckwagen ab, vergewisserte sich, daß seine Kamera unversehrt war, und winkte ein zischendes Dampftaxi herbei. Er zog eine vom Tabak fleckige Visitenkarte aus seiner Westentasche.

»Hotel Ponchartrain.«

Beim Anblick der Stadt besserte sich seine Stimmung. Sie schien modern und sehr lebendig. Da lebten an die vierhunderttausend Menschen, darunter Polen und Finnen, Franzosen und Sizilianer, Rumänen, Armenier und Chinesen. Und natürlich eine große Zahl von Deutschamerikanern, in einem Stadtteil namens Klein-Berlin.

Manche Straßenbeläge waren altmodische, mit Pech verfugte Zedernblöcke; selbst an diesem kühlen, frostigen Tag stieg ihm der Teergeruch in die Nase. Aber die Gebäude waren hoch, die Denkmäler beeindruckend und alle Trambahnen elektrifiziert, Symbole des Fortschritts.

Da er Carls Adresse besaß, hatte er ihm telegraphiert und ihn gebeten, ihn nach Feierabend in der Bar des Hotels Ponchartrain zu treffen. Nach dem Auspacken legte er sich in die Badewanne, um seine Rückenschmerzen zu lindern; anschließend träumte er, auf dem Bett liegend und die Hände hinter dem Kopf verschränkt, von Julie. Er beschloß, vor seinem Treffen mit Carl noch einen kleinen Spaziergang zu machen: über den Cadillac Square und dann zum größten Platz der Stadt, zum Campus Marius. Um halb sieben stellte er den Fuß auf die Messingstange an der Bartheke und bestellte ein Lagerbier von Crown. Er bekam es. Fein für Onkel Joe.

Die Bar war gut besucht, in der Hauptsache von eleganten Herren, die in lebhafte Unterhaltungen vertieft waren. Als Paul etwas genauer hinhorchte, bemerkte er, daß es größtenteils um das Automobilgeschäft ging. Er hörte Satzfetzen wie »verdammte Gewerkschaften«. Ein anderer sagte: »Keine Sorge, die E. A. hat vier Männer in die Fabrik eingeschleust.«

Im hinteren Teil der Bar entdeckte er eine erstaunliche Vielfalt von Autoteilen, angefangen von gußeisernen Motorblöcken bis zu Stoßstangen, Scheinwerfern aus Messing, Armaturenbrettern und Kühlern. Ein Mann stellte einen Kleiderständer neben den Motorblock, hängte einen Fahrermantel aus Leinen darüber und begann, vor mehreren Interessierten ein Loblied auf die Vorzüge dieses Mantels zu singen.

»Paul!« Carl winkte mit seiner Mütze, während er durch die Bar auf ihn zukam. Seine Schuhe waren ramponiert, und sein brauner Anzug sah aus, als habe er ihn gebraucht erstanden – Jackett und Hose waren zu kurz. Aber sein Lächeln war so strahlend, wie Paul es in Erinnerung hatte. Die beiden Männer umarmten sich.

Paul bestellte zwei Gläser Bier. Carl fragte nach Julie und den Kindern. Paul berichtete, und dann fragte er: »Und was ist mit dir? Wie geht es dir bei Ford?«

»Ausgezeichnet. Ich arbeite gern dort, es ist aufregend.« Paul stemmte die Ellbogen auf die Bar, die Handflächen waren um das eiskalte Bierglas geschlossen. »Also, versteh mich nicht falsch. Nicht alles gefällt mir, die Stechuhr beispielsweise hasse ich. Aber ich habe viel über Automobile gelernt und bin sogar in den Kreisen bekannt, die mit Autorennen zu tun haben. Viele Automobilfirmen stellen ihre Wagen für Rennen zur Verfügung, um sie vorzuführen.« Er griff nach einer Schale mit Erdnüssen, die er mit einer ungeschickten Bewegung umwarf, so daß die Erdnüsse über die Theke rollten.

»Was genau machst du?«

»Ich arbeite nicht drinnen, Gott sei Dank! Das würde ich niemals aushalten. Henry Ford ist auch nicht gern drin. Er kommt und geht, wie es ihm paßt. Klar, er ist der Boß. Ich bin bloß ein kleiner Fahrer. Die Bezahlung ist nicht schlecht für einen ungelernten Arbeiter – achtundzwanzig Cent die Stunde, und das mal neun. In der Hauptsache fahre ich ein Modell T runter zur Frachtstation, von wo es dann verschickt wird. Manchmal fahre ich eine Sonderbestellung zu einem Händler in Ohio oder Michigan oder Indiana. Hin und wieder probiere ich auch einen Wagen auf der Teststrecke aus.«

»Ford hat eine eigene Teststrecke?«

Carl lachte. »Vor deiner Nase. Cadillac Square, Woodword Avenue – die Straßen.«

»Ich habe morgen vormittag einen Termin, um das neue Modell T zu filmen. Möglich gemacht hat das Ganze ein Mann namens Couzens.«

»James Couzens. Geldmensch. Ansonsten ein ziemlicher Sauertopf. Lächelt vielleicht einmal im Jahr. Herrgott, ich freue mich ja so, dich wiederzusehen! Laß dir von dem wunderbaren Mädchen erzählen, das ich kennengelernt habe.«

Im Speisesaal des Ponchartrain nahmen sie ein üppiges Mahl zu sich, bestehend aus Braten, Kartoffeln, Mais, Blumenkohl und Sommerkürbis, Brötchen und Pumpernickel; begleitet wurde das Ganze von mehreren Krügen Bier. Paul wollte wissen, warum sich ausgerechnet Detroit zum Zentrum der Automobilindustrie entwickelt hatte, wo doch die ersten Herstellungsbetriebe über den Mittleren Westen bis nach Massachusetts verstreut waren.

»Es heißt, das sei deshalb gekommen, weil man hier Erfahrung in der Herstellung von Schiffsmaschinen hatte. Man brauchte hier keine neuen Motorenfabriken oder Gießereien, weil sie schon dawaren. Und außerdem gibt es hier genügend Geld. Millionäre, deren Väter mit der Herstellung von Kutschen oder Eisenbahnwaggons reich geworden sind, suchen nach neuen Betätigungsfeldern. Hier in Detroit strebt alles nach vorne. Die Menschen sind bereit, Risiken einzugehen. Mr. Olds, die Dodge Brothers – geborene Spieler.«

Wie Carl Autofahren gelernt hatte? Er grinste. »Heimlich. Jedesmal sechs Fingerbreit weiter.«

Er erzählte, daß er früher in einer Fahrradreparaturwerkstatt in Columbus, Ohio, gearbeitet habe. Ein paar wohlhabende Männer stellten ihre Autos dort unter und fuhren nur bei schönem Wetter aus. Carl beobachtete wochenlang jeden Schritt und jede Handbewegung der Fahrer. Eines Nachts entschloß er sich zu seiner ersten unbeaufsichtigten »Fahrt« in einem Sportzweisitzer, einem einzylindrigen Packard; er fuhr sechs Fingerbreit nach vorne, dann wieder zurück in die Werkstatt, deren Wände nur von wenigen Lichtern erhellt waren.

Zwei Abende später wurde er vom Werkstattbesitzer ertappt. Der Mann bewunderte Carls Mut und Beharrlichkeit und meinte, er solle den Packard am nächsten Tag um den Block fahren; sollte er aber mit einer Beule oder auch nur mit einem einzigen Kratzer zurückkommen, müsse er dafür geradestehen.

»Ich hab' ihm gesagt, daß nichts passieren werde, und es ist auch nichts passiert.«

»Und mit Henry Ford hast du dich gleich verstanden?«

»So kann man das nicht sagen. Ich war fürchterlich nervös, als ich mich bei ihm vorgestellt habe.«

Paul nahm die Zigarre aus dem Mund. »Der Chef der Firma hat persönlich mit dir gesprochen?«

»Na ja, eigentlich war das eine Ausnahme, aber als ich aus Columbus hierherkam, hab' ich Mr. Ford einen Brief geschrieben. Ziemlich krudes Zeug, ich bin ein schlechter Briefschreiber. Ich konnte es kaum fassen, daß er antwortete. Er lud mich zu sich nach Hause ein. Dort erklärte er mir, daß er sich nur selten ums Personal kümmert und wenn, dann nur auf oberster Ebene, aber etwas in meinem Brief habe ihm gefallen.«

»Und was war das?«

Carl lächelte verschmitzt: »Daß man mich in Princeton rausgeworfen hat.« Und er beschrieb diese denkwürdige erste Begegnung mit seinem Arbeitgeber.

Am Abend des Vorstellungsgespräches hatte Carl lange unter einer der frisch ausgetriebenen Ulmen auf der Harper Avenue gestanden. Seine Beine zitterten, und der Magen rebellierte. Er konnte sich nicht erinnern, wann er zuletzt ein solches Nervenbündel gewesen war. Wahrscheinlich hatte er bis jetzt noch keinen Augenblick erlebt, der mit soviel Spannung und Erwartung verbunden war – nicht einmal den, als er sich während einer Schlittenpartie im Beisein von Erwachsenen den ersten Kuß von Hilde Retz geraubt hatte.

Die Harper Avenue war weiß Gott keine ärmliche Gegend, aber sie zählte auch nicht zur feinen Wohngegend. Carl fixierte ein großes, aber einfaches Holzhaus, durchaus nicht das, was man von jemandem erwartet, der angeblich auf dem besten Weg war, ein reicher Mann zu werden. Henry Ford war auf dem Land in der Nähe von Dearborn aufgewachsen, und zwar in Armut, das wußte Carl. Vielleicht hatte er keine Lust, sich mit dem Klüngel der Woodward Avenue einzulassen, der sein Vermögen größtenteils geerbt hatte.

Schließlich nahm Carl alle Kraft zusammen und bezwang seine Angst, das Haus zu betreten. Im Gebüsch um die Veranda zwitscherten die Vögel in der Dämmerung. Eine einfache Frau mit offenem Blick öffnete die Tür, nachdem er geklopft hatte.

»Sie müssen der junge Mann sein, den Henry erwartet. Ich bin Mrs. Ford. Bitte kommen Sie doch rein.«

Der Hauptanteilseigner der Ford Motor Company trat in den Flur, um ihn zu begrüßen. Fords steifer Einsatzkragen hing an einem Knopf, die Krawatte hatte er abgelegt. Er war groß und dürr, hatte ein kantiges Gesicht, große Ohren und durchdringende, tiefliegende Augen. Irgendwie erinnerte er Carl an die Photos von Lincoln aus dem Bürgerkrieg, nur hatte Ford weniger Falten. Er war wohl Mitte Vierzig, schätzte Carl.

»Kommen Sie rein, Carl, nehmen Sie Platz. Möchten Sie eine Tasse Kaffee oder Malto Grape? Das ist ein Fruchtsaft. Etwas Stärkeres servieren wir nicht.«

Im vorderen Wohnzimmer standen eine Menge alter, dunkler Möbel, dazu, ganz im viktorianischen Stil, viele Farne, Fußschemel, Hocker und Schränkchen. Als Carl Platz nahm, im stillen auf ein Kreuzverhör gefaßt, kam ein junger Bursche die Treppe heruntergerannt. Ford winkte ihn her und stellte ihn als seinen Sohn Edsel vor. »Was gibt's, mein Junge?«

»Kann ich den Wagen fahren, Pa?«

»Sicher, aber sei bitte vor Anbruch der Dunkelheit zurück.« Die Eingangstür fiel ins Schloß. Ford sagte: »Feiner Kerl. Unser einziges Kind. Habe ihn nach meinem besten Freund genannt. Hab' ihm mit acht das Fahren beigebracht.« Während er mit den Daumen seine Hosenträger dehnte und wieder zurückschnellen ließ, betrachtete er Carl mit ernstem Blick. »Sie wollen also in unserer Fabrik arbeiten. Warum?«

Carl holte tief Luft und erzählte stockend, aber begeistert, wie fasziniert er von Maschinen, vor allem jedoch von Autos sei. Er erklärte, daß ihm das Fahren ungeheuren Spaß mache, selbst auf holprigen Straßen und bei unfreundlichstem Wetter.

Ford wollte wissen, ob er gebürtiger Detroiter sei. Nein, Chicagoer. Was sein Vater mache? *Ui-ui!*

»Er ist Brauer, Sir. Crown-Bier.«

Ford maß ihn mit einem langen, fragenden Blick. »Habe davon gehört. Es soll Ihnen nicht im Weg stehen bei mir.«

Mrs. Ford brachte ein Tablett mit den mit Malto Grape gefüllten Gläsern herein. Ford lehnte sich zurück und gab ein paar Witze zum besten, während sie an ihren Getränken nippten. Dann zog er einen Brief aus seiner Hemdtasche und überflog ihn. Carl erkannte das Papier wieder. Ford faltete den Brief und beglückwünschte ihn, daß er von Princeton geflogen war. »Ich habe die Schule mit fünfzehn verlassen und bin trotzdem was geworden. Wenn Sie mich fragen, dann ist die ganze Universitätsausbildung nichts weiter als heiße Luft. Emerson sagte: ›Ein Mann trägt alles, was seinem Staat nützen kann, in sich selbst.‹ Haben Sie Emerson gelesen?«

»Nein, Sir, leider nicht.« Ein Literaturprofessor hatte die Lektüre zwar empfohlen, aber Carl hatte lieber Football gespielt.

»Sollten Sie aber.« Ford sprang von seinem Stuhl auf. »Lassen Sie uns auf die Veranda gehen, solange es noch hell ist. Ich sehe gern den Vögeln zu.« Er führte Carl durch die Seitentür hinaus. Die breite Veranda verlief um eine Ecke des Hauses. Ford setzte sich in den Schaukelstuhl, Carl in einen der Korbsessel. Die Luft duftete nach frischgemähtem Gras.

»Haben Sie Fragen, Carl?«

»Sir, haben Sie vielleicht schon eine Idee, welche Art von Arbeit ich machen könnte, wenn …«

»Sapperlot!« Ford sprang mit einem Satz auf und griff nach einem Messingteleskop in einem Korb. Das, was er sah, veranlaßte ihn auszurufen: »Schauen Sie, schauen Sie! Ein Baltimore-Vogel. Ich liebe Vögel.«

Carl drückte das Auge auf das Okular. Im schwindenden Tageslicht sah er etwas Orangefarbenes im Geißblatt aufblitzen, aber sonst nichts. Er murmelte etwas, was anerkennend klingen sollte.

»Da Sie gerne fahren, werden wir versuchen, Ihnen eine Arbeit zu geben, bei der Sie fahren können. Darüber hinaus müssen Sie sich eine Sache gut merken. Ich bestehe darauf, daß sich jeder, der für mich arbeitet, anständig benimmt. Das heißt, weder fluchen noch saufen, keine Handgreiflichkeiten, nichts, was Schande über das Unternehmen oder Sie selbst bringen könnte. Bei uns gilt der Spruch: Bei Ford bauen wir Autos und Männer. Verstanden?«

Carl bejahte.

»Gut.« Ford hob zu einem Monolog an, den er gewürdigt wissen wollte, das sah man ihm deutlich an. »Ford hat eine große Zukunft. Wir sind ein dynamisches Unternehmen in einer dynamischen Branche. Natürlich unterscheiden sich meine Ideen grundsätzlich von denen der anderen Autohersteller. Die wollen gehobene Ansprüche befriedigen. Schnittige Tourenwagen mit eleganten Preisschildern. Nichts für mich. Die Autos, die wir bisher auf den Markt gebracht haben, sind in Ordnung, aber sie kosten immer noch zuviel. Ich möchte einen einfachen Wagen bauen, der robust, zuverlässig, schnell und dabei so preisgünstig ist, daß ihn sich Millionen leisten können. Genau da sehe ich unsere Chance, viel Geld zu verdienen – indem wir ein Auto für die Massen herstellen und nicht für die oberen Zehntausend.«

Er fuhr sich mit dem Finger über die Unterlippe und lächelte. Es war ein seltsames Lächeln, kalt und zynisch.

»Sie halten mich für verrückt, die reichen Säcke von Grosse Pointe. Ich weiß, wie sie mich nennen. Henry den Einfaltspinsel. In ihren Augen bin ich ein Stümper, der in seinem ganzen Leben nicht eine einzige brauchbare Idee hatte. Aber wir werden ja sehen. ›Groß zu sein, das bedeutet, mißverstanden zu werden‹, hat Emerson gesagt. Ich habe in meinem Leben einen Zweck zu erfüllen. Es ist nicht mein erstes Leben, müssen Sie wissen. Wir alle haben schon einmal gelebt, vielleicht sogar mehrmals.« Im abendlichen Dämmerlicht und beim Gesang der Zikaden stellten sich Carls Nackenhaare auf. Ford sagte in normalem Tonfall die verrücktesten Dinge.

»Ich glaube, daß ich in meinem letzten Leben Soldat war und am ersten oder zweiten Juli 1863 in Gettysburg gefallen bin. Mein jetziges Leben begann am Ende desselben Monats, am dreißigsten Juli. Ein Leben geht in das andere über, ganz ähnlich den Jahreszeiten.«

Carl war wie betäubt, er hatte nicht die leiseste Ahnung, was er sagen sollte. Eine Antwort blieb ihm jedoch erspart, weil genau in dem Augenblick eine Telephonglocke läutete. Fords Frau rief ihn durch das Fliegengitter. »Notier die Nummer, Clara. Ich rufe zurück.«

Noch einmal schüttelte Ford Carl die Hand. »Melden Sie sich Montag, sieben Uhr, bei der Personalabteilung.«

»Ich danke Ihnen, Mr. Ford. Danke vielmals.«

»Seien Sie pünktlich. Die Personalabteilung wird Ihre Papiere ausstellen und Ihren Lohn festlegen. Um ehrlich zu sein, gefällt mir Ihre Art. Merken Sie sich nur, was ich über das Verhalten sagte, das wir hier erwarten. Es gibt keine Ausnahmen. Mögen Sie vielleicht eine Zigarre, bevor Sie gehen?«

»Nein, danke, eigentlich – sicher doch, danke.«

Ford reichte ihm eine Zigarre, während sie zurück ins Haus schlenderten, und hielt ihm ein brennendes Streichholz vor die Nase. Carl paffte. Die Zigarre hatte einen eigentümlichen Geschmack, wie Tabak, der mit irgendeiner Chemikalie versetzt wurde. Er hatte das Gefühl, trotzdem etwas Anerkennendes sagen zu müssen. Er wollte es gerade tun, als die Zigarre explodierte.

Ford schlug sich auf die Schenkel und schüttelte sich vor Lachen. Seine Frau kam herbeigerannt. »Oh, nein, Henry! Doch nicht dieser nette junge Mann! Mein Mann spielt anderen furchtbar gerne Streiche«, entschuldigte sie sich.

Im Spiegel des Flurs sah Carl seine versengten Augenbrauen und die aufgeplatzte Zigarre, die ihm wie eine exotische Blume an den Lippen hing. Er nahm die Zigarre aus dem Mund und sagte: »Ja, Ma'am, das sehe ich.«

»Ein Mann muß Sinn für Humor haben«, erklärte Ford. »Das ist ein Zeichen für guten Charakter. Spaß muß sein. Sie nehmen es doch nicht übel?«

»Nein, Sir.« Er fragte sich allerdings, wie lange es dauern würde, bis seine Augenbrauen nachgewachsen wären.

»Also dann, danke für Ihren Besuch. Und nicht vergessen: Gehen Sie in die Bücherei. Lesen Sie Emerson! Gute Nacht!«

In der Eingangshalle des Hotels Ponchartrain sagten sich die Vettern gute Nacht. Vom guten Essen und vom Bier war Paul ein wenig müde, so daß er das Gefühl hatte, er könne noch etwas frische Luft vertragen. »Ich begleite dich nach Hause, wenn du nicht gerade im nächsten County wohnst.«

»Es ist nur eine Meile. Nördlich von Gratiot. Was früher das Kentucky-Viertel war. Nichts Besonderes. Eine Pension für alleinstehende Männer. Die Umgebung sieht etwas heruntergekommen aus.«

»Na und? Ich bin in einer heruntergekommenen Gegend groß geworden.«

Sie spazierten auf der Woodward vorbei an dunklen Bürogebäuden und erleuchteten Kneipen. »Wann wird dein Buch hier bei uns erscheinen?« fragte Carl.

»Du weißt davon?«

»Mama hat's mir geschrieben.«

»Nächsten Winter.« Paul hatte das Buch mit Absicht nicht erwähnt. Carl führte offenbar ein ziemlich zielloses Leben, war nachgiebig gegen sich, ohne klare Vorstellungen von seiner Zukunft. Hätte er von seinem Buch gesprochen, hätte Carl es leicht als Prahlerei auslegen können. Paul mochte seinen Cousin zu sehr, um ihn zu kränken.

Da hätte er sich indes keine Sorgen zu machen brauchen. »Das freut mich. Ich werde es sofort nach Erscheinen lesen. Ich bin stolz auf dich. Die ganze Familie ist stolz.«

Carl hatte, was die Gegend anbetraf, nicht übertrieben. Auf beiden Seiten der mit Abfall übersäten Antoine Street standen häßliche Zweifamilienhäuser, von denen die Farbe abblätterte, deren Stufen oder Verandageländer kaputt waren und in deren Gärten das Unkraut wucherte. Die Laternen an den Straßenecken tauchten alles in ein trübes Licht. Irgendwo schrie ein Baby, jemand zupfte an den Saiten eines Banjos. Aus der Dunkelheit drang das Knurren eines Straßenköters. Seine Augen funkelten wie gelbe Steine.

Ein Blick in die kleinen Gassen, die zwischen den Häusern verliefen, genügte, um die Hütten zu sehen, die offenbar bewohnt waren; in mehreren brannte Licht. Paul war deprimiert.

Eine weiße Frau in einem quietschenden Schaukelstuhl sah ihnen nach, als sie vorbeischlenderten. Im nächsten Garten spielten zwei schwarze Kinder. »Die Straße ist sozusagen ein gemischtes Viertel«, erklärte Carl. »Man wohnt hier billig. Mein Mechaniker Jesse ist Neger. Er hat zwei Straßen weiter ein kleines Haus. Bei ihm ist es ordentlicher als bei den meisten von denen.«

»Vertragen sich Farbige und Weiße?«

»Eigentlich ja. Der meiste Ärger kommt von draußen. Irische Banden ziehen hier durch und verprügeln Leute nur so zum Spaß. Dort drüben wohne ich.« Er deutete auf ein Holzhaus an der Straßenecke. Ein Mann lag flach hingestreckt auf der Veranda. Eine Frau beugte sich weinend über ihn. »Du, das ist meine Vermieterin.«

Carl rannte voraus. Paul folgte ihm mit schnellen Schritten und trat durch das Gartentor in dem niedrigen weißen Zaun, dem mehrere Latten fehlten. Der Mann auf der Veranda hob den Kopf und versuchte aufzustehen. Blut rann aus seinem Mund. Ein paar der oberen Zähne hingen nurmehr an roten Fäden. Ein Auge war zur Größe eines Hühnereis angeschwollen. Der Mann fiel der Länge nach wieder hin. »Verdammt, tut das weh. Ich glaube, ich habe mir eine Rippe gebrochen.«

»Mrs. Gibbs, was ist Ned passiert?« fragte Carl aufgeregt.

Mrs. Gibbs schluchzte. »Er kam erst spät von der Arbeit nach Hause. Er erzählte, sie hätten ihm an der Ecke aufgelauert und in die Gasse hinterm Haus gezerrt. Ich hatte bereits die Hintertür abgeschlossen, darum mußte er sich ums ganze Haus schleppen. Er hat nach mir gerufen, aber nicht laut genug. Erst vor fünf Minuten hab' ich ihn hier gefunden.«

»Wer war es? Eine dieser Banden?«

Nach dem vergeblichen Versuch, den Kopf zu heben, versuchte der Verletzte zu fluchen. Er spuckte jedoch nur noch mehr Blut.

»Klar doch, die Banden«, entgegnete die Frau bitter. »Eine Bande im Auftrag der E. A., das war's. Der Vorarbeiter hat Ned gedroht, ihn zu entlassen, weil er angeblich Ärger stiftet. Sie kennen ja meinen Ned, zu unverblümt für einen einheitlich gewerkschaftlich organisierten Betrieb. Er hat keine Angst, den Mund aufzumachen.«

»Detroit ist eigentlich eine Stadt mit offen-gewerkschaftlich organisierten Betrieben«, sagte Carl zu Paul. »Aber die E. A. kann bei Durchsetzung der Betriebsoffenheit ziemlich ungemütlich werden.«

»Was ist E. A.?«

»Employers' Association of Detroit, eine Arbeitgebervereinigung.«

»Hast du auch schon Ärger mit denen gehabt?«

»Nicht bei Ford. Aber mein Mechaniker in seiner Gießerei. Entschuldige, Paul, ich werde hier gebraucht. Es war ein schöner Abend.«

»Ich helfe dir, ihn reinzutragen.«

Vorsichtig hoben sie den stöhnenden Mann hoch. Mrs. Gibbs hielt ihnen die Tür auf. Sie legten Gibbs auf ein schmuddeliges Bett in einem übelriechenden Schlafzimmer. Mrs. Gibbs bat Carl, Dr. Stein zu holen.

»Ich sehe dich dann morgen früh«, verabschiedete sich Paul beim Hinausgehen. Er wandte sich in Richtung Fluß. Carl schlug die entgegengesetzte Richtung ein.

In der Stille der Nacht schlenderte Paul zum Ponchartrain zurück. In der Ferne knatterte ein Auto. Oder war es ein Schuß aus einer Pistole? Ein paar Minuten später legte eine kreischende Sirene die Antwort nahe.

Eine aufgetakelte Hure sprach ihn an. Ohne den Blick zu heben, bedeutete er ihr mit einem Wink seiner Zigarre zu verschwinden. Auf der Leinwand in seinem Kopf sah er die weinende Vermieterin und das Blut, das aus dem Mund ihres Mannes lief. Die aufstrebende Autometropole Detroit war nicht so friedlich, wie es dem ersten Anschein nach schien.

20. MODELL T

Am Freitag morgen fuhr Paul in einem Taxi zur circa drei Meilen nördlich des Stadtzentrums gelegenen Ford-Fabrik in der Piquette Avenue. Riesige weiße Buchstaben am Eingang des Backsteingebäudes verhießen die HEIMSTÄTTE DES BERÜHMTEN FORD-AUTOMOBILS.

Die Fabrik war ungefähr einhundertdreißig Meter lang und zwanzig oder dreißig Meter breit, genauso langweilig und trostlos wie alle anderen Fabriken der Welt. Durch die offenen Fenster drang das Geräusch von schweren Hämmern, die auf Metall niedersausten, das Summen und Surren von Maschinen und Bändern, Geräusche, die sich zu einer Kakophonie verdichteten und Paul wünschen ließen, er hätte Ohrstöpsel mitgebracht. Die Luft bestand aus Ausdünstungen von Motorenöl, Benzin, Farbe und Gott weiß was. Auf einem Lagerplatz zu seiner Linken standen mehrere kastenförmige schwarze Autos nebeneinander. Eben tauchte ein weiteres hinter dem Gebäude auf, fuhr durch das Tor und hielt. Der Fahrer lief zum Gebäude zurück. Es war nicht Carl.

Paul rückte seine Krawatte zurecht und schleppte seinen Koffer zum Fabrikeingang. Ein mit Achsen beladener Lastkraftwagen fuhr langsam hinter ihm her. Auf der Seite des Wagens stand in großen Lettern DODGE BROS.

Er betrat des Gebäude, wandte sich nach links und steuerte, vorbei an einem Glaskabuff mit Stenotypistinnen und Schreibern, auf einen kleinen Empfangsbereich am Ende der Korridors zu. Dort fragte er nach James Couzens, dem Mann, der für Finanzen, Buchhaltung, Versand, Werbung und Verkauf zuständig war. Carl hatte ihn vor Couzens gewarnt, hatte erzählt, daß zwar alle in der Firma Henry Ford mochten, aber Couzens, dessen Geliebte der Bilanzbogen war und der explodieren konnte wie ein Vulkan, von den meisten gefürchtet und gehaßt werde.

Paul saß auf einer Bank und blätterte zwei Ausgaben des *Motor Age* durch, bevor Couzens aus einem Büro trat. Er war

klein und dick, trug einen Kneifer auf der Nase und strahlte
kalte Überheblichkeit aus. Ohne ein Lächeln schüttelte er Paul
die Hand.

»Werden Sie lange brauchen?«

»Ich glaube nicht. Das Licht heute morgen ist ziemlich gut.«

»Innen dürfen Sie nicht filmen, wir müssen unsere Werks-
geheimnisse schützen.«

»Das haben Sie bereits in Ihrem Brief erwähnt.«

Couzens tat, als habe er Paul nicht gehört. »In unserer Fabrik
wird hart gearbeitet. Wir stellen täglich fünfundzwanzig Autos
her.«

»Mr. Couzens, meine Filme werden in Hunderten von Filmtheatern in den Vereinigten Staaten und in Europa gezeigt. Ich
dachte, Ihre Firma wäre an einer kostenlosen Reklame für das
Modell interessiert«, erwiderte Paul leicht verstimmt.

»Henry ist es, der Reklame will. Er hat den Termin mit Ihnen
vereinbart. Ich war nur Handlanger.«

»Vielleicht sollte ich besser mit ihm reden.«

»Ich führe Sie hinauf. Er ist in der Lackiererei. Sie können
Ihren Koffer hierlassen. Folgen Sie mir.«

Couzens führte ihn durch den Korridor, vorbei am Haupt-
eingang. Er zeigte sich überraschend gesprächig, als er Paul
im Vorbeigehen auf verschiedene Dinge aufmerksam machte.
»Personalbüro. Maschinenwerkstatt. Lager. Hier befinden sich
Dämpfer, Trittbretter, Verdecke, Lenksäulen. Das hier ist der
Versand. Und das die elektrische Abteilung – magnetisches Mon-
tageband.«

Er drückte auf eine Klingel, um einen Frachtaufzug herbei-
zuholen. Paul sagte: »Mein Cousin arbeitet hier. Carl Crown. Er
ist Fahrer.«

»Den Namen habe ich schon gehört.«

»Wissen Sie zufällig, wo er im Moment ist?«

»Wir haben hier dreihundertsechsundvierzig Beschäftigte,
ich kann unmöglich jeden einzelnen im Auge behalten.«

Der knatternde Aufzug kam. Couzens öffnete die Tür. Sie
blickten auf ein glänzendes schwarzes Modell T mit laufendem
Motor. Sie mußten zur Seite treten, als das Auto über den breiten
Gang zum Tor hinausrollte. »Wo kommt das denn her?« erkundigte sich Paul.

»Produktion. Die ist ganz oben.« Couzens zog die Tür zu und drückte auf einen Knopf. Langsam wurde Paul ärgerlich. Couzens war ein stumpfsinniger Buchhalter, der bestimmt nichts von der Wirkung von Filmen verstand.

Da Henry Ford die mit gefährlichen Dämpfen gefüllten Lackierkabinen im zweiten Stock inzwischen verlassen hatte, traten Paul und Couzens den Rückweg an, durch eine weitere große Maschinenwerkstatt, einen Lagerraum für Rahmen und Achsen, eine Halle, in der Fahrgestelle montiert wurden. »Design- und Versuchsraum«, sagte Couzens, während er Paul die Tür zu einem Gebäudeteil aufhielt, der sowohl Büro als auch Konstruktionsraum war; Zeichentische und Tafeln waren bedeckt mit Schaubildern und Darstellungen von Autoteilen.

»Na so was. Henry ist mal wieder da, wo man ihn zuletzt vermuten würde.«

In Fords Eckbüro standen neben einem einfachen Schreibtisch nur noch ein paar Gebrauchsmöbel. Ford, der sie kommen sah, sprang auf und eilte mit energischen Schritten auf sie zu. Alle Männer im Raum arbeiteten hier in Hemden, nur Ford trug Weste und Rock.

»Sie müssen Paul Crown sein! Henry Ford. Sehr erfreut, Sie kennenzulernen.« Sie schüttelten einander die Hand. »Ich kümmere mich um ihn, Jim.«

»Gut. Ich habe zu arbeiten.« Couzens machte eine Kehrtwende wie ein Soldat und marschierte ohne Abschied davon.

»Ich habe ein Modell T im Aufzug gesehen, Mr. Ford. Wie kommt der Wagen bis jetzt an?« erkundigte sich Paul.

»Nennen Sie mich Henry. Oder Hank. Die Akzeptanz könnte gar nicht besser sein. Vor einer Woche haben wir unsere erste Anzeige aufgegeben. Daraufhin gingen mit der Samstagspost mehr als tausend Anfragen ein. Die ganze Woche über trafen hier Umschläge mit Bargeld ein. Es ist der Preis, verstehen Sie? Unser Tourenwagen Modell F kostete tausend Dollar. Das Modell K, ein Sechszylinder mit Drehmomentantrieb, ganze zweitausendachthundert. Diese Wagen habe ich für die Anteilseigner gebaut, weil sie mit der Faust auf dem Tisch darauf bestanden haben. Aber das Modell T baue ich für mich selbst. Der Preis ist niedrig, aber wir werden ihn noch weiter senken. Kommen Sie, ich zeige Ihnen alles.«

»Wenn es nicht zuviel Mühe macht.« Die Bemerkung klang unerwartet schroff.

»Zuviel Mühe, unser bestes Stück vorzuführen? Das kann nur ein Scherz sein.«

Ford legte den Arm um Pauls Schulter, als wären sie alte Freunde. Hätte der Mann einen Overall und derbe Schuhe getragen, man hätte ihn ohne weiteres für einen Bauern halten können. Aber er hatte Charme. Und der wirkte auf Paul wie ein Spezialmittel aus der Apotheke. Sein Unmut zerplatzte wie eine Seifenblase und war vergessen.

Der dritte Stock war mehrfach unterteilt; in einem Teil wurden Holzmodelle angefertigt, in einem anderen lagerten Fahrgestelle und Achsen. Der restliche Platz diente der Endfertigung. Fahrgestelle mit Rädern und Motoren standen sich in zwei Reihen gegenüber. Die Reihen erstreckten sich entlang des breiten Mittelgangs bis nach hinten. Die Wagen, in deren Nähe Paul und Ford standen, waren noch ziemlich unfertig.

In der Montagehalle herrschte höllischer Lärm, alle wuselten wie Arbeitsbienen aufgeregt durcheinander. Mehrere Gruppen von Männern schoben Rollwagen durch den Mittelgang, blieben stehen, um eine Stoßstange oder ein Armaturenbrett aus dem Wagen zu nehmen und zu montieren, bevor sie den Rollwagen zum nächsten Auto schoben. Am vorderen Ende der Reihe fuhr ein fertiges Modell T in den Aufzug. Ford versorgte Paul mit den nötigen Informationen.

»Auf dem Zeichenbrett entsteht gerade eine neue Fabrik. Über zweihunderttausend Quadratmeter. Alles auf einer Ebene. Viel mehr Tageslicht in den Arbeitsbereichen. Der Architekt heißt Kahn. Im allgemeinen mag ich Juden nicht, aber Kahn ist in Ordnung. Sie sind nicht zufällig Jude, oder? Dem Aussehen nach könnten Sie einer sein.«

»Ich komme aus Deutschland, aber ich bin kein Jude, sofern das von Bedeutung ist.«

Ford schenkte dem Sarkasmus keine Beachtung oder verstand ihn schlichtweg nicht. »In der neuen Fabrik werden wir die Teile auf andere Weise zum Auto schaffen als bisher, es ist ein neues System. Mit dem bisherigen können wir nicht genügend Autos herstellen. Ich habe Jahre gebraucht, um zu begreifen, daß die Produktion der Schlüssel zu diesem Spiel ist. Will man viele Autos bauen, braucht man andere Mittel, als wenn man einen einzigen Prototyp baut. Uns geht es um Masse. Meine Philosophie lautet: Baue viele Autos für viele Menschen, und du verdienst viel Geld. Manche Leute in der Stadt halten mich für verrückt. Aber ich werd's ihnen zeigen.«

Sie schlenderten an weiteren Gruppen von Arbeitern vorbei, die messinggerahmte Windschutzscheiben, Scheinwerfer und Seitenlichter montierten. Paul bemerkte, daß nirgendwo Abfall herumlag, der Fußboden des Mittelgangs lasiert und die Fensterscheiben sauber waren. »Kann Schmutz nicht ertragen«, sagte Ford. »Hab' ich von meiner Mutter geerbt. Lassen Sie uns runtergehen, unten steht ein Auto, das Sie aufnehmen können.«

Paul holte seine Kameratasche, und gemeinsam verließen sie das Gebäude durch die Hintertür. Er stellte seine Kamera auf einer großen freien Fläche auf, während Ford erklärend auf das Kraftwerk und die Lackierhalle deutete. Aus dem dritten Gebäude, das kaum mehr als eine Hütte war, drang unregelmäßiges Dröhnen. Als Paul sein Stativ aufstellte, kam ein Mann aus der Hütte gestolpert und brach, nach Luft ringend, im Gras zusammen. Pauls fragender Blick forderte eine Erklärung. Zum ersten Mal schien Ford zu zögern.

»Das ist der Testraum für Motoren. Wir stellen den Vergaser ein, vergewissern uns, daß er auf allen vier Zylindern läuft. Im Moment fehlt uns noch die Vorrichtung, um das Kohlenmonoxyd herauszuleiten. Deshalb passiert es immer wieder, daß wir einen der Männer herausziehen müssen, damit er an der frischen Luft wieder zur Besinnung kommt.«

Ein schwarz glänzendes Auto wartete fertig in einem Lagerraum der Fabrik. Paul schob den Schirm seiner Schiebermütze nach hinten. »Ich bin soweit.« Er fing an zu kurbeln. »Bringen Sie ihn raus.«

Ein Fahrer steuerte das Modell T in den Sonnenschein und drehte eine Runde vor der Kamera. Paul filmte die gleiche Sequenz noch zweimal. Dann bat er den Fahrer, den Motor mittels Starterklappe und Kurbel anzulassen. In der Zwischenzeit hörte Ford nicht auf, die Vorzüge des Autos herunterzubeten: »Zylinderblock aus einem Guß, haltbarer Vanadium-Stahl, einzigartiger Schwungradmagnet«. Da Paul nichts von alledem filmen

konnte, entschieden sie sich, auf den Preis einzugehen, indem
Ford mit einer großen Tafel ins Bild trat. Er setzte die Tafel ab
und lehnte sie an die Kühlerhaube. Unter dem blauen, ovalen
Firmenemblem mit dem in zierlicher Schrift gehaltenen Wort
»Ford« stand in fetten Buchstaben: FORD MODELL »T«
NUR 825$!

Ford bewegte sich vor der Kamera wie ein geborener Schauspieler. Mit großer Geste deutete er auf die Tafel. Paul winkte.
»Sehr gut!« Bevor er noch etwas anderes vorschlagen konnte,
machte Ford ein paar Schritte zurück, um vor dem Modell T ein
perfektes Rad zu schlagen. Dann wippte er auf den Zehenspitzen und grinste. Paul lachte. »Wunderbar!« Der Mann hatte
zweifellos den richtigen Instinkt, wenn es darum ging, sich
selbst in Pose zu setzen.

Es war heiß geworden, und Paul wischte sich mit dem Ärmel
den Schweiß von der Stirn. »Ich würde gern ein paar Bilder vom
Dach aus machen. Sie brauchen nicht mitzukommen, das schaff
ich allein.«

»Darf ich Ihnen zum Abschied ein kleines Andenken überreichen?« Ford überreichte ihm ein kleines in Papier gebundenes
Buch mit dem Titel *Goldene Worte der Inspiration* von R. M. Emerson. Auf dem Einband prangte Fords Unterschrift.

»Es stehen kluge Sachen drin, Paul. Anspruchsvolle Dinge
über Moral und anderes. Ich lasse die Büchlein auf eigene Kosten drucken.« Er klopfte auf den signierten Einband. »Damit
Sie mich und meine Autos nicht vergessen.«

»Das wäre unmöglich, Henry. Sie sind der geborene Re-
klamemensch.«

»Ja, ja, das habe ich schon von anderen gehört. Ich muß gestehen, daß ich gerne mit der Presse rede.«

»Und Ihre Beinarbeit ist auch nicht schlecht.«

»Haben Sie nie Volkstänze getanzt? Nein? Das ist jammer-
schade, es ist ein ganz unschuldiges Vergnügen. Also dann, Paul,
auf Wiedersehen und danke, daß Sie gekommen sind. Ich kann
es kaum erwarten, Ihre Aufnahmen zu sehen.«

»In zwei bis drei Wochen kommen sie in die Filmtheater«,
sagte Paul. Während sie plaudernd zum Lagerraum zurückgingen, erwähnte Paul nebenbei auch Carl.

»Das ist Ihr Cousin? Ich habe ihn persönlich eingestellt. Er hat Humor, und das gefällt mir an einem Mann. Sein Chef meint, er habe keine Freunde in der Fabrik, er sei eher ein einsamer Wolf. Brauchbarer neuer Ausdruck. Habe ihn vorgestern zum ersten Mal gehört. Ihr Cousin ist ein harter Arbeiter. Natürlich ist eine interessante Arbeit niemals hart, wußten Sie das? Ich lasse ihn suchen.« Eilig marschierte Ford auf das Gebäude zu. Sein Gang erinnerte Paul an einen erschöpften Storch. Er war ein Energiebündel, vertrat aber einige seltsame Ansichten; Carl hatte Paul von Fords Wiedergeburtstheorie erzählt. Und was seine Abneigung gegen Juden betraf, woher mochte die wohl rühren? Paul hatte festgestellt, daß Menschen vom Land häufig dieser Ansicht waren. Die Leute aus dem Mittleren Westen begegneten nicht nur den Juden mit Mißtrauen, sondern auch den Bankiers von der Wall Street, Journalisten, Malern und Dichtern – einfach allem, was aus dem Osten kam.

Als Paul seine Sachen zusammenpackte, trat Carl aus dem Gebäude. »Ich habe gerade einen Wagen nach Dearborn geliefert. Gegen Mittag fahre ich einen zweiten nach Flint.«

»Ich nehme heute noch den Zug nach Chicago.«

»Wirst du die Familie besuchen?«

»Selbstverständlich.«

»Gib Mama einen Kuß, und drück sie fest von mir. Und sag dem General, daß es mir gutgeht.«

»Das sieht man dir an. Glaubst du, du wirst in Detroit bleiben?«

Überrascht von der Frage, legte Carl den Kopf zur Seite und überlegte. »Ich hab' noch nie irgendwo an Bleiben gedacht. Das liegt mir einfach nicht im Blut. Aber dieses Mädchen, das ich kennengelernt habe – Tess –, könnte mich dazu bringen, meine Meinung zu ändern.«

21. VOM PECH VERFOLGT?

Am Montag der dritten Probenwoche unterbrach Manchester in
der siebten Szene des ersten Akts, die auf Macbeth' Schloß
spielt, um mit Eustacia Van Sant zu sprechen.

»Madam, Ihre Sprechweise ist zu langsam. Die Frau des Than
von Cawdor ist die treibende Kraft in diesem Akt. Sie treibt
ihren Mann unbarmherzig weiter. Nur er zögert.«

Eustacia war nicht gewillt, eine Rüge vor versammelter
Mannschaft hinzunehmen. »Ich interpretiere die Rolle auf
meine Art.«

»Das kann schon sein, Madam. Aber ich möchte Sie daran
erinnern, daß ich den Federhalter besitze, mit dem die Gagen-
schecks unterzeichnet werden.«

»Damit können Sie mir nicht drohen, Sie mieser, kleiner Dik-
tator.« Sie stürmte von der Bühne.

Fritzi eilte in die Garderobe ihrer Freundin und redete ganze
zehn Minuten lang auf sie ein. »Er ist reizbar. Das ganze Gewicht dieser Produktion liegt auf seinen Schultern, nicht nur die
Hauptrolle.« Eine halbe Stunde später kehrte Eustacia ohne ein
Wort der Entschuldigung auf die Bühne zurück. Manchester
warf Fritzi einen dankbaren Blick zu, und die Probe wurde fortgesetzt, auch wenn der Waffenstillstand gefährdet war. Wenig
Trost für Fritzi. Mit jedem Tag, den die Premiere näher rückte,
wurden die Nerven gespannter, der Geduldsfaden kürzer, die
Stimmung gereizter.

Am Nachmittag bestand Manchester jeweils auf einer kurzen
Pause, und an diesem Montag trug Fritzi ihren Kaffee in den Aufenthaltsraum. Sie unterhielt sich mit einigen ihrer Kollegen, als
ein Schrei ihre Gespräche unterbrach. »Verschwinden Sie aus
diesem Zimmer, Sie alter Idiot!«

Als sie sich durch die Tür auf den Korridor gezwängt hatten,
sahen sie Scarboro, der seinen Zorn an Mr. Allardyce ausließ.
Scarboro hatte sich schon des öfteren darüber beschwert, daß er

sich mit dem alten Schauspieler eine Garderobe teilen mußte, obwohl dessen Rolle des Pförtners seiner Meinung nach weit unter der des Banquo stand.

Allardyce blinzelte und wankte. Fritzi roch Gin. »Hören Sie, Scarboro, es tut mir wirklich leid …«

Ida Whittemeyer fuhr dazwischen. »Einen Moment bitte! Mr. Scarboro, Ihre Ausfälle sind beleidigend.«

»Das ist mir scheißegal. Dieser alte Säufer hat meine Garderobe betreten und seinen Text vor sich hin gemurmelt. *Den Text dieses Stückes sagt man nirgendwo laut, außer auf der Bühne.*«

Mr. O'Moore schnaubte. »Und was soll er Ihrer Meinung nach tun, soll er sich vielleicht die Pulsadern aufschneiden?«

»Er weiß, was er zu tun hat. Eine der Beschwörungsformeln aufsagen. Zitieren Sie die Zeile aus dem *Kaufmann von Venedig*, Allardyce.«

Betrunken und verwirrt antwortete der alte Schauspieler: »Ich hab' sie vergessen.«

»Dann stellen Sie sich vor die Garderobentür, drehen sich dreimal im Kreis, spucken, klopfen dreimal an die Tür und bitten noch mal um Einlaß.«

»Was für ein Blödsinn«, rief O'Moore. »Mr. Denham hat recht. Ich sag' Ihnen was, Scarboro. Ich sage jeden Text so laut und wo und wann ich will. *Ist das ein Dolch, was ich da vor mir seh', den Griff zu meiner Hand?*«

»Nein!« schrie Scarboro.

»*Komm, laß dich packen: Ich hab' dich nicht, und doch, ich seh' dich doch.*«

Scarboro stürzte sich auf O'Moore und stieß dabei Sally Murphy an die Wand. Mit einem kräftigen Schwinger schlug er Mr. O'Moore zu Boden. Fritzi vernahm ein schreckliches Krachen. Sich vor Schmerzen krümmend, fuhr O'Moore mit der Hand an den Kiefer. »Ich kann nicht aufstehen. O mein Gott, ich glaube, ich habe mir was gebrochen.«

Um fünf Uhr war Mr. O'Moore mit geschientem Kiefer im Krankenhaus, Manchester hatte Scarboro gefeuert, und der demoralisierten Truppe fehlten ein Rosse und ein Banquo. Als Fritzi und Mrs. Van Sant das Theater verließen, meinte die ältere Schauspielerin: »Ich glaube, ich sollte mir ein Paar neue Schuhe kaufen.«

»Schuhe? Aber Sie haben mir im Hotel doch mindestens zwanzig Paar vorgeführt.«

»Billige Schuhe, meine Liebe. Schuhe, die quietschen. Quietschende Schuhe auf der Bühne sollen angeblich bösen Zauber bannen. Allmählich fange ich auch an zu glauben, daß wir verhext sind.«

Der Mittwoch bescherte ihnen Mr. Charles Seldon, den neuen Rosse. Ihr Banquo, mit bürgerlichem Namen Bruno Gertz, erschien am Freitag. Er war ein enttäuschendes Häufchen von einem Mann mit einer dünnen Stimme. Es nützte nichts, daß er die Rolle perfekt beherrschte, sein Aussehen war einfach deprimierend.

Auch in der folgenden Woche zeichnete sich keine Besserung der Lage ab. Zwischen Ida Whittemeyer, die eine etwas ältere, als vorgeschrieben, Lady Macduff spielte, und ihrem Sohn, dargestellt von einem unangenehmen Knaben namens Launcelot Buford, war es zu unerträglichen Spannungen gekommen. Während der Probe hatte er Ida beschuldigt, ihn nicht zur Geltung kommen zu lassen. Als sie lachte, hatte er ihr eins gegen das Schienbein versetzt. Sie holte zu einer Backpfeife aus. Manchester war verzweifelt und strich die Probe der Szene.

Als sie am nächsten Tag erneut geprobt wurde, wartete Miss Whittemeyer mit einer neuen Taktik auf. Sie nahm den Jungen an der Hand, um Einigkeit zu demonstrieren. Launcelot sah nach unten und stieß einen gellenden Schrei aus. Eine große braune Kröte sprang auf und suchte aufgeregt nach einem Versteck.

Die Mörder krümmten sich vor Lachen. Der Junge war vollkommen hysterisch. Mrs. Buford kam wutentbrannt auf die Bühne zugeschritten, um Ida zur Rede zu stellen. Sie drohte ihr mit ihrem Schirm. Es dauerte eine Stunde, bis Manchester die beiden so weit hatte, daß sie bereit waren, über Waffenruhe zu verhandeln.

Wie er es schaffte, inmitten dieses Tumults seine eigene Rolle einzustudieren, war Fritzi schleierhaft. Sie tippte auf Erfahrung, gepaart mit Verzweiflung. Voller Bewunderung hörte sie sich von der Kulisse aus seine herrliche Rede im fünften Akt an. »Und morgen und dann morgen und dann morgen, so kriecht's im

Schleicheschritt ... Aus, aus, klein Kerzlein! ... Ein armer Komödiant, der seine Zeit abstolzt und abschnauft auf der Bühne ... Eine Mär nie mehr gehört wird dann, aus einem Tölpelmund, voll von Getön und Toben, und bedeutet nichts.«

Die Rolle des Macbeth' war schwierig und zudem körperlich anstrengend. Manchester spielte nicht nur brillant, sondern behauptete seine Stellung auch in den Duellen. Wenn er spielte, vergaß man sein Alter, seinen Wanst, seine O-Beine. Er *war* der zum Untergang verurteilte König. Als er starb, kroch Fritzi eine Gänsehaut über den Rücken.

»So Dank, Dank all' und jedem heute schon«, sprach Daniel Jervis am Schluß. Malcolms allerletzte Worte wurden jedoch nicht geprobt; einem weiteren Aberglauben zufolge wurden die dunklen Mächte dadurch verärgert, daß die Menschen sich einbildeten, perfekt zu sein, weshalb beschlossen wurde, den letzten Satz bis zur Premiere nicht auszusprechen.

Der in seinem Kostüm arg schwitzende Manchester rappelte sich hoch. Fritzi und ihre Kollegen brachen in spontanen Beifall aus.

Am Montag der letzten Probenwoche meldeten sich vier Bühnenarbeiter zur Arbeit. Bis auf den einen, der sich als Mutt vorstellte, handelte es sich um unauffällige Burschen. Ob Mutt sein Vor- oder Nachname war, wußte keiner zu sagen.

Mutt neigte zu einem wiegenden Gang, außerdem hatte er die Angewohnheit, sich als Chef seiner drei Kollegen aufzuspielen. Befehle von Simkins und Manchester nahm er nur mit vielen Widerworten und gemurmelten Kommentaren entgegen. Bei den Damen des Ensembles erregte Mutts hübsches Gesicht jedoch einiges Aufsehen. Nach Beendigung der Montagsprobe versuchte er mit Sally Murphy anzubandeln. Sie verließen das Theater gemeinsam.

Am nächsten Tag erschien Sally mit geröteten Wangen und verschlafenem Blick in der Garderobe. Mutt erwähnte sie mit keinem Wort. Der erwies sich als sehr unbeständig, denn die Mittagspause verbrachte er in der hintersten Reihe Stirn an Stirn mit Launcelot Bufords Mutter. Sally Murphy überquerte mehrmals die Bühne und spähte nach hinten. An diesem Abend verließ Mutt das Theater mit Mrs. Buford.

Am Mittwoch stieg die Temperatur. Die Probe wurde zu einer
schweißtreibenden Quälerei. Manchester beschwerte sich über
das langsame Wegschaffen des Bankettmobiliars im dritten Akt.
Mutt lud die Schuld auf einen der anderen Bühnenarbeiter ab,
der ihn daraufhin zum Teufel wünschte. Mutt packte den Mann,
hob ihn hoch, schleuderte ihn zu Boden und trat mit den Füßen
auf ihn ein, bis sich Simkins dazwischenwarf. »So etwas dulden
wir hier nicht.« Er stieß Mutt zur Seite. Mutt starrte Simkins an
und versetzte ihm einen Stoß.

Der Inspizient beschwerte sich bei Manchester. Hinter vorgehaltener Hand drängte Simkins Manchester mit leiser Stimme,
energisch durchzugreifen. Fritzi hörte, wie Manchester sagte:
»Ich rede mit ihm.«

Er machte ein paar Schritte auf den jüngeren Mann zu, legte
die Hand um Mutts Handgelenk und bedachte ihn mit einem
Blick, den Fritzi nicht zu deuten vermochte. Manchester sagte
etwas, und die beiden verließen die Bühne.

Hinterher überraschte Manchester sie damit, daß er sie bat,
mit ihm zu Abend zu essen. Sie grübelte. Hatte er vor, sie so kurz
vor der Premiere zu feuern? Aber würde er Geld für ein Abendessen rauswerfen, um ihr das mitzuteilen?

Sie fuhren vom Novelty direkt zu Shanley's am Times Square,
einem in Theaterkreisen beliebten Café. In dem lauten Lokal
herrschte fröhliche Stimmung. Manchester schien viele Leute
zu kennen. Er stellte Fritzi als »meine Freundin und Kollegin
Miss Crown« vor.

Über Hummerschwänzen grübelte sie von neuem darüber
nach, warum er so verschwenderisch mit seinem wenigen Geld
umging. Das köstliche Essen und zwei Gläser Lager von Crown,
die sentimentale Erinnerungen an ihren Vater weckten, ließen
sie verstummen.

»Ich danke Ihnen sehr für die Einladung, Mr. Manchester.«

»Schluß mit den Formalitäten. Von jetzt ab Hobart. Jetzt und
für immer Hobart.« Er tätschelte ihre Hand. »Wir sollten jetzt
aufbrechen. Morgen steht uns wieder ein anstrengender Tag mit
Shakespeare bevor.«

Auf dem Weg nach draußen begrüßte er überschwenglich
weitere Bekannte. Er begleitete sie zu einem Taxi. Sie wies das
Geld für die Fahrt zurück. Während sich das Taxi in den Ver-

kehrsstrom auf dem Broadway einreihte, winkte sie dem eigenartigen, auf seltsame Weise liebenswerten Mann zum Abschied aus dem offenen Fenster zu.

Mehrere Mitglieder der Truppe, darunter auch Ida, hatten gesehen, daß Fritzi und Manchester das Theater zusammen verlassen hatten. Als Fritzi deswegen geneckt wurde, sah sie keinen Grund, es zu verheimlichen. Mutt trat ihr hinter der Bühne in den Weg, in der Hand einen blutbefleckten Wachskopf, der Manchester ähnelte – Macduffs Trophäe am Ende des Stücks.

»War's ein netter Abend mit Seiner Hoheit? Wahrscheinlich braucht er's ab und zu, um andere an der Nase herumzuführen.«

»An der Nase herumführen? Wieso?«

»Na ja, er hat mit Frauen nichts am Hut. Er ist andersrum.«

»Was soll das heißen?«

Mutt kreuzte die Arme vor der Brust. »Sind Sie wirklich so naiv, oder tun Sie nur so? Manchester ist eine Tunte. Trägt wahrscheinlich rosa Rüschenunterwäsche. Einer der anderen Jungs hat mich schon vor ihm gewarnt.«

»Ich habe davon gehört, aber ich habe noch nie jemanden … ich habe nicht geglaubt, daß …«, stammelte sie. Sie wußte nicht, was sie sonst hätte sagen sollen. Vage Andeutungen über Männer, die andere Männer liebten, die hinter vorgehaltener Hand geäußert und von ihr schon zu Zeiten Mortmains aufgeschnappt wurden, hatten sie immer unberührt gelassen, weil sie die grundlegende Voraussetzung nicht begriff.

Mutt weidete sich an ihrem Schock und ihrer Verwirrung. »Jetzt wissen Sie's, Schwester. Er führt eine junge Frau wie Sie nur zum Schein aus.« Lachend wandte er sich ab.

Fritzi eilte in Eustacias Garderobe, schloß die Tür hinter sich und erzählte ihr brühwarm das eben Gehörte. »Ist das wahr?«

Mrs. Van Sant seufzte. »Ja.« Tagtäglich hatte sich ihre Haarfarbe verändert, vom irischen Rot ihrer ersten Begegnung zu einem passenderen Kupferrot. Sie hatte das Kleid abgelegt, das Manchester ihr für den ersten Teil des Stücks zugestanden hatte, königsblauer Samt mit weißem Hermelinbesatz. In ihren schwarzen Strümpfen und dem schwarzen Satinkorsett mit Strumpfbändern war sie ohne Übertreibung eine aufsehenerregende Erscheinung.

Fritzi sank gegen die Tür. »Dann hat er mich benutzt, wie Mutt behauptet?«

»Das ist notwendig, meine Liebe. Männer mit seinen Vorlieben leben in der ständigen Angst, entdeckt zu werden. Die Theaterleute mögen Hobart wirklich, deshalb liegt niemandem etwas daran, ihn bloßzustellen. Aber in der Welt außerhalb des Theaters sind die Menschen weniger nachsichtig. Den armen Oscar Wilde hat man gekreuzigt. Hobart und ich haben uns vor Jahren lange darüber unterhalten, damals, als ich mit ihm im West End auftrat. Eins der Garderobenmädchen hat mich auf einen jungen Eisenbahnarbeiter aufmerksam gemacht, der jeden Abend nach der Vorstellung im Theater auftauchte. So habe ich es erfahren. Hobart hat seine Neigung mit neunzehn entdeckt. Jahrelang war er der Meinung, er sei einer der wenigen Männer, wenn nicht gar der einzige, dessen Veranlagung ihn auf einen anderen Weg führt. Obwohl er inzwischen Gleichgesinnte kennengelernt hat, lebt er immer noch in der Angst, entdeckt oder in einen öffentlichen Skandal verwickelt zu werden. Wenn es herauskäme, würde ihn selbst der toleranteste Manager ächten. Es ist vielleicht ungerecht, aber so ist es nun mal. Ich würde deshalb an Ihrer Stelle nicht zu hart über ihn urteilen. Unter der Oberfläche verbirgt sich ein gütiger, anständiger Mensch.«

»Ich kann es immer noch nicht fassen, daß es sexuelle Beziehungen zwischen Männern gibt. In meiner Kindheit habe ich nicht mal gerüchteweise davon gehört.«

»Auch bei uns wurde nicht darüber gesprochen. Aber die Sache gab es schon bei den alten Griechen, obwohl das Thema bis heute möglichst gemieden wird.«

»Wenn zwei Männer … Sie wissen schon, wenn sie zusammen sind …« Fritzi wurde rot. »Was *machen* sie dann?«

Mrs. Van Sant klappte den Deckel ihrer Holzschatulle auf, den ein federgeschmückter Indianerhäuptling zierte. »Ach, Sie werden von selbst draufkommen, wenn Sie drüber nachdenken. ›Leben und leben lassen‹ ist zwar ein abgedroschenes Motto, aber manchmal ganz nützlich. In der Theaterwelt ist es unerläßlich.«

Fritzi grübelte die ganze Nacht. Am nächsten Morgen bat sie Manchester, sie um die Mittagszeit in einem nahe gelegenen Café zu treffen.

»Ich kann nicht, ich habe keine Zeit.«

Sie sah ihm unverwandt in die Augen. »Ich weiß, warum Sie mich zum Abendessen eingeladen haben. Fritzi Crown war ganz unwichtig, es hätte jede beliebige Frau sein können. Irgendeine Frau.«

»Du meine Güte!« Blaß und zitternd sagte er schließlich: »Vor dem Theater. Um zwölf.«

Im Café wählte sie einen der hinteren Tische, in deren Umgebung niemand saß. »Ich fühle mich benutzt«, sagte sie, als der Kellner außer Hörweite war.

»Ich schäme mich zutiefst. Wer hat geplaudert? War es die Plaudertasche Van Sant?«

»Oh, nein. Woher ich es weiß, ist ganz unwichtig. Ich kann Ihnen gar nicht sagen, wie wütend ich war. Mit Eustacia habe ich erst anschließend darüber gesprochen. Ich wollte nur kurz unter vier Augen mit Ihnen reden, um Ihnen zu sagen, daß ich nicht mehr wütend bin. Sie sind sehr freundlich zu mir gewesen. Ich möchte diese Freundlichkeit zurückgeben. Ihr Privatleben interessiert mich nicht.«

Er sammelte seine Gedanken, dann holte er tief Luft. »Fritzi, ich muß Ihnen noch etwas anderes gestehen, was mir schwer auf der Seele liegt. Ich habe Sie nicht nur wegen Ihres Talents engagiert, sondern weil ich Ihnen weniger bezahlen konnte als den anderen Hexen. Wenn Sie mir jetzt den Kaffee ins Gesicht schütten, werd' ich's Ihnen nicht übelnehmen. Aber wenn Sie mir verzeihen können, werde ich Ihre Gage auf sech… fünfzehn Dollar erhöhen. Ich habe Sie schändlich mißbraucht, aber ich werde es nicht wieder tun, wenn Sie meine Freundin bleiben. Gott weiß, daß ich nicht viele habe.«

Sie drückte seine Hand. »Vergessen und vergeben. Ich meine es ehrlich.«

Er schluckte, dann blies er in seinen sich bereits abkühlenden Kaffee. »Nun, ich fühle mich schon viel, viel besser. Es tut mir schrecklich leid, daß ich Sie getäuscht habe. Armut und Not sind schlechte Berater. Aber nun ist Schluß mit der Maskerade. Jetzt müssen Sie mir ganz ehrlich eine Frage beantworten. Wie finden Sie unser Stück?«

»Ich finde es hervorragend. Ich bin sicher, wir werden am Montag Erfolg haben.«

Was eine glatte Lüge war.

»Ist das Ihr Ernst?«

»Mein voller Ernst.«

Noch eine Lüge. Inzwischen stand Fritzi nämlich auch schon beinahe unter dem Bann des schottischen Stücks. Hell wie eine blinkende Leuchtreklame tauchte ein Wort immer wieder in ihrem Kopf auf.

Katastrophe.

22. TESS

Die Wettervorhersage für das Wochenende in Detroit war ausgesprochen gut. Carl hörte es von Jesse, der täglich mehrere Zeitungen las. Er nahm immer die mit, die die weißen Gießereiarbeiter zurückließen.

Am Samstag meldete sich Carl in seiner Mittagspause telephonisch im Haus der Clymers am Piety Hill, einem Abschnitt der Woodward Avenue, wo sich Kirchen und noble Villen abwechselten. Er wartete ungeduldig, während ein Hausmädchen Tess ans Telephon holte.

»Ich dachte schon, du wärst nach China gereist oder hättest mich vergessen.«

Er lachte. »Ich gehöre zur arbeitenden Bevölkerung. Letzten Sonntag hatte ich drunten in Monroe ein Rennen, das ich übrigens verloren habe. Morgen soll es sehr schön werden. Hättest du Lust, zur Belle Isle mitzukommen?«

»Ja.«

Sie verabredeten sich an den Docks in der Dritten Straße. Er kaufte zwei Rückfahrkarten, die zusammen zwanzig Cent kosteten. Es war ein herrlicher spätsommerlicher Nachmittag, der Himmel wolkenlos und heiter. Die Fähre um Viertel nach eins wurde von Familien bevölkert, die, mit Picknickkörben beladen, zum beliebtesten Erholungspark der Stadt unterwegs waren.

Obwohl Sonntag war, herrschte viel Verkehr auf dem Detroit River. Radschaufelbetriebene Fähren pendelten zwischen Windsor und Detroit. Große Frachtschiffe mit Erz- oder Getreideladungen passierten Dampfer, die von Cleveland zurückkamen oder nach Buffalo ausliefen. Ein Frachter namens *Alpena Beauty*, mit Klafterholz beladen, näherte sich den Landungsbrücken. Carl und Tess lehnten an der Reling; Tess hielt ihren flachen Strohhut fest in der Hand.

Die Insel trug einen gelb-braun gemusterten Mantel, die Folge des sengend heißen Sommers. Die Familien schwärmten an die Picknicktische aus. Carl und Tess nahmen den Weg zur Kanu-

stelle. Carl mietete ein Kanu und half Tess hinein. Er lächelte hilflos, als sie seine Hand drückte und ihn mit ihren wunderschönen
blauen Augen einen Moment lang festzuhalten schien. Er war so
verwirrt, daß er um ein Haar daneben getreten wäre.

Als er das Kanu vom Ufer abstieß, wich plötzlich alles Blut
aus ihren Wangen. Sie legte die Hand auf den Mund.

»Was ist los?«

»Nichts, gar nichts. Nur ein kleiner Schwindelanfall. Aber ist
das nicht ein herrlicher Tag?«

Er paddelte von einem Seitenarm in den anderen. Tiefhän-
gende Weidenäste berührten die Wasseroberfläche am Ufer. Auf
einer Wiese hatten sich Jungen im Highschoolalter zu einem
Baseballspiel zusammengefunden. »Hast du Wayne in letzter
Zeit gesehen?« fragte Carl.

»Nein. Warum fragst du?«

»Du hast doch gesagt, daß er ein Auge auf dich geworfen
hat.«

»Ja, ja, aber das ist hoffnungslos. Leider wissen er und mein
Vater noch nichts davon.«

»Was ist hoffnungslos?«

»Waynes Wunsch, daß ich ihn heirate. Vater fängt immer wieder davon an. Wayne hat mir letztes Jahr einen Antrag gemacht.
Als ich ihn ablehnte, sind ihm die Adern an den Schläfen ganz
dick angeschwollen. Ich würde ihn nicht heiraten, und wenn
wir ganz allein auf der Welt wären.«

»Du bist sehr unabhängig. Wie kommt das?«

»Bestimmt nicht von Piety Hill oder Grosse Point, das kann
ich dir versichern.« Sie nahm ihren Hut ab, legte ihn auf den
Schoß, zog die Kämme aus dem Haar und schüttelte den Kopf,
daß ihre Haare im goldenen Herbstlicht funkelten. »Von meiner
Mutter. Sie hat an einer staatlichen Schule die vierte Klasse unterrichtet. Als Vater dann immer mehr Geld verdiente und auf
der sozialen Leiter nach oben kletterte, wie er es sich immer er-
träumt hatte, wollte er, daß sie aufhört zu unterrichten. Aber sie
wollte nicht aufhören. Sie sagte, sie habe noch viele Heiden zu
missionieren.«

»Heiden? In der Schule?«

»Das war nur so ein Ausdruck von ihr. Sie meinte Kinder, denen nichts anderes als niedrige Arbeit und ein Leben in Armut

bevorstünden, wenn sie nicht wenigstens eine Grundausbildung bekamen – vorausgesetzt natürlich, sie hatten überhaupt die Möglichkeit, eine Schule zu besuchen. Sie unterrichtete in einer weißen Schule, in der es zwölf Klassen gab, und sie setzte sich dafür ein, daß den Schwarzen das gleiche geboten wurde. Schwarze Kinder gingen nur sechs Jahre zur Schule – noch heute sind es nicht mehr. Mama hat sich mit dieser Forderung ziemlich unbeliebt gemacht, aber sie hat nicht aufgehört, dafür zu kämpfen. Sie war der Meinung, daß niemand in dieser Welt bestehen oder auch nur überleben könne, wenn er dumm ist. Sie sagte immer, es setze Verstand voraus, sich nicht anzupassen und statt dessen seinen eigenen Weg zu finden. Ich habe mir das zu Herzen genommen, lang bevor sie gestorben ist.«

Carl zog das Kanu an Land. Auf einem abgelegenen Pfad schlenderten sie auf die kanadische Seite der Insel hinüber, die Familienpicknicks und Baseballspiele weit hinter sich lassend. An einem schattigen Fleckchen nahm Carl ihre Hände. »Ich muß dir etwas sagen. Ich hab' auch ein Auge auf dich geworfen, genau wie dein Freund Wayne.«

Sie blickte ihm gerade ins Gesicht. »Ich mag dich auch, Carl. Sehr sogar. Aber du scheinst mir nicht zu dem Typ Mann zu gehören, der eine Dauerbeziehung mit einer Frau eingeht. Egal welcher Frau.«

»Ich würde …« Er schluckte, um den großen Klumpen im Hals loszuwerden. »Ich würde eine Dauerbeziehung eingehen, wenn ich mich in sie verlieben würde.«

Ein Leuchten trat plötzlich in ihre Augen, aber vielleicht auch eine Träne; im Schatten war das schwer festzustellen. Sie umarmte ihn, dann küßte sie ihn; es war ein langer, leidenschaftlicher Kuß.

Er schlang die Arme um sie und vergrub sein Gesicht in ihrem Haar, das von der Sonne warm war. Er spürte ihren ganzen Körper, ihre sich hebende und senkende Brust, ihre Hüften und Beine, die sich an ihn preßten. »Oh, Gott«, flüsterte er. »Mir ist schwindlig.«

»Mir auch.«

»Wie konnte das passieren?«

»Ich weiß nicht, es ist einfach passiert.«

»Was machen wir jetzt?« Was er wollte, war klar: Sie in eine abgeschiedene Lichtung tragen und sie lieben. Sein Körper schickte deutliche Signale aus, das mußte sie spüren.

»Im Moment gar nichts. Wir wollen einfach abwarten.«

Er drückte sie immer noch fest an sich, während seine rechte Hand langsam nach oben wanderte, um ihr übers Haar zu streichen. Plötzlich hörten sie näher kommende Stimmen; sie ließen die Arme sinken und sahen zwei Kinder, einen Jungen und ein Mädchen, die Fangen spielten. Sie traten auseinander, beide mit roten Gesichtern.

Den Rest des Nachmittags vermieden sie, darüber zu sprechen, was sie sich eben gegenseitig gestanden hatten. Beiden schien klar, daß eine dauerhafte Beziehung eigentlich unmöglich und nicht zu verwirklichen war. Aber Carl wurde das Gefühl nicht los, als stecke er bereits mitten drin in einer aufregenden und vielleicht gefährlichen Beziehung.

Auf der Überfahrt zurück in die Stadt war Tess plötzlich wieder der Ohnmacht nahe. Sie mußte im großen Aufenthaltsraum der Fähre Platz nehmen. Carl setzte sich neben sie und musterte sie fragend.

»Tess, sag mir doch, was los ist!«

»Darüber kann man nicht sprechen.«

»Ich habe noch nie von einer Krankheit gehört, über die man nicht sprechen kann.«

»Es ist keine Krankheit. Es ist eine Sache, die nur Frauen betrifft. Aber nicht einmal Frauen reden darüber, höchstens verschlüsselt. Es ist nichts Ernstes, bloß lästig, weil es regelmäßig passiert.« Sie nahm ein Tuch aus der Tasche, tupfte sich die Augen ab und schaute ihn an. »Was wirst du bloß von mir denken? Von mir und meinen Enthüllungen.«

»Ich bitte um Verzeihung, daß ich gefragt habe. Ich habe dich in eine peinliche Situation gebracht.«

Wieder drückte sie seine Hand, lachte sogar. »Wenn es jemand anderer wäre – aber bei dir… Jetzt weißt du ganz genau, daß ich kein artiges Mädchen bin, nicht wahr?«

»Dafür mag ich dich. Deshalb habe ich mit dir angebändelt. Wie viele junge Damen setzen sich schon auf einen Zaun, um ein paar Idioten zuzusehen, die sich in Automobilen umzubringen versuchen?«

23. JESSE UND CARL

Noch nie hatte man so viele strahlende Gesichter in der Piquette Avenue gesehen. Es regnete Aufträge für das kleine Automobil, das laut und einfach war, die Käufer aber durch seinen Preis bestach, vor allem die Farmer, die zum ersten Mal billig und bequem in die Stadt kommen konnten. Aus den ländlichen Gebieten trafen in kürzester Zeit eine Unmenge Bestellungen ein. Schon waren viele Witze über das Modell T in Umlauf. Die Mitarbeiter gaben sie weiter wie Verdienstmedaillen. Wenn Mr. Ford auch nicht den Klassenkampf im Automobilgeschäft gewonnen hatte, so hatte er sich doch ein großes Stück des Kuchens gesichert. Carl sprach mit Tess darüber, als sie sich das nächste Mal trafen. Sie waren dick eingepackt wegen der Novemberkälte, aber sie hätten die Kälte ohnehin nicht gespürt. Tess sagte, ihr Vater werde jedesmal grün und blau im Gesicht, wenn er an den kometenhaften Erfolg des Modells T denke.

Aber der Erfolg war für Ford auch mit Problemen verbunden. Das größte bestand in der Unmöglichkeit, eine größere Anzahl von Autos herzustellen.

Als Carl am späten Samstag mit dem Aufzug in den dritten Stock hinauffuhr, um den letzten Wagen nach unten zu befördern, wurde er Zeuge einer kuriosen Szene. Ein Fahrgestell ohne Achsen, Räder und Motorblock stand auf einem großen Holzbock im Hauptgang. Ein junger Mann namens Charlie Sorensen war in ein ernsthaftes Gespräch mit Mr. Ford, Jim Couzens und ein paar Vorarbeitern vertieft. Sorensen arbeitete in der Abteilung, in der die Holzmodelle angefertigt wurden. Er war Däne, hatte blondes Haar und sah einfach umwerfend aus. Ein Abschleppseil, das an dem Holzbock befestigt war, hing über seiner rechten Schulter.

»Eigentlich ist es eine ganz einfache Sache, Henry. Damit können wir die meisten, wenn nicht gar sämtliche Fertigungsschritte in einem einzigen Arbeitsgang erledigen. Wir beschleunigen die Arbeit, indem wir das Auto zusammensetzen, während es sich vorwärtsbewegt. Es muß nicht stehen, damit Teile montiert werden können. Wir machen alles auf einer Ebene.«

Einer der Vorarbeiter, ein ewiger Skeptiker, widersprach: »Und wo sollen wir alles hintun, Charlie? Wenn wir Motoren und Achsen hier oben lagern, wo sollen dann die Kleinteile hin? Wir haben keinen Platz dafür.«

»Die Kleinteile schaffen wir raus. Kühler und Schläuche zum Beispiel werden anderswo hergestellt und auch anderswo gelagert. Wir rechnen aus, wie viele dieser Teile wir an einem bestimmten Tag brauchen und lassen sie exakt nach Zeitplan kommen. Stündlich oder zweistündlich – das müssen wir eben herausfinden. Und das Band bleibt nie stehen. Schauen Sie her!«

Ford sah mit verschränkten Armen zu, wie Sorensen und ein Vorarbeiter namens Ed Martin das Seil ergriffen und zogen, den Holzblock langsam vorwärtsbewegend, während mehrere Arbeitsgruppen dazutraten, um das Fahrgestell darauf zu heben, die Vorder- und Hinterachsen und schließlich die Räder zu montieren.

»Hank, es kann nicht funktionieren«, belehrte der Schwarzseher seinen Chef.

Ford strich sich mit der Hand übers Kinn. »Ich weiß nicht, Männer. In der neuen Fabrik könnte es vielleicht funktionieren. Ich muß darüber nachdenken. Danke für Ihre Überlegungen und Vorschläge, Charlie. Wir sind bis Mitte Januar im Rückstand. Wenn wir eine Schicht zulegen, steigen die Produktionskosten eines jeden Autos. Aber wenn wir nicht schneller produzieren, können wir keine Aufträge mehr annehmen.«

»Nur über meine Leiche«, warf Couzens ärgerlich ein. »Die Zahlungen gehen schon spärlich genug ein.«

»Ich denke darüber nach«, versprach Ford. Carl fand die Idee eines laufenden Bandes interessant, aber auch er zweifelte an der Durchführbarkeit.

Jesse Shiner arbeitete in der Gießerei Clymer Nummer 1 im Osten von Detroit. Die Gießerei lieferte Motorblöcke für Maxwell, Reo und andere örtliche Automobilhersteller. Die Arbeit war schmutzig und gefährlich. Dunkle Rußwolken hingen in der Luft. Die Schmelzöfen waren so heiß, daß Jesses Kleider bereits fünf Minuten nach Arbeitsbeginn auf der Haut klebten, was sich bis zum Ende der Schicht auch nicht mehr änderte. Wenn sich eine Gießkelle im falschen Augenblick neigte, wurde man bei lebendigem Leibe geröstet.

Nur wenige Weiße, in der Hauptsache polnische Einwanderer, die wenig oder gar kein Englisch sprachen, arbeiteten an der Seite der Schwarzen. Jesse schmunzelte, wenn er daran dachte, daß sie von Ruß und Schmiere schließlich so dunkel wurden, daß sie von den Schwarzen nicht mehr zu unterscheiden waren. Doch die weißen Männer hatten einen Vorteil. Wenn sie bessere Arbeit fanden, wurde sie ihnen nicht wegen ihrer Hautfarbe verweigert. Jesse und den anderen Schwarzen blieb kein Ausweg, außer sie zogen die giftigen Dämpfe einer Autolackiererei ihrem gegenwärtigen Job vor. Oder verdingten sich als Hausmeister.

Jesse Shiner war der Sohn eines Sklaven aus South Carolina, der auf den Baumwoll- und Tabakfeldern gearbeitet hatte, bis er vor dem Bürgerkrieg mit Hilfe einer Untergrundbewegung die lange, gefährliche Reise nach Kanada angetreten hatte. Er ließ sich in Chatham, Ontario, nieder und heiratete eine hellhäutige Frau, die auf dem gleichen Weg die Reise in die Freiheit gemacht hatte. Die Shiners hatten zwei Söhne, Jesse und Lester. Nach dem Tod ihrer Eltern teilten sich die Brüder die Erbschaft in Höhe von dreihundert Dollar, und Jesse ging nach Detroit, wo er sich ein besseres Leben versprach.

Weil sein Wochenlohn Jesse in die Lage versetzte, außerhalb der Gießerei ein halbwegs gutes Leben zu führen, erduldete er die Hitze und den Ruß von Clymer Nummer 1 und die gelegentlichen Übergriffe der weißen Vorarbeiter, die für alle schwarzen Arbeiter einen Namen hatten: »Nigger«. Mit dreißig erwarb er ein Holzhäuschen in der Columbia Street, zwei Blocks von der Pension, in der Carl wohnte. Nach und nach richtete er es mit gebrauchten Möbeln ein. Er strich es an und pflanzte Blumen ums Haus. Er wurde Mitglied der Schwarzen Maurerloge und der Episkopalen Afrikanischen Methodistenkirche Ebenezer in der Calhoun Street. Dort lernte er eine hübsche, schwarze junge Frau namens Grace kennen, die einzige Frau in seinem Leben, die er wirklich liebte. Er machte ihr eine Zeitlang den Hof, aber sie entschied sich für eine ihrer Meinung nach bessere Zukunft an der Seite eines jungen schwarzen Zahnarztes. Sie verließ Detroit als Braut des Zahnarztes und brach Jesses Herz.

Jesse war ein unerschütterlicher Verfechter der Rechte der Arbeiter, ungeachtet ihrer Hautfarbe. Während einer Streikwelle für die Durchsetzung einheitlich gewerkschaftlich organisierter Betriebe, von der 1907 sämtliche Metallbetriebe in Detroit erfaßt wurden, war Jesse einer der Streikposten vor Clymer Nummer 1. Für sein mutiges Auftreten erntete er von den Banden der Streikbrecher, die im Auftrag des Arbeitsvermittlungsbüros unterwegs waren, mehrere Schläge auf den Kopf und eine ausgerenkte Schulter. Das Arbeitsvermittlungsbüro war eine Einrichtung zur Rekrutierung von Verbrechern, von örtlichen Geschäftsleuten finanziert. Es besaß Unterlagen über vierzigtausend Arbeiter der Stadt und versorgte die Arbeitgeber mit Informationen über bekannte Unruhestifter.

Der Streik flaute ab; Clymer Nummer 1 würde kein einheitlich gewerkschaftlich organisierter Betrieb sein. Die Ironie des Schicksals wollte es, daß die Unternehmer viele der Streikenden, darunter auch Jesse, erneut einstellen mußten, weil die ungelernten Nichtgewerkschaftler nach wenigen Tagen wegen der höllischen Hitze nicht mehr zur Arbeit erschienen.

Jesse war Autodidakt, und er hörte nicht auf zu lernen. Ein weißer Freund in der Personalabteilung lieh für ihn Bücher in der städtischen Bücherei aus; ein Schwarzer tat das besser nicht selbst. Durch die Lektüre von Fachzeitschriften und seine sonntäglichen Ausflüge zu Autorennen, wo er niedere Arbeiten wie Fegen, Entsorgen von Ölkanistern und Schleppen von Reifen verrichtete, um den weißen Mechanikern über die Schulter schauen zu können, hatte er viel über Benzinmotoren gelernt. Auch Carl Crown hatte er auf diese Weise kennengelernt.

In einem kleinen Schuppen, den Jesse hinter seinem Haus baute, richtete er sich eine vorbildliche Reparaturwerkstatt ein mit zahllosen Schubladen und Behältern für verschiedenste Autoteile, angefangen von Schrauben und Dichtungen bis zu Lüfterblättern und geflickten Reifen, ein Bestand, den er im Laufe der Jahre stetig vergrößert hatte. Der Schuppen hatte zwar nur einen gestampften Boden, war aber vorbildlich sauber. Im Schein mehrerer Petroleumlampen führte Jesse Reparaturen für die örtlichen, überlasteten Werkstätten durch. Manchmal arbeitete er bis drei und vier Uhr in der Nacht und sicherte sich auf diese Weise einen kleinen Nebenverdienst.

Ab und zu ging ihm Carl zur Hand. Carl führte sich mitunter auf wie ein Elefant im Porzellanladen, er verschüttete Flüssigkeiten und stieß Sachen um. Einmal, als er eine ganze Schublade mit Schraubenmuttern und Dichtungen fallen ließ, wurde Jesse so wütend, daß er seinen Freund wüst beschimpfte. Aber kaum stieg Carl in ein Auto, war alles anders. Da war er flink, umsichtig, genau. Wenn er mit einem Schraubenzieher den Vergaser einstellte oder an einem alten Kettenantrieb drehte, machte er niemals etwas kaputt, nicht einmal Kratzer gab es.

Als Carl eines Montags am Abend vorbeikam, bemerkte Jesse sofort, daß sein Freund sich verändert hatte. Carl machte einen zerstreuten, verträumten Eindruck. Jesse wußte, daß es an dem Mädchen lag, Clymers Tochter, die eine kluge, wenngleich höchst eigenwillige junge Frau sein sollte. Weil Jesse seinen Freund kannte, fragte er sich, ob Carl die möglichen Folgen seiner Leidenschaft abzuschätzen wußte. Wenn ja, gut. Wenn nicht, dann sollte ihm vielleicht jemand aus Freundschaft den Kopf zurechtrücken.

Carl und Jesse saßen im Schuppen, zwischen ihnen stand ein großer Bierkrug, in dem kleinen Holzofen in der Ecke flackerte ein Feuer. Carl flickte den Schlauch eines Ballonreifens. Jesse kratzte sich am Kinn.

»Du hast dich gestern schon wieder mit Miss Tess getroffen, stimmt's?«

Carl nickte, während er die Schlauchoberfläche aufrauhte, bevor er den Kleber auftrug.

»Scheint dich ziemlich erwischt zu haben, was?«

Carl hob den Kopf. »Ich glaube schon, ja.«

»Sag's doch gleich! Liebst du sie?«

Wieder hob Carl den Kopf. »Wenn du's so genau wissen willst, Mr. Naseweis, ja.«

»Und sie? Liebt sie dich auch?«

»Ich glaube ja.«

»Will sie dich heiraten?«

»Was zum Teufel soll das? Bin ich hier in ein Verhör geraten?« Er schüttelte den Kopf. »Heute hat schon jemand in der Fabrik angerufen und gefragt, wo ich wohne.«

Jesse runzelte die Stirn. »Wer?«

»Irgendein Mensch von der Arbeitgebervereinigung. Rückte

nicht mit der Sprache raus, warum er es wissen wollte. Ohne An-
gabe von Gründen gibt Ford solche Auskünfte nicht. Aber
zurück zu unserem Thema? Warum fragst du mich das alles?«

»Ich will nur freundschaftlich mit dir reden. Hör mir einfach
einen Moment zu.«

Carls Augen verengten sich. Er griff nach dem Krug, nahm
ein paar kräftige Schlucke von dem warmen Bier, reichte Jesse
den Krug und wartete.

»Du heiratest das Mädchen, und dann bist du für den Rest
deines Lebens mit einer dieser Stechuhren verheiratet, die du so
abgrundtief haßt. Vorausgesetzt natürlich, du willst sie glücklich machen.«

»Was sollte ich denn sonst wollen? Das klingt ja so, als wär'
ich ein gemeiner Heiratsschwindler.«

»Ich versuch' nur, dir die Wahrheit zu sagen, sonst gar
nichts.«

Carl kratzte die Innenflächen seiner Hände. Jesse zwang ihn,
sich mit einem Thema auseinanderzusetzen, das er bisher beharrlich gemieden hatte. Er fragte leise: »Und?«

»Ich will nur eines wissen, Carl. Bist du der Typ von Mann,
der einen soliden Ehemann abgibt, der einer soliden Arbeit
nachgeht? Ich habe nichts gegen 's Heiraten. Ich wollte Grace
Williams mehr als alles andere auf der Welt, aber sie wollte mich
nicht. Also ich bin nicht gegen's Heiraten, bestimmt nicht, aber
ich bin dagegen, daß Leute heiraten und sich damit unglücklich
machen. Das Leben ist auch so schon beschissen genug. Du bist
mein Freund, vielleicht der beste, den ich je hatte. Die weißen
Männer in der Gießerei gucken einen Nigger nicht einmal mit
dem Arsch an, es sei denn, sie wollen was von ihm. Meistens wollen sie, daß er schneller arbeitet. Du bist ein feiner Kerl, Carl.
Also sei vorsichtig! Überstürze nichts. Es gibt so viele weiße
Mädchen, die ...«

Carls braune Augen blitzten auf. »Halt die Klappe! So eine
wie Tess gibt es nicht noch einmal.«

Jesse seufzte. »Hab' mir schon gedacht, daß du so etwas sagen würdest. Hab' also umsonst gepredigt, wie?«

»Genau.«

Aber der Samen war gepflanzt.

24. PROBE FÜR EINE TRAGÖDIE

»Plätze einnehmen!« Simkins klatschte in die Hände, während
er wie eine besorgte Mutter vom Souffleurkasten auf die andere
Seite der Bühne schritt. »Räumen Sie bitte die Bühne, meine
Damen und Herren. Aufstellung für den ersten Akt. Die Generalprobe sollte schon eine Stunde lang laufen. Mutt?«

Hinter dem Hexenkessel in der Mitte der Bühne ging die
Versenköffnung auf. Oben wurden die mit farbiger Folie abge-
deckten Scheinwerfer auf die richtige Leuchtstärke herunter-
gedreht. Der Souffleur Mr. Entwistle eilte geschäftig an seinen
Tisch hinter der Öffnung des Bühnenrahmens und setzte sich
auf die rechten Seite. Hobart schritt auf Fritzi zu. Er rieb mit
dem Daumen unter ihrem rechten Auge.

»Sie sind eine Zauberin aus dem Hochland und keine Indiane-
rin. Miss Whittemeyer soll Ihnen helfen. Sie dürfen auf keinen
Fall so frisch und rosig aussehen.«

Hobarts Kostüm war mit künstlichem Lehm und Blut verschmiert. Er schwitzte fürchterlich unter dem Puder und der
Schminke, während er einen Schauspieler nach dem anderen
kontrollierte. In der Kulisse hörte man Simkins schreien: »Wo
ist Mutt?«

»Hier unten nicht«, rief einer der Bühnenarbeiter in der
Klappe. Er entzündete seine Rauchtöpfe und stellte das elektrische Gebläse an, das den Rauch hinter dem Kessel in die Höhe
trieb. Fritzi fand diesen Effekt billig und armselig. Sie rückte
ihre zerzauste Perücke zurecht.

Ida Whittemeyer fächelte sich Kühlung zu. »Sally sollte sich
lieber beeilen, wenn sie nicht auf der Stelle gefeuert werden
will.« Sally war mit verquollenen Augen zu spät ins Theater gekommen.

Fritzi sah nach links zur Treppe, die zu den Garderoben hin-
unterführte. In dem Moment schrie Sally:

»Haltet den Dieb! Haltet ihn auf!«

Ein Mann kam die Treppe heraufgerannt und lief in Richtung

Bühneneingang. Die auf der Bühne stehenden Schauspieler warteten gespannt. »Mutt!« entfuhr es Fritzi.

Sally hörte nicht auf zu schreien. Mutt machte kehrt. Pop
Foy trat mit einer Feueraxt hinter ihn und versperrte ihm den
Rückzug. Mutt rannte auf die Bühne. Jetzt kam auch Sally die
Treppe herauf. »Er hat mein Geld gestohlen!«

»Simkins, rufen Sie die Polizei!« brüllte Hobart. Er zog sein
Schwert aus der Scheide und schwang es mit beiden Händen
hoch über den Kopf. »Bleiben Sie stehen, Mutt!«

Mutt stieß einen Fluch aus und ging zum Angriff über. Hobart schwang sein Schwert zur Seite und nach unten. Mutt
machte einen Satz in die Luft, und die bemalte Klinge schwirrte
unter seinen Stiefeln durch. Die Wucht von Hobarts Schlag wirbelte ihn jedoch wie einen Kreisel herum. Mutt rammte Hobart
beide Fäuste in den Rücken und rannte auf das Versenkpodium
auf der linken Bühnenseite zu. Mr. Gertz und Mr. Seldon jagten
ihm nach. Mutt sprang mit einem Satz vom Versenkpodium und
landete einen Schritt vor Fritzi. Er packte sie, wirbelte sie
herum, würgte sie und schleuderte sie in Richtung Hobart.
»Fang sie auf, du fetter Schwindler!«

Mutt schlängelte sich behende wie ein Football-Stürmer zwischen den Schauspielern durch. Er warf den Souffleurtisch samt
Mr. Entwistle um. Dann verschwand er in der Seitenkulisse,
tauchte jedoch, verfolgt von Simkins, sofort wieder auf, aber
jetzt mit einem kurzen Brett bewaffnet.

Er stützte sich am Bühnenrahmen ab, schwenkte herum und
sprang, ohne zu zögern, in den Orchestergraben. Von dort
machte er einen Satz über die Brüstung, rannte durch den Mittelgang und war verschwunden.

Fritzi holte tief Luft und rieb sich den Hals. Eustacia Van Sant
zog Hobart an ihren Busen. »Das war mutig, Manchester.«

»Unverschämter Gauner«, keuchte Hobart. »Fritzi, meine
Kleine? Sind Sie in Ordnung?«

»Ja.«

Schauspieler und Bühnenarbeiter rannten durch die Glas-
türen auf die Achtundvierzigste Straße. Die Straße glitzerte re-
gennaß. Der Dieb war verschwunden.

Im Foyer sank Sally weinend in Fritzis Arme. »Ich habe ihn
auf frischer Tat ertappt. Er hatte meine Handtasche aus der

Schublade genommen und zählte mein Geld. Als ich ihm befahl aufzuhören, hat er den Stuhl nach mir geworfen. Dann hat er mich geschlagen, hier.« Sie rieb sich die Brust. Die Tränen liefen ihr mit der Augenschminke über die Wangen.

»Wieviel hat er gestohlen?« fragte Ida.

»Alles, was ich von meinem Wochenlohn noch übrig hatte, zwölf Dollar. Ich kann es nicht fassen, daß er mich bestohlen hat. Wir waren die ganze Nacht zusammen – in seinem Zimmer. Dieser Scheißkerl!«

Es dauerte eine Stunde, bis sich Sally beruhigt und ihr Kostüm angezogen hatte und die Generalprobe beginnen konnte. In der Zwischenzeit war die Polizei eingetroffen. Drei Beamte durchsuchten das Theater sowie Straßen und Gassen der Umgebung, jedoch vergeblich.

Um Viertel vor zehn am Abend forderte Simkins zum zweiten Mal auf, die Positionen einzunehmen, die Hexen an den Markierungen hinter dem Kessel. Fritzi rückte noch einmal ihre Perücke zurecht. Mr. Entwistle schlug die erste Seite seines Soufflierbuches auf.

Simkins rief seine Anweisungen durch einen Sprechtrichter. Rote und gelbe Scheinwerfer erstrahlten über dem Kessel. Das billige Gebläse rasselte in der Versenköffnung. Ein Schweinwerfer in der Seitenkulisse tauchte die Hexen in grünes Licht. Rauch stieg auf. Fritzi drückte die Daumen.

Der für den Vorhang zuständige Bühnenarbeiter zog am Vorhangseil, und sie begannen.

Fritzi mußte Mrs. Van Sant recht geben, daß die Probe schleppend, um nicht zu sagen, verheerend verlief. Natürlich war man nachts um halb zwei Uhr nicht mehr in Form, den Anweisungen eines Regisseurs zu folgen, der genauso müde war wie seine Schauspieler. Aber was konnte man von Hobart und allen anderen nach diesem nervenaufreibenden Vorfall anderes erwarten?

»Das wär's für heute«, meinte Hobart schließlich. »Lassen Sie mich abschließend sagen, daß es eine verdammt schlechte Vorstellung war. Also reißen Sie sich zusammen! Wir alle wissen, daß stümperhafte Generalproben das beste Zeichen für hervorragende Premieren sind. Also ruhen Sie sich aus, und kommen Sie frisch gestärkt zurück. Für heute sind Sie entlassen.«

»Durchlaufprobe morgen um drei«, erinnerte Simkins. »Am
Abend bitte alle fünfunddreißig Minuten vor Beginn der Vorstellung erscheinen. Fünf vor sieben.«

Hobarts Schlußworte erzeugten eine bemerkenswerte Zuversicht bei Fritzi und den anderen. Mrs. Van Sant und die Hexen
waren der Meinung, sie hätten einen Teller Austernsuppe und einen guten Schluck nötig. Fritzi wischte sich hastig die
Schminke vom Gesicht, und die vier Damen eilten durch verlassene Straßen zu einem Austernrestaurant in der Dreiundvierzig-
sten Straße, unweit des Hauptbahnhofs.

In Zweier- und Dreiergruppen traf nacheinander das ganze
Ensemble dort ein. Manchester, Launcelot Buford mit seiner wi-
derwärtigen Mutter und der andere jugendliche Schauspieler.
Das Austernrestaurant war bis vier Uhr früh geöffnet, doch in
den ersten Morgenstunden war es spärlich besucht – nur ein
paar hartgesottene Trinker lümmelten an der langen Mahagoni-
theke. Der Geschäftsführer führte sie in ein Nebenzimmer, wo
ein Klavier stand. Todmüde Kellner servierten Austernsuppe mit
kleinen gelben Fettaugen, Schalen mit Kräckern, Bier in Krügen
und Kaffee in Tassen. Fritzi bestellte Kaffee. Eustacia trank nacheinander zwei Gin. »Das Korsett läßt sich so besser ertragen,
wißt ihr das nicht?«

Der alte Mr. Allardyce, der trotz seiner Jahre noch putzmun-
ter war, krempelte die Ärmel hoch und spielte beliebte Schlager.
Mehrere Mitglieder der Truppe traten allein, im Duo oder Trio
neben ihn, trällerten schlecht und recht die Texte und heimsten
den Beifall der Angeheiterten ein. Schon bald wurde die Stimmung ausgelassen; daß das feuchtfröhliche Zusammensein am
kommenden Morgen mit schrecklichen Kopfschmerzen bezahlt
werden mußte, war allen egal, solange es im Augenblick die
Seele wärmte. Diese kleinen Feiern, bei denen die Schauspieler
ihre Ängste, Sorgen und Hemmungen vergaßen, zählten für
Fritzi zu den größten Freuden des Theaterlebens.

Um drei Uhr waren bei Mr. Allardyce noch immer keine Anzeichen von Müdigkeit zu bemerken. Weitere Runden wurden
bestellt. Die Kellner machten inzwischen einen etwas lebhafte-
ren Eindruck, wahrscheinlich, weil sie sich Trinkgelder erhoff-
ten. Sie kennen Schauspieler nicht, dachte Fritzi.

Eine halbe Stunde später fielen ihr fast die Augen zu. Eustacia hatte ihre bestrumpften Beine auf einen freien Stuhl gelegt. Sie hielt ein volles Glas Gin in die Höhe. »Möchtest du? Ich kriege keinen Tropfen mehr runter.«

Fritzi schauderte. »Oh, nein, vielen Dank. Ich muß nach Hause. Ich möchte morgen abend nicht vollkommen ausgelaugt sein.« Sie griff nach Umhang und Handtasche. »Wie wird die Premiere, Eustacia?«

Eustacia unterdrückte ein Gähnen. »Wenn wir nur ein Quentchen Glück haben, werden wir alle fünf Akte ohne Tote und Krüppel durchstehen. Mit mehr Erfolg rechne ich allerdings nicht.«

Fritzi wäre gerne mutig, überschwenglich, zuversichtlich gewesen. Aber es gelang ihr nicht. Sie und Eustacia nickten nach allen Seiten und verließen gemeinsam das Restaurant, um nach Taxis Ausschau zu halten. Fritzis bleiches, müdes Gesicht war wie eine Maske, hinter der sich ihre Zweifel und ihre Angst verbargen.

25. DIE TRAGÖDIE

Fritzi traf eine volle Stunde vor Vorstellungsbeginn im Novelty
ein. Draußen ging Nieselregen nieder. Sie fühlte sich hundeelend. Sie war nicht nur müde von den Ausschweifungen der
vergangenen Nacht, sondern litt auch noch unter Bauchkrämpfen. Daß es ein vertrauter Schmerz war, machte ihn nicht erträglicher.

Eustacia flüsterte ihr zu, daß sie Hobart gesehen habe. »Seine
Augen stehen ihm wie Froschaugen aus dem Kopf. Simkins hat
erzählt, daß er auf seinem Weg ins Theater einem Leichenzug
begegnet ist. Hätte die kleinen Gassen nehmen sollen, der Narr.
Möchte wissen, was noch alles passiert!«

Während sie sich schminkte, konnte sich Fritzi beim besten
Willen nicht an ihre erste Textzeile erinnern. Das war ihr noch
nie passiert. Sie wühlte zwischen Tiegeln und Tuben, bis sie das
zerknitterte Blatt mit der ersten Szene des ersten Akts fand. Sie
faltete es und schob es unter das ausgefranste Seil, das ihr häß-
liches, schmutzfarbenes Kleid zusammenhielt. Wieder wurde
sie von Krämpfen gepeinigt. Mit geschlossenen Augen schlang
sie die Arme um den Oberkörper und verharrte in der Position,
bis die Krämpfe nachließen.

Manche Schauspieler machten sich am Abend der Premiere
kleine Geschenke. Obwohl sie es sich kaum leisten konnte,
hatte sie für die Herren Zigarren zu fünf Cent, kleine Duftkissen
für die Damen und billige Federmesser für die beiden wider-
spenstigen Jungen erstanden. Sie überreichte Mr. Denham seine
Zigarre, während er einen Rosenkranz durch seine Finger gleiten ließ. Mr. Gertz zeigte ihr ein Medaillon mit dem Bildnis des
heiligen Genesius, des Schutzpatrons der Schauspieler, der, so
hieß es, unter Kaiser Diokletian als Märtyrer gestorben war.
Fritzi fand ihre Freundin in der Garderobe, wo sie mit gefalteten
Händen und gesenktem Kopf vor dem Bild eines Menschen mit
Perücke kniete.

»Eustacia, um Himmels willen, wer ist das?«

»David Garrick. Manche sagen, er bringe Glück. Schaden kann es ja nicht.«

Fritzi brach der kalte Schweiß aus.

Pop Foy teilte ihnen düster mit, daß sich der Nieselregen in einen Platzregen verwandelt habe. Das Publikum fand sich naß bis auf die Haut im Theater ein. Die Leute schniefen und maulten. Während Fritzi hinter dem Vorhang lauschte – nur Amateure lugten hinaus, um die Köpfe zu zählen –, verlor sie allen Mut. Es gab ein Publikum, von dem ging eine Spannung aus, welche die Schauspieler inspirierte, aber es gab auch ein Publikum, das wie eine leere Batterie wirkte; es applaudierte nur halbherzig, wenn überhaupt, und lachte garantiert immer an der falschen Stelle.

Um zwanzig nach sieben rief Manchester alle auf die Bühne. Er sah tatsächlich unwohl und zittrig aus. »Ich freue mich, Ihnen mitteilen zu können, daß wir zu fast zwei Drittel ausverkauft sind.« Einige Gesichter hellten sich kurz auf. »Aber gleichzeitig muß ich Ihnen leider mitteilen, daß sich Mr. Entwistle eine Rückenverletzung zugezogen hat, als er von diesem Schuft vom Stuhl gestoßen wurde. Der Souffliertisch wird deshalb heute abend nicht besetzt sein. Mr. Simkins wird für Mr. Entwistle einspringen, aber bitte denken Sie daran, daß er schon genügend damit zu tun hat, die Einsätze zu geben. Ich bin sicher, daß Ihnen dieses kleine Problem keine Schwierigkeiten bereiten wird.«

Fritzi war es plötzlich schlecht, ihr wurde ganz schwindlig. Sie griff nach dem Vorhang, was Glück bringen sollte. Ida Whittemeyer umarmte ihre beiden Hexenschwestern hastig. Fritzi hielt die gedrückten Daumen hoch. Sally Murphy drückte ihnen die Hände und sagte »Hals- und Beinbruch«.

Der Vorhang ging auf. Die Tragödie begann.

In der ersten Szene kam es an dem billigen elektrischen Gebläse in der Versenköffnung zu einem Kurzschluß. Mit einem Quietschen stand das Gerät still. Augenblicklich verdichtete sich der Rauch hinter dem Kessel. Ida Whittemeyer wurde von einem Hustenanfall geschüttelt. Es dauerte fast eine halbe Minute, bis sie weitersprechen konnte.

Bei seinem ersten Erscheinen auf der zugigen Heide blieb Hobart mit seinem Mantel an einem Nagel hängen. Das Zerreißen des Stoffes, das leider sehr laut war, erinnerte an abgehende Winde. Die Zuschauer kicherten.

Während Hobarts Dolch-Rede fing der Verfolgerscheinwerfer an zu knistern und zu zischen, dann gab er den Geist auf.

Einer der Mörder stürzte von der Vorbühne. Es war kein anmutiger Sturz, sondern ein Bauchklatscher. Fritzi stand in der Seitenkulisse und krümmte sich, als sie das Lachen aus dem Zuschauerraum hörte.

Als der Vorhang zum dritten Akt aufging, waren alle schon ziemlich durcheinander. Die Texte wurden entweder im Eiltempo oder schleppend vorgetragen. Mrs. Van Sant trat auf. Mit hängendem Mund starrte sie auf den Souffliertisch. Simkins konnte die Textstelle nicht finden. Mrs. Van Sant knurrte: »Text, Sie Vollidiot, *Text*!« Die Zuschauer in den vorderen Reihen hörten das und lachten.

Simkins fand die Stelle. Mrs. Van Sant fuhr fort. Die Tragödie rollte weiter wie ein Wagen auf drei Rädern.

In Launcelot Bufords Szene mit Miss Whittemeyer ließ er einen lebenden Goldfisch in ihre Hand gleiten. Sie kreischte und warf ihn von sich. Bedauerlicherweise sahen nicht wenige Zuschauer, wie der Fisch auf die Bühne plumpste, was erneut für Heiterkeit sorgte. Einer der Mörder brach in unbändiges Gelächter aus und mußte die Bühne verlassen.

In jeder größeren Produktion gab es in der Regel mindestens einen betrunkenen Schauspieler, und der heutige Abend bildete keine Ausnahme. Es war jedoch nicht Mr. Allardyce, sondern ein Statist, ein Baumträger, der mit seinen Ästen so wild in der Gegend herumfuchtelte, daß er seinem Nebenmann den Helm vom Kopf stieß. Der Helm rollte von der Vorbühne und fiel in den Orchestergraben, auf die kleine Trommel. Hobart hatte ein Zweimannorchester engagiert, Geige und Schlagzeug – nicht gerade die ideale Besetzung für ein klassisches Stück, aber billig.

Der Helm erzeugte auf der Trommel einige Impromptus, rollte aus der Reichweite des Schlagzeugers und beendete seine Darbietung, indem er mit einem Ton, der an einen chinesischen Gong erinnerte, auf dem Fußboden landete. Das Publikum tobte, endlich wurde es unterhalten.

Während des dramatischen Duells traf Macduff mit seinem Blechschwert die Kante des Versenkpodiums, und es bog sich, als sei es aus Butter. Vollkommen aus dem Konzept gebracht, ließ Mr. Denham das Schwert bei dem Versuch, es gerade zu biegen, zweimal fallen. Hobart versuchte, das Mißgeschick zu überspielen, indem er schmerzgekrümmt über die Bühne schritt. Da Macduff ihn aber nach nicht verletzt hatte, machte das eher den Eindruck von Bauchkrämpfen. Das Publikum wieherte und pfiff.

Hobarts Zweihänder war aus Holz gefertigt. Als er irgendwann zum entscheidenden Schlag ausholte, brach das Schwert am Griff entzwei. In die plötzlichen Stille hinein hörte man Hobart sagen: »O mein Gott!«

Überall herrschte Ausgelassenheit, nur nicht auf der Bühne.

Das Publikum floh nach dem ersten Vorhang aus dem Theater, nicht ohne vorher zahlreiche Buhrufe und schrille Pfiffe loszuwerden. Fritzi hätte am liebsten geweint. Ihr *Schottisches Stück* war keine Tragödie, sondern eine Farce. Der dreirädrige Wagen befand sich auf Talfahrt und raste in wilder Fahrt auf den Totenacker zu, auf dem all diese untauglichen Vehikel begraben wurden: die Morgenkritiken.

Der *New York Rocket* war der erste, der am Morgen ausgeliefert wurde. Mrs. Van Sant stand auf und las die Kritik in einem Privatzimmer im oberen Stockwerk von Charles Rectors schickem Restaurant am Broadway laut vor. Das Ensemble hatte sich zu einer Feier zusammengefunden, die dem Anschein und der Stimmung nach an einen Leichenschmaus erinnerte.

»›Mr. Hobart Manchesters Produktion im Novelty war, wie der Name des Theaters verspricht, in der Tat eine Neuheit, so einzigartig miserabel, daß selbst hartgesottenen Theaterfreunden das Blut in den Adern gefror und jeden fühlenden Christen, der das Unglück hatte, dieser Aufführung beizuwohnen, grenzenloses Mitleid überkam. Eine schlechte Inszenierung und die elende Leistung eines fast dilettantischen Ensembles ließen die Tragödie schnell in eine unfreiwillige Komödie ausarten, wovon sie sich nicht erholte … Ich habe selten eine geschmacklosere‹ … und so weiter und so fort«, murmelte sie, die Absätze überfliegend. »›Der Beweis für falsche Sparsamkeit war überall sichtbar. Die Kostüme schienen von einem Lumpensammler zu stammen, außer natürlich denen, die die englische Schauspielerin Mrs. Van Sant zur Schau trug, welche wiederum eher einer ehemaligen Varietétänzerin zustünden.‹ Gemeiner Hund!« Sie schleuderte die Zeitung von sich.

»Wie kann ein Mensch sein Leben bloß mit dem Schreiben solcher Gemeinheiten zubringen? Er muß krank sein. Sollte ich diesem Mann jemals begegnen, wird er fortan als Eunuch durchs Leben gehen.«

Die Schauspieler applaudierten, aber Fritzi merkte die fehlende Begeisterung. Ida Whittemeyer sagte: »Ich bin sicher, unser heldenhafter Regisseur und Hauptdarsteller ist auch dieser Meinung. Nicht wahr, Hobart?«

»Hobart! Hobart!« Sie stampften und klatschten und suchten, bis Simkins schließlich aus einer Ecke des Zimmers erklärte: »Er hat sich vor fünf Minuten davongeschlichen.«

26. ABGESETZT

Simkins brachte den Aufkleber, der die Absetzung des Stücks ankündigte, vor der Donnerstagvorstellung an. Am späten Freitag nachmittag fuhr Fritzi zum Novelty. Seit Montag hatte der Regen kaum nachgelassen. Die Straßen waren dunkel und stanken von dem Müll, der sich in den Pfützen sammelte.

Das Theater wirkte wieder leer und traurig. Hinter der Bühne traf sie auf Sally Murphy, Mr. O'Moore und Ida, die genauso niedergeschlagen waren wie sie. Man umarmte sich, tauschte Adressen und versprach zu schreiben, obwohl man wußte, daß man das so gut wie sicher nie tun würde.

Mit Eustacia hatte Fritzi bereits am Telephon gesprochen. Die Freundin hatte eine billige Kabine auf dem nächsten Schiff gebucht, das den Atlantik überquerte, einem griechischen Dampfer, der am Montag Kurs auf Cherbourg und Piräus nahm. Da sich Hobart weigerte, ihr das Astor weiter zu finanzieren, war sie gezwungen, bis zur Abreise auf eigene Kosten in einem billigeren Hotel an der Ninth Avenue zu logieren. »Eine unglaubliche Demütigung.«

Simkins erklärte, die Schecks für die Wochengage lägen Samstag mittag bereit.

»Ist Mr. Manchester im Theater?« fragte Fritzi.

»Ja, aber nicht zu sprechen.«

»Dann sehe ich Sie also morgen.«

»Nein, ich bin morgen schon in Albany. Ich gehe mit *Die Gefangene von Zenda* auf Tournee. Der Theaterbuchhalter gibt Ihnen Ihre Schecks.«

»Dann müssen wir also auf Wiedersehen sagen, Mr. Simkins. Es hat mich sehr gefreut, Sie kennenzulernen.«

»Das gleiche gilt für mich, Miss Crown.« Sie reichten sich die Hand wie zwei Trauernde.

Vor dem Theater blieb sie eine Minute lang unter der Markise stehen, um dem peitschenden Regen zu entgehen. Ihre Hände waren kalt und rauh. Ihre gestrickten Handschuhe waren zer-

schlissen. Im Geiste hörte sie ihre Mutter sagen: »Liebchen, eine
junge Dame geht nie ohne Handschuhe aus.« Nein, aber eine
Schauspielerin ohne Engagement sehr wohl.

Der Regen tropfte an den Seiten der Markise herunter und
schoß in den Abfluß hinter ihr. Die bitterkalte Septemberluft
schien bereits den Winter anzukündigen. Sie starrte auf den Pa-
pierstreifen, der quer über dem Plakat klebte: ABGESETZT. Ihre
Wangen waren naß, aber nicht vom Regen.

Das *Macbeth*-Engagement war für sie der letzte Prüfstein
dafür gewesen, ob sie in New York bestehen konnte. Sie wußte,
daß sie für das Fiasko nicht persönlich verantwortlich war, aber
das war kein Trost. »Was nun?« Sie hatte gar nicht gemerkt, daß
sie laut gedacht hatte, bis ein Erdnußverkäufer, dessen Röst-
pfanne mit einem Öltuch bedeckt war, an ihr vorüberging und
ihr einen verwunderten Blick zuwarf.

Eine Eingangstür wurde aufgestoßen. Aus der Tür trat mit
hochgeschlagenem Kragen Hobart. »Fritzi! Wollten Sie sich mit
eigenen Augen überzeugen, daß es wahr ist?«

»Offenbar«, sagte sie mit einem traurigen Lächeln.

»Wie geht's weiter? Haben Sie schon irgendwelche Vorsprechtermine?«

»Nicht direkt.«

»Schade. Wie sieht's finanziell aus?«

»Die nächsten zwei Wochen werde ich nicht verhungern.«

»Ach, ein grausamer Beruf! Mir geht es nicht viel besser.
Heute nachmittag habe ich die Bühnenarbeiter und Kostümver-
leiher bezahlt. Ich hab' es erst jetzt gemacht, um sicherzustellen,
daß genügend Geld übrig ist, um dem Ensemble die volle Gage
zu geben.«

»Ich möchte Ihnen sagen, wie leid es mir tut.«

»Und mir erst, das können Sie mir glauben.«

»Die Vorstellungen am Dienstag und Mittwoch waren sehr
gut. Und gestern abend war ausgezeichnet.«

»Trotzdem hat uns der Fluch, der auf diesem Stück liegt, eingeholt. Ich hätte *Ein Sommernachtstraum* nehmen sollen. Feen
sind harmlos. Ich werde Sie vermissen, Fritzi. Aber noch ist die
Stunde des Abschieds nicht gekommen. Ich habe genügend
Geld für ein Abendessen bei Rector's in der Tasche. Wenn Sie
nicht zuviel bestellen.«

Er schlug seinen Umhang zurück, zog seine Taschenuhr heraus, ohne die Hasenpfote an der Kette auch nur eines Blickes zu würdigen. »Wir können frühestens in einer Stunde essen. Wollen wir uns nicht solange ein paar galoppierende Bilder anschauen?«

»Sie meinen Filme? In einem Nickelodeon?«

»Ja! Ich finde sie herrlich. Dort drüben ist das *Variety*. Kommen Sie!« Er hakte sich bei ihr ein. Sie brachte es nicht übers Herz, ihm zu sagen, wie zuwider ihr diese billige Unterhaltung war.

Während sie, unter ihrem Schirm zusammengedrängt, über die Straße gingen, sagte Fritzi: »Ich habe gehört, daß diese Filmfirmen ausgebildete Schauspieler beschäftigen. Die Gagen sollen sogar ganz gut sein, fünf Dollar pro Tag. Würden Sie so was machen?«

»Ich? Bestimmt nicht!«

»Ich auch nicht.«

Hobart bezahlte die Eintrittskarten. Eine Vorstellung war eben zu Ende gegangen. Sie sicherten sich einen Platz auf einer harten Bank ziemlich weit hinten. Das Nickelodeon füllte sich schnell. Der Projektor ratterte, ein Lichtstrahl durchbohrte die Dunkelheit. Auf der Bildwand erschien ein flackerndes Bild: der Titelvorspann.

»Ah, gut, eine neue Biographie«, flüsterte Hobart. »Die Geschichten sind immer ziemlich spannend.«

Der Einspuler mit einer Laufzeit von ungefähr fünfzehn Minuten war ein Melodram, in dem ein junges Mädchen aus gutem Hause entführt und vom Chauffeur der Familie gerettet wurde, mit dem sie anschließend durchbrannte, womit Liebe und Mut über alle sozialen Grenzen hinweg triumphierten. Fritzi bemerkte verlegen, daß die Geschichte sie gefangengenommen hatte. Danach wurde Aktuelles gezeigt, Sachen, wie Paul sie machte. Ein starker Mann hob eine Löwin hoch und stemmte sie über seinen Kopf; ein Zeppelin schwebte am Eiffelturm vorbei; Kaiser Wilhelms Husaren galoppierten durch einen Berliner Forst; fünf Mädchen in Badeanzügen tummelten sich am Strand von New Jersey. Die nächste Filmspule bestand aus zwei kurzen Komödien. Die Akteure traten versehentlich in Eimer und fielen von Leitern herunter. Autos rasten aufeinander zu und fuhren in allerletzter Minute zur Seite. Fritzi nahm an, daß das anwesende Publikum sich köstlich amüsierte. Es fiel ihr auf, daß in keinem Titelvorspann ein Schauspieler namentlich erwähnt wurde, nur das Studio und in einem Fall der Regisseur.

Als sie später im oberen Stock von Charles Rectors schickem Restaurant saßen, bestellten sie die Spezialität des Hauses, gebratene Austern. »Was werden Sie machen?« erkundigte sich Fritzi. »Wieder zurück nach Europa?«

Mit träumerischem Blick sah er zur Decke. »Nein, das glaube ich nicht. In London bin ich zu bekannt. Meine beruflichen Mißerfolge, mein Privatleben. Außerdem bewundere ich Ihr Land und würde eigentlich ganz gerne hier bleiben. Ich weiß, daß ich in einem oder zwei Jahren wieder eine Produktion auf die Bühne kriegen kann. Und dann geht's wieder aufwärts.«

Dieser wirklichkeitsfremde Optimismus kam ihr bekannt vor. Es war nichts Ungewöhnliches, daß Schauspieler sich gerne etwas vormachten. Nur so konnten sie in einem häufig hoffnungslosen Beruf überleben. Sie selbst bildete da keine Ausnahme.

»Ich habe mich umgehört«, fuhr er fort. »William Gillette geht mit seinem *Sherlock Holmes* wieder auf Tournee, und zwar mindestens ein Jahr. Ich könnte die Rolle des Moriarty übernehmen. Entweder das oder ein Gastspiel bei James O'Neills alter Kamelle *Der Graf von Monte Christo*. Aber egal, was passiert, ich möchte, daß wir Freunde und in Verbindung bleiben.«

»Das werden wir, Hobart. Ich verspreche es.«

Eustacia Van Sants Suite auf der *Athena* war eine luxuriöse Unterkunft in Rosenholz und rotem Plüsch. Eustacia machte Fritzi mit einem schmächtigen, lächelnden Griechen in weißem Jackett mit Schulterbesätzen bekannt. »Mr. Ragoustis ist der Proviantmeister. Der gute Mann hat mich aus einer Kammer, die nicht größer war als ein Sarg, in diese Suite übergesiedelt. Wir werden bestimmt gute Freunde.« Sie beugte sich vor, küßte ihn auf die Stirn und hob ihm dabei ihr üppiges Dekolleté entgegen. Mit verklärtem Blick verließ er das Zimmer.

»Hier ist meine Adresse am Sloane Square«, sagte Eustacia. »Vergessen Sie mich nicht.«

»Wie könnte ich, Eustacia?«

Eustacia schritt leise zählend durch das Labyrinth von Überseekoffern und Köfferchen. »Was haben Sie vor?«

Fritzi seufzte, als sie sich auf dem grünen Samtsofa niederließen. »Ich weiß es nicht«, antwortete sie ehrlich.

»Lassen Sie den Kopf nicht hängen! Sie sind wirklich begabt.«

»Ich weiß nicht, wie lange ich das noch glauben kann.«

Die Schiffssirene ertönte. Nachdem sie sich umarmt und geküßt hatten, lief Fritzi den Landungssteg zum Kai hinunter. Eustacia stand an der Reling des Promenadendecks. Sie winkte, Fritzi winkte, eine Kapelle spielte auf. Die Passagiere warfen mit Konfetti und farbigen Papierschlangen, als die *Athena* in den Hudson River zurücksetzte und mit einer Wende Kurs auf den Atlantik nahm. Und wieder liefen Fritzi Tränen über das Gesicht.

27. PAUL UND HARRY

Während der letzten sonnigen Herbsttage, kurz vor den Präsidentschaftswahlen, kehrte Paul nach New York zurück. Er war in Kalifornien gewesen, hatte spektakuläre Bilder von der wilden Küste um Monterey eingefangen und anschließend den bemerkenswerten Wiederaufbau von San Francisco gefilmt.

Er quartierte sich in dem kleinen, aber feinen Hotel Algonquin in der Vierundvierzigsten Straße ein und rief seine Cousine an. Eine Frau mit fremdländischem Akzent sagte: »Nur eine Sekunde, ich hole sie.«

»Tante Ilsa hat mir, als ich in Chicago war, von dem Fiasko mit dem Stück erzählt«, sagte er, als Fritzi ans Telephon kam. »Das tut mir wirklich leid. Hast du wieder eine Rolle?«

»Meine Kellnerinnenrolle«, antwortete sie lachend. »Ich arbeite wieder in einem dieser billigen Lokale. Wann sehen wir uns?«

»Heute abend geht es leider nicht. Mein amerikanischer Verleger und seine Frau haben mich ins Rector's eingeladen. Aber wie wär's mit morgen?«

»Sonntag paßt gut, da habe ich frei.«

Er schlug ein Picknick im Central Park vor. Für Speis und Trank wollte er sorgen. »Wenn du nichts dagegen hast, werde ich noch einen alten Freund einladen. Ich habe ihn auf der *Rhineland* kennengelernt, als ich '92 rübergekommen bin. Damals hieß er Herschel Wolinski, heute nennt er sich Harry Poland. Er komponiert.«

»O ja, ich kenne seine Lieder. Ich freue mich darauf, ihn kennenzulernen.«

Sie verabredeten sich für halb eins. »Ich hole dich mit dem Taxi ab.«

»Nein, nein, das wäre ein zu großer Umweg für dich; wir treffen uns in deiner Nähe.« Plötzlich beschlich ihn der Verdacht, daß er nicht sehen sollte, wo sie wohnte.

Paul wartete auf der Fifth Avenue an der großen Reiterstatue von General Sherman. Neben ihm auf dem Gehsteig stand ein großer, vom Koch des Hotels bestückter Korb und ein Lackkoffer, in dem sich seine Stereokamera befand. Dieses Wiedersehen mußte er einfach filmen. Selbst als er noch Pauli Kroner gewesen war, der Junge, aus dem später Paul Crown wurde, hatten ihn die anderen wegen seiner Sammelleidenschaft schon hänselnd als Hamster bezeichnet. Er besaß von dieser Reise bereits zahlreiche Andenken – Speisekarten von der *Lusitania*, Ansichtskarten aus den Städten, die er besucht hatte, eine kleine Freiheitsstatue für Shad, eine Puppe für Betsy. Nur ein Geschenk für Julie fehlte ihm noch. Er vermißte seine Frau ganz schrecklich. Der heutige Tag versprach eine kleine Erholung von seinem Heimweh.

Er warf einen Blick auf seine Taschenuhr. Viertel nach zwölf. In dem Moment hörte er ihre Stimme. »Paul! Hier bin ich!«

Winkend stand sie auf der gegenüberliegenden Seite der Neunundfünfzigsten Straße. Im gleichen Augenblick rannte sie los, überquerte die Straße vor einem Wagen und warf sich ihm in die Arme. Lachend wirbelten sie herum, ohne auf die neugierigen Blicke der Sonntagsspaziergänger zu achten. Fritzi trug einen dunkelblauen Bahnenrock, dazu eine langärmlige, blauweiß karierte Bluse mit weißer Paspel. Eine marineblaue Matrosenmütze saß keck auf ihrem blonden Haar.

Sie küßte ihn auf die Wangen. »Du siehst wunderbar aus.«

»Du auch.« In Wirklichkeit fand er, daß sie blaß und mager wirkte.

»Wo ist dein Freund?«

»Er wird gleich kommen. Er weiß, wo wir uns treffen.«

»Erzähl mir von ihm. Wie alt ist er?«

»Jünger als ich. Siebenundzwanzig, achtundzwanzig.«

»Verheiratet?«

»Ja, leider.«

»Schade. Er wohnt wahrscheinlich in Manhattan?«

»Er hat ein Büro im Viertel Tin Pan Alley, an der Neunundzwanzigsten Straße, wohnt aber in Port Chester. Er nimmt den Mittagszug.«

»Kommt seine Frau auch mit?«

»Nein, sie sitzt im Rollstuhl.« Der Fußpfad, den sie einschlugen, schlängelte sich vor ihnen durch Bäume und Gebüsch. Sie hatten sich einen wunderschönen Tag ausgesucht, klar und erfrischend. Die Bäume leuchteten in den verschiedensten Farben, das Licht, das durch die Blätter fiel, war wie eine magische Laterne. Der Rauch, der vielerorts von Laubfeuern aufstieg, vermischte sich mit dem durchdringenden Geruch von Pferdeäpfeln, der vom nahe gelegenen Reitweg herüberwehte.

»Harrys Frau hatte vor ein paar Jahren einen Schlaganfall«, fuhr Paul fort. »Sie war eine erfolgreiche Sängerin, Flavia Farrel, zwanzig Jahre älter als Harry. Er war ihr musikalischer Begleiter und Dirigent.« Und ihr Liebhaber. Aber das erwähnte er nicht.

»Flavia hat Harry zum Durchbruch verholfen, von ihr kamen die ersten musikalischen Aufträge. Als sie nach dem Schlaganfall nicht mehr singen konnte, hat er sie geheiratet. Seit damals kümmert er sich um sie.« So war Harry – gefühlvoll und loyal. Paul blieb stehen, blickte auf einen kleinen Hügel zu ihrer Linken. »Das ist die Stelle, die Harry mir beschrieben hat. Komm!«

Er nahm den Korb, sie die Stereokamera, und gemeinsam stiegen sie zur sonnigen Kuppe hinauf. Die nächste halbe Stunde glich einem Frage- und Antwortspiel. Sie erkundigte sich nach seiner Reise, seinen Vorträgen, Julie, Shad und Betsy. Er ließ sich von ihrem Leben erzählen. Traurigkeit beschlich sie, als sie über ihre Entfremdung von ihrem Vater sprachen.

Paul legte seine Mütze ab, zog seinen Mantel aus, lockerte seine Krawatte und krempelte die Ärmel hoch. Fritzi knöpfte ihre Stulpen auf und legte ihre Mütze ins Gras. Er überreichte ihr ein in braunes Papier eingewickeltes Päckchen, das sie sofort aufmachte.

»Oh, Paul!« Sie hielt das Buch hoch. »Ich bin ja so gespannt darauf.«

»Es ist die Londoner Ausgabe. Bis jetzt verdanke ich meinen ganzen Erfolg damit einzig und allein dir. Dick Davis hat mir in einem Brief mitgeteilt, daß er es großartig findet ... Ah, da kommt Harry.«

Auf dem Fußweg näherte sich ein großer, schlanker Mann mit breiten Schultern. Er winkte ihnen zu, während er mit einem Leinenbeutel den Hügel heraufgerannt kam. Er trug einen eleganten dunklen Kammgarnanzug. Seine Schuhe waren aus teurem Ziegenleder mit makellos polierten Lacklederspitzen, sein

Leinenhemd weiß mit schmalen roten Längsstreifen und einem abnehmbaren Kragen. Die Windsor-Krawatte paßte farblich zum weinroten Hutband.

Fritzi sah lächelnd zu, wie die beiden Männer ausgelassen wie Schuljungen im Kreis tanzten, sich umarmten und auf die Schultern klopften. Sie waren zusammen nach Ellis Island gekommen, aber die Ärzte der Einwanderungsbehörde hatten dem jungen Herschel Wolinski und seiner Familie die Einreise verweigert, weil die Mutter an einer Augenkrankheit litt. Herschel wünschte sich nichts sehnlicher als ein neues Leben in Amerika, aber er war nicht gewillt, seine Mutter und seine beiden Schwestern zu verlassen. Während Paul nach Chicago aufbrach, war er nach Polen zurückgekehrt.

Er schaffte es jedoch ein zweites Mal bis nach Ellis Island. Im Jahr 1901 sahen er und Paul sich zufällig bei Woolworth auf der Sixth Avenue wieder. Ein Klavierspieler spielte dort einen der bekannten Schlager, eine langsame, etwas melancholische Melodie namens *Ragtime Rose* von Harry Poland. Der Komponist stand ganz in der Nähe des Klaviers, als Paul ihn erkannte.

»Das ist also Fritzi, die Schauspielerin. Entzückend!« Harry riß sich den Hut vom Kopf und küßte ihr die Hand. Sein schwarzes, lockiges Haar glänzte in der Sonne. Seine blauen Augen waren ansteckend fröhlich. »Ich habe schon so viel von Ihnen gehört.«

»Und ich von Ihnen, Mr. Poland.«

»Aber bitte, nennen Sie mich Harry.«

»Sie schreiben ja richtige Ohrwürmer.«

»Er schreibt auch seine eigenen Texte«, ergänzte Paul. »Und die sind auch noch gut. Ganz schöne Leistung für jemanden, der bis vor zehn Jahren nur Polnisch sprach.«

»Was ihr da sagt, ist sehr freundlich von euch. Ich liebe die amerikanische Musik. Ich schreibe Musik für einfache Leute, die Melodien mögen, die sie sich merken und mitsummen können. Stört es Sie, wenn ich meinen Mantel ausziehe?« Seine Hosenträger waren knallrot und hatten Messingclips. In Harrys Gegenwart kam sich Paul wie ein Landstreicher vor.

»Wie geht es Flavia?« erkundigte er sich.

»Leider unverändert.« An Fritzi gewandt, fuhr er fort: »Meine Frau ist von der Taille abwärts gelähmt. Ein Jahr lang

212   TEIL ZWEI

konnte sie nicht sprechen. Ihre Karriere als Sängerin war mit einem Schlag zu Ende.«

»Das tut mir sehr leid, das ist ja furchtbar traurig.«

»Aber jetzt geht es uns gut. Wir haben eine ausgezeichnete Krankenschwester, die bei uns im Haus lebt, und wenn ich zu Hause bin, kümmere ich mich um Flavia. Und das tu ich gern, denn sie hat mir damals, als ich keine Menschenseele im Musikgeschäft kannte, Tür und Tor geöffnet.«

Paul öffnete den Picknickkorb und breitete ein weißes Tischtuch aus. »Hast du schon deinen eigenen Musikverlag gegründet?«

Harry machte sich an den Schnallen seines Beutels zu schaffen. »Ich arbeite noch immer als Freiberufler für diverse Verlage. Aber ich habe es nicht aus dem Auge verloren.«

»Dein Automobillied wird überall in England, ja in ganz Europa gespielt.«

Harry lächelte. »Siebenhundertvierzigtausend Exemplare weltweit – bis jetzt. Ich freue mich natürlich über das Geld, das ich verdiene, aber ich will nicht mein ganzes Leben lang Schlager schreiben.« Er wandte sich an Fritzi. »Irgendwann möchte ich für die Bühne schreiben. Ich arbeite wie ein Teu... sehr hart, damit ich ein oder vielleicht zwei Stücke in ein Musical kriege.«

»Ich bin sicher, daß Sie das schaffen werden.«

Harrys Augen leuchteten auf. »Tja, um ehrlich zu sein, bin ich mir da auch ziemlich sicher. In diesem Land stehen einem alle Türen offen. Alles ist möglich, auch Harry Poland am Broadway. Und ich *werde* eines Tages meinen eigenen Verlag gründen. In der Zwischenzeit ...«

Er zog Notenpapier aus seinem Beutel. »Darf ich dir meine neuesten Werke überreichen?« Paul las die Titel. *Statue of Liberty Rag. Sadie Loves to Foxtrot.*

Paul überreichte Harry im Austausch ein Buch, dann reichte er die Noten Fritzi. »Oh, nein, nimm sie für Julie mit«, wehrte sie ab, und er fügte sich.

Harry beförderte eine alte Ziehharmonika zutage. »Meint ihr nicht, daß wir zum Essen etwas Musik haben sollten?«

Im Hotel hatte man kaltes Huhn, Leberpastete, Kräcker, Rohkost, Kartoffelsalat, Roggenbrot und eine Flasche Rotwein eingepackt. Am Fuße des Hügels sahen sie ein kleines Mädchen, das mit einem Stöckchen einen Holzreifen antrieb. Ein kleiner Junge kam aus dem Gebüsch auf sie zugelaufen und zog sie an den Zöpfen. Sie schrie auf und rannte davon. Der Anblick erinnerte Paul an Julie und seine Kinder, er sehnte sich nach so einem Tag mit ihnen im Green Park.

Harry fing an, *On a Sunday Afternoon* zu spielen. Danach folgte *Take Me Out to the Ballgame*. Er spielt nur für sie, dachte Paul vergnügt. Fritzi schien wie verzaubert.

Als nächstes kam *The Road to Mandalay*, dann *Aloha Oe*. Auf Pauls Drängen spielte Harry *That Automobiling Feeling*. Die Musik lockte einen vorbeigehenden Polizisten an. Er blieb eine Weile schweigend stehen, nur sein Knüppel bewegte sich im Takt der Musik. Bevor er weiterging, grüßte er Harry mit einem freundlichen Kopfnicken.

Harry spielte die ersten Takte von *Meet Me in St. Louis*, bevor er gestand: »Ich wünschte, ich hätte das geschrieben, es ist durch und durch amerikanisch.«

Fritzi klatschte in die Hände und wiegte sich zur Musik. Harry lachte und nickte mit dem Kopf. »Ja, man sollte dazu tanzen. Warum tun Sie's nicht?«

Fritzi sprang auf, raffte ihren Rock, um die Fesseln ihrer langen Beine zu zeigen. Dann begann sie sich zu drehen, ließ sich von der Musik leiten. Harry beschleunigte das Tempo. Sie sang und tanzte und drehte sich immer schneller. In der Nachmittagssonne leuchtete ihr Haar. Anmutig tanzte sie über das Gras, während Harry spielte, der jetzt nicht mehr auf seine Finger achtete, sondern nur noch auf sie.

Als das Lied zu Ende war, ließ sie sich ins Gras fallen, wo sie sich lachend und schweratmend auf die Ellbogen stützte. Paul meinte, jetzt sei es Zeit zu filmen. Zuerst filmte er Fritzi mit Harry, dann Fritzi allein und dann mit Hilfe eines raffinierten Mechanismus sie alle drei zusammen.

Paul rollte seinen Mantel zu einem Kissen zusammen und zündete sich eine Zigarre an. Harry fragte Fritzi nach ihrem Beruf. Als sie von dem Fiasko mit dem *Schottischen Stück* erzählte, konnte sie tatsächlich schon über so manche Situation lachen. Sie imitierte Mr. Scarboro, und obwohl Paul dem Mann nie begegnet war, konnte er sich seine widerliche Arroganz sofort vorstellen. Harrys Beifall führte dazu, daß Fritzi nicht nur Teddy

Roosevelts Gehabe und seine hohe Stimme nachahmte, sondern im Anschluß daran auch noch den watschelnden Gang des schrecklich dicken Bill Taft.

Bald war es vier Uhr, und Harry verkündete, daß er sich auf den Weg zum Zug machen müsse. Im Westen brauten sich Wolken zusammen, ein Sturm kam auf. Harry griff galant nach Fritzis Hand.

»Es war ein wunderschöner Nachmittag. Ich habe mich wirklich sehr gefreut, Sie kennenzulernen.« Er beugte sich langsam über ihre Hand und küßte sie noch einmal. Dann umarmte er Paul.

Fritzi murmelte ein paar höfliche Worte der Anerkennung. Harry griff nach seinem Beutel und war schon bald in der Menge der Fifth Avenue verschwunden. Donner grollte über dem Hudson.

»Ich glaube, er hat sich in dich verguckt, Fritzi«, scherzte Paul.

»Er ist nett, aber er ist verheiratet. Wahrscheinlich werde ich ihn nie wiedersehen. Eigentlich schade.«

Paul musterte seine Cousine von der Seite. Sie meinte es so.

28. MIT VOLLEN SEGELN

Das Weihnachtsgeschenk für Tess kostete Carl mehr, als er hätte ausgeben dürfen, nämlich ganze neun Dollar. Aber er konnte dem Goldarmband, das er im Schaufenster bei Hudson's sah, einfach nicht widerstehen. Es waren zwei ineinander verschlungene Goldbänder, das eine glatt, das andere mit winzigen Blüten verziert. Eine Uhrkette für fünf Dollar, die er seinem Vater zugedacht hatte, wurde gestrichen und durch eine Silberkette für ein Dollar neunzig ersetzt. Sein Bruder bekam ein großes Taschenmesser mit zwei Klingen und Hirschholzgriff. Mutter und Schwester schickte er handbemalte Andenkenteller mit einem Bild des Soldaten- und des Matrosendenkmals der Stadt. Die Kunst, für Ilsa und Fritzi die richtigen Geschenke zu finden, blieb ihm verschlossen.

Tess freute sich riesig über das Armband. Sie schenkte ihm einen herrlichen Stahlrasierer mit Onyxgriff und einen breiten Gürtel aus braunem Krokodilleder mit einer silbernen Schnalle in Form eines Adlers.

Der trübe Winter, der für Michigan so typisch war, zog sich dahin. Carl sehnte sich danach, daß der Schnee taute, die Straßen trockneten und die Rennbahn befahrbar würde; dann könnte er in Edmunds neuen Special steigen, der in einer Remise für fünf Gespanne hinter Hoots Herrenhaus in der Jefferson Avenue gebaut wurde. Nur Tess war es zu danken, daß Carl in dieser Zeit nicht durchdrehte, sich an den grauen Morgen tatsächlich aus dem Bett quälte, sich mit drei anderen Mietern zu dem heißen Haferschleim und dem säuerlich schmeckenden Kaffee hinunterschleppte, bei Schnee oder Nebel oder beißendem Regen zur Trambahn stapfte, um in der Piquette Avenue die Stechuhr zu drücken.

Im Laufe des Winters vertiefte sich ihre Beziehung, und dadurch wurde dringlicher, was Carl sich letztendlich von Tess erhoffte. Er dachte jedesmal an diesen Augenblick, wenn er einen Nickel oder einen Penny aus der Schublade nahm, wo er allerlei Krimskrams aufbewahrte, darunter auch eine Packung Präservative.

Ob Tess noch Jungfrau war? Bei ihrem forschen Auftreten hielt er es für unwahrscheinlich. Die Frage plagte ihn, weil er noch nie ein unberührtes Mädchen besessen hatte, und das auch jetzt nicht wollte. Andererseits war er sich seiner eigenen Willensstärke nicht so sicher. Würde er sich zurückhalten können, wenn sie ihm Bereitschaft signalisierte, obwohl sie Jungfrau war?

Tess sagte, daß sie unter der Heimlichtuerei litt. Es war nicht ihre Art. Schließlich entschloß sie sich, ihrem Vater reinen Wein einzuschenken; sie erzählte Carl erst im nachhinein von dem Gespräch.

Carl gelang es, seine Verärgerung zu verbergen. »Weiß er, daß wir uns ein- oder zweimal die Woche sehen?«

»Das habe ich ihm nicht gesagt, aber ich bin sicher, daß er meine Abwesenheit von zu Hause richtig auslegt. Leider habe ich etwas überreagiert. Ich sagte, daß er kein Mitspracherecht hat, was meinen Verehrer anbelangt. Deshalb schneidet er mich seit zwei Tagen. Aber er wird darüber hinwegkommen.«

»Es tut mir leid, daß ich dir soviel Schwierigkeiten bereite.«

»So etwas darfst du nicht sagen.« Sie legte ihm einen Finger auf den Mund. »Niemals. Ich gehe für dich durchs Feuer, Carl.« Sie errötete. »Noch ein schamloses Geständnis. In deiner Gegenwart werden sie mir anscheinend zur Gewohnheit.«

Bei ihren sonntäglichen Ausflügen nahmen Carl und Tess manchmal die Trambahn, aber wenn die Straßen frei von Schnee und Eis waren, fuhr sie ihren Sportwagen. Wenn sie keine andere Gelegenheit hatten, Zärtlichkeiten auszutauschen, versteckten sich hinter den Seitenvorhängen, die mit Druckknöpfen am Verdeck des Zweisitzers befestigt waren. Ihre Küsse wurden immer leidenschaftlicher. Mit der Zeit wurden alle ihre Zärtlichkeiten drängender und feuriger – so daß sie mit verschmiertem Lippenstift, geröteten Wangen, verrutschter Kleidung und zerzaustem Haar oft wie Varietéclowns aussahen. Warum nicht? Er liebte Tess und sagte ihr das auch. Sie erklärte, sie liebe ihn. Beide sagten es sich oft, es klang wie eine Gelübde in der Kirche. Tess sprach nie von der Zukunft und er auch nicht, außer wenn er sagte, daß er es gar nicht erwarten könne, im Frühling mit ihr zu einem Baseballspiel der Tigers im Burns Park zu gehen.

Die Beliebtheit des Modell T sorgte für hektische Aktivität in der Fabrik. Man beschloß, eine zweite Schicht einzulegen und dafür Arbeiter einzustellen, aber in Detroit herrschte Mangel an Arbeitskräften. Der Kraftwagen hatte bei einem Großteil der Bevölkerung den Durchbruch geschafft; die Automobilfirmen nahmen rapiden Aufschwung. Couzens klagte, daß zehntausend Bestellungen für das Modell T vorlägen und eine ganze Legion gereizter Händler ungeduldig auf die Lieferung warte. Carl hatte keine Angst, seine Arbeit zu verlieren, es sei denn, er selbst hätte es gewollt.

Eines Abends im April machte sich Carl auf den Weg zum Reparaturschuppen, um Jesse zur Hand zu gehen, aber Jesse war nicht dort. Er setzte sich und wartete, in Gedanken bei einem Auto, das ihm ins Auge gesprungen war, als er das Haus der Gibbs verlassen hatte. Es war ein schwarzer Zweisitzer von Clymer gewesen, der mit geschlossenem Verdeck und laufendem Motor auf der anderen Straßenseite gegen die Fahrtrichtung geparkt war. Als Carl zum Vordertor schritt, legte der Fahrer krachend den Gang ein und schoß davon. Im Schein der Straßenlaterne sah Carl eine Sekunde lang sein Gesicht. Er hätte schwören können, daß es Wayne Sykes gewesen war. Auf dem Weg zu Jesse überlegte er, ob er darüber lachen oder weinen sollte. Er wußte es wirklich nicht. Aber er wußte verdammt genau, daß er sich nicht gerne bespitzeln ließ.

Vierzig Minuten später trat Jesse in den Schuppen. Unter seinem linken Auge klebte ein dickes, blutgetränktes Verbandspflaster.

»Wo zum Teufel ist das passiert?«

»Gießerei«, antwortete Jesse. »Ein paar ihrer Jungs warteten auf ein paar von uns, als die Sirene ertönte. Die Jungs hatten Eisenrohre und Metallringe. Ich hab 'n paar Treffer gelandet, aber ihre saßen besser.«

»Stachelst du wieder in Sachen Gewerkschaft an?«

»Ich stachle nicht an«, widersprach Jesse barsch. »Wir bitten nur höflich um etwas, was fair ist. Wir haben eine Petition für

eine Abstimmung über die Gewerkschaftsmitgliedschaft einge-
reicht. Ich habe unterschrieben. Keine Forderungen wie das
letzte Mal, kein Streik, nur eine demokratische Abstimmung.
Kannst du etwas Schlechtes daran finden?«

»Nein, aber Clymer offenbar schon. Der wird die verdammte
Petition in der Luft zerreißen.«

»Zum Teufel, du hast recht.«

»Ich nehme an, du hast nicht vor, alt zu werden.« Er griff
nach einer Zange. »Sei vorsichtig. Ich habe keine Lust, mich
nach einem neuen Mechaniker umzusehen.«

»Typisch weißer Mann, denkt nur an sich selbst. Hol aus dem
Nigger raus, was geht, wie?«

»Ich mag das Wort nicht. Sagen wir lieber Gentleman – der
Gentleman ist nun mal zufällig mein Freund.«

In der folgenden Woche hatten Carl und Jesse das Glück, an einem Fünfzig-Meilen-Rennen drüben in Ann Arbor im County
Washtenaw teilzunehmen. Der Wagen war einer von zweien aus
der kleinen Belwin Motor Company aus Pontiac. Als der regu-
läre Fahrer krank wurde, griff Mr. Belwin selbst zum Telephon.
Irgend jemand hatte Carl empfohlen. Am Dienstag vor dem Rennen hinterließ Belwin eine Nachricht in der Pension. Carl wurde
telephonisch verpflichtet.

Am Samstag fuhren er und Jesse nach Arbeitsschluß in einem
Wagen, den Belwin geschickt hatte, nach Ann Arbor. »Wer fährt
für Ihr Team?« fragte Carl den Chauffeur.

»Burschen aus Michigan.«

»Verkäufer?« Das war nichts Ungewöhnliches, aber Carl
hatte kein Zutrauen zu ihnen. »Haben die Erfahrung?«

»Die haben verdammt viel Erfahrung im Verkaufen von Autos«, erwiderte der Fahrer gereizt. »Ich bin auch so einer. Murphy ist mein Name.«

Auf dem Rücksitz zusammengedrängt, tauschten Carl und
Jesse einen vielsagenden Blick.

Da die Firma Belwin keine Unterkunft bezahlte, wickelten
sich die beiden Männer in Decken ein und übernachteten unter
der Haupttribüne. Obwohl es zum Glück eine laue Nacht war,
erwachte Carl kalt und steif. Noch vor acht Uhr sahen sie sich
den Belwin Tiger an, den sie am Nachmittag im Rennen fahren

würden. Wie vor jedem anderen Rennen füllten sie den Tank und drehten eine Runde. Carl beschleunigte, testete Bremsen, Kurven und Geraden, bis er ein Gespür für die Beschaffenheit des Belags hatte und ungefähr wußte, wie schnell er fahren konnte.

Der ganze Aufwand war die Mühe nicht wert. Der großmäulige Murphy ging zwar in Führung, doch in der siebten Runde brachen die Radspeichen seines Belwin, er verlor die Kontrolle und krachte in eine Ziegelstützmauer vor der Haupttribüne. Die Zuschauer in den ersten Reihen schrien auf und rannten überstürzt davon. Zuerst drang Rauch aus Murphys Wagen, dann loderten Flammen auf. Murphy sprang heraus und stürzte zur Seite – kein Rennwagen hatte eine Sicherheitsausrüstung –, der ölige Rauch, schwarz wie die Nacht, breitete einen rußigen Schleier über die Rennbahn.

Ein Chalmers-Detroit, der sich vor Carl befand, steuerte im Zickzack auf das Innenfeld zu, um dem brennenden Wagen auszuweichen. Jesse deutete nach vorne, Carl nickte, und sie fuhren blindlings in den Rauch hinein. Dahinter sahen sie das Rad des kaputten Belwin mitten auf der Fahrbahn liegen. Carl konnte ihm nicht mehr ausweichen. Man hörte lautes Krachen aus dem Untergestell ihres tiefliegenden Rennwagens, als es auf das Rad aufprallte und es ein Stück mitschleifte. In der nächsten Kurve klopfte Jesse auf den Ölanzeiger. Die Zufuhr war unterbrochen. Mit einer Geschwindigkeit von fünf Meilen die Stunde und Rauchschwaden aus dem überhitzten Motor erreichten sie schließlich die Box.

»Verdammt«, entfuhr es Carl, während er beim Aussteigen seinen Helm vom Kopf riß.

»Kann man sagen«, gab Jesse zurück. Sie nahmen ihr Geld aus der Hand des verärgerten Mr. Belwin entgegen und erkundigten sich nach dem Weg zur Überlandbahn. Beide Männer waren in gedrückter Stimmung. Da fiel ihr Blick am Eingang der Rennbahn auf ein auffälliges Plakat.

WAYNE COUNTY MESSEGELÄNDE
SONNTAG, 9. MAI
NUR EINEN TAG!
EINMALIGE VORSTELLUNG DES
»SCHNELLSTEN FAHRERS DER WELT«

BARNEY OLDFIELD
PERSÖNLICH
AUF DEM WEG ZU EINEM NEUEN
GESCHWINDIGKEITSREKORD

Carl drehte sich eine Zigarette. »Warst du schon mal dabei, wenn Oldfield irgendwohin kommt? Ich nicht, aber man erzählt sich, daß er wirklich eine Schau abzieht.«

»Würd' es dir gefallen, für den Knaben zu fahren?« fragte Jesse.

»Das wär' mir tausendmal lieber, als für den Rest meines Lebens ein Modell T nach dem anderen auszuliefern«, erwiderte Carl.

Nach der Rückkehr aus Ann Arbor traf Carl sich mit Tess zum Chiliessen auf dem Grand Boulevard. Er mußte sofort loswerden, was ihm auf der Seele lag.

»Es war ein verdammt schlechtes Rennen, aber ich habe eins erkannt: Es ist mir nicht so wichtig, ob ich gewinne oder verliere, wichtig ist bloß, daß ich fahre. Ich genieße die Geschwindigkeit bei einem Rennen, ich freue mich über jede Herausforderung, über jede aufregende Sekunde – und leider krieg' ich nicht genug davon, solange ich einer geregelten Arbeit nachgehe. Ich weiß einfach nicht, wie lange ich es in dieser verdammten Fabrik noch aushalte.«

Tess rührte ihr Chili um, ließ ein paar Austernkräcker hineinfallen. »Du bist, wie du bist, Carl. Tu, was dir Spaß macht! Ich mische mich da nicht ein.«

Aber sie machte ein sorgenvolles Gesicht und war danach ziemlich schweigsam.

29. »DER SCHNELLSTE FAHRER
DER WELT«

Berna Eli Oldfield behauptete von sich, der schnellste Fahrer
der Welt zu sein. Er hielt alle möglichen Geschwindigkeitsrekorde und hatte sogar etliche der von ihm selbst aufgestellten
durchbrochen. Sofern man mit einunddreißig Jahren eine Le-
gende sein konnte, traf dies auf Barney Oldfield zu, und zwar sowohl in den Vereinigten Staaten als auch in Europa.

Autohersteller boten ihm schnelle Wagen und lukrative Ver-
träge, damit er für sie fuhr. Er wechselte Autos und Firmen wie
andere Hemden. Die in gewisser Weise eingebildete American
Automobile Association, AAA, hatte ihn einmal wegen Nichter-
scheinens bei einem Rennen von ihren kommenden Ereignissen
ausgeschlossen. Er mobilisierte seine Anhänger, die sich für ihn
einsetzten, bis die AAA ihre Sperre aufhob.

Wo immer er erschien, zog er die Massen an. Die Menschen
liebten ihn, weil er furchtlos und schillernd war. Er trug auffal-
lende Spenzer und gestreifte Hemden, einen knöchellangen
Mantel aus Seehundfell, der mindestens tausend Dollar wert
war, und einen unschätzbar wertvollen Diamantring. Er rauchte
kubanische Zigarren für zwei Dollar das Stück und verteilte
Fünf-Dollar-Trinkgelder wie andere Bonbons. Hin und wieder
ging er auf Sauftour und stürzte ab.

Er reiste in einem privaten Eisenbahnwagen mit seiner zweiten Frau Bess und seinem Terrier. Sein Team setzte sich zusammen aus einem Mann, der vorausfuhr und alle Vorbereitungen
traf, zwei weiteren Fahrern und einer Crew, die für die Arbeit an
den Boxen zuständig war. Er galt als Trinker, Frauenheld und
eingefleischter Spieler, der kein Glück hatte. An einem einzigen
Nachmittag verdiente er dreitausend Dollar, eine beträchtliche
Summe für einen ungelernten und ungebildeten Burschen, der
in einer Holzhütte in den Wäldern im Nordosten von Ohio das
Licht der Welt erblickt hatte.

Oldfields Vorhut traf am Montag vor dem Rennen in Detroit
ein. Sein Mann nahm Kontakt auf mit dem Detroit Athletic

Club, dem Rotary Club und anderen örtlichen Organisationen. Er schürte die Aufregung, mit der man Oldfields Versuch, seinen eigenen Rekord über eine Meile zu durchbrechen, und die Ankunft des Güterwaggons mit Oldfields drei Rennwagen im Hauptbahnhof von Detroit erwartete. Auf beiden Seiten des Waggons stand in großen Lettern zu lesen: BARNEY OLDFIELD – DER SCHNELLSTE FAHRER DER WELT

Am Freitag rollten Barney und sein Team in ihrem privaten Eisenbahnwagen in Detroit ein. Der Bürgermeister und mehrere hundert Bürger standen bereit, den schnellsten Fahrer der Welt zu begrüßen, als er auf die hintere Plattform trat, die Arme hoch über den Kopf riß und seinen Lieblingsgruß rief: »Sie alle kennen mich – Barney Oldfield.« Und ob sie ihn kannten, das bestätigten die Schreie aus unzähligen Kehlen.

Carl hielt sich auf dem laufenden, indem er etwas für ihn ganz Ungewöhnliches tat, er las die Zeitungen. Sie brachten Photos und lange Berichte über den berühmten Fahrer. Carl fand, er sehe ziemlich durchschnittlich aus mit seinem runden Gesicht und dem dunklen Haar. Doch das koboldhafte, unbekümmerte Lächeln sicherte ihm die Herzen der Menschen.

Carl lud Tess zum Rennen ein, aber sie lehnte ab. Sie wolle ihm nicht im Wege stehen, wenn er, wie angekündigt, versuchen wolle, Oldfield kennenzulernen. Carl kannte Tess gut genug, um zu erraten, daß Tess dem verwegenen Autorennsport mit den gleichen Gefühlen begegnete wie Sykes ihm – dem Gefühl der Konkurrenz. Sie sagte es nicht direkt, war auch nicht im mindesten verstimmt. Aber sie blieb standhaft. Carl fühlte sich nicht wohl in seiner Haut. Er wollte sich nicht zwischen zwei Lieben entscheiden müssen.

Der Sonntag war ein schöner, sonniger Tag, die Haupttribüne bis auf den letzten Platz besetzt. Carl hatte einen billigen Platz, hoch oben, im Schatten unter dem Dach. Sein Herz fing in dem Augenblick an, laut zu pochen, als er sich mit dem Programm, das er für fünf Cent erstanden hatte, auf seinem Platz niederließ.

In der ersten Stunde wurden Trabrennen gefahren, um die erwartungsvolle Spannung zu erhöhen. Als der letzte Trabrennwagen die Bahn verlassen hatte, wässerte ein von zwei schweren

Pferden gezogener Wasserwagen die Bahn. Dann trat der Mann aus Barneys Vorhut mit einem Megaphon vor die Haupttribüne.

»Meine Damen und Herren, sehr verehrte Anwesende, jetzt kommt der Augenblick und der Mann, auf den Sie alle gewartet haben. Sie kennen ihn als den alten Meister, als den berühmtesten Automobilisten der Welt, den schnellsten Fahrer aller Zeiten. Bitte heißen Sie ihn mit einem großartigen Applaus willkommen – *Barney Oldfield.*«

Jetzt schoben die Mechaniker Barneys National, den Rennwagen mit den rotweißen Streifen und den weißen Sternen auf blauem Untergrund, unter der Haupttribüne heraus. Die Streifen schmückten die Seiten der Karosserie, die Sterne die Haube. Der Menge zuwinkend, saß Barney Oldfield am Steuer, so wie man ihn von Tausenden von Photos kannte: weißer Rennanzug, Brille, baumwollene Ohrstöpsel, halbgerauchte Zigarre im Mundwinkel. Seine Grüße gingen im Toben, Schreien und Pfeifen der Menge unter.

»Wir sind bereit für Barneys neuen Rekordversuch über eine Meile. Barney, sind Sie ebenfalls bereit?«

»Alles klar, Mr. Pickens.«

»Sind die Richter auf der Haupttribüne bereit?« Sie winkten mit ihren Taschentüchern. »Starten Sie Ihren Motor!«

Die Menge tobte. Einer der Mechaniker drehte die Kurbel. Und noch einmal. Mit ohrenbetäubendem Knall und einem mächtigen Flammenrückschlag sprang der Motor von *Old Glory* an. Aber irgend etwas stimmte nicht, Barney kletterte aus dem Wagen. Augenblicklich senkte sich lähmende Stille über die Tribünen, in der man das unregelmäßige Knattern des Motors hörte.

Mit finsterer Miene schob Barney seine Brille auf die Stirn und öffnete die Motorhaube. Mit der einen Hand hielt er die Haube hoch, mit der anderen griff er in die Gedärme des Wagens. Nach ungefähr einer Minute zog er plötzlich seine Hand heraus, grinste und reckte den Daumen in die Höhe. Carl und mehrere tausend andere brachen in ein Jubelgeschrei aus, als der Motor wie ein Kätzchen schnurrte.

Barney schlug die Haube zu, setzte sich in seinen Wagen und wartete, während der Vorhutmann seine Startpistole hob. Barney rückte die Brille zurecht, kaute an seiner Zigarre. Der Schuß wurde abgefeuert. Die Menge tobte.

Barney raste, eine riesige Staubwolke hinter sich herziehend, auf die erste Kurve zu. Sein Wagen umrundete die Rennbahn und schoß an der Haupttribüne vorbei, wo diesmal eine grüne Flagge den Beginn der Testrunde anzeigte. Carl war aufgesprungen und schrie aus Leibeskräften. Er versuchte, Barneys Zeit zu stoppen, indem er seine Pulsschläge zählte, doch in der Aufregung hatte er sich bald verzählt.

Barney bekam die karierte Flagge und verlangsamte das Tempo. Am oberen Ende der Gegengeraden machte er eine Kehrtwende und hielt auf die Tribünen zu. Gleichzeitig kam sein Vorhutmann von den Richterplätzen heruntergelaufen, wo er die Zeitzettel eingesammelt hatte. Als hätten sich beide auf die Sekunde abgesprochen, kam Barney mit lautem Knattern vor der Haupttribüne zum Stehen, als sein Mann das Megaphon an den Mund hob, um das Ergebnis zu verkünden.

»Meine Damen und Herren, das offizielle Ergebnis lautet: Der schnellste Fahrer der Welt hat soeben einen neuen Meilenrekord aufgestellt – dreiundvierzig und zwei Zehntelsekunden, womit er seinen früheren Rekord um eine Zehntelsekunde unterboten hat!«

Höllenspektakel. Die Menschen warfen Programme und Konfetti in die Luft, Carls Kopf war umschlungen von Papierschlangen. In der Aufregung hatte er Tess vollkommen vergessen.

Im Anschluß an den Geschwindigkeitsrekord machten sich Barney und sein Team bereit für drei Ausscheidungsrennen über fünf Meilen. Die Wagen, die das Rennen bestritten, waren ein Peerless und ein Stearns. Barney entschied das erste Rennen mit zwei Wagenlängen für sich. In der zweiten Runde überholte ihn der Fahrer des Peerless, Red Fletcher, kurz vor der letzten Geraden. Barney gab jedoch nicht auf, sondern trat aufs Gaspedal und versuchte nun seinerseits Fletcher zu überholen. Es gelang ihm jedoch nicht, und der Peerless gewann mit einer Länge.

Zu Beginn des letzten Rennens blickte Barney mit düsterer Miene in die Runde, er erinnerte an einen Mann auf dem Weg in die Todeszelle. Das Rennen war ein aufreibendes Duell zwischen dem Peerless und *Old Glory*, zuerst der eine um eine Nasenlänge vorne, dann, nach einigen Sekunden Rad an Rad gefährlich nahe, der andere. Als Barney vor der Endrunde auf der Außenseite zurückfiel, sah das Ganze wie eine Wiederholung des zweiten Rennens aus. Während die beiden vorderen Wagen den entscheidenden letzten Metern entgegenrasten – der Stearns umrundete eben die letzte Kurve –, riß Barney plötzlich das Steuer herum und schob sich zwischen seinen Rivalen und den Zaun.

Zu eng, das geht schief! Carl wußte nicht, ob er die Worte laut geschrien oder nur gedacht hatte. Barney preschte unnachgiebig vor, ohne einen Blick nach links oder rechts zu werfen. Mit einem Vorsprung von einer halben Wagenlänge raste er vor seinem Rivalen, der das Tempo verlangsamte und verzweifelt den Kopf schüttelte, über die Ziellinie.

Carl beschlich plötzlich ein Verdacht. War das vielleicht im voraus festgelegt worden? Egal, das Schauspiel war faszinierend gewesen. Die Begeisterung auf den Tribünen war so groß oder gar noch größer als nach dem Geschwindigkeitsrekord. Barney sprang aus seinem Wagen, riß sich seine vom Staub fast braune Brille herunter und warf beide Arme in einer triumphierenden Geste in die Luft. Der stehende Applaus hielt fünf Minuten lang an.

Vollkommen erschöpft humpelte Carl die Treppe der Haupttribüne hinunter. Im schwindenden Licht lehnte er sich an die Bretter der Tribüne und drehte sich eine Zigarette. Jetzt wußte er, was er von nun an machen wollte.

Nachdem sich die Menge verlaufen hatte, drückte sich Carl noch in der Nähe der Scheune herum, die als Werkstatt genutzt wurde. Die Luft war kühl, das Abendrot am westlichen Horizont verlor sich in zartem Blaugrün, Hellblau und hoch droben, wo die Sterne funkelten, schließlich in Dunkelblau. Irgendwann trat Barney mit seinen Teamkollegen, den Mechanikern und seiner Frau, einer rassigen, gutgebauten Brünetten, aus der Scheune heraus. Barney trug seinen langen Mantel aus Seehundfell. Lachend und schwatzend stiegen sie alle in die beiden Chalmers-Tourenwagen, die von der Rennleitung zur Verfügung gestellt wurden. Carl hörte, wie jemand sagte, nur eine halbe Meile weiter gäbe es ein gutes Gasthaus. Die offenen Autos fuhren davon. Carl schnippte seine Zigarette in den Staub und machte sich zu Fuß auf den Weg.

In dem Gasthaus tauchten noch andere Mitläufer auf, darunter auch vier Frauen, die eindeutig wie Huren aussahen. Carl drückte sich in eine Ecke an der Bar und wartete auf eine günstige Gelegenheit. Barney spendierte eine Runde nach der anderen und kippte selbst drei Whiskeys hinunter, die anscheinend ohne Wirkung blieben. Der Vorhutmann teilte die Karten für ein Pokerspiel aus, und Barneys Frau schob ihren Stuhl näher heran, um zuzuschauen. In einer anderen Ecke beklatschten und bejubelten die Huren die Männer, die auf den Knien würfelten. Carl sah den Moment gekommen, schritt auf Barney zu und streckte ihm die Hand entgegen.

»Könnte ich kurz mit Ihnen sprechen? Ich heiße Carl Crown.«

»Hallo, Carl Crown. Sie kennen mich – Barney Oldfield.« Aus der Nähe wirkten Barneys Augen leicht verhangen und keineswegs klar. Beide Männer mußten wegen des Lärms, der sie umgab, mit lauter Stimme reden.

»Stimmt, ich kenne Sie, Sir«, bestätigte Carl. »War eine grandiose Vorstellung heute nachmittag.«

»Danke, danke. Hat mir auch gefallen.«

»Anfangs hab' ich kurz gedacht, daß der National nicht loslegen würde.«

»Sie machen wohl Witze? Wir hatten vorher eine Zündkerze gelockert, damit diese Zauberfinger sie wieder reinschrauben konnten.« Barney spreizte die Hand mit dem funkelnden Stein. »Sie sind ganz versessen drauf.«

»Ich bin hier in der Gegend schon ein paar Rennen gefahren«, sagte Carl. »Meinen Sie, es gäbe eine Möglichkeit, daß Sie mich in Ihr Team aufnehmen?«

Barney musterte ihn von Kopf bis Fuß. »Ich verrat' Ihnen noch 'n kleines Geheimnis. Die Typen, die für mich fahren, gewinnen nur dann, wenn ich es anordne.«

Das beantwortete die Frage von vorhin. »Würde mich nicht stören. Ich will nur weg aus Detroit und nur fahren.«

»Wissen Sie überhaupt, worauf Sie sich da einlassen? Ich kann meine Unfälle schon nicht mehr zählen. Jedesmal, wenn Sie ein Rennen fahren, müssen Sie sich darauf gefaßt machen, daß sie mit verbeultem Kopf, amputiertem Bein oder gebrochenem Hals daliegen. Webb Jay hat seinen Whistling *Willy* letztes

Jahr zu Schrott gefahren, er selbst hatte siebenundzwanzig Brüche und eine Gehirnerschütterung. Ob er jemals wieder auf die Beine kommt, ist fraglich. Es ist längst kein Spiel mehr, sondern ein blutiger Sport. Die Zuschauer wollen Autowracks sehen. Am liebsten haben sie es, wenn jemand verletzt wird und stirbt.«

»Ich kenne die Risiken.«

»Tja, wenn Sie dann immer noch nicht die Hosen voll haben vor Angst, müssen Sie dazu geboren sein. Wo arbeiten Sie im Moment?«

»Bei Ford.«

»Familie?«

Er antwortete nicht sofort. »Nein, aber da …«

Er sprach nicht weiter, weil jemand Barney beim Namen rief. An den Tischen und der Bar drehten sich die Köpfe, um den Mann anzustarren, der in der Mitte des Lokals auf dem mit Sägemehl bedeckten Boden stand. Ein hagerer Mann in einem Anzug, der einem Leichenbestatter alle Ehre gemacht hätte. Der Mann wirkte verstört.

»Barney Oldfield«, bellte der Mann.

Barney lehnte sich an die Bar zurück und stützte sich auf seine Ellbogen auf. Er bedachte den Fremden mit einem jovialen Lächeln. »Sie haben mir was voraus, mein Freund.«

»James Marble, South Bend. Ich beschuldige Sie, am Abend nach Ihrer letzten Vorstellung im Bahnhotel ein Stelldichein mit meiner Frau gehabt zu haben.«

Barney ließ sich die Beschuldigung ungefähr zwei Sekunden lang durch den Kopf gehen, dann winkte er. »Da sind Sie aber ganz schief gewickelt, mein Freund. Wer hat Ihnen denn dieses Märchen erzählt?«

»Meine Frau. Nachdem ich es mit meinem Gürtel aus ihr herausgeprügelt habe.«

Leise, aber doch für alle hörbar, stieß Bess Oldfield hervor: »O mein Gott!«

»Bess, Liebling«, sagte Barney, ohne sie anzuschauen, »der Kerl ist übergeschnappt.«

Der hagere Mann zitterte und schwitzte beängstigend. Die Männer in Carls Nähe rückten etwas ab. Er hörte, wie sich einer der Barkeeper hinter ihm davonmachte. James Marble fuhr mit einer Hand in seine Manteltasche und riß einen entsicherten Revolver heraus.

»Pfoten auf die Bar! Wenn sich jemand bewegt, puste ich ihm das Hirn raus.«

Barney schob zuerst Carl und dann den Mann auf der anderen Seite von sich weg. »Tretet zurück, Jungs. Ich möchte nicht, daß hier jemand verletzt wird wegen der hirnrissigen Märchen eines Besoffenen.« Carl ging an einen der Tische, an dem drei Männer saßen. Er verharrte reglos an den leeren Stuhl gepreßt. Niemand rührte sich außer Marble, den ein ständiges Zittern zu schütteln schien. Unter den blechernen Lampenschirmen schwebten Rauchschwaden.

»Märchen?« wiederholte Marble. »Ihr Ruf ist bekannt! Sie sind ein feiger Wüstling, der sich an die Frauen anderer Männer ranmacht.« Plötzlich schwenkte er seinen geladenen Revolver herum und zielte damit auf Bess. Sie hielt sich die Ohren zu und duckte sich.

»Die Schlampe haben Sie sich ins Bett geholt, noch bevor …

»Halten Sie Ihr verdammtes Maul. Bess war eine ehrbare Witwe.«

»… bevor Sie sich von Ihrer ersten Frau scheiden ließen. Aber jetzt ist Schluß!«

Barney schwitzte inzwischen nicht weniger als Marble. Er rieb sich mit der linken Hand die Wange, die vor Schweiß glänzte; der wertvolle Diamant an seinem Finger funkelte.

»Marble, lassen Sie uns vernünftig reden! Wir gehen raus und besprechen alles vor der Tür. Ich möchte nicht, daß die Knarre losgeht und Sie versehentlich einen meiner Freunde über den Haufen schießen.«

»Die kommen erst dran, wenn ich mit Ihnen fertig bin«, schrie Marble. Er umklammerte seinen Revolver mit beiden Händen. In dem Augenblick griff sich Carl den leeren Stuhl hinter ihm und schleuderte ihn gegen Marble. Der Stuhl traf Marble an den Knien und brachte ihn ins Wanken. Barney hechtete zu Boden. Marbles Revolver ging los, aber die Kugel traf einen blechernen Lampenschirm und prallte daran ab.

Jetzt stürzten sich die Männer aus Barneys Team auf den schwankenden Mann, rissen ihm den Revolver aus der Hand, warfen ihn zu Boden und schlugen mit Händen und Füßen auf ihn ein. Marble reckte den Hintern in die Luft und stützte sich auf den Ellbogen ab, die Hände um den Kopf geschlungen. Einer trat ihn mit dem Fuß in die Seite.

»Laßt gut sein, Männer, laßt den armen Teufel in Ruhe«, meldete sich jetzt Barney zu Wort und stellte sich zwischen seine Leute und Marble. »Bringt ihn raus, fesselt ihn und ruft den Sheriff. Bess, bist du in Ordnung?«

»Ja, Barney«, antwortete sie mitgenommen und musterte ihn mit einem seltsamen Ausdruck im Gesicht.

»Komm her und trink was! Alle herkommen, die Getränke gehen auf Barney! Tut mir leid wegen dem Spektakel«, entschuldigte er sich bei den drei Barkeepern. Er gab jedem von ihnen fünf Dollar. Während die Anwesenden an die Theke strömten, ging Barney auf Carl zu.

»Du hast mir das Leben gerettet, mein Junge. Hast 'n schnelles Reaktionsvermögen. Fährst du auch so Auto?«

»Na ja, ich versuch' es jedenfalls.«

»Ich sag' dir was. Ich bin den ganzen Sommer unterwegs, aber im August bin ich mit Sicherheit in Indianapolis, weil ich dort die neue Autoschnellstraße eröffne. Ich glaube, daß Red, mein zweiter Fahrer, mich im Juli verlassen wird, seine Frau hat 'nen Laib im Ofen. Wenn er sich tatsächlich verabschiedet und ich bis dahin niemanden habe, werd' ich's mit dir versuchen.«

»Ich werde Sie finden. Danke.«

»Ohne Garantie, verstanden?«

»Das Risiko gehe ich ein.«

»Gut, genau das ist unser Geschäft, das Risiko. Wie heißt du noch mal?«

»Crown. Carl Crown.«

»Carl. Alles klar.« Barney zielte mit dem Zeigefinger auf ihn und drückte ab. »Komm her und laß dich von Barney Oldfield zu einem Drink einladen.«

30. EIN VERZWEIFELTER ANRUF

Carl lehnte, nur im Nachtgewand, im Türrahmen. Lautes Klopfen hatte ihn geweckt. Vor seinem Zimmer stand Mrs. Gibbs mit
einer Kerze auf einem Unterteller. Der Schein der Kerze war so
schwach, daß ihr Kopf körperlos in der Dunkelheit zu schweben
schien.

Carl rieb sich die Augen.

»Wieviel Uhr ist es?«

»Halb fünf.« Es war Dienstag, zwei Tage nachdem er Oldfield
kennengelernt hatte. »Wirklich keine Zeit, um in einem anständigen Haus anzurufen.«

»Wer hat angerufen?« Seine Stimme klang schlaftrunken.

»Irgendeine Frau am Telephon sagt, es ist ein Notfall. Mrs. Wallauer kam rüber und hat mich aufgeweckt.«

»Großer Gott«, entfuhr es Carl, der mit einem Schlag hell-
wach war. »Ich gehe sofort rüber.«

»Ziehen Sie sich einen Mantel über, Sie sind ja halbnackt!«
rief ihm die Vermieterin hinterher, aber er polterte bereits die
Treppe hinunter.

Mrs. Wallauer war eine winzige Frau mit Altersflecken. Sie
reichte ihm die Hörmuschel und trat ein paar Schritte zurück.
Carl drehte ihr den Rücken zu, er überlegte fieberhaft. War seiner Mutter oder dem General etwas zugestoßen?

»Hallo?«

»Carl, ich bin es. Ich kann nicht lange sprechen.«

»Tess. Was ist denn los?« Er hörte das Zittern in ihrer Stimme.
Irgend etwas Schreckliches mußte vorgefallen sein.

»Ich wollte erst bis morgen warten, aber ich konnte nicht
schlafen. Ich bin zu aufgewühlt.«

»Sag mir doch, was los ist!«

»Das geht jetzt nicht, aber ich erzähl's dir morgen früh. Ich
hole dich um halb neun ab.«

»Tess, ich muß arbeiten.«

»Du kannst nicht. Sag, daß du krank bist.«

Der Mann, der zu deutschem Pflichtbewußtsein erzogen worden war, wand und krümmte sich. »Ich habe noch nie gelogen, um nicht zur Arbeit zu müssen.«

»Dann bist du also ein Heiliger? Ist das nicht wunderbar? Bedeute ich dir was?«

»Das weißt du doch.«

»Dann also halb neun.«

Mit einem Klicken wurde die Verbindung unterbrochen.

Er hängte die Hörmuschel auf die Gabel. Ein Geräusch hinter ihm brachte ihm Mrs. Wallauer in Erinnerung. »Was Schlimmes?« erkundigte sie sich mit schlecht verhohlener Erwartung.

Verwirrt und verängstigt sah er sie an. »Ja. Ja, ich glaube schon.«

Tess fuhr mit ihrem Clymer fünfzehn Minuten zu früh vor. Bis Carl, die Stoffmütze fest in der Hand, zum Tor hinausgerannt war, hatte sie sich auf die Beifahrerseite gesetzt. Er hatte das Haus in so großer Eile verlassen, daß er sogar vergessen hatte, seine Hosenträger anzuknöpfen.

Er öffnete die Wagentür, trat auf das Trittbrett und erschrak bei ihrem Anblick – ihre Wangen waren fleckig vom Weinen, ihre Augen verquollen und umgeben von großen dunklen Schatten. Sie trug einen teintfarbenen Staubmantel und einen breitkrempigen Hut, der unter dem Kinn mit einem roten Seidenschal festgeknotet war. Sie knetete die Hände, die in ihrem Schoß lagen. Er überlegte kurz, ob es mit ihrer monatlichen Unpäßlichkeit zu tun haben könnte, kam jedoch schnell zu dem Schluß, daß es etwas viel Ernsteres sein mußte.

»Wo willst du hin?«

»Irgendwo aufs Land. Egal wohin.«

Er zog den Kopf ein, um nicht am Dach anzustoßen, knallte die Tür zu und ergriff das Steuer. »Hat dir die Frau am Telephon wegen des Anrufs Schwierigkeiten gemacht?« fragte sie.

»Das macht nichts, sie wußte, daß es ein Notfall war. Hat dir jemand weh getan?«

»Nicht körperlich.« Sie schloß die Augen, und sogleich rannen ihr Tränen über die Wangen. »Fahr einfach los.« So hatte er sie noch nie gesehen. Sie wirkte immer so stark und sicher.

Er lavierte sich durch den morgendlichen Berufsverkehr und

nahm die Woodward nach Westen, um dann entlang des Grand River nach Nordwesten abzubiegen. Die Luft im Clymer war stickig, und er öffnete einen der Seitenvorhänge. Tess starrte geradeaus durch die Windschutzscheibe.

Zwei Meilen nach der Stadtgrenze endete der feste Straßenbelag aus Ziegelsteinen. Der Wagen rollte über eine der üblichen Straßen – sie bestand im wesentlichen aus Sand, in den tiefe Rillen eingegraben waren. Sonnengebräunte Männer arbeiteten links und rechts auf Bohnen- und Erbsenfeldern und in Obstgärten. Tess schien etwas entspannter, sie öffnete den Vorhang auf ihrer Seite. Carl bemerkte deutlich den Reichtum der Natur um sie herum: Ahornbäume wechselten sich ab mit Platanen und knospenden Kirschbäumen, Wildblumen blühten, Vögel sangen, ein Hase hoppelte, gefolgt von einem anderen, vor ihnen über die Straße.

Er sah einen Pfad, der im hohen Gras einer Brache von der Straße abzweigte, und bog augenblicklich ab. Er trat auf die Bremse und stellte den Motor ab.

»Spann mich bitte nicht mehr länger auf die Folter, Tess. Was ist passiert?«

»Laß uns ein Stückchen gehen.« Sie stieg aus und blinzelte gegen das Sonnenlicht. Er spürte die Wärme der Erde, die sie umgab. Sie warf ihren Mantel auf den Sitz, setzte ihren Hut ab, ohne jedoch den roten Seidenschal abzulegen, der wie ein langes, leuchtendes Band herunterhing. Hand in Hand schlenderten sie auf einen Weidenhain zu. Ohne ihn anzusehen, begann sie zu sprechen.

»Es war gestern abend, nach dem Abendessen. Vater bat mich, in sein Arbeitszimmer zu kommen. Ich dachte, es handle sich um etwas Unwichtiges, aber als er die Tür hinter mir zumachte, wußte ich, daß es nicht so war. Er sagte, Wayne dränge ihn, seine Zustimmung zu unserer Heirat zu geben.« Carl spürte, wie sich ihm die Nackenhaare aufstellten.

»Vater sagte, er sei der Meinung, daß Wayne der ideale Ehemann für mich sei, und ich solle seinen Antrag annehmen. Ich antwortete, das sei ganz und gar unmöglich. Er sagte, meine Gefühle täten nichts zur Sache, in dieser Angelegenheit müsse ich mich seinem Willen beugen. Wir stritten mindestens zehn Minuten lang.« An der Anspannung in ihrer Stimme, dem gelegentlichen Stammeln und den kleinen Pausen zwischen den Wörtern erkannte er, daß Lorenzo Clymer ein entschlossener Gegner gewesen war, dessen Willen sich niemand widersetzen konnte, nicht einmal eine so moderne, unabhängige Frau wie Tess.

»Ich sagte ihm, daß ich Wayne nicht liebe. Er antwortete, das spiele überhaupt keine Rolle. Eine Heirat sei das, was er wolle, und zwar zu meinem eigenen Besten, und früher oder später würde ich einsehen, daß er recht gehabt hätte. In dem Moment ...« Im Schutz des hohen Grases, das sich über den Pfad neigte, drückte sie seine Hand ganz fest. Die morgendliche Brise, die vom Norden her wehte, drückte den Stoff ihrer Bluse gegen ihre Brust.

»In dem Moment konnte ich nicht mehr an mich halten. Ich war auf einmal vollkommen hysterisch. Ich habe Vater erklärt, daß ich Wayne nie, niemals heiraten würde. Ich habe gesagt, daß ich dich heirate und sonst keinen.« Carls Eingeweide krampften sich zusammen.

»Vater lehnte sich in seinem großen Stuhl zurück und starrte mich bloß an. Man hätte meinen können, ich hätte gesagt, ich wolle einen Aussätzigen zum Mann nehmen. Er sagte, er könne nicht glauben, daß ich so halsstarrig und dumm sei. Ich sagte, ich wolle nicht mehr darüber reden, er kenne ja meine Antwort.« Mit der freien Hand tupfte sie sich die Augen ab.

»Ich muß zugeben, daß ich völlig außer mir war. Er saß da wie ein Stein. Ich wußte, daß er und Wayne ein Komplott geschmiedet hatten. Er sagte, wir würden noch einmal darüber sprechen, wenn ich wieder bei Verstand sei. Dann hat er mich entlassen, als sei ich irgendeine Angestellte. Das war so um neun Uhr. Ich konnte nicht schlafen. Nachdem ich dich angerufen hatte, ging es mir besser. Ich schlief irgendwann ein und wachte um sieben auf. Vater hatte das Haus schon verlassen. Jetzt kennst du die ganze traurige Geschichte«, schloß sie mit einem trostlosen Lächeln. Eine laut krächzende Krähe flog über den sonnigen Pfad und segelte in den mit kleinen weißen Wölkchen gesprenkelten Himmel hinauf.

»Was sollen wir jetzt machen, Carl?«

»Ehrlich gesagt, weiß ich es auch nicht.« Noch nie war seine Beziehung zu einer Frau so tief gewesen, noch nie hatte er eine

Frau so geliebt wie sie. Aber Jesses Worte über eine lebenslange
Verantwortung quälten ihn.

Tess ergriff erneut seine Hand. »Komm, setzen wir uns in den
Schatten und ruhen uns aus. Ich bin ziemlich kaputt.«

»Das kann ich mir vorstellen.«

Sie kamen an einen träge dahinplätschernden Bach. Carl
setzte sich, lehnte sich an einen Baumstamm und schaute aufs
Wasser. Tess kuschelte sich an ihn, er legte schützend einen Arm
um sie und zog sie an sich wie ein Kind, das Geborgenheit
braucht. Sein weicher Daumenballen ruhte an ihrer warmen
Wange. Ihre ausgestreckten Beine berührten die seinen. Die
Schleife ihrer Bluse war aufgegangen; die Enden lagen zwischen
ihren vollen Brüsten. Er hielt sie umschlungen und hoffte, sie
durch seine bloße Anwesenheit zu trösten; er war nicht sprach-
gewandt, ihm fehlten die richtigen Worte. Das plätschernde Wasser erinnerte an das leise Rascheln von Papier.

»Carl, liebst du mich?«

»Mehr als alles andere auf der Welt.«

»Dann liebe mich.«

»Tess ...«

Sie rappelte sich auf die Knie hoch, wobei ihr Rock empor-
rutschte und den Blick auf ihre schwarzen Strümpfe freigab. Sie
legte die Hände auf seine Wange, brachte ihr Gesicht näher an
seinen Mund.

»Es kann uns niemand sehen, es ist keine Menschenseele in
der Nähe. Bitte!«

Sie küßte ihn, ihre Lippen legten sich auf die seinen, dann
drang ihre Zunge in seinen Mund. Sein Geschlecht reagierte unvermittelt darauf und auf die süße Wärme ihres Haars, auf die
Berührung ihrer Haut.

Er schob eine Hand unter ihren Arm, berührte ihre Brust.
Durch den Stoff ihrer Bluse und die Unterwäsche spürte er die
Brustwarze. Sie lehnte sich zurück und knöpfte mit der rechten
Hand ihre Bluse auf. Er umfing ihre Taille.

»Ich bin so schnell aus dem Haus gerannt, als stünde es in
Flammen. Ich habe keine Präservative mitgebracht.«

»Das ist mir egal. Ich liebe dich. Wer weiß, ob wir jemals wieder Gelegenheit dazu haben. *Bitte.*«

Ihre Blicke trafen sich. Mit der Verzweiflung eines Tauchers, der von der Höhe einer steilen Klippe in das tiefe dunkle Meer hinabblickt, ließ er seine Hand unter ihren Rock gleiten und machte sich an ihren Strümpfen zu schaffen.

Sie liebten sich noch zweimal an diesem Vormittag. Dann warf Tess einen Blick auf ihre kleine goldene Armbanduhr und meinte, es sei besser, sie kehrten in die Stadt zurück. Carl bat sie darum, ihn in der Nähe der Fabrik abzusetzen, sofern es keine Umstände mache; er konnte sagen, daß es ihm inzwischen besserging, und einen halben Tag arbeiten. Er wußte nicht, wie er diese Wendung in ihrer Beziehung deuten sollte, und fragte sich, was sie nun von ihm erwartete.

Ein Teil von ihm bedauerte nicht, was im Weidenhain geschehen war. Ihre Vereinigung war leidenschaftlich und wunderbar gewesen. Kurz bevor er das erste Mal in sie eingedrungen war, hatte er die entscheidende Frage gestellt. Nein, sagte sie, sie hatte vor ihm einen Liebhaber gehabt, mit achtzehn. Die Affaire habe einen ganzen Monat gedauert. Er brauche sich keine Sorgen zu machen, ihr weh zu tun.

Sie ließ ihn vor einem kleinen Zigarrenladen unweit der Ford-Fabrik aussteigen. Als er sie jetzt hinter dem Steuer ihres Autos sitzen sah, schien sie wieder sie selbst zu sein; ihr Haar war mehr oder weniger in Ordnung, ebenso ihre Kleidung. Die Sonne ließ ihre dunkelblauen Augen funkeln.

»Glaub mir, Carl, ich hatte ganz bestimmt nicht vor, dich zu verführen.«

»Das spielt doch überhaupt keine Rolle. Weißt du, daß ich dich seit unserer ersten Begegnung haben wollte? Ich weiß bloß nicht, was wir jetzt tun sollen. Ich muß nachdenken.«

»Dafür haben wir genügend Zeit.« Sie liebkoste sein Gesicht. »Ich werde Wayne nicht heiraten, aber ich würde dich niemals zwingen, mich zu heiraten.«

Mit einem Lächeln, das ihn an ihre erste Begegnung erinnerte, nahm sie sich den roten Schal vom Hals, reckte sich und legte ihn ihm über die Schultern.

»Mein strahlender Ritter auf einem Benzinpferd. Ich überreiche dir ein Pfand, damit du mich nicht vergißt.«

»Dich vergessen? Ich liebe dich, Tess.«

»Sagen wir Sonntag?«

»Wie wär's mit einem Picknick auf der Insel Bois Blanc? Ich ruf' dich an.«

»Nein, das ganze Personal kennt inzwischen deine Stimme. Sie könnten es Vater sagen, und ich möchte jede weitere Auseinandersetzung vermeiden. Ich treffe dich im Hotel Wayne vor dem Rollschuhpavillon. Ich bringe was zu essen mit. Elf Uhr?«

»Wunderbar«, antwortete er. »Ich liebe dich.«

Sie küßte ihre Fingerspitzen und berührte damit seine Wange, dann drückte sie die Kupplung und schoß davon, vorbei an einem entgegenkommenden Lieferwagen, der Fässer mit einem ihm nur allzu vertrauten Namen geladen hatte. Carl starrte dem Lieferwagen nach, der kaum sechs Fuß von ihm entfernt über die Kreuzung rollte. Ihm war, als strecke sich die Hand Gottes oder die Hand von Joe Crown nach ihm aus und erinnere ihn an Dinge wie Pflicht, Anständigkeit, die Ehre der Frau. Im Moment wußte er nur eines, er mußte mit Jesse reden. Ihn um Rat fragen. Jetzt sofort.

Der schwarze Junge, der den Zigarrenladen ausfegte, warf Carl einen neugierigen Blick zu. Der Junge sah einen stämmigen weißen Mann mit sorgenvollem Gesicht und einem roten Schal, der im Frühlingswind hinter ihm herwehte, während er in Richtung Piquette Avenue marschierte.

31. BARBARISCHE GRAUSAMKEIT

»Wenn du tatsächlich der strahlende Ritter bist, wie sie dich genannt hat, dann wirst du sie wohl retten müssen, oder?« Jesse saß mit einem öligen Lappen in der Hand auf einem Faß und ließ Carl nicht aus den Augen. Das Licht einer Petroleumlampe erhellte den Schuppen. Rauchend stapfte Carl von einem Ende zum anderen und wieder zurück, wobei sich die Absätze seiner Stiefel jedesmal tiefer in den gestampften Boden drückten.

Carl hatte Jesse erst heute am Mittwoch abend angetroffen. Den Abend zuvor hatte er zwei Stunden auf Jesses Vorderveranda gewartet, aber Jesse war nicht nach Hause gekommen. Wie sich herausstellte, hatte er sich mit Kollegen aus der Gießerei getroffen, um zu besprechen, wie sie zu einer Antwort auf ihr Gesuch um eine Abstimmung über den Gewerkschaftsbeitritt kommen sollten.

Carl zog an der selbstgedrehten Zigarette. »Ja, du hast recht«, stimmte er zu. Er erzählte seinem Freund von Clymers Ultimatum an Tess und von ihrer Reaktion, erzählte weiter, daß sie auf ihrer Fahrt übers Land darüber gesprochen hätten, sonst erzählte er nichts.

»Was stellst du dir vor?«

»Barney Oldfield meinte, er hätte im Spätsommer vielleicht einen Job für mich. Wenn er mich einstellt und Tess mich heiraten würde, könnten wir weg aus Detroit.«

Jesse spitzte den Mund. »Um mit diesem Rennvolk durch die Lande zu ziehen? Hast du mir nicht gesagt, daß das ein ziemlich mieser Haufen ist, bei dem ständig getrunken und gehurt wird? Glaubst du, daß du sie so glücklich machen würdest? Könnte wie lange gutgehen? Sechs Monate vielleicht? Vielleicht auch ein Jahr, wenn sie dich so liebt, wie du behauptest.«

»Sie sagte, sie würde für mich durchs Feuer gehen, Jess. Mit genau diesen Worten.«

»Wenn man verliebt ist, sagt man viel. Und dann kommt der Alltag und das harte Überleben, und eines Tages wundert man sich, wie einem so etwas je über die Lippen kommen konnte. Ich würde es mir ganz gründlich überlegen, bevor ich eine junge Dame aus gutem Hause von all dem, was sie kennt, weglotse, um mit ihr durch verräucherte Bars und schäbige Hotels zu ziehen.«

Carl ließ seine Zigarette fallen und trat sie aus. Jesse hatte recht, er brauchte nur an das Gasthaus zu denken, in dem er Barney kennengelernt hatte. Er fragte sich, ob die Besorgnis um Tess nicht auch ein Vorwand war, um zu vermeiden, was er fürchtete: die Pflichten, die mit einer Heirat verbunden waren.

Er wollte etwas sagen, aber die Geräusche, die von draußen hereindrangen, ließen ihn innehalten. Er hörte Schritte näher kommen. Der flackernde Lampendocht spiegelte sich in Jesses Augen, als er Carl den Kopf zuwandte. Er hatte auch etwas gehört.

»Da ist jemand draußen, Jess.«

»Der Kampf geht dich nichts an«, entschied Jesse mit belegter Stimme. »Verschwinde in der Gasse.« Er deutete mit dem Kopf auf eine zweite Tür hinter sich.

»Was für ein Kampf? Mit wem?« Ein Mann vor dem Schuppen gab einen barschen Befehl, woraufhin die Schritte schneller wurden. Jesse griff nach einem Hammer auf der Werkzeugbank.

»Die verdammte Arbeitgebervereinigung. Die Petition. Die Bosse haben wahrscheinlich jemanden …«

Die Tür zum Garten wurde aufgestoßen, der Riegel flog in hohem Bogen zur Seite. Carls Blick fiel auf einen genagelten Stiefel.

Dann war der Mann im Schuppen, ein zweiter folgte ihm auf dem Fuß. Beide hatten grobe Gesichter und waren schäbig gekleidet. Der erste Mann hielt einen Fischhaken in der Hand, der zweite ein Eisenrohr. In dem Moment, in dem Carl einen Schritt auf sie zumachte, flog die Tür hinter Jesse auf. Herein stürmte ein Mann in schmutzigem Mantel und Matrosenmütze, der ein Schlagholz schwang.

Carl brüllte die ersten beiden an. »Was zum Teufel soll das? Macht, daß ihr hier …« Ein Schlag auf seinen Kopf zauberte tanzende Sterne vor seine Augen. Der Mann mit dem Schlagholz hatte von hinten zugeschlagen.

Carl fiel nach vorne und knallte mit dem Kopf voraus gegen die Wand des Schuppens. Seine rudernden Arme rissen die Regale mit sich; Hunderte von Schrauben in allen Größen flogen durch die Luft.

Der Mann mit dem Fischhaken wich Jesses heruntersausendem Hammer geschickt aus. Sein surrender Fischhaken grub sich jedoch drei Finger breit in Jesses linken Oberschenkel. Jesses Augen bekamen einen glasigen Ausdruck, der Hammer flog ihm aus der Hand. Der Mann riß den Haken mit einem heftigen Ruck aus Jesses Fleisch. Mit zusammengebissenen Zähnen sank Jesse in die Knie. Der zweite Mann schwang das Eisenrohr, um ihm damit den Schädel zu zertrümmern, da schrie der im Mantel: »Elroy, du Idiot, wir sind doch nicht hinter dem Nigger her, der andere ist es.«

Carl krallte sich an der Schuppenwand fest und versuchte sich hochzuziehen. Lorenzo Clymer hatte jemandem von Tess' Weigerung erzählt, und Carl wußte auch, wem.

Das Schlagholz traf sein Bein. Er fiel vornüber. Als der Mann mit dem Fischhaken auf ihn zukam, um ihm mit seinem genagelten Stiefel den Schädel einzutreten, rollte sich Carl zur Seite und versetzte dem Mann mit dem Schlagholz einen Fußtritt. Aufjohlend tanzte der im Kreis, dann nahm er das Schlagholz fest in beide Hände und schwang es über den Kopf. Dem Schlag hilflos ausgeliefert, rollte Carl sich nach rechts. Aber das Schlagholz traf ihn nicht. Jesse hatte genau im richtigen Augenblick die Lampe auf dem Kopf des Mannes zerschmettert.

Das Petroleum rann ihm über Nacken und Kragen. Der Docht entfachte das Feuer. Augenblicklich standen sein Haar und seine Mütze in Flammen. Er schrie auf und ließ das Schlagholz fallen. Das Petroleum spritzte auf eine Arbeitsbank, die ebenfalls sofort brannte. Die Flammen züngelten an der dünnen Bretterwand empor. Die brutalen Eindringlinge suchten so schnell wie möglich der Gefahr zu entkommen, schlugen um sich, stießen sich gegenseitig beiseite und fielen übereinander.

Der dritte der Männer zog sich schreiend den Mantel über den Kopf. Irgendwie gelang es ihm, die Flammen, die dort züngelten, zu ersticken. Während er sich aufrappelte, konnte Carl einen letzten Blick auf den Mann werfen, der den anderen beiden hinterherrannte und schließlich verschwand. Es stank nach angesengtem Haar.

Die Bretterwände brannten wie Zunder. »Jesse, steh auf!«

Aber Jesse konnte weder aufstehen noch hören, er war längst bewußtlos, sein Hosenbein vom Oberschenkel bis zum Schuh blutgetränkt.

Carl zerrte ihn ins Freie und legte ihn in sicherer Entfernung vom Feuer im Garten ab. Als ein weißer Nachbar durch eine Lücke im Lattenzaun trat, schrie ihm Carl zu: »Holen Sie die Feuerwehr, um Gottes willen!«

»Habe schon meinen Jungen losgeschickt. Was ist mit Mr. Shiner passiert?«

»Jemand hat einen Fischhaken in sein Bein gebohrt.«

»O mein Gott! Das sieht ja schlimm aus.«

Plötzlich neigte sich der hübsche Garten mit den gepflegten Blumenbeeten unter Carl zur Seite. Er machte ein paar stolpernde Schritte auf den Zaun zu, schluckte saures Erbrochenes und hielt sich am Zaun fest, bis der Schwindel vorüber war.

Inzwischen hatten sich ein Dutzend erschreckte Nachbarn versammelt. Einige eilten mit Wassereimern herbei und versuchten das Feuer zu löschen, vergeblich. Die Glocke eines Feuerwehrwagens näherte sich. Eine Frau rief: »Allmächtiger Gott, schnell, bevor alle Häuser niederbrennen!«

Carl wandte sich zu seinem verletzten Freund um. »So helfe mir doch jemand, ihn hochzuheben. Er muß ins Hospital.«

Der Nachbar rannte los, um Pferd und Wagen zu holen. Carl riß ein Stück Stoff aus seiner Hose, um damit einen provisorischen Druckverband über dem herausquellenden Fleisch an Jesses Bein anzulegen. Gott sei Dank war Jesse nicht bei Bewußtsein.

Sie galoppierten im Pferdewagen davon, noch bevor die Feuerwehr von der anderen Seite in die Gasse einbog. Die Feuerwehrleute rollten Schläuche ab und tränkten die glühenden Überreste des Schuppens mit Wasser.

Zehn Minuten später trugen Carl und der andere weiße Mann Jesse in die Notaufnahme des Samariter-Hospitals in der Jefferson Avenue. Ein Arzt untersuchte ihn.

»Wir schaffen ihn gleich in den Operationssaal. Dort flicken wir ihn wieder zusammen. Es sind Muskeln verletzt, wie schwer, kann ich noch nicht sagen.«

Pfleger bedeckten Jesse mit einem Laken und rollten ihn auf der Liege fort. Im Hospital war es dunkel und still, die Luft roch nach Desinfektionsmitteln und anderen Chemikalien. Carl, von Kopf bis Fuß mit Schweiß und Ruß bedeckt, ließ sich auf eine Bank fallen. Er zitterte immer noch am ganzen Leib.

Der Nachbar fragte: »Warum sind diese Männer über ihn hergefallen? Mr. Shiner tut doch niemandem was zuleid.«

»Es war ein Irrtum. Sie waren hinter mir her.«

»Wissen Sie, wer die waren?«

»Und ob. Das weiß ich ganz genau.«

Die beiden Büroräume der Reklameagentur Sykes & Lobby befanden sich im zweiten Stock des Penobscot-Gebäudes in der Fort Street West. Der menschenleere, in Gold und Waldgrün gehaltene Eingangsbereich, die schwach leuchtenden Wandlampen mit den winzigen Schirmen vermittelten wohlkalkulierte Beschaulichkeit. Joe Crown hatte Carl früher mehrmals nach Chicago in das Büro der Agentur mitgenommen, welche die Reklame der Brauerei entwarf und plazierte. Crowns eigene Angestellte in Sachen Reklame waren Männer, die keine großen Worte machten, und sie arbeiteten in Büros, die so waren wie sie selbst, einfach und bescheiden. Im Vergleich dazu roch es hier geradezu nach faulem Zauber. Shakespeare- und Tennyson-Büsten thronten auf marmornen Sockeln, als solle damit ausgedrückt werden, daß die Reklamearbeit in diesen Räumen der Kreativität von Genies ähnelte.

»Wo finde ich Sykes?«

Carls Ton ließ die Typistin an ihrem Schreibtisch zusammenzucken. »Sein Büro ist oben.« Sie deutete auf eine geschwungene Wendeltreppe in der Ecke. »Aber er empfängt keine Besucher, die nicht ...«

Carl war bereits halb oben.

Er stieß Menschen zur Seite, ohne in ihre Gesichter zu sehen oder auf ihre Kleidung zu achten, ohne sich darum zu kümmern, was sie sich beim Anblick eines Mannes in Arbeitskleidung dachten, der durch den Gang hastete und die Messingschilder an jeder Tür kurz musterte. Endlich stand er vor dem Schild mit der Aufschrift »F. Wayne Sykes, jr.«. Er drehte den Türknauf.

»... und ich möchte diesen Kühler, dieses ganze verdammte Auto größer. Ich hab's Ihnen schon gestern gesagt – größer. Sind

Sie schwer von Begriff? So einen Mist kann ich Mr. Clymer doch
nicht vorsetzen.«

Carl stieß die Tür mit der Faust auf. Wayne Sykes, gut gekleidet in einem dreiteiligen braunen Anzug, saß an einem Mam-
mutschreibtisch, auf dem sich unzählige Entwürfe türmten. Neben diesem Schreibtisch stand ein graugesichtiger Mann mit
Kreidespuren auf Hemd und Händen, der sich mit zitternder
Hand Notizen machte.

»Miss Rumford, Sie wissen doch ganz genau, daß Sie klopfen ...« Sykes hob den Blick. »Du grüne Neune. Was machen
denn Sie in meinem Büro?«

Carl ließ den Blick über das teure Mobiliar, die gerahmten
Photos der Clymer-Fabrik, der Clymer-Automobile, Mr. Clymers und eines älteren Mannes gleiten, der Sykes ähnelte. Er sah
die protzigen Plaketten und Auszeichnungen, darunter ein
Zeugnis von Harvard.

»Ich dachte, Sie hätten gern gewußt, daß Ihre Schläger keine
ganze Arbeit geleistet haben.«

»Sind Sie betrunken, Mann? Sind Sie verrückt? Ich weiß
nicht, was Sie meinen.«

In Richtung des Lakaien sagte Carl: »Sie gehen besser.« Der
machte sich eilig aus dem Staub.

»Es wäre besser, wenn auch Sie gingen«, sagte Sykes. »Ich
bringe Sie sonst für zehn Jahre hinter Gitter.«

»Das glaube ich kaum. Einer Ihrer Schläger hieß Elroy. Wenn
nun die Polizei sich alle Elroys in der Stadt vorknöpft und ihnen
die Daumenschrauben anzieht, dann singt einer von denen ganz
sicher. Wenn Sie hier die Polizei im Griff haben, dann lasse ich
durch meinen Vater einen Anwalt aus Chicago schicken. Einen
Anwalt wie Darrow beispielsweise, der nichts lieber tut, als Ab-
schaum Ihrer Sorte den Garaus zu machen.« Das war ein un-
glaublicher Bluff. Er hatte der Polizei Elroys Name gegeben und
die Beschreibung von allen dreien. Die Beamten hatten die Information mit einer Miene entgegengenommen, als hätten sie
die Absicht, sie in den nächsten zehn Minuten zu vergessen.
Aber das wußte Sykes nicht.

Sykes' Blick richtete sich auf die Elfenbeinknöpfe auf einer
Schachtel neben seinem Telephon. Carl riß die Schachtel vom
Tisch, zog die Drähte heraus und warf sie zu Boden. Dann riß er

das Telephon aus der Verankerung und schleuderte es in die Ecke. Das Glas von Lorenzo Clymers Photo zerbrach, als es auf den Boden fiel. Sykes schrie: »Hilfe, Polizei! Miss Rumford ...«, aber Carl streckte die Hand über den Schreibtisch und riß ihn an seiner Krawatte hoch.

»Grobheiten gefallen Ihnen doch oder etwa nicht?«

Mit dem ersten Schlag brach er Sykes das Nasenbein. Nach dem zweiten schoß das Blut aus beiden Nasenlöchern. Sykes brach auf den Entwürfen zusammen, Blut rann über die Zeichnungen der Clymer-Automobile. Carl rannte um den Schreibtisch herum und riß ihn aus dem Stuhl.

»Bitte, bitte«, flehte Sykes auf den Knien, die Hände vor das blutige Gesicht geschlagen.

»Halten Sie den Mund, Sie sollen den Mund halten, verdammt noch mal«, brüllte Carl und schlug Sykes auf die Handrücken, bis auch seine Hände blutig waren. »Ihre Schläger haben meinen Freund so zugerichtet, daß er vielleicht nie wieder laufen kann.«

»Es tut mir leid, es tut mir leid.« Sykes' Tränen mischten sich mit Blut und Rotz aus seiner Nase. Seine Hose wurde dunkel, er hatte sich vor Angst naß gemacht. »Ich liebe Tess, ich mußte doch etwas unternehmen.«

Carl riß ihn hoch, versetzte ihm zwei Schläge in die Magengrube und schleuderte ihn gegen die Wand. Das Photo von Clymers Fabrik fiel ihm auf den Kopf, Glassplitter landeten in seinem Haar. Am liebsten hätte Carl ihm noch weiter zugesetzt, aber er war nicht so verblendet in seinem Zorn, daß er nicht gesehen hätte, was mit Sykes los war. Jeder weitere Schlag wäre keine Bestrafung, sondern nur noch grausame Rache gewesen.

Auf dem Korridor näherten sich Stimmen. »Da drin, da drin! Er bringt Mr. Sykes um!« Drei Polizisten mit Knüppeln traten durch die Tür und knüppelten Carl zu Boden.

Die anschließende Nacht verbrachte er im Gefängnis. Von den Schlägen taten ihm alle Knochen weh, er konnte sein Essen nicht bei sich behalten und konnte nicht schlafen. Er fragte sich, ob er für längere Zeit ins Gefängnis wandern würde.

Zu seinem Erstaunen wurde er am nächsten Morgen auf freien Fuß gesetzt. Wayne Sykes hatte keine Anklage gegen ihn

erhoben. Gab es ein beredteres Eingeständnis seiner Schuld?
Das verschaffte Carl jedoch keine Befriedigung.

Er besuchte Jesse im Armenhospital. Sein Freund war immer
noch benommen, aber wach und legte eine falsche Fröhlichkeit
an den Tag. Als Carl sich verabschiedete, trat einer der Ärzte auf
ihn zu und ließ ihn wissen, daß Jesses Beinverletzung sehr
schlimm sei. Er werde eine Weile an Krücken gehen müssen.
Vielleicht sogar für immer.

»Er arbeitet in einer Gießerei. Da kann man nicht mit
Krücken arbeiten.«

»Da haben Sie recht. Er wird eine andere Arbeit finden müssen.«

Carl suchte den nächstgelegenen Saloon auf und kippte vormittags um halb elf zwei Whiskeys. Seine Welt geriet mit schwin-
delerregender Geschwindigkeit aus den Fugen.

Um die Mittagszeit betätigte er die Stechuhr in der Piquette Avenue. Der Angestellte dahinter lugte aus seinem Kabäuschen hervor und besah sich Carls blaue Male. »Der Chef sucht Sie schon
überall.«

»Gogarty?«

»Der Big Boß. Henry. Sie bewegen sich besser ganz schnell in
den zweiten Stock hinauf.«

In der Haupthalle und auf der Treppe schienen ihn alle anzu-
starren. Als Carl eintrat, legten die Männer im Zeichenraum ihre
Arbeit nieder und hörten auf zu sprechen. Er marschierte auf
Fords offene Tür zu. Ford schaute von einer Blaupause auf.

»Es wird aber auch Zeit, daß Sie kommen, Carl. Treten Sie
näher. Sie dürfen sich setzen.«

Ford rollte die Blaupause zusammen, zog ein Gummiband
darum. Auf seiner Wange leuchtete eine Schnittwunde von der
morgendlichen Rasur. Kleine blaue Blumen zierten seine Krawatte. Er war so warm und freundlich wie ein Eiszapfen.

»Gestern abend erhielt ich zu Hause einen Anruf von Lorenzo Clymer. Er hat mir etwas Unglaubliches erzählt. Er sagte,
Sie hätten einen seiner Freunde zusammengeschlagen.« Unter
den Papieren auf seinem Schreibtisch zog Ford einen Zettel hervor. »Sykes, ein junger Bursche im Reklamegeschäft. Entspricht
das der Wahrheit?«

»Ja, Sir.«

»Sie haben die Nacht im Gefängnis verbracht, richtig?«

»Richtig, Sir. Ich wurde nicht unter Anklage gestellt.«

Ford antwortete nicht sofort. »Ist das alles? Sonst haben Sie nichts zu sagen?«

»Sykes hat es verdient. Es ist eine persönliche Angelegenheit.«

Ford schüttelte den Kopf. »In der Regel gehe ich mit jemandem Ihres Schlages kein Risiko ein. Bei Ihnen habe ich eine Ausnahme gemacht, weil ich glaubte, Sie hätten Benehmen und Anstand. Gute Anlagen. Ich habe mich getäuscht. Und Sie haben mich enttäuscht. Sie haben die ganze Firma enttäuscht. Sie haben gegen die Regeln verstoßen, die ich Ihnen in meinem Haus klargelegt habe. Sie erinnern sich doch noch daran, oder?«

»Ja, Sir, Sie haben ausdrücklich gesagt, keine Handgreiflichkeiten, die Schande über die Firma bringen könnten.«

»Genau das habe ich gesagt. Sie haben gegen die Regeln verstoßen und brüsten sich auch noch damit.« Ford sah ihn streng an. »Sie sind entlassen. Keine Abfindung, lediglich Ihr Wochenlohn. Ich gebe Ihnen eine halbe Stunde, Ihren Spind auszuräumen und das Gelände zu verlassen. Das ist alles.«

»Mr. Ford, gestatten Sie mir bitte zu sagen, daß es mir leid …«

»Nein, ich gestatte es nicht.« Sein Blick glich dem eines Racheengels. »Machen Sie nur so weiter, Carl, dann landen Sie irgendwann ganz unten. Ich bin der Meinung, daß jeder Mann eine zweite Chance bekommen sollte. Wenn Sie Ihre zweite Chance kriegen, dann sind Sie hoffentlich nicht so dumm, sie zu vermasseln.«

Das Telephon klingelte.

»Noch eins, Carl. Clymer sagte, daß er Sie, falls Sie es wagen sollten, auch nur einen Fuß auf sein Grundstück hier oder in Grosse Pointe zu setzen, für fünf Jahre ins Gefängnis bringen wird.«

Carl wollte etwas erwidern. Das Telephon klingelte ein zweites Mal. Mit wütender Geste bedeutete ihm Ford zu gehen, während er den Hörer abnahm und sagte: »Henry. Ja.«

32. ABSCHIED

Das Hotel Wayne befand sich in der Dritten Straße am Fluß neben dem Michigan-Hauptbahnhof. Mit seinen Marmorböden
und Springbrunnen, seinen drei Bars, fünf Restaurants und
einem Friseursalon, in dem zehn Kunden gleichzeitig bedient
werden konnten, konkurrierte es mit dem Ponchatrain um die
Ehre, »Detroits vornehmstes Hotel« zu sein. Carl war einmal unter den mißtrauischen Blicken des Empfangspersonals durch
die Halle geschlendert, aber als er am Sonntag morgen um halb
elf im Wayne eintraf in seinem alten braunen Cordmantel, Tess'
Schal um den Hals gewickelt, hätte er sich dort nicht einmal
einen Kaffee leisten können. Er wartete neben dem geschlossenen Kassenhäuschen des hoteleigenen Rollschuhpavillons. Ein
schläfriger Schwarzer öffnete einen Fensterladen nach dem anderen. Draußen auf dem sonnigen Fluß ertönte das Signalhorn
eines Kohledampfers.

Tess kam um Viertel vor elf mit einem kleinen Korb in der
Hand atemlos auf ihn zugerannt. Sie sah ausgeruht und erholt
aus. Hand in Hand machten sie sich auf den Weg zum Fährha-
fen, wo sich die Tagesausflügler bereits vor der *Pleasure*, dem
glänzenden weißen Schiff der Detroit Belle Isle & Windsor
Ferry Company aufreihten.

»Vater hat mir erzählt, was du mit Wayne gemacht hast.«

Während er in der Hosentasche nach Kleingeld kramte,
suchte er ihr Gesicht nach Anzeichen von Verärgerung ab, sah jedoch keine.

»Ich hab' ihn ziemlich übel zugerichtet. Aber seine Schläger
haben das Bein meines Mechanikers mit einem Fischhaken bearbeitet, wenn auch in dem Glauben, es sei meines. Du kennst
Jesse doch. Er muß vielleicht für den Rest seines Lebens an
Krücken gehen. In einer Gießerei kann man nicht mit Krücken
arbeiten.«

»O mein Gott, das ist ja entsetzlich.«

»Ja, ist es. Jesse führt durch die Arbeit in der Gießerei ein leidlich gutes Leben. Daß ihm das passiert ist, ist allein meine Schuld.«

Er bezahlte zwei Rückfahrkarten. Sie bestiegen die *Pleasure* kurz bevor das Läuten der Messingglocke die Abfahrt anzeigte.

»Hat Wayne zugegeben, daß er die Männer geschickt hat?«

»Ja, aber ich kann es trotzdem nicht beweisen. Es ist einfach ein verdammter Mist.«

Tess ließ sich auf einer der Holzbänke im Freien nieder, von wo sich ein Blick auf die Steuerbordreling bot. »Das ist es wohl. Andererseits bin ich noch nie so glücklich gewesen wie in den letzten Monaten. Warum ist das Leben bloß ein solches Durcheinander, warum gibt es soviel Gutes und auch soviel Schlechtes?«

»Vielleicht weiß das ein so kluger Geist wie Emerson, aber ich bestimmt nicht.«

Der Detroit River verlief auf einer Länge von ungefähr dreißig Meilen zwischen den Seen. Stromabwärts von der Stadt, gegenüber von Amherstburg, lag die Insel Bois Blanc, gleichermaßen beliebt bei Liebenden, Sonntagsausflüglern und Erholungssuchenden. Es war noch zu kühl, als daß das Badehaus der Insel geöffnet gewesen wäre. Der steinerne Tanzpavillon war am Sonntag geschlossen, aber das Café war gut besucht, und auch die schattigen Pfade und Sportplätze fanden an diesem frühen Nachmittag regen Zulauf. Carl und Tess verzehrten an einem einfachen Tisch ihr Picknick. Sie hatte eine Flasche mit kaltem Tee mitgebracht, der zwar inzwischen lauwarm geworden war, aber köstlich schmeckte. Alkohol war auf Bois Blanc verboten.

Carl fegte ein paar Krumen vom karierten Tischtuch; Tess hatte einen Laib Haferbrot gebacken und dicke Leberwurstbrote mit würzigem Schweizer Käse und scharfem deutschem Senf gemacht. Da er zum ersten Mal im Leben in solchen Schwierigkeiten steckte, mußte er seinen ganzen Mut zusammennehmen, um das heikle Thema anzuschneiden, das ihn so beschäftigte.

Er ergriff ihre Hand auf dem Tisch. Die jungen Blätter der Bäume zeichneten ein abwechslungsreiches Bild auf ihr Gesicht. Irgendwann fing er an: »Bereust du, was wir – ich meine, was geschehen ist?«

»Keine Minute. Bereust du es?«

»Nein. Na ja, eigentlich ja, falls ich dich ausgenutzt haben sollte.«

»Das hast du nicht.« Carls Blick war weiterhin auf den Tisch gerichtet. Sie drückte seine Hand. »Das hast du nicht.«

Er hob die Augen und sah sie an. Es gab keine andere Möglichkeit, den Sprung zu wagen, als ihn zu tun. »Tess, willst du mich heiraten?«

»Nein.«

Verblüfft, mehr als nur verletzt, fuhr er zurück. »Warum nicht? Wir könnten aus Detroit weggehen und uns irgendwo anders niederlassen.«

»Sagst du das, weil du ein schlechtes Gewissen hast?«

»Ich sage es, weil ich es sagen will, verdammt noch mal! Ich habe dir schon so oft gesagt, daß ich dich liebe.«

»Und ich liebe dich. Was auch der Grund dafür ist, daß ich nicht ja sage. Du bist kein Fabrikmensch, kein Stechuhrenmensch, wie oft hast du mir das gesagt? Ich weiß noch andere Dinge über dich. Du bist tapfer, freundlich – und sehr aufregend, weil du etwas Unberechenbares an dir hast. Was darunter schlummert, weiß ich nicht. Vielleicht weißt du es selbst nicht.« Plötzlich glitzerte die Sonne in ihren Augen. »Aber du wirst die Antwort nie finden, wenn du hierbleibst, nur weil du glaubst, du seist es mir schuldig. Ich gebe dich frei, Carl. Ich hatte sowieso nie einen Anspruch auf dich und wollte auch nie einen haben. Ich möchte, daß du aus Detroit fortgehst. Mach dich auf die Suche nach Barney Oldfield. Das ist es doch, was du willst.«

»Tess, bitte laß mich ...«

Sie stand auf, strich ihren Rock glatt. »Thema beendet. Sollen wir ein bißchen spazierengehen? Ist es nicht ein herrlicher Nachmittag?«

Er brachte das Thema Heirat an diesem Nachmittag noch zweimal zur Sprache, aber sie weigerte sich, darüber zu sprechen. Sie war heiter und redete schnell, ihre Wangen waren gerötet, als sie von anderen Dingen erzählte. Um fünf Uhr erklärte sie, sie müsse nach Hause.

Sie standen sich auf dem Hauptplatz von Detroit gegenüber, vor dem Denkmal des Stadtgründers, Antoine de la Mothe Cadillac, Ritter von St. Louis. Hinter dem leeren Granitstuhl band sie noch einmal den roten Schal und glättete die Enden über den Aufschlägen seines Mantels.

»Mein glänzender Ritter zieht in den Kampf gegen Sarazenen und Drachen …«

»Der einzige Drache, den ich kenne, ist der grüne, den Oldfield fuhr. Ich kann nicht gehen, bevor wir nicht …«

»Carl, wir haben alles gesagt. Hab eine glückliche Reise. Bitte ruf mich nicht an, und versuch auch nicht, mich wiederzusehen. Mein Herz bricht jetzt schon entzwei.«

Sie schlang die Arme um seinen Hals, was in der frühsommerlichen Dämmerung für schockierte Blicke der Automobilisten und Droschkenkutscher sorgte. Er spürte ihre Tränen, als sie sich küßten. Mit einem krampfhaften Lächeln griff sie nach ihrem Korb und rannte in Richtung Straßenbahn.

Er hob seine gesamten Ersparnisse bei der Dime Bank in der Griswold Street ab, ganze neun Dollar. Dann rechnete er mit Mrs. Gibbs ab, die erklärte, er sei ein angenehmer Mieter gewesen und jederzeit wieder willkommen. Schließlich schlang er den roten Schal um den Hals und machte sich mit seinem Bündel auf den Weg zu Jesse. Er traf seinen Freund im Garten hinter dem Haus, wo er einhändig an einem Blumenbeet arbeitete.

Jesse ließ die Hacke sinken und lehnte sich auf seine gepolsterte Krücke. Sein linkes Hosenbein sah viel dicker aus als sein rechtes, er trug immer noch einen Verband.

»Wollte nur vorbeischauen, um mich abzumelden, Jesse.«

»Na dann, Carl. Du wirst mir fehlen, du warst ein richtiger Freund. Wenn du mich angesehen hast, dann hast du nie einen Farbigen gesehen, vielleicht höchstens beim ersten Mal. Glaubst du, du wirst Oldfield finden?«

Carl nickte. Er deutete auf die verkohlten Überreste des Schuppens. »Wirst du ihn wieder aufbauen?«

»Klar doch. Ich kann ja im Sitzen arbeiten. Ich werde zuerst das Metall zusammenlesen, dann kann ich die Asche als Dünger verwenden.«

»Und hast du dir schon was wegen Arbeit überlegt?«

»Ach, da mach’ ich mir keine großen Sorgen. Es gibt immer irgendeine Niggerarbeit, die die Weißen nicht machen wollen, weil sie Angst haben, sich die Hände schmutzig zu machen. Vielleicht werde ich auch Barbier. Ich könnte mir einen Stuhl kaufen, so einen hohen, weißt du, dann müßte ich nicht stehen. Hab' ziemlich ruhige Hände.«

Carl fand den Gedanken grauenhaft, daß ein starker, freier Geist wie Jesse in irgendeinem Barbierladen für Farbige stehen sollte. »Hoot Edmunds würde dich jederzeit als Mechaniker einstellen.«

»Schon möglich. Aber ich kann nicht mehr fahren. Kann die Pedale nicht mehr drücken.«

»Es tut mir so verdammt leid, Jesse. Ich bin schuld daran.«

»Ach was, überhaupt nicht«, antwortete Jesse abwinkend. »Mich hätt's ohnehin irgendwann erwischt, weil ich mich für die Rechte der Arbeiter stark mache. Das wird in dieser Stadt noch viel Ärger geben. Hast du Tess gesehen?«

»Wir haben uns am Sonntag verabschiedet. Sie hat mir diesen Schal gegeben.«

»Ist das alles?«

»Das ist alles.« Er umarmte Jess.

Es war das klügste, sich rasch umzudrehen und einen schnellen Abgang zu machen, weil er andererseits auch gern noch geblieben wäre. Als es dunkel genug geworden war, sprang er im Güterbahnhof auf einen Güterwaggon, der Richtung Süden fuhr.

33. POSTKARTE AUS INDIANAPOLIS

Eine drückende Schwüle lag über Grosse Pointe. Aber wie immer verhieß der August, ganz gleich, wie heiß er war, den bevorstehenden Wechsel der Jahreszeit. Keiner spürte das deutlicher als Tess. Das erste Gewitter, das kühle Luft aus den Wäldern des Nordens brachte, das erste verfärbte Blatt, das Drängen ihres Vaters, endlich in die Stadt zurückzukehren, all das waren deutliche Anzeichen dafür, daß ein Kapitel ihres Lebens sich dem Ende zuneigte.

An einem Samstagnachmittag saß sie, da sie nichts Besonderes für den Abend geplant hatte, unter einem Sonnenschirm in einem Liegestuhl auf dem Rasen vor der Seemauer. Eine Mandoline lag neben dem Stuhl. Sie hatte sich entschlossen, Unterricht zu nehmen, doch die notwendige Begeisterung fehlte ihr.

Sie schrieb einen Brief an Carl, ohne zu wissen, wann und ob er ihr jemals eine Adresse zukommen lassen würde. Sie war sich sicher, daß sie ihn nie wiedersehen würde, auch wenn er ein- oder zweimal schreiben mochte. Merkwürdigerweise fühlte sie sich seit kurzem wohler denn je. Ihre Kopfschmerzen waren verschwunden, ebenso die Krämpfe, und ihre Wangen blühten. Sogar ihr Vater hatte eine diesbezügliche Bemerkung gemacht.

Seelisch war sie jedoch alles andere als wohlauf. Sie weinte oft stundenlang in ihr Kissen. Das Trauma, daß sie Carl freigegeben hatte, würde zwar schwächer werden, aber vergessen würde sie es nie. Sie wußte, daß sie ihn allein mit ihrer Liebe nicht hätte halten können. Sie hätte nur mit ansehen müssen, wie seine Seele bei dem Versuch, einen anständigen Ehemann abzugeben, im Laufe der Jahre verkümmert wäre.

Sie fand ihre Entscheidung großmütig und war stolz darauf, aber dann verspottete sie sich auch wieder und fragte sich, wie ihr Edelmut sie in kalten Dezembernächten wohl wärmen würde. Jedes Mal wenn sie sich über ihre Stimmungsschwankungen ärgerte, tröstete sie sich, indem sie sich vorbetete: *Ich bin keine Heilige, und er war auch kein Heiliger.* Eher das Gegenteil. Aber ganz sicher war er der Mann, der ihrem Herzen immer und für alle Zeiten am nächsten stehen würde.

Sie wünschte, sie hätte ihn besser verstanden. Sie sehnte sich nach einem weisen Orakel, das ihn erklärte. So hätte sie beispielsweise gern gewußt, ob die Tatsache, daß er das letzte von drei Kindern war, etwas mit seiner Unberechenbarkeit zu tun hatte.

Sie legte den Brief zur Seite, blätterte den Block zur nächsten leeren Seite um. Der Bleistift in ihrer Hand bewegte sich fast wie von selbst über das Blatt, auf ihrem Gesicht lag ein träumerisches, seltsames Lächeln. Sie trug ein altes Kleid, weiß, mit gerüschten Ärmeln, dazu schicke, neue graue Strümpfe und weiße Sommerschuhe. Sie sah aus, als sei sie einem der Genrebilder von glücklichen Mädchen entstiegen.

Der heiße Wind zerzauste ihr Haar. Nachdenklich blickte sie auf das Blatt. Sie hatte drei verschnörkelte Initialen gemalt: CTC

In einem Krug klirrendes Eis weckte sie aus ihrem Tagtraum. Giselle war aus der Küche gekommen.

»Ich dachte, Sie hätten vielleicht noch gern etwas Limonade, Ma'am.« Giselle setzte den feuchten Krug auf den weißen Eisentisch neben Tess' Glas und Serviette ab. Giselle war sechzehn; in ihren Augen war Tess wahrscheinlich alt. Was sie, um ehrlich zu sein, auch tatsächlich bald sein würde.

»Danke, Giselle, das ist sehr aufmerksam.«

»Das ist mit der Nachmittagspost gekommen.«

Sie reichte Tess eine grelle Postkarte mit dem Bild eines Holzindianers vor einem Zigarrenladen und den Worten ANDENKEN AN INDIANAPOLIS. Sie drehte die Karte um, hielt den Atem an. Die Nachricht bestand aus einem Satz, die Handschrift war offenbar verstellt, und es fehlte die Unterschrift: »Arbeite für ›Barney O!‹.«

Sie mußte sich zusammenreißen, um nicht in Tränen auszubrechen. Sie war unendlich dankbar für die Nachricht, die so wenig aussagte und gleichzeitig so viele Ängste beschwichtigte. Sie machte ihr die Entscheidung leichter.

»Was malen Sie da, Ma'am, wenn ich fragen darf?« Giselle hatte sich die höflichen Umgangsformen der Alten Welt bewahrt. Mit Nachnamen hieß sie DePere; vor wenigen Generationen hatten ihre Vorfahren, französische Bauern, die herrlichen

Obstbäume gepflanzt, die heute überall üppig blühten und
Früchte trugen.

»Nur ein Monogramm, für Kissen und so.«

»Es sieht so hübsch aus. So ordentlich und ausgewogen.«
Plötzlich schoß ihr die Röte ins Gesicht, ob von der Hitze oder
wegen ihrer eigenen Kühnheit, war schwer zu sagen, denn Giselle fragte: »Ist es Ihres?«

Tess hob den Blick, doch ihre dunkelblauen Augen waren un-
ergründlich. »Tja, wäre es, wenn ich den richtigen Mann dazu
finden könnte.«

Verwirrt rettete sich Giselle, indem sie auf den See hinaussah.
Eine lange, anmutige Jacht näherte sich dem Steg. »Schauen Sie,
Ma'am, ich glaube, das ist Ihr Vater.«

»Er kommt früh. Er wird um halb acht zu Abend essen wollen.«

»Ich sage dem Koch Bescheid.« Giselle ging über das verdorrte Gras zum Haus zurück.

Tess streckte sich, ging im Geiste noch einmal durch, was sie
ihm sagen wollte. Sie bestärkte sich in ihrem Entschluß, indem
sie ein letztes Mal auf das Monogramm sah, um das Blatt dann
abzureißen und es fest zusammenzuknüllen. Wenn nur der
Schmerz in ihrem Herzen genausoleicht zu vernichten gewesen
wäre!

Der Kapitän der *Hiawatha* legte mit einem eleganten
Manöver am Steg an. Seine Mannschaft bestand aus zwei orts-
ansässigen Jungen. Sie machten die Jacht fest. Lorenzo Clymer
kam mit ausholenden Schritten den Steg herauf. Sein weißer Leinenanzug und sein weißer Hut bildeten einen perfekten Kontrast zum spiegelglatten Blau des Sees. Tess erhob sich, glättete
ihren Rock und reckte sich mit einem angenehmen Kribbeln.
Wie mürrisch er aussah! Aber das würde sich ganz bald ändern.

»Vater«, sagte sie, als sie ihm entgegentrat.

»Was ist?«

»Ich möchte mit dir sprechen. Ich habe meine Meinung über
Wayne geändert. Wenn du deinen Segen gibst, werde ich ihn heiraten.«

TEIL DREI

Bewegte Bilder

Die Fünf-Cent-Theater sind nichts anderes als Lehrstätten des Verbrechens, wo Mord, Raub und Diebstahl bildhaft vorgeführt werden. Das gesetzlose Leben, das sie in ihren billigen Stücken zeigen, ermutigt zu Verbrechen. Sie erzeugen die Kriminellen, welche die Straßen unserer Stadt unsicher machen. Nichts, aber auch gar nichts, was sie zeigen, gereicht in irgendeiner Weise zum Wohl. Das einzig Vernünftige, was die Stadtväter tun können, ist, sie sofort zu schließen.

Chicago Tribune, 1907

Wenn Griffith sich bewegte, bewegte ich mich ebenfalls. Ich folgte ihm auf Schritt und Tritt und stellte Fragen. »Ich will abendfüllende Geschichten erzählen«, sagte er beispielsweise. »Und es will mir nicht einleuchten, warum wir immer soviel zeigen müssen. Nehmen wir zum Beispiel eine Szene in Zimmer A. Wir schließen sie ab, und die Schauspieler begeben sich nach Zimmer B. Warum müssen wir zeigen, wie die Menschen von A nach B gehen? Das beste wäre doch, einfach nach Zimmer B umzuschwenken.«

Mack Sennett, Der König der Komödie

34. ILSAS HILFSAKTION

Seit 1902 waren die Eisenbahngesellschaften Pennsylvania und New York Central erbitterte Konkurrenten im Kampf um Fahrgäste zwischen Chicago und New York; beide warben mit Luxuswagen zum Sonderpreis, die Pennsylvania mit ihrem *Broadway Limited*, die Central mit dem *Twentieth Century Limited*. Die Strecke des *Broadway Limited* war fünfzehn Meilen kürzer, aber die Central warb mit einem Vorzug, der auf einer Plakatwand im Zentralbahnhof zu lesen stand:

ROUTE AUF HÖHE DES WASSERSPIEGELS
SIE KÖNNEN RUHIG SCHLAFEN

Nachdem der *Limited* in das riesige Kuppelgebäude der Grand Central Station in New York eingefahren war, klappte der Schaffner die Treppe vor dem Abteil herunter, und Ilsa stieg aus, eine elegante Frau in adrettem Kostüm, mit einem flachen, breitkrempigen schwarzen Strohhut.

»Sie können Ihre Koffer am Schalter in Empfang nehmen, Ma'am«, ließ der Schaffner sie wissen.

»Vielen Dank.« Ilsa belohnte ihn mit einem Trinkgeld in Höhe von fünfundsiebzig Cent, eine verschwenderisch hohe Summe.

Dem General hatte Ilsa erklärt, sie habe die Absicht, in den großen Geschäften auf New Yorks berühmter Damenmeile einzukaufen – bei Wanamaker's in der Achten Straße, Siegel-Cooper's in der Achtzehnten, James McCreery's in der Dreiundzwanzigsten und R. H. Macy's in seinem neuen Haus am Herald Square. Ihre Erklärung hatte ihm eine scharfe Erwiderung entlockt:

»Du machst dir doch gar nichts aus Einkäufen. Fährst du vielleicht wegen Fritzi hin?«

»Wäre denn das so schlimm, Joe? Soll ich vielleicht ein schlechtes Gewissen haben, weil ich meine einzige Tochter sehen möchte? Soweit ich weiß, verstößt das gegen kein Gesetz. Du bist es, der sich mit Fritzi überworfen hat. Und ich finde, daß es Zeit ist, daß ihr euch wieder vertragt.«

Seine Antwort war die gleiche gewesen, die er in solchen Fällen immer parat hielt – ein eisiger Blick und eisiges Schweigen.

Aber wenigstens hatte er ihr keine Steine in den Weg gelegt, indem er ihr die Reise verbot oder dafür sorgte, daß ihr keine finanziellen Mittel zur Verfügung standen. Nach geltendem Recht waren nämlich selbst die wohlhabendsten Frauen nahezu vollkommen von ihren Ehemännern abhängig. Joe gewährte Ilsa eine monatliche Zuwendung, die sie auf ein eigenes Konto einzahlte. Er fragte nie, was sie damit machte.

Winkend kam Fritzi aus einer Dampfwolke auf sie zu. Wie sehr sie sich freute, wieder die wunderschönen braunen Augen ihrer Tochter zu sehen! Ihr blondes Haar sah immer noch wie ein Dornbusch aus. Sie bemerkte auch gleich sehr besorgt, daß Fritzi blaß und erschreckend mager geworden war.

»Fritzi, Liebchen!« Sie fielen einander in die Arme.

»Du hast mir so gefehlt, Mama. Wo sollen wir zuerst hingehen?«

»In mein Hotel, bitte. Sowie wir mein Gepäck haben. Ich möchte alles über dein Stück wissen, über *Macbeth*. Ein Freund hat mir deinen Namen in einer New Yorker Zeitung gezeigt. Das war wirklich nicht nett von dir, daß du mir nichts davon geschrieben hast.«

»Ich habe mir so gewünscht, daß es gut geht, dann hätte ich's dir auch geschrieben, aber es war nicht gut, es war schrecklich. Wir haben das Stück nach einer Woche abgesetzt.«

»Ich habe es versäumt, meine einzige Tochter am Broadway zu sehen! Was machst du jetzt?«

»Na ja, ich bin, wie man so schön sagt, auf der Suche nach einem Engagement.« Entsetzt lauschte Ilsa den Berichten ihrer Tochter, die von ihren Arbeitsstellen im Frühling und Sommer berichtete: Kellnerin in einem heruntergekommenen Restaurant, das durch einen Brand ungeklärter Ursache in Schutt und Asche gelegt worden war, was den Besitzer offenbar kaum berührte; vier Wochen als Vorführdame eines neuen Kartoffelschälers bei Woolworth's; eine eben beendete zweiwöchige Tätigkeit als Typistin bei einer Versicherungsgesellschaft.

»Ich wurde gefeuert, weil ich zu langsam war«, seufzte Fritzi achselzuckend.

Ein Gepäckträger schaffte Ilsas Koffer auf einem Handwagen in die Zweiundvierzigste Straße, wo es um diese Zeit hoch herging. Ilsa hatte sich für ihre Ankunft einen herrlichen sonnigen Septembertag ausgesucht. Während der kurzen Taxifahrt zum Hotel Astor, fragte Fritzi: »Wie geht es Papa?«

»Er ist ungehalten und wütend, wie immer – auf mich, seine Arbeiter, die Prohibitionsleute, aber am meisten, glaube ich, auf sich selbst. Der Herzanfall hat ihn stärker mitgenommen, als ich anfangs dachte. Nicht nur die Krankheit, sondern die Tatsache, daß so etwas ihm widerfahren konnte. Dieser untrügliche Beweis der Schwäche macht ihn zornig. Von seinem Arzt weiß ich, daß diese Reaktion häufig ist.«

Traurig schüttelte Fritzi den Kopf. »Und Carl?«

»Carl schreibt ungefähr so oft, wie im August Schnee fällt. Es ist auch besser so. Wenn ich genau wüßte, was er macht, könnte ich nicht mehr schlafen.«

»Und Joey?«

»Was soll ich sagen? Joey ist Joey. Immer derselbe.«

»Ich habe Paul getroffen. Er hat mir ein Exemplar seines Buches geschenkt. Hast du's schon gelesen?«

»Ja, es ist wunderbar. Wer hätte sich jemals träumen lassen, daß Pauli irgendwann auch noch Bücher schreiben würde?«

Im Astor wurden sie von einem Hotelangestellten in die Ein-Zimmer-Suite hinaufgeleitet. Fritzis Angebot, die Mutter bei sich aufzunehmen, hatte Ilsa freundlich, aber bestimmt abgelehnt. Wenn die Crowns verreisten, wohnten sie in noblen Hotels. Joe vertrat die Meinung, das habe er verdient.

Mit Fritzis Hilfe machte sich Ilsa ans Auspacken. Sie hängten ihre Kleider auf Bügel, räumten Hüte und Schuhe in den Schrank. »Bist du müde, Mama? Möchtest du dich ausruhen?«

»Nein. Ich würde zuerst gerne sehen, wie du wohnst. Voriges Jahr wolltest du es mir ja nicht zeigen.«

»Wir hatten einfach keine Zeit. Um ehrlich zu sein, es ist nur ein Zimmer. Aber sehr hübsch«, fügte Fritzi hastig hinzu und verkehrte damit die Information fast ins Gegenteil. »Wir nehmen die Hochbahn. Sie ist billiger als ein Taxi und die Untergrundbahn, und alle fahren damit.«

Im morgendlichen Gewühl machten sie sich auf den Weg. Alle Mitmenschen wirkten ausnahmslos mürrisch und gehetzt. Ilsa war außer Atem, als sie endlich eine überdachte schmiedeeiserne Treppe erreichten. Trotz Fritzis Einwand bezahlte sie die Fahrkarten. Ein Mann mit einer Metallkiste sammelte die Billetts ein, dann gingen sie durch den Damenwarteraum zum offenen Bahnsteig, umgeben von schlechtgekleideten New Yorkern, die Ilsa ständig vor die Füße traten. Sie war entsetzt über einen Mann, der einen Automaten mit den Fäusten bearbeitete, als handele es sich um einen Feind aus Fleisch und Blut.

»Wo fährt die Hochbahn eigentlich genau hin?«

»Downtown. Das ist die Second-Avenue-Linie, aber sie fährt unterhalb der Dreiundzwanzigsten Straße die First Avenue entlang. Sie kommt.«

Ilsa und Fritzi bestiegen den weinroten Wagen, auf dem in goldenen Lettern der Name der Firma prangte: MANHATTAN. Ein Mann trat Ilsa auf den Fuß und schaffte es tatsächlich, sich vor ihr einen Platz zu sichern. Am liebsten hätte sie ihm ihre Handtasche auf den Kopf gehauen.

Trotz der offenen Fenster herrschte im Waggon ein betäubender Geruch von Zwiebeln, Wurst, Knoblauch, Schweiß, billigem Parfüm und den Winden eines Fahrgastes. Ilsa hielt ihre Handtasche fest auf die Knie gepreßt, als erwarte sie, in der nächsten Sekunde überfallen zu werden. Der Zug schwankte und ratterte. Zum Glück war die Fahrt kurz. Als sie an ihrem Ziel die Treppe hinunterstiegen, ließ sie den Blick über die Straße gleiten, die durch Sonnenlicht und Schatten mit einem Gittermuster überzogen war.

»In was für einer Gegend sind wir hier?«

»In einer deutschen Gegend, Mama.«

»Ich sehe aber niemanden, der deutsch aussieht. Ich sehe bloß Pfandleiher, eine Kneipe – viele Karren.« Einer dieser Karren, der bis oben mit traurigen Kohlköpfen beladen war, kam geradewegs auf sie zugefahren, aber Ilsa weigerte sich, auszuweichen. Der Mann hinter dem Karren lenkte zur Seite und rief: »Vorsicht, meine Dame!«

»Eigentlich war es früher eine deutsche Gegend«, gestand Fritzi. »Die meisten Familien sind inzwischen nach Yorkville hinaufgezogen. Jetzt ist es ein gemischtes Viertel.«

»So, gemischt? Wohl ein Gemisch aus Trinkern und Strolchen?« Einer übergab sich eben geräuschvoll in den Rinnstein. »Warum mußtest du dir in einem Haus ein Zimmer nehmen, an dem ständig Züge vorbeifahren?« Die Müdigkeit verlieh ihrer Stimme eine ungewöhnliche Schärfe. Ilsa kannte die Antwort ohnehin bereits, man brauchte sie nur anzusehen, um zu wissen, daß es ihrer Tochter alles andere als gutging.

»Die Zimmer an der Hochbahn sind viel billiger«, antwortete Fritzi.

Ilsa war entsetzt, als sie den abfallübersäten Gehsteig vor Fritzis Haustür sah. »In welchem Stock wohnst du?«

»Im dritten. Das Fenster dort ist meins.«

»Auf der gleichen Höhe wie die Hochbahn? Aber dann kann dir ja jeder ins Zimmer schauen.«

»Deshalb ist ein Zimmer im dritten Stock immer am günstigsten.«

Sie stiegen drei dunkle Treppen hinauf. Das Zimmer war schlimmer, als sie befürchtet hatte. Kein Sofa, nicht einmal eine hübsche Zimmerpalme, nur ein Bett, ein Schrank, eine alte Kommode, ein Stuhl. Die Hochbahn kam näher. Ilsa mußte sich zusammenreißen, um ruhig zu bleiben, während das ganze Zimmer samt Mobiliar durchgerüttelt wurde.

»Hast du ein eigenes Bad?«

»Es ist mein eigenes, wenn ich abschließe«, antwortete Fritzi vergnügt. »Es wird von einem halben Dutzend Mietern benutzt. Ich habe eine Schüssel unter dem Bett.«

Auf der Straße unten schrie eine Frau, und Ilsa rannte zum Fenster. Sie sah, wie ein Fettwanst mit einem Küchenbeil der Frau hinterherrannte. Plötzlich war sie zutiefst deprimiert.

Fritzi wollte ihre Mutter trösten und sagte: »Ich habe einen Gaskocher im Erker. Ich mache uns was Gutes zum Lunch.«

Ilsa, die sich sofort daran erinnerte, was für ein schreckliches Fiasko Fritzi stets in der Küche anrichtete, widersprach schnell: »Nein, meine Liebe. Du brauchst eine kräftige Mahlzeit, du bist viel zu dünn, weißt du das? Solange ich hier bin, essen wir auswärts.«

Das einzige in Frage kommende Restaurant war Lüchow's an der Südseite der Vierzehnten Straße. Während ein Kellner eine

Flasche Liebfrauenmilch entkorkte, dudelte eine Vier-Mann-Kapelle Tilzers Walzer *Wo das Würzburger fließt.*

»Überall hört man jetzt Lieder, in denen es um Bier geht«, erklärte Fritzi. »Hat Papa etwa auch schon eines in Auftrag gegeben?«

»Nein, davon hält er nicht viel. Im Vertrauen kann ich dir sagen, daß er gar nicht traurig darüber ist, daß *Unter dem Anheuserbusch* kein großer Hit geworden ist.«

Ilsa musterte ihre Tochter. Sie pflegte sich für ihren Geschmack nicht genügend. Freilich konnte Fritzi sich keine elegante Garderobe oder teuren Schönheitsprodukte leisten. Aber trotzdem sollte sie besser auf sich achten. Ihr Haar bändigen, ihre Kleidung bügeln – ein bißchen mehr auf ihre Weiblichkeit achten. Sie schien nicht zu wissen, wie anziehend sie war, und gab schon darum nicht viel auf Äußerlichkeiten.

Sie prosteten einander zu. »Prosit!« Nach dem ersten Schluck sagte Fritzi. »Hast du schon den neuesten Witz über Präsident Taft gehört? Er ist in der Straßenbahn aufgestanden und hat seinen Platz drei Damen angeboten.«

»Wirklich lustig, aber lieber würde ich etwas über das Stück erfahren, das ich leider Gottes verpaßt habe.«

Fritzi gab eine Zusammenfassung ihrer Erfahrung mit *Macbeth*: daß sie sich mit dem Regisseur und männlichen Hauptdarsteller, einem Mr. Manchester, und mit der Hauptdarstellerin angefreundet habe. Ilsa, die Mrs. Van Sant dem Namen nach kannte, war sehr beeindruckt.

Einige von Fritzis Kollegen waren offenbar weniger sympathisch gewesen. Fritzis Nachahmung eines gewissen Mr. Scarboro brachte Ilsa zum Lachen.

»Deine Imitationen sind nach wie vor großartig.«

»Carl und Joey und ein paar meiner Lehrer waren da anderer Meinung. Aber Pauli fand sie immer gut. Wahrscheinlich ist es nicht nett, andere nachzumachen, aber manchmal kann ich gar nicht anders, ich kann Narren nun mal nicht ausstehen.«

»Wie dein Vater.«

Ilsas Herz floß über vor mütterlicher Sorge. Daß Fritzi ums schiere Überleben kämpfte, war klar. Sie fand, daß ihre Tochter schon viel zu lange in New York war. Um sich Mut zu machen, nahm sie noch einen Schluck Liebfrauenmilch.

»Darf ich dir eine ganz ernste Frage stellen? Hast du den Mut noch nicht verloren?«

Fritzi erwiderte ebenso ernst: »Ja, manchmal bin ich mutlos.«

»Dann komm mit nach Hause. Gib auf!«

Fritzi sah sie an. »Um Papa zu versöhnen?«

»Nein, nein! Um dieses schreckliche Leben hinter dir zu lassen.«

»Ich bin freiwillig nach New York gekommen, Mama. Jahrelang habe ich davon geträumt. Ich tu' das, was ich schon immer tun wollte.«

»Wie kannst du das nach so vielen Enttäuschungen sagen? Wie geht es weiter? Willst du weiter Teller tragen, Betten machen oder für Dummköpfe, die deine Arbeit nicht zu schätzen wissen, auf der Schreibmaschine tippen? Das sind doch keine Beschäftigungen für eine junge Frau mit deiner Intelligenz.«

Mit einem merkwürdigen, flackernden Blick sagte Fritzi: »Ich habe von einer Stelle am Theater gehört, die ziemlich gut bezahlt ist.«

»Das klingt aber nicht begeistert.«

»Bin ich auch nicht. Aber es ist Arbeit. Ich erwäge ernsthaft, mich zu bewerben. Aber mehr möchte ich im Moment noch nicht sagen. Wollen wir den Nachtisch bestellen?«

Im Verlauf des viertägigen Besuches wurde Fritzi von ihrer Mutter neu eingekleidet. Ilsa kaufte ihr auch ein Paar Lacklederpumps, ein Paar Überschuhe, mehrere hübsche Muschelkämme für das nicht zu bändigende Haar, ein neues Plätteisen und eine kleine Topfpalme, um ihr Zimmer ein bißchen freundlicher zu machen. Im Laden Roger Peet erstand sie ein geschmackvoll kariertes Madrashemd für Joe. Daß er es allerdings tragen würde, konnte sie sich nicht vorstellen.

Fritzi begleitete Ilsa zur Grand Central Station. Hand in Hand gingen sie auf dem riesigen roten Teppich des *Limited* entlang. Fritzi hatte jeden Tag von morgens bis abends mit ihrer Mutter verbracht. Was das auch für eine neue schauspielerische Arbeit sein mochte, viel Zeit schien sie dafür nicht aufwenden zu müssen. Fritzi hatte übrigens auch kein Wort mehr darüber verloren.

Auf dem lauten Bahnsteig kam Ilsa noch einmal auf ihr Gespräch bei Lüchow's zurück. »Ich wünschte, du würdest nach Hause kommen.«

»Wozu? Um mit Amateuren Theater zu spielen und mich als ehrenamtliche Helferin nützlich zu machen? Nein!«

»Warum bist du so unnachgiebig? Deinem Vater zum Trotz?«

Das Aufblitzen in Fritzis braunen Augen verriet Ilsa, daß sie tatsächlich einen Nerv getroffen hatte. »Ich möchte beweisen, daß er unrecht hatte. Daß ich Erfolg haben kann.«

»Und was ist, wenn es diesmal auch danebengeht? Willst du immer so weitermachen, bis du alt und grau bist?«

»Diesmal werde ich Erfolg haben, Mama.«

»Warum sagst du mir nicht, worum es sich handelt?«

»Dazu ist später noch Zeit.«

»Fritzi! Es ist doch nichts, wofür du dich schämen müßtest, oder?«

»Nein, Mama«, versicherte sie hastig. Ilsa fand, ein wenig zu hastig. Sie bemühte sich nach Kräften, ihre Bestürzung und ihre Sorge zu verbergen sowie das beschämende Gefühl, bei dieser Hilfsaktion versagt zu haben.

Die Schaffner forderten zum Einsteigen auf. Die riesige schwarze Lokomotive fauchte wie ein ungeduldiges Pferd. Ilsa schlang die Arme um Fritzi. Während sie sich umarmten, versteckte ihre rechte Hand fünfzig Dollar in kleinen Scheinen in Fritzis linker Jackentasche.

In einem atemberaubenden herbstlichen Dämmerlicht schlängelte sich der *Twentieth Century Limited* entlang des Hudson River Richtung Norden. Die Palisaden schimmerten gelb und scharlachrot. Ein kleiner Dampfer tuckerte flußabwärts, weiß wie der Zuckerguß eines Hochzeitskuchens. Ilsa bemerkte nichts von all der Schönheit, sie sah nur Fritzis Gesicht vor sich. Still saß sie da, die Ellbogen auf der Fensterbank, das Kinn in die Hände gestützt; ihre Wangen waren tränenüberströmt.

35. BIOGRAPH

Fritzi entdeckte Ilsas fünfzig Dollar erst am Abend. Sie war überwältigt und gerührt. Ein paar Dollar in der Sparbüchse konnten
sie vor dem Verhungern bewahren.

Aber dieses Geschenk änderte nichts an der Notwendigkeit,
ernsthaft über die Zukunft nachzudenken beziehungsweise ent-
schiedene Schritte in diese Richtung zu tun. Im Laufe der nächsten Woche rief sie mehrmals im Studio von Biograph an und
hinterließ ihre Adresse. Am Sonntag abend saß sie in ihrem Zimmer und blätterte die verschiedenen Ausgaben der *Times* und
Tribune durch, die andere Mieter weggeworfen hatten. Durch
die Decke drang die Phonograph-Stimme von Carrie Jacobs
Bond, die *The End of a Perfect Day*, sang, ein schönes Lied, allerdings nicht, wenn es zwanzigmal hintereinander gespielt wurde.
Es klopfte an der Tür.

»Ich bin's, Mrs. Perella. Da ist ein Gentleman für Sie am Apparat.«

»Danke Ihnen für Ihren Anruf, Mr. Bitzer«, sagte Fritzi, als sie
endlich die Hörmuschel in der Hand hielt. »Ich hätte nie gedacht, daß Sie am Sonntag arbeiten!«

»Wir arbeiten sieben Tage die Woche. Letzte Woche ging's höllisch zu. Was kann ich für Sie tun?«

»Ich möchte auf Ihr freundliches Angebot zurückkommen.
Bei unserer letzten Begegnung, ich weiß, meine Bemerkung
über Filme war sehr unhöflich ...«

»Ach was, das ist mir nichts Neues. Schwamm drüber! Ich
mache Sie gerne mit unserem Starregisseur Mr. Griffith bekannt. Er war auch Schauspieler. Vor ein paar Monaten hat er
seinen ersten Streifen gedreht, und wir haben fünfundzwanzig
Kopien davon verkauft. Bis dahin hatten wir immer höchstens
fünfzehn verkauft. Jetzt kann er gar nicht schnell genug drehen.«

»Wann soll ich kommen?«

»Morgen früh, halb sieben. Fragen Sie nach Griffith. Ich ar-

rangiere alles. Ein kleiner Tip noch. Keine herablassenden Bemerkungen über Filme ihm gegenüber, sonst sind Sie schneller
wieder draußen, als Sie drin waren. Griffith möchte Leute, die
das Geschäft ernst nehmen. Für ihn ist es eine neue Kunstform.«

Der Morgen dämmerte über dem East River herauf, als Fritzi mit
einer Pappendeckelmappe mit Programmen und Kritiken in der
Hand, die Vierzehnte Straße Ost entlangeilte. Sie hatte eine *Macbeth*-Kritik beigelegt, dazu eine Liste mit den Namen der Schauspieler, und konnte nur hoffen, daß die Kritik nicht ins Gewicht
fiel. Sie war seit fünf Uhr auf den Beinen, hatte ihren Rock ge-
plättet und einen Suppenfleck aus ihrer Bluse gewaschen.

Die Straße war voller Unrat. Der Westwind trieb Fritzi förmlich voran, aber er blies auch dicke schwarze Wolken herbei. Wie
immer vor einem wichtigen Vorstellungsgespräch war sie auch
jetzt furchtbar nervös. Fast wäre sie über einen verwahrlosten
Köter gestolpert, der sein Bein unter einem Milchwagen hervor-
streckte.

Ihr Ziel, Haus Nummer elf, war ein fünfstöckiges Backstein-
gebäude. Als sie darauf zuschritt, starrten gleichzeitig vier dieser
Möchtegernschauspieler auf sie herunter, die im kalten Morgenlicht auf der offenen Veranda standen. Ihre Gesichter zeigten sowohl milde Neugierde, wie das eines hübschen Negerjungen in
geflickten Hosen, wie auch kriegerische Feindseligkeit, wie das
einer hartgesotten aussehenden Rothaarigen. In reichverzierten
Goldbuchstaben stand auf einem Schild zur Rechten der hohen
Veranda zu lesen:

THE AMERICAN MUTOSCOPE
& BIOGRAPH COMPANY

Die Rothaarige schnauzte sie an. »Sie warten besser draußen,
Schwester, bis man Sie ruft.«

Fritzi verzichtete auf vornehme Zurückhaltung und
schnappte scharf zurück: »Oh, ich danke Ihnen, ich dachte
schon, das hier wäre die neue Trambahnhaltestelle.« Der Junge
kicherte.

Sie trat zur Seite, um den Männern und Frauen Platz zu machen, die mit Zeitungen, Lunchpaketen und Schminkutensilien

nach drinnen drängten. Ein junger Bursche, der wie ein irischer Stahlarbeiter aussah, sagte im Vorbeigehen zu einem der anderen Männern: »Ist mir egal, was der Chef sagt, für mich sind Bullen komisch.« Er zwinkerte Fritzi zu, legte den Finger an die Mütze und sprang die Stufen hoch.

Zwei junge Frauen – beide mit wunderschönem blonden Haar, offensichtlich Schwestern – folgten ihm. Die robustere wandte sich mit einem »Guten Morgen« an die Wartenden, die zarte wünschte ihnen »viel Glück«.

In dem Augenblick, als alle durch die Tür verschwunden waren und Fritzi sich anschickte, ihnen zu folgen, trat ein Mann in einem dicken Sportpullover heraus. Er blickte auf seinen Notizblock, dann musterte er die Schauspieler. Zur Rothaarigen sagte er: »Nichts dabei heute.« Das gleiche erklärte er den beiden Männern und dem Jungen. Schließlich musterte er Fritzi von oben bis unten. »Sie sind neu.«

»Ja, Sir, ich …«

»Für Sie ist auch nichts dabei.«

»Ich habe einen Termin bei Mr. Griffith. Mr. Bitzer hat den Termin für mich vereinbart.«

Trotz des mißtrauischen Blicks, mit dem er sie bedachte, sagte er: »Okay, kommen Sie rein. Der Chef ist sehr beschäftigt, aber er sieht sich immer gern neue Mädchen an. Folgen Sie mir!« Mit einem kleinen, trotzigen Lächeln stieg sie hinter ihm die Stufen hinauf. In diesem Moment entschloß sich Ellen Terry, eine ihrer Ansichten kundzutun: *Bewegte Bilder? Eine Schande! Das kann nichts Gutes werden.*

Schon möglich. Trotzdem folgte Fritzi dem Mann hocherhobenen Hauptes in das Haus.

Als sie hinter dem Mann das Studio von Biograph betrat, wußte sie nach einem Blick, daß dies das seltsamste, lauteste und schmuddeligste Haus war, das sie je gesehen hatte. Von den mit Wasserflecken übersäten gelben Wänden blätterte der Putz. Es stank nach Farbe und Zigarren. Weiter oben wurde gehämmert und gesägt.

Sie stiegen bis in den zweiten Stock hinauf; dort war der Lärm noch schlimmer. Der Mann deutete auf eine Bank. »Warten

Sie hier. Nicht reingehen, das ist die Hauptbühne.« Aber sobald
er über den breiten Korridor verschwunden war, trat Fritzi vor
und warf einen Blick hinein.

Was sie da sah, hätte der Ballsaal eines ehemals noblen Stadthauses sein können, groß genug war er auf jeden Fall. Grelle Bo-
genlampen, die an Deckenlatten hingen, erhellten den Raum.
Eine Reihe glühender, violetter Röhren auf dem Fußboden warfen ein diffuses Licht auf eine sonderbare Szenerie. Vor ihren Augen ging eine Kulisse in die Höhe, eine Wand mit aufgemalten
Tisch und Stühlen vor einer ebenfalls gemalten, ziemlich gräßlichen Landschaft. Neben der ersten Kulisse tauchte eine zweite
auf, die von unsichtbaren Händen an die erste angefügt wurde,
während unsichtbare Hämmer unsichtbare Nägel in unsichtbare Leisten trieben.

Eine echte Tür ging in der Kulisse auf; ein Mann mit zwei Blu-
mentöpfen trat heraus. Ein Helfer rollte einen unechten türki-
schen Teppich aus, dem eine ganze Wolke von Staub entstieg.
Auf der Seite stand ein Schreiner neben einem Holzbock und
sägte mit rasender Geschwindigkeit ein paar Bretter zurecht. In
einer anderen, wenig beleuchteten Ecke riß eine Garderobenfrau Kleidungsstücke aus einer Kiste und fluchte: »Verflixt und
zugenäht, wo ist das verdammte Ding?«

Eine junge Frau in einem orientalisch anmutenden Pyjama
rempelte Fritzi von hinten an. Dann fragte sie einen untersetz-
ten Mann mit Strohhut: »Ist das Make-up in Ordnung, Billy?«
Das Gesicht des Mädchens war mit goldener Schmiere vollge-
kleistert; sie sah aus, als litte sie an Gelbsucht im Endstadium.

»Ganz sicher nicht. Die Lippen sind zu stark geschminkt. Ihr
Frauenzimmer scheint andauernd zu vergessen, daß Rot immer
als Schwarz rauskommt. Hallo«, rief er, als er Fritzi bemerkte.
»Guten Morgen. Sie haben's geschafft!«

»Ja, Mr. Bitzer, danke«, gab sie zurück. »Ich bin Ihnen wirklich dankbar, daß ...«

»Alles klar. Ich hab's leider eilig. Viel Glück!«

Der Mann im Sportpullover kehrte zurück und winkte sie
näher. Sie folgte ihm in einen großen Raum.

»Mr. Griffith ist in einem Gespräch. Gehen Sie da rein und
warten Sie, bis er Sie anspricht. Dort drüben, in der Ecke. Treten
Sie bloß nirgends drauf!«

Halb blind von den vielen Lichtern, blinzelte sie, bis sie eine Leinwand sah, auf der goldene Pfauen prangten. Eine dritte Kulisse näherte sich wackelnd ihrem Platz; sie stellte ein geschmackloses Wohnzimmer dar. Billy Bitzer war damit beschäftigt, die Linse seiner Kamera zu polieren und rief mit lauter Stimme jemandem etwas zu, während der Schreiner einen anderen anschrie und die Garderobenfrau immer stärker fluchte und weitere Kleidungsstücke aus der Kiste riß. In was für ein verrücktes Haus war sie da bloß geraten? Fritzi hatte angenommen, daß Studios, in denen man stumme Filme drehte, stumm, also still wären.

Hinter der orientalischen Leinwand hörte man die Baritonstimme eines Mannes, die fast so wohltönend war wie die von Hobart. »Ich hab's satt, jede Woche ins Büro zitiert zu werden, um mir anzuhören, wie ich meine Filme schneiden soll.«

Immer noch in der Nähe der Leinwand, strich Fritzi sich das Haar glatt, knöpfte ihre Jacke auf, glättete ihre Bluse. Das mußte Mr. Griffith sein.

»Wenn wir eine Szene in Raum A beenden, schwenken wir direkt zu Raum B über. Es ist vollkommen unnötig, daß wir zeigen, wie die Schauspieler von A nach B gehen. Die Schwachköpfe kapieren's nicht, weil jeder andere Regisseur zeigt, wie die Schauspieler von A nach B gehen. Verdammte ungebildete Yankees! Noch nie eine Zeile von Dickens oder einem anderen großen Schriftsteller gelesen.«

Sich innerlich wappnend, trat Fritzi um die Leinwand herum in ein Büro, dessen Funktion an einem Schreibtisch, zwei Drehstühlen und einer Klemmlampe ersichtlich war. Ein großer, würdevoller Mann sprach mit dem kräftigen jungen Iren, der sie auf der Veranda gegrüßt hatte.

»Vielleicht sollte ich mich nach einem anderen Studio umsehen. Oh, guten Morgen, meine Liebe!«

»Mr. Griffith?«

»Ja, ich bin David Griffith. Das ist Mike Sinnott, einer unserer Schauspieler, der gerne Regie führen möchte.«

»Nur in meinem eigenen Film, Chef.« Sinnott deutete eine leichte Verbeugung in Richtung Fritzi an. »Nett, Sie kennenzulernen.«

»Ganz meinerseits.«

Griffith drängte Sinnott an die orientalische Leinwand. »Sie machen Ihre albernen Komödien, und ich mache meine Fünfspuler, in denen ich genügend Zeit habe, eine richtige Geschichte zu erzählen, und dann werden wir sehen, wer gewinnt.« Über die Schulter sagte er: »Bin gleich wieder da. Bitte nehmen Sie doch einstweilen Platz.« Nervös setzte sie sich auf den Besucherstuhl.

Um sich abzulenken, musterte sie den überladenen Schreibtisch des Regisseurs, auf dem sich eine Unmenge von Briefen, Notizen, Kostenaufstellungen, Büchern befanden – Poes *Erste Erzählungen, Grotesken, Arabesken, Detektivgeschichten*, mehrere Arbeiten von Dickens und Thomas Dixons *The Clansman*, ein Roman, den ihr Vater verabscheute, weil er den Ku-Klux-Klan verherrlichte.

Eine Stimme hinter ihr ließ sie herumfahren. »Tut mir leid, meine Liebe. In letzter Minute kommen immer noch unvorhergesehene Dinge, die erledigt werden wollen.« Griffith war fast ein Meter achtzig groß und Anfang dreißig. Er hatte dichtes braunes Haar, lange, volle Koteletten, eine scharfe Nase. Er erinnerte Fritzi an den Julius Cäsar ihrer Schulbücher. Im Gegensatz zu den größtenteils nachlässig gekleideten Mitarbeitern der Biograph Company trug er einen Anzug, Weste, Krawatte, Eckenkragen.

Er setzte sich, schlug die Beine übereinander und musterte sie aus tiefliegenden blauen Augen. »Und jetzt zum Geschäft, meine Liebe. Billy Bitzer sagte mir, Sie seien Schauspielerin.«

»Ja. Hier sind ein paar Sachen, die ich gemacht habe.«

Er studierte den Inhalt der Pappendeckelmappe. »Ich habe gehört, daß die Aufführung von *Macbeth* ganz abscheulich gewesen sein soll.«

»Das ist fast noch zu milde ausgedrückt.«

Er lächelte. In seinen Stuhl zurückgelehnt, musterte er sie eingehend. Von seinen Augen mit den schweren Lidern ging etwas Hypnotisches aus. Er schien das Schreien, Hämmern, Klopfen und Fluchen auf der anderen Seite der Leinwand vollkommen vergessen zu haben.

»Erzählen Sie mir etwas über sich, Fritzi. Ich hoffe, Sie verzeihen mir, daß ich Sie mit ihrem Vornamen anspreche. Beim Film gibt es weniger Formalitäten als bei der Bühne.« Abgese hen davon, daß man ihn, soweit Fritzi bisher gehört hatte, nur mit Mr. Griffith oder Chef anredete.

Sie fing bei Mortmain an. Mit geschickt gestellten Fragen entlockte er ihr das Wesentliche. Er sprach einen südlichen Dialekt, kam aber sicher nicht aus einem der Baumwollstaaten, eher aus dem nördlicheren Kentucky oder Tennessee. Dabei spielte er unablässig mit seinem großen, reichverzierten Ring: Silber mit schwarzem Email, in das eine ägyptische oder orientalische Figur eingelassen war.

»Danke«, sagte er, als sie fertig war. »Bitte nehmen Sie es nicht persönlich, wenn ich Ihnen sage, was ich allen Bewerbern sage, die von den edlen Gestaden der Theaterbühne zu uns kommen – wo ich übrigens vor langer Zeit auch gestanden habe. Filmfirmen, vor allem diese hier, mögen keine Bühnenschauspieler, die nur schmarotzen.«

»Mr. Griffith, es ist mir sehr ernst damit, im Filmgeschäft zu arbeiten. Ich habe zwar keine Erfahrung, aber ich lerne sehr schnell.«

»Sehr gut, das hätten wir also geklärt. Die meisten, die hier landen, stellen fest, daß die Arbeit angenehm und manchmal sogar aufregend ist. Die Bezahlung ist gut, fünf Dollar pro Tag, für Hauptdarsteller und Statisten gleichermaßen. Man muß sich keine Texte merken, obwohl ich von meinen Schauspielern verlange, daß sie sich für jede Szene einen passenden Text ausdenken. Leute, die von den Lippen lesen können, haben uns schon des öfteren bei Unstimmigkeiten ertappt. Wir arbeiten viel im Freien, was der Gesundheit natürlich förderlich ist. In Kürze werden einige Mitarbeiter der Firma sogar die laue Luft Kaliforniens genießen können. Wir filmen dort so lange, bis im Frühjahr auch hier die Sonne wieder scheint.« Fritzi kam zu dem Schluß, daß »großspurig« das Wort war, das am besten auf ihn paßte.

»Bitte stehen Sie auf, Fritzi.«

Etwas unsicher erhob sie sich. Er holte zwei Silberdollar aus seiner Hosentasche und ließ sie von einer Hand in die andere gleiten und wieder zurück, *klick, klick.*

»Drehen Sie sich zu mir um. Ja, so ist's gut. Noch mal drehen, bitte. Und jetzt hinsetzen. Aufstehen. Jetzt bitte traurig aussehen. Jetzt verwandelt sich die Trauer in Glück.«

Sie befolgte jede seiner Anweisungen und kam sich dabei vor
wie ein dressierter Affe.

»Jetzt zeigen Sie mir freudige Erregung. Gut so. Belustigung.
Ärger – oh, sehr gut. Haß. Ausgezeichnet!« Ohne Übergang
stand er plötzlich auf, streckte die Hand aus und berührte sanft
die Stelle unter ihrem Busen. »Haben Sie heute abend schon etwas vor? Wir könnten alles weitere beim Abendessen besprechen.«

Oh, nein! *So* ein Regisseur war er also.

»Mr. Griffith, wenn das der Preis für eine Beschäftigung bei
Biograph ist, dann kann ich ihn leider nicht bezahlen. Ich danke
Ihnen.« Sie versuchte zurückzutreten und nach ihrer Pappendeckelmappe auf dem Tisch zu greifen. Er hielt sie immer noch
fest; irgendwie war ihre Bluse aus dem Rockbund gerutscht. Er
legte den Kopf zur Seite.

»Das ist komisch. Ich hätte Sie nicht für prüde gehalten.«

»Das bin ich auch nicht. Aber das einzige, was ich hier verkaufen will, ist mein schauspielerisches Talent.«

Es folgte ein langer, schrecklicher Augenblick, in dem sie
sich reglos anstarrten. Die Lampe warf glitzernde Flecken in
Griffith' Augen. Jetzt würde er sie mit einem Fluch hinauswerfen. Statt dessen hob er den Kopf und fing an zu lachen.

»So einen Versuch können Sie einem Burschen nicht ver-
übeln, Fritzi. Nichts für ungut.« Er hob ihre Jacke auf. »Es tut
mir leid, aber ich habe im Moment nichts Passendes für Sie. Wir
beschäftigen bereits mehrere erstklassige Schauspielerinnen.
Aber ich wüßte etwas für Sie.«

»In einem Film?« Sie war verunsichert, weil er zu seinem
höflichen Benehmen zurückgekehrt war.

»Natürlich in einem Film. Von Zeit zu Zeit erfahre ich, wenn
andere Regisseure nach etwas Besonderem suchen. In diesem
Fall spreche ich von einem jungen Burschen, der bei mir zehn
Monate lang Kameraassistent war. Er ist gut. Als er bei mir anfing, habe ich ihn ins kalte Wasser geworfen, und er ist sofort ge-
schwommen. Er heißt Eddie Hearn. Hat in Yale studiert, aber das
darf man ihm nicht übelnehmen. Er arbeitet für Pelzer und
Kelly, Pal Pictures, eine verdeckte Firma.«

»Was ist denn das?«

»Ach, das ist ein Branchenausdruck. Eddie soll schon am

Dienstag anfangen zu drehen, aber er hat noch keine passende Hauptdarstellerin gefunden.« *Hauptdarstellerin?* Hatte er tatsächlich Hauptdarstellerin gesagt? »Sollte das Wetter schlecht werden, wird's leider etwas ungemütlich. Eddie dreht nämlich im Freien.«

»Ich könnte meinen warmen Mantel anziehen!« Fritzis Aufschrei brachte ihn zum Schmunzeln. »Welchen Typ sucht er denn?«

»Ein unschuldiges Mädchen, das ein bißchen ungewöhnlich ist. Keine abgestumpfte Städterin, sondern jemanden mit dem Herz am rechten Fleck. Ländlich, unverdorben, so wie Sie.« *Du lieber Himmel, was noch? Gesund und kräftig?*

Griffith ließ die Silbermünzen wieder von einer Hand in die andere gleiten. »Wenn Sie wollen, könnte ich Sie empfehlen.«

Als sie den Schock überwunden hatte, fragte sie: »Darf ich fragen, warum? Ich habe Sie doch beleidigt, oder nicht?«

»Sie waren ehrlich. Ich mag Schauspieler mit Rückgrat. Sie geben ihren Rollen eine besondere Qualität, die über das bloße Gefallenwollen hinausgeht.« Er kritzelte etwas auf seinen Notizblock. »Ich werde Eddie heute nachmittag anrufen. Sie sollten ihn morgen aufsuchen. Hier ist seine Adresse. Eine Tauschstelle sozusagen.« Sie wußte nicht, was er meinte. »Eddie hat dort sein Büro.«

»Hat Pal Pictures denn kein Studio?«

»Es ist eine kleine Firma. Manchmal mieten Sie ein Obergeschoß in der Dreiundzwanzigsten West.« Griffith' Antwort schien ihr ziemlich schlüpfrig. Sie wollte ihr Glück jedoch nicht noch mehr auf die Probe stellen. Es hätte wie eine Seifenblase zerplatzen können.

Ein junger Mann in Kniebundhosen steckte den Kopf hinter der Leinwand hervor. »Alles bereit, Chef. Billy hat den Set ausgeleuchtet. Haben wir ein Drehbuch?«

Griffith tippte sich an die Stirn. »Hier drin. Mehr brauchen wir nicht.« Er stand auf und ergriff Fritzis Hand in der gebührenden Form. Diesmal hatte sie nichts dagegen.

»Wenn Eddie Sie einstellt, sollten Sie sich eines merken. Machen Sie sich den Kameramann zum Freund. Er ist derjenige, der weiß, mit welchem Licht und welchem Make-up Sie am besten rauskommen.«

»Ich danke Ihnen für die Empfehlung und für den Rat, Sir.
Ich werde ihn mir merken.«

Fast väterlich tätschelte er ihre Hand. »Ich könnte mir denken, daß Sie das tatsächlich tun. Ach, noch eins, können Sie zufällig reiten?«

»Ja natürlich, ich bin als Kind in Chicago sehr viel geritten.«

»Sehr gut. Ich weiß nicht genau, was Sie sonst noch können
müssen, aber Eddies Film ist ein Western.«

»Western? Du lieber Himmel, werde ich etwa viel reisen müssen?«

Er lachte. »Nicht weiter als bis auf die andere Seite des Hudson. Fort Lee, New Jersey, ist im Moment die Western-Haupt-
stadt Amerikas.«

Er eilte zum Set, wo die Vorbereitungen bereits auf Hochtouren liefen. Eine der Schwestern, die sie hatte hereinkommen sehen, die robuste, war mit ihrem Kleid nicht einverstanden und
fluchte wie ein Matrose. Überhaupt wurde viel geschrien und
gebrüllt, aber niemand schien hinzuhören. Der einzige, der anscheinend die Ruhe bewahrte, war Billy Bitzer. Den Strohhut tief
in die Stirn gezogen, beäugte er die Linse seiner Kamera. Griffith
klopfte ihm auf die Schulter und fing an zu sprechen. Jetzt bemerkte man den Regisseur, und augenblicklich trat absolute
Stille ein.

Fritzi war vor Aufregung fast schwindlig. Sie legte ihre Pappendeckelmappe im Korridor auf eine Bank und stopfte ihre
Bluse in den Rockbund. Ein unglaublich hübsches Mädchen, sie
mochte sechzehn, vielleicht siebzehn sein, kam die Treppe heraufgerannt. Ihre blonden Löckchen wippten auf und ab. Sie sah,
daß Fritzi ihre Kleider in Ordnung brachte.

»Ich wette, Sie waren beim Chef. Ist er frech geworden?«

»Na ja ...« Fritzis Zögern war ein halbes Eingeständnis.

»Machen Sie sich nichts draus, so ist er nun mal. Er ist verheiratet, müssen Sie wissen.«

»Verheiratet!«

»Hundertprozentig. Seine Frau dreht Filme für Biograph.
Aber er gibt vor, sie kaum zu kennen. In der Öffentlichkeit nennt
er sie Miss Arvidsen.« Sie kicherte. »Hat er Arbeit für Sie?«

»Nein, aber vielleicht bei einer anderen Firma.«

»Großartig. Es macht wirklich unglaublichen Spaß, Filme zu

drehen. Mr. Griffith ist ein ganz normaler Regisseur, aber wir halten ihn alle für ein Genie.«

»Ich danke Ihnen, Miss …«

»Smith, Gladys Smith. Aber auf der Bildwand heiße ich Mary Pickford. Mein Bruder ist auch Schauspieler. Jack Pickford.«

»Ich freue mich, daß wir uns kennengelernt haben, Mary. Ich heiße Fritzi Crown.«

»Ich hoffe, wir sehen uns bald wieder, Fritzi.« Miss Smith-Pickford eilte davon.

Ein eiskalter Wind blies Fritzi ins Gesicht, als sie das Gebäude verließ. Eine Abfalltonne rollte nach Osten und gab dabei laute, melodische Geräusche von sich. Die Fußgänger, die nach Westen unterwegs waren, hielten ihre Hüte fest und stemmten sich dem Wind in einem Winkel von fünfundvierzig Grad entgegen. Fritzi preßte ihre billige Pappendeckelmappe an sich und lief beschwingt die Stufen hinunter. Was machte es schon aus, daß der Film ein Western war? Er bedeutete Arbeit, und dieses eine Mal würde Ellen Terry ganz einfach den Mund halten müssen.

36. AUF IN DEN WESTEN!

David Griffith' Gekritzel führte Fritzi zu einer Firma namens
Klee & Thermal Film Exchange in der Vierzehnten Straße, nahe
der Third Avenue. Kaum daß sie durch die Tür getreten war,
wurde sie von einem unhöflichen Mann mit runden Filmbüchsen unter dem Arm angerempelt. Fünf weitere Männer stritten
um die Aufmerksamkeit eines einzigen Angestellten hinter der
Empfangstheke. Der Angestellte musterte einen perforierten
Zelluloidstreifen.

»Er ist beschädigt, Cohen. Wir müssen die Einzelbilder mit
der beschädigten Perforation herausschneiden, bevor wir ihn
wieder ausleihen können. Das macht einen Dollar.«

»Halsabschneider«, zischte der ungehaltene Kunde.

Fritzi winkte dem Angestellten über Cohens Kopf hinweg.
»Entschuldigen Sie, können Sie mir sagen, wo ich Mr. Hearns
Büro finde?«

Der Angestellte schien sich zu freuen, endlich eine Rose unter all den Dornen zu sehen. »Mr. Hearns Schuhkarton«, verbes-
serte er sie, »befindet sich dort hinten, vierte Tür links.«

Sie hastete in einen muffigen Korridor, der mit blassen Film-
postern von Biograph und Vitagraph und anderen Firmen ge-
pflastert war. Der ätzende Gestank nach Chemikalien trieb ihr
die Tränen in die Augen. Ein weiterer Angestellter eilte, mehrere
Filmbüchsen im Arm, an ihr vorbei. Sie drückte sich an die
Wand, um nicht umgerannt zu werden, dann ging sie weiter auf
die geöffnete Tür von Hearns Büro zu.

Ein Schuhkarton, der Mann am Empfang hatte recht gehabt.
Die Armseligkeit wurde nur wenig gemildert durch die schwarz-
weißen Werbephotos, die an der Wand hingen. Unter allen Photos stand der Name PAL PICTURES und das dazugehörige Firmenzeichen, ein galoppierendes beigefarbenes Pferd. Darunter
wiederum stand das Motto der Firma: »Reiten Sie mit dem Pal-
Pony lukrativen Lichtspielen entgegen!!!!« Da schien jemand
viel von Ausrufezeichen zu halten.

Eddie Hearn sah weder die Poster noch Fritzi. Er war in die Lektüre eines gelben Papiers vertieft. Auf seiner Nasenspitze saß ein Brillengestell aus Silberdraht. Sein wirres schwarzes Haar, das die Ohren bedeckte, schrie nach einem Barbier. Er trug Reithosen, die in abgestoßenen Kavalleriestiefeln steckten, deren Absätze auf dem Schreibtisch lagen.

Fritzi klopfte an die Tür. Hearn blickte auf. Sein Gesicht war lang und schmal, seine Augen hinter den Brillengläsern dunkel und lebhaft. Ein Heiligenmedaillon glänzte im Ausschnitt seines aufgeknöpften weißen Hemds, ein Ehering an seiner linken Hand.

»Menschenskind, ich hab' Sie gar nicht gehört. Sie sind Miss Crown, stimmt's?« Gleichzeitig schwang er die Füße vom Schreibtisch, wobei er beinahe vom Stuhl gefallen wäre.

»Ja, Sir.«

»Bitte treten Sie näher.« In der Hast, sie zu begrüßen, fiel das gelbe Papier zu Boden. Als er sich bückte, um es aufzuheben, stieß er sich die Stirn an der Wand an. »Tut mir leid, daß ich Sie in dieser Umgebung empfangen muß. Das Büro ist einfach zu klein. Aber ist bloß eine Übergangslösung.« Sie hoffte für ihn, daß er recht hatte.

Auf seine Aufforderung hin nahm sie auf dem Besucherstuhl Platz. Er musterte sie. Sein Gesichtsausdruck war freundlich wie der eines jungen Hundes. »Waren Sie schon mal in einer Exchange?«

»Nein. Und ich habe nicht die leiseste Ahnung, was hier vor sich geht.«

»Ein Tausch, genau das, was der Name verspricht. Als das Filmgeschäft in den Anfängen steckte, haben die Produzenten ihre Filme direkt an die Leute verkauft, die sie vorgeführt haben. Aber dieses Verfahren hat sich als schwerfällig und unrentabel erwiesen. Was macht man mit einem alten verkratzten Streifen, den keiner mehr sehen will? Ungefähr vor vier Jahren hat jemand in San Francisco die erste Tauschstelle eröffnet und damit das ganze Problem gelöst. Die Idee des Mittelsmannes hat sich bewährt. Er kauft die Filme, dann verleiht er sie gegen Geld an die Besitzer von Nickelodeons, die sie zeigen, zurückbringen und einen neuen Film dafür erhalten. Inzwischen gibt es viele Verleihbüros in der Vierzehnten Straße – und über hundert im ganzen Land. Wir sind eines der größten. Klee & Thermal besitzen im hinteren Teil des Gebäudes noch ein Labor zur Filmbearbeitung.« Deshalb stank es hier also nach Chemikalien.

»Wir haben auch einen Vorführraum, den wir vermieten.«

»Oh, das ist sehr interessant.«

»Und nun sitzen wir hier.«

»Ja.«

Fritzi wartete, die Hände gefaltet im Schoß.

»Ich bin David wirklich dankbar, daß er Sie geschickt hat. Der Mann hat meine größte Hochachtung, obwohl man glaubt, in Attilas Armee zu dienen, wenn man für ihn arbeitet. Er hat mir beigebracht, wie man eine Szene inszeniert und wie man sie hinterher schneidet. Billy Bitzer hat mir alles über Kameras und Beleuchtung beigebracht. Hat David Ihnen gesagt, was ich im Moment mache?«

»Einen Western.«

»Die Nachfrage ist enorm, hier und in Europa. Schauen Sie sich nur Bronco Billy Anderson an. Essanay kommt gar nicht nach mit seinen Bronco Billys. Die Leute sind verrückt danach. Dabei ist er ein Dickwanst!« Eddie Hearn grinste entschuldigend. »Bitte verzeihen Sie, daß ich mich habe hinreißen lassen. Ich liebe den Wilden Westen. Ich habe Buffalo Bills Show mindestens zwanzig Mal gesehen. Als ich klein war, hatte ich Groschenromane über den Wilden Westen unterm Kopfkissen versteckt. Das war nicht die richtige Lektüre für einen reichen Sprößling in Greenwich.«

»Connecticut?«

»Geboren und aufgewachsen«, antwortete er nickend. »Papa ist an der Wall Street. Er wollte, daß ich in seine Fußstapfen trete, aber als ich in einer Schulaufführung einen Indianer spielte, war mir klar, wohin mein Weg mich führen würde. Pa bestand darauf, daß ich ihm nach Yale folge. Den Gefallen hab’ ich ihm getan, aber schon im ersten Jahr hab’ ich statt der Betriebswirtschaft die Schauspielkunst gewählt. Daraufhin hat Pa seine Zahlungen eingestellt, und ich mußte mir mein Studium als Kellner und Hilfsarbeiter verdienen. Egal, ich mache, was mir gefällt. Als ich zum ersten Mal Edwin Porters *Der große Eisenbahnraub* sah, wußte ich, daß der Film mich nicht mehr loslassen würde.«

Er lehnte sich zurück. Er sah gut aus und besaß den natürlichen Charme der Iren. Seine Stimme war angenehm. Sein Lächeln und seine offene Art sorgten dafür, daß Fritzi sich in seiner Gegenwart wohl fühlte.

»Was haben Sie bisher als Schauspielerin gemacht?« Nachdem sie ihm das aufgezählt hatte, fragte er: »Haben Sie schon in einem Film mitgewirkt?«

»Nein, Ihrer wäre der erste.«

»Ich mag ehrliche Menschen. Ich kenne ein Dutzend Schauspielerinnen, die das Blaue vom Himmel herunter lügen würden, um eine Rolle zu kriegen.«

»Können Sie mir etwas über den Film sagen?«

»Ich bin mit Coopers *Lederstrumpf*-Geschichten aufgewachsen. Ich habe mich gefragt, warum Indianer in Filmen immer nur als hinterhältige Feiglinge dargestellt werden. Warum nicht als edle Wilde? Als wahrhaft amerikanische Helden? Deshalb habe ich dieses Drehbuch geschrieben.« Er deutete auf das gelbe Papier. »Mein ursprünglicher Titel lautete *Der einsame Indianer*. Mr. Pelzer, das ist einer der Firmeninhaber, begutachtet die Drehbücher. Er will Geld im Titel. Er sagt, alle Menschen interessieren sich für Geld.«

Nach diesen Geständnissen schien er unfähig, ein weiteres Wort herauszubringen. Sie sahen einander eindringlich an. Er errötete bis in die Haarwurzeln. Fritzi lächelte freundlich.

»Mr. Hearn, darf ich Sie fragen, ob Sie die Absicht haben, mich einzustellen?«

»Aber ja! Gewiß! Dem Aussehen nach sind Sie genau richtig, und ich finde es herrlich, wie Ihre Augen tanzen, wenn Sie lächeln; und was Ihr schauspielerisches Können anbetrifft, verlasse ich mich ganz auf David. Ob er recht hat, werden wir ja bald sehen.« Es blieb ihr nichts anderes übrig, als über seinen kleinen Witz zu lachen, obwohl ihr die versteckte Wahrheit einen Schauder über den Rücken jagte.

»Ich kann Ihnen zwei, vielleicht auch drei Tage Arbeit bieten, vorausgesetzt, wir haben schönes Wetter. Die Gage beträgt vier Dollar pro Tag. Mr. Kelly bezahlt außerdem die Straßenbahn, die Fähre und Ihr Mittagessen drüben in Jersey.«

»Wer ist Mr. Kelly?«

»Der andere Firmeninhaber. Er ist für die Finanzen zuständig. Sie wissen wohl, man sagt, alle Iren seien fröhlich und schrullig wie Gnome. Aber wer so was sagt, kennt Kelly nicht. Er preßt aus jedem Dollar, den wir ausgeben, einen Dollar und zehn Cent heraus.« Seine hochgezogenen Augenbrauen ließen darauf schließen, daß es sich dabei nicht um einen beliebten Zug an Kelly handelte.

»Vier Dollar pro Tag«, überlegte Fritzi laut.

»Ja, und – was stimmt denn nicht?« Sie war aufgestanden und bemühte sich nach Kräften, eine unzufriedene Miene an den Tag zu legen.

»Mr. Hearn, ich weiß, daß Sie die Anweisung haben, Schauspieler billig einzukaufen, aber Biograph und andere gute Studios bezahlen fünf Dollar pro Tag, egal welche Rolle man spielt. Für weniger arbeite ich nicht.«

»Ich verstehe.« Er kaute auf seiner Lippe und gab sein Bestes, um wie ein hartherziger Kapitalist auszusehen. Es war ihm nicht gegeben.

»Also gut, fünf.«

Aus einer Schublade zog er ein weiteres gelbes Papier, faltete es und reichte es ihr über den Schreibtisch.

»Machen Sie sich mit dem Drehbuch vertraut, und seien Sie bitte am Dienstag morgen pünktlich um halb sieben an der Fähre Hundertneunundzwanzigste Straße. Den Kameramann treffen wir in Fort Lee, und von dort geht es weiter nach Coytesville – das ist ein kleiner Ort ganz in der Nähe. Ziehen Sie sich warm an. Um diese Jahreszeit kann es auch kalt sein, wenn die Sonne scheint.«

»Ich danke Ihnen, Mr. Hearn. Danke vielmals. Ich werde mein Bestes tun, Sie nicht zu enttäuschen.«

»Alle hier nennen mich Eddie. Bitte tun Sie's auch. Wir sehen uns also am Dienstag.«

In einem Zustand der Verzückung schwebte sie aus dem Gebäude hinaus. Unweit des Herald Square genehmigte sie sich in einer Teestube einen heißen Tee und ein Stück Kuchen. Sie träumte von den Weihnachtsgeschenken, die sie nun würde kaufen können. Dann malte sie sich aus, was sie für sich selbst anschaffen würde: einen ovalen Teppich für den kalten, nackten Boden in ihrem Zimmer, einen rechteckigen Spiegel ohne Flecken und Risse.

Unterwäsche!

Sie dachte an all die Ausreden und Manöver, die notwendig gewesen waren, damit ihre Mutter während ihres Besuches den traurigen Zustand ihrer Unterwäsche nicht zu Gesicht bekam. Durch Fritzis klägliche Nähkünste waren aus kleinen Löchern riesige, steinharte Stopfbeulen geworden, die ihr ins Fleisch drückten, wenn sie sich falsch hinsetzte. Der Spitzenbesatz an einer Unterhose erinnerte an ungleiche Fransen, und der Stoff war so dünn, daß ein Mann alles gesehen hätte, vorausgesetzt, es hätte einen gegeben, der hinschaute. Neue Unterwäsche! Sie fügte dem Gedanken eine ganze Reihe von Pal-Pictures-Ausrufezeichen hinzu. Neue Unterwäsche war besser als eine Goldader.

Oh, welche Aussichten sich plötzlich eröffneten, nun, da sie einen Job und die riesige Summe von fünfzig Dollar in einer Blechschachtel besaß! Der Gedanke an Ilsas verstohlenes Geschenk, ihre Liebe und den Großmut, den sie damit bewiesen hatte, trieben Fritzi immer wieder Tränen in die Augen.

Sie bestellte noch einen Tee und faltete das Exposé auseinander; ein kurzer Blick genügte, um zu sehen, daß es jemand getippt hatte, der kein großer Künstler darin war.

DAS GOLD DES EINSAMEN INDIANERS
Einspuler
Drehbuch von EDW. B. HEARN jr.

Das Melodrama begann damit, daß Häuptling Weißer Adler vom Stamm der Apachen zu einem Laden im Ort ritt. Besitzer des Ladens war ein »jovialer Alter« mit einer »munteren Tochter«, die ebenfalls im Laden arbeitete (sie würde sich vor ihren neuen Spiegel stellen müssen, um dafür verschiedene Posen und Mienen auszuprobieren). An dieser Stelle war im Text eingefügt, daß man das Ladeninnere im Freien filmen würde, wobei das gemalte Ladeninnere, das von einem Verwandten des Finanzgenies Kelly geliefert wurde, als Kulisse diente. Von hoher Kunst konnte da wohl kaum die Rede sein.

Der Häuptling besaß einen Sack voll Gold aus der »Stammesmine«. Er war in die Stadt geritten, um es prüfen zu lassen. Obwohl sie keine Expertin in Indianer-Angelegenheiten war, wagte Fritzi zu bezweifeln, daß ein Volk, das von der Armee der

Vereinigten Staaten unbarmherzig verfolgt und fast ausgelöscht worden war, so mir nichts dir nichts noch auf eine Goldmine zurückgreifen konnte.

Drei Bösewichte beobachteten heimlich, wie der Häuptling seinen Sack Gold der Tochter des Ladenbesitzers zeigte. Der Anführer der Schurken bekundete durch »lüsterne Blicke«, daß er das Gold samt Mädchen begehrte. Die Bösewichte überfielen den Häuptling und feuerten Schüsse aus ihren Pistolen ab, um ihn »tanzen« zu machen. (Fritzi rollte die Augen und trank hastig einen Schluck Tee.)

Der Indianer wurde niedergeschlagen, Mädchen und Gold entführt. Natürlich spürte der Häuptling beides auf und rettete Mädchen und Gold nach einem mörderischen Kampf im Wald. Das Mädchen schwärmte eindeutig für Weißer Adler, aber dieser hatte anderes zu tun, möglicherweise mußte er sich der weiteren Erschließung der Stammesmine widmen. Winkend ritt er mit einem »Ausdruck männlicher Gelassenheit«, auf seinem Pferd davon.

Schrifttafel: DER EINSAME INDIANER KEHRT ZURÜCK!!!

Fritzi seufzte. Eddie Hearn aus Greenwich und Yale hatte einen Groschenroman zuviel unter seinem Kopfkissen gehabt. Das Drehbuch war unsinnig, nichts als billiger Schund. Und? War das von Bedeutung? Ohne zu erröten, entschied sie, daß es das nicht war. Sie hatte eine Rolle, nur das zählte.

William Gillette erkrankte im Norden des Staates New York; eine Woche der *Sherlock-Holmes*-Tournee mußte abgesagt werden. Hobart nahm Urlaub von seiner Rolle als »Napoleon des Verbrechens« und eilte von Buffalo, »dem Fundament der Welt«, wie er es Fritzi gegenüber nannte, zurück in die Stadt. Der Zeitpunkt seiner Ankunft hätte nicht besser gewählt sein können; sie wollte zu gern ein neuartiges Restaurant aufsuchen, das bei den Theaterleuten hoch im Kurs stand. Sie lud ihn ein.

Das Automat in der Zweiundvierzigsten Straße eroberte ihre Herzen im Sturm. Man betrat einen hellen, makellos sauberen, weißgetäfelten Raum. Man stellte ein Tablett auf ein fortlaufendes Band und schob es vor kleinen, metallgerahmten Fenstern weiter, hinter denen jeweils eine heiße oder eine kalte Speise zu sehen war. Man bezahlte für jede einzelne Speise separat, indem man zwei Pennies oder einen Nickel in einen Schlitz steckte. Das Fenster sprang auf, man stellte das Gekaufte auf das Tablett, und eine Drehvorrichtung sorgte dafür, daß das Gewählte durch eine identische Speise ersetzt wurde. Amerikanischer Erfindungsgeist!

Hobart erkannte einige Kollegen. Sofort schoß er auf sie zu, um mit ihnen zu plaudern und ihnen etwas vorzuspielen, während sein Essen kalt wurde. »Ja, *Der Sturm* kommt definitiv in Frage. Belasco ist interessiert.« Fritzi kicherte, während sie ihre Kaisersemmel aufbrach. Ihr Freund kannte Belasco überhaupt nicht.

Endlich kam er an den Tisch zurück. Er fand ihre Entscheidung klug, es mit den Filmstudios zu versuchen.

»Ich bin schrecklich nervös wegen Dienstag, Hobart. Glauben Sie, daß ich es schaffen werde?«

»Wenn Sie hart arbeiten und der Sache nicht mit Geringschätzung begegnen, zweifellos.«

Sie hatte sich den Bauch vollgestopft mit gutem Essen, und ihr Herz war warm vor Zuneigung für ihren großen Freund; beim Hinausgehen ergriff sie seinen Arm. Die kalte Nachtluft brachte Hobarts Nase wie eine Christbaumkugel zum Leuchten. Der Wind, der die Zweiundvierzigste Straße entlangfegte, wirbelte ein paar Schneeflocken auf. Hobart begleitete sie zu den Stufen, die zur Hochbahn führten, dann umarmten sie sich und wünschten einander Glück. Sie versprachen, sich so bald wie möglich wiederzusehen.

»Sie sind ein reizendes Mädchen, Fritzi. Wenn ich jünger wäre und, mmh, dem weiblichen Geschlecht in anderer Weise zugetan, würde ich Ihnen auf der Stelle einen Heiratsantrag machen.«

Fritzi gab ihm einen Kuß und lief die Treppe hinauf. Hobart entfernte sich würdevoll in einer Schneewolke, die im Schein der Straßenlaterne leuchtete.

37. VERDECKTE FIRMA

Der frühe Dienstagmorgen war dunkel und neblig. Fritzi war von der ersten wachen Minute an ein einziges Nervenbündel, und zu allem Überfluß hatte sie noch schreckliche Bauchschmerzen. Am Vorabend hatte sie in einem Lokal – »Tische für Damen, angenehme Atmosphäre« – um die Ecke gegessen. Angefangen hatte sie mit einer Bohnensuppe, als Hauptspeise hatte sie Leber mit Zwiebeln bestellt. Beides hatte ihr ausgezeichnet geschmeckt, aber die Nachwirkungen waren schrecklich. In ihrem Magen gluckerte es wie in einem alten Abflußrohr.

Sie erreichte die Fähre um Viertel nach sechs. Nach und nach traten andere Schauspieler aus dem Nebel, die sie entweder eingehend musterten oder ihr zwanglos zunickten. Ein hübsches schwarzes Mädchen in einem dünnen Wollmantel gesellte sich zu ihnen. Sie hatte ein freundliches Gesicht, blieb jedoch in einiger Entfernung von den anderen für sich. Sie zitterte am ganzen Leib.

Lichtstrahlen bohrten sich durch den Nebel: die grellen Scheinwerfer eines Stoddart-Dayton. Am Steuer saß Eddie Hearn, auf dem Beifahrersitz ein schmächtiger, rotgesichtiger Mann mit hohem Stehkragen und gemustertem dunkelgrauem Doppelreiher. Er hatte wunderschönes, dichtes weißes Haar und einen schmallippigen Mund. Kelly?

Ein Arbeiter der Fähre lotste Eddie über die Rampe zu einem Parkplatz. Eddie sprang aus dem Wagen, winkte die anderen zusammen und machte sie miteinander bekannt. Der sauer dreinblickende Mann war tatsächlich Alfred A. – für Aloysius – Kelly. Er brummte etwas Unverständliches, als er Fritzi begrüßte und sie von oben bis unten musterte. Das verunsicherte sie, wahrscheinlich genau die Wirkung, die er beabsichtigte.

Ein junger Mann mit blondem Haar und Stiernacken wurde als Owen Stallings vorgestellt. Er spielte den einsamen Indianer. Er sah ungefähr so indianisch aus wie Lief Erickson. Nachdem er Fritzi überschwenglich die Hand geschüttelt hatte, schlenderte er an die Reling und lächelte ihr von dort aus zu, als hätte er allen Grund zu glauben, sie damit zu becircen. Schöne Männer waren schlimmer als schöne Frauen.

Fritzis »Vater« war Noble Royce, ein munterer alter Bursche mit roter Nase, in Matrosenjacke und blauer Strickmütze. Ein kurzes Schnuppern, und Fritzi wußte, daß er seinen morgendlichen Haferbrei mit Bier gewürzt hatte. Der Anführer der Schurken war ein dürrer, mürrischer Schauspieler namens Sam Soundso.

Ein Tourenwagen von Ford, Modell F, tauchte knatternd aus dem Nebel auf. Das Auto war einige Jahre alt, was man ihm auch ansah. Die Türen waren verbeult, ein Trittbrett hing durch. Eddie grüßte den kräftigen, einfachen jungen Mann am Steuer. »Bill Nix, unser Schreinermeister und Requisiteur.« Fritzi bemerkte, daß auf dem Autositz drei zusammengebundene Filmzeitschriften lagen. Eine Kamera war nicht auszumachen.

Die Glocke ertönte, Matrosen riegelten das Heck ab, und die Fähre tuckerte mit lautem Signalhorn in den Hudson River. Seemöwen auf der Suche nach Freßbarem segelten über dem Kielwasser. Ein halbes Dutzend Arbeiter, die den Fluß mit ihrem Henkelmann überquerten, musterten die Filmleute mit neugierigen Blicken. Mit einer brüsken Handbewegung befahl Kelly Eddie an die Reling, wo er mit leiser Stimme auf ihn einredete. Owen Stallings trat auf Fritzi zu und legte den Finger an die Mütze.

»Hallo, junge Dame.«

Weil sie just in dem Augenblick von einem Bauchkrampf heimgesucht wurde, erwiderte sie scharf: »Würde es Ihnen was ausmachen, mich anders anzureden? Ich kann Gönner nicht leiden.«

Seine Augenlider flatterten. »Aber klar doch. Sagen Sie, sind Sie auch eine von den tapferen ›neuen Frauen‹, die auf die Straße gehen und Rechte verlangen?«

»Sind Sie etwa dagegen, Mr. Stallings?«

»Ganz genau, ich bin altmodisch. Die Welt gehört dem Mann. Wie heißen Sie noch mal?«

Es wäre ein leichtes für sie gewesen, es mit diesem Dummkopf aufzunehmen, aber das wäre ein schlechter Anfang gewesen. Vollkommen ruhig sagte sie deshalb: »Fritzi Crown.«

»Haben Sie was mit Crown's-Bier zu tun? Das hab' ich zu Hause in Ohio faßweise getrunken.«

Sein Bauch bezeugte es. Ein großer, einfältiger Ochse; er sah gut aus und wußte nichts daraus zu machen.

»Ja, die Brauerei gehört meinem Vater. Mir ist ein wenig kalt, ich glaube, ich setze mich in den Wagen, wenn Sie nichts dagegen haben.«

»Keineswegs, Fritzi, wir sehen uns später«, erklärte er, während er erneut an seine Mütze tippte.

Sie kletterte auf den Rücksitz des Stoddard-Dayton. Als sie das schwarze Mädchen in der Nähe sah, lächelte sie ihm zu. »Ganz schön kalt, was?«

»Kann man wohl sagen.«

Fritzi klopfte auf den Sitz. »Sie sind herzlich eingeladen, hier drin gibt's genügend Platz.«

»Ich soll nicht neben weißen Leuten sitzen.«

»Wer sagt das?«

»Eigentlich die ganze Welt.«

»Ich gehöre nicht dazu.« Fritzi stieß die Tür auf. »Kommen Sie.«

Das Mädchen kletterte dankbar in den Wagen. Sie stellte sich als Nell Spooner vor, verantwortlich für die Kostümkiste, die auf das Heck des Ford geschnallt war. Als sie sicher war, daß Fritzi nicht biß, plauderte sie freimütig drauflos. Sie war New Yorkerin, geboren in der Thomson Street, in einem Viertel, das *Little Africa*, Kleinafrika, genannt wurde.

»Jetzt wohnen wir in Harlem, Ecke Lennox Hundertvierunddreißigste – praktisch auf dem Land. Mein Daddy ist Pastor in der St.-Jude-Kirche, einer presbyterianisch-episkopalischen Gemeinde für Schwarze. Er sagt, das Filmgeschäft sei sündhaft und gottlos.« Nell runzelte die Stirn. »Und ich sage ihm, Arbeit ist Arbeit.«

»Der Meinung bin ich auch«, stimmte Fritzi zu. Sie bemerkte, daß Sam Soundso ihnen einen angewiderten Blick zuwarf, und sah ihm direkt ins Gesicht. Naserümpfend schlug er seine *Post* auf.

Die Palisades von Jersey erhoben sich majestätisch über dem Hudson. Die Fähre legte an, und die Autos fuhren drei Meilen am Fuße der spektakulären Klippen entlang. Dann schlängelte sich die Straße bis an den höchsten Punkt des Steilufers empor. Eddie bat alle, auszusteigen und zu Fuß weiterzugehen. Die Autos schlingerten und röhrten und bahnten sich mühsam den Weg nach oben. Sam Soundso beschwerte sich über den Fußmarsch und die Kälte, obwohl die Temperatur eher an die eines kühlen Oktobertages als an Anfang Dezember erinnerte.

Oben angekommen, durften alle wieder einsteigen, und weiter ging die Fahrt durch die herrliche Landschaft bis nach Fort Lee. Der winzige Ort bestand aus eintönigen Häusern zu beiden Seiten einer staubigen Straße, in deren Mitte Trambahnschienen verliefen. Wer den Blick hob, sah ein Gewirr von Telegraphen und Oberleitungen. Auf den Gehsteigen lungerten ein paar Provinzler herum.

Sie bogen in eine Seitenstraße ein und gelangten zu einem Stall, vor dem Eddie aus dem Wagen sprang, um einen rotwangigen Mann mittleren Alters zu begrüßen, dessen orangefarbenes Haar um die Ohren bereits weiß wurde. Der Mann war offenbar in einem geschlossenen Lieferwagen gekommen, in dem vordem Milch oder Fleisch transportiert worden war; die hölzernen Seitenteile waren überstrichen.

»Alle mal herhören! Das ist Jock Ferguson, unser Kameramann. Ist dir jemand gefolgt, Jock?«

»Nicht daß ich wüßte, mein Junge. Um halb fünf sind höchstens Diebe und Betrunkene unterwegs. An der Fähre in der Zweiundvierzigsten Straße war auch nichts los.«

»Wir lassen den Wagen hier stehen.«

»Gut.«

Ferguson öffnete die Hecktüren. Er und Eddie entluden ein unhandliches Teil, das in eine leuchtendrote Decke mit Navajo-Zeichen gewickelt war. Dann schleppten sie das rätselhafte Etwas zum Ford. Ein Stallbursche mit einem Besen kam herbeigeschlendert und machte einen langen Hals, um einen Blick zu ergattern. Al Kelly trat zwischen ihn und das Auto.

»Verschwinde!« brüllte er ihn an, und der Junge suchte augenblicklich das Weite.

Sie verließen Fort Lee auf einer ungeteerten Straße und fuhren in Richtung Coytesville. Fritzi fragte Nell: »Was verstecken die denn unter der Decke?«

»Die Kamera. Pal ist eine verdeckte Firma.«

»Das habe ich schon gehört, aber ich dachte, das sei eine Branchenbezeichnung.«

»Ist es auch. Mr. Kellys Partner, Mr. Pelzer, hat die Kamera entworfen und dabei zufällig ein paar Dinge eingebaut, die Mr. Edison erfunden hat und für die er auch das Patent besitzt. Von Mr. Ferguson weiß ich, daß Edison sogar ein Patent für die Perforationslöcher im Film hat. Wenn seine Erfindungen nun in eine Kamera eingebaut werden, muß man Lizenzgebühren an die Motion Pictures Patents Company entrichten, die Edison mit gegründet hat. Das ist eine Patentverwertungsgesellschaft, der die meisten großen Studios angeschlossen sind: Kalem, Essanay, Selig, Pathé - alle zahlen. Ebenso die Vorführer. Wenn sie Filme vorführen und dafür einen patentierten Projektor verwenden, müssen sie zwei Dollar pro Woche an die Patentverwertungsgesellschaft abführen.«

»Sie kennen sich gut aus in dem Geschäft.«

»Ich arbeite ja schon fast ein Jahr bei Pal. Ich mache die Ohren auf. Dazu hab' ich viel Zeit, denn mit mir spricht ja keiner, außer um mir irgendwelche Anweisungen zu geben.«

»Ist die Biograph auch Mitglied der Patentverwertungsgesellschaft?«

»Ja. Dagegen sind die verdeckten Firmen unabhängig und nicht Mitglied. Sie verstecken ihre Kameras und sind viel in Bewegung. Die Motion Pictures Patents Company versucht mit allen Mitteln, sie am Filmemachen zu hindern. Sie verpflichtet sogar Privatdetektive, einer von Pinkerton namens Pearly Purvis war ein ganz schlimmer.« Nach kurzem Überlegen fuhr sie fort: »Die haben Schußwaffen.«

Fritzi lief ein Schauder über den Rücken. »Das kann doch nicht wahr sein. Schießen die tatsächlich auf Schauspieler?«

»Nein«, antwortete Nell, »in der Regel schießen sie auf die Kamera.«

Coytesvilles staubige Hauptstraße sah noch erbärmlicher aus als die von Fort Lee. Hier gab es keine Anzeichen von Fortschritt - weder Autos noch Trambahnschienen noch Telegraphenleitungen. Der winzige Ort hätte ohne weiteres ein Dorf im menschenleeren Westen sein können.

Die Sonne hatte den Nebel vertrieben und stand inzwischen

hoch über den Bäumen. Die Luft war wärmer. Sie parkten vor
einem Holzhaus mit breiter Veranda und steilem Dach. Auf einem Schild über der Veranda stand »Rambo's Hotel« und darunter »Zimmer, Bäder, Speisen und Lagerbier«. Ungefähr ein halbes
Dutzend junge Männer sprang von Bänken und Schaukel-
stühlen auf und umringte Eddie. »Gibt's Arbeit für uns?«

»Wir brauchen zwei Verbrecher«, antwortete Eddie. Einige
Männer versuchten auf lachhafte Art rauhe Burschen zu mimen.
Einer ließ seine Oberarmmuskeln spielen. Eddie nahm sie in
Augenschein, während Al Kelly mit verschränkten Armen und
saurem Gesicht daneben stand.

»Sie.« Eddie deutete auf einen der Männer. »Und Sie. Zwei-
einhalb Dollar pro Mann und Tag. Die Garderoben sind drinnen,
oben.« Mit einem Blick in Richtung Nell machte er sich bereits
an die Knoten des Seils, mit dem die Kostümkiste festgebunden
war. »Wir drehen hier den ganzen Morgen, und gleich nach dem
Mittagessen fahren wir in den Wald. Bill?« Der Schreiner hob
die Hand. »Jock weiß, wo wir am Nachmittag drehen. Geh hin,
häng die Hintersetzer für den Laden auf, und schreinere ein paar
Theken zurecht. Besorg dir Holz, soviel du brauchst.«

»Aber geben Sie nicht zuviel Geld aus«, ermahnte ihn Al Kelly
mit knarzender Stimme. »Wir filmen hier nicht die Wiederkunft
Christi.«

Murrend, weil er alles selbst machen mußte, machte sich Nix
allein auf den Weg in den Wald. Owen Stallings rümpfte die
Nase. »Ich kenne keinen, der sich so oft beschwert wie der.«

»Ja, ja, ich hab's auch satt«, brummte Kelly. »Wenn er so wei-
termacht, ist er bald arbeitslos.«

Eddie klatschte in die Hände. »Alle mal herhören! Geht rein,
zieht euch schnell um, in fünfzehn Minuten fangen wir an.«
Trotz seiner Jugend sprach er mit so viel Bestimmtheit, daß die
Schauspieler keine Minute zögerten, seine Aufforderung zu befolgen.

Ein Hotelangestellter schleppte die Kostümkiste nach oben.
Die Männer teilten sich ein Zimmer, Fritzi hatte eines ganz für
sich allein. Nell half ihr in ein vom vielen Waschen farbloses
Baumwollkleid. »Bleiben Sie stehen, der Saum muß zwei Fin-
gerbreit gekürzt werden«, murmelte Nell, die mit einem Haufen
Stecknadeln im Mund am Boden kniete. »Die Ärmel sind in Ord-

nung. Das Oberteil auch.« Natürlich hatte Fritzi ihre speziellen
Polster nicht vergessen.

Eddie kam mit der hölzernen Schminkkiste ins Zimmer. Er
setzte Fritzi auf einen Stuhl und legte eilig Schminke und Puder
auf, während Nell, immer noch auf den Knien, den Saum hoch-
steckte.

»Jock wird uns sagen, ob das Make-up so geht, aber ich
glaube schon.« Er hielt ihr einen kleinen Spiegel vor die Nase,
dann rannte er hinaus und rief: »Tempo, Tempo, Zeit ist Geld.«

Fritzi ging auf die Veranda hinunter. Zu ihrem Leidwesen gab
ihr Magen wieder gräßliche Geräusche von sich. Eddie spannte
Schnüre zwischen Holzpfählen, bis direkt vor den Stufen der Ve-
randa ein Rechteck entstand. Jock Ferguson baute Stativ und
Kamera so auf der Straße auf, daß er Rechteck, Stufen und Ve-
randa im Bild hatte. Ein Junge kam mit einem Schimmel um die
Ecke des Hotels getrabt. Eddie musterte das Tier und sagte:
»Kann ich gebrauchen.«

»Wieviel kostet der Gaul?« erkundigte sich Kelly.

»Zwei Dollar pro Tag«, antwortete Eddie.

»Großer Gott. Man könnte meinen, wir seien Midas Pictures.«

Eddie schien gekränkt, doch er erwiderte nichts. Er öffnete
die Schminkkiste, verrührte schnell wasserlösliche schwarze
Farbe in einer kleinen runden Kuchenform und malte eine Ad-
lerfeder auf den Rumpf des Pferdes.

Das nervöse Pferd verrichtete sein Geschäft, Eddie konnte
gerade noch rechtzeitig zur Seite springen. Al Kelly schnaubte,
was bei ihm offensichtlich ein Ausdruck größten Vergnügens
war. Fritzi konnte den Mann nicht ausstehen. Sie fragte sich, wie
wohl der andere, Mr. Pelzer, war. Schlimmer konnte er auf keinen Fall sein.

Sam Soundso und die Statisten traten in schmutzigen und
ausgefransten Hemden mit Waschbärmützen auf dem Kopf vor
die Tür. Zwei Minuten später folgte der unglaublich gutaussehende Owen in Leggings und Mokassins. Er trug eine schwarze
Perücke mit Mittelscheitel und langen Zöpfen. Das Gesicht, die
Arme und die muskulöse Brust hatte er mit roter Farbe bemalt.
Er ließ die Muskeln spielen, grinste und blickte sich mit beifall-
heischender Miene nach allen Seiten um.

»Wir fangen da an, wo der Ladenbesitzer von den Schurken aus dem Laden gezerrt wird«, erklärte Eddie. »Noble, sie ziehen dir eins über, und du fällst um.«

»Kein Problem«, keuchte der alte Schauspieler. Er schwankte wie ein Schößling im Wind, und Fritzi fragte sich, ob er wohl lange genug auf den Beinen bleiben konnte, um auf Kommando umzufallen.

»Sam, zieh ihm eins mit dem Pistolenknauf über, aber nur zum Schein. Tu ihm ja nicht weh!«

»Ja, ja«, brummte der mürrische Schauspieler, während er am Zylinder seines rostigen Schießeisens drehte.

»Und bitte alle dran denken: Ihr müßt innerhalb des abgezäunten Rechtecks bleiben!«

Fritzis Nerven waren zum Zerreißen gespannt, als Eddie den Titel des Films und die Nummer der Szene mit Kreide auf eine Schiefertafel schrieb. Der Hotelangestellte stand mit einigen Ortsbewohnern herum und hielt Maulaffen feil. Aus seinem Wagen holte Eddie ein Holzschild mit der Aufschrift »Gemischtwarenladen« und hängte es an einen Nagel des Verandapfostens. »Jock, achte drauf, daß die Kamera tief genug ist, damit das Hotelschild nicht ins Bild kommt.«

»Alles klar«, versprach Ferguson und machte sich an der Schraube des Stativs zu schaffen.

»Schauspieler hinein!« befahl Eddie. Fritzi drängte sich mit den anderen durch die Tür. Sie drückten sich links und rechts neben den schmutzigen Fenstern an die Wand. »Seid ihr fertig?« Eddies Stimme klang seltsam hohl, und Fritzi wagte einen kurzen Blick hinaus, um den Grund zu erfahren. Er hielt ein kleines Megaphon in der Hand. So ein Ding war sicher nützlich in einem Studio, in dem alle durcheinander schrien.

»Es geht los, Leute. *Kamera ab!*«

Fritzi tupfte sich die Oberlippe mit einem Taschentuch ab. Ihr Magen grummelte so laut, daß Sam Soundso sich nach allen Seiten umsah. Eddie rief: »Achtung! *Schurken!*«

Sam Soundso gab Noble einen Schubs und raunte: »Also los!« Seine Worte sorgten bei dem alten Schauspieler für die notwendige Empörung. In Null Komma nichts waren Noble, Sam und die beiden Statisten draußen. Fritzi lehnte sich an die Wand, schloß die Augen und faltete die Hände wie zum Gebet.

»Gib's ihm, ja gut, gut so! Sam, jetzt brat ihm eins über! Ja so,
ausgezeichnet. Auf die Knie, Noble – du bist erledigt, erledigt!
Tochter! *Jetzt.*«

Fritzi rannte nach draußen. Sie hörte das Surren der Kamera
und Eddie, der ihr ermunternde Worte zurief.

Und dann geschah das Unerhörte. Als sie die Verandastufen
hinunterrauschte, trat sie versehentlich auf den Saum ihres Kleides und flog in hohem Bogen durch die Luft.

Es wäre ein schlimmer Sturz gewesen, hätte sie nicht ein unglaubliches Reaktionsvermögen bewiesen. Sie zog den Kopf ein,
streckte die Arme nach vorne, landete auf den Händen, schlug
einen gekonnten Purzelbaum und kam mit zerzaustem Haar,
aber sonst unversehrt, wieder auf die Beine. Das Ganze war so
überraschend, daß alle, mit Ausnahme von Kelly, in Lachen aus-
brachen.

»Aus!« rief Eddie. »Fritzi, ist Ihnen etwas passiert?«

Sie klopfte sich den Staub von den Ärmeln und antwortete:
»Überhaupt nichts. Als ich neun oder zehn war, haben mein Bru-
der und ich alle möglichen Tricks geprobt, wir wollten nämlich
Zirkusakrobaten werden.«

Al Kellys Gesicht war wutverzerrt. »Wir sind hier nicht im
Zirkus, Schwester. Wir drehen hier keine Komödie.»

»Mr. Kelly, es tut mir leid, daß ich die Aufnahme vermasselt
habe.«

»Ich fand es komisch«, warf Eddie dazwischen. »Vor allem
der Ausdruck auf Ihrem Gesicht, als Sie wieder standen. Sie
schienen genauso verblüfft wie alle anderen. Ruhen Sie sich eine
Minute aus, dann probieren wir's noch mal.«

»Es tut mir wirklich leid.«

»War ein Unfall«, erklärte Eddie schmunzelnd.

»Merken Sie sich eins, Hearn«, schnauzte Kelly, »in den Ko-
stenvoranschlägen, die ich schreibe, sind Unfälle nicht vorge-
sehen. Ihr Frauenzimmer hat noch genau einen Versuch, und
wenn sie's nicht bringt, nehmen wir eine andere. Meine Tante
Flora ist weniger tolpatschig, und die wiegt gut und gerne zweihundert Pfund.«

Fritzi hätte ihm ganz freundlich gesagt, daß er ein alter
Griesgram sei, aber sie kam nicht dazu. Man hörte ein Knattern
und Rattern, das sich von Fort Lee her näherte. Als sie sich um-

drehte, kam ein schwarzer Oldsmobile in Sicht. Ein Fahrer, ein Beifahrer. Jock Ferguson wischte sich mit dem Ärmel über die Stirn.

»Jetzt sind wir dran, mein Junge.«

Sie mußte niemanden fragen, um zu wissen, daß die Patentdetektive sie aufgespürt hatten.

38. UNSERE HELDIN

Als der Oldsmobile näher rollte, brach Kelly in einen Tobsuchts-
anfall aus. »Das war der verdammte Bursche, der das Pferd gebracht hat. Ich wette meinen Hut, daß sein Alter in der Stadt
angerufen hat.«

»Warum?« fragte Sam Soundso.

»Warum? Die Patentverwertungsgesellschaft, Sie Idiot. In Jersey gibt's massenweise Spitzel. Im Moment bringt ein Tip zwei
Dollar.«

Fritzi starrte wie hypnotisiert auf das unheimliche schwarze
Auto. Der Mann, der auf der linken Seite saß, ließ seinen Arm
lässig aus dem Fenster hängen. Die Sonne fiel direkt auf das
silberblaue Metall eines Revolvers. »Haben Sie ein Schießeisen
dabei?« schrie Kelly Eddie an.

»Ein Schießeisen? Meiner Meinung nach gehört das nicht
unbedingt zur Ausrüstung eines Regisseurs.«

»Das nächste Mal sollten Sie dran denken.«

Eddie errötete.

Kelly bohrte einen Finger in Fritzis Arm. »Sie, stellen Sie sich
neben die Kamera. Wo ist die andere?« Er meinte Nell. »Sie auch,
auf die andere Seite. Auf Frauen werden sie nicht schießen.«

»Mr. Kelly, ich muß protestieren«, entrüstete sich Eddie.

»Protestieren Sie, soviel Sie wollen. Ich bin der Boß.« Wieder
an Fritzi gewandt, herrschte er sie an: »Worauf warten Sie?«

Sie warf einen Blick auf Nell, die ein kleines Achselzucken
andeutete, als wolle sie sagen: »*Wer weiß? Vielleicht hat er ja
recht.*«

Die Detektive waren inzwischen nahe genug, daß man Anzug und Krawatte erkennen konnte. Mit laut pochendem Herzen schritt Fritzi auf die Kamera zu und stellte sich mit dem
Rücken davor. Nell stellte sich auf die andere Seite. Eddie und
Ferguson tauschten zornige Blicke.

Der Oldsmobile wirbelte eine riesige Staubwolke auf, als der
Fahrer auf die Bremse trat. Er sprang heraus und trat mit gebie-

terischem Schritt näher. Sein Gehilfe, ein Hüne, den man in einen zu kleinen Anzug gesteckt hatte, folgte ihm auf dem Fuß.

Der Detektiv trug einen feingestreiften schwarzen Anzug. An der schwarzen Weste baumelte ein glänzendes Freimaurerabzeichen an einer goldenen Kette. Sein cremefarbener Hut hätte ein Sombrero sein können, wäre da nicht der schmalere Rand gewesen. Er kam Fritzi irgendwie bekannt vor, aber sie hätte nicht sagen können, wo sie ihn schon gesehen hatte.

»Na so was, wen haben wir denn da? Kelly und die vierzig Diebe.« Der Detektiv grinste und entblößte dabei seine Zähne, und plötzlich ging ihr ein Licht auf. Union Square. *Ich brauche vier Statisten. Hallo, meine Liebe, ich heiße Earl.* Eine Cordjacke, ein blaues Halstuch um den Hals gebunden. *Hätten Sie Lust, ein Bier mit mir zu trinken, wenn ich meine vier zusammen habe?* Irgend etwas in seinen gesprenkelten hellbraunen Augen hatte ihr einen Schrecken eingejagt, so daß sie abgelehnt und sich aus dem Staub gemacht hatte. Er hatte es weit gebracht seit damals.

Er ließ den Blick über die Runde der Schauspieler gleiten, wobei er Fritzi eine Sekunde länger musterte als die anderen. Während der ganzen Zeit hörte er nicht auf zu lächeln. »Hallo, Pearly«, grüßte ihn Kelly.

»Krieg' ich die Kamera ohne Kampf, Al?«

»Wenn's in der Hölle schneit.«

»Verrückt«, seufzte Pearly. »Der Tag ist viel zu schön für Grausamkeiten.« Es war tatsächlich so, die Sonne stand an einem wolkenlosen Himmel und strahlte warm auf Fritzis Gesicht und ihre zitternden Hände herunter. Der Detektiv schlug seinen Rock zurück, zum Vorschein kam eine silberne Pistole, die mit dem Kolben voraus im Halfter steckte. »Mach dich bereit, Buck.« Der Hüne spannte seinen Revolver und erzeugte ein unheilvolles Geräusch in der Stille.

Der Detektiv trat einen Schritt auf Fritzi zu und nahm seinen Sombrero ab.

»Hallo, Miss. Ich bin Earl Purvis. Ich möchte einer Frau wirklich nicht weh tun, aber ich habe die Absicht, diese illegale Kamera an mich zu nehmen.«

Laß ihn lächeln, soviel er will, dachte sie. Er war der Feind, der versuchte, sie wieder in die Arbeitslosigkeit zurückzustoßen.

»Treten Sie zur Seite«, sagte er.

Sie stellte sich in große Pose, wie Mrs. Patrick Campbell, wenn sie Paula Tanqueray spielte. Ihr Blick bedeutete unmißverständlich Trotz. »Nein.«

Er blinzelte, offensichtlich hatte er von einer Frau keinen Widerstand erwartet. Während er sich nachdenklich am Kinn kratzte, veränderte sich sein Gesichtsausdruck, bis er so etwas wie Belustigung ausdrückte.

»Sie sind neu in dieser Truppe. Wie heißen Sie?«

»Das geht Sie nichts an.«

»Soso. Ganz schön keck. Kennen wir uns nicht?«

»Ich wüßte nicht woher.«

Mit einem Stirnrunzeln musterte er sie noch einmal. »Ich sage es zum letzten Mal. Gehen Sie mir aus dem Weg!«

»Den Teufel werde ich tun.«

Er seufzte wieder, diesmal jedoch bekümmert. »Buck, schnapp dir die Tussi!« Als Purvis die Hand ausstreckte und sie an der Schulter packte, schrie Fritzi auf. Sie hob den Fuß und ließ ihn auf den spitzen schwarzen Schuh hinuntersausen. Ihr Absatz traf voll ins Ziel.

Fluchend hüpfte Purvis auf einem Bein im Kreis umher. In der Zwischenzeit trat Buck auf Nell zu. Sie nahm sich Fritzi zum Vorbild, packte Bucks ausgestreckten Arm am Ellbogen und schlug mit der Kraft einer zuschnappenden Bärenfalle ihre Zähne in sein Handgelenk. »Verdammte Scheiße«, schrie er, wobei sein Revolver durch das Zucken seines Fingers losging, die Kugel sich aber glücklicherweise in den Sand bohrte.

Purvis machte ein paar Schritte rückwärts und senkte den Kopf wie ein angreifender Stier. Als er auf Fritzi zugestürmt kam, wandte sie ihre Taktik an, die sie zweimal bei Machos aus den Südstaaten angewandt hatte, als ihr ihre Haarnadeln nicht zur Verfügung standen. Sie streckte beide Zeigefinger aus, um sie ihm in die Augen zu bohren.

»Was?« Purvis blieb gerade noch rechtzeitig stehen, um ihren Fingern zu entgehen. Vollkommen verdutzt zögerte er, so daß sie ihn mit einem Fußtritt genau dorthin traf, wo es am meisten weh tat. Er fluchte, krümmte sich und hielt die Hand schützend vor den schmerzenden Körperteil.

»Die Kamera!« schrie Kelly in Richtung Ferguson. Ferguson

warf sich den Dreifuß über die Schulter und rannte zum Ford. Im Laufen rief er Eddie zu, ihm zu folgen und das Auto anzukurbeln.

Eddie kurbelte so wild, daß man hätte meinen können, er wolle sich die Schulter ausrenken. Purvis torkelte immer noch umher; Fritzi hatte ihn härter getroffen, als ihr bewußt war. Kelly rannte auf ihn zu und hieb mit beiden Fäusten auf seinen Nacken ein. Purvis fiel auf die Knie.

Der Motor des Ford sprang an. Eddie hechtete zurück, und das Auto holperte die Straße hinunter. Ferguson bog nach links ab und verschwand um die Ecke eines Gemischtwarenladens. Langsam senkte sich die aufgewirbelte Staubwolke. Ein paar Einheimische, die durch den Schuß angelockt worden waren, lugten in sicherer Entfernung hinter einem Scheunentor hervor.

Buck starrte auf sein von Zähnen gezeichnetes Handgelenk. »Du verdammte Niggerhure!« Er hob den Arm, um mit dem Griff seines Schießeisens auf Nells Gesicht einzuschlagen. Fritzi riß ihm den Revolver von hinten aus der Hand. Eddie kam herbeigerannt, nahm ihn Fritzi ab und versetzte Buck damit zwei kräftige Schläge auf den Kopf, bevor er ihn mit einem Tritt in den Hintern gegen das Verandageländer beförderte, wo Buck nach unten rutschte und schließlich reglos liegenblieb.

Kelly rannte zum Heck des Oldsmobile. Die Klinge eines großen Taschenmessers blitzte auf.

Inzwischen war Purvis wieder auf den Beinen. Der Ausdruck in seinen Augen hatte sich vollkommen verändert. Mit dem mörderischen Blick eines Tigers riß er die silberne Pistole aus dem Halfter. Eddie trat neben Fritzi und zielte mit Bucks Revolver auf den Detektiv.

»Lassen Sie die Pistole fallen! Wenn nicht, drücke ich ab.«

Fritzi ging davon aus, daß Eddie genausoviel Angst hatte wie sie, aber er verstellte sich meisterhaft. Mit schreckgeweiteten Augen ließ Purvis die Pistole in den Staub fallen.

»Alle Mann ins Auto«, rief Kelly.

Owen Stallings und Sam, der alte Noble und die Statisten rannten sich gegenseitig fast über den Haufen, als sie zum Wagen liefen. Es war ein so komisches Bild, daß Fritzi bedauerte, daß sie dabei nicht gefilmt wurden. Eddie packte sie am Ellbogen und zog sie mit sich. Purvis warf ihr einen drohenden Blick zu.

»Das verdanke ich Ihnen, Mädchen, und dafür werden Sie
mir büßen.«

»Halten Sie's Maul, Dreckskerl«, herrschte Eddie ihn an und
zog Fritzi hastig mit sich.

Kelly hechtete in den Wagen, Eddie kurbelte. Vier Drehun-
gen, und der Motor sprang an. Eddie entschied sich für den Beifahrersitz, Fritzi setzte sich auf seinen Schoß. Sam Soundso,
Owen und einer der Statisten saßen zusammengepfercht auf
dem Rücksitz. Nell hing auf dem linken Trittbrett, Noble und
der andere Statist auf dem rechten. Der Stoddard hing durch
und kam nur mühsam in Fahrt, als Kelly das Steuerrad herumriß. Fritzi hörte ein Schaben und hoffte, daß der Unterboden des
Wagens nicht auf der Straße hängenblieb.

Sie fuhren an Purvis vorbei, der den Staub von seinem Sombrero klopfte und gleichzeitig dem linken Hinterreifen des Oldsmobile, der ebenso flachgedrückt war wie der rechte, einen Fußtritt versetzte. Jetzt begriff Fritzi, wozu das Taschenmesser nötig
war. Durch den erstickenden Staub schrie Kelly: »Besorg dir ein
Pferd, Pearly!« Er wieherte. Purvis feuerte einen Schuß auf sie
ab. Sam Soundso winselte auf, als das Geschoß an der hinteren
Stoßstange abprallte.

Fritzi hüpfte auf Eddies Schoß wie ein Ball auf und nieder,
das Herz schlug ihr bis zum Hals, ihr blondes Haar flog im Wind.
Plötzlich rief sie: »Der Schreiner!«

»O du meine Güte, stimmt! Bill wartet im Wald auf uns«, fiel
es nun auch Eddie ein.

»Um den können wir uns jetzt nicht kümmern«, entschied
Kelly. »Der findet allein nach Hause.«

Eine Meile weiter hielt Kelly an und erklärte den Statisten:
»Ihr beide steigt jetzt aus. Zieht die Klamotten aus und werft sie
in den Wagen.« Als die Kleider im Auto lagen, holte Kelly ein mit
einem Gummiband zusammengehaltenes Geldbündel aus der
Tasche und zahlte sie aus. Der Stoddard tuckerte weiter, und die
beiden standen in Unterwäsche einsam und verlassen am Straßenrand. Earl Purvis hatte ihnen die Hoffnung auf den Ruhm
zerstört.

39. VORWÄRTS, WENN NICHT
GERADEWEGS AUFWÄRTS

Sie drehten *Das Gold des einsamen Indianers* in der Gegend von Mamaroneck in zwei Tagen zu Ende. Niemand störte sie. Offenbar hatte die Patentverwertungsgesellschaft in Westchester noch kein Spitzelnetz aufgebaut.

Bill Nix, der Schreiner und Requisiteur, war nicht mehr bei ihnen. Am Tag nach Purvis' Überfall hatte er sich bei Kelly darüber beschwert, daß man ihn draußen im Wald hatte sitzenlassen. Ein Wort gab das andere. Kelly, der nicht viel Geduld hatte, feuerte ihn. »Kein großer Verlust«, kommentierte Eddie.

Nach dieser ersten Aufregung in Coytesville verlief die Arbeit ruhig, um nicht zu sagen langweilig. Eddie, der Fritzi über die Maßen für die Rettung der Kamera gelobt hatte, lud sie zu Owen in den Projektionsraum des *K&T*-Verleihs ein, um sich das Resultat anzusehen – gut dreihundert Meter Film, zusammengeschnitten auf eine komplette fünfzehnminütige Geschichte.

Der Raum war vollgestopft mit ein paar Stühlen, einer Leinwand und übelriechenden überquellenden Spucknäpfen. Eddie machte Fritzi mit dem anderen Eigentümer bekannt, B. B. Pelzer. »Alle nennen ihn Benny, aber nur hinter seinem Rücken«, warnte Eddie sie rechtzeitig. B. B. war ein kleiner, rundlicher Mann mit grauem Lockenkopf und freundlich väterlichen Manieren. Er nahm Fritzis Hand in seine Hände und befühlte sie, als wolle er auf dem Markt einen Fisch kaufen.

»Ich freue mich, Sie kennenzulernen. Sie arbeiten da mit einem erstklassigen Jungen.« Er schüttelte ihr kräftig die Hand, bevor er sich setzte. Er stützte den Ellbogen auf einen kleinen Tisch und legte den Kopf in die hohle Hand, als sei ihm nicht ganz geheuer vor dieser Vorführung. Fritzi erging es genauso. Es war eine vollkommen neue Erfahrung, sich selbst auf der Leinwand zu sehen,.

Kelly verdrückte sich wortlos in der letzten Reihe. »Okay, Hap«, sagte Eddie schließlich. Der Vorführer schaltete die Lichter aus.

Das Mädchen neben Eddie sagte: »Ich habe am Schluß noch ein paar Bilder eingefügt. Ich glaube, es wird Ihnen gefallen.« Eddie widersprach nicht. Das Mädchen schien außerordentlich jung zu sein, wie offenbar alle in der Branche.

Hap schaltete den Projektor ein, der sofort zu surren begann. Als sich Fritzi auf der Leinwand sah, mußte sie lachen. Sie wäre am liebsten im Erdboden versunken beim Anblick ihrer großen Füße, ihrer eckigen Ellbogen und ihrer fliegenden Haare. Ihre Bewegungen waren abgehackt, ihr Ausdruck nicht überzeugend. Sie konnte kaum hinsehen. Schließlich legte sie die Hände vors Gesicht und spähte zwischen den Fingern hindurch.

Natürlich war die Vorstellung der anderen ähnlich übertrieben; der Stil paßte zur Melodramatik des Stücks. Owen schien sich selbst außerordentlich gut zu gefallen, er strahlte und rief an einer Stelle laut: »Ah, das ist wirklich gut!«

Eddie betrachtete den Film aufmerksam und machte nur hin und wieder eine kurze Bemerkung zu dem Mädchen neben ihm. Fritzi hatte Eddie ziemlich schnell schätzengelernt. Er besaß eine realistische Vorstellung von seiner Arbeit. Er wußte, daß er nicht *Hamlet* oder *Der Volksfeind* drehte, aber er arbeitete energisch und klug, um seinen kleinen Streifen unterhaltsam und spannend zu machen.

Fritzi bemerkte etwas, was ihr vorher entgangen war. Auf der Veranda des Hotels Rambo's lag eine Holztafel, auf dem das galoppierende Pferd zu sehen war, das Markenzeichen der Firma. Seltsam.

Die fünfzehn Minuten kamen ihr vor wie fünfzehn Stunden. Sie rutschte unruhig auf ihrem Stuhl hin und her. Während des Abspanns warf sie rasch einen Blick auf Kelly. Er sah nicht weniger mißgestimmt aus als bei seinem Eintreten.

Plötzlich wurde eine neue Szene eingeblendet, die, in der Fritzi aus der Tür gerannt und gefallen war. Mit schreckgeweiteten Augen sah sie, wie sie sich im Fall gefangen und mit einem Purzelbaum gerettet hatte. Alle lachten, sogar Kelly.

Als Hap die Lichter einschaltete, tätschelte Eddie Fritzi tröstend den Arm. »Sie sind eine richtige Komikerin.«

»Ungewollt.«

»Vielleicht gibt es ja eine Möglichkeit, wie wir dieses Talent nutzen können.«

Hoffentlich nicht.

Kelly sagte: »Okay« und marschierte hinaus.

Wieso ein dermaßen mißmutiger Mann ausgerechnet in der Unterhaltungsbranche arbeitete, ging über Fritzis Verstand. B. B. Pelzer eilte zu ihr und wiederholte die Fischnummer mit ihrer Hand.

»Also wirklich, Eddie hat recht, Sie haben das Zeug dazu. Sie haben mir gut gefallen. Talentiertes Mädchen. Hätte nichts dagegen, wenn wir Sie bei Pal noch häufiger zu sehen kriegten.«

Fritzi fragte Eddie über die Leute aus. Er erzählte, Pelzer sei Optiker in Hoboken gewesen, bevor er anfing, sich für Filme zu interessieren. Zusammen mit seinem Schwager, einem Vertreter in Sachen Bekleidung, hatte er Pal gegründet. Den Anteil des Schwagers hatte nach einem Jahr Kelly gekauft. Von den hundert Anteilen der Firma gehörten B. B. und seiner Frau Sophie zweiundfünfzig Prozent.

Kelly hatte Mietställe besessen, war aber klug genug gewesen, um einzusehen, daß mit dem Siegeszug des Automobils sein Geschäft nur schlechter werden konnte. Er verlegte sich auf die Herstellung von Stereoskopen, und ein Gehilfe lieferte die Bildkarten dazu. Dieses Wohnzimmervergnügen ebbte ab, als Nickelodeons in Mode kamen, und Kelly mußte sich noch einmal umstellen.

»Kelly ist das Kreuz, mit dem wir leben müssen. Benny das genaue Gegenteil. Allzu großzügig. Er treibt Kelly damit zum Wahnsinn.«

Pal Pictures produzierten wenigstens zwei Einspuler pro Woche und dazu noch hin und wieder eine Spule mit zwei kurzen Filmen, einer Kömodie und einem Drama. Doppelspulen waren sehr beliebt. Die Qualität der Filme von Pal war unterschiedlich.

Die Tafel mit dem Pferd von Pal erschien in jedem Film wenigstens einmal. »In unserem Geschäft wird viel geklaut«, lautete Eddies Erklärung. »Schlitzohrige Inhaber von Nickelodeons oder die Verleiher. Sie machen eine Kopie und verkaufen den Film als ihren eigenen. Die Firmen schützen sich, indem sie ihr Firmenzeichen einblenden.«

Dank B. B.s Begeisterung und Kellys Zustimmung nach der Misere in Coytesville hatte Fritzi im folgenden Winter und

Frühling genügend Arbeit. Da sie immer auf der Hut vor den De-
tektiven waren, filmten sie in angemieteten Wohnungen in Manhattan und Brooklyn. Für die Außenaufnahmen fuhren sie entweder nach Mamaroneck oder auf das ländliche Long Island. An
manchen Tagen fingen sie erst kurz vor Mittag an, weil der heimliche Transport der Kamera viel Zeit in Anspruch nahm. Wo Ferguson die Kamera bei Nacht versteckte, fand Fritzi nie heraus.

Nachdem sie mehrere kleinere Rollen gespielt hatte, schlug
Eddie sie für die Hauptrolle in *Die kesse Daisy* vor, die Rolle
einer gerissenen Privatdetektivin. In einer Szene mußte Daisy einen Schurken bis in eine Restaurantküche verfolgen. Eddie
sorgte für einen großen Schinken aus Gips und drehte eine aus
dem Stegreif und nicht im Drehbuch enthaltene Verfolgungsjagd um einen Hackblock. Als sich ein Schuß aus der Pistole löste, fuhr der erschreckte Koch herum und hätte Fritzi beinahe
mit dem Schinken erschlagen. Sie befolgte Eddies Anweisungen,
duckte sich und landete mit einem Spagat auf dem Boden. Das
Resultat war anerkennendes Lachen im Vorführraum. Sie begriff
nun, warum er darauf bestanden hatte, daß sie an diesem Tag
Reithosen trug.

Eddie und B. B. waren so begeistert von dem Film, daß
sie sich eine grandiose Posse mit dem Titel *Eine glitschige Angelegenheit* einfallen ließen. Darin spielte Fritzi eine Verkäuferin
in einer Tierhandlung, die in ein Aquarium geworfen wird. Zu
allem Überfluß schlug man ihr auch noch mit einem großen
Kabeljau ins Gesicht. Sie arbeitete, ohne zu murren, aber später
erklärte sie Eddie, auf eine Wiederholung könne sie gut verzichten.

Es sollte jedoch besser kommen. *Das Gold des einsamen Indianers* war so begeistert aufgenommen worden, daß Eddie weitere Folgen der Serie plante. Im Frühsommer wurde *Der Mut des
einsamen Indianers* fertig gedreht. Dann kehrten sie nach Westchester zurück, um die Folge *Die Schlacht des einsamen Indianers*
zu drehen, in der Fritzi zum ersten Mal auf einem Pferd ritt. Der
Besitzer des Mietstalls von White Plains zeigte ihr, wie man ohne
Sattel aufsaß, indem man hochsprang und ein Bein über den
Rücken des Pferdes warf, genau wie die Prärieindianer. Er
brachte ihr auch bei, von hinten auf ein Pferd aufzuspringen.
Dreimal fiel sie herunter. Beim vierten Mal klappte es. Eddie ver-

langte, daß sie noch einmal aufsprang und herunterfiel und der Filmschurke sie mit seinen beiden Revolvern bedrohte. »Laß dich auf den Hintern fallen, spring auf, und verdreh die Augen. Er ist davon so verdutzt, daß Owen ihm die Schießeisen abnehmen und ihn windelweich prügeln kann.«

»Ach, Eddie, nein! Das ist doch der reinste Klamauk.«

»Klamauk ist eine respektable Sache. Selbst Shakespeare schreckte nicht davor zurück. Bring vor dem Höhepunkt einen Clown auf die Bühne, die Spannung läßt nach, und der Höhepunkt ist doppelt wirksam. Glaub mir.«

Die Szene wurde gedreht. Fritzi gab ihr Bestes und saß dann den ganzen Abend mit einem Kissen unter dem Hintern auf dem Stuhl.

Durch die mehr oder weniger regelmäßige Arbeit war sie in der glücklichen Lage, vierzehn Dollar fünfundneunzig für etwas auszugeben, was sie sich schon lange gewünscht hatte, einen Phonographen in einem hübschen goldfarbenen Eichengehäuse mit einem wunderschönen blütenförmigen Schalltrichter. Damit konnte sie anstatt der alten Wachszylinder flache Platten abspielen. Sie gönnte sich das verschwenderische Vergnügen, ein halbes Dutzend dieser Platten für zwanzig Cent das Stück zu kaufen, auf denen unbekannte Vokalisten mit Blechbläsern zu hören waren. Ihr absolutes Lieblingsstück war *A Girl in Central Park*, ein sehr populäres Stück, das Pauls Freund Harry geschrieben hatte. Das Lied war aus einer Broadway-Revue mit dem Titel *Girls Galore*. Sie konnte es nach einem langen Arbeitstag kaum erwarten, nach Hause zu kommen, Schuhe und Strümpfe abzustreifen, eine Platte aufzulegen, den Apparat anzukurbeln, die Nadel zu senken und dem schmachtenden Tenor zu lauschen:

»*I met a girl in Central Park,*
Fair as the morning's fair...«

Das Lied über ein blondes Mädchen im Central Park war wunderschön, aber traurig; der unbekannte Gentleman sah das Mädchen, das er dort getroffen hatte, nie wieder. Wenn Fritzi sich das Lied ein zweites Mal anhörte, legte sich ein Schleier über ihre Augen. Nach dem siebten oder achten Mal rollten ihr dicke Tränen über die Wangen.

40. NEW YORKER MUSIK

Harry Poland liebte seine neu erlernte Sprache. Er wußte, daß er bei weitem noch kein gutes Amerikanisch sprach, aber er redete, so gut er konnte. Für ihn war das Amerikanische wie ein riesiges Tablett mit köstlichen Häppchen, von denen jedes einzelne einen besonderen, dem speziellen Augenblick entsprechenden Geschmack besaß. Ein herrliches Wort, das ihm mundete, war »piekfein«. Er trug gern piekfeine Kleider und konnte sie sich inzwischen auch leisten. Auch wenn er in der Provinz noch kein Begriff war, im kleinen, eingeschworenen Kreis der New Yorker Musikverleger galt der Name Harry Poland viel.

An einem Frühlingstag des Jahres 1910, als Fritzi einen ihrer ersten Filme drehte, machte er sich piekfein für einen nachmittäglichen Besuch bei seiner Frau. Er entschied sich für einen dreiteiligen Einreiher im englischen Stil, die schmale Hose mit scharfer Bügelfalte, für ein blauweiß gestreiftes Hemd mit Klappkragen, eine blaue Krawatte, einen flotten Bowlerhut, graue Gamaschen und Spazierstock.

Sein Ziel war das Dorf Rye, eine der schattigen Straßen zwischen der Boston Post Road und der Meerenge von Long Island. Er parkte sein brandneues schwarzes Modell T auf einem kiesbestreuten Platz vor dem Pflegeheim.

Noch nie hatte er hier an diesem traurigen und sterilen Ort, an dem Alte und Gebrechliche in ihren Stühlen saßen und tonlos vor sich hin brabbelten, ein frohes Gefühl aufgebracht. Aber er gab sich alle Mühe, sich nichts anmerken zu lassen. Als der große, lebensstrotzende Dreißigjährige auf das Gebäude zuschritt, machte er einen erfolgreichen und glücklichen Eindruck.

Eine schwache, warme Brise wehte an diesem Aprilnachmittag vom Meer herüber. Ein Pfleger schob Flavia im Rollstuhl nach draußen, wo sich Harry mit ihr unter eine knospende Platane setzte und ihre Hand hielt, während sie ihn mit leerem Blick anstarrte und im Dunkel ihres Geistes versuchte, ihn zu erkennen. Ihr spärliches weißes Haar stand nach allen Seiten ab. Auf Anraten des Arztes hatte Harry sie im vergangenen Winter in das Pflegeheim gebracht. Er bemühte sich, fröhlich zu wirken, als er ihr lächelnd alle möglichen Neuigkeiten erzählte und gleichzeitig unablässig ihre Hand streichelte.

»Bernstein hofft, in den nächsten paar Monaten mit *A Girl in Central Park* die Millionengrenze zu erreichen. Die Marketingabteilung der Band vertreibt außerdem eine symphonische Fassung. Auch *Blue Evening* verkauft sich gut, achtzigtausend Exemplare. Und rate mal, wen ich morgen treffe. Ich bin schon furchtbar aufgeregt. Einen der größten Produzenten in New York, Ziegfeld. *Er* hat *mich* angerufen. Er will im Laufe des Jahres noch eine neue *Follies* herausbringen.«

Jede Neuigkeit wurde mit dem gleichen abwesenden, etwas verwunderten Lächeln aufgenommen, das ihm ins Herz schnitt. Ein feiner silbriger Speichelfaden lief ihr aus dem Mundwinkel und hinterließ einen feuchten Fleck auf ihrem Kleid. Das Pflegepersonal erinnerte ihn immer wieder daran, daß sich ihr Zustand zunehmend verschlechtert und sie besonders aufmerksamer Pflege bedürfe. Er wußte, daß sie auf zusätzliche Trinkgelder aus waren, aber er bezahlte, ohne zu murren.

Als die Schatten länger und die Luft kühler wurde, winkte er einen der stiernackigen Männer in Weiß herbei, erhob sich und drückte Flavia einen Kuß auf die Stirn. »Auf Wiedersehen, mein liebes Mädchen. Wir sehen uns nächste Woche wieder.« Und die Woche danach und so immer weiter, solange sie leben würde. Er verdankte Flavia so viel, daß er sie niemals verlassen oder sich scheiden lassen würde, auch wenn er häufig an eine andere Frau dachte. Sie war es, für die er das Lied *A Girl in Central Park* geschrieben hatte.

Harry wußte nicht, was aus Pauls Cousine geworden war. Er las das Programm aller Stücke, die am Broadway aufgeführt wurden, aber ihr Name war noch nie aufgetaucht. Vielleicht hatte sie die Stadt verlassen.

Er blickte seiner Frau nach, die vom Pfleger ins Haus geschoben wurde. Er kurbelte sein Modell T an und fuhr über holprige, staubige Straßen nach Port Chester in ein ausgezeichnetes Gasthaus, in dem er und Flavia in besseren Tagen oft eingekehrt waren. Nachdem er eine Stunde mit köstlichem Essen und Wein zugebracht hatte, steuerte er auf die King Street zu, die Grenze zwischen den Staaten New York und Connecticut. Die Landschaft war hügelig und saftig grün.

Jenseits der Straße, in Connecticut, bog er in eine Gasse ein und parkte vor einem gepflegten zweistöckigen Farmhaus zwischen einem sportlichen Zweispänner und einem großen gelben Reo.

Eine gutaussehende Frau in einem geschmackvollen schwarzen Kleid begrüßte ihn fröhlich: »Hallo, Harry, schön, Sie wieder mal zu sehen. Wie geht's?«

»Danke, gut, Belle.« Er legte Bowler und Spazierstock auf einen Marmortisch. Mrs. Belle Steckel stammte aus einer angesehenen Greenwicher Familie. Sie war in jungen Jahren auf die schiefe Bahn geraten, hatte sich aber wieder gefangen und einige Jahre später dieses vornehme Haus eröffnet, das auch von den Behörden gut gelitten war. Als Harry zum ersten Mal hierherkam, war er sich wie der schlimmste Gauner und Betrüger vorgekommen. Er suchte Rat bei Mrs. Steckel, die sehr viel Einfühlungsvermögen besaß. Sie erinnerte ihn daran, daß es nicht gut sei, ein Einsiedlerleben zu führen. Ein gelegentlicher Besuch würde niemandem weh tun, Flavia schon gar nicht. »Und ich wette, wenn sie es wüßte, würde sie es verstehen.«

»Martha ist frei und erwartet Sie«, sagte Mrs. Steckel. Harry dankte ihr, bezahlte und stieg die Treppe hinauf. Noch bevor er Marthas Tür erreichte, legte Mrs. Steckel eine Rolle in das Pianola des Salons ein. *The Cherry Blossom Man from Little Old Japan*, sein neuestes Lied. Lächelnd klopfte Harry an die Tür.

»Hallo, Martha«, grüßte er mit einem scheuen Lächeln.

»Hallo, Harry, ich freue mich, daß du gekommen bist.« Ihr Morgenmantel ging auf, sein Blick fiel auf ihren nackten Körper. Sie gab ihm einen zärtlichen Klaps auf die Wange. Martha war klein, etwas pummelig und nicht sehr gebildet. Aber sie hatte weiche, runde Arme, und sie verstand, warum er sie hin und wieder besuchen mußte. Eine Stunde mit ihr gab ihm die Kraft, sein Leben ohne Bedauern und Selbstmitleid weiterzuleben. Dabei hatte er ein tiefes, beschämendes Geheimnis. Manchmal, wenn die Leidenschaft mit Martha ihren Höhepunkt erreichte, stellte er sich vor, sie sei Fritzi Crown.

Harry Poland verbrachte die Nacht im Haus in Port Chester, wo er mit Flavia gewohnt hatte. Jetzt war es ein trostloser, geisterhafter Ort. Fast alle Möbel waren mit großen Tüchern verhängt. Ein staubiger Geruch hing in der Luft.

Harry hatte schon erwartet, daß er vor Aufregung über das Treffen mit Ziegfeld nicht schlafen würde, und so war es auch. Nachdem er sich bis in die frühen Morgenstunden ruhelos hin und her gewälzt hatte, sprang er eine Stunde vor Sonnenaufgang aus dem Bett, trank eine halbe Kanne Kaffee und machte sich mit seinem Ford über jämmerliche Straßen auf den Weg nach Manhattan. Die Fahrt, etwa zwanzig Meilen, dauerte fast drei Stunden.

Harry arbeitete immer noch freiberuflich, sein Büro lag im Muldoon Building in der Achtundzwanzigsten Straße West, im Zentrum des New Yorker Musikgeschäftes. Irgendwann hatten sich alle Großen der Branche in den farblosen, eintönigen Gebäuden dieser Straße niedergelassen. Aus allen Büros, die auf Harrys Etage lagen, drang Musik, die er jedoch als Lärm bezeichnete, denn sobald aus einem Dutzend Räume verschiedene Tonarten, verschiedene Tempi und verschiedene Stimmen erklangen, konnte man nur noch von Kakophonie sprechen.

Da Harry häufig in der Stadt war, war er Dauergast im Hotel Mandrake in der Fünfundvierzigsten Straße West, wo er zwei Zimmer gemietet hatte. Dort rasierte er sich jetzt und zog einen sauberen Anzug, ein frisches Hemd und eine Krawatte an. Gepudert und mit ein paar Tropfen Eau de Cologne, erschien er bereits um zehn Uhr, zwanzig Minuten vor dem Termin, im Büro von Florenz Ziegfeld.

Ziegfeld ließ ihn bis halb elf warten. »Ich freue mich, daß Sie gekommen sind«, begrüßte der Produzent Harry schließlich. Ziegfeld war eine beeindruckende Erscheinung, etwas über vierzig, groß, flott und geschmackvoll gekleidet. Manche fanden, sein gutes Aussehen und seine schrägen Augenbrauen hätten etwas Teuflisches. Daß er derzeit mit der berühmten Soubrette aus Warschau und Paris, Anna Held, verheiratet war, tat seinem Eifer als berüchtigter Damenfreund keinen Abbruch. Verheiratet oder unverheiratet, er nahm sich Frauen wie andere Brezeln. Im übrigen war er als ein Mann bekannt, der für die Shows, die er produzierte, das Beste verlangte und auch entsprechend dafür zahlte. Er hätte weder sein Publikum noch seine Künstler übers Ohr gehauen.

Ziegfeld bemerkte, daß Harry ein verblaßtes Poster fixierte, das unter vielen anderen an der Wand hing. Es war ein Werbeplakat für eine Show mit dem Titel *Die tanzenden Enten von Dänemark*. Ein hintergründiges Lächeln huschte über Ziegfelds Gesicht.

»Wissen Sie, daß ich erst einundzwanzig war, als ich damals die Show in Chicago auf die Bühne brachte?« Er bot Harry aus einem Befeuchter eine Zigarre an; Harry schüttelte den Kopf. Ziegfeld zündete sich eine an. »Der verfluchte Tierschutzverein hat dafür gesorgt, daß ich sie absetzen mußte. Sie haben behauptet, daß meine Leute den Enten unter den Füßen Streichhölzer angezündet hätten, damit sie tanzten.« Er machte ein ernstes Gesicht. »Na ja, möglich wär's gewesen.« Harry war zu aufgeregt, um sich mehr als ein Lächeln abzuringen.

»Wissen Sie, mein Junge, was ich von Ihnen will?«

»Ich hoffe, ein Lied für Ihre neue Show.«

»Sie haben den Nagel auf den Kopf getroffen. Was ich bisher von Ihnen gehört habe, gefällt mir. Allerdings ist die Zeit ein bißchen knapp. Wir wollen in vier Wochen mit den Proben für die Wiederaufnahme der *Follies* im Jardin de Paris anfangen.« Der Jardin war ein Saal mit Glaskuppel in einem Theatergebäude an der Ecke Vierundvierzigste und Broadway, höllisch heiß im Sommer und undicht, wenn es regnete; in solchen Fällen wurde den Gästen geraten, Regenschirme mitzubringen.

»Was ich brauche, ist eine Dschungelnummer. Ich stelle mir ungefähr vierzig oder fünfzig Mädchen vor« – Ziegfeld tänzelte um den Schreibtisch herum –, »einen kleinen Palmwedel, der die kostbaren Teile da verdeckt und einen zweiten da, Sie wissen schon, wo ich meine. Beenden will ich das Ganze mit einem Tanz im stürmischsten Regen, den man je auf einer Bühne gesehen hat. Aber ich habe kein Lied.«

»Ich werde versuchen, eins zu schreiben.«

»Kann ich mich drauf verlassen?«

»Ich bring' Ihnen eins in den nächsten Tagen«, versprach Harry. »Und wenn es Ihnen nicht gefällt, schreibe ich es so lange um, bis Sie zufrieden sind.«

»Klingt professionell. Ich mag Leute, die professionell arbeiten; Stümper, die etwas versprechen und dann nicht halten, kann ich nicht ausstehen. So jemand wird bei mir nur einmal beschäftigt. Außerdem sorge ich dafür, daß es die Runde in der ganzen Straße macht, so daß er überall erledigt ist.«

Der Schweiß stand Harry auf der Stirn, und seine Stimme zitterte vor Aufregung: »Ich werde Sie nicht enttäuschen, Mr. Ziegfeld.«

Der Produzent legte in einer kameradschaftlichen Geste den Arm um Harrys Schulter und geleitete ihn zur Tür. »Flo«, sagte er. »Für meine Freunde und Kollegen Flo!«

Im Vorzimmer trafen Harry die neidischen Blicke zweier Songschreiber, die er kannte. Beide konnten es kaum erwarten, ein paar Sekunden von Ziegfelds Zeit zu ergattern.

»Verhökert euere Noten anderswo, Jungs! Ich muß mir eine neue Truppe Tänzerinnen ansehen.« Ziegfeld deutete mit dem Zeigefinger auf Harry. »Die Sache muß gut werden.« Dann ging er zurück in sein Büro und warf die Tür hinter sich zu.

Harry schwebte wie auf Wolken. Er tanzte durch die Menschenmengen, die sich um die Mittagszeit durch die Straßen wälzten. Amerika, das Land der unbegrenzten Möglichkeiten! Wie recht er daran getan hatte, alles daranzusetzen, dieses Ufer zu erreichen und hier unermüdlich in einem geliebten Beruf zu arbeiten.

Harrys Lieder entstanden in seinem Kopf, aber die Musik lag in der Luft dieser Stadt. Wenn er über den Broadway schlenderte und eine heiße Süßkartoffel verspeiste, die er an einem Stand gekauft hatte, hörte er nur Rhythmen und Melodien. Er hörte das Tuten der Schiffe auf dem Fluß, das Trampeln der Füße auf dem Asphalt. Er hörte das Rattern der Hochbahnen, das Scheppern der Tram, das Hupen der Autos, das Summen einer Mundharmonika und einen schwarzen Bettler, der mit Reißnägeln in den Schuhen auf dem Gehsteig einen Steptanz hinlegte, während ein schwarzer Junge Banjo spielte. Das Stück hieß *The Cherry Blossom Man*. Harry gab beiden einen Dollar.

Er schwitzte und bekam vor Aufregung kaum Luft. Das war sein Jahr, sein Augenblick, er spürte es. Der erste Schritt war, daß eines seiner Lieder in *Girls Galore* aufgenommen worden war, aber mit einer Ziegfeld-Produktion konnte er es bis an die Spitze schaffen, vor allem wenn das Lied ein Hit wurde. Wenn er am Broadway gefragt war, wenn er erst einmal komplette Partituren schrieb, dann war auch bald sein nächstes Ziel nahe: der eigene Musikverlag.

Harry haßte die Unerfreulichkeiten des Musikgeschäfts: Komponisten, die anderer Leute Melodien klauten, Künstler, die bestochen werden wollten, um eine Nummer zu bringen, Verleger, die Tantiemenaufstellungen zu ihren Gunsten frisierten. Aber wenn er von seinem eigenen Verlag träumte, war das alles vergessen. Er hatte schon einen wunderbaren Namen dafür: Homeland Music. Das Symbol war, wie hätte es anders sein können, ein wehendes Sternenbanner. Etwas anderes kam für ihn nicht in Frage.

»*Wilbur, paß auf den Mann auf!*«

Der Aufschrei der Mutter riß ihn aus seinen Tagträumen. Der sechsjährige Junge war so mit seinem Spielzeug beschäftigt, daß er mit Harry zusammenstieß.

»Ganz meine Schuld, gnädige Frau«, entschuldigte Harry sich und zog den Hut. Es war ihm egal, daß der kleine Junge häßlich und boshaft wie eine Kröte war, an diesem Tag der unbegrenzten Möglichkeiten war er bereit, fast jede Sünde zu verzeihen. Plötzlich fiel sein Blick auf das Spielzeug, das der Junge in seinen schmutzigen Händen hielt. Ein kleiner grauer Blechelefant mit aufgemalten weißen Stoßzähnen. Auf dem Papier war Harry Jude, aber er kannte das Neue Testament und die Vision des heiligen Paulus auf dem Weg nach Damaskus.

»Gnädige Frau, darf ich Ihnen dieses Spielzeug für einen Dollar abkaufen?« Er getraute sich kaum zu atmen vor Erregung.

»Aber das ist doch nicht einmal ein Fünftel ...« antwortete die Frau verblüfft.

»Ich bestehe darauf.« Der habgierige kleine Wilbur nahm die Münze gern. Harry schob den Blechelefanten in die Tasche und lief zu seinem Büro, wobei er sich den ganzen Weg wie ein Football-Spieler zwischen den Fußgängern hindurchschlängelte. Kaum angekommen, warf er seinen Bowler in die Ecke und schlug den Klavierdeckel zurück. Um fünf Uhr hatte er *The Elephant Rag* geschrieben. In dieser kurzen Zeit hatte er sogar Fritzi vergessen.

Oh, the trunk will wag
Like a jungle flag
When the pachyderm does
The elephant rag.
All join in and (stomp foot)
Do the elephant rag.

Flo Ziegfeld war vollkommen aus dem Häuschen. Die Mischung aus der einschmeichelnden Melodie und dem albernen Text über einen tanzenden Dickhäuter ließ die Zuschauer der *Follies* wie ein Mann aufspringen und vor Freude gröhlen, wenn alle vierundvierzig Mädchen in künstlichem Sturm und Regen mit einem einzigen donnernden Stampfer auf dem Bühnenboden landeten. Ein acht Fuß großer Elefant, in dem zwei Männern steckten, tanzte im Schlußsatz mit.

Die Verkaufszahlen von *The Elephant Rag* schnellten raketenartig in die Höhe, selbst in England und auf dem europäischen Festland riß man sich um den Song. Das Lied und der stampfende Tanz waren der letzte Schrei. Jung und alt stampfte in Schulhöfen, in Trambahnen, ja sogar in Kirchen, wenn der Chorleiter gerade nicht hinschaute. Die korrekten Engländer und die schwerfälligen Deutschen stampften. Die leichtfertigen Franzosen und die leidenschaftlichen Spanier stampften. Schließlich hieß es, daß selbst die Zulus in Afrika stampften.

Jede Zeitung vom *Herald* bis zur *Police Gazette* schickte Reporter ins Hotel Mandrake, um den Mann zu interviewen, der die Welt zum Stampfen gebracht hatte. Ein Kollege drückte seine Bewunderung mit einfachen Worten aus:

»Harry, du bist ein gottverdammtes Genie.«

41. SAMMY

Auf der anderen Seite des Ozeans, in London, ging die Sonne unbemerkt hinter einem dichten Regenschleier auf. Paul, von seinem schwarzen Schirm nur dürftig geschützt, war zu Fuß vom
Leicester Square in die St. Martin's Lane unterwegs. Er bog in
den dunklen und schmalen Cecil Court ein, wo mehrere Filmfirmen, darunter Pathé Frères und American Luxograph, Büros
unterhielten.

Er wich einem Regenschwall aus, der vom Vordach des Gebäudes herabstürzte, schüttelte sich wie ein nasser Hund und
rannte die Treppe hinauf. Er war eine halbe Stunde länger zu
Hause geblieben, um das Kindermädchen einzuweisen und an
Julies Bett zu sitzen und ihre Hand zu halten. Er sorgte sich.
Keine von Julies Schwangerschaften und Geburten war leicht
für sie gewesen. Jetzt sah sie aus wie eine Tonne; die Niederkunft
war nicht mehr weit, Julie mußte fast den ganzen Tag liegen. Immer wieder behauptete sie, es gehe ihr gut und sie sei durchaus
imstande, für ihre Familie zu sorgen, aber ihr blasses und ab-
gehärmtes Gesicht strafte ihre Worte Lügen.

Das Wasser tropfte aus Pauls nassen Schuhen und von seinem Filzhut, als er die Stufen hinaufsprang. Er hoffte dringend,
daß sich die Schlechtwetterperiode nicht auch noch auf den
Herbst ausdehnte. Er sollte nämlich die Manöver des deutschen
Heeres in Bayern filmen. Man hatte ihn eingeladen, weil der
deutsche Generalstab auf ihn und sein Buch aufmerksam geworden war. Der Generalstab schätzte Propaganda und umwarb
alle, die dazu beitrugen. Kaiser Wilhelm liebte das Soldatenspiel,
er nahm alljährlich an den Manövern teil.

Für die Engländer war der Kaiser das leibhaftige Symbol der
»deutschen Gefahr«. Er wurde nicht müde, seine Freundschaft
mit England zu beteuern. War nicht seine Großmutter die ver-
storbene Königin Victoria und König George V. sein Cousin
ebenso wie der russische Zar Nikolaus? Michael Radcliffe
machte sich lustig über diese Familienbande. »Eine faule Brut

von Blutern und paranoiden Kriegshetzern, die vorgeben, die besten Freunde zu sein, während jeder bloß darauf wartet, daß er dem anderen den Dolch in den Rücken stoßen kann.«

Michael hatte recht, den europäischen Monarchen zu mißtrauen. Hinter ihren Freundschaftsbezeugungen lauerte erbitterte Feindseligkeit. Kaiser Wilhelm II. hatte am offenen Grab seines Onkels getrauert, ihn aber hinterrücks als »Satan« und »den schlimmsten Intriganten Europas« bezeichnet. Der Ausbau der deutschen Marine schien ebenfalls gegen England gerichtet. Großadmiral Tirpitz baute jedes Jahr zwei neue Schlachtschiffe. Der Kaiser erklärte immer wieder, sie dienten nur dazu, sich im Notfall gegen ungenannte Feinde verteidigen zu können, aber ein Großteil der britischen Bevölkerung, darunter auch viele Diplomaten aus Whitehall, waren der Meinung, daß sich diese Kriegsflotte irgendwann gegen ihr Land wenden würde. Die Regenbogenpresse war voll von phantastischen Berichten mit Überschriften wie »Krieg unausweichlich« und »Wie die Deutschen London eroberten«.

»Guten Morgen, Miss Epsom«, grüßte Paul, als er das Vorzimmer betrat und sich noch einmal schüttelte. Miss Epsom, etwa fünfzig und unverheiratet, grüßte ihrerseits mit einem freundlichen Nicken, um sofort, als er ihr den Rücken zuwandte, Wassertropfen von einer Wange abzutupfen. »Ist er schon da?«

»Seit zwanzig Minuten, Sir.«

Paul hängte Hut und Schirm auf und schritt in Richtung innerer Tür. »Würden Sie uns bitte Tee bringen?«

»Sofort. Ich möchte jedoch sagen, daß der junge Mann nicht den Eindruck macht, als sei er Teetrinker.«

Anhaltende Rückenschmerzen und Julies sanftes Drängen hatten Paul schließlich von der Notwendigkeit überzeugt, einen Gehilfen einzustellen. Der Bewerber, der in seinem Büro wartete, war der siebzehnte, der sich auf die Anzeige gemeldet hatte; die ersten sechzehn waren nicht in Frage gekommen. Zwei waren ausgemachte Schwachköpfe gewesen, einige hatten zwar Hunger, waren aber nicht am Filmgeschäft interessiert, andere waren Lügner und Schwindler, die sich nach wenigen technischen Fragen entlarvten. Der Rest waren angenehme Zeitgenossen, aber untauglich aus dem einen oder anderen Grund.

»Guten Morgen, bitte entschuldigen Sie die Verspätung.«
Pauls überquellendes Büro harmonierte wunderbar mit seinen
gebogenen Kragenspitzen, der schiefhängenden Krawatte, seinen ausgebeulten Taschen, seinem insgesamt nachlässigen Aussehen.

Der junge Mann, der von einem Fuß auf den anderen trat,
die Mütze in der Hand, war dunkelhäutig und dünn wie eine
Bohnenstange. Auf seinem Kinn blühte ein Pickel, dick wie eine
Rosine. Sein schwarzes Haar war fettig. Paul bemerkte die
schwarzen Ränder unter den Fingernägeln.

»Ich hab' hier irgendwo Ihren Namen.« Paul wühlte sich
durch das hoffnungslose Durcheinander von Filmdosen, Pro-
duktionsplänen, Rechnungen, Mitteilungen von seinem Arbeitgeber Lord Yorke und Kabelnachrichten aus dem Büro in New
Jersey, Fachzeitschriften, Londoner sowie internationalen Zeitungen und vielen anderen Dingen, die mit seinem Beruf zu tun
hatten.

»Silverstone, Chef. Samuel G., G. für Garfunkel, Silverstone.
Aber man nennt mich Sammy.«

»Bitte setzen Sie sich, Sammy.« Das unruhige Auf-der-Stelle-
Treten machte Paul nervös. Wie durch ein Wunder fand er einen
Bleistift und auch noch eine unbeschriftete Karteikarte. »Wie alt
sind Sie?«

»Zweiundzwanzig.«

»Haben Sie irgendwelche Zeugnisse?«

Sammy holte einen zerknitterten Brief aus der Innentasche
seines zu kleinen Wollmantels. »Hat Mr. Crutchfield, mein Chef
im Soho Strand, ausgestellt.«

»Das ist ein Filmtheater, stimmt's?«

»Ja, Sir, und ein gutes noch dazu. Es ist in der Deane Street.«

»Noch andere?«

Einen Augenblick lang flackerten Sammys strahlende dunkle
Augen seltsam unsicher. »Na ja, Chef, eigentlich nisch', außer
Sie fragen den Kerkermeister in Brixton.«

Paul lehnte sich auf seinem quietschenden Drehstuhl
zurück. »Soll das heißen, daß Sie hinter Gittern waren?«

»Genau, Sir. Wegen einem Bagatelldiebstahl. Meine Schwester Belle hat nischts zu essen gehabt.« Er sagte »nischts«; selbst
Henry Higgins hätte sich schwergetan, Sammys gräßlichen Dia-

lekt zu korrigieren. Paul nahm an, daß er aus dem East End oder einer ähnlichen Gegend stammte.

»Hab' nur 'n paar Laib' Brot für Belle gestohl'n«, erklärte Sammy. »Aber sie ham mich erwischt. Ich dachte, wenn Se mich anstelln, find'n Se's eines Tages raus, also sag' ich's gleich und spar' uns Zeit.«

»Sehr rücksichtsvoll«, murmelte Paul, während er überlegte, was er von diesem ziemlich durchtrieben wirkenden jungen Mann halten sollte. »Wann waren Sie eingesperrt?«

»Na ja, also« – Miss Epsom klopfte an die Tür und trat mit einem Tablett herein –, »ich hab' meine Zeit vor vierzehn Monaten abgesessen. Aufgewachsen bin ich im Hafenviertel, hauptsächlich auf der Straße.« Paul verstand nur zu gut; auch er war ein Berliner Straßenjunge gewesen.

»Als ich aus'm Knast raus war, hab' ich mir geschworen, daß ich in dieses Loch oder in irgend'n andres nisch' wieder reingeh' und mir lieber ehrliche Arbeit besorg'. Hab' mir schon immer gern laufende Bilder angeguckt, natürlich nur, wenn ich Zaster hatte, deshalb bin ich gleich reingelatscht, als ich den Zettel am Soho Strand gesehen hab', wo ein Kameraassistent gesucht wird. War 'n Typ vor mir da, aber der hatte beim Warten 'nen kleinen Unfall.«

»Einen kleinen Unfall«, murmelte Paul. »Na so was!« Er goß sich heißen Earl Grey aus der Kanne ein. Zu seiner Überraschung bat Sammy Silverstone um eine Tasse Tee und zwar mit Milch und Zucker.

»Iss hingefallen und hat sich den Knöchel verstaucht, der arme Kerl. Mußte gleich heimgehen. Ist wahrscheinlich gestolpert. Über was, weiß ich nisch'.« Paul gab sich Mühe, ein ernstes Gesicht zu machen. »Mr. Crutchfield hat mich eingestellt. Ich hab' ihm vom Knast erzählt. Seit damals bin ich im Strand. Ich besser' schlechte Klebestellen und ausgerissene Perforationslöcher aus, hänge Plakate auf, mache sauber, und wenn der Vorführer nisch' da ist, bedien' ich den Projektor – harte Arbeit, aber mir macht's Spaß.«

»Und warum wollen Sie dort weg?«

»Weil ich bei Ihnen weiterkomme. Assistent bei jemandem, der Filme macht. Einem Typen, der 'n Buch geschrieben hat.«

»Sie haben es gelesen?«

Sammy schob seine Zunge hinter die Oberlippe, man sah deutlich, daß er zu lügen erwog. Aber dann erwiderte er:

»Eigentlich nisch'. Muß zugeben, daß ich nisch' viel lese. Aber Mr. Crutchfield hat eins und sagt, es wär' gut, Sie kommen ganz schön viel rum und immer in interessante Orte. Das würd' mir auch gefallen.«

Samuel Garfunkel Silverstones freche Aufrichtigkeit gefiel Paul. »Ich breche in knapp einem Monat auf, um die Heeresmanöver in Deutschland zu filmen. Wie bald könnten Sie anfangen?«

Grinsend meinte Sammy: »Is' sofort bald genug, Chef?«

Paul holte tief Luft und ließ die Karteikarte in den überquellenden Korb auf dem Schreibtisch fallen.

»Also gut, dann müssen wir nur noch über Ihren Lohn sprechen.«

Ein Strahlen, heller als die elektrischen Lichter am Piccadilly Circus, ging über Sammys Gesicht. »Sie werd'n's nisch' bereuen. Ich kann doppelt soviel tragen, wie ich wiege, bin 'n richtiger Packesel.«

»Sie werden ausreichend Gelegenheit haben, Ihre Kraft zu beweisen.«

42. ERSTE ERFOLGE

Zu ihrem Verdruß stellte Fritzi fest, daß sie sich auf jeden neuen Film freute, und bedauerte, wenn nicht einer unmittelbar auf den anderen folgte. Es war weniger die Kunst, die ihr so gefiel, denn bei einem Einspuler konnte man wahrlich nicht von Kunst sprechen. Es war vielmehr die Gesellschaft ihrer Kollegen. Sie mochte Eddie, seine Frau Rita und deren beider Kinder. Sie mochte Nell Spooner, auch wenn sie das nach Meinung der anderen Weißen nicht hätte sollen, und auf Griffith' Rat hin hatte sie sich mit dem Kameramann angefreundet, dem zuverlässigen, nachdenklichen Jock Ferguson. Manchmal drehten sie zusammen eine Szene, die fast respektabel war.

Trotzdem betrachtete sie diese Arbeit als vorübergehend, als reine Einnahmequelle, bis sie die richtige Bühnenrolle fand. Ihre Integrität als Schauspielerin wurde durch die branchenübliche Anonymität der Filmdarsteller gewahrt. Nur wenige Regisseure, wie beispielsweise Griffith, wurden im Titelvorspann und in der Reklame aufgeführt, und eine Schauspielerin namens Florence Lawrence wurde als »Das Biograph-Mädchen« angekündigt, aber das war auch schon alles.

Hobart sah *Die Schlacht des einsamen Indianers* in Logansport, Indiana – »am Ende der Zivilisation« –, und gratulierte ihr in einem Brief zu ihrer schauspielerischen Leistung. Sobald sein Vertrag auslaufe und er »dieses verdammte Stück – Moriarty wird nach jeder Vorstellung ausgepfiffen« – hinter sich lassen könne, wolle er nach New York kommen, um bei Pal diese neue Unterhaltungskunst in Augenschein zu nehmen. Das beruhigte Fritzi. Wenn Hobart die Meinung vertrat, Filme seien akzeptabel, konnte sie das auch tun.

Immer häufiger bemerkte Fritzi, daß sich Pal Pictures veränderte. B. B. hatte sich angewöhnt, bevorzugten Gästen eine Fünfzig-Cent-Zigarre anzubieten. Trotz Kellys Einspruch bezog die Firma eine eigene Büroflucht in der Vierzehnten Straße, nicht weit von Biograph. Da kam Fritzi der Gedanke, daß sie auch ihre eigenen Umstände verbessern konnte, nachdem sie jetzt über ein festes Einkommen verfügte. Unter Tränen verabschiedete sie sich von Mrs. Perella und bezog zwei helle Räume in der Zweiundzwanzigsten West in der Nähe des Flusses.

B. B. schlug *Das Kind des einsamen Indianers* vor und begründete den Plan damit, daß seiner Meinung nach Kinder fast ebenso beliebt seien wie Gold und Geld. In dieser Episode, die Eddie auf Anordnung von B. B. schrieb, spielte Owen den Vater eines Säuglings, der in einem Korb vor seinem Zelt gefunden wurde – wie und durch wen er dorthin gekommen war, wurde weder durch die Handlung noch durch Zwischentitel erklärt. Owen wurde mit jeder Folge, in der er als heldenhafte Rothaut auftrat, eingebildeter. Mindestens einmal im Monat lud er Fritzi ein, mit ihm auszugehen, wobei er durchblicken ließ, daß sie die einmalige Chance verpasse, mit einem der neuen Leinwandstars zu dinieren. Sie lehnte jedesmal lächelnd ab.

Sie wagten es, die neue Folge wieder ganz in der Nähe von Fort Lee zu drehen. Eddie kaufte einen doppelschüssigen Revolver mit kurzem Lauf, einen zweiunddreißiger Smith and Wesson. »Das verdammte Ding jagt mir Angst ein, ich bin schließlich kein gewalttätiger Mensch. Aber nach Jersey gehe ich nur noch mit einem Schießeisen.« Abends zielte er zur Übung auf einem leeren Grundstück auf Flaschen. Seine Frau, sagte er, habe schreckliche Angst. Jock Ferguson bezahlte einen bewaffneten Wächter, der sich ausschließlich um die Kamera zu kümmern hatte.

Am Ende des ersten Vormittags kamen sie zurück zum Hotel Rambo's, vor dem bereits zwei Autos und ein Lieferwagen mit der Aufschrift Biograph standen. Sie schlichen deshalb zur Hinterseite des Hotels, wo jedoch fünfzehn bis zwanzig Menschen an Holztischen saßen, die unter einem mindestens dreißig Meter langen Laubengang zusammengestellt waren, und Eintopf aßen. Fritzi entdeckte Billy Bitzer, Mary Pickford und Griffith. Der Regisseur lächelte und winkte. Er sah zu komisch aus mit seinem Strohhut, der nur aus dem Hutrand bestand.

Bitzer kam auf sie zugeeilt, gefolgt von Mary. In der Frühlingssonne funkelten Marys Locken wie flüssiges Gold. Bitzer schüttelte Fritzi die Hand. »Menschenskind, Sie machen sich gut. Was hören Sie von Paul?«

»Sehr wenig«, gestand sie. »Ich glaube, er macht Europa unsicher. Er und Julie erwarten ihr drittes Kind.«

Sie erkundigte sich, welche Bewandtnis es mit Griffith' Hut habe. Bitzer lachte. »Sie kennen doch Schauspieler. Eitel bis zum geht nicht mehr. Griffith glaubt, daß er weniger Haare verliert, wenn ihm die Sonne auf den Kopf scheint.«

Er ging wieder zurück zu den anderen am Tisch, aber Mary blieb neben Fritzi stehen. Sie warf einen kurzen Blick über die Schulter auf Owen, der eine Schauspielerin von Biograph mit Anekdoten über sie selbst überschüttete. »Ich habe mir den Indianer-Film angesehen, den, wo Sie vom Pferd fallen und die Augen verdrehen.«

Fritzi runzelte die Stirn. »Eigentlich ziemlich entwürdigend.«

»Ach was. Sie waren einfach komisch.«

»Es war nicht meine Absicht, komisch zu sein«, gab Fritzi entrüstet zurück.

Wieder warf Mary einen Blick auf Owen, dann flüsterte sie: »Wirklich entwürdigend ist nur – und allein darüber sollten Sie sich Sorgen machen –, daß Sie neben diesem hölzernen Indianer auftreten. Man riecht seine Selbstgefälligkeit förmlich. Sprechen Sie mit Ihrem Regisseur! Verlangen Sie einen anderen männlichen Hauptdarsteller. Einen, der nicht nur in die Kamera verliebt ist.«

»Ich bezweifle, daß man Owen ersetzen …«, wandte Fritzi ein.

»Dann sollten Sie sich vielleicht ein anderes Studio suchen. Sie haben doch Erfahrung. Überlegen Sie es sich.« Fritzi hatte in der Tat schon darüber nachgedacht, die Idee aber wieder verworfen.

Mary drückte ihr die Hand. »Ich würde mich freuen, wenn wir uns öfter sehen könnten.«

»Ganz meinerseits.« Trotz ihrer Jugend, ihres unschuldigen Gesichts und ihrer engelhaften Gestalt war Mary eine gescheite Frau, eine Freundin von unschätzbarem Wert. Fritzi sah ihr nach, als sie mit federnden Schritten und über dem Kragen ihres Trägerkleides wippenden Löckchen zu ihren Kollegen zurückkehrte.

Zwei Wochen nach Erscheinen von *Das Kind des einsamen India-*
ners bat B.B. Fritzi in sein neues Büro. Es war ein schwüler
Nachmittag, für die Jahreszeit ungewöhnlich warm und wind-
still. Mit seinen stinkenden grünen Zigarren tat B.B. noch ein
übriges, um die Luft im Raum vollends unerträglich zu machen.
Er verwahrte sie in einer Zigarrenschachtel, die mitten auf seiner Schreibtischunterlage stand.

»Fritzi, bitte setzen Sie sich, ich will Ihnen etwas Wunderbares zeigen.« Er sah ungewöhnlich frisch und glücklich aus. Stets
vollendeter Gentleman, trug er auch heute einen steifen Kragen
unter einem weißen Leinenanzug mit Weste. Fritzi beugte sich
mit den Händen auf den Knien erwartungsvoll vor.

»Arbeiten Sie gerne für Pal?« fragte er.

»Die Arbeit ist auf jeden Fall interessant und eine Herausforderung, Mr. Pelzer.«

»Tja, ich möchte Ihnen heute sagen, daß Sie bei uns eine
große Zukunft vor sich haben. Eine herrliche Zukunft. Hier.« Er
schob die blumenverzierte Zigarrenschachtel über den Tisch.

»Mr. Pelzer, ich rauche nicht.«

Er winkte ab. »Da sind keine Zigarren drin. Machen Sie auf,
und schauen Sie rein.«

Sie hob den Deckel, auf dem eine Göttin mit ausladendem
Busen und Schild und Speer prangte. Verdutzt blickte sie auf
zwei Stapel Briefe und Postkarten, die von einem roten Gummi
zusammengehalten wurden. Die obersten Briefe waren mit kra-
keliger Schrift adressiert, einer sogar mit Bleistift.

»Sie brauchen Sie nicht zu lesen, ich werde Ihnen sagen, was
drinsteht. Die ersten haben wir vergangenen Herbst bekommen.
Diese Leute sind begeistert von unseren Einsamen-Indianer-Fil-
men, vor allem vom letzten. Meine Frau hat recht behalten, die
Menschen sind verrückt nach Babys.« Mit einem Zwinkern fuhr
er fort: »Die Leute wollen wissen, wer unsere Schauspieler
sind.«

»Das überrascht mich nicht. Owen ist ein sehr attraktiver
Hauptdarsteller.«

»Ach, wer spricht denn von Owen! Kein Mensch fragt nach
Owen!« Er trommelte mit den Fingerspitzen auf seinen Bauch
und grinste wie ein Onkel, der seine Lieblingsnichte mit einem
großzügigen Geschenk überraschen möchte. »Die Leute wollen

wissen, wer die komische Person ist, die es mit Schurken auf-
nimmt, vom Pferd fällt und am Schluß der letzten Folge das
Kind in der Wiege schaukelt.«

Fritzi war sprachlos. War das eine neue Verhandlungsstrate-
gie?

B. B. ließ die flache Hand auf den Tisch sausen; ein kleines,
gerahmtes Bild des früheren Präsidenten Roosevelt fiel um. »Begreifen Sie denn nicht, was ich sage? Die Leute wollen wissen,
wer das Mädchen ist.«

Sie lachte, ein kurzes, nervöses, ungläubiges Lachen. »Im
Ernst?«

»B. B. Pelzer lügt nicht. Ich sage Ihnen, Fritzi, sie fragen alle
nur das eine: Wer ist das Mädchen? Heute morgen habe ich zu
Eddie gesagt, daß wir Sie im nächsten Film auf sechs Dollar erhöhen. Ach was, sagen wir sechsfünfzig. Wenn Kelly sich deswegen mit mir anlegen will, dann kann er das haben. Ich lasse es
auf fünfzehn Runden ankommen.«

Sie war erst um halb zehn nach Hause gekommen, hatte gerade
ihre Haare gewaschen und ließ sich ein Bad einlaufen, als der
Mieter vom ersten Stock an ihre Tür klopfte und sie an das von
allen genutzte Telephon rief. Ihr tropfnasses Haar war so dunkel
und strähnig wie Meeresalgen. Sie schlang ein Handtuch um
den Kopf und eilte nach unten.

»Hallo? Spricht da Fritzi Crown?«

»Ja, hier ist Fritzi Crown. Und wer sind Sie?«

»Harry Poland. Der Freund Ihres Cousins, erinnern Sie
sich?«

»Wie könnte ich Sie vergessen! Sie sind der Mann, der das
ganze Land zum Stampfen bringt.«

»Endlich habe ich Sie gefunden«, sprudelte es aus Harry heraus.

»Haben Sie mich gesucht?«

»Na ja, äh, eigentlich habe ich einen Ihrer Filme gesehen. Im
Büro von Pal hat man mir dann gesagt, wo ich Sie finden würde.
Darf ich Sie morgen abend zum Essen einladen?«

Fritzi zögerte. »Aber Mr. Poland, sind Sie nicht verheiratet?«

»Das bin ich, ja. Ich möchte Sie wirklich nicht bedrängen,
Miss Crown. Ich wollte nur eine alte Bekanntschaft erneuern

und Sie meiner Freundschaft versichern. Meiner Bewunderung für Ihre schauspielerische Leistung. Was meinen Sie?«

»Nun, Mr. Poland ...«

»Bitte nennen Sie mich Harry.«

»Harry. Da Sie nicht versuchen, mir etwas vorzuschwindeln, und der Komponist meines Lieblingsliedes sind, sage ich ja.«

Sie trafen sich bei Rector's. Harry konnte sich jetzt die besten Restaurants leisten. Da er schon vor ihr dort war, sprang er auf und winkte ihr von der zweiten Ebene zu, als sie durch die Tür trat. Wie bezaubernd sie aussah, als sie hinter dem Oberkellner anmutig die Treppe emporschritt. Kleid und Hut waren elegant und neu. Er war wieder hingerissen von ihren blonden Locken, den braunen Augen, ihrem Lächeln, ihrer Ausstrahlung.

Seine Hände zitterten, als er ihre behandschuhte Hand ergriff und sie fester drückte, als beabsichtigt. Warum machte ihm eine so einfache galante Geste solche Schuldgefühle? Weil er in sie verliebt war?

»Sie sehen wunderbar aus«, sagte er. »Ich nehme an, es geht Ihnen gut.«

»Ja, danke, sehr gut.«

»Ich habe einen Ihrer Cowboy-Filme gesehen«, fuhr er fort, als sie Platz genommen hatten. »Sie waren großartig. Haben Sie mehrere gedreht?«

»Mehr als mir lieb sind«, antwortete sie mit beschämtem Lächeln.

»Haben Sie versucht, am Theater aufzutreten? Oder in Musicals?«

»Ach, für Musicals fehlt mir die Stimme, Harry.«

»Falsch. Ich erinnere mich an unser Picknick. Ihre Stimme ist vielleicht nicht ausgebildet, aber sie ist stark. Und Sie verstehen es, ein Lied vorzutragen.«

Lachend schlug sie die Speisekarte auf. »Ich werde es mir merken für den Fall, daß alles andere danebengeht.« Sie bestellte Austern in der Schale, frischen Spargel, ein Kalbsschnitzel und einen Krug Lagerbier von Crown.

Er zündete sich eine Zigarette an und gab sich alle Mühe, möglichst gelassen zu wirken. »Was macht Paul?«

»Ich vermute, daß er sehr beschäftigt ist. Er läßt nicht oft von sich hören. Jetzt, wo er ein Buch geschrieben hat, ist er ja eine Berühmtheit.«

»Oh, ich hab's gelesen. Es ist sehr gut. Ich bin so stolz, ihn zum Freund zu haben.«

»Ihm geht es genauso mit Ihnen. Uns allen geht es so. Es ist schön, daß Sie so erfolgreich sind. Ich sagte ja schon, daß Sie mein Lieblingslied komponiert haben.«

»Welches ist es?«

»*A Girl in Central Park.*«

»Ja, das hat wirklich eingeschlagen«, erwiderte er und klopfte nervös die Asche seiner Zigarette ab. Wußte sie oder vermutete sie, welche Rolle sie bei diesem Lied spielte? Aber sosehr er sich auch wünschte, es ihr zu gestehen, er konnte es nicht. Statt dessen versuchte er, die Wahrheit zu verschleiern. »Ich habe es für jemand ganz Besonderen geschrieben. Jemanden, der mir sehr nahesteht.«

Der Anflug eines traurigen Lächelns huschte über Fritzis Gesicht. »Ihre Frau. Ich weiß, daß Sie schon lange verheiratet sind. Wie geht es Ihr?«

»Leider nicht gut.«

»Keine Besserung?«

Er schüttelte den Kopf, dann wandte er schnell den Blick ab, da sie sonst sein Geheimnis erraten hätte. Insgeheim wünschte er sich jedoch nichts sehnlicher, als daß sie es erraten würde. Er sehnte sich danach, ihre Hand zu ergreifen und sie zu bitten, ihn ins Hotel Mandrake zu begleiten und mit ihm zu schlafen. Doch er brachte nichts dergleichen heraus. Hätte er es getan, dann hätte er die arme, verwirrte Frau betrogen, die für den Rest ihres Lebens im Pflegeheim in Rye bleiben mußte.

Ein zweiter Krug Bier sorgte dafür, daß er seine Schüchternheit ein wenig überwand. Er erzählte ihr von seinen Plänen für einen eigenen Musikverlag. Sie gestand ihm, daß sie in der Filmerei eine vorübergehende Beschäftigung sah. Dann erzählte sie ihm von ihrem Bruder Carl und seinen Abenteuern als Teamfahrer bei dem berühmten Barney Oldfield.

»Er riskiert viel, aber so ist er nun mal. Ich glaube nicht, daß er irgendwann ein beschauliches Leben führen wird.«

»Muß ein mutiger Mann sein«, meinte Harry. In seiner Stimme schwang eine Spur von Neid mit.

»Das stimmt, das ist er.«

Schweißperlen standen ihm auf der Stirn, und sein Herz raste, als er sie mit träumerischem Blick ansah. Schon das allein reichte aus für eine Erektion, über die er unter dem Tisch diskret seine Serviette breitete.

Als sie das Restaurant verließen, bot Harry Fritzi an, sie zu begleiten, doch nach wenigen Metern blieb er unter der dunklen Markise eines Theaters ganz unvermittelt stehen. Er berührte sanft ihren Arm.

»Ich muß Ihnen sagen, wie sehr ich den Abend mit Ihnen genossen habe. Ich kann mich nicht erinnern, wann ich zum letzten Mal einen Abend so genossen habe, Fritzi.«

Sie machte einen kleinen Schritt weg von seiner Hand. »Ja, es war ein sehr schöner Abend, danke. Aber jetzt müßte ich eigentlich nach einem Taxi …« So unverhofft, daß sie nur verblüfft sein konnte, schlang er im Schutz der Dunkelheit die Arme um sie, ohne sich um die Passanten zu kümmern, die ihnen im Vorbeigehen den Kopf zuwandten. Einen kurzen, herrlichen Augenblick lang schmeckte er ihren warmen Mund. Dann drehte sie den Kopf zur Seite und rang nach Luft.

»Harry, das dürfen wir nicht!«

»Ich konnte nicht anders«, stieß er hastig hervor. »Sie wissen gar nicht, wie sehr ich …« Das schlechte Gewissen ließ ihn den Rest das Satzes hinunterschlucken.

Sie schien eher verlegen als verärgert. Nach einem letzten fragenden Blick trat sie eilig an den Straßenrand und winkte ein Taxi herbei. Harry reichte ihr die Hand, als sie ins Taxi einstieg, Röte stand ihm im Gesicht, aber er konnte den Blick nicht von ihrem bezaubernden Antlitz wenden. Er sah es noch immer vor sich, als sie schon im hellen Licht der Scheinwerfer und Reklameschilder entschwunden war.

Fritzi sann immer noch über Harrys Annäherungsversuch nach, als sie die Treppe zu ihrer Wohnung hinaufging. Obwohl sein Verhalten für einen verheirateten Mann ungebührlich war, schmeichelte ihr sein Interesse, und in den wenigen Sekunden, als sich ihre Lippen berührt hatten, hatte sie eine körperliche Empfindung gehabt, an die sie sich mit Freuden, aber auch mit Verlegenheit erinnerte.

Sie schloß die Tür auf und betrat ihre Wohnung, ohne gleich zu begreifen, was ihre Sinne sofort wahrnahmen. Ein Lufthauch bewegte den alten Spitzenvorhang vor dem Fenster, das zur Zweiundzwanzigsten Straße hinausging. Das Fenster war offen, von draußen drangen die Geräusche der Nacht herein, der Streit eines Paares, das Hupen eines Autos, ein rhythmisches Knarren, das sie nicht kannte. Sie schloß immer alle Fenster, bevor sie die Wohnung verließ, da stets mit Regen oder einem jähen Temperaturwechsel zu rechnen war.

Den Geruch von Talkum nahm sie einen Augenblick früher wahr als die Umrisse des Kopfes, des Körpers, der ausgestreckten Beine und der Füße auf dem Tisch, neben dem Phonographen. Ihre Nackenhaare stellten sich auf.

»Hallo, Miss Fritzi! Erschrecken Sie nicht! Ich bin's nur, Pearly Purvis.«

43. DROHUNGEN

»Ich habe Sie an der Stimme erkannt.« Fritzis seelenruhige Antwort konnte als die beste schauspielerische Leistung der Woche
gelten.

»Machen Sie die Tür zu! Und lassen Sie Licht werden.« Pur-
vis klang umgänglich. Mit zitternder Hand betätigte sie den
Lichtschalter. Die alte Deckenlampe, Glühbirnen umgeben von
Blüten aus Milchglas, warf ihr Licht auf einen unerwarteten
Anblick. Auf dem Tisch lag ein Herbststrauß aus Astern,
Chrysanthemen und Goldruten.

Purvis stand auf. »Ich nehme an, Sie sind überrascht, mich
hier zu sehen.«

»*Überrascht* ist wohl kaum das richtige Wort. Wie sind Sie
überhaupt hereingekommen?«

Er lächelte. »Das fragen Sie einen Mann, der fünfzehn Jahre
lang bei Pinkerton gearbeitet hat?« Er zog einen Schlüsselbund,
an dem auch mehrere Diebeshaken hingen, aus der Tasche und
schüttelte ihn wie eine Kinderrassel in der Luft.

Angezogen war er, als ginge er auf Brautschau. Daß er sich
für diesen Zweck auch eben erst rasiert hatte, war an der kleinen
Schnittwunde unterhalb seines Ohrs zu sehen. Sein dichtes hel-
les Haar trug er in der Mitte gescheitelt. Sein Anzug war ein Einreiher aus Cord mit Lederbesatz an den Ellbogen, seine Weste
war aus feiner kastanienbrauner Seide mit dunkelgrünen Steifen
gefertigt. Die braunen Stiefel waren abgestoßen. Das Abzeichen
der Freimaurer glitzerte an seiner Uhrenkette.

Aufgeregt schritt sie an ihm vorbei zum Fenster, das zur
Zweiundzwanzigsten Straße hinausging. Das nervtötende Knarren stammte vom zweirädrigen Karren eines alten Lumpensammlers. Sie warf das Fenster so heftig zu, daß die Scheibe
klirrte.

»War gar nicht so schwer, Sie zu finden«, fuhr Purvis fort.
»Man braucht nur fünf Scheine in die Hände des richtigen
Schauspielagenten zu legen. Hat aber noch 'n Weilchen gedau-

ert, bis ich mir die Zeit nehmen konnte, Sie aufzusuchen, man hat ja dies und jenes zu tun.«

Fritzi schwieg. Ihre Beine waren wackelig, und sie hoffte zu Gott, nicht ohnmächtig zu werden.

»Dazu muß ich sagen, daß ich es nie furchtbar eilig habe, wenn es um einen Besuch bei jemandem geht, der mir Unrecht getan hat. Erst alles ruhen lassen und dem anderen Zeit geben nachzudenken. Vorauszuahnen. Es hat eineinhalb Jahre gedauert, bis ich den Mann aufgesucht habe, der für meinen Rausschmiß bei Pinkerton verantwortlich war.«

Sie versuchte, ihre Stimme gleichmütig klingen zu lassen, als sie fragte: »Und was haben Sie mit ihm gemacht?«

»Sein Haus ist abgebrannt, und er und seine Frau waren drin.«

»O mein Gott.«

»Ach, halb so schlimm, sie sind rausgekommen. Man muß bloß wissen, daß ich nichts vergesse – ein Gedächtnis wie ein Elefant.« Wieder das strahlende Lächeln. Fritzi lief ein Schauder über den Rücken.

»Ich hab' ein paar Ihrer Filme gesehen«, fing er an. »Es gibt da Dinge, die wir besprechen müssen.«

»Ich wüßte nicht, was wir zu besprechen hätten. Ich möchte, daß Sie gehen, Mr. Purvis.«

»Nennen Sie mich Earl. Oder Pearly. Ganz wie sie mögen.«

»Haben Sie nicht verstanden, was ich gesagt habe? Sie sind bei mir eingebrochen, und ich möchte, daß Sie gehen. Wenn nicht, schreie ich gleich aus Leibeskräften.« Sie behauptete: »Auf der Schauspielschule haben wir gelernt, zu kreischen wie Todesfeen.«

Er runzelte die Stirn, als vermute er, daß sie ihn verkohlte. Im Grunde sah er nicht schlecht aus, vor allem, wenn er lächelte. Aber diese blassen Augen mit den winzigen goldenen Pünktchen waren gefährlich. »Aber, aber, ich bin wirklich nicht in böser Absicht hier.« Er schob beide Mantelhälften nach hinten – kein Pistolenhalfter. »Ich möchte bloß, daß wir uns näher kennenlernen.«

Ihre Beine hörten nicht auf zu zittern. Gnädigerweise konnte er das durch ihren Rock hindurch nicht sehen. »Aber ich nicht«, widersprach sie. »Bitte, gehen Sie.«

»Also wirklich, ich habe doch sogar ein Versöhnungsge-
schenk mitgebracht. Diese Blumen halten ewig, sie sind aus
Seide.«

Beinahe hätte sie laut losgelacht, aber Purvis' Blick hielt sie
davon ab. »Die können Sie behalten, ich will sie nicht.«

»Mein Gott, sind Sie hochnäsig«, sagte er schmunzelnd. Er
sank tiefer in den Stuhl. Sie setzte sich auf das Sofa, weil sie
Angst hatte, ohnmächtig zu Boden zu sinken, wenn sie sich
nicht bald setzte.

»Vielleicht ist das der Grund, warum ich Sie gesucht habe. Irgendwie haben Sie's mir in Coytesville angetan. Ist ja eigentlich
komisch, weil Sie mich ganz schön bloßgestellt haben. Und dieses Bravourstück, mit dem Sie mich reingelegt haben« – er
zeigte mit dem Finger auf sie –, »also wirklich, ich habe in meinem Leben eine Menge zähe Frauen, Hur… huch! Damen von
zweifelhaftem Ruf kennengelernt, die sich mit Messern oder
Knarren verteidigen konnten. Aber so eine wie Sie ist mir noch
nicht untergekommen. Sie hatten allerdings einen unfairen Vorteil, das Überraschungsmoment. Ein zweites Mal würde mir das
nicht passieren.«

Sie zog die Hutnadel aus ihrem Hut, legte Hut und Nadel beiseite. Ihre Hände waren feucht.

Purvis schlug die Beine übereinander. »Von Rechts wegen
sollte ich Sie hassen wie die Pest. Das habe ich auch, als dieser
Bastard Kelly mir in meine Reifen geschnitten und ihr euch alle
aus dem Staub gemacht hattet. Aber höchstens eine Stunde lang.
Dann hab' ich mich beruhigt und noch mal nachgedacht. Sie haben es gewagt, mir die Stirn zu bieten. Das schaffen nicht einmal
viele Männer. Sie sind ein harter Brocken, Miss Fritzi.«

Ihre Haut kribbelte. Sie fragte sich, ob er vielleicht doch
nicht ganz bei Sinnen war.

»Für den Fall, daß Sie es immer noch nicht verstanden haben« – der Ton seiner Stimme wurde fast unmerklich schärfer –,
»ich möchte, daß wir Freunde werden.«

Sie deutete auf den goldenen Ring am vierten Finger seiner
rechten Hand. »Das ist doch ein Ehering, oder?«

Er spielte damit. »Ich habe ihn aus reiner Gefühlsduselei behalten. Sie ist schon lang weg. Ich habe sie mit einem anderen
Mann erwischt, einem Schlappschwanz von Schullehrer. Lehrer

für Erdkunde, daß ich nicht lache, können Sie sich das vorstellen?« Fritzi wußte, warum sich seine Frau einen sanfteren Mann gesucht hatte – irgendeinen, jeden anderen Mann, bloß nicht Purvis.

»Ich habe mich scheiden lassen, als sie aus dem Krankenhaus zurückkam.« Er lächelte wieder, rieb sich die Handknöchel. Zweifellos wollte er sie wissen lassen, wozu er fähig war. Er war einer von Gottes Irrtümern. Sie dachte an *Der Sturm*. Er war Caliban mit einer Blechmarke.

»Sie machen es mir wirklich nicht leicht, Miss Fritzi.«

»Das ist auch nicht meine Absicht. Ich möchte, daß Sie gehen.«

»Wenn ich verdammt noch mal soweit bin.« Er stand langsam auf, trat zum Sofa. Ihr Mund wurde trocken. »Merken Sie sich eins. Die Patentverwertungsgesellschaft wird ihre Firma kriegen und ihr den Garaus machen. Es ist bloß eine Frage der Zeit. Werden Sie meine Freundin, dann ist's leichter für Sie, wenn es erst soweit ist. Sie wissen, was ich meine?«

Als er dicht an sie herantrat, sprang sie vom Sofa auf und rannte zur Tür. »Ich rufe die Polizei.«

Für einen Mann seiner Statur war er schnell und behende. Er stellte sich vor die Tür, packte ihren linken Arm und preßte ihn ihr an den Leib, so daß sich seine Knöchel fest in ihren Busen drückten. Sein warmer Atem roch nach Nelken. Einer auf Brautschau … »Kommen Sie, seien Sie nett! Ich bin doch nicht so übel, oder?«

»Sie sind ein Schuft und ein eingebildetes Schwein.«

Er umfaßte ihre Taille mit der linken Hand und zog sie an den Hüften zu sich heran. Sie wand sich und wollte zum Sofa zurückweichen. Er hielt sie fest. »Wenn Sie das noch mal versuchen, riskieren Sie einen gebrochenen Arm.«

»Purvis, lassen Sie mich los. Hören Sie auf!«

»Klar doch, Sie brauchen mir nur zu geben, wozu ich gekommen bin.«

»Bitte nicht«, stöhnte sie, im stillen betend, daß sie nicht zu dick auftrug. Er stieß sie nach hinten, das Sofa drückte sich in ihre Beine. Während er ihr den Mund zuhielt, um ihre Schreie zu ersticken, und gleichzeitig das rechte Knie zwischen ihre Schenkel drückte, griff sie hinter sich. Endlich ertastete ihre Hand die

Hutnadel. Mit aller Kraft stieß sie sie durch seine Cordhose von der Seite in sein Bein.

Purvis schrie vor Schmerz laut auf, und sie gab ihm einen Stoß. Er fiel auf den Rücken, aber in der nächsten Sekunde war er wieder auf den Beinen und ballte die Hand zur Faust, um sie niederzustrecken. Sie wich dem Schlag aus, der auf ihre Wange gerichtet war, rannte zur Kochnische, griff nach einer Wasserkaraffe und schleuderte sie nach der oberen Fensterscheibe. Das Glas splitterte und fiel auf den darunterliegenden Gehsteig.

Sie rannte hinter den Tisch. Seine Augen unter den buschigen Brauen flackerten, als er ihr nachhetzte. Im richtigen Moment stieß sie den Tisch in sein linkes, blutendes Bein. Er fluchte, sichtlich blaß. Sie beugte sich aus dem Fenster und schrie: »Polizei! Mörder! Hilfe, Hilfe!« Sie brauchte keine Schauspielschule, um überzeugend zu wirken.

Ein Mann mit einem Pudel an der Leine ging unten vorbei. »Haben Sie Probleme, meine Dame?«

»Hier ist ein Mann, der versucht ...«

»Miststück!« Purvis schlug ihr mit der Faust auf den Hinterkopf. Sie prallte mit der Stirn gegen das Fenster, nur einen Fingerbreit von einem scharfen Glasstück, das aus dem Rahmen ragte.

Er schlug noch einmal zu. Einen Augenblick umfingen sie Schwindel und Dunkelheit. Dann fing sie an zu schreien und mit beiden Beinen wie eine Flamencotänzerin auf den Boden zu stampfen. Endlich hörte sie, daß draußen im Treppenhaus Stimmen laut wurden.

Purvis hörte das ebenfalls und rannte zur Tür. Die Hand auf dem blutigen Hosenbein, warf er ihr einen Blick zu, der scheinbar endlos war und mit furchtbarer Rache drohte.

Er riß die Tür auf und rannte brüllend, stoßend und schlagend die Treppe hinunter. Eine Frau kreischte – die Frau eines der Mieter im ersten Stock, sie erwartete ein Kind. Fritzi sah Purvis nach, als er aus dem Haus rannte. Voller Wut schleuderte sie ihm die Blumen durch das offene Fenster nach. Sie fielen in den Rinnstein.

Purvis hob sie auf, dann sah er nach oben. Er drückte den Strauß an seinen Mantel und sprang vornübergebeugt wie ein Affe auf die Straße. Ein vorbeifahrender Lieferwagen versperrte ihr für kurze Zeit die Sicht. Als er weg war, sah sie nur ein paar Gaffer auf der anderen Straßenseite, aber keinen Purvis mehr.

Ihr Wohnzimmer war voller Menschen. Sie verstand keine der durcheinander gestellten Fragen. Plötzlich traf sie ein verspäteter Schock. Sie begann wieder heftig zu zittern. Dann vergrub sie das Gesicht in den Händen und schluchzte.

44. EIN ÜBERFALL

Fritzi knüllte mit beiden Händen das Taschentuch zusammen.
»Ich habe mich völlig falsch verhalten. Aber ich hatte einfach
schreckliche Angst. Ich habe ihn mit dem einzigen Mittel, das
mir einfiel, in die Flucht geschlagen, aber damit habe ich ihn
nur noch mehr herausgefordert. Er hat geschworen, daß er uns
kriegt, die ganze Firma.«

Al Kelly kaute auf einem Zahnstocher. Sein Büro war größer
als das von B. B., Ausdruck des ständigen Machtkampfes bei Pal.
An der kahlen Wand zu seiner Linken hing ein geschmackloser
Druck, die Jungfrau Maria, Augen gen Himmel gerichtet. Zu seiner Rechten hing, wenn auch etwas schief, das Photo einer Frau
mit Vogelgesicht und einem Mund wie ein zugezogener Beutel
neben zwei gleichermaßen abstoßenden Kindern – die Frau,
von der sich Kelly hatte scheiden lassen, und die Kinder, die er
verlassen hatte für jene Frau auf einem hübschen, gerahmten
Bild auf seinem Schreibtisch. Es war Bernadette, ein gutgebautes
ehemaliges Floradora-Mädchen, mit dem Kelly lebte, vermutlich in Sünde, sofern er seinen Glauben noch praktizierte.

»Er kann uns nichts tun, wenn er uns nicht findet«, meinte
Kelly, wiewohl seine gefurchte Stirn keineswegs Zuversicht verriet.

Eddie stand am Fenster, die Hände in die Hüften gestemmt.
»Ich bin entschieden dagegen, daß wir wieder in New Jersey drehen.«

»Die Verleiher verlangen einen weiteren Indianer-Film«, erklärte Kelly. »Sie sind überstimmt.«

»Aber B. B. sagte, er wolle seine Frau zum Drehort mitnehmen.«

»Dann sagen wir ihm halt nicht, was Fritzi passiert ist.« Kelly
ergriff die Seiten eines großen handgeschriebenen Produktions-
kalenders. »Montag in einer Woche. Tragen Sie's in den Termin-
plan ein.«

Fritzi und Eddie tauschten einen Blick. Der oberste Richter

hatte das Urteil verkündet, jeder Einspruch war zwecklos. Auf dem Weg hinaus sagte Eddie zu ihr: »Ich mache am besten gleich mit meinen Schießübungen weiter.«

Umfangreiche Vorbereitungen wurden für den Drehbeginn von *Die Rettung des einsamen Indianers* getroffen, ein Drehbuch von Hearn, in dem Owen die örtliche Schullehrerin rettet, nachdem sie von Bösewichter in einem brennenden Kanu aufs Wasser hinausgestoßen wird. Auf Kellys Anordnung wurde in der Vierzehnten Straße das Gerücht verbreitet, daß Pals neuer Western am zweiten Montag im Oktober gedreht werden solle, und zwar in der Nähe des Croton-Reservoirs im Nordwesten von Westchester County. Donnerstag vor Drehbeginn tauchte Bill Nix auf, redete fünfzehn Minuten auf Kelly ein und war wieder eingestellt.

Am Wochenende vor dem besagten Montag sorgten Regengüsse und anschließender Frost dafür, daß sich das Laub schnell verfärbte. Der Wochenanfang versprach klar und schön zu werden, wenn auch empfindlich kalt. Am Sonntag rief Hobart an, um Fritzi zu sagen, daß er die anstrengende Tournee zehn Tage unterbrechen könne; während seiner Abwesenheit sollte die Rolle des Moriarty von der zweiten Besetzung gespielt werden. Fritzi lud Hobart spontan ein, sie nach New Jersey zu begleiten.

Montag morgen, um fünf Uhr, verließ ein Lieferwagen, dessen sperrige Ladung unter grellen Navojo-Decken verborgen lag, die Gasse hinter den Pal-Büros. Vermutlich würde man den Wagen bis nach Westchester verfolgen; wenn der Plan funktionierte, würden die Verfolger erst gegen Mittag entdecken, daß sie einem Köder gefolgt waren. Solche Täuschungsmanöver wandten auch andere verdeckte Firmen an.

Jock Ferguson hatte die Kamera bereits am Sonntag abend in einem geschlossenen Lieferwagen mit der Fähre über den Hudson geschafft. Er wollte auf direktem Weg nach Coytesville fahren. Er würde keinen Zwischenstopp in Fort Lee einlegen, da es dort zahlreiche Spione der Patentverwertungsgesellschaft gab. Ortsansässige wurden sowieso nicht beschäftigt; alle Statisten wurden aus der Stadt mitgebracht.

Eddie hatte den Schauspielern eingeschärft, sich schlicht zu kleiden und unauffällig zu verhalten, wenn sie die Midtown-Fähre nach Jersey City nahmen, wo Bill Nix sie in seinem Requisitenwagen abholen würde. Obwohl Hobart Fritzis Anweisungen bezüglich der Kleidung gehört hatte, scherte er sich nicht darum und erschien in einem auffälligen Mantel mit abnehmbarem Cape und Jagdhut, hellbraunen Hosen und gelben Gamaschen sowie mit einem glänzenden, knorrigen Spazierstock. Seine Zähne schnatterten, der Wind war eiskalt, der über den Bug der Fähre pfiff.

»Dieses Versteckspiel ist doch ausgemachter Blödsinn.«

»Du würdest anders reden, wenn du Purvis kennen würdest«, gab sie zurück.

Jock und Eddie hatten schon vor einiger Zeit einen abgelegenen See in den Wäldern hinter Coytesville entdeckt. Er war ungefähr eine halbe Meile breit, sein Wasser schimmerte tiefblau im Morgenlicht. Regen und Kälte hatten das Laub der umstehenden Bäume gefärbt – scharlachrot leuchteten die roten Eichen, in intensiverem rötlichem Braun die weißen Eichen, in grellen Rot- und Orangetönen die Ahornbäume, hellgelb die Birken. Kurz nach neun Uhr fand sich die Firma am Ufer zusammen.

Eddie kam in seinem Stoddard-Dayton angefahren, mit Kelly auf dem Beifahrersitz, der in einen Mantel mit schwarzem Samtkragen eingehüllt war. Sie hatten die Fähre an der Hundertneunundzwanzigsten Straße genommen. B. B. und seine Frau, in Reisedecken warm eingepackt, saßen auf der Rückbank. Sie eilten herbei, um Fritzi zu begrüßen, die in der Nähe eines Indianerzeltes stand, das Bill Nix und ein Helfer gerade aus Stangen und Schiffsleinwand errichteten. Nix beschwerte sich diesmal nicht, aber Fritzi bemerkte seine Nervosität. Er verschüttete einen Teil der Farbe, mit der er plumpe Pfeile, Büffel und Blitze auf das Zelt schmierte.

B. B. umschloß Fritzis Hand mit beiden Händen. »Ich habe Sophie gesagt, daß sie Sie unbedingt kennenlernen muß. Sophie, das ist Fritzi. Fritzi, meine Frau.«

»Freut mich sehr«, sagte Fritzi zu der kleinen Frau mit den fröhlichen braunen Augen und der Stupsnase, während sie sich hinunterbeugte, um das Gesicht von Mrs. Pelzer unter dem Rand des riesigen, mit drei ausgestopften Vögeln geschmückten Hutes zu sehen.

»Bennie ist so stolz auf Sie. Ich kann Ihnen gar nicht sagen, wie sehr er von Ihnen schwärmt«, sagte Sophie Pelzer. Fritzi nahm das Kompliment mit bescheidenem Lächeln entgegen. Owen schritt mit vorgeschobener Unterlippe an ihnen vorbei und tat so, als sähe er weder die Pelzers noch Fritzi. Er ignorierte Fritzi um so mehr, je größer ihre Rollen wurden. Nachdem B. B. seine elfenhafte Frau zu den Klappstühlen in der Nähe der Kamera geführt hatte, fing Owen mit lauter Stimme an, die Malkünste auf der Zeltwand zu kritisieren.

Hobart kam herbeigeschlendert. Er schlang die Arme um den Oberkörper und schlug sich auf die Seiten. »Ist verdammt kalt hier draußen. Ist das alles, was ihr hier macht, rumstehen und warten?«

»Ja, das machen wir wirklich oft«, gab Fritzi zu, wobei sie gleichzeitig auf der Stelle trippelte, um die Tannennadeln aus ihren Schuhen zu schütteln. Nell Spooner hatte zwar einen Schal für die Lehrerin gefunden, aber der konnte nur wenig gegen die Kälte ausrichten. Fritzis einfaches, ausgebleichtes Kleid war dünn, eher für einen Sommer in der Prärie geeignet als für den kalten Herbst im Nordosten des Landes.

Kelly kam herbei, um das Zelt in Augenschein zu nehmen. Bill Nix rührte in der Farbe und ging immer wieder von einer Seite zur anderen, dabei stieß er mit ihm zusammen. Kelly brauste auf. »Herrgott noch mal, was ist denn los mit Ihnen? Schauen Sie gefälligst, wo Sie hintreten.«

»Verzeihung«, entschuldigte sich Nix. »Ich will doch bloß gute Arbeit machen.« Er eilte davon, vorbei an Fritzi. Sie roch den Whiskey.

Sie schob ihre Beobachtung beiseite, nahm Hobarts Hand und zog ihn mit sich. Kelly musterte den Schauspieler wie einen Aussätzigen.

»Mr. Kelly, darf ich Ihnen meinen Gast, Mr. Hobart Manchester, vorstellen. Hobart, das ist Alfred Kelly, einer der Inhaber dieser Firma. Hobart interessiert sich für das Filmgeschäft.«

»Prima.« Kellys Händedruck war äußerst flüchtig und nichtssagend.

»Ich bin mit Mr. Manchester in einem Stück von Shakespeare aufgetreten. Manchester ist ein bekannter Schauspieler aus London.«

Kelly nahm die Zigarre aus dem Mund und musterte den exzentrischen Darsteller von oben bis unten. »London, soso. Na ja, ich bin Ire. Wenn Sie mich fragen, paßt alles, was gut ist in und an England, auf einen Stecknadelkopf. Versuchen Sie, hier nicht im Weg zu stehen, Manchester, wir haben nicht viel Zeit.«

»›Geeignet für die Berge und die barbarischen Höhlen, wo Manieren nie gelehrt‹«, murmelte Hobart, als Kelly davonschritt. »*Dreikönigsabend*, vierter Akt.«

»Ich weiß. Kelly ist zu allen so. Tut mir leid.«

»Da kannst du nichts dafür, liebes Mädchen. Die Iren sind ein streitsüchtiges Volk. Ich hab' auch Bernard Shaw nie leiden können.«

Die Sonne stand jetzt höher und zog Nebeldunst aus der kalten Erde. Nix schob ein bemaltes Kanu ins Wasser und band es an einem Pfahl fest. Eddie rief die Schauspieler. Fritzi brachte ihren Schal wieder in Ordnung, während sie zwei Männern mit falschen Bärten und Anzügen aus Wildleder entgegeneilte. Eddie studierte die Kopie seines Drehbuchs. »Wir drehen die Kampfszene zuerst. Travis, du und Ollie fangt dort drüben an, im Zelt, mit Fritzi. Ihr zerrt sie heraus. Sie wehrt sich, schlägt um sich, trifft aber nicht. Ihr überwältigt sie und tragt sie weg in Richtung Kanu. Die Kamera steht links.«

Eddie ging jeden Schritt mit ihnen durch, besprach die Reihenfolge der Schläge und Stürze, damit niemand Schaden nehmen würde.

Er ist wirklich ein Naturtalent, dachte Fritzi. Er erinnerte kaum noch an einen gesetzten Mann aus Yale. Rita hatte ihm schon des längeren nicht mehr die Haare geschnitten. Der gelbe Cowboy-Schal, den er umgebunden hatte, baumelte vor seiner Brust. Er trug einen langen fleischfarbenen Staubmantel über Reithosen; immer wenn der Mantel sich aufbauschte, konnte man seinen im Halfter steckenden Revolver sehen.

»Haben's alle kapiert?«

Sie bejahten.

»Okay, dann geht ins Zelt, wir proben.«

»Warum drehen Sie denn nicht gleich? Sie verschwenden kostbares Tageslicht«, beschwerte sich Kelly laut.

»Ein Probedurchlauf ist billiger als eine zweite Aufnahme«, antwortete Eddie.

»Laß den Jungen machen, Al«, rief B. B. von seinem Stuhl aus. »Er hat schließlich bei Griffith gelernt, und Griffith muß es wissen.« Kelly schwieg und kaute zornig auf seiner Zigarre.

Travis und Ollie ließen Fritzi den Vortritt ins Zelt. Als sie sich duckte, um einzutreten, sah sie, wie sich Nix eilig in den Requisitenwagen verdrückte, in dem er Zeltstangen, Schiffsleinwand und anderes hergefahren hatte. Eddie bedeutete ihnen anzufangen. Die Schurken zerrten Fritzi nach draußen. Ollie Soundso landete einen Schlag zur falschen Zeit und hätte beinahe ihr Kinn getroffen, aber sie wich seinen fliegenden Fäusten aus, indem sie sich in gespielter Hysterie von einer Seite auf die andere warf. Sie trugen sie aus dem Bildfeld. Eddie war zufrieden.

»Okay, wir drehen. Bist du soweit, Jock?«

Ferguson wischte mit seinem blauen Halstuch einen Fussel von seiner Linse, warf einen Blick auf die Anzeige des Filmverbrauchs und nickte. Hobart schraubte lässig den Deckel einer Flasche im Lederetui ab und bekämpfte die Kälte mit einem kräftigen Schluck.

Während Fritzi auf der Stelle trampelte und die Luft aus den Lungen strömen ließ, sah sie, daß Bill Nix sich im Wagen zu schaffen machte. Er blickte ängstlich um sich. B. B. und seine Frau strahlten wie die Kinder, während Eddie »Auf die Plätze!« rief. Fritzi schritt auf das Zelt zu; sie, Travis und Ollie drängten sich hinein. »Achtung!« rief Eddie durch sein kleines Megaphon. »Kamera ab!« Jock drehte die Kurbel und zählte dabei stumm. »Und – bitte!«

Fritzi wurde hinaus in die Sonne gestoßen. Aus den Augenwinkeln heraus sah sie, daß Nix etwas aus dem Wagen zog. Ein langer blauer Gewehrlauf blitzte auf.

Eddie sah es ebenfalls, er ließ das Megaphon gegen sein Bein fahren. »Bill, was zum Teufel machst du?« Nix drückte den Hahn des Gewehrs nach unten, riß ihn wieder hoch, legte an und zielte.

»Jock!« schrie Fritzi. Möglicherweise rettete ihm das sein Leben. Während er zu ihr herumwirbelte, feuerte Nix eine Ladung auf die Kamera ab, die augenblicklich vom Dreifuß stürzte. Ein zweiter Schuß riß das Gehäuse entzwei. Winzige Zahnräder und Metallstückchen flogen durch die Luft.

»Nix, du Verräterschwein! Wieviel haben sie dir bezahlt?«

schrie Kelly, nur eine Sekunde bevor Nix auf ihn schoß. Kelly
war geistesgegenwärtig genug, sich auf den Boden fallen zu lassen und damit der Kugel zu entgehen. Mit einem harmlosen
Plumps fiel sie hinter ihm in den See. Die Zeit schien sich endlos
zu dehnen, aber vielleicht kam es Fritzi auch nur so vor. Nix
machte eine langsame, geschmeidige Drehung und suchte ein
neues Ziel. Als sein Blick auf sie fiel, legte er das Gewehr erneut
an. Er spähte durch das Zielfernrohr, dann senkte er die Mündung, um ihre Knie zu treffen. Eddie brüllte wie ein Wahnsinniger und riß sie von hinten zu Boden.

Fritzis Kinn bohrte sich in den Staub. Später schwor sie, gespürt zu haben, wie die Kugel über ihren Kopf hinwegzischte.
»Packt ihn, laßt ihn nicht entkommen!« schrie Eddie.

Nix suchte Deckung hinter dem Wagen, dann rannte er auf
die Bäume zu. Fritzis Herz raste wie wild, da sie immer noch das
entsetzliche Bild der Gewehrmündung vor Augen hatte. Irgend
jemand hatte Nix geschickt, um auf sie zu schießen und sie zu
verletzen, und sie wußte auch, wer dieser Jemand war.

Würgend und japsend sah sie, wie B. B. aus seinem Stuhl aufsprang und nach vorne hechtete, um Nix den Weg abzuschnei-
den. Zwei Schritte hinter ihm schrie Sophie: »Benny, sei vorsichtig!« B. B. bekam Nix schließlich am Unterarm zu fassen.

»Da hast du's.«

Nix riß sich los und drehte das Gewehr um, zweifellos in der
Absicht, B. B. mit dem Kolben niederzuschlagen. Als er ausholte,
stolperte B. B., das niedersausende Gewehr verfehlte ihn und
traf statt dessen Sophie direkt über dem rechten Ohr; das Geräusch war widerlich. Die Vögel auf ihrem Hut verloren die Federn, während Sophie zu Boden fiel.

»Sophie!« B. B. kniete neben seiner Frau. Eddie zog seine
Waffe und stürmte zum Angriff. Hobart war mit seinem erhobenen Stock dicht hinter ihm. Nix zielte auf Eddie, spannte den
Hahn, aber das Gewehr klemmte. Schlitternd wich Eddie aus
und feuerte seinerseits auf Nix. Der Schuß ging daneben. Jetzt
waren die beiden nicht mehr weit voneinander entfernt. Nix
machte einen Satz nach vorne, schwang das Gewehr am Kolben
und traf Eddies Knie. Man hörte das Krachen der Knochen,
Eddie ging zu Boden.

Nix hatte gerade noch Zeit, in den Wald zu rennen und zu

verschwinden. Kelly warf ihm Steine hinterher und stieß sinnlose Flüche aus. Das Rascheln im Unterholz, das Nix' Flucht begleitete, wurde leiser. Dann erstarb das Geräusch vollends, und die letzten zur Seite gebogenen Äste schwangen wieder an ihren Platz zurück.

Fritzi schob sich die blonden Strähnen aus den Augen und besah sich den Schaden, der Pal innerhalb weniger Minuten zugefügt worden war. Sophie Pelzer lag mit blutendem Schädel bewußtlos am Boden. Ihr Mann hielt sie in den Armen und rief unablässig: »Sophie, Sophie.«

In der Nähe des Zeltes lag Eddie und hielt sein Bein umklammert. Hobart hielt vergeblich nach jemandem Ausschau, den er mit seinem Stock hätte angreifen können. Jock Ferguson machte sich an der durchlöcherten Kamera zu schaffen, das Gesicht schmerzverzerrt wie das eines Vaters, der auf sein krankes Kind blickt. Kelly erkundigte sich nach dem Ausmaß des Schadens. Ferguson schüttelte den Kopf. »Kaputt.«

Und das alles ist meine Schuld, dachte Fritzi.

45. B.B. TRIFFT EINE ENTSCHEIDUNG

Travis und Ollie tauchten im Wald wieder auf. Ein Arzt aus Fort
Lee schiente Eddies gebrochenes Bein. Sophie Pelzer wurde in
einem Krankenwagen noch in der Nacht in die Stadt transportiert; man vermutete eine leichte Gehirnerschütterung.

Kelly und B.B. suchten die New Yorker Polizei auf. Aber Nix
war unter seiner letzten bekannten Adresse nicht zu finden. Als
Polizeibeamte Pearly Purvis befragten, der bei Steak und Eiern
im Restaurant des Hotels Astor saß, lachte er bloß. Er war in seinem Büro gewesen und hatte mit seinen Partnern eine Sitzung
abgehalten – ein hieb- und stichfestes Alibi. Fritzi und alle anderen waren sehr niedergeschlagen.

Zwei Tage später, am ersten November, ließ Kelly sie in sein
Büro kommen. Seit Tagesanbruch war Schnee gefallen, schwerer,
nasser Schnee, den Pferde, Wagenreifen und die Füße der Stadt-
bewohner in der Vierzehnten Straße bereits in dunklen Matsch
verwandelt hatten.

»Kommen Sie rein, Fritzi«, sagte Kelly. Er beherrschte den
Raum von seinem Schreibtischstuhl aus. B.B. saß unter dem
Bild der Jungfrau Maria und hielt sich den Kopf.

Kelly zog sich die Ärmel herunter und räusperte sich.
»Schließen Sie die Tür. Bitte.«

»Hat man Nix gefunden?« wollte sie wissen. Kelly schüttelte
den Kopf.

»Ich vermute, daß wir ihn auch nicht finden werden. Er war
wahrscheinlich schon auf dem Weg nach Alaska, als sich die
Polizei eingeschaltet hat.«

Fritzi ließ sich auf dem Stuhl neben dem Schreibtisch nieder.
Kelly blickte nervös auf seine Fingernägel, dann fuhr er fast
flüsternd fort: »Ich habe Sie hergebeten, weil wir mit ein paar
Leuten sprechen. Es ist vertraulich.«

»Ich verstehe«, sagte sie, obwohl sie nicht das geringste
verstand.

»Wir können uns einen weiteren Zwischenfall wie den in Jersey nicht erlauben«, warf B. B. ein. »Sophie ist außer Gefahr, aber das ist reines Glück. Sie könnte genausogut tot sein.«

Als hätten sie sich abgesprochen, ergriff Kelly wieder das Wort. »Kameras sind teuer. Filmmaterial ist teuer.«

»Eddie ist immer noch im Hospital«, sagte B. B.

»Ja, ich werde ihn heute noch besuchen.«

Kelly spielte mit einem Zigarrenstumpen in einem schweren gläsernen Aschenbecher. »Was wir Ihnen sagen wollten, ist, daß wir beschlossen haben, dieses Büro für einige Zeit zu schließen.«

»Ich habe es beschlossen«, korrigierte B. B. »Ich möchte nicht, daß die, die für Pal arbeiten, noch mehr Schwierigkeiten bekommen. Wir werden türmen.«

»Nach Kalifornien«, ergänzte Kelly.

»Edison ist ein alter Geizkragen, das weiß jeder«, sagte B. B. »Er wird wahrscheinlich keine Zugfahrkarten für seine gedungenen Verbrecher kaufen. Vielleicht läßt Purvis uns dann in Ruhe.«

»Ja, ja, und vielleicht wächst das Geld bald auf Bäumen«, raunzte Kelly.

»Egal«, sagte B. B. »Wir gehen.«

Fritzi unterbrach die beiden zum ersten Mal. »Wer geht?«

»Die wichtigen Leute«, antwortete Kelly.

»Unter anderem auch Sie«, schloß B. B.

Fritzi brauchte einen Moment, um zu begreifen. »Mr. Pelzer – Mr. Kelly –, das ist sehr freundlich, aber ich habe, ehrlich gesagt, nicht die Absicht, in Kalifornien zu arbeiten.«

»Nicht einmal im Winter?« erkundigte sich Kelly.

»Nein, Sir.«

»Aber warum denn nicht?« wollte B. B. wissen. »Wie kann man denn etwas gegen anhaltenden Sonnenschein haben? Colonel Bill Selig aus Chicago ist bereits dort und entkommt so den Patentleuten. Essanay, Lubin, Nestor, alle haben schon Studios dort. Auch die Biograph ist im vergangenen Winter im Westen gewesen, und wie ich höre, wollen sie bald ganz hinziehen. Vielleicht werden es bald alle so machen, uns eingeschlossen.«

Er zog ein zerknittertes Stück Zeitung aus seiner Jackentasche. »Hören Sie sich das an. ›Die Filmbranche prophezeit, daß unsere Stadt schon im nächsten Jahr das Zentrum der amerika-

nischen Filmindustrie sein wird.‹« Er hielt Fritzi den Zeitungs-
ausschnitt vor die Nase. »*Los Angeles Times*.«

Fritzi starrte auf die Notiz, die vor ihren Augen zu verschwimmen und sich so ihrer Verwirrung anzupassen schien.
Sie schüttelte langsam den Kopf. Ein gereizter Ton schwang in
Kellys Stimme mit. »Entscheiden Sie nicht vorschnell. Bei uns
haben Sie eine Zukunft.«

»Richtig«, pflichtete B. B. ihm bei. »Unsere Branche wächst
wie eine Kaninchenfarm. Die Fachzeitschriften berichten, daß
es bereits zehntausend Filmtheater in Amerika gibt, und jeden
Tag kommen acht bis zehn dazu. Die meisten zeigen täglich
neue Filme – jeden Tag ein neues Programm. Für einen derart
expandierenden Markt kann man die Filme gar nicht schnell genug produzieren. Und soll ich Ihnen noch etwas sagen? Die Jugend strömt in die Filmtheater. Tatsache! Während der Woche
schwänzen sie die Schule, und am Samstag und Sonntag zerren
sie Vater und Mutter in die Filmtheater. Wir erziehen uns ein
ganz neues Publikum, das einfach verrückt nach Filmen ist. Die
Einwanderer strömen aus den Schiffen, die von Hamburg und
Cork kommen, und bevor man sich's versieht, stehen sie um
Karten an. In den Provinznestern in Ohio und Iowa machen sie
aus den alten Bühnentheatern Nickelodeons. In kleinen, staubigen Kuhdörfern in Texas und Oklahoma reiten die Cowboys am
Samstag abend zwanzig Meilen, um einen Film zu sehen.«

»Außer sie sind Baptisten«, murmelte Kelly. »Mit den Baptisten haben wir immer noch Probleme.«

Ungeduldig wie ein Kind, das partout etwas durchsetzen
will, lehnte sich B. B. vor. »Wir werden es weit bringen, Fritzi. Kalifornien ist nur der Anfang. Wir brauchen Sie.«

Aus dem bleichen Himmel wirbelten die Schneeflocken am
Fenster vorbei. Ihr war kalt, und sie war unglücklich, weil sie es
haßte, Menschen zu enttäuschen, die ihr ans Herz gewachsen
waren. B. B. gehörte auch dazu.

»Ich weiß Ihr Angebot zu schätzen, und ich bin Ihnen sehr
dankbar. Aber« – ein tiefer Atemzug – »mein Ziel ist es immer
noch, auf einer Theaterbühne aufzutreten.«

»Ach, Unsinn, habe ich Ihnen doch gesagt!« Kelly sah Fritzi
finster an. »Also gut, bleiben Sie hier. Vergessen Sie, daß wir die
Absicht hatten, einen rechtskräftigen Vertrag mit Ihnen zu

schließen. Bleiben Sie in New York, und arbeiten Sie als Kellnerin, oder verkaufen Sie Krawatten. Uns kann es egal sein.«

»Aber, aber«, warf B. B. ein und trat hastig auf Fritzi zu, um ihre Hände zu ergreifen. »Regt euch jetzt bitte nicht auf. Haben Sie verstanden, was Al über einen Vertrag gesagt hat?«

»Ja, ich …«

»Was verdienen Sie jetzt?«

»Sechsfünfzig pro Tag, wenn ich arbeite.«

»Das sind neununddreißig Dollar, wenn Sie ganz normal sechs Tage die Woche arbeiten. Was meinen Sie zu siebzig die Woche? Ich will sagen, garantiertes Gehalt. Sie bekommen Ihr Geld, ob Sie nun arbeiten oder auf Ihrem Allerwertesten sitzen.«

Als geborener Verkäufer strahlte B. B. vor lauter Begeisterung, während er ihre Hände rieb und regelrecht um ihren Stuhl herumtanzte. »Sie verpflichten sich ja nicht, den Rest Ihres Lebens in Kalifornien zu verbringen. Wir versuchen es ja nur für den Winter. Wir warten auch noch mit ein paar Zusatzleistungen auf. Wir übernehmen die Kosten für Ihre Bahnreise und den Umzug und bezahlen ein, zwei Monate lang Ihre Miete, bis Sie Fuß gefaßt haben. Und dann, was meinen Sie dazu? Können Sie ein Automobil fahren?«

Völlig verblüfft sagte sie: »Was?«

Kelly riß sich die Zigarre aus dem Mund. »Ein Auto? Um Himmels willen, Benny, was soll das? Von einem Auto war nicht die Rede.«

»Al, du bist überarbeitet«, sagte B. B. besänftigend. »Al nimmt es sich sehr zu Herzen, wenn uns etwas von unserer Ausrüstung verlorengeht. Was ich meine, Al, ist ein Auto, das unseren wichtigen Schauspielern zur Verfügung steht, und dazu gehört auch dieses kleine Mädchen. Ich spreche von einem Firmenauto.«

»Ah ja? Und mit wessen Geld?«

»Unserem, Al. Und das ist mein letztes Wort, also tu mir den Gefallen und sei still. Wenn Fritzi nach Kalifornien mitgeht, und ich bete auf Knien zu Gott, daß sie es tut, dann soll sie das in allen Ehren tun.«

Kelly stapfte zum Fenster und starrte mit finsterem Blick auf die fallenden Schneeflocken. B. B. zog Fritzi aus dem Stuhl hoch, schlang einen Arm um ihre Taille und führte sie zum Fenster.

»Schauen Sie raus! Schauen Sie sich dieses Chaos an. Ah,

dort, haben Sie das gesehen? Der Mann dort, er ist in den Matsch gefallen, und sein guter Fünfzig-Dollar-Mantel ist im Eimer. So etwas gibt es nicht im südlichen Kalifornien. Dort gibt es nur Sonnenschein. In Ihrem persönlichen Pal-Auto. Mit heruntergeklapptem Verdeck!«

Er sah, daß sie zögerte. »Ist das etwa nicht genug? Was können wir Ihnen sonst noch anbieten, um Sie zu überzeugen?«

»Nichts, Sir. Das Gehalt ist verlockend und das Auto ebenfalls. Aber es ist ein so großer Schritt.«

»Das können Sie nicht ausschlagen«, sagte Kelly. Es klang beinahe wie eine Drohung.

Fritzi starrte in den Schnee hinaus. Sie hatte die dunklen Winter in New York ertragen, immer auf der Suche nach Bühnenrollen, aber wie viele hatte sie bekommen? Und wie viele von den wenigen hatten ihr zum Erfolg verholfen? Um genau zu sein, keine einzige.

Die Heizungsrohre gaben pfeifende und glucksende Geräusche von sich. Einen Stock tiefer klopfte jemand, der lautstark nach Wärme verlangte, auf den Heizkörper. Kelly lutschte an seinen Zähnen und sah sie abschätzig an.

»Denken Sie an Purvis! Sie wissen, daß er hinter Nix steckt. Er hat ihn dazu gebracht, auf die Kamera und auf Sie zu schießen. Ich sah, daß Nix auf Ihre Beine zielte.«

Fritzi wurde blaß. Sie konnte nur noch nicken und versuchen, diese Erinnerung zu verscheuchen. Beschützend legte B. B. den Arm um ihre Schulter. »Laß gut sein, Al. Sie hat schon genug durchgemacht.«

»Dann sollte sie den Tatsachen ins Auge sehen. Wir können zwar nicht garantieren, daß wir Purvis in Kalifornien nicht treffen werden, aber es ist ein verdammt langer Weg dorthin. Wenn Sie in dieser Stadt bleiben, Schwester, haben Sie ihn immer auf den Fersen. Ihn treibt ein verrückter Haß auf Sie um, waren das nicht Ihre eigenen Worte? Wollen Sie wirklich damit leben?«

Fritzi fing an zu zittern. Sie kämpfte dagegen an, bemühte sich, ihre Stimme gleichmütig klingen zu lassen. »Ich hasse die Vorstellung davonzulaufen, Mr. Kelly. Ich habe immer versucht, stark zu sein, mich den Dingen zu stellen.«

»Klar doch, das verstehen wir ja«, sagte B. B. tröstend. »Niemand will ein Feigling sein, aber darum geht es gar nicht. Es ist doch keine Schande, auf sich achtzugeben. Wir sind hier nicht im Roman, sondern mitten in der Realität, so sieht es nämlich aus. Das sind Tatsachen. Nix hat mit echten Kugeln geschossen. Wenn nicht, um Sie zu töten, dann doch, um Sie zu verletzen und Sie vielleicht für immer zum Krüppel zu machen. Man muß kein Intelligenzler sein, um sich das zusammenzureimen.«

Sie war selbst überrascht, wie schwach ihre Stimme klang, als sie sagte: »Wann ist es soweit?«

»Noch vor Weihnachten«, antwortete Kelly.

»Nein, nach Weihnachten«, widersprach B.B. »Sophie und ich müssen auch noch Chanukka feiern.« Kellys Antwort war ein mißmutiges Achselzucken.

»Ich werde darüber nachdenken. Ich versprech's. Aber ich möchte vorher mit meinem Freund Hobart und mit Eddie darüber reden.«

B.B. tätschelte ihre Hand. »Lassen Sie sich Zeit. Einen ganzen Tag lang, wenn Sie wollen auch zwei. Dann kommen Sie zurück, und wir setzen sofort den Vertrag auf. Sie werden es nicht bereuen, Fritzi, das verspreche ich Ihnen.«

Fritzis langes Gesicht drückte beträchtliche Zweifel aus.

Sie besuchte Eddie im Hospital am unteren Broadway. Als sie sich der kahlen Allee, die zum Krankenhaus führte, näherte, begegnete sie Rita Hearn, die bereits auf dem Weg nach Hause war. Fritzi fragte Rita, was sie von Kalifornien hielt.

»Oh, wir freuen uns riesig. Ich hasse das hiesige Klima. Die Kinder können es gar nicht erwarten, den Winter in warmen Breiten zu verbringen.«

Eddies Bett war eines von vielen in einem düsteren Raum, dessen glatter Fußboden bei jedem Tritt widerhallte. Es stank nach Karbolsäure und Bettpfannen. Eddies geschientes Bein hing in einem Netz von Schnüren und Flaschenzügen. Es war Mittwoch nachmittag; die meisten Patienten schliefen, aber Eddie war wach und munter. Als Fritzi den Besucherstuhl ans Bett zog, erzählte er ihr, daß der Rumäne neben ihm eine Bruchoperation hinter sich hatte, während der reglose Klumpen zu seiner Linken ein Bankdirektor war, der versucht hatte, sich das Leben zu nehmen.

Fritzi beschrieb ihm kurz, in welch mißlicher Lage sie sich

befand. Eddie nickte. »Ich weiß alles. Pelzer war hier. Er sagte, daß du nicht gehen willst.«

»Ich begreife ja, daß es eine Chance ist ...«

»Und wir versuchen es lediglich für den Winter, vergiß das nicht.«

Sie kratzte den Rücken ihrer linken Hand. Ihre Knöchel waren rot, ihre Haut von der Kälte trocken und aufgesprungen. In Kalifornien brauchte man keine Handschuhe, Mäntel, Stiefel, Schals und ähnlichen Ballast.

»Es ist furchtbar traurig, die ernsthafte Schauspielerei aufzugeben.«

»Was du machst, ist ernsthafte Schauspielerei.«

»Darüber können wir bis zum Sankt-Nimmerleins-Tag diskutieren. Nehmen wir an, ich bliebe ein, zwei Jahre bei Pal. Was stünde mir bevor? Ich habe keine Lust, immer und ewig die Präriekönigin zu sein, und ich bin sicher, daß B. B. und Kelly genau das im Sinn haben.«

»Ich mache dir einen Vorschlag. Wenn du mitgehst, werde ich alles tun, was in meiner Macht steht, um zu verhindern, daß du die Freundin des einsamen Indianers spielst, bis du fünfundneunzig bist. Uns wird schon etwas einfallen, das verspreche ich dir. Aber erst mal müssen wir Purvis und den Patentleuten entkommen.«

Der Rumäne mit dem Bruch rollte sich zur Seite und schrie: »Schwester, ich brauche die Schüssel! Schnell!« Eine kräftige Frau in gestärkter Tracht eilte herbei.

Eddie streckte die linke Hand nach einer Fachzeitung aus und warf dabei einen ganzen Stapel zu Boden. Fritzi musterte ihn eingehend. Sie sah in seinem Gesicht, daß er reifer geworden war. »Ich möchte bloß keinen Fehler machen, Eddie.«

»Denk an das Positive. Regelmäßiges Einkommen, egal, ob du arbeitest oder nicht. Für eine Weile mietfreies Wohnen. Das Auto, das B. B. dir angeboten hat. Willst du nicht Auto fahren lernen?«

»Doch, doch, natürlich, das ist doch der neueste Schrei.«

»Denk an das Meer, die Berge, an den Orangensaft. An die gutaussehenden, braungebrannten Männer. Was meinst du dazu, Fritzi?«

Zu ihrem Erstaunen schloß sich Hobart Eddies Meinung an. Er ermutigte sie, den Schritt zu wagen. Nicht nur vom künstlerischen Standpunkt aus, sondern auch aus Gründen der persönlichen Sicherheit.

»Es ist nur vorübergehend, bis dieser böse Mensch ein anderes Opfer findet.«

Sie sah Purvis im Geiste vor sich – seine eigenartigen, gelbgesprenkelten Augen. *Ein Gedächtnis wie ein Elefant,* hatte er gesagt. *Ich vergesse nichts.*

»Vielleicht hast du recht. Es muß ja nicht für immer sein, nicht wahr?«

Sie schrieb einen Brief an Eustacia Van Sant in England:

»Ich breche also auf nach Kalifornien. Hätte ich vielleicht nicht zusagen sollen? Ich weiß es nicht, Eustacia. Ob wir die richtige Entscheidung gefällt haben, wissen wir doch immer erst dann, wenn eine falsche Entscheidung schon längst getroffen ist.«

46. EIN HOCH AUF DEN KRIEG

Das Kaiserliche Heer hatte sich zum Herbstmanöver in den Bergen und Tälern um Würzburg eingefunden, eine bezaubernde alte Stadt am Main, in der vormals die Lehnsherren der Gegend ihre Sommerresidenzen errichtet hatten. Vier lange und ermüdende Tage – glücklicherweise ohne Regen – filmten Paul und Sammy Schützengräben, Attacken der Kavallerie, Übungsgefechte mit scharfen Geschossen, die gefährlich nahe an die Schützenlinien herangeschleppt wurden. Der einundfünfzigjährige Kaiser nahm aktiv daran teil, er befehligte die Übungen von seinem Posten auf der Anhöhe aus per Feldtelephon. Paul filmte den Kaiser, wie er unter Adler und Eisernem Kreuz mit der Inschrift »Gott mit uns« auf- und abschritt. Wilhelm II. war glücklich und aufgeregt wie ein kleiner Junge. Aber kein Junge, der Soldat spielte, wäre in spiegelblanken Stiefeln, langem Militärmantel, an dessen Brust Medaillen und Abzeichen prangten, erschienen und auch nicht mit der glänzenden silbernen Pickelhaube des Kürassier-Regiments, dem er angehörte. Der Kaiser war ein lauter, häufig sogar martialisch auftretender Mann mit prächtigem Schnurrbart, dessen nach oben gezwirbelte Enden sorgfältig gewachst waren. Seine behandschuhte linke Hand ruhte in der Regel auf der Hüfte oder auf dem Säbelknauf seines Schwertes; sein linker Arm war infolge eines Geburtsfehlers lahm. In einem seiner berühmten Ausbrüche gegen das Volk seiner Großmutter erklärte er, die Verkrüppelung habe er seinem englischen Blut zu verdanken.

Am vierten Abend des Manövers versammelten sich der Kaiser, drei seiner sechs Söhne, die dem Heer angehörten, und fast dreihundert Offiziere zu einem festlichen Bankett. Sie speisten nicht in der Residenz, die als einer der größten und schönsten Barockbauten Europas galt, sondern auf Beschluß des obersten Feldherrn, des Kaisers, im großen Saal der Festung Marienberg, also in einer dem kriegerischen Zweck angemesseneren Umgebung auf der anderen Seite des Flusses. Zwei riesige Feuerstellen beleuchteten den Saal, dazu zahlreiche, eigens für diesen Zweck auf Ständern befestigte elektrische Lichter, die den Raum in einen eigentümlich weißen Glanz tauchten und den Anwesenden ein bizarres, geisterhaftes Aussehen gaben. Aufgetragen wurden Wildschwein, Fasan und hinreichend Bier, um die Nieren eines ganzen Regiments zum Platzen zu bringen.

Paul und Sammy schlenderten vor dem Essen durch den Saal, Sammy mit großen Augen angesichts so vieler Goldborten und Federn und soviel Messing und Brimborium. Der Kaiser war ein Bewunderer preußischen Junkertums, mit dem er sich auch am liebsten umgab. Ein Brigadier kniete auf Händen und Knien und ahmte Schweine und Kühe nach, die Söhne des Kaisers, Prinz Joachim, Prinz Friedrich und Kronprinz Wilhelm, trugen zur allgemeinen Belustigung bei, indem sie wie Esel wieherten. Der Kaiser hielt sich den Bauch vor Lachen.

Ein blonder Offizier mit markanten Zügen zog Paul mit einer Kopfbewegung in Richtung Sammy beiseite, der keine Ahnung hatte, daß er beobachtet wurde. Ein gepreßtes Wort drang aus dem schmalen Mund des Mannes:

»Jude?«

»Mein Gehilfe? Das weiß ich nicht.« Es war Paul nie in den Sinn gekommen, sich zu fragen, ob Sammy Jude war oder nicht. »Ist das wichtig?«

»Seien Sie mit Ihren Tischnachbarn sehr diskret. Sie könnten an seiner Gegenwart Anstoß nehmen«, erklärte der Offizier und ließ ihn stehen. Verdattert starrte ihm Paul nach. Er wußte, daß Europa eine Brutstätte des Antisemitismus war, vor allem Deutschland und Österreich. Aber manchmal vergaß er das, weil er mit sinnvollen Dingen beschäftigt war.

Kurz darauf sah er den Kaiser und zwei seiner Gefolgsleute auf sich zukommen. Der Kaiser besaß eine große Auswahl an Uniformen, von denen ihn jede einzelne als Mitglied eines bestimmten Regiments auswies. Heute abend trug er die glänzende Uniform eines Kavalleristen.

»Herr Crown, guten Abend. Wie kommen Sie voran? Sind Sie zufrieden mit Ihren Filmen?«

Paul verbeugte sich. »Sehr zufrieden, Eure Majestät.«

»Wir wollen, daß alle Welt das Militär und die Rüstung des Vaterlandes sieht. Ihr früherer Präsident Theodore Roosevelt war ziemlich beeindruckt von der Militärschau, zu der ich ihn im Frühjahr nach Potsdam eingeladen hatte. Hervorragender Mann, Ihr Roosevelt. Wir sind in vielen Dingen einer Meinung, einschließlich der absoluten Notwendigkeit, die gelbe Gefahr aus Asien im Auge zu behalten.« Der Kaiser neigte dazu, laut in belehrenden Sätzen zu sprechen – Erklärungen von sich zu geben, die weder eine Gegenmeinung noch einen Kommentar erlaubten.

»Ich habe Ihr Buch gelesen«, fuhr er fort. »Das Leben eines Journalisten ist wirklich sehr interessant.«

»Manchmal auch hektisch«, erwiderte Paul lächelnd.

»Interessieren Sie sich für militärische Angelegenheiten? Wenn ja, möchte ich Sie auf ein Werk aufmerksam machen, das nächstes Jahr veröffentlicht wird. Ich habe soeben eine Vorabausgabe kommentiert. Geschrieben von unserem General Friedrich von Bernhardi. Thema ist der bevorstehende Krieg.«

Pauls Kopfhaut fing an zu prickeln. »Wird es denn einen geben, Majestät?«

»Wir hoffen nicht«, sagte der Kaiser mit einem abweisenden Achselzucken. »Aber das Vaterland ist von vielen Feinden umringt. Auch wenn ich Englands Freund bin, von meinen Untertanen kann man das nicht behaupten.«

»Darf ich fragen, wie General Bernhardi argumentiert?«

»Er argumentiert, daß der Krieg an sich eine biologische Notwendigkeit ist, dem Menschen angeboren. Deshalb hat ein kriegerischer Staat, wie beispielsweise Deutschland, nicht nur das Recht, sondern sogar die absolute Pflicht anzugreifen, um den Sieg zu gewährleisten und seine Herrschaft zu sichern.«

Paul lief es kalt den Rücken hinunter. Ihm fiel kein Gegenargument ein. Schließlich brachte er ein einziges Wort zustande: »Bemerkenswert.«

»Ja, finden Sie nicht auch? Sie müssen es unbedingt lesen, wenn es erscheint. Der Titel lautet *Deutschland und der nächste Krieg*. Ach übrigens, können Sie dafür sorgen, daß wir Kopien Ihrer Filme bekommen?«

»Über unseren Berliner Verleih, ich werde dafür sorgen.«

»Ja, ja, gute deutsche Zuverlässigkeit. Sehr gut. Also dann, guten Abend!«

»Majestät«, grüßte Paul mit einer weiteren Verbeugung. Seine

Haut war eiskalt geworden, sein Magen krampfte sich zusammen. Aber angesichts der Gemütlichkeit der Feier neigte er dazu, die dunklen Seiten des deutschen Charakters zu vergessen, die der Kaiser nur allzu deutlich verkörperte.

Während des Mahls saßen Paul und Sammy am Ende eines auf Schragen gestellten Tisches, an dem im übrigen nur Preußen saßen, wie Paul an ihrem Dialekt hörte – arrogante, herausgeputzte Gockel. Aber nicht zu unterschätzen. Der preußische Soldat war ein hochqualifizierter und angesehener Diener des Staates, der Krieg seine Lebensaufgabe.

Das ausgedehnte Mahl, bestehend aus Brot, Fleisch und Gemüse, wurde von geräuschvoll geführten Gesprächen der Offiziere begleitet, die sich über verschiedene Taktiken, die Vorzüge der einzelnen Einheiten, die geringe Moral, die Dummheit der Franzosen und über die Brauchbarkeit von Frauen in Bett und Küche unterhielten. Dazwischen wurden Witze über Juden gerissen. Paul war froh, daß Sammy nichts verstand.

Dann begannen die Trinksprüche – wortreiche Lobeshymnen auf den Kaiser, seine Frau, Kaiserin Augusta, seine sechs wohlgeratenen Söhne, seine Tochter Viktoria Luise, die Ehrenmitglied im Regiment der Totenkopf-Husaren war. Pflichtgemäß erhob sich Paul bei jedem Trinkspruch, pflichtgemäß nahm er jedesmal einen Schluck aus seinem Bierkrug.

Am Kopfende von Pauls Tisch erhob sich ein Oberst.

»Majestät – meine Herren. Ich möchte hier einen besonderen Trinkspruch ausbringen auf die Ereignisse, die uns hier und heute zusammenführen, auf *den Tag*, an dem unsere Armee Vergeltung üben wird an all jenen, die versuchen, uns einzumauern, zu bedrohen und zu demütigen und die gottgewollte Macht des kaiserlichen Deutschland einzuschränken.«

Stille hatte sich über den Saal gesenkt; jemand versetzte einem Küchenjungen einen Tritt, weil er den Spieß weiterdrehte. An einer der Feuerstellen knackte ein Holzscheit und fiel mit einem Funkenregen nach unten. Der Oberst hob seinen Bierkrug.

»Auf den Tag!«

Der Tag. Das hörte Paul schon seit zwanzig Jahren. Das Heer war wie besessen davon.

Der Kaiser sprang auf und hundert Offiziere mit ihm; sie schrien gemeinsam: »Auf den Tag!«

Mit einem fragenden Blick auf Paul schob sich Sammy von seinem Stuhl hoch. Paul zog ihn herunter. Sein Herz raste und pochte ihm in den Ohren. *Sei kein Narr!*

Alle Köpfe wandten sich um, blitzschnell wurde aus Überraschung Ungläubigkeit, dann Ablehnung. Der Oberst starrte auf das Ende des Tisches, wo die beiden Zivilisten immer noch auf ihren Stühlen saßen.

»Haben Sie etwas gegen den Trinkspruch, mein Freund?«

»Mit allem Respekt, Herr Oberst, aber ich verherrliche das Töten nicht. Zumindest nicht das vorsätzliche.«

Am anderen Ende des Saals sah Paul das bleiche Gesicht des Kaisers. In dem zugigen steinernen Raum verwischten die elektrischen Lichter die Gesichtszüge in einem Maße, daß alle, die jetzt Paul und Sammy anstarrten, wie Leichen aussahen.

Die Augen des Obersten huschten zur einen Seite, dann zur anderen. Da er sicher sein konnte, im Mittelpunkt zu stehen, sprach er mit erhobener Stimme.

»Darf ich dann fragen, was Sie hier, im Schutz unserer Gastfreundschaft, zu suchen haben? Das scheint mir doch eine eklatante Heuchelei zu sein.«

Paul knüllte seine Serviette zusammen und stand auf. Das Bier, die Müdigkeit und der Ekel vor diesen Menschen hatten ihn eine Grenze überschreiten lassen – ein Schritt, für den er normalerweise zu besonnen war.

»Vielleicht haben Sie recht.«

»Schlage vor, Sie erheben Ihren Krug, oder Sie gehen.«

Paul schluckte; sein Blick fiel auf einen der Söhne des Kaisers, der seinen Degen schon halb gezogen hatte. »Komm, Sammy. Wir sind schon zu lange hier.« Er verbeugte sich. »Majestät.«

Der Kaiser blieb stumm. Sein Mund war zusammengepreßt, seine blauen Augen funkelten zornig.

Als sie den Saal verließen, erhob sich hinter ihnen ein grotesker Aufschrei – tosendes Gebrüll aus Trotz und Haß, das Paul an das Bellen einer Hundemeute erinnerte. Er vergaß seinen Bowler und seinen Mantel, als er aus der Festung in den Hof und von dort zum Tor hinauseilte, das auf einen Weg zum Flußufer führte. Sammy bemühte sich, mit ihm Schritt zu halten.

Sie wandten sich nach Norden, in Richtung der Hauptbrücke

über den Main. Am anderen Ufer leuchteten die Lichter der Stadt, unschuldig wie Puppenhäuser unter dem Weihnachtsbaum. »Mein Gott, ich habe den Kopf verloren; ich hätte mich nicht so gehenlassen dürfen«, murmelte Paul.

»Was zum Teufel war denn los, Chef?«

Paul erklärte ihm die Bedeutung des Trinkspruchs. »Für *den Tag* leben sie. Dafür planen sie. Sie können es nicht erwarten, bis er da ist. Es sind zwar nicht alle Deutschen so, aber die in der Umgebung des Kaisers allemal, und sie werden die anderen mitziehen.«

Vom Herbstwind vorangetrieben, überquerten sie den Fluß und begaben sich in ihr nobles Hotel in der Nähe der Luitpold-Brücke. Paul bat den Nachtportier um einen Eisenbahnfahrplan, aus dem ersichtlich wurde, daß es um halb drei Uhr morgens einen Zug nach Frankfurt gab.

»Den nehmen wir«, sagte er zu Sammy.

»Wollen Sie nicht Ihren Hut und Ihren Mantel holen?«

»Nein. Auch für zehn Mäntel ginge ich nicht in dieses Schlangennest zurück. Laß uns packen!«

Als sie kurz vor zwei Uhr auf dem Weg zu einem Taxistand waren, wurde Paul vom Nachtportier eingeholt, der ihm mit einem freudigen »Mein Herr! Meine herzlichsten Glückwünsche!« ein Telegramm reichte:

FRANCESCA CHARLOTTE UM ZEHN NACH ACHT LONDONER ZEIT ZUR WELT GEKOMMEN ALLE WOHLAUF IHRE FRAU KANN ES KAUM ERWARTEN BIS SIE IHRE TOCHTER SEHEN
FOLLETT

»Das Baby?« fragte Sammy, der ihm über die Schulter blickte.

Paul warf ihm einen seltsamen, kummervollen Blick zu.

»Es geht ihr gut. Julie geht es gut.«

Aber der Welt ging es nicht gut, in der Welt war es dunkel und kalt wie in einer stürmischen Herbstnacht. Obwohl er in vielerlei Hinsicht stolz darauf war, Deutscher zu sein, gab sich Paul keinen Illusionen darüber hin, was das bedeutete. Dunkles Gift floß im deutschen Blut. In der Natur der Deutschen lag ein

Zorn, durch nationalen Wahn geschürt und durch eine Arroganz verstärkt, die sich auf außergewöhnliche Errungenschaften der Vergangenheit in Wissenschaft und Literatur, Musik und Bildungswesen stützte – also auf ihre Kultur, die die Deutschen so anmaßend machte. Die schlechtesten deutschen Eigenschaften traten in besonderem Maße im preußischen Junkertum zutage. Die Junker wollten den Krieg, und Paul war überzeugt, daß es ihnen irgendwie gelingen würde, ihn herbeizuführen. Das war die Welt, in die seine kleine Tochter heute abend hineingeboren worden war.

47. IN DER UNTERGRUNDBAHN

Nachdem ihre Entscheidung gefällt war, fühlte sich Fritzi erleichtert. Aber sie blieb extrem vorsichtig, wenn sie auf den von Menschen wimmelnden Straßen der Stadt unterwegs war. Sorgfältig prüfte sie alle Gesichter und warf oft einen Blick über die Schulter nach hinten, vor allem, wenn sie notgedrungen noch nach Einbruch der Dunkelheit unterwegs war.

Harry Poland hatte dreimal angerufen und jedesmal eine Nachricht hinterlassen. Die ersten beiden ignorierte sie, aber beim dritten Mal tat er ihr leid. Sie rief im Hotel Mandrake an. Er bat um ein Treffen, nur ein einziges, um Abbitte zu leisten – zu beweisen, daß er sehr wohl ein vollendeter Gentleman war.

Fritzi zögerte. Mit einem verheirateten Mann zweimal auszugehen, das schickte sich nicht. Andererseits hatte sie Harrys Gesellschaft genossen, bis zu dem Augenblick des geraubten Kusses, und selbst der war nicht ohne, wenn auch schuldbewußte Wonne gewesen. Aber mußte sie wirklich ein schlechtes Gewissen haben, wenn sie dafür sorgte, daß alles innerhalb bestimmter Grenzen blieb? Harrys Frau war unzurechnungsfähig, und er schien voller Schuldgefühle ihr gegenüber zu sein.

»Also gut, ja – Abendessen am Samstag. Ich erzähle Ihnen dann von meinen Plänen für das neue Jahr.«

New York erstrahlte im Glanz all der farbigen Lichter, die vor Weihnachten in den Schaufenstern und an den Fassaden der Geschäfte angebracht waren. Ein warmer Wind aus dem Süden ließ das Thermometer bis über zehn Grad ansteigen. Harry holte Fritzi in einem Taxi ab und wies den Fahrer an, sie zu einem Restaurant namens Bankers in der Liberty Street zu fahren, wenige Straßenzüge oberhalb der Wall Street. Als er ihr aus dem Taxi half, sah sie die Scheinwerfer eines Autos, das hinter ihnen am Broadway anhielt. Jemand stieg aus einem Taxi und verschwand im Schatten eines dunklen Gebäudes. In ihrem Kopf klingelte eine Alarmglocke.

Das Bankers war klein, elegant und teuer. Ihre Gespräche

während des Essens waren lebhaft und höflich, ohne jede Andeutung auf das, was beim letzten Mal vorgefallen war, obwohl
Fritzi Harrys schmachtende Blicke keineswegs entgingen. Sie erzählte ihm von Pals Vorhaben, den Winter über nach Kalifornien
zu gehen.

»Das ist ja großartig, Fritzi – dort haben Sie's schön warm.
Irgendwann möchte ich die Pazifikküste auch mal sehen. Ich
würde mich sofort auf den Weg machen, wenn mich jemand
einlüde.«

»Harry«, sagte sie stirnrunzelnd.

»Verzeihen Sie! In Ihrer Gegenwart kommen mir die verrücktesten Ideen.«

Sie lächelte, obwohl sie hätte verärgert sein sollen. Er war ein
attraktiver Mann – charmant, kultiviert, mit dieser gewissen Unschuld der Alten Welt.

Als sie das Restaurant verließen, entzückte sich Fritzi an der
milden Luft und dem klaren Sternenhimmel über den Wolken-
kratzern der New Yorker Finanzmeile. Das gute Essen und der
Wein hatten sie die angstvolle Ahnung von vorhin vergessen
lassen. Harry fragte, ob sie Lust auf einen kleinen Spaziergang
habe, was sie spontan bejahte. Sie ergriff seinen Arm. So schlenderten sie auf dem Broadway in Richtung Rathaus.

Nach zwei Straßen fragte er: »Hätten Sie Lust, den Abend stilvoll ausklingen zu lassen?«

»Was schwebt Ihnen vor?«

»Eine Fahrt mit der Untergrundbahn.«

»Mit der Untergrundbahn?« wiederholte sie überrascht.
»Macht Ihnen das etwa Spaß?«

»Sehr sogar. Die New Yorker Untergrundbahn ist eines der
Weltwunder unseres Zeitalters. Ich fahre damit, sooft ich kann.
Der Bankier August Belmont hat sie finanziert, müssen Sie
wissen. Die erste Linie zur Hundertfünfundvierzigsten Straße
wurde 1904 eröffnet. ›Fünfzehn Minuten bis Harlem‹ war die
Losung. In der Untergrundbahn trifft man alle Arten von Menschen, von der großen Dame bis zur Verkäuferin. Die Wagen
sind sauber, die Luft ist frisch und kühl – und das alles für einen
Nickel! Sollen wir?«

»Also gut, warum nicht?«

»Wir fahren bis zur Haltestelle Dreiundzwanzigste Straße«,

sagte er und eilte bereits voraus, in Richtung eines der bekannten Pavillons aus Schmiedeeisen und Glas, der vor jedem Eingang stand. »Sind diese Pavillons nicht sehenswert? Wußten Sie, daß sie den Sommerhäusern in der Türkei nachempfunden sind?«

Obwohl es fast zehn Uhr war, herrschte an der Haltestelle reges Kommen und Gehen. Harry kaufte am Fahrkartenschalter ihre Billetts, die er anschließend einem Mann in Uniform aushändigte, der sie wiederum in einen Behälter fallen ließ. Ein Luftzug und ein lautes Geräusch kündeten von der Abfahrt eines Zuges.

»Das war ein Nahverkehrszug«, sagte Harry und ließ den Blick über den überfüllten Bahnsteig gleiten. »Der Express fährt alle sechs Minuten, der Nahverkehrszug dazwischen.« Fritzi war schon länger nicht mehr mit der Untergrundbahn gefahren. Sie hatte vergessen, wie hell und freundlich die Haltestellen waren. Nicht eine gerade Linie fand sich in der Ausstattung der Station City Hall, die Teil einer Gleisschleife war, auf der die Züge umkehrten, um wieder zurückzufahren. Selbst die Bahnsteigkante war sanft gerundet. Bögen aus Terrakotta mit Einlegearbeiten aus weißen und farbigen Fließen vermittelten ein angenehm luftiges Gefühl.

Fritzi hörte das Geräusch des nächsten Zuges, der von der Haltestelle nach Norden zur Brooklyn-Brücke fuhr. Harry sagte etwas, doch das Gesagte ging im Lärm unter. Sie spürte, wie jemand hinter ihr drängelte und sie fast an den Bahnsteigrand drängte, faßte sich aber wieder, als Harry ihren Arm ergriff und sie festhielt.

Er wandte den Kopf nach hinten. »Sie sollten etwas mehr Abstand halten, es ist genug Platz für alle.«

Fritzi riß die Augen auf. Sie hörte das heftige Atmen, sah, wie Harry noch einen verärgerten Blick auf den Flegel hinter ihnen warf. *Ich weiß, wer das ist. Er ist uns gefolgt ...*

Zitternd packte sie Harry am Arm. »Harry, ich möchte hier weg.« Den Kopf leicht zur Seite geneigt, sah sie ihn aus den Augenwinkeln – diese merkwürdig goldgesprenkelten Augen, das widerliche Lächeln. Ihr kaum unterdrückter Angstschrei blieb ungehört, weil der Zug mit lautem Getöse in den Tunnel einfuhr.

Harry herrschte den Fahrgast an, der ihn daraufhin am Kragen packte und zur Seite schleuderte, dann Fritzi an den Handgelenken packte und sie in die Nähe der Bahnsteigkante stieß, während der Zug herandonnerte. Später konnte sich Fritzi nicht erinnern, wie und daß sie so schnell reagiert hatte: Während ein Fuß bereits vom Bahnsteig abglitt, riß sie eine Hand los und grub ihre Fingernägel fest in Pearlys Handgelenk. Er fluchte, und dabei gelang es ihr, sich schwankend loszumachen.

Harry machte einen Satz vorwärts, um ihr zu Hilfe zu eilen, und streckte ihr die Hand entgegen. Sie bekam sie zu fassen und hielt sich fest; hätte sie es nicht getan, wäre sie auf die Gleise gestürzt. Pearlys Hand fuhr in seine Jacke und riß eine Pistole heraus. Die anderen Fahrgäste auf dem Bahnsteig schrien und kreischten und wichen zurück.

Harry sprang Pearly an und stieß ihn beiseite. Pearly schwang die Pistole über den Kopf, um sie auf Harry niedersausen zu lassen. Ein Zug mit acht Wagen raste aus dem Tunnel, der grellrote Lack reflektierte die Lichter der Haltestelle. Fritzi stieß Pearly nach vorne, er stolperte und fiel, wild mit den Armen rudernd, auf die Gleise.

Eine Frau drückte ihre kleine Tochter an sich und kreischte wie eine Todesfee – oder war es das Kreischen des bremsenden Zuges? Falls Pearly schrie, als ihn der erste Wagen zermalmte, so hörte ihn niemand.

Schließlich kam der Zug zum Stehen. Verängstigte Fahrgäste und der schreckensbleiche Wagenführer streckten die Köpfe aus den offenen Fenstern. Wie rasend riß der Schaffner an der Alarmglocke. In dem Spalt zwischen dem Bahnsteig und der Tür des zweiten Wagens sah Fritzi ein gräßliches rotes Etwas.

Harry riß sie an seine Brust. »Schauen Sie nicht hin. Er hatte keine Chance. Ein Verrückter …«

»… der mich umbringen wollte. Das war kein Zufall, Harry. Ich kenne ihn.«

»Großer Gott!« stieß er entsetzt hervor. Er zog sie noch einmal an sich, hielt sie fest in seinen Armen, während sie vor Angst am ganzen Leib zitterte. Es spielte keine Rolle mehr, daß er verheiratet war, sie wollte nur seine Arme um sich spüren.

Auf dem Polizeirevier wich Harry nicht von ihrer Seite, solange sie verhört wurde. Fritzi klärte die Identität des toten Mannes.

Als sie erfuhr, daß er so gut wie unkenntlich war, war sie nahe daran, sich zu übergeben.

B. B., den man aus dem Bett geholt hatte, traf im Pyjama ein, über den er sich schnell einen Mantel geworfen hatte. Er beeilte sich zu bestätigen, daß Fritzi mehrfach von diesem Patentdetektiv bedroht und belästigt worden war. Kurz vor ein Uhr morgens wurde sie auf freien Fuß gesetzt, ohne daß man Anklage gegen sie erhob.

B. B. fuhr sie in ihre Wohnung in der Zweiundzwanzigsten Straße. Harry fuhr mit. »Armes Mädchen«, wiederholte B. B. immer wieder. »Sie haben weiß Gott ein gutes Reaktionsvermögen. Und Sie auch, Mister.«

Harry brachte Fritzi bis an die Tür, schüttelte ihr mit ernstem Gesichtsausdruck die Hand und bat sie inständig, sofort anzurufen, wenn er irgend etwas für sie tun könne. Er konnte nichts für sie tun. Sie allein war verantwortlich für den Tod dieses Menschen. Ihre Eltern hatten sie Achtung vor dem Leben gelehrt, auch in seinen verächtlichsten Formen. Es würde Tage, Jahre dauern, bis sie das, was sie getan hatte, vergessen konnte – vielleicht würde sie es nie vergessen.

Aber sie dankte Harry und trat rasch in die Wohnung, weil sie hoffte, daß sie sich in ihren eigenen vier Wänden sicherer und ruhiger fühlen würde.

Da hatte sie sich falsche Hoffnungen gemacht. Mit offenen Augen, die Arme schützend über der Brust gefaltet, lag sie wach im Bett und sah immer wieder die letzten Sekunden auf dem Bahnsteig vor sich ablaufen. Nur einen Fingerbreit in die andere Richtung, und statt Pearly hätte sie unter dem Zug gelegen. Jetzt konnte er sie nicht mehr bedrohen. Und jetzt sah sie Kalifornien mit anderen Augen. Sie wünschte sich nichts sehnlicher, als allem zu entfliehen, einen neuen Anfang zu machen, diese schreckliche Nacht hinter sich zu lassen …

Als ob das jemals möglich wäre!

48. UND NOCH EINMAL
    AUF IN DEN WESTEN!

Auf dem Weg nach Chicago schwor sich Fritzi, niemandem etwas von der Geschichte mit Earl Purvis und seinem schrecklichen Ende zu erzählen. Hätte sie mit ihren Eltern darüber gesprochen, hätte sie lediglich deren Ängste bestätigt, was die
Schauspielerei betraf und die Bedingungen, unter denen sie arbeitete. Eigentlich wollte sie mit niemandem über Purvis reden.
Er war tot und konnte sie nicht mehr bedrohen, aber es würde
lange dauern, bis die Erinnerung an ihn verblaßt war.

Als sie ankam, beschloß sie, im Sherman House zu übernachten, statt sich ein Taxi zum Haus ihrer Eltern zu nehmen. Obwohl sie das für die vernünftigste Entscheidung hielt, war sie
traurig darüber. Sie rief ihre Mutter an, als der Page eben das
Gepäck ins Zimmer brachte.

»Mama? Ich bin in Chicago, aber nur kurz, denn ich bin auf
dem Weg nach Kalifornien, um weitere Filme zu machen.«

»Warum, um Himmels willen, hast du nicht telegraphiert?«

»Ich wußte doch nicht, ob ihr mich überhaupt sehen wollt.«

»Oh, Liebchen!« Das unterdrückte Seufzen in Ilsas Stimme
war das unausgesprochene Eingeständnis, daß Fritzis Bedenken
nicht grundlos waren.

»Ich möchte dich sehen.«

»Ich fahre gleich los, ich nehme ein Taxi«, antwortete Ilsa.

»Heißt das, daß ich nicht nach Hause kommen kann? Ich
würde gern mit Papa sprechen.«

»Das halte ich für unklug. Natürlich kannst du machen, was
du willst, aber ich würde dir abraten. Dein Vater ist leider immer
noch böse.«

»Böse? Mir?«

»Dir, mir – und der ganzen Welt.«

»Aber ich habe doch Erfolg gehabt. Er war sicher, daß es mir
nicht gelingen würde.«

»Ein Grund mehr, böse zu sein. Du hast ihm bewiesen, daß er
unrecht hatte.«

Nachdem beide einen Augenblick lang gequält geschwiegen hatten, sagte Fritzi: »Laß dir ein Taxi kommen, Mama. Ich reserviere uns einen Tisch im Speisesaal.«

Ein zwischen den Tischen herumwandernder Geiger erfüllte den von Kerzen beleuchteten Raum mit romantischen Klängen. A *Girl in Central Park*, das Lied, bei dem ihr sonst unweigerlich die Augen glänzten, prallte fast ungehört von ihr ab; sie war immer noch viel zu aufgewühlt.

»Mama, was um Himmels willen ist denn los mit Vater? Welchen Grund hat er, mir böse zu sein?«

»Soll ich dir eine Liste machen? Erstens: Er ist ein Mann. Er wird alt, kann nichts dagegen tun und findet sich nur sehr schwer damit ab. Die Verfechter der Prohibition setzen ihm ständig zu. Außerdem ist er, wie du weißt, Deutscher. Und die Deutschen sind, auch das dürftest du wissen, entsetzlich nachtragend.«

»Mama, am Donnerstag hatte ich Geburtstag.«

»Ach, ja, freilich. Herzlichen Glückwunsch. Ich habe dir ein Paket nach New York geschickt. Hast du's bekommen?«

»Nein. Aber egal.«

»Kind, ich bin ein bißchen vergeßlich. Wie alt bist du jetzt? Neunundzwanzig?«

»Dreißig, Mama, dreißig. Weißt du, was das bedeutet? Es bedeutet, daß ich eine alte Jungfer bin. Aber es bedeutet auch, daß ich alt genug bin, daß mein Vater meine Entscheidung respektiert, mein Leben so zu leben, wie *ich* es für richtig halte.«

»Oh, Liebchen, das tut er ja.«

»Das stimmt nicht. Du versuchst doch nur, meinen Zorn zu besänftigen. Aber eines Tages wird er es, das verspreche ich dir.« Fritzi schlug so heftig auf den Tisch, daß das Besteck tanzte. »Ich verspreche es dir.«

Ilsa fächelte sich mit ihrem Taschentuch Kühlung zu und stammelte etwas verwirrt: »Ich muß herausfinden, was aus deinem Geschenk geworden ist.«

Obwohl es ein schöner Abend und das Wiedersehen mit ihrer geliebten Mutter für sie tröstlich gewesen war, hatte Fritzi die Verbannung, die ihre Mutter für notwendig hielt, zutiefst getroffen. Als sie am nächsten Morgen den Zug nach Westen bestieg, war sie in einem Zustand düsterer Schwermut.

Der stahlgraue Himmel über der gefrorenen Prärie von Illinois trug weiß Gott nichts dazu bei, um Fritzis Trübsinn zu verscheuchen. Bevor der Expreßzug den Mississippi erreichte, gerieten sie in einen heftigen Schneesturm. Der Lokomotivführer lenkte den Zug im Schneckentempo über den Fluß durch den heulenden Wind, der die Eisenbahnbrücke schwanken ließ und die Passagiere in Angst und Schrecken versetzte. Auf der anderen Seite des Flusses, die bereits zum Staat Iowa gehörte, warteten sie sechs Stunden lang auf das Ende des Sturms, erst dann tuckerten sie schließlich hinter einer Schneeräumlokomotive gen Westen.

Was mache ich hier? fragte sich Fritzi. *Warum kann ich kein normales Leben führen? Was ist nur mit mir los?*

Im Geiste sah sie ihren silberhaarigen Vater mit vorgeschobener Lippe und tadelnd erhobenem Finger.

»Du bist Schauspielerin.«

Es klang wie eine zehrende, chronische Krankheit.

Im Westen von Iowa lag kein Schnee mehr, aber vielleicht hätte Schnee die trostlose Landschaft verschönert – schnell und lieblos gezimmerte Städtchen entlang der Eisenbahnlinie, Schweineställe und Aborthäuschen und dahinter, etwas ferner, kleine Lebewesen, die sie für auf den Hinterbeinen sitzende Präriehunde hielt.

Die Heizung in den Pullman-Wagen lief auch noch auf vollen Touren, als es draußen längst wärmer war. Flaches Grasland rollte vorbei, nur hier und da unterbrochen von verkümmerten Bäumen oder ausgetrockneten Flußläufen, in deren Mitte nur mehr eine gelblichbraune Brühe stand. Abgemagerte Rinder starrten vereinzelt die vorbeifahrenden Reisenden an. Fritzis Stimmung näherte sich immer mehr dem Nullpunkt.

Und dann kam, nachdem sie bereits mehr als hundert Meilen in Colorado unterwegs waren, ein spätwinterlicher Nachmittag. Der Lokomotivführer der Union Pacific hielt an, um in einem verlorenen kleinen Nest namens Agate aus einem Tank neben den Gleisen Wasser aufzunehmen.

Die Fahrgäste stürzten aus den unerträglich überheizten Waggons. Die Januarluft war zwar nicht ausgesprochen mild, aber angenehm. Der Abendhimmel hatte die Farbe geschmolzener Butter, die im Osten in dunkles Bernstein überging. Das unbewohnte Hochland schimmerte wie Goldfolie. Entlang des nördlichen Horizonts bewegte sich ein winziges schwarzes Etwas. Ein Auto, ging es Fritzi durch den Sinn; vielleicht ein Modell T, aber es war zu weit weg, als daß man es sicher erkennen konnte. Dann verschwand es irgendwo am Horizont, zurück blieb ein riesiger gelber Kreis, und darüber erstrahlte ein vereinzelter Stern. Fritzi durchlief ein Schauder angesichts dieser unberührten, urtümlichen Schönheit und der Gewißheit, daß dieses urtümliche Land gar nicht mehr urtümlich war. Sie dachte an die schwindelerregenden Veränderungen in ihrer Branche und an das erstaunliche Jahrhundert, in dem sie lebte.

»Schauen Sie doch nur«, sagte eine gebrechliche grauhaarige Frau neben ihr. »Sollten mir meine Augen etwa einen Streich spielen?«

Fritzis Blick folgte der ausgestreckten Hand im grauen Handschuh. Im Westen war entlang des Horizonts eine Zackenlinie zu sehen, Berge, die sich in den Himmel erhoben. Ein paar schneebedeckte Gipfel glitzerten im schwindenden Tageslicht.

»Nein, ich glaube, wir haben die Rocky Mountains erreicht. Ist der Anblick nicht atemberaubend?«

Jenseits der Berge lag ein neues Leben. Was erwartete sie an der exotischen Sonnenküste Kaliforniens – »Amerikas Mittelmeer«, wie es allgemein genannt wurde? Sie konnte es sich nicht vorstellen.

Kalifornien würde sich vielleicht als sehr viel besser erweisen, als es sich erträumen ließ. Vielleicht – durfte sie wirklich darauf hoffen? – lernte sie sogar einen intelligenten, zuverlässigen, gutaussehenden und begehrenswerten Mann kennen.

Du mußt nicht für immer dort bleiben, vergiß das nicht. Vielleicht gefällt es dir ja. Und wenn nicht, solltest du das Beste draus machen. Du bist ein Stehaufmännchen, oder etwa nicht? Du hast dich dazu entschlossen, jetzt bist du hier, und jetzt mußt du auch durchhalten. Wenn du in all den Jahren seit Mortmain's nichts anderes gelernt hast, dann doch das.

Ellen Terry hatte nach langem Schweigen wieder einmal gesprochen.

Ich bewundere deinen Mut, mein Mädchen, wenn auch nicht dein Reiseziel.

»Haben Sie etwas gesagt?« fragte die gebrechliche Frau.

Mit einem Lächeln warf Fritzi den Kopf mit den blonden Locken zurück und antwortete: »Ich glaube, wir sollten wieder einsteigen.« Sie nahm die Frau am Arm und half ihr die Stufen hinauf.

TEIL VIER

Kalifornien

Wie kann ein ehemaliger Hausierer, ein ehemaliger Hotelpage, ein ehemaliger Schneider, ein ehemaliger Reklamemann, ein ehemaliger Buchmacher etwas von der Qualität eines Filmes verstehen? Hände, die hinter einem Schiebekarren der unteren East Side besser aufgehoben wären, inszenieren heutzutage Bühnenstücke und machen Filme daraus.

Moving Picture World, 1910

Es gibt nichts Absurderes … nichts, das Kunst und Schönheit einer Szene nachhaltiger zerstört, als die maßlos vergrößerten Gesichter der Hauptdarsteller … Viele schöne Szenen werden durch diese Großaufnahmen zunichte gemacht, zumal wenn der Kopf am oberen Bildrand anstößt und die Füße abgeschnitten sind.

Moving Picture World, 1911

49. WILLKOMMEN IN LOS ANGELES

»Glendale. Bitte alles aussteigen!« Die Stimme des Schaffners der Southern Pacific klang so müde, wie Fritzi sich fühlte. Sie starrte aus dem Fenster, aber nicht voller Bewunderung, sondern in Verzweiflung. Der Regen peitschte gegen die Scheiben und floß in kleinen Bächen vom rotgedeckten Dach des Bahnhofsgebäudes im spanisch-maurischen Stil. Sie war in Sacramento in diese Linie umgestiegen, durch das sonnige Central Valley nach Süden gefahren und konnte es kaum erwarten, die Berge um Los Angeles zu sehen. Bei Bakersfield waren Wolken aufgezogen, die schließlich diese Sintflut hervorgebracht hatten. Jetzt konnte sie gerade mal bis zum Bahnhofsschild sehen.

»Herr Schaffner, wo bleibt der Sonnenschein?«

»Regnerisches Jahr. Hier geht's raus.«

Sie rutschte aus und wäre beinahe die metallenen Stufen hinuntergefallen. Der Wind hätte ihr den Hut vom Kopf gerissen, wäre er nicht mit langen Nadeln befestigt gewesen. Am Ende des Bahnsteigs warteten vier Einspänner und ein schmutziger Pope-Toledo auf die eingetroffenen Reisenden. Fritzi beobachtete ein junges Paar, das erleichtert auf das Auto zueilte. Die übrigen Reisenden gingen auf die Einspänner zu. Auf der anderen Seite der Straße, die eher einem See ähnelte, zitterten zwei armselige Palmen. Die entmutigende Szenerie war in undurchdringlichen grauen Nebel gehüllt. Wo waren die Orangenhaine, die sonnengebräunten Einheimischen?

»Verzeihen Sie«, sprach Fritzi einen Bahnhofsangestellten an, »ich sollte hier abgeholt werden. Hat jemand nach einer Miss Crown gefragt?«

»Nee. Hier war keiner außer den Gespannen.« Und die fuhren bereits durch die trüben Fluten davon. Fritzi suchte Schutz in der Nähe einer bräunlichen Wand, aber vergeblich; der Regen sorgte dafür, daß sie in kürzester Zeit bis auf die Haut durchnäßt war. »Das Taxi ist dahinten, durch die letzte Tür dort«, erklärte der Bahnhofsangestellte.

Fritzi nahm ihr Gepäck und durchquerte die Bahnhofshalle.
Jeder Schritt preßte das Wasser aus ihren Schuhen. Draußen sah
sie einen Mann, der an einem verbeulten Ford lehnte, in der
Hand einen Schirm, im Mund einen Zahnstocher, auf dem er
herumkaute. Als er die potentielle Kundin bemerkte, kaute er
schneller.

Sie warf einen Blick auf ein zerknülltes Papier. »Ich muß ins
Hotel Hollywood, Ecke Hollywood Boulevard und Highland
Avenue.«

»Ich weiß, wo das ist, meine Dame. Drüben auf der anderen
Seite der Berge. Bei diesem Wetter kommen wir nie durch die
Canyons. Wir müssen zuerst in die Stadt und von dort raus nach
Hollywood.« Der Zahnstocher tanzte. »Vier Dollar.«

»Das ist ja Wucher!«

»Dann nehmen Sie ein anderes Taxi.« Der Fahrer beäugte
kurz die Pfützen auf beiden Seiten seines schwarzen Autos.

Fritzi stieß mit dem Fuß an eines ihrer Gepäckstücke.
»Dann seien Sie wenigstens so gut und laden die hier ein.«

Da seine Tageseinnahmen nun gesichert waren, wurde der
Fahrer ausgesprochen freundlich. »Aber gern, meine Dame, und
im Handumdrehen geht es los.«

Wenn man den Zeitschriften glaubte, die Fritzi vor ihrer Reise
gelesen hatte, war »das exotische Juwel Südkaliforniens«, in
dem inzwischen dreihundertfünfzigtausend Menschen lebten,
eine aufstrebende Stadt, in der die freie Marktwirtschaft
herrschte, wohingegen die Gewerkschaften keinerlei Bedeutung
hatten. Während der Schlitterfahrt in die Stadt sah Fritzi jedoch
nur weniges, was man als exotisch hätte bezeichnen können:
eine ramponierte, verblaßte Plakatwand, die das ERSTE AME-
RIKANISCHE FLUGSPORTTREFFEN 10. - 20. JANUAR 1910
ankündigte, dann eine zweite für das PASADENA TOURNA-
MENT OF ROSES, eine Neujahrsparade, von der sie schon
gehört hatte. Sie fuhren durch ein Viertel mit kleinen Holzhäu-
sern, in deren Gärten Bohrtürme standen.

Drei- und vierstöckige Holz- und Sandsteinhäuser drängten
sich im Geschäftszentrum der Stadt. Auf einem Straßenschild
stand »Broadway«, aber ein einladendes Theater war nirgends zu
sehen. Zäune und Wände waren mit greller Reklame bemalt:

BAU- UND NUTZHOLZ; ZAHNARZT; ÖFEN, BLECH- UND EISENWAREN; BAUGRUNDSTÜCKE REDONDO BEACH – PREISGÜNSTIG! Ein schwarzer Kastenwagen mit einem Schild auf dem Dach, auf dem NEUER CHEV. KOMBI 899 $ stand, ratterte vorüber. Los Angeles schien nicht viel mehr als eine Aneinanderreihung üblicher Straßen mit Bürogebäuden und Warenhäusern, Filmtheatern und Barbierläden, wie man sie auch in den Kuhdörfern der Prärie fand.

Wie in jeder Großstadt schob sich auch hier ein Gewirr aus Drähten und Leitungen zwischen Straßen und Himmel. Rote Trambahnen rollten auf Schienen in der Straßenmitte, bimmelten mit ihren Glöckchen, verspritzten Matsch und zwangen Fußgänger und Fahrzeuge, die sich ihnen in den Weg stellten, zur Seite. Auf mehreren Wagen sah Fritzi die Aufschrift »Pacific Electric«.

Der Fahrer machte einen kleinen Umweg zu einer Kreuzung, um ihr eine örtliche Sehenswürdigkeit zu zeigen, eine Seilbahn namens *Angel's Flight*, Engelsflug, die ihre Passagiere auf einen steilen Berg beförderte. Eine Straße weiter kam ein Ochse mit riesigen Hörnern aus einer Gasse gerast. Er hielt Ausschau nach einem Opfer und schoß bereits auf das Taxi zu. Der verzweifelte Fahrer drückte auf die Hupe. Der Ochse ließ sich davon wenig beeindrucken und stieß ein unheilvolles Brüllen aus, bevor er sein Augenmerk auf eine Frau in der Mitte der Straße verlagerte; die sank auf der Stelle ohnmächtig in die Arme ihres Mannes. Als zwei Männer mit Stachelstöcken aus der Gasse gestürzt kamen, trottete der Ochse friedlich davon.

»Hat mal wieder jemand vergessen, im Schlachthof das Tor zuzumachen«, bemerkte der Fahrer.

»Hier gibt es einen Schlachthof?«

»Aber ja, sogar einen großen. Wissen Sie, irgendwie ist die Stadt ein schnell gewachsenes Bauerndorf.«

Als sie ankam, hatte sie es nicht gewußt, aber sie lernte schnell.

Das hübsche Kuppeldach über dem Seiteneingang des 1903 erbauten Hotels Hollywood stach dem Besucher als erstes ins Auge. Auf dem Dach wehte eine amerikanische Flagge trotzig im stürmischen Wind. Das zweistöckige Hotel hatte eine breite Veranda und eine angenehme, einladende Fassade. Aber der

Name der Straße war ein eindeutiger Fehlgriff, denn dieser Hollywood-»Boulevard« erwies sich als eine unbefestigte Straße mit unzähligen Schlammlöchern. In der Mitte verliefen Trambahnschienen, und aus vier oder fünf Meilen Entfernung reihte sich Telephonmast an Telephonmast bis in die Stadt hinein. Der Ort Hollywood wirkte leer, ländlich und unkultiviert – nichts als Farmen, Gasthäuser, Mietstallungen, kleine Haine mit Zitrusbäumen und dazwischen viele trostlose Brachen.

»Ist Hollywood eine eigene Stadt?« erkundigte sie sich bei ihrem Fahrer.

»Jetzt nicht mehr. Die Bewohner haben wegen der Wasserversorgung für die Eingemeindung zu Los Angeles gestimmt. Ein Ingenieur namens Mulholland will es von Owens Valley bis zu uns bringen, das sind ganze zweihundertfünfzig Meilen. Die Leitungen sollen in zwei, drei Jahren fertig sein.«

Fritzi gab dem Mann zwanzig Cent Trinkgeld und winkte einen Hotelpagen herbei, der ihr Gepäck hineintrug. In ihrem schlichten, aber komfortablen Zimmer im zweiten Stock fand sie einen Willkommensgruß von Sophie Pelzer, bestehend aus einer schriftlichen Nachricht und einer Vase mit Mohnblumen aus dem goldenen Kalifornien sowie einem Stapel Anzeigen für Häuser und Zimmer, die vermietet wurden. Sophie hatte einige mit Pfeilen und Unterstreichungen markiert und dazu geschrieben: »In diesen Gegenden sind alleinstehende junge Damen sicher, Mr. Pelzer hat sich selbst davon überzeugt.«

Den Rest des Tages verbrachte Fritzi damit, auszupacken, dem Regen zu lauschen und über ihre Zukunft nachzudenken. Nach einem leichten Abendessen im Speisesaal des Hotels fiel sie mit einem dumpfen Gefühl der Enttäuschung über Kalifornien ins Bett.

Als sie am nächsten Morgen beim Frühstück saß, trat B. B. an ihren Tisch. Er schüttelte ihr überschwenglich die Hand und entschuldigte sich gleichzeitig dafür, daß man sie in Glendale allein gelassen hatte. »Ich hatte jemanden, der Sie abholen sollte. Als ich um sechs Uhr gestern abend nichts von ihm gehört hatte, machte ich mich auf den Weg zu der Garage, wo er sein Auto stehen hat. Er meinte, er könne bei diesem Sturm sein Auto nicht aufs Spiel setzen, und deshalb sei er nicht nach Glendale gefahren. Aber da war mir klar, daß Sie inzwischen entweder auf eigene Faust hierher unterwegs oder wütend in den nächsten Zug zurück nach New York gestiegen waren.«

»Ersteres«, sagte Fritzi mit einem nachgiebigen Lächeln. »Wann fange ich an zu arbeiten?«

»Sobald das Wetter besser ist und wir die Außenbühne fertiggebaut haben. Damit sind wir leider ziemlich im Verzug. Ich befürchte, der Sonnenschein macht die Leute hier faul. Ich möchte, daß Sie sich das Grundstück anschauen, das wir für das Studio gemietet haben. Es ist nicht weit von hier, in einem Viertel namens Edendale. Aber es wäre unsinnig, wenn Sie jetzt durch den Schlamm da rüberschwämmen. Bis die Sonne wieder scheint, sollten Sie sich ein Zimmer suchen. Wir zahlen das Taxi und andere Verkehrsmittel.«

Als ob das helfen könnte, ihre Niedergeschlagenheit angesichts dieses primitiven, triefnassen Kaffs am Ende der Welt zu dämpfen!

Es hörte auf zu regnen. Die Sonne kam heraus. Nebeldunst stieg von Hollywoods schlammigen Straßen auf, doch man sah die Berge im Norden und Nordosten der Stadt. Im Süden und Westen verlief das Land eben bis zum Meer.

Fritzi machte sich mit ihren Annoncen auf die Suche nach einem Zimmer. Das Wetter war schön genug, um zu Fuß zu gehen. Sie mußte ihren Rock raffen, um ihn nicht durch die Pfützen zu schleifen, aber dafür konnte sie die kleine Wohngegend, die sich in die unbebaute Landschaft schmiegte, besser in Augenschein nehmen. Die Häuser, an denen sie vorbeikam, waren die üblichen im viktorianischen Stil, in der Regel zweistöckig, größtenteils weiß, mit farbigen Fensterläden. Sowohl auf den Haupt- als auch auf den Nebenstraßen standen sie weit voneinander entfernt, zwischen ihnen war jeweils Platz für zwei oder drei weitere Anwesen.

Sie trat auf die Veranda eines schmucken, schindelgedeckten Hauses in der Selma Street, überprüfte noch einmal schnell die Hausnummer und klopfte. Da sie damenhaft wirken wollte, hatte sie weiße Handschuhe angezogen.

»Ich komme wegen des Zimmers«, sagte sie zu dem älteren Mann, der in die Tür trat. »Ist es noch frei?«

»Ja, ist noch frei. Wollen Sie nicht reinkommen?«

Sie folgte ihm in einen viktorianischen Eingangsbereich, der entsprechend mit Topfpflanzen und allerlei Krimskrams vollgestellt war. Eine Frau rief aus der Küche: »Wer ist es, Herschel?« »Eine junge Dame wegen des Zimmers.« Zu Fritzi sagte er: »Ich bin Mr. Moore.«

»Sehr erfreut. Ich bin Fritzi Crown.«

»Sie sind neu in Kalifornien, hab' ich recht? Hier entlang«, sagte er und ging zur Treppe voraus.

»Richtig! Ich bleibe ein paar Monate, um Filme zu machen.«

Sie sah, wie sich sein Rücken unter den Hosenträgern versteifte. Auf der vierten Stufe blieb er stehen, krallte sich einen Moment lang am Geländer fest und drehte sich dann zu ihr um.

»Sind Sie etwa Filmschauspielerin?« Das letzte Wort begleitete er mit einer so weit ausholenden Geste, daß sein Arm sie beinahe an der Nase getroffen hätte. »Man weiß nie, ob die sich nicht bei Nacht und Nebel aus dem Staub machen, ohne zu bezahlen. Die Leute in dieser Stadt mögen weder Filme noch Filmschauspieler. Sie sollten zurück in den Osten gehen, wo Sie herkommen, hier sind Sie nicht erwünscht.«

Mr. Moore richtete den Blick auf seine Frau, die im Eingangsbereich stand und sich die Hände an der Schürze abwischte. »Es ist wirklich nicht persönlich gemeint«, setzte er, an Fritzi gerichtet, mit einem verlegenen Hüsteln hinzu.

»Aber nein, natürlich nicht. Bitte entschuldigen Sie die Störung.«

Am Nachmittag des nächsten Tages, ein Sonntag, sollte es noch schlimmer kommen. Fritzi nahm die Elektrische nach Santa Monica, um sich eine Zwei-Zimmer-Wohnung anzusehen. Das Meer war nur zwei Straßen entfernt, sein Gurgeln und Rauschen war bis hierhin zu hören.

Eine dürre Frau mit runzliger grauer Haut öffnete die Tür. Sonnenstrahlen fielen durch farbige Glasscheiben und warfen ein gespenstisches Licht auf einen Stapel Reklamebroschüren, der auf einem Tisch lag: CHRISTLICHER KREUZZUG FÜR SITTLICHE UNTERHALTUNG. In der Unterzeile stand zu lesen, daß Pasadena der Ausgangspunkt des Aufrufs war.

»Es ist nicht meine Art, am Tag des Herrn Geschäfte zu tätigen, junge Frau.«

»Das stand aber nicht in Ihrer Anzeige. Ich denke, daß ich Ihnen gleich sagen sollte, daß ich Schauspielerin bin und Filme mache.«

Die dürre Frau griff nach einer Reklamebroschüre und schleuderte sie ihr entgegen. »Lesen Sie das! Ihr gottloses Volk solltet auf die Knie fallen und den Herrn um Vergebung bitten! Ihr vergiftet die Seelen der Menschen mit eurem Schmutz und euren Obszönitäten.«

»Verzeihen Sie, aber ich vergifte nichts und niemanden, ich bin bloß wegen Ihrer Anzeige …«

Schreiend und wild gestikulierend, fiel die Frau ihr ins Wort. Fritzi hörte noch »christliche Werte«, »Teufelswerk« und »babylonische Hure«, bevor sie fliehen konnte. Sie warf die Anzeige in den Rinnstein, bekam aber gleich ein schlechtes Gewissen und hob sie wieder auf. Sie fächerte sich Kühlung zu und dachte: Wenn die gemeinen Ritter dieses Kreuzzugs alle so sind wie die, möchte ich dem Anführer nicht begegnen.

Alle sieben Versuche im Verlauf der nächsten drei Tage brachten ihr nichts als Enttäuschung. An einem Haus hing ein Zettel an der Tür, der das Klopfen unnötig machte: KEINE JUDEN, KEINE HAUSTIERE, KEINE SCHAUSPIELER.

Fritzis Gefühl, daß sie als alte Jungfer im Hotel Hollywood sterben würde, verstärkte sich langsam. Sie hatte einen regelrechten Widerwillen gegen die engstirnigen Einwohner der Stadt entwickelt. Hier hatten bewegte Bilder keine Zukunft. Nicht die geringste.

Während sie im Speisesaal des Hotels zu Mittag aß, bemerkte Fritzi, daß eine junge Frau von einem Nebentisch zu ihr herübersah. Die Frau war etwas pummelig und hatte ein rundes, einfaches Gesicht mit strahlendblauen Augen, das von einer Unmenge roter Löckchen eingerahmt wurde, die wie ein Heiligenschein leuchteten. Sie hatte diese junge Frau schon am Abend zuvor in der Halle bemerkt. Sie hatte müde gewirkt, genau wie jetzt, als ginge sie immer zu spät zu Bett. Die junge Frau trat an Fritzis Tisch.

»Ich sehe, daß Sie seit Tagen Anzeigen studieren. Suchen Sie eine Wohnung?«

»Ja, aber leider hatte ich bisher kein Glück. Es sieht so aus,

als hätten sich alle Vermieter der Stadt gegen die Filmleute verschworen.«

Die junge Frau nickte. »Ich mußte bis hinaus nach Venice gehen, um etwas zu finden. Aber es hat sich gelohnt, ich habe das
ganze obere Stockwerk eines Hauses in Strandnähe. Mit eige-
nem Badezimmer«, erklärte sie mit einem Lächeln, das Fritzi ein-
nehmend fand. Die junge Frau streckte ihr die Hand entgegen.
»Ich heiße Lily Madison.«

»Fritzi Crown. Eigentlich heiße ich Frederica, aber der Name
gefällt mir überhaupt nicht. Wollen Sie sich nicht setzen?«

»Nur eine Minute. Ich ziehe heute um.«

Lily zog einen Stuhl heran. Ihre Kleidung war nicht teuer,
aber geschmackvoll und auf ihren Typ abgestimmt: modische
Bluse aus schwarzem Batist, bestickt mit kleinen grünen Blumen, blaßgrüner Leinenrock, kecke dunkelgraue Mütze, Halb-
schuhe mit glänzenden Lacklederspitzen. Alles sehr nobel, wie
Hobart sagen würde.

»Kann ich aus Ihren Erfahrungen schließen, daß Sie für eine
Filmfirma arbeiten?» fragte die junge Frau.

»Pal Pictures. Ich glaube, das Gelände der Firma befindet
sich in Edendale. Ich habe es noch nicht gesehen. Sind Sie auch
Schauspielerin?«

»Oh, nein. Ich schreibe Geschichten. Das heißt, ich versuche
es. Eine habe ich gerade an Nestor verkauft, ein albernes kleines
Melodram über einen Banküberfall. Ich habe fünfzehn Dollar
dafür bekommen.«

»Gratuliere. Sie wollen also Drehbücher schreiben?«

»Ja. Mir gefällt das Leben hier. Und das Filmgeschäft und
seine Leute. Außerdem erfinde ich gern Geschichten. Ich
glaube, ich bin ganz gut, ich habe ziemlich viel Übung. Als ich
klein war, habe ich mich bei schlechtem Wetter – oder wenn etwas Schlimmes passiert ist in der Schule – regelmäßig in meinem Zimmer versteckt und eine Geschichte auf meine Schiefertafel geschrieben. Eine kurze, eine Tafel ist ja nicht sehr groß.
Aber dann ging es mir immer besser.«

»Ich kann das gut nachfühlen. Wo kommen Sie her, Lily?«

Sie antwortete nicht sofort. »Santa Rosa, aus einem Nest
nördlich von San Francisco.«

»Aha«, sagte Fritzi höflich.

»Wissen Sie was? Ich will zwar nicht aufdringlich sein, aber ich suche dringend eine Mitbewohnerin.«

»Wollen Sie damit sagen, daß Ihr Vermieter zwei Filmleute unter seinem Dach dulden würde?«

Lily lachte. »Aber ja, Mr. Hong schon. Mr. Hong hat einen kleinen Chop-Suey-Stand in der Nähe des Piers von Venice. Sein Großvater kam während des Goldrausches aus Kanton nach Kalifornien, aber für Mr. Hong gilt auch heute noch häufig ›Betreten verboten‹. Er weiß, wie es ist, wenn einem die Tür vor der Nase zugeschlagen wird. Er ist zwar in der dritten Generation hier, aber er muß mit einem Gewehr neben dem Bett schlafen, er hat es mir gezeigt.«

Fritzi überlegte. »Ist Venice nicht ziemlich weit von hier?«

»Mit der Tram überhaupt nicht. Man nimmt die Venice-Linie in die Stadt, das dauert ungefähr eine halbe Stunde. Die Tram verkehrt in der Woche alle zwanzig Minuten. Die Wagen sind sauber, und an sonnigen Tagen kann man außerdem noch die schöne Aussicht genießen. Ich wette, Mr. Hongs Haus würde Ihnen gefallen. Vorne gibt es einen kleinen Raum, der als Wohnzimmer eingerichtet ist, und nach hinten zwei große Schlafzimmer.« Fritzi gefiel, was sie hörte; Lily Madisons Begeisterung war ansteckend.

Lily sprang auf. »Kommen Sie mit, und sehen Sie sich's an! Sie verpflichten sich zu nichts. Ich sage Ihnen was: Ich gebe dem Chauffeur fünfzig Cent, damit er Sie zurückbringt.«

»Also gut, warum nicht?« erwiderte Fritzi hocherfreut.

Lily nahm sie an der Hand, und wie zwei alte Schulfreundinnen traten sie nebeneinander hinaus auf die Straße. Vielleicht hatte die leidige Wohnungssuche damit ein Ende.

Das in der Bucht von Santa Monica gelegene kalifornische Venice hatte nichts gemein mit dem italienischen Venezia, obwohl der Stadtplaner, ein gewisser Abbot Kinney, als er das Gelände 1904 erschloß, diese großartige Stadt im kleinen hatte kopieren wollen. Er hatte hübsche Kanäle gebaut, die leider inzwischen Kloaken voll verfaulender Krautköpfe und Orangenschalen waren. Fritzi sah mit Entsetzen, daß sogar ein toter Hund darin trieb.

Die Häuser entlang des Kanals waren einfach, aber gepflegt.

Im Westen, wo die Sonne auf dem Meer glitzerte, waren die Umrisse eines Riesenrads zu sehen, und aus einer Dampforgel ertönte *Ah, Sweet Mystery of Life.*

»Was ist das dort unten, ein Vergnügungspark?« fragte Fritzi.

»Ja, Karussells und Buden entlang der Strandpromenade«, sagte Lily und nickte. »Dem Stadtteil geht es besser als diesem hier.« Der Beweis für die Richtigkeit ihrer Worte waren zwei Schilder mit der Aufschrift »Zu verkaufen« und mehrere Mietangebote.

Das kleine schmucke Haus von Mr. und Mrs. Hong grenzte an einen der weniger stinkenden Kanäle. Lily sperrte mit ihrem Schlüssel die Tür auf; die Besitzer waren bereits in ihrem »Chop-Suey-Palast«, wie sie die Bude nannten. Beschwingt führte Lily den Gast die Treppe nach oben. Dort befand sich zur Linken das kostbare eigene Bad, von dem sie erzählt hatte. Das Zimmer, dessen Boden mit kleinen, achteckigen weißen Fließen gekachelt war, wurde beherrscht von einem thronähnlichen Wasserklosett mit einem Wassertank aus Holz und einer Kette zum Ziehen. Die Badewanne mit den Klauenfüßen wirkte so stabil wie ein Kriegsschiff.

Lily ergriff Fritzis Hand und zog sie in das vordere Wohnzimmer. Die Sonne, die durch große Fenster hereinfiel, überzog das alte, aber durchaus noch brauchbare Mobiliar mit goldener Patina. Zur Verschönerung hatte Mrs. Hong mehrere Topfpalmen ins Zimmer gestellt. Sonnengelbe Spitzenvorhänge flatterten raschelnd in der nachmittäglichen Brise, die den Duft von Wasser und Salz hereinwehte.

»So viel Licht, das ist ja wunderbar!« rief Fritzi.

Lily lächelte ironisch. »Das ist Kalifornien. Man gewöhnt sich dran.«

Lilys geräumiges Schlafzimmer lag zur Linken, wenn man sich der Vorderseite des Hauses zuwandte. Das andere, zur Rechten, neben der Treppe, war nur halb so groß, aber mit einer hübschen Kommode eingerichtet, einem Schrank mit einem langen Spiegel an der Tür, einem kleinen Tisch und Stuhl, einem Einzelbett und drei elektrischen Lampen. Die Hongs waren wirklich keine knauserigen Leute, die ihren Mietern nur das Geld aus der Tasche ziehen wollten.

Mit angehaltenem Atem fragte Lily: »Gefällt es Ihnen?«

»Sehr. Ach, noch eine Frage. Können wir hier kochen?«

»Hier oben gibt es kein Gas, aber Mrs. Hong läßt mich ihre Küche benutzen. Sie und ihr Mann gehen früh aus dem Haus und kommen spät, sie sind also kaum da. Können Sie kochen?«

»Nein.«

»Ich schon, aber ich tu's furchtbar ungern. Eigentlich hatte ich mir eine Mitbewohnerin vorgestellt, deren Vater Koch ist«, meinte Lily schelmisch.

»Ich kann Brot in einer Pfanne rösten und ein gekochtes Ei salzen und pfeffern. Wir schaffen es schon. Was kostet die Wohnung?«

»Fünf Dollar pro Woche und achtzehn, wenn wir Mrs. Hong monatlich zahlen. Sie ist eine gerissene Geschäftsfrau, obwohl sie wenig spricht. Ihr Anteil würde also zehn Dollar betragen oder neun, wenn wir die Miete gleich für den gesamten Monat entrichten.«

»Das ist ja fast geschenkt. Wenn Sie mich haben wollen, ziehe ich sofort ein.«

»Klar doch!« Lily drückte Fritzis Arm, als sie die Treppe hinuntergingen. »Wir werden bestimmt gut miteinander auskommen. Haben Sie Lust auf ein Bier? Ich kenne ein Lokal an der Promenade, wo man auch an Frauen ausschenkt. Okay?«

Fritzi, deren Lebensgeister wieder erwachten, stimmte begeistert zu.

50. DIE FALSCHE RICHTUNG

Carl trank einen doppelten Whiskey. Er floß ihm heiß die Kehle
hinunter, als er das Glas abstellte. Dumpf beobachtete er, wie
sich die glänzende Oberfläche im Glas wieder glättete. Sein Hinterkopf schmerzte. Ob es die Nerven waren oder die Nachwirkungen seines Unfalls vor einigen Monaten, das konnte er nicht
sagen. Er hatte ein Rennen in einem Marmon gefahren; es war
ein Straßenrennen auf dem hervorragenden Savannah-Ring, der
1908 von Kettensträflingen für den *Grand Prize* gebaut und vom
American Automobile Club, dem Freund-Feind der American
Automobile Association ausgerichtet wurde. Die Fahrbahn bestand aus Kies, der mit viel Öl geglättet war; sie wand sich durch
Sümpfe, Palmenhaine und Eichenwälder. Carl hatte zwei Längen Vorsprung gehabt, als der Reifen platzte. Daß er mit dem
Kopf voran gegen einen Baum geprallt war, daran erinnerte er
sich später nicht.

Er starrte auf den doppelten Whiskey, den vierten an diesem
Abend. Das Lokal, das versteckt hinter den Sanddünen an der
Uferstraße von Ormond Beach lag, war leer. Die Gesellschaft
hatte sich aufgelöst, als Barney ins Krankenhaus gebracht worden war.

Carl sah, wie der Barkeeper eine Flüssigkeit auf einen Lappen träufelte und sich dann das Handgelenk damit abrieb. »Waren Sie auch an der Schlägerei beteiligt?« fragte Carl.

»Nein, ich bin wund vom Korkenziehen. Ich habe noch nie
im Leben so schnell so viele Flaschen entkorkt.«

»Wenn Barney Oldfield feiert, dann richtig.«

»Wenn Sie es so nennen«, murmelte der Barkeeper mit einem
Blick auf das zerstörte Mobiliar. Ein älterer Schwarzer in Ar-
beitsschuhen und einem zerrissenen Baseballhemd fegte die
Glasscherben zusammen. Carl trank noch ein Glas. Wie konnte
ein Tag, der so gut begonnen hatte, so grauenhaft enden?

Es war Barneys Temperament. Überall, wo er war, hurte und
spielte er, trank er und fing eine Schlägerei an.

Am Nachmittag hatte Barney vor einem begeisterten Publikum, das über die Dünen hereinströmte, seinen eigenen Ein-Meilen-Rekord auf gerader Strecke gebrochen, den er im Vorjahr aufgestellt hatte, als er mit einer Geschwindigkeit von 132 Meilen den Rekord von 127,5 von Fred Marriott aus dem Jahr 1906 übertraf. Unter dem wolkenlosen Himmel Floridas, vorbei an sanften, weißen Wellen, die den Duft von Meer und Salz herantrugen, fuhr Barney seinen neuen Rennwagen auf der harten Sandstrecke von Daytona, die immer begehrt war, wenn es darum ging, einen neuen Rekord aufzustellen. Barneys 200 PS starker Wagen aus dem Hause Benz war ein raketenähnliches Monster mit Kettenantrieb, weiß, mit einem riesigen, aus zwei Teilen gegossenen Vierzylindermotor und dem Namen *Blitzen*.

Nachdem er mit Bess eine Proberunde gedreht hatte, stopfte er sich die neuen Ohrstöpsel in die Ohren, steckte sich eine Zigarre zwischen die Zähne, setzte seine Fahrbrille auf und gab mit dem Daumen nach oben das Zeichen zum Start. Er fuhr am Strand entlang, drehte um und beschleunigte zum Endspurt. Carl stand mit dem Teammanager Will Pickens zusammen und verfolgte das Geschehen mit dem Fernglas.

Der Benz stieß Rauch und Flammen aus. Pickens riß ihm das Fernglas aus der Hand. Carl biß die Zähne zusammen, als der Wagen aufheulend auf den Zielrichterstand zuraste. Pickens schrie: »Heiland, er muß wenigstens hundertfünfunddreißig Sachen draufhaben. Sieht ja aus, als würde er abheben. Wenn jetzt ein Reifen platzt oder er drauffährt ...«

Als *Blitzen* vorbeischoß, hätte man meinen können, es explodiere eine Bombe. Die Menge schrie und kreischte. Der Wagen verschwand im Süden und kam schon wieder in einer Rauchwolke zurück, während der Zielrichter fast hysterisch den offiziellen neuen Rekord hinausschrie – 133,4 Meilen.

Ölverschmiert und grinsend gab Barney fast eine Stunde lang Autogramme. Als die Sonne schließlich unterging, erkundigte er sich nach dem nächstgelegenen Saloon oder Wirtshaus.

Zwei Stunden später schaffte Will Pickens ihn mit eingeschlagenem Schädel und blutüberströmt ins Hospital. Carl blieb in der Bar, in der die Schlägerei stattgefunden hatte, und trank weiter.

Jetzt war es dunkel. Carls Kopf dröhnte. Er spürte einen sauren Geschmack auf der Zunge. Er beobachtete, wie eine Fliege über die hartgekochten Eier krabbelte, die auf der Theke auf einem Teller vor sich hin gammelten, während der Schwarze den Scherbenhaufen Zentimeter um Zentimeter weiterfegte. Carl konnte die Wahrheit nicht mehr länger ignorieren. Der Traum, dem er nach Indianapolis gefolgt war, verblaßte.

Er hörte, wie auf der Strandseite die Tür ging, aber er drehte sich nicht um; es interessierte ihn nicht, wer hereinkam.

Die Überraschung auf dem Gesicht des Barkeepers änderte seine Haltung. Er drehte sich langsam um, seine Glieder waren schwer und müde. Der Mond stand voll am Himmel und warf einen leuchtenden Schimmer auf das durch die Tür sichtbare Meer. Eine Frau trat an die Bar. Er erkannte sie am Geruch, noch bevor er sie sah. Das Parfüm, das sie benutzte, erinnerte ihn an Maiglöckchen. Seine Mutter hatte das gleiche benutzt. Er schaute genauer hin.

»Bess.«

»Ich habe gehofft, daß du noch dasein würdest.« Barneys Frau vermied es, Carl direkt anzusehen, als sie ihre Tasche auf die Theke legte. Ihr weißes Spitzenkleid, das am Nachmittag noch frisch gestärkt und hübsch gewesen war, war jetzt zerknittert und unter den Brüsten von Schweiß durchnäßt. An den Barkeeper gewandt, sagte sie: »Geben Sie mir einen Whiskey. Lassen Sie die Flasche stehen. Und dann lassen Sie uns allein.«

Mit einem Zucken um die Mundwinkel, das auch ein Schmunzeln hätte sein können, stellte der Barkeeper die Flasche und ein Glas auf die Theke, dann verschwand er in einem Hinterzimmer. An den Schwarzen gewandt, sagte Bess: »Lassen Sie jetzt diesen verdammten Besen stehen und machen Sie lieber etwas Luft.« Der Mann grapschte sich einen Stuhl und griff nach einer herunterbaumelnden Schnur, die drei herzförmige Palmenfächer bewegte. Er ließ sich auf dem Stuhl nieder und schwang die Schnur hin und her, wodurch sich die Fächer bewegten und etwas Luft aufwirbelten.

»Wie geht es Barney?« erkundigte sich Carl.

»Der Doktor hat zwei Stunden gebraucht, um ihn notdürftig zusammenzuflicken, und er war noch nicht fertig, als ich ging. Er wird durchkommen. Barney hat einen harten Schädel. Das kommt daher, weil nichts drin ist.«

Das war die Seite von Bess, die das Publikum und die Presse nie zu Gesicht bekam. Wenn sie während der Interviews an Barneys Arm hing, gab sie sich aufregend, liebevoll und bewunderte ihn. Bess war eine sinnliche, schöne Frau von großer Leidensfähigkeit.

»Er wird so gut wie neu sein, wenn die Sonne aufgeht«, meinte sie verächtlich. Sie kippte ihren Whiskey hinunter, goß sich einen zweiten ein und kippte auch den.

»Ich weiß wirklich nicht, wie er das schafft«, sagte Carl. »Du hast recht, er setzt sich mit verbundenem Kopf ans Steuer und fährt wie der Teufel, wenn er Lust hat. Ich kann nicht soviel trinken.«

»Hat aber heute den Anschein, als könntest du's.«

»Na ja, klar, Barney schafft einen irgendwie.«

»Erzähl mir lieber was, was ich noch nicht weiß.«

Sie schenkte nach. Die Fächer quietschten. Die Brandung des Atlantiks murmelte verführerisch; das Meer schien im Mondlicht bis hinüber nach Europa zu funkeln. Carl rieb sich die Augen, aber sein Blick blieb trüb.

Bess' blasse, weiche Hand lag auf seinem Arm. Er hatte weder gesehen noch gespürt, daß sie sich dort hingelegt hatte.

»Carl, ich schulde Barney nichts. Er hat mich zigtausend Mal betrogen. Wenn man's genau nimmt, ist er auch nicht sehr originell. Ein dummer Hinterwäldler, der zu schnell das große Geld gemacht hat und nicht weiß, wie er damit zurechtkommen soll. Ein flotter Rennwagen, aber man hat vergessen, ihm Bremsen einzubauen. Du, du bist anders.« Sie fuhr sich mit der Zunge über die Lippen und vergewisserte sich, daß der Barkeeper immer noch außer Sichtweite war. Der Druck ihrer Finger verstärkte sich.

»Bleib heute nacht bei mir.«

Der Schweiß schmiegte das weiße Kleid in den nassen Einschnitt zwischen ihren Brüsten. Carls Zunge fühlte sich an wie ein Stück Holz. Er war in Versuchung. Nachdem er sie einen Moment gemustert hatte, sagte er: »Ich glaube nicht, daß das eine gute Idee wäre.«

»Die Frau vom Chef? Er wird es nie erfahren.«

»Aber wir wissen es.«

Ihr Zorn schlug um in Hohn. »Ach so, du bist so ein

Mr. Rührmichnichtan. Ich habe dich für einen Mann gehalten.« Sie donnerte das Glas auf die Theke. »Du bezahlst den
Whiskey. Die Fahrt hätte ich mir sparen können.«

Sie ging hinaus, eine geisterhafte, silbrige Silhouette im
Mondlicht. Kurz darauf hörte er das Rattern eines Autos. »Sie
können Schluß machen«, sagte Carl zu dem alten Schwarzen.

»Ja, Sir.«

Aus dem Hinterzimmer kam der Barkeeper. Carls Blick fiel
auf den Boden. Eine große braune Kakerlake mit zitternden
Fühlern kroch langsam und zielstrebig über die Spitze seines
Stiefels.

»Party zu Ende?« fragte der Barkeeper.

Carl schüttelte den Stiefel. Die Kakerlake fiel herunter, und
er zertrat sie mit seinem Stiefel.

»War keine Party. Wieviel kriegen Sie für die Flasche?«

Am nächsten Tag, es war um die Mittagszeit, saß Carl in der Pension in Daytona, in der das Team untergebracht war, an einem
Korbtisch. Sein Magen war total leer, er hatte sich die ganze
Nacht übergeben. Barney erholte sich prächtig in seinem Hotel,
obwohl das Zusammenflicken seines Schädels volle vier Stunden gedauert hatte. Auf Carls Tisch lag die *Florida Times* aus
Jacksonville, die mit einer sensationellen Schlagzeile aufwar-
tete:

BARNEY OLDFIELD UNBESTRITTENER WELTREKORD-
HALTER.
MENSCHLICHER BLITZ STELLT NEUEN REKORD AUF.
Deutscher Kaiser telegraphiert Gewinner:
»Großartiger Sieg in deutschem Auto«

Carl machte die Spitze seines Bleistifts mit der Zunge naß und
griff nach der Postkarte, die einen Orangenhain in gräßlichen
Farben abbildete. Er drehte sie um und begann zu schreiben:

»Liebe Tess, wie geht es Dir? Mir geht's im Moment nicht besonders. Daß ich mich ›B‹ angeschlossen habe, war vielleicht ein
großer Fehler.«

Er schrieb nicht weiter, überflog das Geschriebene. Was
wollte er sagen? Sollte er das Team verlassen? Er würde viel auf-

geben. An Barney Oldfield war zwar nichts, was man lieben konnte, aber um so mehr zu bewundern. Der Mann hatte keine Nerven und beinah grenzenlosen Mut.

Vielleicht war er aber auch nur verrückt, was etwa auf das gleiche hinauslief.

Carl liebte das Fahren. Er genoß es, wenn der Wind um seine Brille pfiff und das Publikum johlend von den Bänken sprang, sobald er auf der Zielgeraden in Richtung Haupttribüne raste. Er kannte nichts Aufregenderes, als große Autos herauszufordern, die ihm wie wilde Tiere aus Eisen, Draht und Schläuchen erschienen, durch die statt Blut Benzin floß.

Er liebte den Ansturm der jungen Mädchen in Barneys Box nach den Rennen. Sie kamen immer in Scharen, aber wenn Bess in der Nähe war, durfte Barney keines anrühren, dann noch nicht. Jeder alleinstehende Mann fand da ein Mädchen für eine Nacht, außer er war taub, dumm und stumm.

Aber jedes dieser leichtlebigen Mädchen hinterließ ein schales Gefühl. Keine war Tess. Nie würde ihm eine von ihnen auch nur annähernd so viel bedeuten, wie Tess ihm immer noch bedeutete.

Er schnitt der Karte eine Grimasse und warf den Bleistift auf ein aufgeschrecktes Chamäleon, das über das Verandageländer spazierte. Er riß die Karte in Fetzen und stopfte die Schnipsel in seine Hemdtasche. Sie wollte bestimmt nichts von seinen Sorgen hören. Vielleicht war sie inzwischen mit diesem Idioten Wayne oder sonst jemandem verheiratet.

Er blieb auf der Veranda sitzen, während sich die schwüle Hitze auf ihn legte und ihn in seinem eigenen Schweiß badete. Die Sonne brannte in seine Augen; schließlich mußte er seine Hand schützend davorhalten. Sein Hinterkopf tat wieder höllisch weh. Er fragte sich, wohin ihn diese gefährliche Strömung noch treiben würde.

51. LIBERTYS AUFSTIEG

Fritzi stieg in einem Viertel namens Edendale an der Kreuzung Sunset und Alessandro Street aus dem großen roten Wagen. B. B.s Anweisungen folgend, wandte sie sich im morgendlichen Sonnenschein Richtung Norden, bestrebt, den Pfützen auf der Straße auszuweichen, die noch nicht vollständig ausgetrocknet waren. Selbst jetzt, im feuchten Winter, lag ein schwacher, süßer Duft von Rosen und Orangen in der Luft.

Edendale machte einen ländlichen Eindruck; sie sah hauptsächlich Mietställe, ein oder zwei baufällige Geschäfte, ein paar Holzhäuser und Hütten. Nach fast einer Meile entdeckte sie den rundlichen Besitzer von Pal, der vor einem unkrautüberwucherten Grundstück stand und ihr mit einem Taschentuch winkte.

»Sie haben's gefunden! Tut mir leid wegen des langen Fußmarsches. Sie werden aber nicht mehr lange die eigenen Beine bemühen müssen, ich sehe mich bald nach einem Auto um.« B.B. schüttelte ihre Hand, während sie einen mißtrauischen Blick auf das ungepflegte Grundstück warf.

»Na, was sagen Sie?«

Fritzi hielt sich die Hand über die Augen. »Es ist sehr – groß.«

»Ja, etwas über fünfzehntausend Quadratmeter. Wir haben einen günstigen Vertrag bekommen, für das ganze Jahr, obwohl wir im Frühjahr wieder nach New York gehen.« Er schob sie vorwärts durch gelbes Unkraut, von dem sich winzige, stachelige Samen auf ihrem Rock festsetzten. »Ging nicht anders. Der Typ, dem das alles mal gehört hat, hat seine Frau zerhackt und sitzt im Gefängnis. Deshalb gehört das Grundstück jetzt der Bank.«

»Da geht einem ja das Herz auf«, sagte Fritzi fast unhörbar.

Sie erklommen eine halbverfallene Treppe, die zum Haupthaus hinaufführte, einer verwitterten Ruine mit blätternder Farbe, deren Fensterläden nur noch an einer Angel hingen. Hinter dem Haus wurde bereits gehämmert. Fritzi meinte, Eddies Stimme zu hören.

»Die Büros werden wir hier und oben einrichten«, erklärte
B. B., als sie am Eingang einem Spinnennetz auswich. »Al hat
sich schon im Speisezimmer niedergelassen. Er wohnt wie ich
in einem Hotel der Stadt. Es gibt noch ein Zimmer, das wir als
Vorführraum herrichten. Hallo, Al!« B. B. winkte seinem Partner
zu. Kelly saß an einem riesigen Eßtisch, auf dem sich Rechnungen, Fachzeitschriften und Buchhaltungsunterlagen stapelten.

Kelly grüßte sie mit einem Grunzen und reichte Fritzi ein
blaugebundenes Schriftstück. »Ihr Vertrag. Lesen Sie ihn durch,
und unterschreiben Sie ihn, bevor Sie gehen.«

»In zwei Tagen fangen wir mit der neuen Indianer-Folge an«,
informierte B. B. sie. »Bis die Bühne fertig ist, drehen wir draußen, in einem Ort namens Daisy Dell, den Eddie aufgetan hat.«
Fritzi studierte das Schriftstück, eine unsinnige Ansammlung
von Deshalbs und Wohingegens. Ihr Blick blieb bereits am ersten Absatz hängen.

»Mein Vertragspartner ist jemand namens Liberty Pictures.«

»Wir haben einen neuen Partner«, sagte Kelly.

»Richtig. Er bringt eine Menge Betriebskapital ein«, erklärte
B. B.

»Wer ist das?«

Kelly übernahm die Antwort. »Er heißt Ham Hayman. Einer
von Bennys hebräischen Verwandten. Aus der Gegend von Frisco. Hat als Pelzhändler angefangen und sich dann auf bewegte
Bilder verlegt.«

»Al, wie oft soll ich es dir noch sagen? Alle Welt nennt sie
jetzt Filme. *Filme.*« An Fritzi gewandt, erklärte er: »Der alte Begriff ist übel vorbelastet. Das neue Wort heißt Film. Hab' ich in
der *World* gelesen.«

Kelly fügte ungerührt hinzu: »Hayman betreibt ein Filmtheater, aber eigentlich ist er Verleiher. Besitzt eine ganze Kette von
Verleihstellen von Nevada bis Colorado und runter nach Arizona. Ist unabhängig«, setzte er nach und machte ein Gesicht,
als stiege ihm der Geruch von verdorbenem Käse in die Nase.
»Ich habe B. B. gesagt, daß es ein Fehler ist, sich mit unabhängigen Verleihern einzulassen. Wir sollten Mitglied in der Patentverwertungsgesellschaft werden und durch Kennedys General
Filmco verleihen.«

»Wir haben die neue Kamera bei denen gekauft, das reicht.«

B. B. beruhigte Fritzi: »Machen Sie sich keine Sorgen, die Unabhängigen sind im Kommen. Sie werden stärker und stärker. Vorgestern habe ich gehört, daß Gaumont in Paris aus der Patentverwertungsgesellschaft austreten will, und Eastman's die Absicht hat, Aktien an jedermann zu verkaufen und nicht mehr nur an Mitglieder der Verwertungsgesellschaft. Carl Laemmle bei IMP hat den Slogan geprägt: ›Patentverwertungsgesellschaft ade!‹ – und genau das trifft zu.«

»Alles schön und gut, aber ich begreife nicht, warum die Firma ihren Namen ändern muß«, warf Fritzi ein.

»Das ist die Gegenleistung, die Hayman für sein Kapital bekommt«, erklärte Kelly. »Er sagt, daß er mit neun von einem Pferd gebissen wurde. Das Pferd mußte weg.«

»Wir haben uns bereits ein großartiges Firmenzeichen ausgedacht«, verkündete B. B. strahlend.

»Lassen Sie mich raten! Die Freiheitsstatue?«

»Gib dem Mädchen eine Prämie«, sagte Kelly. »Unterschreiben Sie den Vertrag noch heute, Fritzi.« Er beugte den Kopf über eine Akte, gerade so, als seien sie und B. B. nicht anwesend.

Freudestrahlend wie ein Vater über sein neugeborenes Kind, führte B. B. sie durch die staubige Küche zu einem Stall, in dem die Requisiten und der Malerbetrieb untergebracht werden sollten. »Die Garderoben sind dort drüben.« Fritzi war entsetzt. Er deutete auf die Pferdeställe, die nach Mist rochen. »Keine Sorge, wir hängen Decken auf.«

Die Hauptsache schien sich jedoch auf dem hinteren Teil des Grundstückes abzuspielen, vor allem um eine einfache Holzkonstruktion herum, die B. B. stolz als ihre Bühne präsentierte. Sie sah Schreiner auf Leitern und zwei bekannte Gesichter – Eddie und Jock Ferguson, der an einer unbekannten Kamera herumfummelte. War das etwa die neue, von der B. B. gesprochen hatte?

»Richtig, es ist eine Bianchi«, sagte er. »Sie trägt den Namen eines Italieners, der für Edison gearbeitet hat. Jock meint, sie sei Mist. Gibt andauernd den Geist auf. Aber sie verstößt nicht gegen ein Patent. Wir drehen natürlich weiterhin mit der alten, diese hier ist nur zum Vorzeigen. Wenn die Detektive auftauchen, können sie sich am Kopf kratzen, haha.«

Er kicherte, aber trotz des herrlichen Sonnenscheins spürte

sie auf einmal einen kalten Windhauch. Im Geiste sah sie wieder
Pearly und den Augenblick, als er in der Haltestation City Hall
vor den Zug stürzte. Oft plagten sie deswegen schreckliche Alpträume.

Jock küßte sie zur Begrüßung auf die Wange. Eddie führte sie
auf die Bühne, ein großes rechteckiges Gebilde mit Holzboden.
»Wir können mindestens zwei Innenszenen auf einmal drehen«,
versicherte er. »Drei, wenn wir sie zusammenrücken. B. B. und
Kelly wollen die Produktion auf drei Einspuler pro Woche
erhöhen – eine Komödie, ein Drama, einen Western oder einen
Indianerfilm. Das ist sozusagen Standard für erfolgreiche Unabhängige.«

Lachend stellte sich B. B. vor Fritzi hin. »Nun, mein Mädchen, was sagen Sie jetzt?«

Sie lächelte leicht verwirrt und sagte: »Es tut sich viel hier.«

»Und Sie spielen dabei eine wichtige Rolle.«

Eddie legte ihr den Arm um die Schulter. »Das neue Indianer-
Drehbuch ist fertig, wenn du's lesen willst.«

Aus Fritzis Verwunderung wurde Staunen. Alles deutete auf
Veränderungen hin. Der neue Partner drückte der Firma, die
einen neuen Namen hatte, bereits seinen Stempel auf. Eine neue
Kamera war im Einsatz an einem Drehort, der jetzt Set hieß. Seltsames neues Geschäft!

Nie hätte sie es Hobart oder irgendeinem anderen Kollegen
vom Broadway eingestanden, aber sie konnte es plötzlich kaum
noch erwarten, daß die Arbeit losging.

Ham Hayman erschien zum ersten Mal Ende Januar, nachdem er
aus San Francisco nach Los Angeles gezogen war, um unmittelbar in das Produktionsgeschehen eingreifen zu können. Er war
ein kleiner, mäkeliger Mann mit blassen Händen, gelocktem
Haar und Fuchsäuglein.

Eddie erklärte Fritzi, daß Hayman nicht nur das dringend
benötigte Produktionskapital liefere, sondern obendrein eine
Prämie in Höhe von zehn Prozent für jeden fertigen Film in die
Firma einbrächte. Dafür erhielt er das exklusive Verleihrecht für
alle Liberty-Filme überall, wo er Verleihbüros besaß.

Hayman erschien regelmäßig auf dem Filmgelände, wo er
seine festgefügten Ansichten den Schauspielern, der Beleg-

schaft – im Grunde allen in Hörweite – verkündete. Eine seiner Ideen führte dazu, daß eine bestimmte Person eingestellt wurde.

»Wie können wir mehr produzieren, wenn wir nicht genügend Drehbücher haben? Wir brauchen eine eigene Drehbuchabteilung«, klagte Hayman laut, so daß Fritzi ihn hörte. Eine Bemerkung, die sie nicht vergaß. Bei nächster Gelegenheit schlug sie B. B. vor, sich mit einer jungen Frau zu unterhalten, die sie kenne und die bereits ein oder zwei Drehbücher verkauft habe. Sie vergaß natürlich nicht, Haymans Ansicht zu erwähnen. B. B. sagte freudig zu.

An diesem Abend zappelte Lily vor Aufregung, während ihr Fritzi Anweisungen für das zwei Tage später geplante Gespräch gab. »Nimm die Exposés mit, die du schon verkauft hast, und ein weiteres, an dem du gerade arbeitest. Du mußt durchblicken lassen, daß du literarisch gebildet bist.«

»Aber das ist das letzte, was ich bin«, rief Lily, wobei sie die Schultern hochzog und ihre Brust unter dem dünnen, fast durchsichtigen Blusenstoff nach vorne schob. Die Bewegung schien überzeugend darzustellen, was Lily war und was sie nicht war.

»Liest du denn keine Romane oder Gedichte?«

»Ich mag Poe, seine Gruselgeschichten. Und Dickens, von dem ich einiges gelesen habe. Viel Brimborium, aber interessante Figuren.«

»Kannst du irgend etwas von den beiden zitieren?«

»Ach komm, Fritzi! Ich konnte es kaum erwarten, bis ich alt genug war, nicht mehr die Schulbank drücken zu müssen.«

Fritzi saß neben ihr auf dem Bett im großen Schlafzimmer und überlegte. »Dann müssen wir uns etwas einfallen lassen, mit dem wir Mr. Pelzer rumkriegen. Irgend etwas Beeindruckendes, was aber trotzdem verständlich ist.« Sie dachte an die vielen Gedichte, die sie in der Schule hatte auswendig lernen müssen. »Tennyson. Der ist genau der Richtige! Hör dir das an.«

Sie sprang auf, legte eine Hand auf die Brust und trug vor.

»Breche, breche, breche,
auf deinen alten grauen Steinen, o Meer!
Wie ich wünschte, meine Zunge könnte künden
von den Gedanken, die mich durchzucken.«

Lily hob ihren mit Volants besetzten Rock und kratzte sich am Schenkel. »Versteh' ich nicht.«

»Das spielt überhaupt keine Rolle, solange du nur so tust, als verstündest du's. Es kann alles mögliche bedeuten, was immer du willst – die Gedanken, die dir einfallen, können Szenen sein, die dir so schnell durch den Kopf schießen, daß deine Hand zu langsam ist, sie aufzuschreiben.«

Unschlüssig schaute Lily sie an. »Wenn du meinst.«

Als sie am verabredeten Morgen in dem roten Wagen fuhren, war Fritzi genauso nervös wie ihre Freundin. Sie hatte Lily gebeten, nur einen Hauch von Rouge aufzulegen und sich nicht so stark anzumalen, wie sie es am Abend tat. Lily trug ihr schlichtestes Kleid. Vor dem Hauptgebäude drückte Fritzi Lilys Hand. »Laß dich nicht von ihm einschüchtern. Er ist im Grunde ein netter Mensch. Viel Glück!«

In der nächsten Stunde konnte Fritzi sich kaum auf ihre Arbeit mit Eddie konzentrieren. Als sie ungefähr um halb zehn ihre Szene beendet hatte und sich die schweißnasse Stirn mit einem Taschentuch abtupfte, sah sie, daß Lily winkend in Richtung Bühne gelaufen kam. Fritzi rannte ihr entgegen.

»Wie war's?«

»Ich hab' den Job. Ich bin die Drehbuchabteilung – zwanzig Dollar pro Woche, bis ihr nach New York zurückgeht.«

»Lily, das ist ja wunderbar!« Sie tanzten im Polkaschritt umeinander herum, und Jock Ferguson und Eddie lachten mit ihnen.

»Aber es kommt noch besser. Mr. Pelzer meinte, wenn es mit uns klappt, beschäftigt er mich wieder, wenn ihr nächsten Winter zurückkommt. Das verdanke ich alles dir. Er *liebt* Tennyson.«

Eine andere von Haymans großartigen Ideen führte dazu, daß jemand das Team verließ.

Während sich Fritzi in einem übelriechenden Pferdestall umzog, hörte sie, wie sich die Kompagnons draußen vor dem Stall stritten.

Hayman: »Kalem veröffentlicht bei jedem neuen Film eine Liste mit den Namen der Schauspieler.«

B. B.: »Aber ich nicht, Ham, einen Film verkauft man nur

über den Firmennamen. In *World* wirbt ein Filmvorführer: ›Täglich ein neuer Biograph‹.«

»Unsinn«, sagte Hayman. »Du kriegst doch Briefe, in denen nach den Schauspielern gefragt wird, oder etwa nicht?«

B. B.: »Hin und wieder fragt einer nach Owen, aber viel öfter fragen sie nach Fritzi. Trotzdem …«

Hayman: »Mach die Namen bekannt! Mach die Namen zu *Geld*! Mit den Florence-Lawrence-Filmen hat man das auch so gemacht.«

Kelly: »Nachdem sie von Biograph weg war. Für andere macht sich Biograph nicht stark.«

Hayman: »Das sind Idioten. Sie hatten die gewinnträchtigsten Schauspieler Amerikas. Mary Pickford kommt ganz groß raus, seit sie und ihr Süßer zu Laemmles IMP gegangen sind.«

Kelly: »Ich warne euch. Wenn die Schauspieler namentlich aufgeführt werden, wollen sie auch mehr Geld.«

Hayman: »Na und? Wenn wir Stars haben, die das Publikum kennt und sehen will, verdienen wir doch auch mehr Geld. Du mußt umdenken, Al – umdenken! Es ist wie mit dem Meer. Es ist immer da, dagegen kann man nichts machen, aber wenn man mit dem Strom schwimmt, trägt er einen an wunderbare, neue Orte.«

B. B.: »Ich finde den Vorschlag gut.«

Fritzi hörte schwere Schritte; wahrscheinlich schlurfte der überstimmte Al davon.

Für den nächsten Film mit dem Titel *Die Flucht des einsamen Indianers* kehrten sie in die wilde, einsame Gegend von North Highland zurück, genannt Daisy Dell. Am ersten Tag traf B. B. um die Mittagszeit mit einem Taxi ein, dann mußte er einen nicht ungefährlichen Fußmarsch auf sich nehmen, um dorthin zu kommen, wo sie Owens Zelt aufgeschlagen hatten. Begeistert zeigte er eine Postkarte herum, auf deren Vorderseite ein kräftiger, hakennasiger Mann in Cowboy-Kleidung abgebildet war.

»Hab' ich gestern zufällig in einem Filmtheater entdeckt, kostet zehn Cent. Ist das nicht eine großartige Idee?« Fritzi betrachtete Photo und Text.

ESSANAY HAUPTDARSTELLER
»BRONCO BILLY« ANDERSON

»Gefällt Ihnen das, Owen? Hätten Sie nicht auch gern Ihren Namen und Ihr Bild auf so 'ner Karte?«

»Wenn Sie meinen, B. B.« Owen verschränkte seine bemalten Arme und warf Fritzi einen selbstgefälligen Blick zu. B. B. lief um den roh gezimmerten Tisch herum, an dem das Filmteam Sandwiches gegessen und lauwarmen Tee getrunken hatte.

»Und Sie, Fritzi?«

Die Frage überrumpelte sie; sie deutete etwas fassungslos auf sich, aber noch bevor sie sagen konnte: »Ich?«, sprang Owen so heftig auf, daß die Federn seines Kopfschmucks zitterten.

»Was soll das? Ich wüßte doch gern, wer nun hier der Star ist.«

B. B. zog nachdenklich eine Braue hoch. »Tja, Owen, wenn man von der Zahl der Briefe ausgeht, die Fritzi bekommt, und der, die Sie bekommen, dann würde ich sagen« – er legte den Arm auf Fritzis sonnenbeschienene Schulter –, »es ist dieses Mädchen hier.«

Owens Gesicht nahm einen unverkennbar dunkleren Rotton an. »Ach wirklich? Also, ich muß schon sagen, Mr. Pelzer, das gefällt mir ganz und gar nicht. Aber wirklich gar nicht. Ihre Rollen werden größer, während meine gleichbleiben. Ich kann Ihnen nur sagen, daß mir das nicht gefällt.«

Um zu demonstrieren, wie ernst er es meinte, riß er sich seinen Kopfschmuck ab, warf ihn zu Boden und trampelte darauf herum.

»Darüber müssen wir uns unterhalten, Mr. Pelzer.«

»Sicher, kommen Sie morgen vorbei …«

»Jetzt gleich.«

B. B. seufzte. »Also gut.« Er und Owen marschierten den Pfad hinauf, den B. B. heruntergekommen war. Die Unterhaltung dauerte fünfundvierzig Minuten, verzögerte den ganzen Ablauf und brachte Eddie in Rage. Später, als alle Mitarbeiter der Firma bei Sonnenuntergang zurückkehrten, wurde diese Unterhaltung im Studiobüro fortgesetzt. Es wurde nie geklärt, ob Pelzer, der sanftmütigste aller Männer, Owen gefeuert oder ob Owen einfach gekündigt hatte. Fritzi erfuhr von Owens Abschied erst, als sie am nächsten Morgen zur Arbeit kam.

»Ich möchte bloß wissen, wie wir den verdammten Film zu Ende kriegen sollen«, jammerte Kelly.

»Wir finden einen anderen Häuptling ›Aufgeblasen‹«, beruhigte ihn B. B. »Ich mußte Owen einfach mal reinen Wein einschenken.« Er ergriff Fritzis Hand. »Sie ist es, um die wir uns kümmern müssen, Al. Dieses kleine Mädchen ist der Star.«

Der *Star*? Noch nie hatte jemand diesen Begriff mit ihr in Verbindung gebracht. Sie hätte außer sich sein müssen vor Freude. In gewisser Weise war sie es auch. Aber hauptsächlich hatte sie Angst. Sie erlebte sich wie auf einem Floß, das unweigerlich in einen dunklen Strudel gezogen wurde, in das Filmgeschäft, während am Strand die Lichter des Broadway funkelten und Ellen Terry ihr traurig und enttäuscht winkte.

52. FRITZI UND CARL

»So setzen Sie sich doch, Frau.«

»Aber der Fahrer in dem gelben Auto ist mein Bruder!«

»Hören Sie schlecht? Sie sollen sich setzen.« Der Mann in der Reihe hinter Fritzi zupfte sie grob am Ärmel. Sie wandte sich um und versetzte ihm mit ihrer Handtasche einen leichten, schnellen Schlag.

»Dann stellen Sie sich halt hin, wenn Sie nicht sehen können, Sie Grobian!«

Der Mann sah das zornige Feuer in ihren Augen und stellte sich auf seinen Sitz, statt zu streiten.

Die drei Wagen, Barney Oldfields weißer, ein grüner und Carls gelber, preschten in die zweite Runde, kaum daß das Startsignal gegeben wurde. Immer wieder sprang Fritzi von ihrem Sitz auf, wie Hunderte anderer Zuschauer auch, die sich in dem kleinen hölzernen Amphitheater zusammendrängten. »Vorwärts, Carl, los! Du mußt es schaffen!«

Fritzi hatte noch nie eine Rennbahn wie diese hier in Playa del Rey gesehen, die in Sicht- und Hörweite des Pazifiks lag. Sie war wie eine Untertasse konstruiert, um die sich eine hohe Haupttribüne schloß. Die Rennpiste bestand aus Tannenholz mit einer zusätzlichen Schicht aus zerstoßenen Muschelschalen für eine bessere Haftung der Räder. Die Rennbahn verlief zu den Rändern hin schräg nach oben. Von der obersten Reihe der Haupttribüne bot sich ein herrlicher Ausblick auf die Berge im Osten und den sonnengleißenden Pazifischen Ozean im Westen.

An diesem Sonntag, dem letzten Tag im April, erwartete Fritzi nicht, daß Carl diesen Oldfield schlagen könnte. In seinen Briefen hatte er ihr erklärt, daß der Ausgang solcher Ausscheidungsrennen im voraus festgelegt werde. Trotzdem jubelte sie in natürlicher Begeisterung und schwesterlicher Zuneigung, als Carl den zweiten Durchgang mit einer Länge Vorsprung gewann.

Benzin- und Öldämpfe mischten sich mit dem Rauch, der von der Rennbahn aufstieg. In der letzten Runde schob sich Oldfield zwei Längen vor der Ziellinie plötzlich vor Carl und riß ihm dabei den linken vorderen Kotflügel ab. Von dem Aufprall wurde Carl in Richtung Haupttribüne geschleudert. Er riß das Steuer herum und drehte sich anschließend mehrmals im Kreis. Oldfield schoß auf das Ziel zu. Der dritte Fahrer hielt sich an der Innenwand, an der er entlangschlitterte, um Carl nicht in die Quere zu kommen, der nach einer letzten Drehung den Motor abwürgte. Fritzi preßte sich die Fäuste an den Mund, bis Carl den Motor wieder anließ und aus Oldfields Bahn tuckerte, der, ohne langsamer zu werden, auf ihn zuraste.

Carl fuhr eine schlechte letzte Runde und verließ die Bahn, während Oldfield eine Siegerrunde drehte. Unwillkürlich war sie enttäuscht und wütend. Leichtfertig hätte Oldfield ihren Bruder beinahe in einen Unfall verwickelt.

Hinterher bahnte Fritzi sich einen Weg durch die Menschenmenge nach unten. In der Garage wimmelte es nur so von Rennvolk, die Luft war rauchgeschwängert, alle lachten und schrien durcheinander. Fritzi erspähte Carl, der allein war und eben aus einem ölverschmierten Overall stieg. Sie schluckte, als sie den gräßlichen, bläulich schimmernden Fleck auf seiner linken Wange sah, direkt über einem Ölfleck.

»Carl?« Sie winkte ihm und drängte vorwärts. Er drehte sich um, und sie erschrak ein zweites Mal. Sein rechtes Auge war in dem Schlitz der geschwollenen und verfärbten Augenlider kaum mehr sichtbar.

»Schwesterchen, hallo, wie geht's?« Er schlang die Arme um sie und beugte sich hinunter, um sie fest zu drücken. Sie wand sich aus seiner Umarmung und strich ganz sacht über sein arg zugerichtetes Gesicht.

»Was um alles in der Welt soll das sein?«

»Das Auge? Nur eine kleine Rauferei gestern abend. Auf dem Weg in die Stadt hatten wir angehalten, um uns in Ventura ein paar Bierchen zu genehmigen – nichts Ernstes.«

»Konntest du überhaupt genug sehen, um zu fahren?«

»Grade genug. Ich bin fertig für heute. Willst du dem großen Mann die Hand schütteln, bevor wir gehen?«

»Natürlich«, antwortete sie zögernd, verunsichert durch den widerwilligen Ton in seiner Stimme.

Carl wandte sich um und preschte wie ein Stürmer auf dem

Fußballfeld nach vorne. »Wie lange wirst du hierbleiben?«
fragte sie ihn.

»Bis zum Wochenende.«

»Das ist ja großartig, dann können wir einiges gemeinsam
anschauen. Mr. Pelzer, der jetzige Chef der Liberty, meinte, ich
könne mir deinetwegen freinehmen. Mein Regisseur hat sogar
den Drehplan danach eingerichtet.«

Sie trafen Oldfield inmitten einer Gruppe von Bewunderern
an. Seine ölige Fahrbrille hatte er in die strubbeligen Haare
zurückgeschoben. An seinem Arm hing eine attraktive dunkelhaarige Frau. Sie bedachte Carl mit einem unfreundlichen Blick,
als sie näher traten. Fritzi war entsetzt über Oldfields Aussehen:
die fahle Gesichtsfarbe, die Tränensäcke unter den roten, wäßri-
gen Augen. Obwohl er relativ jung war, wirkte er alt und verbraucht.

»Barney, darf ich dir meine Schwester Fritzi vorstellen?
Schwesterchen, Barney und Bess Oldfield.« Mrs. Oldfields Blick
war schlichtweg feindselig.

»Ich freue mich, Sie kennenzulernen«, sagte Barney. »Ihr
kleiner Bruder, was?« Fritzi nickte. »Ist'n guter Rennfahrer.
Manchmal zu gut. Hoffe, die Show hat Ihnen gefallen. Komm,
Süße.« Er stupste seine Frau und ging dann mit ihr hinaus.

Fritzi schob die Hutnadel in ihren Hut, als sie die laute
Garage verließen. »Carl, was ist los? Dein Chef schien einge-
schnappt zu sein.«

»Der König wurde letzten Sonntag vom Thron gestürzt«, erwiderte Carl. »In Daytona hat ein junger Bursche namens Wild
Bob Burman Barneys Geschwindigkeitsrekord gebrochen. Und
zu allem Übel fuhr er auch noch einen von Barneys alten Wagen.
Barney ist schon die ganze Woche furchtbar geladen. Gestern
abend in dem Gasthaus kam es dann zum Streit. Mit Leuten, die
er überhaupt nicht kannte.«

»Wer hat angefangen?«

»Barney, nach einer halben Flasche Whiskey. Drei von uns
haben ihn zurückgerissen, was aber gar nicht in seinem Sinne
war. Deswegen hat er mir ein paar verpaßt.«

»Das ist ja furchtbar. Warum arbeitest du für ihn?«

»Das frage ich mich manchmal auch«, antwortete Carl. »Ich
brauche noch fünf Minuten, dann können wir los.«

Als er wieder zurückkam, waren Gesicht und Hände sauber. Er trug eine weite Jacke und um den Hals einen eleganten roten Seidenschal.

In Venice überquerten sie im schwindenden Frühlingslicht den Lion-Kanal auf einer bogenförmigen Fußgängerbrücke. Fritzi zeigte Carl, wo sie wohnte. Dann schlenderten sie über mehrere Inselchen, bevor sie zur Promenade zurückkehrten. Unweit der neuen, geräuschvollen *Cloud-Race*-Achterbahn fanden sie ein kleines deutsches Restaurant, wo sie zu Abend essen wollten. Carl stürmte durch die Tür, wie er es früher als kleiner frecher Junge getan hatte. Er setzte sich nicht einfach auf einen Stuhl, sondern ließ sich regelrecht fallen, so daß der Stuhl knarzte und die Kellner den Atem anhielten.

Bei Schweinekoteletts, Kraut, Bratkartoffeln und Crown-Bier tauschten sie Neuigkeiten aus. Am leichtesten sprach es sich wie immer über die Eltern.

»Was wird Pa machen, wenn die Abstinenzler Oberhand gewinnen und das Alkoholverbot durchsetzen?« fragte Carl.

»Da kann ich natürlich nur Vermutungen anstellen, ich habe ihn schon lange nicht mehr gesehen und auch nichts von ihm gehört.«

»Immer noch das alte Problem, mh? Wirklich schade!«

Fritzi wandte den Blick ab, bestrebt, das Thema zu wechseln. »Ich nehme an, daß Crown und die anderen Brauereien zumachen müssen. Oder sie müssen etwas herstellen, was nicht gegen das Gesetz verstößt.«

»Das würde Pa umbringen.«

Ihr Seufzen drückte Zustimmung aus.

Langsam wurde Carl etwas entspannter. Er sprach mit Begeisterung von seinem neuesten Traum, ein Flugzeug zu fliegen. Zum Nachtisch aß er zwei Stück Minz-Pie mit Schlagsahne.

In einem Brief hatte er von einem Mädchen namens Sissie geschrieben. »Ich erinnere mich auch an eine Margaret, und in einem deiner Briefe schriebst du von einer Frau in El Paso«, bohrte Fritzi nach. »Entschuldige, daß ich so neugierig bin, aber hast du vor, eine von denen zu heiraten?«

Ein Schatten huschte über Carls Gesicht. »Eher nicht. Es gab da eine Frau, aus der hab' ich mir wirklich was gemacht, oben in Detroit. Sie hieß Tess. Ihr Vater und seine Freunde waren ein ziemlich eingebildeter Haufen, aber Tess war anders. Sie war wunderbar. Ich hatte mir ernsthaft überlegt, zu bleiben und ein guter Ehemann zu werden, aber – ach, ich weiß nicht. Irgend etwas hat mich fortgetrieben. Wie immer.«

Skeptisch lächelnd setzte er hinzu: »Manchmal frage ich, ob es an Papa liegt. Vielleicht fürchte ich, daß er mich irgendwie nach Chicago zurückholen könnte, wo ich mich den Rest meines Lebens mit ihm auseinandersetzen müßte. Ich liebe ihn, aber er ist ein Tyrann. Ach, wer weiß?« Er griff nach seiner Tasse und hätte dabei beinahe seinen Kaffee verschüttet. Immer noch der alte Tolpatsch, wie ein junger Hund, dachte Fritzi gerührt. Sie merkte wohl, daß er das Thema wechselte.

»Und wie sieht es bei dir aus, Schwesterchen? Gibt es da einen Mann?«

»Im Moment nicht.«

»Was ist mit den Schauspielern beim Film? Sind die nicht teilweise sehr attraktiv?«

»Schon, aber alle lassen sich in drei Kategorien einteilen: Verheiratet und glücklich. Verheiratet und Schürzenjäger. Oder schrecklich verliebt – in eine andere.«

Er lachte. »Du möchtest aber doch irgendwann seßhaft werden, oder nicht?«

»Ach, ich muß an meine Karriere denken. Wenn wir im Sommer wieder in New York sind, versuche ich es noch einmal beim Theater. Ich habe immer gesagt, daß ich die Filmerei nur vorübergehend betreibe.«

»Schwesterchen, weich mir nicht aus!«

»Natürlich möchte ich irgendwann seßhaft werden. Ich habe auch Gefühle, ich bin schließlich kein weiblicher Eunuch.« Sie neigte ihren Kopf. »Gibt es überhaupt weibliche Eunuchen?«

»Ich bezweifle es. Halte nur nach *deinem* Mann Ausschau. Dann findest du ihn.«

Um nicht länger über dieses Thema reden zu müssen, öffnete sie ihre Handtasche und zog eine Postkarte heraus. »Da, das wollte ich dir zeigen.«

Er schaute das Photo an und rief: »Das bist ja du!« Es zeigte Fritzi in einer ziemlich affektierten Pose; sie trug ein rüschenbesetztes Kleid und einen federgeschmückten schwarzen Hut. Unter dem Photo stand:

FRITZI CROWN
Star der Liberty Pictures

»Noch zwei andere Schauspieler haben Karten. Die Filmtheater verkaufen sie für zehn Cent das Stück. Eine Idee meines Chefs. Du wirst ihn kennenlernen, wenn ich dir das Filmgelände zeige.«

Nach drei Tagen waren zwar Carls blaue Flecken immer noch deutlich zu sehen, aber er schien in besserer Stimmung, nachdem er seinen Arbeitgeber ein Weilchen nicht gesehen hatte. In einer Eisdiele ließen sich die Geschwister auf Drahtstühlen an einem Spiegelglasfenster nieder und aßen Schokoladeneis. Es war ihr letzter gemeinsamer Tag. Am Samstag würde die Oldfield-Truppe nach San Diego weiterreisen; morgen und den Rest der Woche mußte Fritzi arbeiten.

Sie brachte die Sprache auf ein Thema, das sie bis jetzt noch nicht angeschnitten hatte. »Du hast mir gar nicht gesagt, daß Barney Oldfield in der Spring Street einen Saloon eröffnet hat.«

»Er und ein Partner, irgendein Typ, der früher für die Eisenbahn gearbeitet hat.« Carl schleckte schnell an seinem Eis, das von der Waffel herunterzulaufen drohte. »Barney hat da fast alles dem anderen überlassen. Aber dieser Saloon ist einer der Gründe, warum wir nach Los Angeles gekommen sind. Ich habe nichts davon erwähnt, weil ich dich dorthin nicht mitnehmen kann.«

»Warum nicht?«

»Da verkehren nur Männer. Wenn der Saloon so ist wie Barney, dann herrschen dort ziemlich rauhe Sitten.« Er zögerte, doch dann brach es aus ihm heraus. »Überall, wo wir einkehren, kommt es zu einer Schlägerei. In der Regel fängt Barney an. Er spielt anderen Leuten, auch Fremden, mit Vorliebe üble Streiche.«

»Du arbeitest nicht gern für ihn, hab' ich recht?«

»Nicht mehr. Bevor ich unterschrieben hatte, konnte ich mir nichts Besseres vorstellen. Jetzt habe ich die Nase voll. Barney ist große Klasse, wenn er nüchtern ist. Ist er es nicht, und das ist meistens der Fall, behandelt er seine Leute wie den letzten Dreck. Das Geld und der Ruhm haben ihn verändert, und seit ihn Burman überrundet hat, wird es immer schlimmer. Du hast ja gesehen, was auf der Rennbahn passiert ist.«

»Hat er dich mit Absicht angefahren?«

»Das glaube ich nicht mal. Er überlegt nicht, das ist das Problem. Er ist andauernd geladen vor Wut.«

»Möchtest du aufhören?«

»Ich denke oft daran.«

»Wenn du aufhörst, was machst du dann?«

Carl konnte ihrem Blick nicht standhalten. »Das eben ist die Frage, auf die ich keine Antwort habe. Vielleicht werde ich nie eine haben. Vielleicht finde ich einfach nicht raus, wo mein Platz im Leben ist. Nachts habe ich deswegen manchmal schreckliche Angst.«

Sie nahm seine Hand und drückte sie fest. In manchen Nächten verfolgte auch sie diese Angst, wenn sie über dieselbe Frage nachdachte.

»Und was ist mit der Frau, Carl, mit der aus Detroit?«

Sie erschrak über den harten, gequälten Ausdruck, der auf sein Gesicht trat; jetzt erst begriff sie die Tiefe seines Gefühls.

»Tess? Was soll mit ihr sein?«

»Könntest du nach Detroit zurückkehren, ich meine zu ihr?«

»Wahrscheinlich ist sie inzwischen verheiratet.«

»Aber du weißt es nicht.«

In Carls dunklen Augen spiegelten sich Schmerz und Unsicherheit. »Vielleicht will ich es gar nicht wissen, Schwesterherz.«

Darauf wußte sie nichts zu sagen.

53. MICKEY FINN

Einen Tag nach seinem letzten Ausflug mit Fritzi saß Carl vor
einem Teller mit geräucherten Würstchen. Er kaute auf einem
Bissen Wurst herum, leckte die Spitze eines Bleistifts und beschrieb langsam eine farbige Postkarte, auf der die letztjährige
Flugschau in Dominguez Field abgebildet war. Es war fünf Uhr
abends. Seit Monaten hatte er Tess keine Karte mehr geschickt,
und er wußte auch nicht, ob die sie überhaupt erreichen würde.
Ein tiefes Gefühl drängte ihn, ihr ein Lebenszeichen zukommen
zu lassen und ihr mitzuteilen, daß er an sie dachte. Er dachte
mehr an sie, als dem Gekritzel zu entnehmen war, das seinen le-
benslangen Kampf mit der Schönschrift zum Ausdruck brachte.

Ungefähr ein Dutzend Gäste standen an der langen Mahago-
nitheke, nur Männer, die meisten aus der örtlichen Zeitungs-
und Sportszene. Während sie die offerierten Platten mit Trut-
hahn-, Schinken- und Käseaufschnitt leerten, unterhielten sie
sich über Boxen und Baseball. Einen Tag, nachdem Barney das
Lokal das erste Mal gesehen hatte, hatte er entschieden, daß
»Saloon« nicht die richtige Bezeichnung für einen Ort war, der
seinen Namen trug. Auf seine Anweisung lautete das Schild
vor dem Eingang nun TAVERNE OLDFIELD-KIPPER. Seinem
Partner Jack Kipper erklärte er, das Wort Taverne klinge »gebil-
deter«.

Ob Taverne oder Saloon, für die sechs graugewandeten Ladies
der Women's Christian Temperance Union spielte das keine Rolle.
Sie demonstrierten auf dem Gehsteig, das rechtschaffene Kinn
und die Plakate hoch erhoben, auf denen der Alkohol und jene,
die ihn ausschenkten, verdammt wurden. Die Gäste des Saloons
tippten mit dem Finger an Hut und Stirn und machten sich lustig
über die Damen, die ihnen finstere Blicke zuwarfen und sie mit
Bibelsprüchen ermahnten. Von der lauten South Spring Street
drang das Hupen der Autos herein, das Quietschen der Trambahn
und Wiehern der Pferde, die riesige Haufen hinterließen.

Carl schrieb etwas über sein Interesse an Flugzeugen. Um

zwanzig nach fünf ging die Hintertür auf, und Barney kam mit einer Zigarre im Mund hereingewankt. Er entdeckte Carl sofort.

»Grüß dich, mein Junge. Wie geht's?« Die Schlägerei in Ventura schien es nie gegeben zu haben.

Wahrscheinlich erinnert er sich gar nicht mehr daran.

»Nicht schlecht, Barney, und selbst?«

»Wenn ich mir einen Schluck genehmigt habe, wird's mir bessergehen.« Er blieb neben dem Tisch stehen, die große Leinenmütze schräg auf dem Kopf, den leinenen Staubmantel offen, so daß ein Anzug in dunklem Lila sichtbar war und eine Krawattennadel mit einem Saphir, der so groß wie ein Scheinwerfer war. Auf dem Mantel bemerkte Carl braune Flecken – wahrscheinlich Blut.

»Hattest du eine schöne Zeit mit deiner Schwester?«

»Ja, sehr schön. Sie geht Ende Mai wieder nach New York zurück.«

»Es kommen immer mehr Filmschauspieler zu uns. Gestern abend hab' ich einen namens Arbuckle kennengelernt, klasse Kerl. Komm an die Bar, ich spendier' dir 'nen Drink.«

»Ich hatte eben ein Bier, ich glaube nicht …«

»Der Chef will dir 'nen Drink spendieren«, unterbrach ihn Barney. Carl war klar, daß Barney schon etliche intus hatte. Zögernd schob er Bleistift und Postkarte in die Außentasche seines abgetragenen Cordmantels.

»Natürlich trink' ich einen mit dir.«

Die anderen Gäste grüßten Barney, als er mit Carl an die Bar trat. Über den Karaffen aus geschliffenem Glas am hinteren Ende der Bar hing ein riesiges Heldengemälde von Jim Jeffries in Boxershorts, die Fäuste zum Kampf erhoben. Barney winkte mit seiner kalten Zigarre.

»Milo, gib Carl ein Glas von dem Speziellen, das wir für unsere Freunde parat halten.«

»Für mich tut's ein Bier.«

»Ich will, daß du das da probierst.« Bei diesen Worten fing mit einem Mal Carls Nacken an zu kribbeln. Er spürte, daß sich etwas Unangenehmes zusammenbraute. »Schenk gleich doppelt ein, Milo.«

Barney lehnte sich zurück, die Ellbogen auf der Bar, während er sein Lokal begutachtete. Ohne Carl anzusehen, sagte er:

»Meine Frau hat mir da etwas erzählt, was mir gar nicht gefällt, mein Junge.«

»So? Was denn?«

»Du redest hinter meinem Rücken. Sie sagt, nichts Gutes. Ist das wahr?«

Carl war überrascht. »Nein. Ich weiß nicht, warum sie so was erzählt.«

Milo kredenzte ihnen zwei übergroße Gläser. Der dunkle Whiskey glänzte schwach und reflektierte die Deckenlichter, flötenartige Leuchter aus Milchglas. Mit einem verzerrten kleinen Lächeln sagte Barney: »Du möchtest doch nicht etwa behaupten, daß Bess lügt, mein Junge?«

Mist. Seit Carl Bess abgewiesen hatte, hatte sie ihn auf dem Kieker, obwohl sie mit anderen Männern schlief, die sie auf der Rennbahn kennenlernte. Barney konnte doch nicht so blöd oder so benebelt sein, daß er das nicht merkte! Bess hatte für Carl eine besondere Rache gewählt. Wahrscheinlich kam es nicht oft vor, daß ein Mann sie abwies.

»Nein, Barney, damit will ich gar nichts gegen deine Frau sagen, ich will nur sagen, daß ich nicht hinter deinem Rücken über dich rede.«

»Tja, dann haben wir, so wie's aussieht, zwei unterschiedliche Versionen. Wem soll man da glauben? Das will wohldurchdacht werden. Trink aus!«

Vor wenigen Minuten hatte Carl von seinem Krug Budweiser genug gehabt, aber jetzt verspürte er einen unbändigen Durst. Ihm gefiel weder die Richtung, die das Gespräch nahm, noch der Ausdruck in Barneys Augen. Er nahm einen großen Schluck von dem starken, leicht bitteren Whiskey. Barney kippte seinen Doppelten in zwei Zügen hinunter.

»Wir müssen das auf die Reihe kriegen, Carl. Ich kann keinen Fahrer beschäftigen, der hinter meinem Rücken Verleumdungen über meine Mannschaft verbreitet. Diese Ärsche in Daytona haben zugelassen, daß mir Bob Burmann meinen Titel stiehlt, aber ich bin immer noch der Erste, verstanden?«

»Barney, können wir nicht ein andermal darüber ...«

»Jetzt.« Barney stieß mit drei starren Fingern nachdrücklich gegen Carls Brust. »Wir reden jetzt darüber!« In Carls Ohren surrte es plötzlich. Er sah zwei Krawattennadeln, nicht eine, auf

Barneys Krawatte. Etwas Saures, Ekelerregendes stieg in seiner
Kehle hoch.

Barney lächelte. »Außer dir geht's nicht so gut. Du bist etwas
grün im Gesicht, mein Junge.«

Das war es also! Benommen legte Carl die Hände auf den
Bauch, um den Brechreiz zu unterdrücken. Barney liebte Streiche, einem Freund K.o.-Tropfen im Glas zu offerieren war einer
seiner liebsten. Carl drehte sich um und schrie Milo an: »Verdammt noch mal, hast du mir 'nen Mickey Finn untergejubelt?«

Milo trocknete mit einem Handtuch ein Glas ab und hielt
den Kopf gesenkt. Jim Jeffries tanzte in seinem vergoldeten Rahmen. Die elektrischen Deckenlampen schwirrten umher wie Ko-
meten. Barney fand die Szene furchtbar komisch.

»Tatsache ist, daß du zum Kotzen aussiehst. Ich kann keinen
Mann brauchen, der seinen Schnaps nicht bei sich behalten
kann.« Barney schob sein leeres Glas über die Theke. »He, Milo,
noch einen Doppelten. Für diese Tussi keinen.«

Schwankend stammelte Carl: »Du bist hergekommen, um
mich reinzulegen.«

»Stimmt genau, ich hatte mir nämlich schon längst vorgenommen, reinen Tisch zu machen. Bess sagt, du bist eine Niete.
Ein Blindgänger.«

»Laß mich dir mal was sagen« – Carl griff nach der Theke,
weil seine Knie plötzlich aus Gummi schienen – »über deine
süße, unschuldige Frau.« Barney nahm sein volles Glas und
schüttete Carl den Whiskey ins Gesicht.

»Wenn du auch nur ein Wort über sie sagst, bring' ich dich
um, du Mistkerl.«

Carl ballte die Hände zu Fäusten, trat einen Schritt von der
Barthke weg. Er nahm seine ganze Kraft zusammen, um auf
Barney einzuschlagen, aber noch bevor er ausholen konnte,
neigte sich der Raum, und er merkte, daß er selbst zu Boden
ging. Sein Hinterkopf schlug auf. Seine durch die Luft zuckende
Hand blieb an einem Spucknapf hängen, der auf der Theke
stand, die stinkende schwarze Brühe ergoß sich über seinen Ärmel. Sein anderer Arm reckte sich gegen die Tür. Barney stellte
den Fuß darauf.

»Du Schwein. Du elendiges, verlogenes Schwein. Willst wohl
meine Frau eine Lügnerin nennen, ha?« Barney trat Carl in die

Rippen. »Du bist fertig. Du bist gefeuert.« Er zog eine silberne Geldklammer in Form eines Dollarzeichens aus der Tasche und ließ verächtlich ein paar Scheine auf Carls Hemd fallen.

Die Gespräche im Saloon waren verstummt. Das einzige, was Carl hörte, war ein ohrenbetäubendes Rauschen in seinen Ohren. Seine Augenlider wurden immer schwerer, obwohl er unbedingt wach bleiben wollte. Er rollte den Kopf von einer Seite zur anderen, schmeckte das Sägemehl. Er hoffte bloß, daß er sich nicht übergeben mußte.

»Ein paar Jungs sollen dieses Schwein vor die Tür befördern«, rief Barney. »Dann können wir feiern, der alte Kammerjäger hat wieder einmal Ungeziefer ausgerottet. Die nächste Runde schmeißt Barney Oldfield.«

Grobe Hände packten Carls Handgelenke, bogen ihm die Arme über den Kopf, schleiften ihn über den Boden. Das war alles, woran er sich später erinnern konnte.

Er verließ das heruntergekommene Hotel in der Stadtmitte noch am selben Abend. Seinen ganzen Besitz hatte er in einer Ledertasche mit zerbrochener Schnalle verstaut. Barney hatte ihm ganze drei Dollar ausbezahlt. Carl selbst besaß noch vier Dollar. Er brauchte kein Geld für die Elektrische zu verschwenden. Außerdem hatte er ohnehin kein Ziel.

Er dachte an seine Schwester. Ob sie ihm eine Schlafstelle für die Nacht besorgen konnte? Sein Stolz ließ ihn den Gedanken im selben Augenblick wieder verwerfen. Er würde irgendwo draußen übernachten, frei und ungebunden.

Er schlug den Mantelkragen hoch und schleppte sich aus der Innenstadt. Sein Kopf schmerzte. Auf seiner Zunge schmeckte er den Geschmack von Spülwasser, und er fragte sich, ob er jemals wieder auch nur ein Stück Brot runterkriegen würde. Barney, dieser Hund! Konnte sich nicht von Mann zu Mann stellen, sondern mußte zu einem Trick greifen, um ihn zu erledigen, bevor er ihn hinauswerfen ließ.

Carl kam durch Wohnviertel mit hellerleuchteten Zimmern, doch für ihn schien nirgends ein Licht.

Er hörte das Tuckern der Bohrtürme hinter den Häusern. Ein Dampfwagen voller Nachtschwärmer drängte ihn von der Straße. Das Pfeifen eines Zuges hallte durch die Nacht. Carl fragte sich, wohin ihn die Straße führen würde, fragte sich auch, ob es ein Ende dieser Straße gab. Er hatte noch immer Schmerzen und mußte gelegentlich würgen. Gegen Mitternacht fand er Zuflucht in einem berauschend duftenden Orangenhain, legte sich dort nieder und schlief sofort ein.

Staubig und verschwitzt hob Carl einen Arm vor die Augen, um sie vor der gleißenden Sonne zu schützen. Was durch wabernde Hitzeschleier verzerrt und zunächst nur unscharf zu erkennen war, nahm langsam klare Formen an.

Die Maschine saß auf dem Heck und zwei robusten, überdimensionalen Rädern auf, neben einer roten Scheune mit einem schlaffen Windsack auf dem Dach. Die gelben Flügel des Doppeldeckers waren an mehreren Stellen zusammengeflickt. Der kleine Pilotensitz befand sich direkt vor dem Druckschraubenmotor; vor dem Sitz war ein Instrumentenbrett mit einem Handrad. Carl sah gleich, daß dieses Flugzeug dem Modell glich, das Glenn Curtiss gebaut und geflogen hatte, ja, eigentlich genauso konstruiert schien wie der *Golden Flyer*, der 1909 bei der Flugschau in Reims überraschend gesiegt hatte. Die frühen Wright-Flugzeuge hatten Kufen gehabt und keine Sitze. Der Pilot lag zur – wie hieß das Wort – Navigation auf dem unteren Flügel auf dem Bauch.

Auf dem Schild an der Scheune stand:

FLUGSCHULE RIVERSIDE
Professioneller Unterricht
A. R. (Rip) Ryan, Inhaber und Fluglehrer

In der Scheune wurde gehämmert, das hörte er. Carl trat an die große Tür und drückte dagegen; als er versuchte, sie aufzuschieben, rasselte eine Kette. Um die Ecke fand er eine normale Tür, die offenstand. Als er eintrat, sah er einen Mann auf den Knien, einen Hammer in der Hand. Der Hammer schlug einen Funken und rutschte von einem großen Nagelkopf ab. Der Nagel war L-förmig verbogen. Der Mann, dessen Finger so knorrig waren wie alte Wurzeln, fluchte.

Carl war zu hungrig, um den Zorn des Mannes zu fürchten. Er trat in den Lichtstrahl, der durch einen Spalt in der Scheu-

nenwand ins Innere fiel. »Guten Tag«, sagte er. »Haben Sie vielleicht Arbeit für mich?«

Rip Ryan aus Riverside war so krumm wie ein Baum auf
einem windumtosten Berggipfel. Die Jahre hatten tiefe Furchen
in seine gebräunten Wangen gegraben; Sorgen hatten seine Stirn
zerfurcht. Obwohl er kaum älter als vierzig sein konnte, hatte er
schon schneeweißes Haar. Er legte den Hammer zur Seite und
brauchte gut zehn Sekunden, um sich aufzurichten.

»Möglicherweise«, erwiderte er, nachdem Carl sich vorgestellt hatte. »Auf jeden Fall gibt's Kaffee. Lassen Sie Ihre Tasche
hier stehen, und kommen Sie mit.«

Carl folgte ihm in ein winziges Holzhaus in der Nähe der
Scheune. Sie kamen nur langsam voran, denn der kleine, drah-
tige Mann schwankte bei jedem zweiten Schritt mächtig zur linken Seite. Die gekrümmten Finger umklammerten den Knauf
eines glänzenden Stocks. »Arthritis«, erklärte er, als er Carls fragenden Blick auffing. »Teuflische Sache.«

Ryan goß aus einer blauen Emailkanne Kaffee ein. Sie saßen
sich an einem von Schrammen übersäten Tisch gegenüber. Um
ein Gespräch in Gang zu bringen, fragte Carl: »Sind Sie von hier,
Mr. Ryan?«

Ryan schnaubte. »Ha! Sehe ich vielleicht aus wie ein Spanier
mit großem Landbesitz? Geboren und aufgewachsen in Brooklyn, New York. Großstadt. Ich hab's gehaßt! Rauch, Lärm, Enge.
Hab' in einem Mietshaus gewohnt, schlechte Luft, keine Fenster,
Nachttopf in der Ecke. Mein Alter fegte Mietställe aus. Ire, ohne
Schulbildung. Starb an zuviel Whiskey. Meine selige Mutter
folgte ihm zwei Jahre danach. Ich war damals siebzehn.«

Laut schlürfend trank er aus seiner Blechtasse. Carl sagte
nichts mehr; aufmerksame Zuhörer wurden überall geschätzt.

»Hab' mir die Handelsschule selbst finanziert«, fuhr Ryan
fort. »Ich hatte damals sämtliche Werbebroschüren über Südkalifornien gelesen, die ich kriegen konnte. Herrliche Landschaft.
Klarer Himmel. Gesunde Luft. Sowie ich es mir leisten konnte,
hab' ich mir 'ne Fahrkarte gekauft. Und hier hab' ich zunächst in
Redlands gearbeitet. Waren Sie schon mal da?«

»Nein, nur davon gehört.«

»Hab' die Bücher geführt beim größten Futter- und Getrei-
dehändler im County. Hab' ich auch gehaßt. Das Büro war nicht

größer als ein Abort mit zwei Klos. Kein blauer Himmel, auf den die hier so stolz sind, außer am Sonntag. Und dann hab' ich eine Hiesige geheiratet, Marie Morrison. Wollten auch Kinder, aber es hat nicht geklappt. Eines Sonntags, als Marie ihre Eltern in Bakersfield besuchte, verjubelte ich zwei Dollar für einen Zehn-Minuten-Flug auf dem Jahrmarkt. Großer Gott« – seine Mimik änderte sich vollkommen, nichts mehr von Jammern und Lamentieren –, »es war, als würde ich in den Himmel aufsteigen. Es war wie das erste Mal mit 'ner Frau.«

Ryans glückseliger Blick erlosch wieder. Er griff nach seiner Blechtasse, kaum fähig, seine Finger um den Griff zu schließen. Sie erinnerten Carl an Haken, die in unterschiedliche Richtungen ragten.

»Von da an wußte ich, daß ich in Redlands nicht bleiben konnte. Konnte es Marie aber nicht sagen, die brauchte mich ja. Schleppte das drei Monate mit mir rum. Schlaflose Nächte, Steine im Magen, Würgen in der Kehle. Endlich, an einem Montagmorgen, kündigte ich. Als ich nach Hause kam und es Marie sagte, verfluchte sie mich und schloß sich im Schlafzimmer ein. Ich wußte, daß das das Ende war, obwohl sie nicht gleich gegangen ist, sondern erst zwei Monate später.«

Er deutete mit dem Kopf auf ein verschmiertes Fenster, durch das Carl die Spitzen der lackierten Flügel des Doppeldeckers sah. »Ich hatte was gespart. Den *Eagle* habe ich nach Zeichnungen in einer Zeitschrift gebaut. So hab' ich die Maschine getauft, *Eagle*. Hat ein Jahr und drei Monate gedauert, bis ich fertig war. In der Zeit hab' ich für eine Genossenschaft Orangen sortiert, Salat und Zuckerrüben geerntet, halt alles mögliche, um das Ganze zu finanzieren. Aber ich war zufrieden.«

»Wer hat Ihnen das Fliegen beigebracht?«

»Ein Pilot, der Glenn Curtiss aus dem Osten gekannt hat. Sie wissen, wer Curtiss ist?«

Carl nickte. Curtiss hatte wie die Gebrüder Wright im Staat New York ein Fahrradgeschäft besessen. Bevor er seine eigenen Flugzeuge gebaut hatte und damit den Wrights Konkurrenz machte, war er eine bekannte Größe im Motorradsport gewesen, einer wie Barney, der Geschwindigkeitsrekorde aufstellte. Einer seiner frühen Gönner war der Erfinder Alexander Graham Bell. Curtiss baute seinen kompakten, hochgeschätzten Motorradmotor für Flugzeuge um und versuchte, ihn an Wilbur und Orville Wright zu verkaufen. Die lehnten sein Angebot ab. So kam es, daß er anfing, selbst zu fliegen und mit ihnen zu konkurrieren. Berühmt war er dann geworden, als er vor zwei Jahren bei der Internationalen Luftschau in Reims, Frankreich, den Gordon-Bennett-Pokal für die schnellsten zwanzig Kilometer um die Pflöcke gewann.

»Die Curtiss-Methode!« erinnerte sich Ryan. »Sie ist ungewöhnlich, aber sie funktioniert. Ich flog aufwärts wie ein Engel. Ich war ein neuer Mensch. Ich war vierundvierzig und hatte das Gefühl, daß mein Leben jetzt erst anfing. Dann hatte ich einen schlimmen Unfall, nicht weit von hier. Der *Eagle* wurde bei einem Gewitter vom Blitz getroffen. Die Maschine stürzte in eine Telephonleitung. Der Alptraum jedes Fliegers. Die Telephonleitung hat den Sturz aufgefangen, so daß ich mit ein paar Kratzern davonkam. Ich habe mich gefühlt wie ein Glückspilz. Dann« – ein Zucken lief um seinen Mund, als er seine mißgestalteten Hände hochhielt – »das. Ich habe ja gespürt, daß es kommt. Mein Alter hat schon darunter gelitten, deswegen hat er auch getrunken. Mich hat es ganz schlimm erwischt. Ich konnte den *Eagle* kaum wieder zusammenflicken. Ich selbst kann nicht mehr fliegen, aber ich kann es anderen beibringen. Die Curtiss-Methode. Ich setze mich nicht mehr in ein Flugzeug. Haben Sie Lust, fliegen zu lernen?«

»Und wie!«

»Dann kann ich's Ihnen beibringen. Kostenlos, aber Sie müssen mir helfen, die Scheune zu vergrößern. Warte schon lange, daß jemand vorbeikommt, der mir helfen kann.«

»Ich bin Ihr Mann«, sagte Carl.

»Dacht' ich mir schon, als Sie zur Tür hereinkamen«, erwiderte Ryan.

54. KEIN GRUND ZUM LACHEN

Lily stürzte sich mit Feuereifer in die Sache, nachdem B. B. sie eingestellt hatte. Sie arbeitete bei geschlossener Schlafzimmertür bis spät in die Nacht und bat Fritzi, sie nicht zu stören. Auf Lilys Schminktisch, der vordem mit Parfumfläschchen und Cremetöpfchen vollgestellt war, sammelten sich Bücher und Zeitungen, die sie nach Ideen durchkämmte.

Ihre erste Geschichte, ein Einspuler, trug den Titel *Madolyns Marsch*. Lily hatte sich spontan Sophie Pelzers Begeisterung für die Suffragettenbewegung angeschlossen, nachdem sie B. B.s Frau kennengelernt hatte. Kelly maulte, das Thema sei zu umstritten, aber er wurde überstimmt.

Lilys Heldin besuchte ein Nickelodeon und sah da die schon mehrfach verhaftete britische Frauenrechtlerin Emmeline Pankhurst bei ihrem Besuch in New York im Jahr 1909. Sehr geschickt schnitt Eddie hier aktuelle Filmberichte ein, die Mrs. Pankhurst auf dem Landungssteg eines Dampfers der White Line zeigten, wo sie stürmisch empfangen wurde, und anschließend vor der Carnegie Hall, wo sie von ihren amerikanischen Schwestern begeistert begrüßt wurde. Sofort zur Frauenbewegung bekehrt, entschließt sich Madolyn zu einem Protestmarsch durch ihr Städtchen, eine Wohngegend in Hollywood. Ein ekelhafter Sheriff wirft Madolyn ins Gefängnis, aber ihrem Verlobten, einem Rechtsanwalt, gelingt es in einer ziemlich verworrenen Aktion, sie aus dem Gefängnis zu holen. Anschließend schwört er, wenn sie erst verheiratet seien, den Gesetzesentwurf für das Frauenwahlrecht zu lieben, zu ehren und zu unterstützen.

B. B. gefiel Lilys phantasievolle Schreibweise des Namens der Heldin. Fritzi gestand sie kichernd: »Lieber Himmel, ich weiß gar nicht, wie man den Namen richtig schreibt. Ich hab' ihn einfach nach Gehör geschrieben. Aber das sage ich ihm lieber nicht!«

Als Eddie *Madolyns Marsch* im Kasten hatte, mit Madge Singelton, einer New Yorker Schauspielerin, die schon in mehreren Pal-Filmen mitgewirkt hatte, bat er Fritzi, in *Eine heitere Verwechslung* zu spielen, einer albernen Komödie, die er sich im Laufe eines Nachmittags ausgedacht hatte. Fritzi protestierte zwar gegen eine weitere Rolle als Komödiantin, aber vergeblich. Sie spielte Zwillingsschwestern namens Tess und Bess. Die Verlobten der beiden waren Brüder. Der Darsteller des einen Bruders war ein rundgesichtiger junger Mann namens Roscoe Arbuckle, ein liebenswerter Mensch, rund wie eine Tonne und wie die meisten Schauspieler gesellig und geschwätzig. Er erzählte Fritzi, er sei Kulissenschieber im Varietétheater, schwarzer Mongole und Tenor in Musicals gewesen, bevor er als Statist beim Film anfing. Sein Spitzname war Fatty.

In der Geschichte ergaben sich viele Verwicklungen, weil Fatty und der andere Verehrer, Pete, die Zwillinge bis zur vorletzten Szene nicht auseinanderhalten konnten. In dieser Sequenz kippte ein Ruderboot, und Tess fiel in der Nähe der Innenstadt von Los Angeles in den See des Echo Park. Da Tess nicht schwimmen konnte, erkannte Fatty in dem Mädchen, das er rettete, die Freundin seines Bruders. Das bereitete alle auf den Schluß vor, eine Doppelhochzeit am Altar mit Fritzi als zweifacher Braut – eine aneinanderkopierte Aufnahme.

Weil Fritzi sich wegen der Slapstick-Szene beschwerte, engagierte Eddie einen Hilfsschauspieler, der an ihrer Stelle aus dem Ruderboot ins Wasser fallen mußte. Es handelte sich um einen komischen kleinen Mann namens Windy White, ungefähr einssechzig groß, mit einem runzligen braunen Gesicht, sonnengebräuntem kahlem Schädel und Beinen wie Wagenräder. Er redete so gut wie kein Wort, mit niemandem.

Für die Szene zog er Pumphosen und ein Kleid an und stülpte sich eine Perücke über. Auf das verabredete Zeichen hin fiel er aus dem Ruderboot, wobei er wild gestikulierte, ganz im Stil der Schauspielkunst des neunzehnten Jahrhunderts. Eine zurückhaltendere, wirkungsvollere Technik war bereits im Kommen, aber noch nicht in diesem Film.

Nach einem zweiten Durchgang schleppte sich Windy aus dem Wasser und überreichte Fritzi seine tropfnasse Perücke. Sie roch die Whiskeywolke, die er verströmte. Sein Blick war trübe.

Erschrocken wurde ihr klar, daß er betrunken für sie einge-
sprungen war. Was für ein törichtes Risiko, und das für ganze
fünf Dollar!

Für die Nahaufnahme setzte Eddie sie etwa sechs Fuß vom
Ufer in den See. Einer der Requisiteure übergoß sie mit zwei Eimern Wasser und schmückte ihr Haar mit übelriechenden See-
algen. Nach der Aufnahme tropfte ihr das Wasser noch von Nase,
Kinn und Ellbogen. Ihr Make-up schmolz und lief herunter. Ellen Terry entschied sich zu schweigen, was in diesem Fall wirklich eine Wohltat war.

Unterdessen hatte B.B. auch das versprochene Automobil erstanden. Obwohl er ein zuverlässiges, billiges Modell T oder
einen Brush für nur siebenhundert Dollar hätte wählen können,
hatte er sich, ganz wie es seine Art war, für einen langen, luxu-
riösen Packard entschieden, mit Schalensitzen, großen Messing-
scheinwerfern und einer glänzenden Messinghupe. Die Farbe
hatte Sophie Pelzer ausgewählt, Königsblau. Man munkelte, das
Auto habe 2700 Dollar gekostet. Kelly war außer sich.

B.B. benützte die Scheune auf dem Gelände als Garage. »Er
ist wunderschön«, rief Fritzi aus, als er ihr den Wagen zeigte.
»Aber ich fürchte, es wird ein Jahr dauern, bis ich ihn fahren
kann.«

»Hat Ihr Vater Ihnen denn das Fahren nicht beigebracht?«

»Nein, er meinte, eine Frau hat entweder einen Ehemann
oder einen Chauffeur.«

B.B. rollte die Augen. Er versprach, einen guten Fahrlehrer
aufzutreiben.

»Wenn Zeit bleibt«, erwiderte sie mit einem kleinen Seufzer.

Aber plötzlich zeichnete sich eine Lösung ihres Problems
ab. Ein Schauspieler mit einem Monokel erschien auf dem
Gelände und fragte nach Arbeit. Obwohl er erst Ende Zwanzig
war, hatte er einen kahlen Schädel und ein ernstes, um nicht zu
sagen gefährlich böses Gesicht. Er war aus Wien eingewandert
und hatte schon in einigen Filmen in New York mitgewirkt.
Mit Vornamen hieß er Erich, mit Nachnamen Stroheim, dazwischen standen mehr Namen, als sich in einem Atemzug aussprechen ließen. B.B. rief Fritzi in sein Büro, um sie bekannt zu
machen.

»Wir haben im Moment keine Rolle zu vergeben, aber ich habe ihn eingestellt, damit er Ihnen das Fahren beibringt.«

Der Mann schlug die Hacken zusammen und verbeugte sich. Fritzi sah, daß seine Schuhe fast auseinanderfielen.

»Ich habe gehört, daß Sie Deutsche sind.« Erichs Akzent war hart wie deutsches Eichenholz. »Wunderbar, dann sprechen wir eine Sprache. Nennen Sie mich bitte einfach ›Von‹.«

Fritzi brachte ein »Sehr erfreut« heraus, und er ergriff ihre Hand und küßte sie. Seine höflichen Manieren und sein Lächeln ließen vergessen, daß er vom äußeren Eindruck her das Böse schlechthin zu verkörpern schien.

Von erwies sich als fähiger Lehrer und als liebenswürdiger, humorvoller Kamerad. Er sah Fritzi ihre anfängliche Ungeschicklichkeit nach. Binnen zwei Wochen fuhr sie tadellos.

Während einer ihrer nachmittäglichen Fahrstunden näherten sie sich der Ecke Figueroa und Achte Straße im Stadtzentrum, als Fritzi plötzlich das Steuer herumriß und den Packard an den Straßenrand lenkte. Sie trat so heftig auf die Bremse, daß sie beinahe mit dem Kopf gegen die Windschutzscheibe geprallt wäre. Ihr Lehrer auf dem Beifahrersitz erblaßte. »Großer Gott! Geben Sie acht!«

Sie stand in dem offenen Wagen auf, die Hand über den Augen, um gegen die Sonne etwas sehen zu können. »Was ist denn hier los?« Von erhob sich ebenfalls. Mitten auf der Kreuzung rannten uniformierte Polizisten mit hohen Hüten wild durcheinander, jagten Fußgänger und schlugen mit Knüppeln nach ihnen, während sie gleichzeitig versuchten, einem anscheinend außer Kontrolle geratenen Wagen auszuweichen, der sich nur noch im Kreis drehte. Ein schwarzes Polizeiauto raste über den Bordstein und kam nur eine Handbreit von einem Schaufenster entfernt zum Halten; unter der Motorhaube drang Rauch hervor. Der Verkehr auf allen vier Straßen der Kreuzung staute sich. Wütende Autofahrer schrien und hupten wild durcheinander.

»Die Polizei macht einen Aufstand!« rief Fritzi aus.

»Nein, nein«, widersprach Von, lässig abwinkend. »Ein Lichtspiel, Dreharbeiten.«

»Dreharbeiten?«

»Ja. Von Biograph, wenn ich nicht irre. Sehen Sie den dort? Das ist der Regisseur.«

Fritzi entdeckte ihn in einer entfernten Ecke; in der Aufregung hatte sie weder ihn noch die Kamera gesehen. Im selben Augenblick, als der Regisseur »Aus!« rief, sagte sie: »Den kenne ich doch!«

Alle hielten inne, aber ein Schauspieler warf noch einen letzten Ziegelstein. Er flog hoch und in einem Bogen direkt auf den Packard zu. Fritzi schrie: »Kopf runter!«

»Quatsch! *Filz.*« Der Ziegelstein prallte federnd von der Motorhaube ab.

Fritzi stieg aus dem Auto und ging über die Kreuzung. Männer aus dem Filmteam standen mit erhobenen Händen fuchtelnd auf der Straße und hielten den Verkehr an. Es herrschte ein lauter Wirrwarr aus Flüchen und Drohungen, Hupen, Plärren und Rufen. Jemand ließ einen Knüppel fallen, den Fritzi lächelnd aufhob; er war aus gestopfter Watte.

Der Regisseur, ein stämmiger junger Ire, den sie von der Vierzehnten Straße kannte, gab seinen Mitarbeitern Anweisungen. »Hat sich alles gut gemacht, nur das Gerutsche noch nicht. Schüttet noch ein Faß Flüssigseife drüber, und dann drehen wir noch mal. Macht schnell, sonst landen wir vorher noch im Kittchen.«

»Mr. Sinnott?«

»Hallo!« Dann, rasches Erkennen: »Miss Crown! Hallo! Warten Sie, bis wir fertig sind.«

Fritzi trat hinter die Kamera. In eine schwarze Limousine zwängten sich fünf Polizisten. Der Fahrer legte den Rückwärtsgang ein, setzte vom Bordstein herunter und brauste auf der Figueroa in westlicher Richtung davon. Einer der Männer, der offenbar den Verkehr aufhalten sollte, lieferte sich eine Art Ringkampf mit einer matronenhaften Autofahrerin, die mit ihrem zusammengerollten Sonnenschirm auf seinen Kopf eindrosch.

Der Requisiteur rannte mit einem Holzfaß auf die Kreuzung. Noch bevor er es entkorken und die Flüssigseife auf die Straße schütten konnte, hörte man das Heulen einer Sirene.

»Verdammt, das kriegen wir nicht mehr in den Kasten!« Mike Sinnott fuchtelte mit den Armen. »Alles weg von hier!«

Wie eine Diebesbande, die in der überfallenen Bank von der Alarmglocke überrascht wird, stob das Team auseinander. Requi-

siten und Kamera verschwanden in einem offenen Tourenwagen, der in erstaunlicher Geschwindigkeit nach Norden los-
preschte. Fritzi sah, daß der echte Polizeiwagen schnell näher
kam. Sinnott packte sie am Arm. »Hier entlang!«

Sie liefen in ein Teehaus und setzten sich an den hintersten
Tisch. Der Polizeiwagen raste auf der Jagd nach dem Wagen mit
der Kamera vorbei.

»Wie geht es Ihnen, Miss Crown?« fragte Sinnott, der trotz
des Chaos, das er angerichtet hatte, ganz gelassen blieb. »Ich
wußte gar nicht, daß Sie in Los Angeles sind.«

»Ich arbeite für Liberty Pictures.«

»Ich habe *Eine heitere Verwechslung* gesehen. Sie sind große
Klasse.«

Was nicht gerade das war, was sie hören wollte, aber sie
lächelte höflich. »Und Sie führen Regie.«

»Ich habe so lange gemeckert, bis man mich bei Biograph ein
paar Bullenkomödien machen ließ.«

»Haben Sie eine Genehmigung, auf der Straße zu drehen?«

Er grinste. »Genehmigung? Was ist das?«

Sie lachte. »Sie könnten ins Gefängnis kommen.«

»Nicht, wenn man schnell genug zu Fuß ist.«

Von kam herein, er hatte sie gesucht. Als Fritzi ihn vorstellte,
zog Sinnott eine Braue hoch. »Ihr Fahrlehrer?«

Von schlug die Hacken zusammen und ließ sein Monokel aus
dem Auge fallen. »Richtig. Aber eigentlich bin ich Schauspieler
und Regisseur, nur im Moment noch ohne richtige Verbindun-
gen. Und es ist sehr viel angenehmer, Fräulein Fritzi in die Geheimnisse des Autofahrens einzuweisen, als Möbel zu schleppen
oder bei Woolworth's Fliegenfänger zu verkaufen.«

»Setzen Sie sich doch zu uns.«

»Danke.«

Als sie bestellt hatten, sagte Fritzi: »Mr. Griffith ist sicher
auch hier?«

»Ein vielbeschäftigter Mann, aber glücklicher als ich ist er
auch nicht. Er will längere Filme machen, wie die Italiener. Das
Studio ist dagegen, obwohl Vier- und Fünfspuler inzwischen
eher die Regel sind. Andere Filmfirmen wollen ihm die künstlerische Leitung übertragen und ihn damit ködern. Er hat die
fixe Idee, irgendein Opus über den Bürgerkrieg zu drehen.«

Sie unterhielten sich angeregt, bis Sinnott auf seine Uhr sah und merkte, daß er sich um seine Crew kümmern mußte. »Zuerst mache ich mich mal auf den Weg ins Stadtgefängnis.« Er legte Geld auf den Tisch. »Ich komme auf Sie zu, wenn ich eine komische Hauptdarstellerin brauche.«

Kannst ruhig kommen, mich kriegst du nicht, dachte sie, als er durch die Tür ging.

Im nachhinein erschien Sinnotts letzte Bemerkung wie ein böses Omen. Mit einer Mischung aus onkelhafter Schmeichelei und väterlicher Strenge überredete B. B. Fritzi, die Hauptrolle in *Pearls Piano*, einer neuen Slapstick-Komödie, zu übernehmen.

Die naive junge Musiklehrerin Pearl brauchte dringend ein Klavier. Ein gerissener Verkäufer, gespielt von Pete Porter, der ebenfalls aus der New Yorker Theaterwelt geflüchtet war, hatte zufällig eines aus einem entgleisten Zug gerettet – Eddie baute eine Folge dramatischer Bilder von einer Entgleisung ein, die ursprünglich für einen Gangsterfilm gedreht worden war. Der Verkäufer reparierte das Klavier notdürftig und bot es der leichtgläubigen Pearl zu einem erstaunlich niedrigen Preis an, sofern sie es kaufte, ohne lange zu fackeln.

Da Pearl Schüler brauchte, um den Krankenhausaufenthalt ihrer Mutter zu finanzieren, veranstaltete sie einen Vorspielabend für Mädchen und Jungen mitsamt den hochnäsigen Müttern, die den Unterricht gut bezahlen sollten. Als sie sich an das glänzende, wie neu wirkende Instrument setzte und zu spielen anfing, fielen zuerst die Pedale ab und dann einzeln die Tasten. Schließlich sprang der Deckel auf. Filzhämmer und Saiten schossen heraus, gefolgt von zwei weißen Kaninchen – wie die dort hineingekommen waren, wurde nicht erklärt.

Ein garstiger kleiner Junge zog ein Mädchen am Pferdeschwanz: Daraus entstand im Nu ein Streit unter den Kindern, in den sich auch gleich die Mütter einmischten. Vorhänge wurden heruntergerissen, Bilderrahmen über Köpfe gehauen, Möbel demoliert, Goldfischgläser samt Wasser und Goldfischen flogen durch die Luft – dem Chaos wurde nur dadurch ein Ende bereitet, daß ein junger Hilfssheriff mit dem Klavierverkäufer in Handschellen in der Tür erschien. Natürlich hatte der junge Hilfssheriff eine Schwester, die ein wunderbares Klavier besaß,

von dem sie sich zu einem günstigen Preis trennen wollte, sollte
Pearl sich bereit erklären, den jungen Hilfssheriff zum Tanz zu
begleiten. Pearl blinzelte kokett und setzte sich auf das einzige
noch intakte Möbelstück, den Klavierstuhl, der natürlich zusammenbrach. Schlußblende.

Fritzi war nach dem Film niedergeschlagen. Zum Glück ging
die Zeit in Los Angeles dem Ende zu und damit auch diese gefährliche Entwicklung in ihrer Karriere. Ende Mai schlossen
B. B. und Kelly das Liberty-Gelände bis zum nächsten Winter.
Fritzi packte ihre Sachen, um Los Angeles gemeinsam mit den
anderen zu verlassen.

Lily beschwor sie wiederzukommen. »Versprich es mir!«
Fritzi meinte, sie könne nichts versprechen. Am Bahnhof von
Glendale lagen sie sich weinend in den Armen. Lily stand auf
dem Bahnsteig und winkte, tapfer bemüht, nicht in Tränen auszubrechen, als sich der Zug in Richtung Osten entfernte.

55. INFERNO

Wieder in New York, mietete Fritzi sich ein Wohn- und Schlaf-zimmer im kürzlich renovierten Bleecker House. Oh-Oh-Mer-kle, der Alptraum, war nicht mehr da, dafür aber ein Teil des al-ten Personals. Neue Besitzer hatten dem Hotel eine neue Reputation verliehen; die Zeiten, in denen Betten stundenweise vermietet wurden, waren vorbei.

Ein junger russischer Einwanderer, Tellerwäscher im Hotel, war begeistert von Fritzis Abenteuern mit dem *Einsamen India-ner*. Sie hatte inzwischen gelernt, Komplimente dieser Art gelas-sen, vielleicht sogar mit einer gewissen Freude anzunehmen; sie milderten ihre Enttäuschung über die nicht geglückte Karriere am Theater.

Gleich in der ersten Woche feierte sie ein Wiedersehen mit Hobart in einem Café in der Nähe der Piers des Hudson River. Er schien dort viele Matrosen zu kennen. Den Grund dafür wußte sie ja inzwischen. Hobart stand eine halbjährige Tournee durch den Nordwesten der Vereinigten Staaten und Kanada bevor, auf der er in *Die lustigen Weiber von Windsor* den Falstaff, in *Dreikö-nigsabend* einen entschieden zu alten Malvolio und im Rahmen einer Damenmatinee in *Ein Puppenheim* Noras widerlichen Ehe-mann spielen sollte.

»Kannst du dir vorstellen, Ibsen und Shakespeare in einem Ort namens Medecine Hat, Medizinhut, zu spielen?« klagte er. »*Aestuat ingens imo in corde pudor.*«

»Du mußt mir helfen, ich habe Latein gehaßt.« Fritzi griff nach einer rohen Auster auf dem Teller zwischen ihnen.

»Das war Vergils *Äneas*. ›Tief im Herzen schwelt grenzenlose Scham.‹«

»Und ich glaube manchmal, daß es besser ist, in der Provinz Theater zu spielen als in diesen albernen kleinen Filmen.«

»Ich dachte, du magst deine Arbeit?«

»Ich mag die Menschen. Trotzdem werde ich bald Schluß da-mit machen.«

Das war leichter gesagt als getan, denn Eddie sorgte dafür, daß sie ständig Arbeit hatte. Das Team machte sich auf den Weg nach Cuddebackville, New York, um in der herrlichen Wildnis der Orange Mountains Außenaufnahmen zu drehen. Owens Nachfolger war für ein paar Wochen in den Osten gekommen, so daß sie zwei Folgen des *Einsamen Indianers* in den Schluchten und Wäldern des Delaware Water Gap drehen konnten. Man übernachtete in einer einfachen Pension namens Caudebac Inn; die Männer spielten in ihrer Freizeit Karten, die Frauen setzten Puzzles zusammen oder blätterten in Modezeitschriften. Fritzi schrieb Briefe an ihre Mutter, an Julie, an Eustacia in England und an Lily, der sie ehrlich gestehen konnte, daß ihr Kalifornien fehlte, vor allem die erfrischende Luft, die so anders war als die sommerliche Schwüle im Osten.

Als die Truppe in die Stadt zurückkehrte, besann sich Fritzi auf ihre alte Gewohnheit, in der Stadt weilende Produzenten und Besetzungsagenturen aufzusuchen. Als frühestmöglichen Termin für ihr Engagement gab sie den ersten Januar kommenden Jahres an, an dem ihr Einjahresvertrag mit Liberty auslief. Ira Mehlman war der einzige Agent, der ihr wenigstens eine Spur Hoffnung machte. Zunächst bekundete er, sie in mehreren ihrer Filme gesehen und erkannt zu haben, obwohl sie ungenannt geblieben war: »Nicht schlecht! Da ist eine Wintertournee von *Captain Jinks of the House Marines* geplant. Ich könnte Sie für die Madame Trentoni vorschlagen.«

»Hier in New York?« wollte Fritzi elektrisiert wissen. Die Rolle in dem Stück von Clyde Fitch hatte Ethel Barrymore 1901 zum Durchbruch verholfen. Mehlman schüttelte den Kopf.

»Sondern?«

»Städtchen, Silodörfer. Klingt Wheeling in West Virginia für Sie verlockend?«

»Eher nicht.«

»Ölstädte, Pennsylvania?«

»Mr. Mehlman, ich habe in allen diesen Städten schon gespielt. Ist denn nichts Besseres in Aussicht?«

»Bin ich Hellseher? Viele Produzenten entscheiden sich für ein Stück und stellen es dann in drei Wochen auf die Beine. Ich will ganz ehrlich sein, Fritzi. Leicht wird es nicht werden, Sie unterzubringen. Ich habe Sie in diesen Filmen gesehen, aber nicht nur ich. Wer es in dieser Stadt schaffen will, hat es schwer wie eh und je. Was Sie im letzten Jahr oder so gemacht haben, erschwert es zusätzlich. Hat Sie denn niemand gewarnt?«

»Doch, oft sogar.«

»Aber Sie haben sich trotzdem dafür entschieden.«

Vielleicht habe ich mich einfach hineinziehen lassen, notgedrungen.

»Ich hatte es nicht abschätzig gemeint, Mr. Mehlman. Ich möchte ernsthaft wieder am Theater spielen. Also ich warte, bis ich von Ihnen höre, auch in Sachen *Captain Jinks*. Vielen Dank!«

»Schon gut, Fritzi. Ich melde mich.«

Der bekannte Satz, das alte Lied. Sollte Harry Poland vertonen, dachte sie, als sie, vor Enttäuschung niedergedrückt, das Gebäude verließ.

In einer stickigen, heißen Nacht Ende Juli nahm Eddie Fritzi mit in den Vorführraum des Liberty-Büros im zweiten Stock in der Vierzehnten Straße. Eine Cutterin namens Daphne Roosa gesellte sich zu ihnen. Daphne war eine korpulente junge Frau mit fleischigen, aber gepflegten Händen, die mit einer fast fanatischen Besessenheit an der Zusammensetzung der einzelnen Bilder arbeitete.

In dem winzigen, fensterlosen Raum war es heiß. Es roch nach Chemikalien und kaltem Zigarrenrauch. Fritzi ließ sich auf einen harten Stuhl fallen und wedelte mit einem Taschentuch vor ihrer Nase herum, um wenigstens etwas Luft zu bekommen.

»Ich möchte, daß du dir das anschaust«, bat Eddie, »bevor wir es Kelly zeigen. Irgendwas stimmt nicht, aber ich komme nicht darauf, was.«

»Mir geht's ähnlich«, pflichtete Daphne Roosa ihm bei. Das Drehen des Einspulers war glattgegangen, aber die Crew schien nicht viel Spaß daran gehabt zu haben.

Das Stück mit dem Titel *Gemischte Nüsse*, angeblich eine Komödie, war nach einem Drehbuch entstanden, das Al Kelly von einem Freund gekauft hatte und das deshalb auch gedreht werden mußte. Die verzerrten Gesichter der drei entlaufenen Irren, eine davon Fritzi, ließen ihr Schauder über den Rücken laufen, genauso wie damals, als sie drehten. Als Eddie das Licht

einschaltete, sagte sie: »Ich glaube, ich weiß, was da verkehrt ist.
Die Witze sind komisch, aber sie werden auf Kosten von Menschen gemacht, die geistig behindert sind. Und ich finde es
überhaupt nicht witzig, sich über Kranke und Krüppel lustig zu
machen. Das gehört sich nicht.«

Miss Roosa pflichtete ihr bei. Eddie meinte: »Tja, dann müssen wir mit Al reden, es war seine Idee.« Er überlegte einen Augenblick lang. »Vielleicht hast du recht. Irgendwas an dem Film
stinkt.«

Miss Roosa rümpfte die Nase. »Hier stinkt's auch.« Fritzi
roch es ebenfalls. Erstaunlich eilig stieß Eddie einen Stuhl beiseite und rannte auf den Korridor hinaus.

»Rauch!«

Er verschwand im hinteren Teil des Gebäudes. Jetzt roch
Fritzi es ganz deutlich. Die beiden Frauen tauschten besorgte
Blicke und liefen ebenfalls auf den Flur hinaus. Am Ende des
Korridors öffnete Eddie die Tür eines Magazins, in dem Filmrol-
len von Pal und Liberty archiviert waren. Rauch drang heraus
und stieg in dicken Schwaden zur Decke auf. Eddie schlug einen
Arm vor das Gesicht und lief zurück.

Er drängte Fritzi und Miss Roosa zum vorderen Gebäudeteil.
Aus dem großen Magazin schlugen Flammen und züngelten an
der gegenüberliegenden Wand hoch, die bereits zu glimmen begann. Der Korridor wurde von einem höllischen Sonnenaufgang
in ein grelles Licht getaucht.

»Das ist kein Unfall!« stieß Eddie hervor. »Vorgestern wurde
Bill Nix in der Gegend gesehen.« Er warf einen besorgten Blick
zurück. »Der Kostümraum hat ein Fenster mit einer Feuerleiter
davor.« Er rannte auf die herandrängende Flammenwand zu,
dicht gefolgt von den beiden verängstigten Frauen.

Die Hitze stieg an, der helle Feuerschein wurde immer greller. Daphne Roosa drohte zusammenzubrechen, sie bekam
kaum mehr Luft. Fritzi packte sie bei der Hand und zog sie weiter. Das Feuer hatte jetzt beinahe die Tür des derzeitigen Ko-
stümfundus erreicht. Fritzi hatte immer gewußt, wie gefährlich
es war, Nitratfilme in einem Gebäude aus Holz zu lagern, aber
bis jetzt war das eine theoretische Erwägung gewesen. Nie hätte
sie gedacht, daß sie einmal wirklich in Gefahr geraten könnte.
Das tränentreibende Brennen in den Augen, der quälende

Rauch, die Hitze, das Knistern von fallendem Putz und berstenden Leisten, der Aufprall brennender Balken im Stockwerk unter ihnen bewiesen, wie dumm das gewesen war.

»Eddie, können wir es schaffen?« Die Tür, durch die sie mußten, stand schon in Flammen.

»Wir müssen hier durch. Das ist unsere einzige Chance. Kommt!« Er meinte mitten durch die Flammen. Fritzi packte Daphnes Hand fester. Der Rauch war so dicht, daß sie kaum mehr etwas sehen konnten, die Hitze wurde sengend. Eddie schlug die Arme über den Kopf und sprang. Behende wie ein Reh verschwand er im Feuer.

»Los, Daphne! Lauf, so schnell du kannst!« rief Fritzi.

»Ich habe Angst!«

»Ich auch, aber wir sterben, wenn wir hierbleiben. Komm!« Sie mußte die kräftige junge Frau regelrecht mitschleifen, einen Arm zum Schutz über die Augen gelegt. Mit angehaltenem Atem hechtete sie durch die Feuerwand und versank in der undurchdringlichen Dunkelheit des unbeleuchteten Raums. Plötzlich hatte sie Daphnes Hand verloren.

»*Daphne?*«

Sie bemerkte, daß Daphne auf dem Boden lag, neben einem heruntergefallenen Kostüm, über das sie gestolpert sein mußte. Der Türrahmen brannte lichterloh. Daphne lag gefährlich nahe daran, ihr Rock begann bereits zu glimmen. Fritzi hörte Eddie, ohne ihn sehen zu können:

»Um Himmels willen, wo bleibt ihr?«

»Daphne ist gestürzt.« Die zusammengebrochene junge Frau schlug stöhnend um sich. Fritzi hörte Eddie zurücklaufen. Plötzlich stand Daphnes Rock in Flammen.

Fritzi riß etwas von der nächsten Stange, eine schwere, samtene Königsrobe, und warf sie über Daphne, dann warf sie sich selbst darüber und schlug mit ihrer Tasche wie wild auf die Flammen ein, um sie zu ersticken.

»Steh auf!« Eddie packte Fritzi am Arm. Daphne schien gerettet, ihre brennende Kleidung gelöscht. Fritzi hielt sich an Eddies Arm wie an einem Rettungsseil. Zu dritt stolperten sie zwischen den Kleiderstangen hindurch auf das geöffnete Fenster zu. Auf der Straße unten schrillte die Glocke eines Feuermelders. Lautes Geschrei war zu hören.

»Steigt raus!« brüllte Eddie und schob zuerst Daphne Roosa auf die Feuerleiter, dann Fritzi. Er stieg durch das Fenster, als Daphne bereits auf die Eisentreppe hinunterkletterte. Fritzi klammerte sich am Geländer fest und folgte ihr. Sie trat daneben, stolperte und fiel auf den Absatz, wo der letzte Treppenlauf begann. Fritzi sah den Boden des Absatzes, ein eisernes Gitter, wie durch ein Vergrößerungsglas immer näher kommen, und schon schlug ihr Gesicht auf. Da war ein stechender Schmerz in ihrem Knöchel. Dann war alles ausgelöscht, das Feuer, die schrille Glocke, Eddie, Daphne – alles verschwand in einem schwarzen Schlund.

56. CARL MÄHT DAS GRAS

Carl schlief in Ryans Heuschober auf weichem Stroh, warm und geschützt unter Wolldecken. Das Essen war gut; Rip selbst aß gern, Riesenmahlzeiten mit Steaks und Eiern, Obst und Gemüse aus der Region, obwohl er wegen seiner Arthritis länger zum Kochen brauchte.

Vor langer Zeit hatte Ryan Pläne für die Erweiterung der Scheune gezeichnet. Die Arbeit ging gut voran, denn Carl war kräftig und geschickt. Einmal in der Woche kamen ein Arzt und ein Naturkundelehrer zu ihnen herausgefahren, um Flugunterricht zu nehmen. Zu seinem großen Erstaunen erlebte Carl, daß Ryan Wort hielt: Er rührte das Flugzeug nicht an, sondern beobachtete und gab Anweisungen, während er auf einem Faß an der Landebahn saß. An einem Dienstag um halb vier gab er Carl die erste Flugstunde.

»Die ist einfacher zu fliegen als ein Flugzeug von Wright«, versicherte Ryan, als Carl in den kleinen, harten Sitz vor dem Motorblock kletterte. »Nimm das Handrad in beide Hände. So ist's gut. Wenn du es nach vorne drückst, geht die Maschine runter. Wenn du es hochziehst, geht sie hoch. Um sie links in die Kurve zu legen, drehst du das Handrad nach links und lehnst dich mit in die Kurve. Klar? Auch nicht schwieriger, als eines von Mr. Fords Autos zu lenken.«

Das stimmte nicht ganz, wie Carl bald herausfand. Ryan wollte, daß er ein Gefühl für die Instrumente bekam, und ließ ihn deshalb bei abgeschaltetem Motor im Flugzeug sitzen. Carl legte die Schultergurte an, die mit den kurzen, zwischen den Enden der oberen und unteren Flügel angebrachten Querrudern verbunden waren. Wenn sich der Pilot nach links oder rechts lehnte, bewegten sich die Querruder mittels der Gurte. Carl mußte üben, über die Schulter auf den Motor zu schauen, ohne das Flugzeug durch eine ruckartige Bewegung in eine steil abfallende Schräglage zu bringen.

Aber da er Auto fahren konnte, begriff und lernte er ziemlich

schnell. Schon nach wenigen Tagen kurbelte Ryan den Motor an
und trat zurück, während Carl über die eine halbe Meile lange
Graslandebahn hinter der Scheune rollte. Ryan hatte den Gashebel blockiert, damit das Flugzeug nicht versehentlich abheben konnte. Carl holperte über das Feld, und das Dröhnen des
Motors, der Wind in seinem Gesicht, das Flimmern der Sonne
auf den Gläsern seiner alten Fahrbrille versetzten ihn in Hoch-
stimmung. Diese Übung des Hin- und Herfahrens nannte Ryan
»Grasmähen«. Sie war ein wichtiger Bestandteil der Curtiss-Methode.

Als Ryan mit Carls Fortschritten im Grasmähen zufrieden
war, ließ er ihn einen speziellen Übungspropeller anbringen, der
es ermöglichte, daß der *Eagle* mit erhöhter Geschwindigkeit
über das Feld rollte und am Ende sechs bis acht Fuß vom Boden
abhob. Carls erster Flug erfolgte auf einer Höhe von etwa fünfunddreißig Fuß, und er landete mit einem sanften Plumps
wieder auf dem Boden, während ihm das Blut in den Ohren
rauschte und er das Gefühl hatte, die Schwerkraft überwunden
zu haben. Sein zweiter Flug endete nach fünfzig Fuß, er trug ihn
bereits zehn Fuß hoch. Beim dritten Mal beging Carl den Fehler,
das Handrad zu weit nach vorne zu drücken, wodurch er im
Sturzflug nach unten sauste, glücklicherweise nur aus einer
Höhe von vier Fuß, so daß kein Schaden entstand. Ryan hatte
aber auch ein robustes Flugzeug gebaut.

An einem Samstag telephonierte Carl vom Telephonamt in
Riverside aus nach Los Angeles. Er konnte es kaum erwarten,
Fritzi zu erzählen, daß er jetzt vielleicht etwas gefunden hatte,
was ihn den Rest seines Lebens ausfüllen könnte. Freilich, vom
Autofahren hatte er dasselbe gedacht, und was war daraus ge-
worden! Zwischen Pfeif- und Knattertönen am anderen Ende
der Leitung erfuhr er von Mr. Hong, daß Fritzi bereits nach New
York abgereist war.

Am Dienstag darauf montierten sie den richtigen Propeller.
Als Carl während der rasanten Fahrt über das Feld den Gashebel
lockerte, fühlte sich sein Magen so an, wie Ryans Hände aussahen. Dann zog er das Handrad zurück. Er spürte den Auftrieb
unter den Flügeln. Sein Haar flatterte im Wind, er hätte laut
jauchzen mögen. Der *Eagle* hob ab.

Carl lehnte sich in seinen Schultergurten nach rechts, arbeitete sich über die Scheune mit dem Windsack hoch, flog über das am Tag zuvor mit weißer Farbe gestrichene Dach. Langsam erklomm er eine Höhe von zweihundert Fuß, und unter ihm bot sich die Welt in sonniger Pracht in einem unglaublichen Panorama aus Orangenhainen und Landstraßen, fahrenden Pferdewagen und arbeitenden Männern dar. Fünfzehn Minuten lang übte er sich in langsamen Kurven, Aufstiegen in die Sonne hinein und gleitenden Abstiegen. Schließlich sah er, daß ihm Ryan etwas signalisierte, indem er die Arme wie Handflaggen gebrauchte. Carl landete leicht wie eine Feder, dann rollte er über das Feld und schaltete sechs Fuß vor seinem Lehrer den Motor aus.

Ryan humpelte zum Flugzeug und lehnte sich an den unteren Flügel. »Du hast den Dreh raus! Du wirst ein guter Pilot.«

Carl streifte die Schultergurte ab und sprang aus seinem harten Sitz. Er und Ryan schauten einander triumphierend und doch mit einer Spur von Trauer an. Ryan sprach es aus:

»Noch ein paar Übungsflüge, dann ist das Vögelchen flügge. Beeil dich mit der Scheune, dichte alles ab und streiche fertig, dann sind wir quitt!«

An einem faulen Nachmittag im Juni prüften sie die neue Tür des Scheunenanbaus. Bienen summten in den Blumenbeeten, die Ryan um das Haus herum angelegt hatte. Ryan schlug die Türe mehrere Male kräftig zu, dann nahm er ein Messer aus der Tasche und kratzte damit Farbspritzer von der Scheibe ab. Er erklärte, jetzt sei der Anbau fertig.

»Und was nun?« fragte er, als sie zum Haus zurückschlenderten. Carl, wie immer hinter ihm, ließ Ryan Zeit für jeden mißlichen Schritt.

»Am liebsten würde ich fliegen und damit Geld verdienen. Gibt es so einen Job?«

Mit einem seiner raren Lächeln antwortete Ryan: »Klar gibt es den, wenn du nichts dagegen hast, ein- bis zweimal täglich dein Leben zu riskieren.«

»Das bin ich gewöhnt«, sagte Carl. »Wovon sprichst du?«

Beim Betreten der Küche stieg ihnen der köstliche Geruch eines in einem Eisentopf brutzelnden Bratens in die Nase. Ryan wies Carl an, sich zu setzen, während er etwas holte. Er kam mit

einer schmutzigen, an den Ecken geknickten Visitenkarte zurück.

»Dieser Knabe war letzten Herbst mit seiner Flugschau in
Redlands. Ein Kunstflieger. Er hat mir erzählt, daß seine Piloten
laufend kündigen, weil die Flugkunststücke so gefährlich sind.«

RENE LE MAYE
Zirkus der Lüfte
Preisliste auf Anfrage

Auf der Karte stand eine Adresse: Postamt, El Paso, Texas.

»Franzose?«

»Richtig. Viele Franzosen interessieren sich für Flugzeuge.
Blériot, Paulhan – der war letztes Jahr bei der Flugschau in Los
Angeles. Die Amerikaner hinken den Franzosen leider hinter-
her. Dieser René verriet mir, der Barkeeper im Hotel Sheldon in
El Paso wisse immer, wo er zu finden sei.«

»Ich finde ihn.«

»Hast du Geld für die Fahrkarte?«

»Ich brauch' keine Fahrkarte. Ich such' mir ein Plätzchen in
einem Güterwaggon.«

»Ist das nicht gefährlich?«

»Auch nicht gefährlicher als fliegen.« Oder für Barney zu arbeiten. »Man muß nur den Eisenbahnern aus dem Weg gehen, das
ist das ganze Geheimnis. Die brechen einem die Beine schneller,
als man sie sich bei einem verpatzten Sprung aus dem fahrenden
Zug bricht.«

»Na, dann bist du wahrscheinlich genau der Verrückte, den
dieser Franzmann sucht.«

Ryan schlurfte zum Herd. Mit Heißhunger machten sie sich
über die herzhafte Mahlzeit aus Braten, Kartoffeln, grünen
Bohnen und selbstgebackenem Sauerteigbrot her und goßen
Bourbon hinterher, den Ryan für besondere Gelegenheiten aufbewahrte. Er sagte: »Ich hab' dich gern hier gehabt. Du wirst mir
fehlen.«

»Ich bin dir sehr dankbar für das, was du mir beigebracht
hast.«

»Einen neuen Piloten in die Welt hinauszuschicken, das ist
so, als würde man selbst hinausziehen. Na ja, jedenfalls fast.« Er
prostete Carl mit dem Whiskey zu und trank ihn in hastigen
Schlucken aus.

»Marie hat die Fliegerei überhaupt nicht gemocht, genauso wenig wie die anderen neuen Sachen, Erfindungen. Sie hat nicht begriffen, was es für ein erhebendes Gefühl ist, aufzusteigen, die Wolkengebirge zu sehen, die Spielzeugstädte, die winzigen Menschen. Dort oben schrumpfen deine Sorgen zusammen, bis sie überhaupt nicht mehr wichtig erscheinen.« Ryan strich mit der Hand über den polierten Stock, der auf dem leeren Stuhl zwischen ihnen lag.

»Da hast du recht«, stimmte ihm Carl zu. »Genauso ging es mir, als ich das erste Mal abhob.«

Vielleicht brach nun ein neues Kapitel in seinem Leben an. Er fragte sich, was Tess wohl dazu sagen würde.

57. ENTSCHEIDUNG

Fritzi lag in demselben New Yorker Hospital, in dem sie damals
Eddie besucht hatte. Der behandelnde Arzt, ein gutaussehender,
nüchterner Mann mit silbrigem Bart, hieß Lilyveldt. Er kannte
die Umstände ihres Sturzes und teilte ihr ohne Umschweife mit,
er stamme aus einer alten New Yorker Familie, die mit Schauspielern nichts zu tun haben wolle. Während er sie untersuchte,
gab er ihr ständig mehr oder weniger deutliche Ratschläge, wie
sie diesen Beruf so schnell wie möglich an den Nagel hängen
könne.

Offenbar hatte sie sich ihren linken Knöchel schlimm verstaucht, als sie die letzten Sprossen der Feuerleiter hinuntergefallen war. Sie erinnerte sich an den stechenden Schmerz, bevor
sie ohnmächtig geworden war, aber danach an gar nichts – weder an die Wucht des Aufpralls, der ihre Stirn blau verfärbt hatte,
noch an ihren blutenden Kopf, der mit sechs Stichen genäht
werden mußte. Man hatte ihr das unbändige blonde Haar ab-
rasiert, um die Wunde versorgen zu können. Als der Verband
erneuert wurde, schaute sie in einen Handspiegel. Sie sah aus
wie eine Frau mit Halbglatze und mußte kichern.

Eddies Frau Rita erbot sich, ihr die Post zu bringen. Die erste
Zustellung enthielt einen gelben Umschlag – ein Telegramm von
Paul. In Kürze würde er in die Vereinigten Staaten kommen, um
sich mit seinem amerikanischen Verleger zu treffen und anschließend einen Monat lang Vorträge im Mittleren Westen und
im Süden zu halten; natürlich würde er während der ganzen
Zeit auch filmen. Sie konnte es kaum erwarten, von Julie und
den Kindern zu hören, vor allem von der neugeborenen Francesca Carlotta, genannt Lottie.

B. B. brachte Fritzi Süßigkeiten und weiße Rosen und entschuldigte sich vielmals. »Es ist meine Schuld, daß Sie verletzt
wurden.«

»Ich mache niemanden dafür verantwortlich, außer den
Brandstifter natürlich.«

»Es war Nix«, sagte B. B. erbittert. »Die Polizei hat einen Hinweis bekommen. Der Kerl stand in einem Saloon in der Third Avenue und hat beim Biersaufen damit geprahlt. Er ist zwar kriminell, aber sein Hirn ist so groß wie das einer Ameise. Als sie Nix auf dem Polizeirevier in die Mangel genommen haben, hat er sofort ausgepackt. Er kommt natürlich ins Gefängnis.«

B. B. zog einen Stuhl heran, rieb Fritzis Hand und sagte: »Libertys Schauspieler sind zu kostbar, als daß man sie in solche Gefahren bringen dürfte. Sophie und ich haben uns lange darüber unterhalten. Und jetzt verrate ich Ihnen, was ich beschlossen habe. Nach diesem Sommer mache ich den Laden hier in New York dicht. Ist sowieso nicht mehr viel übrig vom Büro, das Feuer hat fast das ganze Gebäude zerstört. Also auf nach Kalifornien!«

Plötzlich hatte sie einen Kloß im Hals. »Für immer?«

»Genau.« Die Art, wie er ihre Hand rieb, verriet seine nervöse Anspannung. »Wir möchten, daß Sie mitkommen, das wissen Sie. Ich biete Ihnen eine Erhöhung auf fünfundneunzig Dollar die Woche. Einhundert, wenn ich's aus Al rauspressen kann. Was meinen Sie dazu?«

Fritzi sank auf das Kissen zurück, in ihrem Kopf drehten sich die Gedanken wild durcheinander. »Um ehrlich zu sein, meine ich gar nichts dazu.«

»Schon gut, aber bitte, entscheiden Sie sich bald. Das ist alles, worum ich Sie bitte. Erst gestern habe ich Lily telegraphiert, daß sie ab September wieder auf der Gehaltsliste steht.« B. B. tätschelte ihre Hand, dann stellte er seinen Stuhl zurück. Nervös knetete er den Rand seines Hutes. »Bitte denken Sie darüber nach, was Liberty Pictures Ihnen bietet, Fritzi. Ihnen steht eine große Zukunft bevor.«

Sie dachte an den verächtlichen Dr. Lilyveldt. »Danke. Ich verspreche, daß ich's mir überlegen werde.«

B. B. watschelte den Krankenhausflur entlang und grüßte immer wieder Schwestern und Patienten, indem er an seinen Hutrand tippte. Fritzi seufzte. Für ihre Zukunft allein auf Liberty in Kalifornien zu setzen schien ihr nicht nur feige, sondern auch ein Ja zur Mittelmäßigkeit. Trotzdem war es besser, als zu verhungern, oder etwa nicht?

Harry Poland schickte Fritzi einen riesigen Blumenstrauß und einen wunderschön formulierten Brief, in dem er erklärte, daß er von dem Feuer und ihrem Krankenhausaufenthalt gehört habe. Er wünschte ihr baldige Genesung und entschuldigte sich – in zwei Absätzen – dafür, daß er sie nicht besuchen könne. Er sei mit Proben für seine erste Broadway-Show beschäftigt, für die er alle Musikstücke geschrieben habe; die Show trage den Namen *Pink Ladies*. Er schrieb, daß er sich mit allerlei Besetzungsfragen und technischen Problemen auseinandersetzen müsse. Jedesmal wenn er vorhabe, sich während der Besuchszeiten freizumachen, ergebe sich ein neues Problem, das gelöst werden müsse. Wenn sie seine Entschuldigung annehme, wolle er sein Versäumnis nachholen, sobald sich die Lage etwas beruhigt habe.

Der seltsam empfindsame, fast jungenhafte Ton des Briefes brachte sie zum Lächeln. Sie mochte Harry – nicht wegen seiner ungehörigen Annäherungsversuche, sondern weil er so schnell und entschieden reagiert hatte, als Pearly sie an der Haltestelle der Untergrundbahn belästigt hatte. Natürlich freute sie sich über seinen Erfolg und bewunderte sein Talent.

Eddie und Rita kamen Fritzi besuchen; die beiden freuten sich riesig über den bevorstehenden Umzug nach Los Angeles. »Für mich kommt nichts anderes in Frage«, sagte Eddie. »Filme sind die Zukunft. Eines Tages sind sie vielleicht sogar Kunst.«

Nach vier Tagen wurde sie von Dr. Lilyveldt entlassen, nicht ohne die Ermahnung, den verstauchten Knöchel mindestens noch zwei Wochen zu schonen. Er bestand darauf, ihren Knöchel mit einer elastischen Binde zu stützen, und riet ihr zu einem Stock, den ihre Eitelkeit jedoch nicht zuließ. Sie humpelte in ihre Zwei-Zimmer-Suite im Bleecker House, ließ sich im Licht der sommerlichen Dämmerung auf einen Sessel fallen und starrte auf ihre Hände, unschlüssig und verwirrt; sicher war sie sich nur eines Gefühls, des brennenden Wunsches, Paul wiederzusehen, dessen Schiff nächste Woche einlaufen sollte.

Paul brachte einen Berg von Schnappschüssen: von Julie, den beiden älteren Kindern, der kleinen, rundgesichtigen Lottie in ihrem hübschen Kleidchen, die, eine winzige Hand auf einem Samtsockel, mit starrem, glasigem Blick in die Kamera schaute. »Der Photograph hat ihren Kopf in einen Schraubstock eingespannt, damit sie aufrecht steht«, gestand Paul lachend. »Sind das nicht mittelalterliche Foltermethoden? Gleich nachdem er mit der Aufnahme fertig war, fing Lottie an zu brüllen, und das war's dann. Sie ist ein süßes Kind, aber ziemlich eigenwillig.«

Die Photos lagen ausgebreitet auf dem gestärkten weißen Tuch ihres Tisches auf dem Achterdeck des Ausflugsdampfers. Er lag an der West Houston Street und sollte um sieben Uhr zu einer Hafenrundfahrt auslaufen. Auch Harry wurde erwartet, aber er war noch nicht eingetroffen.

Die Tische unter den gestreiften Markisen füllten sich rasch. Kellner mit langen weißen Schürzen manövrierten sich zwischen den Gästen hindurch, um Champagner und Wein nachzuschenken. Im Westen spannte sich ein heißer, orangefarbener Himmel; New York wurde von einer Hitzewelle heimgesucht. Fritzis bandagierter Knöchel juckte erbarmungslos. Mit der Spitze ihres anderes Schuhs kratzte sie ihn unterm Tisch, während Paul ihr das Photo eines dunkelhaarigen jungen Mannes mit spitzbübischem Grinsen zeigte.

»Sammy Silverstone, meine rechte Hand. Ein Juwel. Warum ich mich so lange geweigert habe, mir einen Assistenten zu nehmen, werde ich nie verstehen. Sammy ist der Retter meines Rückens, und außerdem hab' ich ihn gern um mich.«

»Aber du hast ihn nicht mitgebracht.«

Kopfschüttelnd fächelte sich Paul mit seinem Strohhut Kühlung zu; die Kopfbedeckung sah neu aus, aber der Rand war an einer Stelle zerfetzt, als hätte sich ein Hund darüber hergemacht. »Ich hätte die Ausgaben dafür nicht vertreten können, schließlich arbeite ich auf dieser Reise nur teilweise für Lord Yorke.« Er sprang auf. »Laß uns ein bißchen herumgehen, es ist so stickig hier.«

Er steckte die Photos in die Tasche seines beigefarbenen, sommerlichen Leinenjacketts zurück, das von der Hitze und dem Schmutz Manhattans fürchterlich mitgenommen aussah. Auf dem runden Kragen seines Hemdes leuchtete ein Tintenfleck, der Fleck auf seiner gestreiften Krawatte sah verdächtig nach Ketchup aus.

Sie schlenderten zur hinteren Reling, wo die Flagge der Schiffahrtslinie schlaff am Mast hing. Südlich des Hafens hob sich die große Fackel in der Hand der Freiheitsstatue hell vom dunkler werdenden Himmel ab. Das Wasser schien von einer grünen Patina überzogen, es erinnerte an dunkle Jade, gesprenkelt vom roten Licht des westlichen Himmels.

Fritzi faltete die Hände und lehnte sich an die Reling. »Es gibt da etwas, was ich dir nicht erzählt habe.«

»Du meinst Kalifornien – ob du gehst oder hierbleibst?«

»Nein. Mir ist etwas Furchtbares passiert, als ich mit Harry zusammen war.«

»Er hat nichts davon gesagt.«

So kurz wie möglich erzählte sie von dem schrecklichen Erlebnis an der Haltestelle City Hall. »Ich habe ihn getötet, Paul. Ich habe einen Menschen getötet. Ich weiß, daß mich der Anblick ewig verfolgen wird. Es fällt mir schwer, darüber zu sprechen.«

Sie fing an, heftig zu zittern. Er legte den Arm um sie. »Ich verstehe dich. Ich habe Männer sterben sehen. Ganz gleich, wer sie sind, das Sterben hat immer etwas Elementares und Geheimnisvolles an sich.« Er hielt sie fest, bis das Zittern nachließ.

Jemand winkte ihnen vom Pier aus zu. »Harry«, rief Paul, als der Komponist den Landungssteg heraufgelaufen kam. Harry umarmte Paul, Fritzi küßte er die Hand. Er wirkte blaß und müde, was ganz untypisch für ihn war. Lange Proben, vermutete sie; der Erfolg forderte seinen Preis.

Im Gegensatz zu ihrem Cousin war Harry tadellos gekleidet. Sein Anzug aus hellgrauem Leinen war einreihig, mit modisch aufgesetzten Taschen. Die blauweiß gepunktete Krawatte paßte zum Einstecktuch seiner Brusttasche. Die Bügelfalten waren perfekt; nirgends ein Knitter oder ein Fleck.

»Tut mir leid, daß ich zu spät komme. Probleme mit der Instrumentation.«

Die Motoren liefen an, die Schiffsmannschaft löste die Vertäuung, und unter lautem Tuten der Sirene und Bimmeln der Schiffsglocke glitt der Dampfer auf den Hudson hinaus. Fritzi erinnerte sich ihrer Erziehung: »Wie geht es Ihrer Frau, Harry?«

»Danke der Nachfrage. Es ist leider so, daß sie mich gar nicht mehr erkennt. Die Ärzte haben mir erklärt, daß sich der Zustand eines Patienten, der sich von einem Schlaganfall nicht schnell erholt, oft verschlimmert. Jedes Organ wird schwächer, weil es nicht genutzt wird, bis das wichtigste Organ, das Herz – entschuldigt, ich sehe wirklich zu schwarz! Herr Ober? Bitte bringen Sie uns Wein!«

Eine Drei-Mann-Kapelle auf dem oberen Aussichtsdeck stimmte *Alexander's Ragtime Band* an, den meistgespielten Schlager der Stunde. Harrys Stimmung besserte sich. »Ist das nicht ein tolles Lied? Berlin ist ein Freund von mir. Früher hieß er Izzy Baline, er hat wie ich seinen Namen geändert. Ich habe ihm gesagt, daß er durch *Alexander* Unsterblichkeit erlangen wird, auch wenn er nie wieder eine Note schreiben sollte.«

»Das kann ich nur bestätigen«, nickte Paul. »Ganz London pfeift und singt das Lied.«

Fritzi bemerkte, daß der Ober neben ihrem Tisch stehenblieb. Er war groß mit silbergrauem Haar, ein Mann von auffallend gutem Aussehen. Er stellte die Suppenteller vor jeden einzelnen, dann zögerte er kurz, bis er sich an Fritzi wandte: »Wenn Sie gestatten, Miss, ich habe ein Anliegen an Sie. Mein Name ist Zoltan Cizmaryk, ich bin ein großer Bewunderer von Ihnen.«

»Von mir? Wir kennen uns doch gar nicht.«

»Aber ich habe Sie trotzdem schon oft gesehen. Und zwar in den Filmen vom *Einsamen Indianer* und auch in anderen Streifen. Meine Frau und ich stammen aus Budapest, aber wir leben schon seit zehn Jahren hier.« Daher also der melodische Akzent. »Darf ich Sie bitten, mir ein Autogramm für meine Frau zu geben, bevor Sie von Bord gehen?«

»Natürlich«, sagte Fritzi, erfreut, daß man sie erkannte, und gleichzeitig erstaunt, daß ein alberner kleiner Film eine solche Reaktion bei einem völlig Fremden auslöste.

Ein Oberkellner im Frack schnippte mit dem Finger nach Zoltan, der sich augenblicklich verbeugte und wieder an die Arbeit machte. »Du bist ja ein richtiger Star«, bemerkte Paul mit einem Lächeln.

»Ja, ist es nicht wunderbar«, fügte Harry hinzu. »Und ich glaube, daß das nur der Anfang ist.«

Sich in der Schmeichelei sonnend, wandte Fritzi ihre Aufmerksamkeit wieder dem ausgezeichneten Essen zu, das ihnen von Zoltan Cizmaryk und seinen Kollegen serviert wurde. Der Ausflugsdampfer tuckerte langsam am Battery Park vorbei, hinüber in den East River und wandte sich dann wegen der Aussicht auf die Brooklyn-Brücke in Richtung Norden. Von dort ging es

wieder zurück in Richtung Freiheitsstatue und den offenen
Ozean. Sterne funkelten am tiefblauen Himmel. Die hocherho-
bene Fackel kündete ihre Botschaft von Hoffnung und Freiheit,
aber Fritzi merkte, daß Pauls Aufmerksamkeit den erleuchteten
Gebäuden auf einer Insel zu ihrer Rechten galt.

»Dort sind Harry und ich nach einer höllischen Reise im Zwi-
schendeck gelandet«, sagte er mit verhaltener Stimme.

»Als meine Mutter wegen ihrer Augenkrankheit abgewiesen
wurde«, ergänzte Harry, »und wir gezwungen waren, nach Europa zurückzukehren, wußte ich, daß ich entweder nach Ellis
Island zurückkommen oder umkommen würde.« Der Tonfall
seiner Stimme war leicht und beiläufig und strafte das Lügen,
was Fritzi in seinen Augen sah.

Wenige Minuten später, nach beendeter Mahlzeit, schlenderten sie auf das Aussichtsdeck hinauf, wo Paare und Familien den
Blick auf den nächtlichen Hafen genossen. Langsam und majestätisch glitt die kupferne Statue auf ihrem mächtigen Sockel zu
ihrer Rechten an ihnen vorbei. Fritzi spürte einen Kloß im Hals.
Diese Statue hatte es noch nicht gegeben, als ihr Vater 1850 nach
New York gekommen war, aber ebenso wie Harry und Paul ehrte
und achtete ihr Vater alles, was sie symbolisierte.

»Bartholdi war ein Genie«, murmelte Harry. »Sie sagt so vieles, diese große Dame. Sie sagt: ›Willkommen, wer immer du
sein magst. Auch wenn du nicht reich und nicht berühmt bist,
hier ist Platz für dich.‹ Mir sagt sie außerdem: ›Das ist das Land,
in dem du auch deine verwegensten Träume verwirklichen
kannst, wenn du hart arbeitest. Deshalb blicke nach vorne, dort
liegt die Zukunft‹« – Harry deutete mit dem Finger –, »›vor dir.
Du wirst sie niemals finden, wenn du zurückschaust.‹«

Harry merkte, daß Fritzi schwieg und Paul nachdenklich an
seiner Zigarre zog, deren brennendes Ende hell leuchtete, und
lachte leicht verlegen. »Ich wollte euch mit meiner Philosophie
wirklich nicht die Stimmung verderben. Bitte verzeiht!«

Ohne zu überlegen, legte Fritzi ihre Hand auf die seine, die
auf der Reling lag. »Was Sie gesagt haben, hat mir gut gefallen.«
Auch Paul äußerte knapp Zustimmung; Fritzi war, als habe sie
einen jähen leuchtenden Schimmer in seinen Augen entdeckt.

Der Ausflugsdampfer fuhr in einem langgezogenen Bogen in
den Hafen ein, um zur Anlegestelle zurückzutuckern. Inzwi-

schen war es dunkel geworden. Die Stimmen wurden leiser, teilweise übertönt vom Dröhnen der Schiffsmotoren. Vor ihnen tauchte das glitzernde New York aus der Dunkelheit auf. Fritzi hörte das Murmeln der Männer, aber sie war zu weit weg, um etwas zu verstehen, sie stand allein und lauschte im Geiste noch einmal Harrys Stimme.

Deshalb blicke nach vorne, dort liegt die Zukunft, vor dir. Du wirst sie niemals finden, wenn du zurückschaust.

Die Zweiundzwanzigste Straße West war düster und leer. Die Schatten von Fritzi, Paul und Harry fielen auf den Gehsteig, als sie sich im Schein der Straßenlaternen näherten. Ein Droschkengaul kam langsam auf sie zugetrottet; der Kutscher nickte immer wieder ein, als er mit seinem Wagen an ihnen vorbeifuhr. Irgendwo heulte eine Feuersirene. Die Luft war kühler.

Auf dem Treppenabsatz vor ihrem Haus verabschiedete sich Fritzi von Paul mit einer Umarmung. Paul trat zurück und fächelte sich mit seinem am Rand zerfetzten Hut Kühlung zu.

»Du liebst diese Stadt, nicht wahr?«

»Teilweise«, sagte sie und dachte flüchtig an Pearly.

»Und wie steht's mit Kalifornien?«

»Ich habe mich noch nicht entschieden.«

»Ich nehme an, Harry wünscht sich, daß du hierbleibst. Ich glaube kaum, daß du einen glühenderen Verehrer hast als ihn.« Fritzi lachte, um nicht näher darauf eingehen zu müssen. »Aber entscheiden kannst nur du. Es hat mich beeindruckt, daß der Kellner dich erkannt hat. Du bist wirklich eine Größe im Film. Gibt es hier etwas, was genauso gut und wichtig für dich wäre?«

Schon wollte sie ihm eine passende Antwort über die Theater am Broadway geben, da wußte sie, daß er recht hatte: Im Film hatte sie etwas erreicht, was sie hier trotz all der Monate und Jahre ihrer entmutigenden Vorsprechtermine, Aushilfstätigkeiten und Entbehrungen nicht erreicht hatte; sie hatte nur hin und wieder eine Rolle in einem Flop bekommen.

Sie spürte die kühle Brise, die vom Hudson herüberwehte. Als sie den Kopf hob, meinte sie, ein geisterhaftes Geräusch zu hören, wie ein Schlüssel, der ein Schloß aufsperrte.

»Nein, Paul, nichts. Gar nichts. Ich werde nicht mehr in New York sein, wenn du aufs Schiff gehst. Ich gehe nach Kalifornien.«

TEIL FÜNF

Alptraum

Im letzten Juli des alten Regimes hatten nur die besten Kenner der europäischen Szene Einblick in die Böswilligkeit, den Haß und die Mordlust, die sich hinter diesen malerischen Fassaden zusammenbrauten … In den Sommermonaten des Jahres 1914 verwandelte sich die musterhafte europäische Ordnung in ein apokalyptisches Inferno.

John Dos Passos,
Mr. Wilson's War

Gott möge uns beistehen,
wenn der eiserne Würfel rollt.

Theobald Bethmann-Hollweg,
Deutscher Reichskanzler,
1. August 1914

In Europa erlöschen die Lichter; sie werden zu Lebzeiten nicht erleben, daß sie wieder angezündet werden.

Sir Edward Grey,
Britischer Außenminister,
3. August 1914

58. LOYAL

Wenige Tage in Los Angeles genügten, um Fritzi all das in Erinnerung zu bringen, was ihr gefehlt hatte: den Duft von Salbei, die leuchtende Farbe der Mohnblumen an den Berghängen, die saubere, klare Luft, die sich so sehr von dem verhangenen Himmel über Manhattan unterschied.

Hin und wieder dachte sie an Harry Poland, seinen Charme, seine bewundernden Blicke – die eigentlich nur für seine Frau bestimmt sein sollten, sagte sie sich und tadelte sich im stillen, wenn sich ihre Gedanken zu liebevoll mit ihm beschäftigten. Sie verstand Harrys Situation, aber ihr Verstand sagte ihr auch, daß diese Situation ihn unerreichbar machte.

Dann, im April 1912, ereignete sich etwas, was ihre Gedanken an Pauls Freund vertrieb und sie in Glücksgefühle tauchte. Es begann ironischerweise an dem Tag, als die Zeitungen nur ein Thema kannten, die Tragödie des großen Ozeandampfers, der *Titanic*, die, von den Erbauern als unsinkbar bezeichnet, auf ihrer Jungfernfahrt nach New York auf einen Eisberg aufgelaufen war und fast sechzehnhundert Menschen in den Tod gerissen hatte.

Fritzi drehte mit Owens Nachfolger *Die Squaw des einsamen Indianers* in Daisy Dell, einer abgelegenen Schlucht nahe North Highland. Zunächst hatte Eddie alle Mühe, den Stab und die Schauspieler dazu zu bringen, sich zu konzentrieren; fast alle, einschließlich Fritzi, waren in ihre *Times* vertieft.

Jock Fergusons Assistent lugte über Fritzis Schulter. »Wie viele wurden gerettet?«

»Siebenhundertfünfundvierzig. Das ist nicht sehr …«

»Macht schon, macht schon«, drängte Eddie und klatschte in die Hände. Seufzend faltete Fritzi ihre Zeitung zusammen. Er klang schon fast so wie Kelly.

Jetzt erst bemerkte sie die beiden Statisten, die man für diesen Film als Banditen engagiert hatte. Einer war klein, O-beinig und ansonsten wenig bemerkenswert, doch der andere zog ihre Aufmerksamkeit auf sich. Er war groß, dünn wie eine Bohnenstange, mit sonnengebräunter Haut, eingefallenen Wangen und einer kecken Nase. Auf der Stirn traten die Adern hervor, was auf eine unterdrückte Anspannung hindeutete, selbst wenn er lächelte. Auch wenn er nicht ins Licht schaute, blinzelte er, als blicke er in tausend grelle Präriesonnen.

Die verwaschenen Jeans, das Hemd und das Halstuch paßten gut zu ihm; er schien sich wohl darin zu fühlen. Das braune Haar stand auf dem Hemdkragen auf. Eine sechs Finger breite Narbe entstellte den Rücken des Handgelenks seiner linken Hand. Auf Fritzi wirkte dieser Mann gefährlich; sie empfand ein seltsames, unerklärliches Gefühl, in dem sich ein angenehmes Prickeln und puritanische Schuldgefühle mischten.

Eddie stellte ihn als Loy vor – ein komischer Name. Sie fragte Loy, woher er komme. »Texas«, antwortete er, den Finger am Hutrand. Damit war das Thema erledigt. Der Mann war höflich, tat, wie ihm geheißen, und kümmerte sich im übrigen nicht um die anderen. Fritzi beobachtete ihn heimlich. Wenn er es aber doch bemerkte, ging ihr Atem ein wenig schneller.

Das Team kehrte in die Alessandro Street zurück, um den Rest auf der Bühne zu drehen, vor mehreren Kulissen, die das Innere eines Umschlagplatzes für Waren darstellten. Mehrere Eimer Roggenmehl dienten als Ersatz für einen gestampften Boden. Mit Hilfe eines weißen Musselinvorhangs, der mittels Schnüren und Rollen bewegt wurde, dämpfte man das grelle Sonnenlicht und vermied damit scharfe Konturen.

Eddies Exposé wartete mit einer Szene auf, die bereits zu einem Klischee der Westernfilme geworden war: Die Banditen feuerten Schüsse ab, die Harmlose in ihrer Unerfahrenheit in einen Veitstanz versetzten. Diesmal hieß das Opfer Fritzi, die ein ausgefranstes, mit Perlen besticktes indianisches Kleid trug, das sie zu Beginn des Films von dem Helden geschenkt bekommen hatte.

Loy und sein Partner gaben blinde Schüsse auf Fritzis Füße ab. Sie verteidigte sich mit einem wilden Tanz, der ihnen den Staub ins Gesicht wirbelte, und entwaffnete dann die Schurken, um sie dem einsamen Indianer zu übergeben, als dieser zur Tür hereinkam. Eddie probte und filmte gleichzeitig.

Nachdem Kelly nirgends zu sehen war, wollte er die Aufnahme wiederholen, wobei er Fritzi inständig bat, »sich gehenzulassen«. Sie zog sich hinter die Kulissen zurück, konzentrierte sich, kam hervor und rief: »Fertig!« Eddie klatschte in die Hände, das Zeichen zum Anfang.

Diesmal dauerte ihr Tanz für die verdatterten Schurken ganze zwanzig Sekunden, eine wilde Mischung aus allen Schritten, die sie vom Ballett her kannte, Walzer, Holzschuhtanz, Steppen und zum Schluß ein französischer Cancan, bestens geeignet, dem großen Texaner in den Bauch zu treten. Jock Ferguson mußte so lachen, daß er seinen Assistenten herbeiwinkte, damit der die Kurbel drehte. Als Eddie »Klappe« rief, lief Fritzi auf den Texaner zu und legte, ohne zu überlegen, ihre Hände auf seinen Arm. Unter dem groben Stoff seines Hemds spürte sie kräftige Muskeln.

»Ich hoffe, ich habe Ihnen nicht weh getan.«

»Nein, Ma'am, nicht ein bißchen.«

Owens Nachfolger grinste und sagte: »Sie ist die einzige Squaw, die ich kenne, die direkt vom Varieté kommt.«

Eddie lachte. »War das nicht großartig?«

Loy schlug seinen hohen Texanerhut auf das Bein, um das Mehl abzuklopfen. »Absolut. Diese Frau ist wirklich komisch.«

»Das wissen wir schon lange«, meinte Eddie. »Ich versuche schon die ganze Zeit, mir eine passende Rolle für sie auszudenken.«

»Ach, bitte«, sagte Fritzi flehend, »laß mich doch eine ernsthafte Schauspielerin sein, wenigstens in ein paar Filmen!«

Eddie zuckte mit den Schultern. »Wenn du's haben willst. B. B. hat gesagt, wir sollen dafür sorgen, daß du zufrieden bist.«

»Das ist ein guter Vorschlag«, pflichtete Loy ihm mit freundlichem Nicken bei. Er sprang von der Bühne und schlenderte davon, um sich eine Zigarette zu drehen, indem er Tabak aus einem kleinen Beutel auf ein Papier streute, das er einhändig drehte. Am liebsten wäre Fritzi ihm nachgegangen, um sich mit ihm zu unterhalten. Aber leider sagte Eddie, sie seien für heute fertig. Die Statisten machten sich auf den Weg zum Hauptgebäude, wo sie ihr Geld bekamen. Keiner von beiden drehte sich noch einmal um oder verabschiedete sich. Fritzi sah dem langbeinigen Texaner mit seinem hohen Hut nach, bis er nicht mehr zu sehen war.

Sie fragte Eddie nach dem komischen Namen des Mannes.

»Kurzform von Loyal, mehr weiß ich auch nicht.« Fritzis besonderes Interesse blieb Eddie verborgen. Er war damit beschäftigt,
die Schnittlisten anzufertigen, nach denen Daphne Roosa den
Film schneiden sollte.

Loyal. Den ganzen Tag sann sie über den Namen nach.

Wahrscheinlich würde sie ihn nie wiedersehen.

Los Angeles zog alle möglichen Cowboys an, denn fast jede
Filmfirma produzierte wöchentlich eine Komödie, ein Drama
und einen Western oder einen Indianerfilm. Die Cowboys kamen aus Arizona, Idaho und Texas – aus dem ganzen Westen.
Böse Zungen behaupteten, viele von ihnen seien auf der Flucht
vor dem Zugriff des Gesetzes.

Sie trieben sich an der Ecke Cahuenga und Hollywood Boulevard herum, einer staubigen, spärlich bebauten Kreuzung, die
als *Waterhole*, Wasserloch, bekannt war. Die Studios schickten
Autos oder Lastwagen dorthin, um Statisten aufzulesen, die für
einen Tag engagiert wurden.

Als sie Ende der Woche mit den Aufnahmen für *Die Squaw
des einsamen Indianers* fertig waren und Eddie Fritzi nicht mehr
brauchte, setzte sie sich in den Packard und machte eine Spazierfahrt. Es war ein herrlicher Nachmittag – einer der klaren, typisch kalifornischen Tage, an denen die ganze Stadt nach Oran-
genblüten duftete.

Von war ein vorzüglicher Lehrer gewesen, er hatte eine ausgezeichnete, selbstbewußte Fahrerin aus ihr gemacht. Aber sie
verstand nicht das geringste davon, wie Autos funktionierten, so
daß sie sofort in größte Sorge geriet, als der Packard zu stottern
anfing. Sie fuhr vor einen Pferdetrog an den Randstein. Nach
einem letzten, lauten Aufheulen blieb ihr Wagen stehen. Sie ließ
den Blick umherschweifen, um festzustellen, wo das Schicksal
sie hingeworfen hatte.

Da war eine Apotheke und an der gegenüberliegenden Ecke
ein neues Nickelodeon, dessen Bretterwände noch ungestrichen
waren – das Wasserloch. Obwohl es zu spät war, um noch in ein
Studio abgerufen zu werden, lungerten ein paar Cowboys auf
der Straße herum. Zwei saßen an einer Trambahnhaltestelle auf
der Bank und spielten Karten. Andere lehnten an der Wand der
Apotheke, kauten auf Streichhölzern und schwatzten.

Um nicht gar so einfältig zu wirken, sprang Fritzi aus dem Wagen und fing an, an dem Ledergurt herumzufummeln, mit dem die Motorhaube zugehalten wurde. Ein Schatten fiel auf das glänzende blaue Metall.

»Haben Sie vielleicht Schwierigkeiten, kleine Lady?«

Schon der gönnerhafte Ton genügte, um Fritzi wissen zu lassen, daß sie diesen Menschen nicht leiden mochte. Als sie sich umdrehte, sah sie, daß es sich um einen feisten jungen Mann in nagelneuen Jeans und einer mit Federkielen und Perlen bestickten Weste handelte, mit einem großen weißen Sombrero und einem flatternden purpurroten Halstuch. Mit einem widerlichen Lächeln nahm er ihre Hand.

»Sie bleiben mal schöm auf den Rücksitz Ihres Wagens sitzen, ich werde mir das Blechpferdchen mal anschauen.«

»Nein, danke«, sagte sie und schüttelte seine Hand etwas heftiger ab, als vielleicht nötig gewesen wäre.

Er packte sie am Handgelenk. »Hören Sie, Gnädigste, wenn jemand versucht, Ihnen zu helfen und freundlich zu sein, sollten Sie ...«

»Thad, Thad, meinst du nicht, du solltest dich lieber verziehen?«

Der großspurige Cowboy schnellte herum. »Was zum Teufel mischst du dich da ein, Windy?«

Fritzi erkannte den O-beinigen Mann wieder, der für sie im vergangenen Jahr in den See des Echo Park gefallen war. Er war ohne Hut, sein Schädel glänzte in der Sonne. Selbst auf sechs Fuß Entfernung roch sie das Bier.

»Na ja, du belästigst eine junge Dame, die deine Gesellschaft anscheinend gar nicht haben will. Ich kenne sie, und deshalb übernehme jetzt ich.«

Thad stakte mit vorgeschobenem Unterkiefer zu Windy hinüber. »Den Teufel wirst du tun! Ihr verdammten Cowboys glaubt wohl, diese Ecke gehört euch.«

»Und ihr verdammten Stadtpenner stolziert hier herum, als wärt ihr die echten vom Land. Wenn du ein Cowboy bist, bin ich ein Stück Kuhscheiße.«

»Das stimmt genau, du alter Knacker!« Thad versetzte Windy einen kräftigen Schubs.

Der angetrunkene Windy verlor den Halt und ruderte mit

den Armen, als er hintenüberfiel. Er landete hart, sein Kopf schlug auf den Eckstein des dahinterstehenden Hauses auf. Er schrie und verdrehte die Augen.

Aufgestört durch das Geschrei, kam jemand um die Ecke gebogen; sein langer Schatten fiel auf die Straße. Die kecke Nase kam Fritzi so bekannt vor wie die Krähenfüße um die zusammengekniffenen Augen. Die untergehende Sonne tauchte sein Gesicht in rotes Licht.

»Bist du verletzt, Windy?«

Immer noch auf dem Rücken liegend, murmelte der: »Na ja, mein Hinterteil tut etwas weh und meine Birne. Aber sonst ist es nicht allzu schlimm. Danke, Loy.«

Der Texaner ging auf Thad zu, die Daumen in seinen breiten Gürtel eingehakt. Ein Stier mit Hörnern zierte die silberne Gürtelschnalle. Während sich Thad mit seinem Halstuch den Mund abwischte, pflanzte sich der Texaner in seinen alten, staubigen Stiefeln vor ihm auf und starrte ihn an.

»Partner, Windy ist kaum größer als 'n Zwerg. Aber du un' ich, das paßt. Warum probieren wir's nicht?« Er deutete mit einer Kopfbewegung auf eine Gasse, die links von der Straße wegführte.

Thad schüttelte den Kopf und stammelte: »Nein.«

Loy lachte. »Hab' auch nicht damit gerechnet, daß du's probieren willst. Also, warum machst du dich nicht aus dem Staub und läßt die Lady in Ruhe?« Er wandte ihm verächtlich den Rücken zu und schlenderte hinüber zum Packard, wo Fritzi mit großen Augen wartete. Thad, der hinter dem Texaner zurückblieb, lief rot an vor Wut, er platzte beinahe. Windy schrie: »He!«, als Thad dem Texaner nachlief und mit der Faust auf dessen Hinterkopf einhieb.

Loy fiel nach vorne, im Fallen bekam er eine Stoßstange des Packard zu fassen. Langsam drückte er sich ab und betrachtete seine linke Handfläche; sie wies von der scharfen Kante der Stoßstange eine kleine Wunde auf. Er wischte sie an seiner alten Jeans ab. Thad bereute seinen hinterhältigen Angriff, noch bevor Loy sich nach ihm umdrehte. Zwei schnelle Schritte, und der Texaner hielt ein Stück von Thads Hemd in der Faust. Mit der anderen Faust versetzte er ihm einen Schlag in die Magengrube.

Thad stolperte zur Seite. Sein Hut fiel zu Boden. Seine Augen verdrehten sich, geweitet vor Angst. Während Windy sich auf unsicheren Beinen aufrappelte, setzte der Texaner einen Haken unter Thads Kinn. Thad drehte sich, und der Texaner erledigte ihn mit einer gekonnten Rechten, die Thad in den Pferdetrog beförderte.

Wasser spritzte auf den Gehsteig, auf Windys Hose, auf die fluchenden Kartenspieler auf der Bank und auf die Stiefel von ein paar herumlungernden Cowboys, die den Streit breit grinsend verfolgt hatten.

Thad tauchte um sich schlagend und spuckend aus dem Wasser auf. Loy packte ihn am patschnassen Hemd, hielt ihn mit der linken Hand fest und schlug zu. Der Texaner biß die Zähne zusammen. Sein Gesicht war so rot wie seine Fingerknöchel.

Thad sackte zusammen, die Hand vor den Bauch gepreßt. Windy sagte: »He, Loy, das reicht!« Der Texaner blinzelte erst auf Windy, dann auf Thad, der schnaubte und roten Schleim aus der Nase rotzte. Loy ließ ihn los, und Windy wich zur Seite aus.

»Laß dich hier an der Ecke bloß nicht wieder sehen!«

Das geschlagene Opfer kletterte tropfnaß aus dem Trog. Mit einem ängstlichen Blick zurück hob er seinen zertretenen Sombrero auf und humpelte davon.

Loy trat auf Fritzi zu. »Manche von diesen Stadtfräcken glauben doch wirklich, es reicht, sich als Cowboy zu verkleiden, um einer zu sein. Thads Vater ist Bankier hier. Man sollte jeden dieser Blutsauger von Bankiers auf der ganzen Welt aufhängen, fänd' ich gut.«

Als ob das irgend etwas erklärt hätte. Sie war entsetzt über diesen Ausbruch von Gewalt und zugleich, voller Schuldbewußtsein, fasziniert.

Loy schien sich zu entspannen, seine Schultern lockerten sich, als er auf den Packard zuschritt. »Lassen Sie mal sehen. Was für ein Problem haben Sie denn? Können nicht mehr starten, wie?«

»Richtig. Ich weiß aber nicht, woran es liegt.«

Er streifte ihren Arm – »'tschuldigung« –, ging um das Auto herum nach hinten und schraubte den Deckel des Benzintanks ab. Dann drückte er ein Auge an die Öffnung. »Trocken wie der Rio Grande bei Dürre.«

»Du liebe Zeit! Daran habe ich überhaupt nicht gedacht.«

»In der Nähe ist ein Geschäft, das Benzin verkauft. Bin gleich wieder da.« Und damit marschierte er auf dem Hollywood Boulevard in westlicher Richtung davon.

Der O-beinige näherte sich Fritzi, als balanciere er auf dem rollenden Deck eines Schiffes. Wenn nicht sturzbetrunken, war er zumindest sternhagelvoll. Er roch auch nach Alkohol, nach Leder und Schweiß.

»Wir sind uns schon mal begegnet, Ma'am.«

»Am See im Echo Park.«

»Ich heiße Windy White.«

»Windy, ich erinnere mich! Guten Tag.« Sie reichte ihm die Hand.

Er streckte die seine aus, verfehlte aber ihre und machte einen zweiten linkischen Versuch. »Ich glaube, ich sollte mich etwas ausruhen, wenn Sie nichts dagegen haben.« Er setzte sich an das Ende der Bank an der Trambahnstation, den Kopf in die Arme gestützt. Die Kartenspieler hatten sich ärgerlich davongemacht.

Bald kam der Texaner mit einer Dose Benzin zurück. Er goß es mit ruhiger Hand in den Tank, wobei er nur ein paar Tropfen verschüttete. »Damit sollten Sie nach Hause kommen.«

»Ich bin Ihnen und Ihrem Freund wirklich dankbar. Dürfte ich Ihren vollen Namen erfahren?«

»Loyal Hardin. Die meisten nennen mich Loy.«

»Ich bin Fritzi Crown.«

»Klar, erinnere mich. Liberty.«

»Ich muß noch das Benzin bezahlen und Ihre Mühe.«

»Nicht nötig, Ma'am. Wir freuen uns, daß wir Ihnen helfen konnten.« Er hatte eine tiefe Stimme und jetzt, da sein Zorn verflogen war, angenehme Umgangsformen. Sie beachtete jedes Detail: die rissigen Stiefel, seine abgetragene Lederweste. Aus dem offenen Kragen eines blauen Hemds lugten ein paar gelockte Härchen hervor, die wie Staubfäden glühten, er stand im Gegenlicht. Allein bei seinem Anblick wurde ihr heiß und schwindlig.

»Wird das beste sein, wir machen uns auf den Weg, Windy.« Der kleine Mann grunzte, ohne den Kopf zu heben.

Mit klopfendem Herzen stieß Fritzi schnell hervor: »Mr. Hardin, für den Fall, daß Sie weiterhin an der Filmarbeit interessiert sind, wir fangen in drei Wochen mit einem neuen Western an.«

Das war schlichtweg gelogen, aber sie würde Eddie bitten, einen zu schreiben. Und wenn das nicht funktionierte, dann eben Lily. Sie zuckte zusammen, als er sich am Kinn kratzte und den Kopf schüttelte.

»Drei Wochen? Tut mir leid, dann bin ich nicht mehr hier.«

»Ach, Sie gehen weg?« Mein Gott, hörte er das törichte schulmädchenhafte Zittern ihrer Stimme? Wenn ihm etwas auffiel, so ersparte er ihr jedenfalls jede Verlegenheit. Er lehnte sich an einen Eisenpflock und stellte ein Bein vor das andere.

»Ich nehme einen Dampfer nach Alaska. Dort oben schmilzt bald der Schnee. War noch nie dort. Wenn ich zu lange an einem Ort bleibe, wird es fad, und ich werde ungenießbar.«

»Kommen Sie nach Los Angeles zurück?«

»Anzunehmen. Die Arbeit beim Film gefällt mir. Nicht für immer, aber es ist leichtverdientes Geld. Man muß sein Hirn nicht anstrengen. Mir scheint, daß ihr Filmleute ewig und drei Tage lang Western dreht.«

»Das glaube ich auch. Vielleicht sehen wir uns mal wieder.«

»Klar doch, wär' schön.« Sie wußte nicht, ob er meinte, es wäre schön, weil er romantische Vorstellungen damit verband, oder es wäre schön, so wie wenn man an einem heißen Tag ein Eis schleckt. Sie konnte es selbst nicht fassen, daß ihr solche Überlegungen durch den Kopf gingen.

»Hab' nicht viele Kumpel hier wie Windy«, setzte er hinzu.

Kumpel? War es das, was er brauchte, einen Mann fürs Lagerfeuer? Sie hatte anderes im Sinn.

Ihre Blicke trafen sich für eine Sekunde. Er tippte an den Rand seines Hutes, genau wie damals, als sie sich auf dem Filmgelände zum ersten Mal begegnet waren. »Adios, Miss Crown. Komm, Windy.« Er half seinem Freund von der Bank auf und hakte ihn unter, als er zusammenzusacken drohte. Dann bogen die beiden Männer um die Ecke und marschierten die Cahuenga hinauf.

Aus einer Bäckerei ein paar Häuser weiter kam eine Frau mit entschlossener Miene. »Wollen Sie den ganzen Tag hier parken? Der Platz ist eigentlich für unsere Kunden.«

»Oh, tut mir leid, ich bin schon weg«, entschuldigte sich Fritzi kleinlaut. Sie war ganz durcheinander von der Begegnung mit Loy Hardin. Er zog sie unglaublich an, gleichzeitig fürchtete sie sich vor ihm. Sie hätte ihn gerne wiedergesehen, schon um herauszufinden, was sich hinter diesen schwarzen Augen verbarg, die so scheu blinzelten.

Zur Feier des Ersten Mai besuchten Fritzi und die anderen von Liberty die Eröffnungsgala des Hotels Beverly Hills. Al Kelly machte sich über den kostenlosen Champagner her und lästerte hinter vorgehaltener Hand. »Wer will wohl schon in einem Hotel wohnen, das mitten in einem Bohnenfeld steht? Niemand!«

Im Osten der Vereinigten Staaten raffte eine neue Hitzewelle Kranke und Alte dahin. Fritzi drehte *Die Gefahr des einsamen Indianers* und *Das Weihnachtsfest des einsamen Indianers*. Auf Eddies dringenden Wunsch, der ihr schmeichelte, ließ sie sich auf ein paar komische Szenen ein: ein lustiger Gang in nassen Schuhen, ein Gesicht, das aus Versehen mit Mehl bestäubt wurde, während sie in der Küche arbeitete. In der Weihnachtsfolge wiederholte sie ihren Sturz vom Pferd, aber diesmal mit einem Rucksack voller Geschenke. Beide Filme brachten Liberty viel Erfolg und Geld ein, Fritzi bekam eine Menge Post, und das *Motion Picture Story Magazine* widmete ihr sogar einen Artikel.

Fritzi war aber der einseitigen Rollen überdrüssig, sie ging zu B. B. und breitete ihre Unzufriedenheit vor ihm aus. Er antwortete mit einem seiner seelenvollen Seufzer.

»Fritzi, ich verstehe Sie vollkommen, aber ich muß Ihnen sagen, daß Hayman und Al leider an einem Strang ziehen. Fritzi, Sie sind ein Goldesel. Geld, Geld, Geld, das einzige Wort, das aus den beiden herauskommt, als wären es zwei Grammophone. Ob die Schauspielerin zufrieden ist? Wen kümmert das? Ich kämpfe bis aufs Blut mit denen. Freilich kann ich Al befehlen, was er tun muß, aber immer wenn ich ihm etwas befehle, bricht der ganze Laden zusammen, bis Al wieder aufhört zu schmollen. Al ist ein Genie von Buchhalter, ich brauche ihn. Es macht mich krank! Manchmal bin ich so wütend wie Sie, dann möchte ich am liebsten in mein Optikergeschäft zurück. Ich werde etwas Besseres für Sie finden, das verspreche ich Ihnen.«

Er hielt Wort. Er borgte sie an eine neue Firma aus, Adolph Zukor's Famous Players. In Zukors *Heroischer Widerstand* spielte Fritzi eine tapfere Bankangestellte, die einen Raubüberfall vereitelte. Es war zwar nicht *Ein Puppenheim*, aber wenigstens küßte sie statt eines Pferdes den Hauptdarsteller, den Sohn des Bankdirektors. In dieser Woche war sie auch viel mit Mary Pickford zusammen. Sie aßen beide in deren Garderobe zu Mittag. Die Tür war angelehnt, und so konnte Mary ein paar Zigaretten paffen, was sie auf der Bühne nicht wagte.

»Sie lassen mich immer noch Zwölf- und Vierzehnjährige spielen, weil ich so jung aussehe«, klagte Mary. Man munkelte, sie verdiene fünfhundert Dollar pro Woche, obwohl sie noch keine dreißig war. Das Studio bezeichnete sie als »Amerikas Liebling«. Man hatte sich verschworen, dem Publikum ihre Ehe mit Owen Moore zu verschweigen, einem gutaussehenden Hauptdarsteller der Biograph, der leider Gottes trank.

»Die süße kleine Jungfrau, das bin ich.« Mary rollte die Augen. »Schau dir das an!« Sie öffnete ein hübsches Lederköfferchen mit Messingkanten. Es barg gelbe, auf Samt gebettete Locken. »Ein Schminkkünstler namens George Westmore hat sie gemacht. In fünf Minuten kann ich mir einen ganzen Lockenkopf wachsen lassen.«

Fritzi erzählte, wie sehr ihre Rollen sie frustrierten. Mary wurde wütend. »Sie werden dich für immer festnageln, wenn du es zuläßt. Ich habe vor, auf ein Mitspracherecht und sogar auf einer eigenen Produktionsfirma zu bestehen, sobald ich meine Chefs an die Wand drücken kann. Du solltest es genauso machen.«

»Aber ich werde niemals die Macht dazu haben. Ich werde nie so ein großer Star wie du.«

»Doch, das wirst du, Darling.« Mary tätschelte Fritzi die Hand. »Bis bald! Setz dir ein kleines Schild in den Kopf, auf dem ›Meine eigene Firma‹ geschrieben steht.«

In diesem Moment hatte Amerikas Liebling die stahlharten Augen eines Bandenchefs.

Fritzi träumte viel von dem Mann aus Texas. An einem ihrer freien Tage fuhr sie zum Wasserloch, parkte dort und wartete. Keine Spur von ihm. Vierzehn Tage später fuhr sie noch einmal hin, und da traf sie Windy White, der beinahe nüchtern auf einer Krücke humpelte.

»Mr. White, erinnern Sie sich an mich?«

»'türlich. Miss Crown. Hab' ich recht?«

»Ja. Es tut mir leid, daß Sie einen Unfall hatten.«

»Na ja, wußte ja, daß die Geschichte ziemlich haarig ist. Mußte von einer Lokomotive springen, die über eine Brücke fuhr, und dabei im Bach landen. Der war 'n bißchen flach. In einer Woche oder so bin ich wieder heil.«

Fritzi schauderte allein bei dem Gedanken. »Machen Sie so was oft?«

»So oft, wie man mich dafür bezahlt, Ma'am. Windy White springt überall runter, von 'nem Auto, 'ner Tram, 'nem Ballon, 'nem Indianerpony, 'nem flüchtenden Wagen – von allem, was sich schnell bewegt.«

»Das ist eine gefährliche Arbeit.« Sie fragte sich, wie er solche Wagnisse eingehen konnte, wo er doch ständig vom Whiskey benebelt war. »Ach, haben Sie vielleicht Mr. Hardin gesehen oder von ihm gehört?«

»Loy? Kein Sterbenswörtchen, seit er weg ist. Loy ist aber auch nich' der Typ, der Briefe schreibt. Irgendein besonderer Grund, daß Sie nach ihm fragen?«

»Hm, das Studio möchte ihn für eine kleinere Rolle.«

»Ah ja?« Er schnitt sich ein Stück Tabak ab und steckte es sich in den Mund. Er brachte sie nicht in Verlegenheit mit der naheliegenden Frage: Welches Studio schickt eine Schauspielerin, einen Statisten zu suchen?

»Wünschte, ich könnte Ihnen helfen. Gott weiß, wo er ist. Ich hoffe bloß, daß sich nich' so'n Grizzly über ihn hergemacht hat. Solang' etwas zwei Beine hat, wird Loy damit fertig.«

Er tippte grüßend an seinen kegelförmigen Hut und humpelte davon, um sich zu den Cowboys zu gesellen, die auf der Bank an der Trambahnstation Karten spielten. Fritzi lief über den Hollywood Boulevard und gab sich alle Mühe, ihre Tränen zurückzuhalten.

59. ZIRKUS DER LÜFTE

Carl fuhr im Güterwagen nach El Paso und fragte gleich in der Bar des Hotels Sheldon nach René LeMaye. Er erfuhr, daß Le Maye mit seinem Team eine achtwöchige Flugschau-Tournee durch Arkansas und Oklahoma machte. Zwei Monate lang arbeitete Carl als Tellerwäscher in einem Restaurant. Le Maye kehrte wie geplant nach El Paso zurück und besprach sich mit Carl an der Bar des Hotels Sheldon.

René Le Maye war ein kleiner, schielender Mann, etwa vierzig, mit vorzeitiger Glatze. Der Kettenraucher hatte in Frankreich fliegen gelernt, in der Schule von Maurice und Henry Farman. Im Jahr 1910 war er als Mechaniker des berühmten französischen Fliegers Louis Paulhan nach Amerika gekommen und nach dessen Tournee dageblieben. Renés Auskünfte in gebrochenem Englisch waren offen, um nicht zu sagen unverblümt:

»Ich lasse Sie morgen unser ältestes Flugzeug fliegen. Wenn Sie es nicht zu Schrott fliegen, stell' ich Sie ein. Unsere Truppe unterscheidet sich ganz wesentlich von den anderen, die durch Ihr Land ziehen. Wir führen keine Maschinen vor, weil wir etwas verkaufen wollen. Wir verkaufen nichts als den *frisson*, das Herzflattern, und den sich umdrehenden Magen. Todesmutige Kunststücke in der Luft von Teufelskerlen, die es diesmal vielleicht nicht schaffen – so die Hoffnung der Zuschauer, die stets unausgesprochen bleibt. Sie verstehen? Für die Flieger gilt dasselbe, es ist aufregend – wie ein edler Brandy oder eine neue Frau. Können Sie damit klarkommen, *mon ami*?«

»Ich kann und ich will«, antwortete Carl mit größerer Zuversicht als Gewißheit.

Nach dem erfolgreichen Probeflug stellte René ihn ein. In den folgenden Wochen merkte Carl, wie recht der kleine Mann gehabt hatte. Die Begeisterungsschreie und Jubelrufe, die nach einem erfolgreichen Kunststück von den Tribünen erschallten, waren berauschend. Und er hatte geglaubt, er wolle sein ganzes Leben Rennautos fahren! Während er jetzt mit Renés Truppe von

Jahrmarkt zu Jahrmarkt zog, wurde ihm klar, wie sehr er sich geirrt hatte. Er gehörte wirklich in die Luft, in den Wind, die Wolken und Luftströmungen, herausgefordert von dieser kleinen Maschine, die ihn in schwindelerregende Höhen trug und ihn schon im nächsten Augenblick töten konnte.

Der zweitwichtigste Mann der Truppe nach René war Tom Long, der Mechaniker. Tom war ein kräftiger, großer Vollblut-Irokese mit schwarzen Zöpfen und glühenden dunklen Augen. Er hing mit Liebe und leidenschaftlicher Treue an der Schule, die ihn auf diese Welt vorbereitet hatte, die Carlisle Indian Academy in Pennsylvania. Jim Thorpes Schule.

Der dritte Pilot, Chauncey Crampton, war ein großer, derber Engländer mit rotem Gesicht und eigenartig grünen Augen. Er war in einem Saloon in San Antonio eingestellt worden, weil man verzweifelt Ersatz für einen liebenswerten jungen Mann namens Alfie Burns gebraucht hatte. Alfie war bei einer Flugschau vom Kurs abgekommen, in einen dichten, riesigen Heuschreckenschwarm geraten und abgestürzt. Unglücklicherweise flog er den Curtiss-Doppeldecker. Durch den Aufprall auf dem Boden wurde der Druckschraubenmotor abgerissen und nach vorne geschleudert. Er brach Burns das Rückgrat. Er starb noch am selben Tag.

Man erzählte Carl, daß der Ersatzmann für Burns den Spitznamen Harvard habe, weil ihn sein adliger Vater auf diese Universität geschickt hatte. Crampton hatte das Temperament eines Rabauken und benahm sich schlecht in Harvard. Schon im ersten Jahr hatte er bei einer Rauferei im Anschluß an ein Zechgelage einen Kommilitonen aus dem zweiten Stock eines Wohnheims geworfen. Der Student war so unglücklich gefallen, daß er sich den Schädel einschlug und starb. Harvard wurde nicht nur der Universität verwiesen, sondern auch seiner Heimat. Sein Vater bestrafte ihn für sein skandalöses Verhalten, indem er ihn aus England verbannte. Wie bei vielen anderen jungen Leuten, die von ihrer elterlichen Apanage lebten, reichten seine Mittel nicht aus, seinen großen Appetit auf Essen, Trinken und Frauen zu stillen. Er machte aus alledem kein Geheimnis – er genoß es, die Geschichte zum besten zu geben.

Carl mochte Harvard vom ersten Augenblick an nicht leiden,

und diese Abneigung wurde erwidert. Der Engländer provo-
zierte wegen Nichtigkeiten Streit: um den einzigen Stuhl im
Schatten oder um den Schraubenschlüssel, den beide haben
wollten. Harvard steckte einen riesigen Colt in ein silbern ver-
ziertes Halfter. Er schien erpicht, ihn zur Regelung ihrer Streitigkeiten zu benutzen. Carl weigerte sich, sich provozieren zu
lassen.

Zur ersten ernsthaften Auseinandersetzung zwischen ihnen
kam es im Sommer. Die Truppe war eine Woche lang in El Paso,
um ihre Maschinen für eine Reihe von Flugschauen in New Mexico herzurichten. Am letzten Abend in der Stadt besuchte Carl
ein Bordell, das René ihm empfohlen hatte.

Die Bordellbesitzerin Señora Guzman hatte ihr Haus mit reli-
giösen Bildern, Figuren und vielen Altarkerzen geschmückt, die
in kleinen roten und grünen Gläsern brannten. Ihre besondere
Wertschätzung der Fleischeslust bereiteten der Señora offenbar
trotz ihrer tiefen Gläubigkeit keine Gewissenskonflikte.

Carl entspannte sich in einem Nebenzimmer, im Unterhemd
mit heruntergelassenen Hosenträgern, seine Waffe immer noch
um die Hüfte geschnallt. Er hatte sich einen Colt Modell 1911,
Kaliber fünfundvierzig, auf Renés Rat hin angeschafft. In vieler
Hinsicht herrschten im Südwesten noch die alten Sitten des
Wilden Westens. Im westlichen Texas und in Arizona waren die
Flieger mehrmals in kleine Streitigkeiten mit einheimischen
Randalierern verwickelt worden, und nach Renés Ansicht war
eine Waffe immer noch das beste Abschreckungsmittel. Bisher
hatte Carl den Colt noch nie benutzt, weder im Zorn noch zur
Selbstverteidigung, doch sollte er dazu genötigt sein, würde er
eine mächtige Wirkung erzielen. Der Waffenhändler hatte Carl
erklärt, daß der Colt jemanden niederstreckte, auch wenn der
nur am Arm getroffen würde.

Obwohl Carl erst zweiunddreißig war, hatte er schon den
Bauch eines älteren Mannes. Darüber machte sich Harvard gern
lustig. »He, Armleuchter«, sagte er dann für gewöhnlich, wobei
er Carl anstupste, »hast wohl 'n Täubchen im Rohr, wie? Ob du
damit noch in dein Kleidchen paßt?« Er spielte darauf an, daß
Carl in knöchellangem Kleid, grauer Perücke und Nickelbrille
ein Kunststück vorführte, bei dem er ein Flugzeug zu stehlen
hatte, das bereits vor der Haupttribüne warmlief; er flog damit

über die Köpfe der begeisterten Menge, auf der Flucht vor einem zweiten Flugzeug. Am Ende dieser Vorführung landete er im markierten Feld, riß sich die Perücke vom Kopf und verbeugte sich vor dem johlenden Publikum.

Auf einem niedrigen Tisch neben Carl stand eine braune Flasche Sotol, der übelste Whiskey, den er jemals getrunken hatte. Auf seinem Schoß saß eine mollige Frau, Mitte Zwanzig, mit nacktem Oberkörper. Ihre Brüste, große braune Melonen, waren kaum bedeckt von einem purpurroten Schal. Sie streichelte träge Carls Nase, seine Augenbrauen, seine Stirn. Sie hatten Zeit; er hatte für die ganze Nacht bezahlt.

Zärtlich sog das Mädchen an seiner Oberlippe und flüsterte ihm ins Ohr, daß sie seinen Steuerknüppel spüre und ob alle Flieger so große hätten. Bevor er antworten konnte, hörte er schwere Stiefelschritte. Harvard erschien in der Tür, seinen langen Colt im Halfter. Señora Guzman hielt sich besorgt dicht hinter ihm.

»Ich sage Ihnen doch, Sir, Yolande ist mit diesem Herrn beschäftigt«, erklärte sie auf spanisch. Wie alle in der Truppe hatte auch Carl ausreichend Spanisch gelernt, um zurechtzukommen.

Es war eine heiße Nacht; Harvards Gesicht ähnelte einem gekochten Hummer. Er packte die Besitzerin am Arm und schob sie unsanft zur Seite. Auf ihrem Arm blieben Druckstellen zurück. »Aber ich will Yolande heute noch einmal, Omma«, gab er auf englisch zurück.

Carl winkte ab. »Vergiß es, Harvard! Hier kann man nicht reservieren. Such dir eine andere aus, sind alle hübsch.«

Harvard biß die Zähne aufeinander, was bei ihm einem Lächeln am nächsten kam. »Sie kommt mit mir, du Armleuchter!« Das Wort gefiel ihm, und er gebrauchte es oft, um jemanden herauszufordern oder ihn zu beleidigen, wenn er sich nicht herausfordern ließ.

Carl ließ sich nicht herausfordern. »Nein«, sagte er.

Harvard knurrte: »Ja! Komm schon, wir entscheiden das draußen.«

Carl seufzte. »Du lieber Himmel, du bist also wild entschlossen, uns den Abend zu versauen.« Er schob Yolande sanft von seinem Schoß, befeuchtete sich die Lippen mit einem Schluck des scharfen Whiskeys, schob die Hosenträger hoch, schnallte sein Halfter ab und legte es auf den Stuhl. Er hatte nicht die Absicht, sich mit diesem auftrumpfenden Engländer eine Schießerei zu liefern.

»Wir können draußen im Hof darüber verhandeln. Wollen doch Señora Guzmans Möbel nicht beschädigen.«

Harvard schnallte ebenfalls das Halfter ab und übergab es der Besitzerin, ohne sie eines Blickes zu würdigen. Carl deutete beiläufig auf Harvards schmutziges Khakihemd.

»Die andere auch, wenn du nichts dagegen hast.«

Es schien zwar unmöglich, daß Harvards Gesicht noch röter wurde, aber es geschah. Er holte unter seinem Hemd eine häßliche kleine Waffe hervor, vom Hersteller entzückenderweise *Mein Freund* getauft; es war eine Waffe ohne Trommel, deren Kugeln direkt aus dem Lauf abgefeuert wurden.

Carl beobachtete Harvards Augen und fragte sich, ob der Mensch so wütend sein könne, um zu schießen, ohne zu überlegen. Yolande stand hinter Carl, die Arme um seine Taille geschlungen, um ihn wegzuziehen, denn das Ganze würde bestenfalls in eine brutale Schlägerei münden, die erst endete, wenn einer der beiden am Boden lag.

Es kam nicht soweit. René kam hereingeschlendert. Er pfiff *Alexander's Ragtime Band.* Mit einem Blick erkannte er die Situation, spürte die Feindseligkeit. Obwohl er einen Kopf kleiner war als Harvard, trat er vor ihn hin und schob ihn zurück.

»Wir stehen alle auf der gleichen Seite, Gentlemen; wir kämpfen nicht gegeneinander, egal was vorgefallen ist.«

»Nimm deine dreckigen Hände weg, Franzmann!« Harvard zeigte René die Faust. Plötzlich, wie durch Zauberkraft, blitzte ein acht Fingerbreit langes Messer in Renés Hand auf. Er setzte die Spitze an Harvards Hals, ohne einen Tropfen Blut zu vergießen.

»Männer, die für mich arbeiten, müssen erwachsen sein und keine streitsüchtigen Kinder. Wenn du das nicht hinkriegst, *mon ami*, dann pack deine Sachen und leb von den Almosen, die du von deinem lieben Papa kriegst.«

Harvards Augen quollen hervor, als er den Hals reckte, um die Klinge unter seinem Kinn zu taxieren. Langsam machte er ein paar Schritte nach hinten und hob die Hände.

»Sehr gut. Kluges Kerlchen«, lobte René.

Er zog das Messer zurück, ließ es zuschnappen. Harvard griff nach seinem Halfter, das ihm Señora Guzman hinhielt. Während er dem Ausgang zustakte, warf er Carl einen letzten Blick aus diesen eigenartig grünen Augen zu.

»Ein andermal, Armleuchter.«

»Jederzeit«, erwiderte Carl.

Der Engländer verschwand. René seufzte. »Manchmal läßt mich meine Menschenkenntnis leider im Stich. Ich habe den falschen Mann eingestellt. Geh mit deinem Mädchen nach oben, und laß den meine Sorge sein.« Er drehte sich eine Zigarette und steckte sie sich zwischen die Lippen.

Carl legte einen Arm um Yolandes Taille. »Nein«, sagte er, »um den müssen wir uns alle kümmern.«

60. VIVA VILLA!

Im Frühjahr 1913 gingen Paul und Sammy Silverstone in Galveston von Bord eines Dampfers. Sie stiegen in den Zug der Linie Gulf & Colorado um, der sie nach langer, holpriger Fahrt nach El Paso bringen würde, zeitweilig Exilhauptstadt der mexikanischen Revolutionäre, die den Sturz ihrer Regierung herbeiführen wollten.

Sammy klagte, daß er nicht begreifen könne, wer gegen wen kämpfe, ganz zu schweigen davon, daß die Namen unaussprechlich seien. Paul sagte, ganz gleich wie kompliziert und verwirrend das Ganze auch sein möge, sie beide interessiere nur eines. »Es werden blutige Kämpfe ausgetragen, und der blutige Kampf ist eine Säule unseres Geschäfts.«

Drei Monate vorher hatte General Victoriano Huerta das Regime Maderos, »des Apostels der Demokratie«, abgesetzt, ihn in Gewahrsam genommen und bald darauf »zum Schutz der eigenen Person« in ein Staatsgefängnis bringen lassen. In den mitternächtlichen Straßen Mexiko Citys griffen gedungene Mörder die Karawane der gutbewachten Autos aus dem Hinterhalt an. Mit einem Kugelhagel wurde Madero, der eine mögliche Bedrohung des neuen Befehlshabers darstellte, liquidiert, woraufhin Huerta die übliche »gründliche Untersuchung« versprach. Amerikas neu vereidigter Präsident Woodrow Wilson verurteilte den Mord und verstärkte die amerikanischen Truppen an der Grenze.

Unter Führung des Vorsitzenden der Konstitutionalisten, Venustiano Carranza, hatten sich an der Guerillafront zwei Generäle hervorgetan, welche die Revolution stark vorantrieben: Emiliano Zapata im Süden und näher an Texas Pancho Villa, *El Tigre del Norte,* der Tiger des Nordens.

Sowohl Rebellen als auch Bürokraten hatten den Rio Grande viele Male überquert, um hofzuhalten, Geld aufzutreiben und im Hotel Sheldon von El Paso, in dem Paul und Sammy sich einmieteten, Waffen zu kaufen. El Paso war ein lauter Haufen von

Spielern, Huren, Viehdieben, Landspekulanten, Cowboys, India-
nern, Armeeinfanteristen und Journalisten – ein brodelndes Gemisch, angeheizt vom Krieg und von Waffenhändlern und Flie-
gern scharfgemacht, die Waren und Dienstleistungen an alle
verkauften, die dafür bezahlen konnten.

Südwestlich der Stadt, in der Nähe einer stinkenden Kupfer-
schmelzhütte, überquerten Paul und sein Assistent den Rio
Grande auf einem schwankenden Steg aus Seilen und Brettern.
Kamera- und Filmtaschen lagen sicher unter schmutzigen
Decken in einem knarzenden Mauleselkarren. Sie führten Behälter mit Trockenfleisch und Schiffszwieback sowie drei Feldfla-
schen mit, zwei davon mit Wasser, eine mit Whiskey gefüllt.
Bunte Umhänge und Strohhüte, alte Hosen und Sandalen er-
sparten ihnen unbequeme Fragen. Paul hatte seinen Paß zusam-
mengefaltet und ihn zusammen mit einem Kreditbrief seines
Arbeitgebers in einem Stoffbeutel verstaut, den er an einem
Lederriemen um den Hals trug. Die Soldaten der Zentralregie-
rung auf der mexikanischen Seite winkten sie gleich freundlich
herbei. Paul sprach leidlich Spanisch.

Unterhalb von Juarez erstreckte sich eine unfruchtbare
Dünenlandschaft, auf deren Anhöhen rosafarbene und weiße
Bärentraubenbäume, Fettholz, Feigenkakteen, Yuccapalmen
und stachlige Kerzensträucher wuchsen, deren Zweigenden
leuchtendrote Blüten trugen. Die Sierra Madre, deren Erhebun-
gen mit kargem Bewuchs an den unteren Hängen wie nebelhafte
blaue Steinwälle aufragten, bildete die Grenze zum Süden. General Villa, der Held der Armen, hatte den Krieg in diesen nördlichen Staat gebracht und die großen Ranchen niedergebrannt,
Haziendas geplündert, Städte und Dörfer belagert, um die Federalistas zu verjagen. Dann rekrutierte er Männer für seine
Norddivision, denen er einen triumphalen Marsch auf die
Hauptstadt versprach, wo sich Huerta und seine Anhänger an
Macht und Privilegien klammerten und – nicht zufällig – auf die
Gunst der amerikanischen Öl- und Minenverbände bauten, die
sie im Kampf unterstützten.

Das immergrüne Gebüsch wurde immer spärlicher, bis sie
sich in einer öden, unbarmherzigen Wüste befanden. Die Berge
schienen weiter und weiter zurückzuweichen. Durst, Hitze und
Sandflöhe malträtierten sie bei Tag und bei Nacht. Zweimal sa-

hen sie am Himmel schwarze Rauchsäulen von brennenden *ran-chos* aufsteigen. Am Abend des vierten Tages kamen sie bis in Sichtweite einer Stadt, wenige Meilen westlich der Eisenbahn-linie, die Juarez mit dem zweihundertfünfzig Meilen weiter süd-lich gelegenen Torreón im Staat Durango verband. Durch seinen Feldstecher sah Paul die Flaggen der Federalistas auf den Dächern der Stadt wehen.

Er und Sammy schlugen ihr Lager im Schutz ihres Wagens auf. In der Ferne heulte ein wildes Tier. Paul fühlte sich verloren in dieser Landschaft, die gespenstisch im Mondlicht lag. Aus sei-nem Gepäck nahm er einen kleinen, mit Scharnieren versehe-nen Behälter, klappte ihn auf und hielt ihn schräg, damit das Licht von oben darauf fiel.

Auf der linken Seite befand sich eine Photographie seiner vier Kinder, aufgenommen am Neujahrstag unter viel Geschrei und mit viel Mühe. Die siebenjährige Betsy in einem hübschen Klei-dchen, auf dem Sofa neben ihr die zweijährige Lottie. Betsy hielt das Baby, den acht Monate alten Theodore Roosevelt Crown. Teddy war ein kränkliches Kind, genau wie der Mann, dessen Namen er trug. Das Babykleidchen zeigte nur wenig von ihm, nur ein feistes, rundes Gesichtchen mit Knopfaugen. Der zwölf-jährige Shad, der mit seinem steifen Hemdkragen aussah, als fühle er sich ziemlich unbehaglich, stand hinter den dreien, eine Hand auf Betsys Schulter, die andere, wie Napoleon, im Rock.

Im anderen Oval steckte ein Bild seiner geliebten Julie. Das Andenken war zwar kein Ersatz für sein Zuhause, aber schon wenige Augenblicke mit den sepiabraunen Bildern vertrieben Pauls Einsamkeit. Er legte sich schlafen.

Zwölf Stunden später marschierte Villas Armee aus Reitern, Infanteristen und mitziehendem Frauenvolk aus der Wüste her-auf und griff an.

Ein Dutzend Reiter ritten aus einer lehmgelben Staubwolke her-vor. Orangerotes Mündungsfeuer blitzte aus den Mauser-Ge-wehren auf. Eine Revolverkanonade von seiten der Federalistas erwiderte die Attacke. Die sich drehenden Rohre ragten am Ende der Straße aus einer Kirchentür hervor, genau dort, wo Paul und Sammy kauerten; das Fahrgestell der Kanone war im Innern der Kirche versteckt. Der für den Einsatz der Kanone zuständige Offizier war vor kurzem während einer Feuerpause herausgetreten und hatte den Platz und die Häuserdächer der Umgebung mit einem Feldstecher abgesucht. Seine Uniform erinnerte Paul an die preußischer Offiziere. Sein Helm war die bekannte Pickelhaube, glänzendes Metall mit einer Spitze. Ein beträchtlicher Teil der mexikanischen Bevölkerung stammte aus Deutschland.

Die Reiter der Rebellen galoppierten die Straße entlang auf die Geschützstellung zu. Der von den Hufen aufgewirbelte Staub drang Paul in die Augen, als er sich mit Sammy gegen eine gelbe Wand drückte, an der ein durchlöchertes Spruchband mit den Worten *Viva Villa! Viva la Revolución!* hing. Die Rebellen rückten Straße um Straße, Platz um Platz näher; die Nachhut feierte bereits jetzt den Sieg des Volkes, indem sie ihre Landsleute ausraubte und vergewaltigte.

Paul rammte das Stativ in den Boden und fing an zu kurbeln, um sich die Reiter, deren Umrisse sich vor dem sonnigen Platz abzeichneten, nicht entgehen zu lassen. Die Revolverkanone erwiderte das Feuer, Kanonenkugeln rissen eine lange Furche in die gelbe Wand. Sammy legte die Arme schützend über den Kopf. »Du lieber Gott, hoffentlich hat meine Alte nicht vergessen, die Versicherungsraten immer pünktlich zu bezahlen.«

»Ich gehe voraus. Du bleibst hier und hältst dich aus der Schußlinie.«

»Wohl eher nicht«, murrte Sammy. Er war ein treuer Helfer, tapfer und erfinderisch, zwei weitere Gründe, warum Paul ihn ins Herz geschlossen hatte.

Sie krochen vorwärts. Auf dem von der Revolverkanone unter Beschuß genommenen Platz zügelten die Rebellen ihre Pferde und beschossen nun ihrerseits die Kirche. Paul hievte den Dreifuß auf die Schulter und rannte durch die dunkle Straße ins helle Sonnenlicht. Am Rand des Platzes lief er an einem verwundeten Rebellen vorbei, der mit ungläubigem Blick und herausquellenden Eingeweiden an der Wand lehnte. Die Revolverkanone ratterte und mähte eines der Pferde um. Mit einem Schwall schwärzlichen Blutes brach es unter seinem Reiter zusammen. Das Geschütz tötete auch den Reiter, als er absprang. Sein durchlöcherter Körper fiel auf das tote Tier.

Pferde wieherten und bäumten sich auf, während die Kanone unaufhörlich weiterratterte. Paul hechtete unter die Markise einer *cantina*. Er schob einen Tisch zur Seite, sah, daß er immer noch einhundertsiebzig Meter Film zur Verfügung hatte. Wieder begann er zu kurbeln.

Ein Rebellensoldat auf einem scheuenden Pferd krachte in die Pfosten, welche die Markise stützten. Sie fiel zusammen, das Pferd bäumte sich laut wiehernd auf, der Soldat sprang ab. In dem Augenblick traf eine Kugel sein Gesicht, riß ihm ein Auge aus, zerfetzte seine Wange, Zähne flogen aus seinem Mund. Blut spritzte auf Pauls Haar, in seine Augen, auf seinen Umhang, seine Hände und die Kamera. Trotzdem kurbelte er weiter.

Ein stattlicher Soldat sprang vom Pferd und führte drei weitere Männer eilig die Stufen zur Kirche hinauf. Einer der Männer schwang ein Bajonett. Die Rebellen umringten die Kanone und verschwanden im Kircheninneren. Einen Augenblick später wurde der befehlshabende Offizier aus der Tür geworfen, ein Bajonett mitten in der Brust. Er taumelte die Stufen hinunter. Seine Pickelhaube fiel auf die Steine. Sein Haar war blond.

Weitere Pistolenschüsse in der Kirche beseitigten wohl die letzten Kämpfer dieser Einheit. Zwei Männer wurden aus der Kirche geworfen, dann wurde die rauchende Kanone vorsichtig in das Sonnenlicht gerollt und die Stufen hinuntergeschoben. Während die vier Rebellen lauthals jubilierten, rastete Pauls Filmverbrauchsanzeige bei Null ein.

Die Soldaten schwangen sich auf die Pferde, ritten davon und ließen die Kanone vorläufig zurück. Paul überblickte den leeren Platz, ließ seine Kamera stehen und lief zu dem toten Offizier, der bereits zu riechen anfing. Mit angehaltenem Atem suchte Paul in den Taschen der Uniform nach Ausweispapieren, fand jedoch keine, dafür aber ein kleines Buch in deutscher Sprache.

In dem Augenblick traten drei bewaffnete Männer in Sandalen und zerrissener Kleidung, in den Händen mehrere Patronengurte, aus der Straße, die Paul eben verlassen hatte. Der Anführer schrie auf spanisch: »Hier ist der andere Gringo.« Ein vierter Mann zerrte Sammy mit vorgehaltener Pistole aus der dunklen Straße.

Paul fuhr mit der Hand an seinen unter dem Umhang verborgenen Revolver, hielt jedoch inne, als die drei Guerillas ihre Gewehre auf ihn richteten. Ohne ihn aus den Augen zu lassen, kamen sie näher.

»Sie stehen unter Arrest«, sagte der erste der Männer.

Paul hob langsam die Hände.

Schmutzig, blutig und müde verspürte Paul das dumpfe Gefühl, versagt zu haben. Die Soldaten durchsuchten ihn, schnallten ihm Revolvergürtel und Halfter ab, gaben ihm jedoch das Büchlein nach kurzem Blick darauf zurück. Paul steckte es in seine Tasche und schloß zu Sammy auf. Einer der Soldaten packte die Kamera und schwang das Stativ auf die Schulter. Paul drängte es danach, ihn zu bitten, die Kamera mit Vorsicht zu behandeln, aber damit hätte er verraten, daß er Spanisch sprach; diese Karte wollte er jedoch noch nicht ausspielen. Der Soldat ging übrigens vorsichtig damit um, was Paul überraschte – und ihn ein wenig verwirrte.

Über den Dächern der Ziegelhäuser färbte sich der Himmel schwarz von Rauch. Es ertönte weiterhin Geschützfeuer, wenngleich weniger regelmäßig als vorher. Der Zug verließ den Platz, erklomm eine ansteigende Straße, erreichte einen anderen Platz und schließlich eine unversehrte *cantina*, besetzt von einem Dutzend Soldaten, heiter und fröhlich nach der Eroberung der Stadt. Vielleicht waren sie überhaupt heiter; Paul erinnerte sich, daß es sich bei Villas Männern um Freiwillige handelte, die sich zum Kampf gemeldet hatten, weil sie an sein Programm der Landreform und Bildung glaubten. Die Federalistas, die an der Front kämpften und starben, waren dagegen größtenteils Zwangsrekrutierte.

In einigem Abstand zu den Männern saß eine Frau, aufreizend mit einer Winchester auf den Knien. Sie starrte vor Dreck, aber in gewisser Weise war sie attraktiv. Unter ihrer Bluse zeichneten sich schwarze Brustwarzen, so groß wie Kirschen, ab. Mit einem Lappen entfernte sie langsam die Flecken vom Metallgehäuse. In ihren Augen flackerte die Leidenschaft, die Villa zur Stärke und zum Vorteil gereichte.

Der General saß auf einem Stuhl unter seinen Soldaten, die ihn jedoch in respektvollem Abstand umringten. Er war ein untersetzter Mann und ungefähr Mitte Dreißig. Sein dunkles, flaches Gesicht verriet indianische Abstammung. Der volle

Schnurrbart erinnerte an einen schwarzen Rasierpinsel. Auf dem Tisch neben ihm stand eine Flasche mit einer klaren Flüssigkeit im Schatten. Paul sah den Wurm in dem Tequila.

Im Gegensatz zu den gemeinen Soldaten trug der General eine einfache khakifarbene Uniform, staubige Stiefel und eine Militärmütze. Seine Augen, die so dunkelbraun waren, daß sie fast schwarz wirkten, schienen niemals zu blinzeln.

»Sprechen Sie Spanisch, mein Freund?« fragte er Paul in eben dieser Sprache.

»Ich verstehe nicht«, antwortete Paul auf englisch.

Der General schnippte mit dem Finger. Ein runzliger Kerl mit schlechten Zähnen trat vor. »Julio wird übersetzen. Wissen Sie, wer ich bin, Yankee?« fragte er wieder auf spanisch.

»Wissen, wer ist er – *el comandante*?« fragte Julio in kaum verständlichem Englisch.

»General Villa. Ich habe sein Bild gesehen.«

Als Julio übersetzte, ging ein Strahlen über Villas Gesicht. »Bringt dem Gentleman einen Stuhl.«

Sammy wurde an einen anderen Tisch geschoben, die Mündung der Mauser dicht an seinem Ohr. Villa tippte mit seinen kurzen dicken Fingern an die Flasche. »Tequila?«

»Nein, danke, aber könnte ich vielleicht eine Zigarre haben?« Er klopfte seinen Umhang ab, der von getrocknetem Blut ganz steif war.

Ein kurzer spanischer Erguß, dann die Übersetzung: »Der General sagt, Sie nicht nach Ihrer Waffe greifen.«

»Ich habe keine Waffe, die haben Sie mir abgenommen. Ich sagte, ich hätte gerne eine Zigarre.« Er tat, als ob er paffte. »Zigarre.«

»Ah. *Cigarro. Puro.*« Julio übersetzte, wartete auf die Antwort. »Der General sagt, okay, aber Sie versuchen etwas anderes, dann wir Sie stellen an Ziegelwand.« Paul hatte den Ausdruck schon gehört; er bedeutete Exekutionskommando.

»Ein andermal«, murmelte er und zog eine Zigarre hervor. Seine Handrücken waren blutverschmiert. Er fühlte das getrocknete Blut auch in seinen Haaren und Augenbrauen. Er klopfte seine Hosen nach einer Streichholzschachtel ab, aber die mußte er irgendwie verloren haben. Villa warf ihm ein Schwefelholz zu, das Paul an der Tischplatte anriß.

Der General stieß eine Frage hervor, die Julio übersetzte. »Er wissen will, wer Sie sind.«

»Ich heiße Paul Crown. Ich bin Amerikaner. Ich mache Nachrichtenfilme für Filmtheater.«

Julio blinzelte, scheinbar begriff er nicht ganz. »Ich glaube, er sagt, er trägt eine Krone. Und spielt Theater.«

Großer Gott, der Mann verstand ja überhaupt kein Wort Englisch! Das konnte in eine Katastrophe münden. Paul klemmte sich die Zigarre zwischen die Zähne, sah sich suchend nach dem Soldaten mit der Kamera um, zeigte mit dem Finger auf ihn, drehte mit der Hand an einer unsichtbaren Kurbel und sagte: »*Cines noticias.*« Nachrichtenfilme.

Villa setzte sich auf seinem Stuhl zurück und lachte.

»Was für eine Überraschung! Dann haben wir also beide mit falschen Karten gespielt. Ich spreche die Sprache von euch Yankees ganz gut. Ich war schon oft in den Vereinigten Staaten.« Er winkte mit der Hand. »Julio, setz dich, du bist ein Idiot!«

Beschämt verschwand der schäbige Mann in der *cantina*. Villa nahm einen Schluck aus der Flasche und fuhr fort: »Ich mache gute Geschäfte in Texas und New Mexiko. So stehle ich zum Beispiel das Vieh der Hurensöhne, die das Volk um sein Land und sein Geburtsrecht betrügen. Meine Jungs treiben die Herden bei Nacht nach Columbus in New Mexico. Ein gefälliger Händler verkauft sie und weiht sie Gott, bevor sie in den Schlachthof wandern. Sie werden verstehen, daß ich den Namen des Mannes, der mir hilft, die Revolutionskasse aufzubessern, nicht preisgeben kann, da wir beide uns ja noch nicht allzugut kennen. Sie sehen vertrauenswürdig aus, aber das gilt für viele Spione.«

Er nahm noch einen Schluck. Villa mochte ein ungebildeter Bauer sein, aber Paul war beeindruckt von seiner Gerissenheit; gewiß hatte er auch militärische Begabung.

»Sie machen Filme?« fragte Villa. Paul nickte. »Ich mag Filme. Ich habe in El Paso schon viele gesehen, fünf Centavos.«

»Deshalb bin ich hier, Herr General. Um Filme über Ihren Krieg zu drehen. Ich habe Schreiben bei mir, die belegen, wer ich bin.« Er griff an den Lederriemen, um den Beutel mit dem Paß herauszuziehen.

»Die interessieren mich nicht. Ich mag Sie. Andererseits sehen Sie nicht aus wie ein Dummkopf. Sie wissen doch bestimmt, daß Sie gegen das Gesetz verstoßen. Präsident Huerta hat alle Amerikaner des Landes verwiesen. Was Sie tun, ist gegen das Gesetz, sehr gefährlich.«

Paul zuckte innerlich zusammen. Er bemühte sich, gelassen zu scheinen, als er antwortete. »Ich weiß, aber das ist mein Beruf. Ich verstehe Ihre Sorge nicht ganz. Sie kämpfen gegen Huerta und sein Regime. Warum setzen Sie sich dann für seine Vorschriften ein?«

Villa runzelte die Stirn. »Zu viele Yankees haben dieses Land ausgeblutet. Woher soll ich wissen, daß Sie nicht auch heimlich in deren Diensten stehen?«

»General, das ist nicht der Fall, aber dafür habe ich keinen anderen Beweis außer meinem Wort. Bitte sagen Sie mir, stehen wir unter Arrest, oder können wir weiter unserer Arbeit nachgehen?«

Villa lächelte nachdenklich und erwiderte: »Drücken wir es so aus: Sie befinden sich unter unserer Obhut, bis wir sehen, wohin unsere Gespräche führen.« Er musterte Paul mehrere Sekunden lang schweigend. Dann strahlte wieder Heiterkeit aus seinen Augen. »Ich habe mit Ihnen gespielt, sie taxiert. Ich hörte, es sei jemand in der Stadt, der Filme dreht, meine Kundschafter haben mir das berichtet. Ich habe Leute ausgeschickt, Sie aufzuspüren und unversehrt herzubringen.« Villa kratzte sich am Kinn. »Nun, was halten Sie von der Revolution des Volkes?«

»Nach allem, was ich gelesen habe, würde ich sagen, daß ihre Ziele ehrenwert sind. In Mexiko haben schon immer einige wenige das ganze Land besessen. Darunter sind viele nicht Ihre Landsleute. Kennen Sie den Namen William Randolph Hearst?«

»Ja. Sehr berühmt. Er besitzt Zeitungen.«

»Hearst verfügt außerdem über viele Güter in Ihrem Land. Aus naheliegenden Gründen ist er gegen eine Landreform und gegen die Volksbildung. Deshalb ist es höchst verdienstvoll, was Sie verfolgen. Aber es wird viel Blut vergossen. Ich mag das Töten nicht. Ich mag den Krieg nicht, ganz gleich, aus welchem Grund er geführt wird.«

Villa setzte die Flasche an den Mund. Ein Teil der Flüssigkeit rann ihm über das Kinn. Seine schlauen Augen blieben durch das verschmierte Glas der Flasche auf Paul gerichtet.

»Ich könnte viel Geld für Sie und Ihren Freund bekommen«, erklärte er.

Paul schüttelte den Kopf. »Sie wären nicht der erste, der das versucht. Voriges Jahr waren mein Partner und ich in Serbien. Banditen hatten uns gefangengenommen und zweitausend Pfund verlangt, andernfalls sollten wir hängen.«

»Ich sehe keine Narben am Hals.«

»Wir konnten fliehen. Sie müssen wissen, unser Arbeitgeber sitzt in London. Er ist reich, aber kein Narr. Wir wußten, daß er nicht bezahlen würde. Ebensowenig würde er jetzt bezahlen.«

Wieder bedachte Villa Paul mit einem langen fragenden Blick. Dann winkte er. »Um ehrlich zu sein, habe ich das auch nicht ernst gemeint. Ich bewundere Männer wie Sie. Mutig. Mannhaft.« Er strich über seinen Schnurrbart. »Lassen Sie uns über die Filme sprechen, die Sie machen. Filme sind modern. Sie erreichen viele gebildete Menschen.«

»In der ganzen zivilisierten Welt«, meinte Paul zustimmend.

»Hätten Sie nicht Lust, gute Filme von meiner Armee zu machen?«

»Mit Ihrer Mithilfe? Dazu hätte ich in der Tat Lust, General.«

»Ich spreche von Filmen, die sonst niemand machen dürfte.«

»Noch besser.« *Was zum Teufel geht hier vor?*

Villa stellte die Flasche auf sein Knie, eine kleine Betonung seiner Absichten.

»Sehr gut. Sie bezahlen fünfundzwanzigtausend Dollar, dann erhalten Sie die Erlaubnis, meine Armee zu begleiten, meine Schlachten zu filmen, und kein anderer bekommt eine weitere Erlaubnis.«

»Sie wollen Geld für die Berichterstattung?« fragte Paul, um sicherzugehen, daß er richtig gehört hatte.

»Die Revolution braucht dringend Geld.« Der General beugte sich wie ein alter Teppichhändler vor, um seinen Vorschlag zu unterstreichen. »Ich werde Ihnen jeden Wunsch erfüllen. Wenn wir beispielsweise ein Ziel angreifen, Juarez oder Ojinaga oder irgendeine andere Grenzgarnison, greife ich nicht an, bevor Sie nicht bereit sind und mir sagen, daß wir loslegen können.«

Paul hatte das Gefühl, in Alice' Kaninchenbau geraten zu sein. Er zog lange an seiner Zigarre.

»General, vielleicht verstehen Sie mich nicht, aber bitte versuchen Sie es. Filme müssen die Wahrheit zeigen, weil es schon genug Verlogenheit und Ignoranz und was sonst noch Übles auf der Welt gibt, da müssen wir nicht noch nachhelfen. Wenn Sie eine Schlacht nach unserem Zeitplan schlagen, dann ist das nicht die Wahrheit.«

Villa verstand durchaus; sein sanftes Lächeln verwandelte sich in Stirnrunzeln. »Das ist Ihre Antwort? Oder ist es die Antwort des Mannes, für den Sie arbeiten?«

»Wie er antworten würde, weiß ich nicht, er sitzt in England. Ich werde ihm meine Antwort mitteilen, wenn ich ihn sehe. Wenn sie ihm nicht gefällt, wird er mich entlassen.«

»Das ist also *Ihre* Antwort?«

»Ja.«

Villas Stirn verdunkelte sich, er spuckte zwischen seine Stiefel, setzte die Flasche an, leerte sie und zeigte dann damit auf Paul. »Ich habe mich in Ihnen geirrt, Gringo. Als ich Sie hierher bringen ließ, dachte ich, ah, er sieht aus wie ein vernünftiger Mann. Ich habe mich geirrt.« Er schleuderte die leere Flasche zu Boden, wo sie mit lautem Klirren auf den Fließen zerbarst.

»Ich will Ihnen etwas sagen. Ich kenne noch andere Filmleute, die nach El Paso kommen. Einer von denen wird mein Angebot annehmen.«

»Wahrscheinlich«, gab Paul zu und nickte.

»Mit diesem weisen Mann werde ich meine Geschäfte machen.«

»Daran zweifle ich nicht.«

Villa sprang auf. Paul erschrak, und sein Herz fing wieder an zu hämmern.

»Sie verlassen diese Stadt und den Staat Chihuahua. Ich erlaube Ihnen, Ihre Kamera zu behalten, damit Sie wenigstens ein paar Bilder von unserer Revolution haben und eines Tages wünschen können, Sie wären nicht so dumm gewesen. Sollten Sie die Grenze noch einmal überschreiten, Sie und Ihr Assistent, und wir Sie dabei erwischen, zeigen wir Ihnen die Ziegelwand. Dann wird es vorher allerdings keine Unterhaltung mehr geben. Schafft sie fort!«

61. DER ENGLISCHE EDGAR

Fritzi und Lily fuhren mit der großen roten Trambahn sechs-,
manchmal sogar siebenmal in der Woche nach Edendale. Fritzi
wurde am Sonntag oft nicht gebraucht, aber Lily arbeitete für gewöhnlich in ihrem kleinen Büro oder in ihrem Schlafzimmer an
einem neuen Drehbuch. *Die chinesische Folter. Verrückt nach
Liebe. Rauchende Pistolen.* Sie war gewandt und schnell; sie hatte
eine Gabe für das Erzählen von Geschichten. Pelzer mochte Lily
und schätzte ihre Arbeit. Er erhöhte ihr Gehalt auf sechzig
Dollar pro Woche.

Mit wachsendem Selbstvertrauen sah sich Lily jeden fertigen
Film auf seine Stärken und Schwächen hin an. Wenn ihr etwas
mißfiel, brachte sie dies auch zum Ausdruck. Über eine Sache
lag sie ständig in Streit mit Eddie:

»Es ist idiotisch, die Dialoguntertitel an den Anfang der
Szene zu setzen. Sie sollten erst dann erscheinen, wenn tatsächlich gesprochen wird.«

Obwohl Eddie in vieler Hinsicht experimentierfreudig war,
in diesem Punkt beharrte er auf der herkömmlichen Methode:
»Alle machen es anders.«

»Was kümmern dich ›alle‹, um Gottes willen? Die besten
Filmleute machen es nicht so. Griffith, zum Beispiel. Versuch es
doch wenigstens, Eddie. Versuch es nur ein einziges Mal!«

Als sie ihn ungefähr zum fünften Mal bearbeitet hatte, gab er
nach; es handelte sich um einen rührseligen Zweispuler mit
dem Titel *Wo ist mein Vater?* Eddie hatte genügend Format, um
zuzugeben, daß es funktionierte. Er lobte Lily, daß sie ihre Überzeugung konsequent vertreten hatte, und versprach, diese Technik immer dann anzuwenden, wenn sie angebracht war. »Zum
Teufel mit dem, was Al dazu meint.«

B. B. und Sophie verließen Los Angeles für zwei Monate; sie
segelten von New York nach England, um in London einen Verleih aufzubauen; anschließend überquerten sie den Kanal, um
in Berlin und Paris die Filme der Firma zu verkaufen. Auf Fritzis

Drängen hin trafen sich die Pelzers mit Paul und Julie zu einem
großen Abendessen im Café Royal in London. Julie schrieb, daß
sich B. B. mit Paul um die Rechnung gestritten und gewonnen
habe.

Im Vorort Edendale wurde es immer lebhafter. Fritzis alter Bekannter Michael Sinnott mietete unter seinem neuen Namen
Mack Sennett ein Grundstück in der Nähe der Liberty an. Macks
Firma hieß Keystone, nach dem Firmenzeichen der Pennsylvania Railroad, das er ohne Bedenken verwendete. Mack hatte
seine zierliche Freundin, eine Brünette namens Mabel Normand,
sowie ein paar zuverlässige Schauspieler mit in den Westen gebracht. Er produzierte weiterhin die Art von närrischen Krimi-
nalkomödien, die Griffith als albern abqualifiziert hatte.

Die Frau des umgänglichen und begabten Schauspielers
Geoffrey Germann, der Owen in der Rolle des einsamen Indianers abgelöst hatte, arbeitete freiberuflich als Kostümschneide-
rin für Filmfirmen. Im Spätsommer des Jahres 1913 wurde
Maybelle für mehrere Wochen auf Mack Sennetts Filmgelände
in derselben Straße eingestellt. Geoff lud Fritzi zur Abendvor-
führung eines neuen Films ein, mit anschließendem Picknick,
wie es auch B. B. nach dem Abdrehen eines Liberty-Films häufig
ausrichtete.

Sennetts Gebäude, die Nummer 1712 der Alessandro Street,
ähnelte dem vom Liberty, obwohl es über einen eindrucksvolle-
ren Eingang verfügte, einen hölzernen Torbogen mit einem großen Schild, auf dem zu lesen stand:

MACK SENNETT
Keystone-Komödien

Auf dem Grundstück wurde eifrig gebaut. Die Außenwände
eines neuen Gebäudes, das an einer Ecke von einem Turm be-
grenzt war, standen bereits. Ein Mann, der gerade einen Werk-
zeugkasten für die Nacht wegschloß, bemerkte, daß sich Fritzi
für diesen Turm interessierte. »Dort oben kommt sein Büro hinein. Ein Dampfbad, eigenes Badezimmer – müssen die Wanne
mit einem Kran hinaufheben. Sie soll so groß sein wie ein Swim-
mingpool.«

An den Picknicktischen, wo Filmleute und Gäste ihre Teller mit Schinken, Truthahn, Kartoffelsalat, Bohnen und Brötchen füllten, trat Sennett neben sie und begrüßte sie freundlich. Sie gratulierte ihm zu seinem Erfolg. »Es ist wunderbar, Mike – ich meine Mack, an den Namen habe ich mich noch nicht gewöhnt. Sie sind ein Großkapitalist. Ihr eigenes Studio und einen Turm für Sie persönlich, mit allem Luxus.«

»Im Verwaltungsgebäude wird es eine Turnhalle geben. Man muß fit und gesund sein, wenn man gute Arbeit leisten will.« Sein Lächeln erlosch, als ihm ein anderer Gedanke durch den Kopf ging. »Aber es ist nicht ganz so großartig, wie es aussieht. Zum ersten Mal bin ich für die Gehälter verantwortlich. Und für alle möglichen Schulden.« Dennoch sah er in dem eleganten, sommerlichen Dreiteiler aus Leinen und mit funkelnder Krawattennadel sehr erfolgreich aus.

»Mr. Griffith ist auch hierhergezogen, nicht wahr?«

»Ja, und der Großteil der Biograph-Leute mit ihm. Billy Bitzer, Lionel Barrymore, Hank Walthall, die Gish-Girls. Die kleine Mary hat sich aber für Zukor's Famous Players entschieden.«

»Ich weiß, ich habe sie dort getroffen.«

»Hallo, da ist meine Hauptdarstellerin. Komm her, Mabel.« Er machte Fritzi mit einer eins fünfzig großen Brünetten mit lebhaften dunklen Augen bekannt. Fritzi und Mabel Normand verstanden sich auf Anhieb, nach fünf Minuten schwatzten sie wie alte Freundinnen. Mabel erzählte ungeniert einen anrüchigen Witz und naschte dabei Erdnüsse, die sie laufend knackte. Während Fritzi lächelnd zuhörte, bemerkte sie, daß sie von einem lustigen kleinen Mann mit welligem dunklem Haar und frechen Augen beobachtet wurde.

Ein weiterer alter Freund tauchte aus der Menge auf. Es war Roscoe Arbuckle – Fatty, mit dem sie in *Eine heitere Verwechslung* gespielt hatte. Sie umarmten sich. »Wir haben einen neuen in der Truppe«, sagte Fatty und zeigte mit dem Finger auf jemanden, der hinter ihr stand. Es stellte sich heraus, daß es sich um den kleinen Mann handelte, der sie beobachtet hatte. Fatty stellte ihn als Charles Chaplin vor. »Wir haben ihm den Spitznamen ›Der englische Edgar‹ gegeben.«

»Ich bin entzückt«, sagte der englische Edgar alias Chaplin mit einem Akzent, der ihn überall auf der Welt als Engländer ausgewiesen hätte. Er küßte Fritzis Hand und blinzelte. Dann faßte er an seinen Hut und ließ ihn auf dem Rand über den Arm in die wartende Hand purzeln. Eine Effekthascherei, aber amüsant.

Chaplin setzte sich neben sie ins Gras, während *Fattys fabelhaftes Fest* gezeigt wurde. Der Konditor Fatty wurde von Sennetts närrischen Polizisten verfolgt, die ihn irrtümlich für einen Juwelendieb hielten. Hinterher ließ Chaplin in der sommerlich milden Dunkelheit, in der Glühwürmchen leuchteten, seinen Hut erneut purzeln, diesmal jedoch aus Höflichkeit.

»Ich habe mich gefreut, Sie kennenzulernen, Miss Crown. Ich hoffe, ich habe bald wieder das Vergnügen.«

Intuitiv legte sie den Zeigefinger unters Kinn, knickste und blinzelte. »Ich bin entzückt.«

Chaplin lachte. »Sie wagen sich in mein Terrain vor, meine Liebe.«

»Entschuldigen Sie! Das ist nicht meine Domäne.«

»Da wäre ich mir nicht so sicher«, meinte er, als sie sich verabschiedeten.

Ihre Wege sollten sich bald wieder kreuzen. Eines Samstags an einem Septemberabend fühlte sich Fritzi einsam und willigte in Lilys Vorschlag ein, in Venice ins Poodles zu gehen, wo eine Band von Farbigen lauten, mitreißenden Jazz spielte. Dem Filmvolk blieben die etablierten Kreise mit ihren Unterhaltungsmöglichkeiten verschlossen, und so hatten sie sich ihre eigenen geschaffen. Jeden Donnerstag abend wurden in der Halle des Hotels Hollywood zum Tanz die Teppiche zusammengerollt; freitags traf man sich zu Picknick und Tanz weit draußen in Inceville, auf der Ranch, wo der Regisseur von Bison, Thomas Ince, seine Western drehte; samstags im Poodles oder im Ship's Café in Hollywood. Lily war regelmäßig mit von der Partie und verdrückte sich dann mit einem Schürzenjäger, den sie spät nachts ins Haus schmuggelte. Der war jedesmal längst wieder verschwunden, wenn Fritzis Wecker klingelte.

Die Gesellschaft hob Fritzis Stimmung. Ein großes Glas Crown-Lagerbier tat ein übriges. Sie schlug die Aufforderung eines Mannes mit dicken Brillengläsern aus, der mit ihr tanzen wollte. Er forderte dann Lily auf, die keine Bedenken hatte.

Gegen neun Uhr spazierten Mack und Mabel, Fatty Arbuckle, Fattys Frau Minta und Chaplin herein. Mabel setzte sich und zog die Schale mit Erdnüssen zu sich heran. Fatty entdeckte Fritzi und winkte. Chaplin kam zu ihr herüber, in einem Watschelgang, der Fritzi an Pinguine erinnerte. Er ließ seinen Hut den Arm hinunterpurzeln, fing ihn auf und verbeugte sich.

»Gnädiges Fräulein, ich freue mich sehr, Sie wiederzusehen! Mögen Sie mit mir aufs Parkett?«

»Ja, aber wie soll ich Sie anreden? Edgar oder Charles?«

Er ergriff ihre Hand. »Nennen Sie mich bitte Charlie.«

Das Lied, das gespielt wurde, hieß *Oh, Gee*, ein Foxtrott von Harry Poland. Charlie war ein fabelhafter Tänzer, er drehte und wirbelte Fritzi herum, bis ihr fast schwindlig war.

»Noch ein Lager?« fragte er, als die Musik verstummte. »Oder hätten Sie Lust auf einen Spaziergang auf der Promenade? Es ist eine wunderbare Nacht.«

»Ja, das wäre schön.«

Die Musik der Band wurde schwächer, bald wurde sie von *Come Josephine in My Flying Machine* übertönt, das von einer Dampforgel des Rummelplatzes herüberdrang. Das Riesenrad mit den bunten Lichtern hob sich hell vom dunklen Nachthimmel ab. An einem Schießstand knallte es. Aus den ratternden Wagen der Achterbahn gellten Schreie. Auf dem langgestreckten Anglerpier, von dem aus Macks Schauspieler schon oft einen Polizeiwagen ins Wasser gefahren hatten, wehte eine laue Brise, die angenehm träge machte. Der Pazifik glänzte im Mondlicht und rauschte leise. Charlie ergriff Fritzis Hand.

»Gestatten Sie mir, Ihnen ein Kompliment zu machen. Fatty hat mir kürzlich *Eine heitere Verwechslung* gezeigt. Sehr komisch!«

»Die männlichen Hauptdarsteller sind wirklich komisch, vor allem Fatty. Die Zwillingsmädchen sind nur das Kontrastprogramm.«

»Um ehrlich zu sein, ich habe nur auf Sie geachtet. Ihre Bewegungen sind so lebendig. Ihr Timing ausgezeichnet. Sie haben bessere komödiantische Rollen verdient, Rollen, die gut ausgedacht sind.«

»Soso, damit mir für den Rest meines Lebens eine Torte ins Gesicht geschleudert wird?« Fritzi schnitt eine Grimasse. »Ich versuche nach wie vor, eine ernsthafte Schauspielerin zu bleiben.«

»Es gibt nichts Ernsthafteres als Komödien, meine Liebe. Sie verlangen nach präziser Planung und makelloser Ausführung. Es bedarf starker Konzentration, wenn man beides erreichen will.« Als er ihren Gesichtsausdruck sah, zuckte er die Schultern. »Sie haben die falsche Einstellung, meine Liebe. Auf der Leinwand strahlt Ihr Gesicht wie ein Diamant. Man kann gar nicht umhin, Sie anzusehen.«

»Das ist doch lächerlich. Ich bin nicht hübsch.«

»Hübsch sein kann jeder. Das ist nicht viel wert. Was Sie haben, dieses Strahlen – das ist unbezahlbar.«

Sie erreichten das Ende des Piers und lehnten sich an das Geländer. Der riesige gelbweiße Vollmond streute unzählige Lichtpünktchen auf das Meer. Die Wirkung war klischeehaft wie ein Bühnenbild, aber wunderschön.

Charlie nahm ihre Hand und sah sie schmachtend an. »Darf ich Ihnen etwas sagen?« flüsterte er, wobei seine Lippen ihr Ohr kitzelten. »Ich finde Sie verdammt attraktiv. Würden Sie mich in mein Hotel begleiten?«

Ihr Herz raste. Sie war geschmeichelt – und ernstlich in Versuchung. Er konnte nicht wissen, wie gut sein Antrag ihrem Selbstbewußtsein tat. Ein geachteter Mann fand sie anziehend! Hätte nur Loyal Hardin …

Er streichelte ihre Hand und flüsterte: »Meine Liebe?«

»Charlie, ich mag Sie. Wirklich. Aber nicht genug, um – na ja, Sie verstehen. Ich hoffe, Sie halten mich jetzt nicht für schrecklich prüde.«

»Wenn ich Sie dafür gehalten hätte, hätte ich Sie gar nicht erst gefragt. Darf ich wissen, ob es einen anderen gibt?«

Fritzi schaute auf das Meer hinaus. »Das hoffe ich.«

»Das ist eine seltsame Antwort.«

»Ich weiß. Es tut mir leid. Ich hoffe, daß wir trotzdem Freunde sein können.«

»Nun, Sie haben meinen Stolz verletzt. Ich werde einfach die Zähne zusammenbeißen und es verschmerzen müssen. Das habe ich, weiß Gott, schon früh im Leben gelernt. Mein Bruder Sid und ich sind in der übelsten Gegend Londons groß geworden. Wir sind so oft zwischen Findelhäusern hin und her ge-

schoben worden, daß wir uns wie Tennisbälle vorkamen. Wer so
aufwächst, begreift bald, daß man auf der Welt nicht alles haben
kann. Eine Lektion, die ich gerade erneut gelernt habe. Natürlich bleiben wir Freunde. Es ist nicht nur, daß ich Sie mag, ich
muß auch zugeben, daß ich Ihre Charakterstärke bewundere,
obwohl ich Sie lieber in meinem Bett bewundert hätte.«

Er lächelte und blinzelte. Sie lachte wieder. Sie mochte diesen draufgängerischen kleinen Mann.

»Sollen wir zurückgehen?« fragte er. Sie hängte sich bei ihm
ein, während sie im Mondlicht den Pier entlangspazierten. Die
Dampforgel spielte *Over the Waves*. Die hübschen Lichter des
Riesenrads drehten sich in der Nacht. Die Achterbahn ratterte
und raste.

»Es ist wunderschön hier draußen«, sagte sie und spürte dem
Geschmack der salzigen Luft auf ihrer Zunge nach. »Ich werde
diesen Abend nie vergessen.«

»Oh, ich würde mich nicht wundern, wenn das meiste Ihrem
Gedächtnis entfallen würde«, widersprach Charlie. »Wir gehören einer hektischen Branche an. Aber vergessen Sie wenigstens
nicht, was ich über das Komischsein gesagt habe.«

62. INCEVILLE

Im März 1914 brachte Pathé die erste Episode einer mehrteiligen Serie unter dem Titel *Paulines Bedrängnis* heraus. Die Schauspielerin Pearl White wurde dadurch über Nacht zum Star, der Mehrteiler Hollywoods neuester Hit. B. B. und Hayman zogen mit Serien nach, die rasch produziert wurden: *Elaines Heldentaten, Helens Launen, Dollie von der Regenbogenpresse.* Eddie und Lily schrieben gemeinsam Drehbücher für zwölf Episoden von *Alice' Abenteuer*, von Kelly gedrängt, alles bis zum ersten April fertigzustellen. Fritzi mußte die Hauptrolle übernehmen, eine feurige Erbin, die ein böser Verwandter um ihr Erbe bringen wollte. Er beschloß, sie aus dem Weg zu räumen.

Bis in den Frühsommer hinein wurde sie auf das laufende Band einer surrenden Kreissäge gebunden, an einen Pfosten neben einem Boiler gekettet, der kurz vor dem Explodieren war, von einem fahrenden Güterwaggon geworfen – wofür eine Puppe herhalten mußte –, aus einem fliegenden Doppeldecker geschleudert und dergleichen mehr. Ihr Einwurf, alle Handlanger des bösen Verwandten seien lateinamerikanischer und chinesischer Herkunft oder Schwarze und man solle um des Gleichgewichts willen auch ein paar weiße Schurken dazunehmen, wurde von Kelly kategorisch abgewiesen:

»Kommt nicht in Frage! Wir leben in einem weißen Land. Das Publikum erwartet, daß der Böse ein Nigger, ein Mexikaner oder ein Schlitzauge ist.« Nach einer kurzen Auseinandersetzung gab Fritzi schließlich auf. Mit der Zeit machte ihr die Rolle der Alice sogar Spaß, denn sie verkörperte eine aktive, mutige »neue Frau« und kein lammfrommes Heimchen am Herd.

Als die ersten Episoden der Serie im Juni in den Filmtheatern gezeigt wurden, waren sie binnen kürzester Zeit ein Renner. B. B. köderte Fritzi mit einhundertfünfundzwanzig Dollar pro Woche, um dann vorsichtig die Katze aus dem Sack zu lassen: Er bat sie, noch einen Western zu drehen. Diesmal mit einer komischen Rolle für sie. Eddies Wunsch?

»Ich hatte einen Einfall, er hat ihn gut gefunden und verarbeitet. Bitte!«

»Nein, nein, nein, B. B. Sie haben mir ernste Rollen versprochen, nicht immer nur diese albernen.«

B. B.s Mundwinkel verzogen sich nach unten. »Also gut, mein Mädchen, ich will Sie nicht zwingen. Nicht wenn Sie einem Menschen, der nur Ihr Bestes will, so ablehnend gegenüberstehen. Wir wollen auch nicht an unsere Mitarbeiter denken, deren Frauen und Kinder vom Erfolg dieser Firma abhängen. Nein, das wollen wir nicht. Aus. Amen. Vorbei. Ende.«

Guter Gott, jetzt hatte sie also zwei Väter, denen sie es nicht recht machte.

An einem goldenen Samstag im Sommer traf sich Fritzi mit ihrem neuen Freund Charlie zum Mittagessen in einem Gemischtwarenladen gegenüber von Macks Studio. Sie kauften Wurstsandwiches und Getränke und ließen sich an einem Holztisch in einem sonnigen, mit Wein überwachsenen Hof unweit des Ladens nieder. Nicht weit von ihnen entfernt schlief ein Tramp zwischen den Rebstöcken. Ein Wagen, auf dem sich beschädigte Möbel und ausrangierte Armaturen türmten, fuhr vor. Der Altwarenhändler stieg aus und betrat den Laden. Charlie rümpfte die Nase.

»Nicht gerade aus dem Mayfair oder dem Ritz die Leute hier.«

Fritzi erzählte ihm von B. B.s Angebot, das sie abgelehnt hatte. Seine Antwort war kurz und bündig: »Gut so! Sie haben Besseres verdient. Nicht nachgeben!«

Charlie trug heute übergroße Schuhe, sackartige Hosen, einen zu engen Rock, einen zu kleinen Hut und einen Spazierstock, der an seinem Arm hing und schaukelte. Fritzi machte eine Bemerkung zu diesem Aufzug, den sie noch nie vorher gesehen hatte.

»Dann haben Sie meinen letzten Film nicht gesehen, meine Liebe. Vor einiger Zeit hatte Sennett Leerlauf zwischen zwei Drehszenen. Er gab mir dreißig Minuten, mir eine Rolle auszudenken. Ich nahm, was ich finden konnte, und als I-Tüpfelchen habe ich mir noch den Schnurrbart angeklebt.« Der Schnurrbart sah aus wie eine schwarze Zahnbürste. »Der Film, den ich im Moment mache, ist mein dritter als kleiner Vagabund.«

»Und die anderen waren erfolgreich?«

»Mehr als das. Die Komödien von Keystone erreichen im Durchschnitt zwanzig Kopien. Dreißig ist außergewöhnlich. Vom zweiten Vagabunden-Film haben sie fünfzig gemacht, aber selbst das hat noch nicht gereicht. Die Verleiher verlangen noch mehr. Ich bin sehr zufrieden.«

Fritzi verschwieg ihm, daß Liberty von jedem Einsamen-Indianer-Film mindestens sechzig Kopien laufen hatte. Statt dessen blieb sie still, während Charlie von seinem Sandwich abbiß. In dem Augenblick setzte sich ein bernsteinfarbener Schmetterling auf seinen Ärmel. Charlie rührte sich nicht, um ihn nicht zu stören. Nachdenklich betrachtete er den Falter.

»Ist was?« fragte Fritzi. »Ist Ihnen der Appetit vergangen?« Er schüttelte den Kopf; der Schmetterling flatterte davon.

»Ich glaube, daß Sennett mich rauswirft.«

»Aber warum denn, um Himmels willen? Er verdient doch sicher viel Geld an Ihnen!«

»Haufenweise. Und mir bezahlt er einhundertfünfzig Dollar in der Woche.« Mehr als ihr B. B. angeboten hatte, aber Charlie war schließlich ein komödiantisches Genie, gekränktes Ego hin oder her. Aber als er hinzusetzte: »Ich bin tausend wert«, war sie doch unangenehm berührt. Da sie ihn anstarrte, runzelte er die Stirn. »Geld ist nicht das einzige Problem mit Sennett. Ein engstirniger Mensch. Kurbelt alles hastig und lieblos herunter. Nach dem Motto: je mehr, desto besser. Meinte, ich brauche zu lange, um mir einen Gag auszudenken. Habe ihm erklärt, daß ich länger brauche, weil ich phantasievollere Dinge machen möchte, als nur auf Bananenschalen auszurutschen und von Leitern zu fallen. Und daß ich außerdem Regie führen möchte. Als ich ihm das sagte, wurde er ganz bleich und reichte mich an seine Freundin Mabel weiter. Jetzt führt sie bei mir Regie.« Er schüttelte den Kopf. »Keine Sorge, wird schon alles werden. Mein Erfolg ist auch andernorts nicht unbemerkt geblieben«, sagte er und ließ seine Brauen auf und nieder tanzen. »Darf ich Sie etwas fragen? Was ist ein ›Barbecue‹?«

»Ein Grillfest, eine Art Picknick. Fleisch wird auf einem Spieß gebraten und dann mit Soße serviert. Meistens Schweinefleisch. Warum?«

»Ich bin morgen zu so was eingeladen. Eine Party, eigens für einen Schauspieler, den Tom Ince engagiert hat. Er hat in New York mit ihm zusammengewohnt, als beide noch am Theater waren. Hätten Sie Lust mitzukommen? Ich würde mich sehr freuen.«

Auf Fritzi warteten Wäsche, Flickarbeiten, ungelesene Zeitungen und ein Brief, den sie ihrer Mutter schuldete. »Danke, aber ich denke, ich sollte besser zu Hause bleiben. Wo findet das statt?«

»Ziemlich weit draußen. Auf der Inceville-Ranch.«

Cowboys?

»Ich komme mit. Um wieviel Uhr?«

Charlie mietete einen Einspänner. Es war ein herrlicher Juninachmittag. Die Fahrt an den Nordrand von Santa Monica dauerte eine Stunde. Sie nahmen die alte Hauptstraße, das sonnengleißende Meer auf der einen Seite, auf der anderen die graubraunen, von Canyons durchfurchten Berge, übersät von Mohnblumen und karmesinrotem Heidekraut.

Tom Ince war schnell einer der ersten Regisseure der Stadt geworden. Die Wildwest-Show der Gebrüder Miller überwinterte in Kalifornien, und Ince hatte eine Vereinbarung getroffen, in der Nebensaison die Angestellten und die Ausstattung der Gebrüder Miller zu übernehmen. Er filmte seine breitangelegten Western auf einem über siebzig Quadratkilometer großen Gelände, das einst zu einem spanischen *rancho* gehört hatte.

Sie fuhren durch ein wunderschönes Ranchtor und einen steilen Hügel aufwärts. Rebstöcke wuchsen an den blaßgrünen Hängen. Ungestrichene Baracken mit langen Veranden türmten sich wie Schuhschachteln auf einem Felsen über dem Pazifik. »Schneideräume und Garderoben«, erklärte Charlie. »Sie benutzen sie manchmal für Außenaufnahmen: Forts, Handelsposten und so weiter.«

»Sie wissen viel über diese Ranch. Schon mal dagewesen?«

»Öfter. Tanzveranstaltungen Freitag abends. Mädchen.« Er seufzte theatralisch und drückte die Hand auf sein Herz.

Würziger Rauch wehte vom Grillfeuer herüber, als Charlie den Einspänner neben ähnlichen Gefährten und ein paar glänzenden Autos abstellte. An die zweihundert Menschen saßen und plauderten an langen Eßtischen. Papierlampions schmückten eine Bühne im Freien, auf der einige Paare zur Musik eines Geigers und Akkordeonspielers tanzten.

Charlie machte Fritzi mit Ince bekannt, einem stattlichen Mann mit dunklem Haar und lebhaften Augen, der wohltuend freundlich war. Er seinerseits stellte ihr seinen neuen Schauspieler vor, einen Mann namens Bill Hart, der das Gesicht eines Habichts hatte. »Bill ist große Klasse«, sagte Ince. »Hat viel Shakespeare gespielt.«

Als schon Schatten auf die östlichen Hänge der benachbarten Berge fielen, holten sich Fritzi und Charlie geschnetzeltes Schweinefleisch, Krautsalat, Bohnen und deutschen Kartoffelsalat auf großen Tellern. Im Stall muhten Kühe und Ochsen. Mustangs galoppierten nervös über die riesige Koppel. In ihrer Nähe stand eine alte, von Wind und Wetter arg mitgenommene Postkutsche und dahinter ein schwerer Planwagen, dessen weiße Plane vollkommen intakt war. Sie kletterten mit ihren Tellern hinauf.

Fritzi war beeindruckt von der Ranch. Rauh aussehende Männer in Cowboy-Montur und mit forschem Auftreten waren gegenüber den Frauen in der Überzahl. Etliche Männer trugen Pistolen, die keineswegs nur Dekoration waren.

Fritzi vernahm ein monotones Tamtam. »Was ist das?« fragte sie.

»Die Sioux. Ihre Zelte sind hinter diesem Berg. Die Indianer leben da, aber sie bleiben unter sich.«

Nachdem sie gegessen hatten, schlenderten sie zum Felsen und betrachteten den Sonnenuntergang über dem Pazifik. Hinter ihnen leuchteten bunte Lampions in der purpurroten Dämmerung. Mehrere Paare tanzten, sogar Cowboys hatten sich zusammengetan, eine alte Gewohnheit aus den einsamen Tagen ohne Frauen. Die Gespräche wurden lebhafter, mitunter hörte man sogar laute Stimmen und viel Gelächter. Auf dem Rückweg zu den Picknicktischen blieb Fritzi plötzlich wie angewurzelt stehen.

»*Charlie!*«

»Wen haben Sie denn im Visier? Dieses O-beinige Wiesel? Du meine Güte, sind Sie etwa in den verliebt?«

»Nein, nein, in seinen Freund.« Sie winkte. »Mr. White. Windy!«

Er zwinkerte ein paar Mal, dann verzog sich sein Mund zu einem schwachen Lächeln. Windy kam auf sie zugezockelt. »Na, wenn das keine Überraschung ist, Miss Fritzi!« Fast hätte er sie mit seiner Whiskeyfahne betäubt, während er ihre Hand schüttelte. Er hatte seine alte Cowboy-Kluft mit einem leuchtendgelben Halstuch aufgemöbelt. »Das letzte Mal unten am Wasserloch, stimmt's?«

»Ihr Gedächtnis ist wirklich gut. Das ist Mr. Chaplin. Arbeiten Sie hier?«

»Ja. Viehhirte in einem neuen Film.«

»Mr. White doubelt Schauspieler, Charlie. Er springt von Dächern, Trambahnen, fahrenden Zügen ...«

»Verdammt gefährlich«, bemerkte Charlie.

»Ganz recht, Sir, und alles ohne Tricks. Ich bin stolz darauf, sagen zu können, daß ich mir in dieser Stadt dadurch einen guten Ruf erworben habe. Das wußte ich spätestens, als ich mit dem vierten Knochenbruch im Krankenhaus lag. Alle Schwestern kannten mich bereits und haben mich immer nur beim Vornamen genannt.«

Fritzi lachte, aber ihr Blick glitt suchend über die anwesenden Gäste.

»Halten Sie zufällig nach Loyal Ausschau? Er ist wieder da.«

»Ist er hier?«

»Ja. Spielen beide in dem Film von Ince. Keine Ahnung, wo er im Moment is', vielleicht drüben bei den Sioux. Loy hat die Indianersprache ziemlich gut drauf.«

»Ich würde ihm furchtbar gern guten Tag sagen.«

»Werd' mein Adlerauge einschalten und ihn aufspüren für Sie. 'tschuldigen Sie mich, bitte, hab' gewaltigen Durst.« Als er sich abwandte, wäre er fast über die lange Deichsel des Planwagens gestolpert.

Als sich auch Charlie entschuldigte, um weibliche Unterhaltung zu finden, schlenderte Fritzi zur Bühne, einen leeren Teller und Besteck in der Hand, um nicht aufzufallen. Sie setzte sich auf ein großes Faß und wippte nervös zuerst mit einem Fuß, dann mit dem anderen. Eine halbe Stunde verstrich.

Sie hatte den Platz bei der Bühne gewählt, damit sie nicht zu übersehen war. Und tatsächlich, Windy trat winkend aus der Dunkelheit, im Schlepptau einen großen Cowboy.

»Das Fräulein möchte dir unbedingt guten Tag sagen. Fritzi, Sie erinnern sich an Loy Hardin.«

»Aber natürlich, ja«, stammelte sie. Während sie ihm die Hand schüttelte, war sie so durcheinander, daß ihr der leere Teller und das Besteck aus der anderen Hand fielen. Er lachte und bückte sich höflich, um es aufzuheben.

Fritzi war es abwechselnd heiß und kalt. Dreiunddreißig Jahre war sie alt, und sie kam sich vor wie zwölf. Ihre Beine zitterten. Ihre Unterwäsche wurde feucht, ihr Mund trocken; sie brachte kaum noch ein Wort über die Lippen.

Windy rettete sie. »Miss Fritzi erschien eines Tages am Wasserloch und fragte nach dir. Hätte 'ne Rolle für dich gehabt.«

»Wie freundlich von Ihnen, daß Sie an mich gedacht haben.« Er trug keine Kopfbedeckung, sein langes dunkles Haar glänzte. Windy rülpste leise und meinte, er sähe sie später wieder. Fritzi konnte ihre Nerven nicht beruhigen. Sah ihr Haar strähnig aus? Waren ihre Lippen auch rot? Sie biß darauf herum, während Loy Windy nachwinkte.

»Sie, äh, sie waren lange weg, Mr. Hardin.«

»Länger als erwartet, stimmt. Hab' mich sechs Monate lang in Alaska rumgetrieben, dann bin ich langsam wieder runter in den Süden. War dann einen Monat lang in Mexiko, aber dort schießen sie einfach so auf Gringos, und deshalb bin ich wieder weg. Bin dann von Corpus Christi auf einem leeren Frachtdampfer nach Havanna, von dort auf einem anderen Frachter weiter nach Argentinien, hab' mit diesen Gauchos gearbeitet, bis mir irgendwann die englische Sprache abging.« Lächelnd lehnte er am Wagen. »Sind Sie in Begleitung hier, Miss Crown?«

»Bitte nennen Sie mich Fritzi. Ich bin mit Mr. Chaplin gekommen. Er ist Schauspieler bei Keystone.« Charlie hatte drei hübsche junge Damen um sich versammelt, die er mit allerlei Späßchen zum Lachen brachte. »Ich habe gehört, daß Sie im Moment für Mr. Ince arbeiten.«

»Richtig. Als Statist in dem neuen Film mit diesem Scherenschnabel Hart.«

»Scherenschnabel?«

»Alter texanischer Ausdruck für jemanden, der kein Lasso werfen kann und auch sonst nichts Gescheites zustande bringt. Ein Grünschnabel – oder ein Städter, der tut, als wär' er 'n echter

Cowboy.« Der Spott in seiner Stimme war verhalten, aber unverkennbar.

»Ja richtig, Sie sind aus Texas ...«

»Ja, von oben, in der Nähe von Oklahoma. Kleiner Fleck auf der Landkarte namens Muleshoe. Man fährt bis Lubbock und fragt dort am besten nach einer Karte.«

Er stellte einen Stiefelabsatz auf einer Radspeiche ab und lächelte dieses umwerfende Lächeln. Sie konnte sich nicht satt sehen an ihm, an dem kräftigen, schlanken Hals, den lebhaften dunklen Augen, seinem langen Haar, das vom Nachtwind bewegt wurde. Er duftete angenehm nach Rasierwasser. Sie war wie benebelt.

»Haben Sie Familie in Texas?«

Er lächelte immer noch, wenngleich etwas weniger freundlich. »Eine Schwester, sonst niemanden.«

»Besuchen Sie sie manchmal?«

»In letzter Zeit nicht. Im Moment bin ich dabei, mir einen neuen Job zu sichern. In diesem Geschäft verdient man sein Geld ziemlich leicht. Ich kann so einem Scherenschnabel jederzeit den Job wegschnappen.«

Das Akkordeon und die Geige stimmten einen Walzer aus *Die lustige Witwe* an. »Hätten Sie Lust auf einen kleinen Spaziergang?«

»Warum tanzen wir nicht?«

»Tja, na ja.« Er gab ein kleines, schmatzendes Geräusch von sich. »Ich muß zugeben, daß ich nicht tanzen kann. Hab's nie gelernt.«

»Sie können es immer noch lernen, es ist nicht schwer.« Sie ergriff seine Hand und führte ihn auf die Tanzfläche. »Mit der rechten Hand umfassen Sie meine Taille, die linke verharrt in der Luft. Ja, genau so. Und los geht's, Mr. Hardin. *Eins* – zwei – drei, *eins* – zwei – drei, genau.«

Ein paar Sekunden verflogen ohne einen falschen Schritt; er schien es begriffen zu haben. Doch dann trat sein Stiefel auf ihren linken kleinen Zeh. Beinahe wäre ihr Bein eingeknickt.

»O mein Gott, es tut mir schrecklich leid!«

»Macht gar nichts, ich spüre so gut wie nichts!« rief sie und lächelte den Schmerz weg. Der Druck seiner Hand auf ihrer Taille wurde stärker. Auch seine andere Hand hielt die ihre jetzt fester. Er drehte sie herum. Er tanzte. Das Erschrecken auf seinem Gesicht wich einem Ausdruck des Erstaunens, dann der Freude. Sie drehten sich im Walzerschritt unter den bunten Lampions und den Sternen Kaliforniens. Es war so lächerlich altmodisch und hoffnungslos romantisch. Fritzi vergaß ihren schmerzenden Zeh. Sie glaubte, auf der Stelle zu vergehen, wenn ihre Seligkeit auch nur ein kleines bißchen intensiver würde.

Im Laufe der nächsten Stunde redeten und redeten sie. Das heißt, sie ließ ihn reden. Schon bald wurde er ungezwungen wie unter Freunden. Er erzählte von den Cowboys, die nach Hollywood strömten und die er größtenteils als Grünschnäbel abtat, vor allem Bronco Billy Anderson: »Ist mir ganz egal, ob er berühmt ist oder nicht, für mich ist und bleibt er ein Weiberheld mit Schmerbauch.« Er erwähnte einen Cowboy, mit dem er befreundet war, einen Tom Mix aus Oklahoma, den er für einen hundertprozentig echten Cowboy hielt. Genauso Windy. Windy sei ein rechtschaffener Viehhirte aus Idaho. »Obwohl er natürlich viel zuviel trinkt.«

»Trotzdem macht er diese gefährliche Arbeit, von Brücken springen und so.«

»Behauptet, es sei ganz leicht, wenn er einen in der Krone hat. Keine Angst! Ich kann es ihm nicht ausreden. Wünschte, ich könnt's. Würde ihn verdammt ungern verlieren.«

Charlie kam auf sie zugeschlendert, den Arm um eines der Mädchen gelegt, die er als »Prinzessin Lachendes Wasser« vorstellte. Sie revanchierte sich mit einem irrsinnigen Kichern.

»Wir sollten uns bald auf den Weg machen, meine Liebe«, sagte Charlie zu Fritzi.

Sie zögerte, wünschte, Loy möge sie zur Seite ziehen und um ein Wiedersehen bitten. Konnte sie es wagen, ihn zu fragen? Irgendwie brachte sie es nicht fertig.

»Ich hoffe, wir sehen uns wieder, Loyal.«

»Hätte nichts dagegen.«

Mein Gott, *nichts dagegen?* War das alles?

»Könnte ja in einem Ihrer Filme arbeiten, man kann nie wissen.«

Ohne auf Charlies Blick zu achten, machte sie noch einen Versuch. »Es wäre schön, wenn wir uns vorher mal wiedersähen.«

»Klar doch, vielleicht ergibt's sich ja.«

Wann? Wo? schrie sie stumm. Er schüttelte ihr die Hand, ohne etwas zu sagen. Charlie räusperte sich.

Langsam zog Fritzi ihre Hand zurück. Charlie, dem es nicht entging, welche Wirkung Loy auf sie hatte, nahm ihren Arm, um sie zu stützen, als sie weggingen. Sie hätte sich gern umgedreht und wäre zurückgelaufen, um ihn noch einmal zu sehen, wenn sie sich damit nicht zur Vollidiotin gemacht hätte.

Auf der Fahrt den Pazifik entlang sagte Charlie schließlich: »Ist dieser Cowboy der, den Sie meinten, als Sie sagten, es gäbe einen anderen?« Fritzi nickte. Sie sah Loys Gesicht vor sich in der Scheibe des weißen Mondes. »Sie mögen ihn sehr, nicht wahr?«

»Ja. Ich weiß auch nicht warum.«

»Wer kann *amour* schon erklären? Und wozu auch? Man soll sie genießen. Was wissen Sie über ihn?«

»Er stammt aus Texas. Er ist ungebunden. Das ist alles.«

»Ich weiß nicht, ob er zum Heiraten taugt. Könnte eher der Hotelzimmertyp sein. Darin bin ich Experte, ich bin selbst der Typ.«

Sie lachte und stupste ihn mit dem Ellbogen an.

»Als ob ich das nicht wüßte.«

63. SÖLDNER

Im Dezember 1913 hatte René entschieden, sich nicht mehr mit dem mageren Einkommen aus der Luftschau zufriedenzugeben; er wollte mehr verdienen. Aus diesem Grund hatte er sich die Vorschläge zweier Herren angehört, die in Presidio, Texas, auf ihn zugekommen waren. Sie trugen weiße Leinenanzüge und Panamahüte statt Armeeuniformen.

Sie machten René einen interessanten Vorschlag, den er akzeptierte, denn in seiner Truppe wurde diktatorisch und nicht demokratisch entschieden. Er stellte seine Männer vor die Wahl, mitzumachen und für die Federalistas im Kriegsgebiet zu fliegen oder auszuscheiden. Zu Carls Bedauern nahmen alle an, einschließlich Harvard. Die Offiziere in Zivil kamen nach Kalifornien, um bei Martin einen Doppeldecker für fünftausend Dollar zu kaufen, der umgebaut und ausgestattet werden sollte wie *Sonora*, der Bomber, mit dem die rebellischen Söldnertruppen im Nordwesten von Mexiko flogen.

Zwei Wochen später stiegen René und Tom Long in zwei Laster mit den verpackten Teile der Martin. Sie bestachen die Beamten an der Grenze, die sie daraufhin unbehelligt passieren ließen. Carl und Harvard fiel die Aufgabe zu, die Curtiss und die Blériot hinüberzufliegen. Sie flogen bei Nacht, der Flug war kurz, aber gefährlich. René und Tom zündeten in der Wüste Fackeln an, um die Landebahn zu markieren. Ein Windstoß hätte Carl und der Blériot beim ersten Landeversuch beinahe den Garaus gemacht. Mit dem linken Flügel rasierte er die Spitze eines hohen Kerzenkaktus, zog die Maschine blitzschnell steil nach oben, machte eine Kehrtwende und landete dann sicher, aber mit vor Entsetzen zugeschnürter Kehle.

In einer von den Federalistas besetzten Stadt in Sonora trafen sie sich und testeten die Martin. Von dort ging es in kurzen Abschnitten weiter, bis sie Ende Januar ihre Basisstation in der Mitte Mexikos erreichten. Als Söldner wurden sie gut behandelt, sie erhielten den Ehrentitel *Capitan* und einen Grundlohn von dreihundert Dollar im Monat, weitere fünfzig Dollar für jeden Erkundungs- oder Nachrichtenflug. Wie sie bald herausfinden sollten, war die Regierung mit den Zahlungen jedoch immer im Verzug.

Sie reisten in einem Sonderzug, der sich ständig nach Süden vorzuarbeiten schien. Drei Flachwagen transportierten die Flugzeuge sowie die beweglichen Laderampen. Zwei von Offizieren gefahrene Benz-Tourenwagen fuhren auf einem vierten mit. Ein umgebauter Güterwaggon diente als Werkstatt, ein anderer als Laderaum für Luftbomben. Der Zug war die Kopie jenes Zuges, mit dem Villa auf der nördlichen Linie fuhr.

Die drei Piloten und Tom waren in einem privaten Eisenbahnwaggon untergebracht, den man entweder einem texanischen Rinderbaron abgekauft oder gestohlen hatte. Er verfügte über Betten, im Boden verankerte rote Plüschsessel, einen Mahagonitisch, Stühle und eine separate Küche mit einem Eisbehälter ohne Eis. Außergewöhnliche Stierhörner zierten die vordere Außenwand.

Versorgt wurden sie von einem zerlumpten, dürren Burschen, einem braunen Indianerjungen von circa vierzehn Jahren, dessen unaussprechlicher Name in Bert umgewandelt wurde. Bert war von zu Hause in Yucatán weggelaufen, nachdem sein Vater von einem hundert Fuß hohen Gummibaum gestürzt war, den er aufgeschlitzt hatte, um den Saft aufzufangen, aus dem Kaugummi gemacht wurde.

»Es ist eine schreckliche Arbeit«, sagte Bert mit einem traurigen Kopfschütteln zu Carl. »Hoch oben, nur mit einem Seil befestigt, und dann muß man mit aller Kraft die Machete schwingen, um ein Loch in den Baum zu hauen. Mein Vater hat statt des Baums das Seil getroffen. Er starb. Meine Mutter wollte, daß ich an seiner Stelle arbeite; als ich nein sagte, hat sie mich geschlagen, und deshalb bin ich weggelaufen. Jetzt bin ich viel glücklicher. Schmeckt Ihnen mein Essen, Capitan Carl?«

»Das Brot, das du bäckst, ist immer schwarz, und deine Rühreier sind wie Gummi, aber sonst ist alles wunderbar.«

»Dieser Harvard, er mag mich nicht und mein Essen auch nicht.«

»Nimm's nicht tragisch. Er mag niemanden.«

Bei gutem Wetter und wenn der Zug stand, schlief Bert unter

dem Eisenbahnwaggon, wenn der Zug fuhr oder wenn es regnete, im Verbindungsgang zwischen den Waggons. Er hatte ein
Tier, eine drei Fuß lange Hakennatter mit einem Maul wie eine
kleine Schaufel. Bert nannte sie Anselmo. Er hielt sie in einer
Schachtel, ließ sie aber gelegentlich heraus, damit sie nach Krö-
ten graben konnte, ihrer Lieblingsspeise.

»Anselmo kann auch Ratten fangen. Ihnen tut er nichts. Hat
Angst vor Menschen. Wenn er einen sieht, zischt er nur und
stellt sich tot.«

Carl flog fünfhundert Fuß über den staubigen Vorbergen der
Sierra Madre Oriental in Mexiko. Auf Drängen von Major Ruiz,
dem Verbindungsoffizier, der ihrer Einheit zugeteilt war, hatte er
eine alte geologische Karte in die Tasche seiner Pilotenjacke gestopft. Für die Navigation war sie nutzlos; er folgte der Haupt-
eisenbahnlinie, die sich nach Norden schlängelte bis nach Zacatecas, einer Stadt, die sich in der Hand der Rebellen befand. Das
Flugzeug war eine Blériot, eine von den vielen, die nach den
Plänen des Modells XI gebaut wurden, in dem Blériot 1909 als
erster den englischen Kanal überquert hatte.

Carl saß mit zerzaustem Haar im offenen Sitz über dem Flügel des kleinen Eindeckers; der rote Seidenschal flatterte im
Wind, die Fahrbrille blitzte durch die Reflexe der fernen Lichter.
Weit zu seiner Linken ragten die Berge wie Zacken in den Himmel.

Die Gefahren dieses Unternehmens waren nicht zu unterschätzen. Der Kriegsfeind war nur eine davon. In den Zentral-
provinzen gab es keinen Flugplatz, kein Bodenpersonal, nicht
einmal fähige Mechaniker. Der von der Regierung bereitgestellte
Treibstoff war von schlechter Qualität und führte mitunter zu
Aussetzern oder gar Abstürzen. Während eines Erkundungsflu-
ges über Gómez Palacia, vor der Eroberung durch die Rebellen,
hatte Renés Motor ausgesetzt, so daß er auf einer unbefestigten
Straße notlanden mußte. Belagernde Federalistas konnten gerade so viel Treibstoff auftreiben, daß er wieder starten konnte,
aber es war knapp gewesen.

Carl zog den Steuerknüppel zurück. Das Flugzeug gewann
sogleich an Höhe, jedoch nicht schnell genug, um den dunklen
grauen Regenwolken zu entgehen, die ihn augenblicklich bis

auf die Haut durchnäßten und seine Brille verschleierten. Fast ebenso schnell, wie sie gekommen waren, hatte er sie durchflogen und befand sich nun unter einem wolkigen blauen Himmel. Riesige Lichtsäulen fielen auf das Land. Er sah einen Bauer, der hinter einem von Ochsen gezogenen Holzpflug herging. Der Mann nahm seinen Strohhut ab und blickte zu Carl empor, ob erstaunt oder verängstigt, konnte Carl nicht ausmachen.

Er flog über Felder, auf denen Bohnen und Mais wuchsen, über *casitas*, kleine Hütten mit Wänden aus Stroh und Giebeldächern, gedeckt mit Schilf. Er flog über einen Markt, tief genug, um die aufgetürmten Kürbisse und Melonen zu erkennen, die zusammengeflochtenen Pfefferschoten, die Körbe mit roten und gelben Tomaten. Truthähne stolzierten in den Gäßchen zwischen den Ständen auf und ab. Händler und einkaufende Frauen hoben die Hände vor die Augen, um das Flugzeug zu sehen, aber nur ein Kind, ein kleines Mädchen, winkte ihm. Wenn ein Flugzeug aus dem Süden kam, mußte es sich um ein Regierungsflugzeug handeln.

Vor zwanzig oder dreißig Kilometern hatte er die letzten Zigaretten und Orangen aus dem an seinen Sitz gebundenen Jutesack abgeworfen. Die meisten Orangen bekamen Kinder, die ihm von einem Brunnen in dem Dorf Ojocaliente aus zugerufen und gewunken hatten. Da die Indianer und Mestizen auf dem Land die Revolution im Grunde begrüßten, konnte es nicht verkehrt sein, ihnen hin und wieder etwas Gutes aus einem Spionageflugzeug zukommen zu lassen, nicht zuletzt deshalb, weil Geschenke die beste Lebensversicherung waren, falls der Motor den Geist aufgeben oder die Maschine abgeschossen würde. Carls einziger Schutz bestand aus einem Revolver in einem Halfter an seiner Hüfte.

Er flog über die Stadt, über den großen Platz, dessen schönstes Gebäude eine rote Barockkirche mit gelber Einfassung war. Die Landbevölkerung liebte ihre farbenfrohen Kirchen. Carl freute sich an dem Anblick. Eigentlich mochte er Mexiko und die Mexikaner, freundliche, warmherzige Menschen, vorausgesetzt, man stand auf der richtigen Seite. Nicht einmal die Deutschen wuschen ihre Kleider so häufig wie mexikanische Hausfrauen.

In weiter Ferne öffnete sich ein weißes Auge. Eine Lokomotive fuhr mit eingeschalteten Scheinwerfern um eine Kurve. Ein Militärzug. Näher als erwartet.

Er sah die Scheinwerfer größer und heller werden. Der Zweck seiner Mission: Er sollte erkunden, wie weit der Tiger des Nordens auf seinem Marsch in die Hauptstadt schon vorgedrungen war. Während des ganzen Frühjahrs 1914 waren die Federalistas zurückgewichen, eine Stadt nach der anderen war gefallen – Gómez Placia, der Eisenbahnknotenpunkt bei Torreón, Tampico an der Küste. Am vierundzwanzigsten Juni nahmen die Rebellen Zacatecas, vier Tage vor der Ermordung eines österreichischen Erzherzogs namens Ferdinand auf dem fernen Balkan.

Trotz der Erfolge der Rebellen hatte sich General Villa in jüngster Zeit mit seinem Titularkommandanten Carranza überworfen. Villa war im Norden untergetaucht, angeblich, um Kohlen und Vorräte zu beschaffen. Das Kommando führten gegenwärtig seine Untergebenen, sie drängten nach Süden vor, wenngleich mit weniger Nachdruck als zuvor. Manchmal rückten die Rebellen fünfzig Kilometer vor, dann zogen sie die Reiterei und den Nachschub auf Schienen wieder zurück, nur um wenige Tage später erneut vorzurücken. Die Federalistas mußten auf der Hut sein. Piloten wie Carl waren ihre Augen.

Er putzte seine Brille. Die Blériot ließ sich mühelos einhändig fliegen. Die Vor- und Rückwärtsbewegung des Steuerknüppels kontrollierte den Ab- und Anstieg, die Links- und Rechtsbewegung, die Verwindung der Flügel und das Höhenruder, und über die Fußpedale bewegten sich die Seitenruder.

Er reckte die Schultern, um die Steifheit abzuschütteln, und ging auf fünfhundert Fuß hinunter. Durch einen kleinen Feldstecher erkannte er mehrere natürliche Markierungspunkte, die er sich für seinen Bericht einprägte. Eine Rauchfahne stieg hinter dem sich nähernden Zug in die Luft und mischte sich mit dem Qualm aus den Kohletöpfen, der noch schwärzer war. Auf den Dächern der Güterwaggons des langsam fahrenden Zuges waren Soldaten, Frauen und Kinder damit beschäftigt, Essen zuzubereiten. Einige hielten eine späte Siesta unter Schirmen oder in Zelten aus Decken und Kistenbrettern. Ganze Dörfer lagerten auf den Dächern dieser Züge. Die als wertvoller erachteten Pferde waren unter den Dächern der Waggons untergebracht.

Ein jäher Pfiff der Lokomotive machte dem Kochen schlagartig ein Ende und weckte die Schlafenden. Der Lokomotivführer hatte das Flugzeug im schräg einfallenden Licht des späten Nachmittags gesichtet. Carl standen die Haare zu Berge, wie immer in Augenblicken der Gefahr.

Die Männer dort unten griffen nach ihren Gewehren und stellten sich breitbeinig auf die schlingernden Güterwaggons. Schon im nächsten Augenblick war die alte, von Holzfeuer angetriebene Lokomotive unter ihm. Der Lokführer gab das Pfeifsignal, kurze Stöße, die wie Spott und Hohn klangen. Dutzende von Villistas feuerten ihre Gewehre ab, und Carl fluchte, weil er die Maschine nicht früher hochgezogen hatte. Der Anblick der langen Kriegszüge hatte ihn schon immer fasziniert.

Die Villistas schwangen die Fäuste und stießen Flüche aus, die Carl nicht hören konnte. Eine Kugel prallte an einem der Radlager ab. Eine weitere bohrte sich durch seinen linken Flügel, aber das hatte nichts zu bedeuten.

Er flog die Blériot in einem großen Bogen Richtung Süden. Ein paar Gewehre feuerten weiter, doch die Kugeln erreichten ihn nicht. Seine Nerven entspannten sich. Er hatte erkundet, wozu er ausgeschickt worden war, und damit fünfzig Dollar verdient. Carl hatte sich in die jahrhundertealte Legion namenloser Männer eingereiht, die bereit waren, für diejenigen zu kämpfen – oder, wie in seinem Fall, zu fliegen –, die sie dafür bezahlten.

Sobald Carl gelandet war, gab er die Position des herannahenden Zuges weiter, und die Kommandanten erteilten die Marschbefehle. Die Artillerieeinheiten spannten Maulesel an, die im Schutz der Dämmerung die Kanonen Richtung Süden schaffen sollten. Ganze Züge voller schmutziger Soldaten stampften in der Sonne durch Staubwolken in eine Richtung. Die Lokomotiven wurden auf Hochtouren geheizt, Flugzeuge und Autos aufgeladen und festgezurrt.

Carl polierte seinen Revolver. Aus der Küche drang metallisches Kratzen; Bert säuberte den schwarzen Herd. Zum Abendessen hatte er Schweinefleisch zu Schuhsohlen gebraten.

René trat mit einer Zeitung aus Mexiko City in den Waggon. Er warf sie Carl in den Schoß.

»Mehr über Sarajewo. Da sieht es finster aus.«

»Ich versteh' im Grunde gar nichts.«

»Wer versteht schon was vom Balkan? Es gibt Ärger, soviel ist klar. Das Pulverfaß kann jederzeit explodieren. Der Vorfall ist vielleicht das brennende Streichholz.«

René erklärte Carl, daß das Opfer des Attentats, Erzherzog Franz Ferdinand, der Neffe des Kaisers Franz Josef von Österreich-Ungarn, der Thronfolger der Doppelmonarchie gewesen sei. Die Bevölkerung der vom Erzherzog besuchten Provinz Bosnien-Herzegowina, ihrerseits Slawen, haßte die Österreicher, von denen sie regiert wurde.

»Ferdinand, dieser blaublütige Dummkopf, hatte sich trotz aller Gerüchte und Morddrohungen zu diesem Besuch entschlossen. In Sarajewo hat es keine Sicherheitsvorkehrungen gegeben. Schon während der Fahrt ist auf offener Straße eine Bombe hochgegangen. Der Erzherzog bestand aber darauf weiterzufahren. Dann ist sein Fahrer falsch abgebogen. Während er wendete, trat ein verrückter junger Mann, dieser Princip, aus der Menge heraus an den Wagen und schoß aus nächster Nähe. Die Erzherzogin wurde von einer zweiten Kugel getroffen, auch sie starb. Die Österreicher sind außer sich. Es wird Krieg geben.«

»Meinst du wirklich?«

»Ohne Zweifel. Die Deutschen sind mit Österreich verbündet, und sie schmieden seit Jahren Kriegspläne. In meinem Heimatland werden bald Flieger gebraucht. Die französische Armee hat schon vor einiger Zeit ein Luftwaffenkorps zusammengestellt. Ich werde es mir durch den Kopf gehen lassen. Ich befürchte, in diesem Krieg hier sind wir auf der Verliererseite.« Er sprach aus, was Carl seit längerem vermutete. »Wie hätte ich das wissen können?« meinte René mit einem Achselzucken. Er zog seine Taschenuhr heraus, schaute mit zusammengekniffenen Augen durch den Rauch seiner zwischen den Lippen hängenden Zigarette. »Der Engländer ist fast schon eine Stunde überfällig.« Harvard war mit dem vollbeladenen Martin-Bomber unterwegs.

Zehn Minuten später rief Tom Long durch ein offenes Fenster: »Er kommt.«

Sie rannten nach draußen, um Harvard bei der Landung zuzuschauen. Das Gelände dazu war eben, jedoch mit kleinen Fels-

brocken übersät. Im Licht der tiefstehenden Sonne konnte man
lange Risse in den Flügeln des Doppeldeckers ausmachen. Harvard war unter Beschuß geraten und getroffen worden. Aber das
Gestell, auf dem die Bomben aufgeschichtet gewesen waren, das
sich in einem Gitter dicht hinter dem Pilotensitz befand, war
leer. Er hatte alle acht Bomben abgeworfen. Durch die Detona-
tionsvorrichtung in ihrer Spitze explodierten die Bomben, sobald sie den Boden berührten.

Harvard setzte nach einer Reihe von Känguruhsprüngen
schließlich mit einem letzten Hüpfer auf und rollte dann knapp
an zwei größeren Felsblöcken vorbei. Tom Long rannte ihm entgegen. Harvard sprang aus dem Flugzeug; es gab keine Sicher-
heitsgurte oder dergleichen, die er hätte ablegen müssen. Der
Mechaniker überschüttete ihn mit Fragen, aber Harvard ignorierte ihn und stapfte auf René zu.

»Erfolg, *mon ami*?«

»Hab's ihren Güterwaggons ganz schön gegeben. Ein paar
Pferde und vielleicht ein paar von den Weibsstücken, die auf
dem Dach gebrutzelt haben, sind dabei draufgegangen.« Harvard spie einen Schleimklumpen aus. »Aber was macht das
schon? Eine Bombe hier, eine Bombe da, das nützt genausoviel,
als würde man seinen Schwanz in eine Tunte stecken, um Kinder
zu machen. Wo ist dieser Schuft Ruiz? Ich hoffe, er hat die
Lohntüten gebracht.«

»Hat er nicht«, sagte Carl.

»Scheiße. Wir warten schon seit drei Wochen.«

»Wo würdest du's auch ausgeben wollen?« fragte René und
zuckte verächtlich mit den Schultern.

»Hier geht's ums Prinzip, Franzmann.« Harvard klatschte in
die Hände. »Ums Prinzip. Du mußt diesen Bastarden einheizen.«

»Und wie, wenn ich fragen darf? Soll ich ihnen die Pistole auf
die Brust setzen und sie zwingen, im Hauptquartier Geldscheine
zu drucken?«

»Ist mir ganz egal, solange wir bezahlt werden. Mein Vertrag
besagt, daß ich zweihundertfünfzig Dollar für jeden Bombenein-
satz bekomme, und diese Woche bin ich schon zwei geflogen.
Ich lasse mich von diesen Schmalzlockenheinis nicht be-
scheißen.«

»Ich bin sicher, daß in der Nationalbank genügend Silber liegt, um uns auszuzahlen. Es klappt nur nicht so recht mit der Verteilung. Nimm das Leben, wie es kommt, *mon ami*.«

»Danke, ich nehme lieber meinen Lohn.« Harvard zog ein dreckiges Taschentuch heraus, um sich die Nase abzuwischen. Seine grünen Augen in dem schmutzverkrusteten Gesicht funkelten wie die eines Nachttiers.

»Ich will dir was sagen. Wenn mich diese Seite nicht bezahlt, dann könnt' ich mir vorstellen, daß es die andere tut. Ich habe die Berichte gelesen.«

Das hatten sie alle: Fünfzehntausend Dollar wurden geboten, wenn man ein Flugzeug zu den Villistas flog. René fuhr zornig auf. »Wie kannst du es wagen, nur daran zu denken, deine Kameraden zu verraten?«

»Ich kümmere mich ganz allein um mich, Franzmann.«

»Wenn das Major Ruiz zu Ohren kommt, könnte er dich an die Ziegelwand stellen, die Villa so berühmt gemacht hat.«

Harvard betupfte sich die Nase, dann stopfte er das Taschentuch in seine Reithose. »Zum Teufel mit ihm und zum Teufel auch mit euch, ihr Feiglinge! Wer sich mir in den Weg stellt oder auch nur ein Wort zum Major sagt, dem blase ich das Hirn aus dem Schädel.«

Er verschwand ins Innere des Waggons, wo er Bert anherrschte, ihm »*immediatamente*« sein Essen zu servieren. Sie hörten, daß Harvards Hand auf nacktes Fleisch aufschlug, dann einen Aufschrei von Schmerz.

Drei Tage danach meldete Tom Long Harvard bei Sonnenuntergang wieder als verspätet. Carl spielte Solitär, trank eine warme *cerveza* und betrachtete die länger werdenden Schatten des riesigen Säulenkaktus neben der Bahnlinie, bis sie im Dunkel verschwanden. Um halb neun ließ René seine Taschenuhr aufschnappen, schaute aufs Zifferblatt und klappte sie wieder zu.

»Er hat seine Drohung wahr gemacht. Wir werden ihn nicht wiedersehen. Wenigstens nicht auf unserer Seite.«

Bert hatte von der Küche aus zugehört. Er grinste und stieß einen leisen Pfiff aus. René warf ihm einen tadelnden Blick zu und flippte seine Zigarette aus dem Fenster.

»Und mir bleibt jetzt das Vergnügen, den Major zu informieren«, murmelte er im Hinausgehen.

64. DIE GESCHICHTE KOMMT IN GANG

Eddie setzte den Dreh von *Die Kuhhirtin und der alte Schlitten* für Dienstag bis Freitag kommender Woche an. Wie immer vor einem neuen Film schlief Fritzi schlecht. Um fünf Uhr hüpfte sie aus dem Bett, zog sich an und machte sich ohne Frühstück auf den Weg zur ersten Trambahn in die Stadt. Als sie Edendale erreichte, fiel die Sonne auf die Berge im Osten, und die Schreiner schleppten gerade ihr Werkzeug auf das Filmgelände. Liberty expandierte gewaltig und schnell.

Die gelben Kiefernholzwände des Anbaus am Haupthaus standen bereits. Nach langer Diskussion zwischen B. B., Kelly und Hayman war eine neue Abteilung ins Leben gerufen worden. Sie sollte ausschließlich abendfüllende Filme produzieren, also Fünf- und Sechsspuler.

Diese langen Filme wurden jetzt immer häufiger produziert, trotz ständiger Klagen von den Filmvorführern, die sie nicht mochten, weil sie erheblich mehr Gebühren kosteten, zwischen vierzig und fünfzig Cent pro Meter, während Einspuler und zweiteilige Einspuler immer noch zehn Cent kosteten. Lange Filme verringerten die Einnahmen zudem, weil dadurch an einem Abend weniger Zuschauer in das Filmtheater kamen. So kurzsichtig und stur der Widerstand auch war, weigerten sich doch viele Verleiher deshalb, einen abendfüllenden Film in einem Stück zu verleihen. Statt dessen gaben sie ihn als zwei Einspuler heraus. Die Studios vertraten die Meinung, Kurzfilme kämen zwar niemals aus der Mode, aber die Spielfilme fänden ein immer größeres Publikum, was zum Teil auf eine Welle aufwendiger Historienfilme aus Italien zurückzuführen sei, die sehr beliebt waren. *Der Fall von Troja* und *Quo vadis?* füllten die Filmtheater bis auf den letzten Platz. Ebenso Griffith' amerikanischer Film mit dem Titel *Judith von Bethulia*. Bekannte Bühnenschauspieler, darunter Mrs. Fiske und Beerbohm Tree, hatten ihre hochmütige Zurückhaltung aufgegeben und lukrative Filmverträge unterschrieben.

Auf dem rückwärtigen Gelände hob man den Boden aus für Libertys stolzestes Projekt, eine neue Bühne mit aufschiebbaren Außenwänden und einem Schiebedach, alles aus Glas. Vitagraph, Edison, Pathé, Lubin bauten ähnliche Bühnen oder hatten sie bereits.

In einem neuen, kleineren Gebäude für die Maskenbildner, fand Fritzi ihr Kuhmagd-Kostüm auf einem Ständer. Sie nahm es mit in die Garderobe und machte sich ans Umziehen, aber sie merkte, daß sie zwei linke Hände hatte, die außerdem noch zitterten. Eine der Sicherheitsnadeln, die das Polster in ihrer Korsage befestigten, war aufgegangen. Sie steckte sie hastig wieder zu. Eddie hatte Windy und Loy für diesen Film engagiert; er hatte Fritzi erzählt, daß er die beiden nur bis Freitag bekommen könne.

»Sie arbeiten in Griffith' großem Bürgerkriegsepos mit. Mir scheint, daß er alle Reiter von hier bis Tihuana braucht. Er hat jeden Saloon und jede Tenne ausgeräumt. Zwei Dollar pro Tag und noch ein Mittagessen dafür, daß einer entweder blau oder grau trägt. Muß was ganz Großes sein.«

Die erste Szene des Tages wurde vor einem Mietstall in der Alessandro Street gedreht, unweit von Liberty. Eddie hatte jetzt einen eigenen Assistenten, eine Bohnenstange namens Morris Isenhour, kurz Mo gerufen. Mo begeisterte sich seit seiner Schulzeit in Los Angeles für Filme. Er brach die Ausbildung vorzeitig ab, um sich in der Branche einen Job zu suchen. Mit zwanzig konnte er schon zwei Jahre Berufserfahrung nachweisen. Er war gewissenhaft und nicht aus der Ruhe zu bringen.

Mo fuhr mit dem gebrauchten Modell T vor, das für den Film gekauft und umlackiert worden war. Er parkte an dem eingezäunten Stallgrundstück. Eddie besprach sich mit Jock Ferguson wegen des Hintergrunds. »Mir gefällt das hohe Unkraut hinter dem Wagen nicht«, mäkelte Jock. Eddie hieß Mo, eine Sense aufzutreiben und das hohe Unkraut abzumähen.

Die drei Statisten Loy, Windy und ein Mann namens Luther erschienen pünktlich am Drehort, gekleidet wie Viehhirten, die sie auch darstellen sollten. Loy schlenderte auf Fritzi zu und tippte an seinen kegelförmigen Hut. »Wie geht's Ihnen, Ma'am?«

»Sehr gut, danke, Loyal«, erwiderte sie etwas zu freudig; ihre Stimme kam ihr zu hoch vor.

»Ich freue mich auf diesen Film. Soll eine Komödie sein.« Damit wandte er sich um und schlenderte davon. Enttäuscht sah sie ihm nach; sie beobachtete, wie sich sein altes Halfter und sein sehr echt aussehender Revolver im Takt seiner Hüften bewegten. Dieser Mann erregte sie in unvorstellbarem Maße.

Dann steh nicht so dumm herum. Reiß dich zusammen, und geh ihm nach.

Der Film handelte unter anderem von einem modern eingestellten Ranchbesitzer, der seiner Tochter zum einundzwanzigsten Geburtstag einen Ford geschenkt hatte. *Ganz schöner Altersunterschied,* dachte Fritzi angesichts ihres eigenen rasch fortschreitenden Alters. Die Tochter mochte ihr Lieblingspferd Old Paint nicht aufgeben für das Auto, das sie auf Anweisung ihres Vaters fahren sollte, um auf der riesigen Ranch nach dem Rechten zu sehen, solange er mit einem gebrochenen Bein im Bett lag.

Das Mädchen machte mehrere unglückliche Versuche, des Automobils Herr zu werden, in der Art, wie sie ein Pferd zugeritten hätte, in der festen Überzeugung, daß es sich dabei um eine verrückte Erfindung handelte. Aber dann raste sie damit einem der Viehhirten hinterher, der sich als Dieb entpuppte, und holte ihn auch ein. Diese Rolle spielte Loy.

In der ersten Szene mußte Fritzi versuchen, das Modell T zu besteigen, als wäre es ein Pferd. Das Bein hochwerfen, das Trittbrett verpassen, zweimal auf den Hintern fallen, beim dritten Versuch schließlich auf dem Sitz landen. »Kamera ab!« rief Eddie. Mo Isenhour sprang mit der Klappe, auf der die Nummer der Szene und der Titel des Films stand, vor Fritzi hin und her. »Bitte.«

Sie ging auf das Auto zu, etwas nervös, weil die drei Cowboys, die außerhalb des Drehbereichs standen, sie beobachteten. In dem Augenblick, als sie im Begriff war, den linken Fuß in einen imaginären Steigbügel zu heben, nahm sie eine sekundenschnelle Bewegung unter dem Auto wahr. Sie hörte die Klapperschlange, bevor sie sie sah.

Ihr Instinkt riet ihr, sich nicht zu bewegen. »Was ist denn los?« rief Eddie. »Mach weiter und – o Gott!«

Die Schlange mußte aus dem Unkraut auf der anderen Seite des Autos hervorgekrochen sein. Sie war vier Fuß lang, gelb-braun mit unregelmäßigen schwarz-gelben Bändern auf dem Rücken. Der diamantförmige Kopf war geschuppt, die Augen glitzerten wie schwarzes Eis.

»Keine Bewegung!« stieß Eddie hervor. »Fritzi, kannst du ganz langsam rückwärts gehen?«

Vor Angst gelähmt, antwortete sie: »Ich weiß nicht.« Der Kopf der Klapperschlange reckte sich nach oben, die Giftzähne wurden sichtbar. Fritzis Beine zitterten wie Espenlaub. Hinter ihr sagte Loy:

»Versuchen Sie's erst gar nicht! Bleiben Sie ruhig stehen!«

Sie hörte das Klicken, als Loy den Hahn spannte. Aus den Augenwinkeln sah sie, wie er den Arm hob und ihn ausstreckte. Er feuerte einen Schuß ab, dann, schnell hintereinander, drei weitere. Die Schlange lag zerfetzt am Boden. Loy rannte an Fritzi vorbei und zermalmte den Kopf der Klapperschlange mit dem Stiefelabsatz.

Fritzi brach in Eddies Armen zusammen, von allen Seiten mit Fragen bombardiert. »Ja, es geht mir gut, ich bin nur etwas wackelig«, murmelte sie leise. »Ich hatte noch nie im Leben eine Klapperschlange gesehen.«

»Das war ein richtiger Großvater«, sagte Loy. »Sehen Sie nur, wie lang seine Giftzähne sind. Zu Hause nennen wir sie Texas-Klapperschlangen, aber sie kommen überall im Westen vor.«

Er steckte seinen Revolver ins Halfter zurück. Trotz des Schocks fand sie den Anblick erregend, als der lange blaue Lauf in die Ledertasche glitt. »Laufen Sie immer mit scharfer Munition durch die Gegend?«

Loy zog den Hut tiefer in die Stirn. »Womit denn sonst?« Es klang feindselig, aber sein Gesichtsausdruck wurde sanfter, als er auf Fritzi zutrat. »Sind Sie wirklich in Ordnung?«

»Ja. Ich muß gestehen, daß ich einige Augenblicke in Panik war. Ich bin schon mit allerlei Höllenbrut fertig geworden, in Haarnadel-Situationen, wie ich es nenne, aber das hier war weitaus gefährlicher. Sie können gut mit der Waffe umgehen. Sie sind eben kein Scherenschnabel.« Das fand er komisch und lachte.

»Ich muß mir überlegen, wie ich das wiedergutmachen kann.«

»Das ist wirklich nicht nötig, Ma'am.«

Laß nicht locker.

»Aber ich möchte es. Lassen Sie uns gegen Ende der Woche noch mal darüber reden.«

Eddie unterbrach sie. »Wir drehen diese Szene fertig, dann geht's weiter die Straße rauf, wo wir die Szene drehen, wie der Ford den Geist aufgibt und du ihn mit einer Pferdedecke zudeckst, um ihn warm zu halten, genauso wie du über Old Paint eine Decke werfen würdest, wenn es ihm nicht gutgeht.«

Fritzi verdrehte die Augen.

Am Nachmittag kamen sie auf das Liberty-Gelände zurück. B. B. hatte Sophie mitgebracht, damit sie zuschauen konnte, wie auf der neuen Bühne vor den Kulissen, welche die Veranda einer Blockhütte darstellten, gedreht wurde. Die Szene zeigte einen Wortwechsel mit dem unangenehmen Viehhirten Loy. Als er frech wurde, wies Fritzi ihn mit einem Schraubenschlüssel und einem mit Schokoladensirup gefüllten Ölkanister in die Schranken. Am Ende der Slapstick-Rauferei schüttete der ungehobelte Kerl ihr das »Motoröl« auf den Kopf und machte sich feixend aus dem Staub.

Nachdem sie die Szene gedreht hatten, machte Jock Ferguson zuerst eine Nahaufnahme von Fritzi, wie sie durch die Sirupmaske schielte, dann eine von Loy, der haßerfüllt dreinzuschauen und damit seinen bösartigen Charakter zu bestätigen hatte. Nahaufnahmen waren früher als verschroben und grotesk verpönt gewesen, aber durch David Griffith, der sie kunstvoll einzusetzen wußte, waren sie zu einem gängigen Stilmittel geworden.

Während Loy für die Nahaufnahme posierte, stand Fritzi neben den Pelzers und wischte sich mit einem Handtuch den Sirup vom Gesicht. Sophie stupste ihren Mann mit dem Ellbogen. »Der Cowboy ist ein gutaussehender Bursche. Sehr männlich, findest du nicht, Benny?«

B. B. schien verärgert, in aller Öffentlichkeit so vertraulich angesprochen zu werden. »Ist mir entgangen.«

»Dann sieh doch hin! Der Bursche sollte bessere Rollen bekommen.«

Ich wüßte schon eine, dachte Fritzi wohlig aufseufzend.

Eigentlich duldete Eddie beim Drehen keine Besucher. Er

machte eine Ausnahme, als Fritzis Freund Charlie an einem
Donnerstag morgens unverhofft auftauchte. Charlie sah fesch
aus in seinem neuen Anzug und mit dem teuren Malakka-Spazierstock über dem Arm. Überrascht fragte Fritzi ihn, ob er denn
nicht arbeite.

»Ich arbeite. Für ein neues Studio, Essanay.«

»Du meine Güte, seit wann denn?«

»Seit mir Bronco Billy Anderson und Partner mehr Zaster geboten haben als Mr. Geizhals Sennett. Am Wochenende ziehe ich
nach San Francisco. Die einzige Sorge ist die Wohnung. Da
werde ich kaum was Vergleichbares finden.« Charlie war vor
kurzem in die Stadtmitte, in den Los Angeles Athletic Club, gezogen: Zeichen des Erfolgs seiner Landstreicher-Komödien.

»Was macht ihr?« fragte er mit einer Kopfbewegung gegen
die Kulissen, welche die Rückwand und die Seitenwände eines
Ranchwohnzimmers darstellten, das gleichzeitig Büro war.

»Ein Viehdieb hat meine Rinder weggetrieben. Er raubt auch
noch den Tresor aus. Das Modell T bringt mich gerade rechtzeitig zurück, ihn aufzuhalten. Ich fahre damit durch die Wand
herein, springe aus dem Wagen und stelle mich dem Dieb in den
Weg.«

»Aufregend. Aber warum nicht durch die Tür hereinkommen?«

»Weil er den Benzintank mit einer Art Kaktuspaste gefüllt
hat. Das Auto spielt daraufhin verrückt.«

Jetzt verdrehte Charlie die Augen.

Fritzi war schrecklich heiß und unwohl. Die dünnen Vorhänge, die über der Bühne angebracht waren, verhinderten zwar
die direkte Sonneneinstrahlung, trotzdem war die Hitze mörde-
risch. Sie zupfte am Vorderteil ihres Kleids. Die Polster schienen
sich schon wieder selbständig gemacht zu haben. Wieder diese
verflixte Sicherheitsnadel. Hatte sie Zeit, hinter die Bühne zu
rennen und die Sache in Ordnung zu bringen? Nein, denn
schon ertönte Eddies Stimme durch das Megaphon:

»Alle fertig? Mo, laß den Wagen an!«

Mo führte die Anweisung unverzüglich aus. Wenige Sekunden später hörte sie, wie das Modell T hinter der Kulisse auf die
Rampe zur linken Seite der Bühne tuckerte. Kelly war aufgetaucht wie aus dem Nichts. Er verschränkte die Arme über der

Brust und pflanzte sich neben der Kamera auf mit einem Gesicht, als hätte er in eine verdorbene Auster gebissen.

»Sehen Sie zu, daß Sie's beim ersten Mal in den Kasten kriegen, Hearn! Ich baue das alles nicht noch einmal auf.«

Loy zog das Halstuch über die Nase, um sein Gesicht zu verstecken, und kauerte hinter dem schwarzen Eisentresor, dessen Tür offenstand. Fritzi glättete ihre verwaschene Baumwollbluse und setzte sich ins Auto. Eddie rief: »Kamera ab!« Sie biß die Zähne zusammen, beschleunigte auf der Rampe und stieß durch die gemalte Wandpappe, die so gebaut war, daß man sie leicht durchbrechen konnte. Sie trat auf die Bremse und stand in einer Staubwolke aus Gips, die jemand außerhalb des Kamerabereiches in die Luft geworfen hatte.

Der am Tresor kniende Loy schnellte hoch, als Fritzi aus dem Auto sprang. »Ich hab' dich erwischt, Roy! Das bedeutet Gefängnis.« Eddie bestand darauf, daß sie etwas Passendes sagten und nicht etwa aus dem Stegreif fragten: »Um wieviel Uhr gibt's Mittagessen?«

Fritzi lief quer durchs Zimmer, aber irgend jemand hatte einen Fußschemel falsch plaziert. Sie sah den Schemel zu spät und stolperte darüber. Der Schemel ging entzwei. Sie rettete sich, indem sie die Hände ausstreckte und einen Purzelbaum schlug. Jock Ferguson rief: »Klappe?«

»Nein, nein, dreh weiter, das ist wunderbar komisch!«

»Moment mal«, protestierte Kelly. Aber Eddie schrie noch lauter: »Jock, dreh weiter!«

Inzwischen war Fritzi wieder auf die Beine gekommen, merkte aber, daß ihre speziellen Polster wieder verrutscht waren – eine Sicherheitsnadel war aufgegangen und ein Polster in einem Winkel von fünfundvierzig Grad nach unten gerutscht, so daß ein Polster jetzt auf der Brustmitte, das andere in Hüftnähe saß. Sie fand das auf makabre Weise urkomisch.

Ohne viel zu denken, drehte sie der Kamera den Rücken zu, faßte unter ihren Kragen und Büstenhalter, bis es ihr mit einigen Verrenkungen von Hüften und Schultern gelang, die Polster wieder an die richtige Stelle zu rücken. Dann drehte sie sich wieder um und lächelte in die Kamera. Prompt rutschten beide Einlagen bis hinunter zur Taille.

Sie schnitt ein Gesicht und zerrte die Polster zornig zur Seite;

die Szene war ohnehin komplett verdorben. Deshalb richtete sie den Blick auf Loy und zielte mit dem Zeigefinger als Pistole auf ihn und rief: »Hände hoch!« Auf seinem Gesicht spiegelte sich eine Mischung aus Überraschung und Heiterkeit, als er die Hände hob. Fritzi packte seine Hände und begann mit ihm Walzer zu tanzen.

Sie schaute nicht, wohin sie tanzte, er stieß bald an einen Stuhl, machte einen Satz nach vorne und fiel gegen die Kuckucksuhr an der Wand. Der Kuckuck sprang heraus, machte Kuckuck und sank am Ende des Drahtes tot nach unten. Jetzt konnte sich Fritzi nicht mehr halten, sie fing an zu lachen und hörte gar nicht mehr auf.

Bei dem Versuch, Loy beim Aufstehen zu helfen, verlor sie das Gleichgewicht. Sie wollte sich an einem Küchenschrank festhalten, dabei fiel er um, und Teller, Unterteller und Tassen landeten auf dem Boden. Loy spielte das Spiel mit und griff an, doch er verschätzte sich in der Position und stürzte kopfüber aus einem offenen Kulissenfenster. Seine Beine ragten fuchtelnd in den Raum hinein.

Angesteckt von all der Tollheit, marschierte Fritzi grimmig auf die Kamera zu. Sie zog ihre Polster wieder hoch, klopfte energisch mit beiden Händen auf ihr Kleid, als kämen dadurch die Einlagen in die richtige Position. Dann schaute sie an sich herunter: Die Polster rutschten bauchwärts. Es sah aus, als wühlten sich zwei Maulwürfe unterirdisch voran.

Mit kläglichem Lächeln und einem Schulterzucken gab sie sich geschlagen. Sie verdrehte die Augen, machte einen kleinen Knicks, schlug den Saum ihres Kleides hoch und trat von der Szene ab.

»Aus!« schrie Kelly. »Aus! Aus, Ferguson, oder ich breche Ihnen Ihren verdammten Arm.«

Jock Ferguson ließ die Kurbel los. Alle, mit Ausnahme von Kelly, lachten. Mo Isenhour saß auf dem Boden und hielt sich den Bauch. Eddie wischte sich mit seinem roten Halstuch die Tränen von den Wangen. Windy schwankte vor Lachen wie ein Betrunkener. Allerdings keine schwere Aufgabe für ihn.

Charlie legte den Kopf zur Seite und applaudierte. Als Kelly ihn fixierte, starrte Charlie herausfordernd zurück und rief laut: »Bravo, bravo!«

Fritzi lief zu Loy, der sich inzwischen aus der kaputten Kulisse befreit hatte. »Es tut mir leid, es tut mir wirklich leid«, stieß sie atemlos hervor.

Es gelang ihm schließlich, das Lachen zu unterdrücken. »Sie haben mir nicht weh getan, keine Angst. Sie sind wirklich komisch, wissen Sie das? Ich habe so was noch nie gesehen.«

»Ich allerdings auch nicht«, fuhr Kelly dazwischen. »Hätte vielleicht jemand die Güte, mir zu erklären, was hier vor sich geht? Hearn, warum haben Sie nicht aufgehört zu drehen?«

»Weil sie einfach furchtbar komisch ist.«

»Glauben Sie vielleicht, George Eastman leitet ein Wohlfahrtsunternehmen? Glauben Sie, er überläßt uns das verdammte Filmmaterial umsonst?«

»Ach, kommen Sie«, sagte Charlie und schwenkte seinen Spazierstock. »Ich nehme an, Sie sind einer diese Studiomacker, aber wenn Sie so weitermachen, sind Sie ein Dussel.«

»Was haben Sie gesagt?«

»Dussel, D-u-s-s-e-l, mit D wie Dummkopf. Alle sind Dummköpfe, die Fritzi nicht genau das spielen lassen, was sie gerade gemacht hat, nur ohne diesen Cowboy-Schnickschnack.«

»Wir brauchen keine Ratschläge von dahergelaufenen Tommys«, schrie Kelly.

»Al, warten Sie«, warf Eddie ein. »Vielleicht hat Mr. Chaplin recht. Vielleicht ist es genau das, was wir gesucht haben. Eine Rolle.«

»Rolle, was denn für eine Rolle? Ich sehe keine Rolle, ich sehe nur, daß mein gutes Geld hier zum Fenster rausgeworfen wird.«

»Eine Rolle für Fritzi. Der liebenswerte Fratz, der immer ins Fettnäpfchen tritt – mit der Tür ins Haus fällt, das Haus ramponiert, elegante Feste zuschanden macht, unfreiwillig, in aller Unschuld –, und jedesmal wird am Ende alles wieder gut. Ich zeige B. B. und Hayman, was wir eben gedreht haben.«

»Das ist ja eine richtige Verschwörung! Das lass' ich nicht mit mir machen.«

»Aber klar doch, Al«, sagte Eddie mit einem fröhlichen Lächeln. »Sie wollen doch Geld verdienen. B. B. und Ham wollen Geld verdienen. Wir alle wollen Geld verdienen.«

Er stieg auf die verwüstete Bühne hinauf und legte einen

Arm um Fritzi. Ihr Gesicht war weiß vom Gipsstaub. Ihre Busen-
polster hingen knapp über der Taille, eine Gestalt mit vier Brüsten, alle etwas mickrig.

Und jetzt weiß Loy, daß ich Einlagen trage. O Gott!

Eddie drückte ihre Schulter wie ein Akkordeon. »Geld, Al,
Geld. Sie sind es doch, der uns immer wieder davon predigt.
Denken Sie nach! Sie wollen reich werden, und ich stehe direkt
neben der Goldgrube.«

Jeder verfügbare Schreiner auf dem Gelände wurde herangezo-
gen, um die Bühne wieder aufzubauen. Freitag mittag war sie
neu gestrichen und neu möbliert. Fritzi fuhr das Modell T noch
einmal durch die Wand und beendete die Szene wie geplant. Um
halb fünf drehte Eddie die letzten Einstellungen. Er bedankte
sich gerade bei allen, als seine Frau mit den Kindern und drei
Picknickkörben fürs Abendessen eintraf.

Fritzi half Rita, das Mitgebrachte auf dem langen Tisch neben
der Bühne herzurichten. Rita erzählte, Eddie sei die halbe Nacht
aufgewesen und habe ein Drehbuch für eine neue Komödie geschrieben, inspiriert von dem gestrigen Mißgeschick. Er habe
es *Die wilde Nell* genannt und wolle es B. B. und Hayman am
Samstag zusammen mit dem unbrauchbaren Material von gestern zeigen.

Eddie schlich sich heran. »Fritzi, darf ich fragen, was du da –
ich meine, was da rutscht ...«

Rita stieß ihn an. »Nein, das darfst du nicht! Sei ein Gentleman, und iß dein Sandwich. Mit Leberwurst, deiner Lieblings-
sorte.«

B. B. kam mit großen Schritten aus dem Hauptgebäude. Er
ging auf Loy zu, der sich mit Windy und anderen Statisten unterhielt.

»Hardin, meine Frau hat Sie diese Woche bei den Dreharbeiten gesehen. Sie gefallen ihr. Sehr männlich, meint sie.«

Loy lächelte und senkte höflich dankend den Kopf. B. B.
ergriff seine Hand und drückte sie. »Sophie hat einen Blick für
Talent. Warum drehen wir nicht eine kleine Probeszene, was
meinen Sie?«

»Wirklich sehr freundlich von Ihnen, Mr. Pelzer. Aber ich
muß leider dankend ablehnen.«

»Sie meinen, Sie wollen keine richtige Rolle? Und kein festes Gehalt?«

»Sie dürfen nicht denken, ich wäre undankbar. Mir gefällt meine Arbeit, wie sie ist.«

B. B. blieb der Mund offen. Er machte ein paar Schritte auf Fritzi zu. »Ich habe ihm eine Rolle angeboten, und er hat abgelehnt. Können Sie sich das vorstellen? Ich habe noch nie gehört, daß jemand eine größere Rolle ausschlägt.«

Fritzi murmelte, es sei sicher seltsam, aber bevor sie mehr sagen konnte, setzte Loy seinen Hut auf und verabschiedete sich. »Entschuldigen Sie!« rief sie und rannte los und warf B. B. fast über den Haufen. »Loy, ich schulde Ihnen immer noch Dank dafür, daß Sie mich vor der Schlange gerettet haben. Darf ich Sie zum Essen einladen? Sagen wir morgen?«

Er schien überrascht und belustigt über ihre Unverfrorenheit. »Aber klar doch, wäre nett. Wissen Sie was? Wenn Sie sich freimachen können, kommen Sie am Nachmittag raus zur Ranch der Universal und sehen sich die große Schlacht an, die Griffith morgen dreht. Hinterher suchen wir uns eine Kneipe.«

Fritzi hätte beinahe einen Luftsprung gemacht. »Ich komme.«

»Aber machen Sie sich nicht zu fein.«

»Oh, nein! Nein!«

»Also bis dann. Ich freue mich.«

Es hätte nicht anders geklungen, wenn er von seiner Nachtruhe gesprochen hätte. Fritzi war wieder einmal enttäuscht von seiner beiläufigen Art. Sie faßte einen Entschluß: Sie würde ihn dazu bringen, sich in sie zu verlieben, und wenn sie sonst was dafür anstellen mußte.

65. BRUCHLANDUNG

Die Konsequenzen von Harvards Fahnenflucht waren eher unangenehm als ernst, wenigstens schien es anfänglich so. Der befehlshabende Offizier hielt René eine Strafpredigt, konnte ihn jedoch nicht wirklich verantwortlich machen. Wer darunter zu leiden hatte, war Major Ruiz, ihr Verbindungsoffizier. Er erhielt die Anweisung, jeden Piloten auf jedem Flug mit einem fünfschüssigen, geladenen Mauser-Gewehr zu begleiten, das er nicht nur gegen den Feind, sondern auch gegen die Piloten einsetzen sollte, die Anstalten trafen zu desertieren.

Um einen zweiten Passagier unterzubringen, mußte in der Curtiss ein zusätzlicher Sitz eingebaut werden. Der Major machte es sich darauf so bequem wie ein ängstliches Kind. Als ihm der Wind während des Fluges ins Gesicht blies, schwitzte er gewaltig. Der Kolben des Mauser-Gewehrs wurde mit einem Riemen festgemacht, um zu verhindern, daß es hinausfiel und verlorenging. Zweimal hintereinander glitt das Gewehr dem Major aus den schweißnassen Händen. Nur der Riemen konnte es noch retten.

Carl schrie Ruiz wiederholt an, still zu sitzen und den Mund zu halten, anstatt ihn mit Fragen zu belästigen. Der Major nahm die Umpolung der Autorität ohne Widerrede hin, seine Angst war zu groß.

Etwa zehn Tage nach Harvards Verschwinden stieg Carl in das Schulterjoch, mit dem die Querruder der Curtiss gesteuert wurden. Er und sein Passagier starteten zum dritten Flug. Es regnete seit achtundvierzig Stunden, Felder und Flüsse waren überschwemmt. Auf den bewölkten Nachmittag folgte ein fahler, kupferfarbener Sonnenuntergang, während sich im Norden bereits neue Gewitterwolken zusammenbrauten.

Sie flogen über eine Eisenbahnbrücke, die sich über einen Hochwasser führenden Fluß spannte. Dahinter sichteten sie eine Ansammlung von *casitas*, umgeben von diesen seltsam anmutenden Gebilden, in denen Mais gelagert wurde, der in dieser

Gegend so üppig gedieh – Säulen aus Beton oder Lehmziegeln, die eiförmige, strohgedeckte Behälter stützten. Carl warf zwei Burschen, die da unten Hühner fütterten, zwei Orangen hinunter. Sie winkten, und Carl winkte zurück; Major Ruiz kugelte sich beinahe den Arm aus, so wild fuchtelte er.

»Um Himmels willen, was …?« begann Carl. Er mußte gegen das laute Geräusch des Druckschraubenmotors anschreien. Dann sah er die Angst auf Ruiz' Gesicht und erst Sekunden später den Grund dafür. Von Nordosten kam ein Martin-Bomber auf sie zugeflogen.

Ganz plötzlich zog der Bomber hoch und flog im Abstand von ungefähr zwanzig Fuß über sie hinweg. Carl sah das dichtbestückte Bombengestell und erkannte den rotgesichtigen Piloten trotz seiner Brille und der Leinenkappe. Major Ruiz deutete verzweifelt in Richtung Süden, er wollte jeglicher Auseinandersetzung mit dem Überläufer aus dem Weg gehen.

»Diesmal bin ich ganz Ihrer Meinung«, rief Carl. Er riß das Höhenruder herum und beugte sich nach rechts, um mit dem Schulterjoch die Querruder und die Seitenruder zu steuern. Die Maschine ging in Schräglage und beschrieb eine Rechtskurve.

Die Martin drehte daraufhin ebenfalls, um nun von rechts – wie es schien im Kollisionskurs – auf sie zuzusteuern. Harvard raste so schnell auf sie zu, daß Carl seine zu einem gehässigen Grinsen gefletschten Zähne sah. »Fliegen Sie höher, fliegen Sie weg«, schrie Major Ruiz, als Harvard seinen Revolver zog und feuerte. Eine Kugel bohrte sich in einen der Flügel.

Im letzten Moment zog Harvard seine Maschine über die Curtiss. Carl steuerte jetzt einhändig, mit der anderen Hand zog er seinen Revolver. Vielleicht war die Begegnung rein zufällig. Vielleicht aber hatte Harvard ihnen aufgelauert. Es spielte keine Rolle. Jetzt hieß es kämpfen.

Vor dem stürmischen mexikanischen Himmel surrten die beiden Flugzeuge wie zwei aufgescheuchte Motten umeinander. Harvard setzte zu einem zweiten Angriff an, im rechten Winkel, diesmal direkt unter ihnen, so daß er nach oben schießen konnte, während Carls Schußlinie durch die Flügel blockiert war. Major Ruiz bekreuzigte sich unaufhörlich. Drei Schüsse wurden von unten auf sie abgefeuert. Als einer davon den Propeller traf, fuhr Carl ein Schaudder über den Rücken.

Er ging tiefer, war nur mehr hundert Fuß über dem Boden, dann fünfzig, im Visier die Brücke über das reißende, schäumende Wasser. Die Martin holte die Curtiss ein, flog auf gleicher Höhe zu ihrer Linken, wo Major Ruiz saß, die Hose zwischen den Beinen dunkel verfärbt. Frech erwies Harvard seine Reverenz, indem er mit dem Lauf seines Revolvers an seine Kappe tippte. Dann streckte er den Arm aus und feuerte. Carl drückte den Steuerknüppel nach vorne, setzte zum Sturzflug an, brachte die Maschine wieder in Horizontallage und mähte mit seinem Fahrgestell die Spitzen der Säulenkakteen ab. Die Martin stieg in die Höhe, flog über ihnen und dann nach links. Harvard lächelte sein gehässiges Lächeln und deutete wild gestikulierend nach unten.

Das Bombengestell. Der Hundesohn hatte die Absicht, eine Bombe auf sie zu werfen. Die Martin drehte nach rechts ab, war jetzt direkt über ihnen. Carl betätigte das Höhenruder und das Schulterjoch, um nach links auszuweichen. Harvard war ein guter Pilot, er folgte. Major Ruiz jammerte: »Er wirft eine Bombe auf uns, er bringt uns um.« Er packte den Steuerknüppel und drückte ihn nach vorne. Die Curtiss verlor augenblicklich an Höhe.

»Lassen Sie los«, schrie Carl wütend, »die Chancen, daß er uns trifft, stehen eins zu einer Million!«

Der Major legte seine Hände auf die von Carl, krallte sich mit den Fingernägeln in Carls Fleisch, damit dieser den Steuerknüppel losließ. Carl rammte dem anderen den Ellbogen ins Gesicht. Major Ruiz brach in weinerliches Jammern aus; das Mauser-Gewehr fiel zwischen seine Beine und rutschte über die vordere Flügelkante nach unten, wo es, nur durch den Riemen gehalten, baumelte und gegen die Stoffbespannung schlug.

Da schoß irgend etwas an ihrem linken Flügel vorbei. Carl sah, wie die Bombe nach unten purzelte, dann verlor er sie aus den Augen. Nach einer lauten Detonation wurde das Flugzeug von einer Schockwelle erfaßt, die es in Richtung der Brücke trieb. Der Motor fing plötzlich an zu stottern. *Was nun?*

Nach Geruckel und Rauchausstößen fiel der Motor aus. Wieder schlechter Treibstoff? Ungeachtet der Ursache begannen sie einen langen Gleitflug; wenn sie Pech hatten, landeten sie auf der schmalen Brücke oder prallten gegen die Wand des Brückendurchlasses, in beiden Fällen würde die Maschine entzweigerissen. Carl riß den Steuerknüppel zurück, zog das Flugzeug in die Höhe, betete, es möge weit genug gleiten, die Brücke überfliegen und auf festem Boden landen.

Er zählte die Sekunden, während die Curtiss an Höhe verlor. Fünf. Sechs. Sieben …

Unter ihnen tauchte die Brücke auf. Er beschrieb eine leichte Rechtskurve, nahm Kurs auf einen Ochsenweg zwischen gepflügten Feldern. Ruiz brabbelte vor sich hin wie jemand, der den Verstand verloren hat. Irgendwie war ihm seine Brille abhanden gekommen.

Die Curtiss setzte auf dem Boden auf. Carl spürte, wie das Fahrgestell knirschte, sie nach oben drückte, dann knackte und schließlich zusammenbrach, als sie erneut aufsetzten. Das Flugzeug neigte sich nach vorne, das Hinterteil reckte sich in die Luft. Der Major hielt sich irgendwie am Flügel fest. Carls Schulterjoch riß; er wurde nach vorne, dann in die Höhe geschleudert und landete schließlich mit einem stechenden Schmerz im linken Bein auf dem Feld. Der Schmerz breitete sich wie eine heftige Stichflamme bis in seine Hüfte aus.

Blinzelnd und benommen lauschte er dem Brummen der Martin, die gemächlich über ihnen kreiste, um etwa tausend Fuß hoch aufzusteigen und schließlich abzudrehen. Er drückte sich mit beiden Händen vom Boden ab, zerrte sein rechtes Knie hoch, kam auf die Beine, doch nur, um auf der Stelle wieder umzufallen. Auf dem linken Bein konnte er nicht stehen. Da war etwas gebrochen oder gezerrt.

Major Ruiz saß mit gespreizten Beinen vor dem schrottreifen Flugzeug, das Mauser-Gewehr im Schoß, die Haare in die Augen hängend, Tränen auf den olivfarbenen Wangen. Die Martin kehrte zurück, sie gaben eine wunderbare Zielscheibe ab.

»Schießen Sie«, schrie Carl. Ruiz zerrte sich das Mauser-Gewehr auf die Schulter, während die Martin über sie hinwegflog. Eine Bombe löste sich aus dem Gestell und trudelte langsam nach unten.

Doch Harvards Berechnungen waren schlecht gewesen. Die Bombe landete fünfzig Schritte hinter der Curtiss, erschütterte die Erde durch ihren Aufprall und wirbelte eine riesige Staubwolke auf. Als die Martin wieder über ihnen war, versuchte Major Ruiz zu feuern, doch es gelang ihm nicht. Er fummelte an dem Bolzen herum wie ein verwirrtes Kind. Carl ballte die Hände zu Fäusten, begann zu kriechen, wobei er sich mit seinem rechten Knie nach vorne drückte. Sein linkes Bein war nutzlos.

»Geben Sie mir das Gewehr«, schrie er, während er kroch. Die Martin flog außer Sichtweite, machte wieder eine langsame Kehrtwendung und näherte sich zum zweiten Versuch. Carl bohrte seine Ellbogen in den harten Boden, zerriß dabei sein Hemd; die Ellbogen bluteten, der rote Seidenschal wurde in den Schmutz gedrückt. Er stemmte sein rechtes Knie in die Erde, preßte, stemmte erneut, preßte. Von seinem linken Bein strahlte der Schmerz in den ganzen Körper aus.

»Ich will das Gewehr«, schrie er. Der Major starrte ihn mit leerem Blick an. »Hören Sie mich? Sie sollen mir helfen. Helfen Sie mir, mich gegen das Flugzeug zu stemmen, und dann geben Sie mir das verdammte Gewehr.«

Als der Major nach dem Flügel hinter sich griff, stieß er die Faust durch die Stoffbespannung, bekam jedoch eine Strebe zu fassen und zog sich auf die Füße hoch. Er starrte auf den herannahenden Bomber, dann auf Carl.

»Verdammt noch mal, gelber Bastard« – Carl war vor Schmerz und Zorn wie von Sinnen –, »helfen Sie mir!« Mit groß aufgerissenen Augen warf Ruiz ihm das Gewehr zu und fing an zu laufen.

Auf der Seite liegend, streckte Carl die Hand aus, bekam den Lauf des Mauser-Gewehrs zu fassen, zerrte es an seine Brust. Das Donnern der Martin wurde immer lauter. Carl rammte den Gewehrkolben in die Erde, um sich am Lauf wie an einer Kletterstange Hand um Hand in eine sitzende Position hochzuziehen. Benommen vom Schmerz, gelang es ihm, das Gewehr zu schultern. Die Martin näherte sich von hinten. Wenn ihn die Bombe erwischte, bevor er schoß, na ja, dann war's das.

Die Flügel warfen unregelmäßige Schatten auf den nackten Boden. Die Martin flog jetzt direkt über Carl. Er zielte und feuerte auf die Martin, Sekunden bevor die Bombe hinter der Curtiss detonierte. Ein Erdregen ging auf ihn nieder und nahm ihm die Sicht.

Er spuckte Erde aus, rieb sie sich aus den Augen. Die Martin

verlor rapide an Höhe, drehte in steiler rechtsseitiger Schräglage
ab. Harvard fiel wie eine Stoffpuppe nach vorne, die Hände um
den Sitz geklammert. Carls Kugel hatte ihn getroffen, ein gelun-
gener Schuß. Harvard mußte das Bewußtsein verloren haben,
denn offensichtlich hatte er keine Kontrolle mehr über die Maschine. Sie neigte sich mit der Spitze voraus nach unten. Carl beobachtete entsetzt und fasziniert zugleich, wie der Aufprall den
Motor wegriß. Er schoß wie eine eiserne Guillotine nach vorne.
Harvards Kopf wurde von den Schultern abgetrennt und wie ein
blutiger Ball in die Luft geschleudert.

Der Motorblock bohrte sich in die Erde. Die Martin wurde
mit einem Knacken und Brechen der Streben zerquetscht. Eine
oder mehrere Bomben detonierten in einem Rausch aus Feuer
und Lärm. Sekunden später war nur mehr ein Wrack übrig, aus
dem Rauch in die sturmgepeitschten Wolken aufstieg. Carl
schleuderte das heiße Metall des Gewehrs beiseite, rollte sich
mit schmerzverzerrtem Gesicht zusammen und übergab sich.

Ein Mestize fand ihn. Der Mann war schweigsam, aber er besaß
die listigen Augen eines Menschen, der seinen Vorteil kennt. Ja,
er besaß ein Maultier. Er würde es gegen das Gewehr und Carls
Revolver eintauschen. Carl lag auf dem gestampften Lehmboden
der Hütte, seine Schmerzen wurden von einem feurigen Schluck
pulque aus der Flasche ein klein wenig gemildert, und schüttelte
den Kopf. Das Gewehr hielt er in die Luft, während er den Revolver an die Brust drückte.

»Das bekommst du. Ich behalte das.«

Nach einigem Hin und Her wurde der Tausch besiegelt. Der
Mann holte ein Seil und band Carl auf dem Rücken des Maul-
tiers fest. Carl schätzte, daß es fünfundzwanzig bis dreißig Kilometer bis zum Stützpunkt der Federalistas waren. Den Schmerz
betäubte er durch noch mehr milchige *pulque*. Die Hand auf
dem Revolver an seiner Hüfte, trieb Carl das Maultier an. Der
Mestize deutete in Richtung der Eisenbahnschienen.

Die Sonne brannte auf Carls Schädel, und seine Zunge fühlte
sich an wie ein Stück trockenes Holz, als er kurz nach Mittag
durch den Hitzeschleier über den glitzernden Eisenbahnschienen etwas erspähte, was näher kam. Er brachte das Maultier
zum Stehen und wartete. Ein irres Grinsen der Erleichterung

ging über sein Gesicht, seine Knie, die sich um das Maultier geklammert hatten, gaben nach, und er fiel ohnmächtig auf die Erde.

Der Armeearzt, der Carls Bein untersuchte, erklärte, nichts sei gebrochen, obwohl es sich sicherlich um eine schwere Zerrung handele und er das Bein schonen müsse, bis er wieder ohne allzu große Schmerzen laufen könne. Carl hielt sich an den Rat, indem er in seinem Bett in dem Privatwaggon blieb, wohin René die neuesten Nachrichten brachte.

»Man hat den Major gefunden, als er nackt durch ein Bohnenfeld wankte. Warum er sich ausgezogen hat, weiß niemand. Da ich deinen Bericht über sein Verhalten bereits weitergegeben hatte, ließ man keine Gnade mit ihm walten. Er wurde an die Wand gestellt.«

Carl empfand keine Befriedigung. Er nippte an dem lauwarmen Wasser der Feldflasche, die Bert für ihn gefüllt hatte.

»Übrigens, *mon ami*. Unsere Arbeitgeber haben immer noch nicht bezahlt. Das heißt, daß wir jetzt seit gut zwei Monaten darum betteln. Mir geht allmählich die Geduld aus. Außerdem sieht es aus, als ob die Rebellen gewinnen. General Obregóns Nordwesteinheit hat Guadalajara erobert. Huerta ist vorgestern zurückgetreten und hat sich auf einem deutschen Marinekreuzer ins Exil abgesetzt. Ein Mann namens Francisco Carvajal, der ehemalige Chef des Obersten Gerichtshofes, tut alles, um die Regierung zusammenzuhalten. Wenn wir für diese Leute kämpfen, dann müssen wir dafür bezahlt werden, wenn es schon nicht mit Ehre oder Hoffnung auf Sieg verbunden ist.«

Carl ließ sich Renés Worte einen Augenblick lang durch den Kopf gehen. »Herrscht in Europa Krieg?«

»Noch nicht.« René zeigte mit Daumen und Zeigefinger einen Abstand, der weniger als ein Fingerbreit maß. »So nah dran. Alle mobilisieren. Spätestens im August geht's los. Ich nehme an, daß mein Land seine Flieger besser bezahlt.« René war im Begriff, ein Zigarettenpapier zu befeuchten. »Sollen wir's drauf ankommen lassen?«

»Und was ist mit unserem Vertrag mit denen hier?« fragte Carl.

»Ich schlage vor, wir beenden ihn um Mitternacht. Ich will

denen bestimmt keine Gelegenheit geben, uns zu bestrafen. Wir könnten Kurs auf die Golfküste nehmen und unsere Überfahrt auf einem Frachtschiff abarbeiten. Nach New Orleans vielleicht. Diesen Leuten schulden wir gar nichts, Carl. Sie haben uns nicht fair behandelt. Was meinst du dazu?«

Carl hatte wieder den entsetzlichen Luftkampf mit Harvard vor Augen.

»Werd's dir sagen.«

Mit einem Achselzucken ging René hinaus.

Carl saß allein auf einem Felsbrocken in einiger Entfernung des Zuges. Auf seinen Knien lag Tess' roter Seidenschal. Der Schal hatte viel mitgemacht. Beide Enden waren ausgefranst, und seit dem Absturz war die Seide voll dunkelbrauner Blutflecken. Er hatte den Schal bereits gewaschen und einen drei Finger breiten Riß genäht. Jetzt hatte er ein Tuch und eine Schüssel mit Wasser vor sich stehen und bearbeitete die Flecken.

In Frankreich fliegen, in einem anderen Krieg? Warum eigentlich nicht? Während er sich nach dem Absturz erholte, hatte er den vertrauten Stolz verspürt und schlichte Freude über die Tatsache, daß er noch am Leben war. Er erinnerte sich an ähnliche Gefühle, wenn er in schnellen Autos mit knapper Not dem Tod entronnen war. Vielleicht war das Überleben in gefährlichen Situationen die einzige Leistung in seinem Leben. Und wenn er Renés Angebot ablehnte, was sollte er dann machen? Zurück nach Chicago humpeln und dem General gestehen, er sei bereit, in der Brauerei zu arbeiten? Selbst wenn er sich dazu überwinden würde, wäre es sinnlos, denn in den Zeitungen stand, die Vereinigten Staaten seien auf dem Weg zur alkoholfreien Nation. Die Brauereien würden wohl schließen müssen.

Carl starrte auf die Flecken. Das Wasser konnte sie nicht entfernen, nur ein bißchen bleichen. Er warf das Tuch in die Schüssel, schlang sich den nassen Schal um den Hals und machte sich auf die Suche nach René, um ihm seine Entscheidung mitzuteilen. Der Indianerjunge würde ihm fehlen, Bert und seine berühmt-berüchtigten Kochkünste. Auf alles andere konnte er liebend gern verzichten.

66. FRITZI UND LOY

»Machen Sie sich nicht zu fein«, hatte Loy gesagt. Fritzi dachte nicht im Traum daran. Am Samstag vormittag brachte sie nur zwei Stunden damit zu, alle möglichen Kombinationen vor dem Spiegel auszuprobieren.

Aber sie war mit jeder unzufrieden, und plötzlich hatte sie keine Zeit mehr und entschied sich schließlich entmutigt für das einfachste – eine weiße Bluse mit dunkelblauem Seidenschal, einen blauweiß gestreiften weiten Rock, einen hübschen Panamahut mit blauem Band, weiße Strümpfe und weiße Wildlederschuhe mit braunen Spitzen.

Sie nahm die Trambahn bis Edendale, wo B. B. den Packard geparkt hatte, den sie sich gestern abend telefonisch reserviert hatte. Damit fuhr sie die schlechte, kurvenreiche Straße durch den Laurel Canyon zur riesigen Ranch der Universal im San Fernando Valley; Mr. Griffith drehte dort *The Clansman*.

Trotz Eddies Vorinformationen über die Ausmaße der Produktion war sie neugierig auf die Wirklichkeit. Fünf- oder sechshundert Männer standen sich in echten Bürgerkriegsuniformen gegenüber. Gräben waren ausgehoben, Artilleriebataillone in Stellung gebracht worden. Das ganze Gelände war mit unzähligen Bäumen und Hügeln bestückt; auf mehreren Kuppen standen Kameras, so daß aus verschiedenen Perspektiven gefilmt werden konnte.

Die ganze Gesellschaft hatte sich zu einem späten Mittagessen auf Decken und Tüchern im verdorrten Gras niedergelassen. Fritzi nahm an, daß Loy bei den Reitern war, die sich über das ganze Gelände verteilt hatten. Die meisten saßen nicht zu Pferde, sondern rasteten. Bis Tagesende würde sie ihn wohl gefunden haben, oder er sie. Das war der Vorteil ihrer Kleidung, sie sah aus wie eine Jachtflagge.

Sie schlenderte durch die Menge, begrüßte Henry Walthall von der Biograph, den Star dieses Films. Dann unterhielt sie sich mit einem freundlichen jungen Kameraassistenten, der sich als

Karl Brown vorstellte. Sie fragte ihn nach der verwendeten Munition.

»Scharfe Geschosse in den Kanonen«, antwortete er höflich. »Männer hinter der Kamera werfen Feuerwerkskörper. Was wir heute morgen gedreht haben, sah umwerfend echt aus.«

Die Crew war mit dem Essen fertig und machte sich wieder an die Arbeit. Die meisten arbeiteten mit nackten Oberkörpern, trotzdem waren sie schweißgebadet. An Kamera Nummer eins stand Billy Bitzer und besprach sich mit Mr. Griffith. Bitzer sah aus, als müßte er auf der Stelle wegschmelzen in dem langärmligen Hemd und mit dem zugeknöpften Kragen samt Krawatte. Dagegen wirkte Griffith richtig kühl in seinem zugeknöpften Sommeranzug und mit dem Strohhut ohne Deckel, so daß die Sonne seinen Schädel bescheinen konnte. Fritzi erinnerte sich, gehört zu haben, er sei der Meinung, Sonnenlicht bewahre vor einer Glatze. Griffith erkannte sie, lächelte und tippte mit dem Finger an seinen Hut.

Die Schlacht, die an diesem Nachmittag gefochten wurde, war spektakulär und ohrenbetäubend laut. Griffith hatte ein kunstvoll ausgeklügeltes Signalsystem entwickelt, mit dem seine Assistenten die Menschenmenge auf dem Schlachtfeld durch Handflaggen und Spiegel dirigierten. Soldaten im Grau der Konföderierten stürmten Feldschanzen, die von Soldaten im Blau der Unionsstaaten verteidigt wurden. Kavalleristen ritten Angriffe und Gegenangriffe. Henry Walthall, der einen konföderierten Oberst spielte, führte seine Männer an die feindlichen Linien und vereitelte die Absichten des Gegners. Im Staub und im Durcheinander galoppierender Kavalleristen war es unmöglich, Loy zu finden.

Die Kanone dröhnte; die Feuerwerkskörper platzten und rauchten, daß Fritzis Augen brannten und tränten. Für einige Momente hatte sie den aufregenden und unheimlichen Eindruck, um fünfzig Jahre zurückversetzt zu sein. Jetzt bekam sie ein Gefühl dafür, was ihr Vater durchgemacht haben mußte, als er für den Norden gekämpft hatte.

Am Nachmittag stürzte ein Schauspieler vom Pferd und mußte auf einer Bahre weggetragen werden. Es war der einzige Verletzte. Das sprach für Griffith' sorgfältige Vorbereitung. Es wurde Abend, die Sonne stand tiefer am Himmel, ein deutlicher

Dunstschleier verdunkelte den Drehort. Griffith befragte seine Kameramänner und erfuhr, daß alle zufrieden waren mit dem, was sie gedreht hatten; er gab das Zeichen zum Ende.

Sie hätte gern mit Griffith gesprochen, aber es gelang ihr nicht; er war zu beschäftigt und ständig in Bewegung. Sie ließ sich im Schatten eines Eukalyptuswäldchens auf einem Hügel nieder, während die Statisten ihre Tagesgage in Empfang nahmen und sich auf den Weg zu ihren Autos oder zur Trambahnhaltestelle machten. Griffith' Mitarbeiter luden die Ausrüstung in Lastwagen. Nach ungefähr fünfzehn Minuten kam Loy den Hügel heraufgeschlendert; seine Stiefel waren staubig, sein blaues Hemd stand bis zur schweißbedeckten Brustmitte offen. Als er sie sah, knöpfte er es hastig zu, dann trat er auf sie zu, zum Gruß mit einem Finger an seinen kegelförmigen Hut tippend.

»Ich dachte schon, Sie würden mich nicht finden«, sagte Fritzi.

»Hab' Sie schon vor einer Stunde gesehen. Diese Streifen kann man gar nicht übersehen.« Als er ihren Arm berührte, um ihr aufzuhelfen, hatte sie das Gefühl, ein elektrischer Blitz fahre durch sie hindurch. »Hungrig? Ich kenne ein Gasthaus ganz in der Nähe. Oder wir nehmen die rote Tram und fahren irgendwohin.«

»Ich hab' das Firmenauto. Wir können fahren, wohin Sie wollen.«

»Na, wenn das keine Überraschung ist.« Er ließ seine Hand an ihrem Ellbogen und führte sie galant über das unebene Gelände bis zum nächsten Fußweg. »Ich kenne eine kleine *cantina* im Süden von Los Angeles, wenn Ihnen das nicht zu weit ist.«

»Aber nein, gar nicht.« Mit ihm an der Seite wäre sie bis zum Nordpol gefahren.

Es dauerte fast eine Stunde, bis sie die Stadt erreichten. Loy entspannte sich auf dem Beifahrersitz, während sie das Auto durch den Verkehr steuerte, der von Tag zu Tag zuzunehmen schien, ein Gewimmel von Automobilen, Pferdewagen und Kutschen. Sie fühlte sich wunderbar. Ihr Fahrschleier wehte elegant aus dem offenen Auto. Loy plauderte unterhaltsam, den Hut tief in die Stirn gezogen, einen Arm lässig über der Tür des Packard. Er hatte die Freundlichkeit eines jungen Hundes – die

Kehrseite der gewalttätigen Anwandlungen, die sie auch schon an ihm beobachtet hatte.

Die *cantina* war ein dunkles, ruhiges Gasthaus ohne elektrisches Licht. Kerzen beleuchteten grob gezimmerte Tische, Sägemehl bedeckte den Boden. Loy bestellte für beide – Mehltortillas mit einer heißen Füllung aus Rindfleisch und Bohnen sowie eine Flasche Rotwein im Weidenkorb.

»Seit wann sind Sie in Kalifornien, Loy?«

»Mal überlegen. Seit circa vier Jahren, würd' ich sagen. Meine Familie hatte eine Ranch im Bailey County, an der mexikanischen Grenze. Nachdem unser Onkel starb, hat's mich nicht mehr dort gehalten, und meine Schwester – tja, sie konnte die Ranch auch nicht mehr bewirtschaften.« Ein unglücklicher Ausdruck schlich sich in seine Augen. »Wir haben verkauft.«

»Beim Film scheint's Ihnen gutzugehen.«

»Kann man sagen. Wird aber ein bißchen weniger. Die Woche, bevor ich bei Liberty gearbeitet habe, in dem Film, wo Sie alle so zum Lachen gebracht haben, da war ich von Ince für einen Western angeheuert. Mußte aber am ersten Tag schon dichtmachen.«

»Warum?«

»Nicht genügend Pferde. Viele hat sich Griffith geschnappt. Den Rest europäische Aufkäufer.«

»Aber wieso denn die, um Himmels willen?«

»Kavallerie und Artillerie. Es heißt, daß die drüben alle mobilmachen.«

Fritzi schauderte. Der Gedanke an Krieg erschreckte sie. Aber sie wollte das herrliche Gefühl durch nichts zerstören lassen, in das der Wein und Loys Nähe sie versetzten.

»Ich hoffe und bete, daß es keinen Krieg gibt«, sagte sie energisch.

Er zuckte mit den Achseln. »Glaube nicht, daß uns das viel anhaben könnte. Stört es Sie, wenn ich rauche?«

»Aber nein! Bitte!«

Ihr Überschwang ließ ihn schmunzeln. Er zündete sich eine gebogene Pfeife an, die mit rumgetränktem Tabak gestopft war.

»Arbeiten Sie heute zum ersten Mal für Mr. Griffith?«

»Nein. Voriges Wochenende hat er einen ganzen Haufen von uns runter nach Whittier genommen, wo er uns alle in Ku-Klux-

Klan-Gewänder gesteckt hat für den großen Klan-Ritt, für die Befreiung, wie er sagt. Hat mir nicht sonderlich gefallen. Wissen Sie, meine Schwester und ich haben früh unsere Eltern verloren, wuchsen bei unserem Onkel Nate auf. Der kämpfte im Krieg bei den Konföderierten, Siebtes Freiwilligenregiment Texas. Er hatte nicht viel für die Sache der Sklaven übrig, da war er wie Bob Lee. Nach dem Krieg sagte er, jetzt sei er wieder Amerikaner und befolge amerikanische Gesetze, auch die, nach denen Nigger freie Bürger sind und gleiche Rechte haben wie Weiße. Einigen von Onkel Nates Nachbarn im Bailey County gefiel das nicht. Sie brannten ihm zweimal das Haus nieder. Männer mit Kapuzen. Hab' den Eindruck, Mr. Griffith ist 'ne gehob'ne Kopie davon. Ohne Kapuze, aber mit demselben alten Haß. Sie werden's im Film sehen.«

Der Wein machte sie mutig. Sie sagte: »Denken Sie daran, einmal seßhaft zu werden?«

Er nahm die Pfeife aus dem Mund und lehnte sich zurück, als wolle er den Abstand zwischen ihnen vergrößern. Bei Fritzi schlug eine Alarmglocke an.

»Sieht nicht so aus. Herumstreunen liegt mir im Blut.«

Ein dicker Mann in besticktem Hemd kletterte mit seiner Gitarre auf einen Stuhl; er stimmte *Cielito Lindo* an.

»Wollen Sie nach Texas zurückgehen?«

Sein Mund wurde schmal. »Nie.«

»Nicht einmal, um Ihre Schwester zu besuchen?«

»Macht nicht viel Sinn. Würde mich wahrscheinlich gar nicht erkennen. Sie ist in einem Heim. Wird dort bleiben.« Er klopfte mit dem Fingernagel an den Pfeifenkopf. »Armes Ding, ist nicht ganz richtig im Kopf.«

»Oh, Loy, das tut mir leid. War sie schon immer …«

Er schüttelte den Kopf. »Kurz bevor ich Bailey County verließ, ist was Schlimmes passiert. Möchte nicht darüber reden, wenn Sie nichts dagegen haben.«

Die intime Stimmung war vorüber, es war gerade so, als wären grelle Lichter angegangen, welche die finsteren Ecken der *cantina*, die Risse in den weißgekalkten Wänden und die Flecken auf der Schürze des Kellners ausleuchteten. Loy schob seinen Teller weg, leerte sein Weinglas und suchte in seiner Jeans nach Geld. Fritzi legte eine Hand auf sein Handgelenk.

»Ich bezahle. So war's ausgemacht.«

Er widersprach nicht.

Sie setzte ihn um halb zehn an einer Ecke in der Stadtmitte von Los Angeles ab. Er kam auf ihre Seite, half ihr aus dem Auto, um sich die Beine zu vertreten.

»Kommen Sie auch sicher gut nach Hause?«

»Aber ja. Die Stadt ist absolut sicher. Und im Notfall habe ich immer das.« Sie deutete auf ihre lange, perlenbesetzte Hutnadel.

»Tja, dann ...« – er streckte ihr die Hand entgegen –, »danke vielmals. Für das Essen und Ihre Gesellschaft.«

»Können wir das wiederholen? Ich hätte Lust dazu.«

Er musterte sie, als wollte er ihre Absicht ergründen. »Warum nicht? Ich hab' nicht viele Freunde, weil ich nie lang genug irgendwo bin. Ich würde Sie gern zu meinen Freunden rechnen. Wo ich wohne, gibt's kein Telephon, aber die Männer am Wasserloch richten mir immer was aus.«

»Gut.« Plötzlich beugte sich Fritzi vor und gab ihm einen Kuß auf die Wange. »Gute Nacht.«

Er lächelte und bedachte sie mit einem langen, warmen Blick, den sie bis in die Zehenspitzen spürte. »Nacht!« Er tippte den Finger an den Hut, drehte sich um und schlenderte im grellen Licht der Reklameschilder davon.

Sie ging um die glänzende Motorhaube des Packard herum und setzte sich ans Steuer. Loy verschwand gerade um eine Ecke. Sie legte die Hände auf das Lenkrad und den Kopf auf die Hände.

Ich würde Sie gerne zu meinen Freunden rechnen.

O nein, das reichte nicht. Schon gar nicht, wenn man hoffnungslos verliebt war.

67. DER BESAGTE SONNTAG

Am Montag morgen bat B. B. Fritzi in sein Büro, ein großes Zimmer im Haupthaus, das mit gebrauchten Möbeln und kitschigem Wandschmuck zugestellt war: ein ausgestopfter Elchkopf mit Wollmütze, eine farbige Lithographie von Teddy Roosevelt in der Uniform der *Rough Rider*, eine Buchstabentafel, gekrönt von einem riesigen E, ein Photo einer runzligen Frau mit Bauerngesicht und der Widmung »Für Sonny in Liebe Mama«.

»Wie geht es Ihnen heute, meine Liebe? Nehmen Sie Platz, machen Sie sich's bequem. Ich bin sofort wieder da.« Er lief hinaus, um mit seiner Sekretärin zu sprechen. Fritzi bemerkte eine bunte Schiffsbroschüre auf seinem Schreibtisch. Auf dem Deckblatt war ein Schiff abgebildet sowie ein britischer Löwe, der auf den Hinterbeinen stand und die Weltkugel in den Pranken hielt.

B. B. kehrte zurück und sah, daß sie die Broschüre studierte. »Beeindruckend, nicht wahr? Für die nächste Reise nach Europa hat sich Sophie eine Luxuskabine gewünscht.« Fritzi wartete. B. B. räusperte sich, ordnete scheinbar ein paar Dinge auf seinem Schreibtisch, dann platzte er plötzlich heraus:

»Hayman ist ganz begeistert von Eddies Idee mit der Komödie. Er hat sich vor Lachen fast in die Hosen gemacht, als er die Szenen gesehen hat. Al murrte etwas wie ›Verschwendung von Filmmaterial‹, aber nach einer halben Minute war er still. Er will sie auch in dem Film.«

»Aha.«

»Sie sind enttäuscht.«

»Tauge ich etwa nur als Witzfigur, B. B.?«

»Na, na. Eddie meint, das sei *die* Chance, der Film, sagt er, wird ein Renner.«

»Typisch Eddie.«

»Bitte sagen Sie ja! Ich flehe Sie an, Fritzi! Lassen Sie uns jetzt nicht im Stich, wir müssen das Eisen schmieden, solange es heiß ist.« Er sah, daß sie nicht überzeugt war. »Hören Sie, ich bin kein Sklaventreiber. Wenn Ihnen die Vorstellung wirklich so gegen den Strich geht, zerreiße ich Ihren Vertrag. Sie wollen zum Broadway zurück? Niemand stellt sich Ihnen in den Weg.«

Unschuldig wie Buddha saß er mit verschränkten Armen auf seinem Stuhl und wartete.

Alter Fuchs! dachte sie. Irgend jemand mußte ihm von Loy erzählt haben. Er wußte, daß sie nicht einfach die Koffer packen würde. Aber sie mochte B. B. viel zu sehr, als daß sie ihm böse gewesen wäre.

»Also gut! Noch eine Komödie.« Sie stand auf. »Aber dann will ich eine ernsthafte Rolle.«

»Wußt' ich's doch. Das ist meine wilde Nell«, rief er.

Sie schlenderte zum rückwärtigen Teil des Geländes, wo Glaser Glasscheiben in Metallrahmen einpaßten. Zwei Wände der neuen Bühne waren fertig. Sie spiegelten die Sonne und die Wolken wider wie ein geschliffener Diamant.

Fritzi schritt näher, strich mit den Fingerspitzen über hohe Gräser. Im Geiste sah sie das ergriffene Mädchen, das auf dem Weltausstellungsgelände vor dem Portrait von Ellen Terry stand. Dieses unschuldige Kind hatte so hochfliegende Träume gehabt. Was war daraus geworden? Erfahrung hatte ihre Stelle eingenommen. Unerfüllte Träume verschwanden, verstaubten in einer düsteren Schublade des Herzens wie der aus der Mode gekommene Stil des vergangenen Jahres – Erinnerungen, was hätte sein können oder sollen. Mitunter verändern sich Träume. Ihre hatten sich verändert, ähnlich wie sich ihr Gesicht im Spiegel langsam veränderte; die ersten Krähenfüße bildeten sich um die Augen, die Wangen wurden kaum merklich schmaler, bis die Spuren des Alters sich eines schrecklichen Tages im Spiegel zeigen und nicht mehr zu übersehen sein würden. Solange sie denken konnte, hatte sie Schauspielerin werden wollen. Sie hatte deshalb sogar mit ihrem Vater gebrochen. Und sie *war* Schauspielerin. Aber was für eine? Eine, die Briefe dafür bekam, daß sie vom Pferd fiel. Sie brachte Eddie und Charlie mit alten Kamellen zum Lachen. Ihr Traum war auf eine Art und Weise wahr geworden, wie sie es nicht erwartet hatte. Sie war nicht Lady Macbeth; sie war nicht einmal ein Clown in einem Stück von Shakespeare.

Jetzt veränderte sich das Bild vor ihrem geistigen Auge; sie sah einen reißenden Fluß, der einen unbarmherzig weitertrieb.

Man konnte mit ihm schwimmen, indem man einfach darum kämpfte, nicht unterzugehen, oder man konnte aufgeben und ertrinken. Fritzi hatte nicht die Absicht zu ertrinken. Sie würde immer das Leben wählen.

Und was war mit ihrem anderen Traum – mit dem, der ihr Herz so heftig bedrängte? Ihr Traum von Loy als ihrem Geliebten und Partner fürs Leben – würde sich auch dieser Traum verändern?

Oder verschwinden?

Fritzi befolgte Charlies Rat und stürzte sich mit Feuereifer in den neuen Film. In Eddies Drehbuch für einen Zweispuler war sie eine liebenswerte, aber tolpatschige Nell, die vorübergehend als Dienstmädchen in einem vornehmen Haus arbeitete. Die dürftige Geschichte sah vor, daß Nell zufällig einen Mann entlarvte, der vorgab, ein europäischer Adliger zu sein, in Wirklichkeit aber ein Dieb war, der bei einem Kostümball die Damen um ihren Schmuck erleichtern wollte.

Die Außenaufnahmen wurden am Chateau Holly, einem im gotischen Stil erbauten Herrenhaus in der Franklin Street gedreht. Das am Hang gelegene Anwesen bot einen Blick auf die bescheideneren Villen entlang Hollywood und Sunset Boulevard. Ein Bankier namens Lane hatte das Haus 1906 erbaut. Lanes Frau blieb während der Dreharbeiten ständig in der Nähe, zweifellos aus Angst, die für schlechte Manieren bekannten Filmleute könnten ihren Besitz beschädigen.

Am nächsten Tag kehrten sie ins Studio zurück. Eine Slapstick-Szene folgte der anderen. Etliche Torten wurden geworfen, fast eine ganze Kiste billiges Geschirr zerbrochen. Als Höhepunkt sollte Fritzi an einem Kronleuchter schaukeln, der an den Dachbalken der Außenbühne angebracht war. Während die Statisten in ihren geliehenen Kostümen stümperhaft nach Luft rangen und sich krümmten, fiel der Kronleuchter herunter – und mit ihm Fritzi in einer Lawine von Mörtel und Gips. Der Boden war mit zwei Matratzen gepolstert, aber der Aufprall war trotzdem nicht sanft. Als Jock Ferguson eine Nahaufnahme machte, war der schmerzverzerrte Ausdruck auf ihrem Gesicht echt.

Die Nachricht, die sie bei Windy am Wasserloch hinterließ, erreichte Loy, als er von der Insel Catalina zurückkam, wo er in einem Abenteuerfilm als Pirat mitgewirkt hatte. Eines Abends holte er Fritzi in einem geliehenen Ford ab. Sie fuhren nordwärts nach Ventura zu einem baufälligen Strandrestaurant auf Pfählen, wo es herrliche Muscheln und Schollen gab.

Um halb acht trat eine Drei-Mann-Kapelle auf. Auf der offenen Veranda, die zum Meer hinausging, gab sich Fritzi alle Mühe, Loy die Schritte für den Castle Walk und den Grizzly Bear beizubringen. Im Grunde hatte er zwei linke Füße, aber trotzdem glitten sie beschwingt über die Veranda, und über seine wiederholten Stolperschritte half ihnen Gelächter hinweg.

Kurz vor Mitternacht, sie waren wieder zurück in Venice und saßen auf der Veranda, erzählte er ihr, daß er in der kommenden Woche mit Ince einen Film im Tal des Todes drehen würde.

»Sie werden mir fehlen.« Sie wollte ihm keinen Zweifel über ihre Gefühle lassen.

»Sie mir auch. Sie sind ein richtiger Kumpel.«

»Ein Kumpel? Ist das alles?«

Loys Gesicht nahm einen todernsten Ausdruck an. »Zum Teufel, ich bin nicht in der Lage, einer Frau etwas anderes zu bieten, und war es nie.«

»Nicht willens, wollten Sie wohl sagen. Sie wollen keine Bindung eingehen.«

Er schlug mit dem Cowboy-Hut leicht gegen sein Bein. »Sie haben mich durchschaut.« Er legte den Hut auf das Verandageländer, packte sie sanft bei den Schultern. »Ich möchte, daß alles so bleibt, wie es jetzt ist, Fritzi.«

»Nun«, begann sie mutig und keck, »Sie wissen ja, was man über einen halben Laib Brot sagt. Den halben nehme ich morgen. Aber heute …« Sie schlang die Arme um seinen Hals und küßte ihn mit einer Leidenschaft, die gegen jeden Anstand verstieß. Einen kurzen Augenblick lang versteifte er sich. Dann schlang er die Arme um ihre Taille, zog sie näher an sich und erwiderte ihren Kuß.

»Whouw«, stieß er aus, als sie einander losließen. »Noch so einen, und ich sitze wirklich in der Bredouille.« Er griff nach seinem Hut. »Wir sehen uns, wenn ich zurück bin.«

»Ich hoffe, das ist ein Versprechen.« Ihr Herz raste. Bei der

Umarmung hatte sich ihre Frisur gelöst, blonde Strähnen hingen ihr übers Gesicht. Sie mußte schrecklich aussehen. Es war ihr egal. In seiner Gegenwart war alles unwichtig.

»Aber klar«, sagte er in beiläufigem, fast teilnahmslosem Ton. Sie lehnte sich an den Verandapfosten; noch lange nachdem die roten Rücklichter seines Ford in der Dunkelheit verschwunden waren, spürte sie seine Arme um ihren Körper.

Aus Terre Haute in Indiana traf ein unerwarteter und anfänglich beunruhigender Brief ein. Hobart war auf Tournee mit *Julius Cäsar*, als der Mittlere Westen von einer Hitzewelle heimgesucht wurde.

»Die Hitze war so bestialisch, daß ich bei jeder Vorstellung gewiß mehrere Pfund abgenommen habe. Eines Abends schwanden gleichzeitig meine Knie und mein Bewußtsein. Die Ärzte behaupten, es sei kein gewöhnlicher Hitzschlag, sondern ein Herzanfall gewesen, den ich glücklicherweise überlebt hätte. Ich werde also meine mindestens drei Wochen lange Genesung in diesem Tal ländlicher Spießbürger antreten. Die Genesung könnte sich allerdings als schrecklicher erweisen als die Krankheit!«

Fritzi telegraphierte sofort an einen Floristen in Terre Haute und bestellte einen großen Strauß, der Hobart zusammen mit einer Grußkarte zugestellt werden sollte. Darauf beschwor sie den alten Schauspieler, sich zu schonen, bald wieder gesund zu werden und sich mit dem Gedanken anzufreunden, bei erstbester Gelegenheit nach Hollywood zu kommen.

Liberty zeigte Fritzis neuen Film vorab in einem anderen Filmtheater, dem Arcade am South Broadway. Alexander Pantages, der Betreiber eines großen Varietés, hatte dieses Theater bauen und seinen Namen in schmiedeeisernen Lettern an der Wand über der Markise anbringen lassen. Daraus war 1910 das Arcade geworden, wo nun Filme gezeigt wurden. Der Zuschauerraum erinnerte mit seinen Seitenlogen und den Rampenlichtern an einen englischen Tanzpalast.

Dem Zweispuler folgte einer der Western von Ince mit dem Titel *Wüstengold*. Loy trat als Mitglied einer Bande von Gesetzlosen auf, wenngleich nur in der Totalen und somit unkenntlich.

Selbst Fritzi hätte ihn nicht erkannt, wenn Loy nicht gesagt
hätte, welcher der Banditen er war. Sie saß zu seiner Rechten,
Eddie und Rita saßen auf der anderen Seite. Loy hatte sich fein-
gemacht, sein langes Haar war geschnitten, seine Stiefel glänzten.

Das Publikum liebte die spannenden Western und applaudierte beim Abspann dementsprechend. Fritzis Magen verkrampfte sich, als der nächste Titel auf der Leinwand erschien:

LIBERTY
Pictures International
präsentiert:
Die wilde Nell
Regie: Edw. B. Hearn

Fritzis Hand packte instinktiv Loys rechten Arm. »Ich hab'
Angst.«

»Psst, wird schon nicht so schlimm werden.« Er legte seine
linke Hand auf die ihre und drückte sie sanft. Sie starrte auf die
flimmernde Leinwand.

Jede Szene kannte sie in- und auswendig. Beim Anblick ihres
eigenen Gesichts zuckte sie hin und wieder zusammen, aber das
Publikum lachte an den richtigen Stellen. Eddie hörte nicht auf,
seinen Kommentar flüsternd mitzuteilen. »Zu schnell. Ganz gut.
Das hätten wir noch mal drehen sollen.« Großes Gelächter bei
Nells Sturz vom Kronleuchter und Beifallsrufe, als sie ein Plätteisen über ihre Schulter warf und damit den Möchtegerndieb
niederstreckte. Am Ende schwenkte die Kamera zur Nahaufnahme nach unten auf Nell, die vor Glück ganz benommen war,
weil der hübsche junge Sprößling der Familie sie zum Dank
küßte. Das Publikum applaudierte, nur ein alter Miesepeter
murmelte: »Chaplin ist lustiger.«

In der Eingangshalle trafen sie auf Kelly und Bernadette.
»Meine Kasse wird klingeln«, sagte Kelly. Aus seinem Mund war
dieser Satz soviel wie eine Lobeshymne.

Sie hielt sich an Loys Arm fest, froh und glücklich, daß der
Film so gut angekommen war. Zu ihrer eigenen Überraschung
fand sie sich als Komikerin gar nicht schlecht. Ihre schauspielerische Leistung konnte sich sehen lassen, an einigen Stellen so-

gar mehr als das. Eddie war auch aufgeregt, er plapperte wie ein Schuljunge mit Rita. Man mußte B. B. anrufen, der mit einer Sommergrippe im Bett lag.

Der Sommerabend war trocken und warm, der Broadway überfüllt. Die Menschen, die im Schein der Straßenlaternen schlenderten, schienen sorglos, unberührt von den Nachrichten der russischen Mobilmachung infolge der Tatsache, daß Österreich Serbien vor wenigen Tagen den Krieg erklärt hatte. Rußland verbündete sich mit Frankreich und Großbritannien zur Entente gegen Deutschland und Österreich, dem Angreifer auf dem Balkan.

Als sie zu viert ein Spaghettilokal betraten, sagte Loy zu Fritzi: »Diesen Film sollten wir gebührend feiern. Ich weiß eine herrliche Stelle für ein Picknick an der Küste über Inceville. Hättest du morgen Lust?«

»Mußt du da erst fragen?«

Er grinste. »Eigentlich nicht. Aber Onkel Nate sagte immer, ein höflicher Mensch fragt. Ich werde mir den Ford ausleihen.«

»Köstliches Hähnchen«, sagte er. »Ziemlich das beste, was ich je gegessen habe.«

»Danke. Ich wünschte, ich könnte diese Lorbeeren für mich einheimsen.«

Fritzi saß im Gras, den Rock fest untergeschoben, damit er sich nicht aufbauschte und zuviel Bein enthüllte, genauso wie sie es als kleines Mädchen gelernt hatte. Die Sonne zauberte einen sinnlichen Glanz auf ihr Gesicht. Der Meerwind zerzauste ihr blondes Haar.

»Du hast es gar nicht gemacht?«

»Nein, tut mir leid. Levy's Delikatessen. Samstags geschlossen, aber sonntags geöffnet. Meine Mutter ist eine ausgezeichnete Köchin. Sie hat immer versucht, eine gute Hausfrau aus mir zu machen, aber ich war eine herbe Enttäuschung für sie. Ich kann nicht mal Betten machen.«

»Wozu auch? Wenn das mit der Publikumspost noch ein, zwei Jahre so weitergeht, kannst du dir zwanzig Dienstboten leisten.« Sie lachte.

Weit unterhalb der Hügelkuppe, auf der sie ihr blauweißes Tischtuch ausgebreitet hatten, rollten die kobaltblauen Wellen des Pazifiks heran und zerbarsten an den Uferfelsen in schäumender Gischt. Die Sonne wurde von den Kotflügeln eines leuchtendroten Tourenwagens auf der Küstenstraße grell widergespiegelt. Er fuhr lautlos wie in einem Film, da Wind und Wellen das Fahrgeräusch übertönten.

Loy stellte die Schüssel mit Krautsalat in den Korb zurück, dann hielt er die Flasche Buena Vista gegen die Sonne, um zu prüfen, wieviel von dem Wein noch übrig war.

»Von dem weißen ist noch da.«

»Ich brauche keinen Tropfen mehr. Hier ist es so traumhaft schön, daß sogar ein Wassertrinker beschwipst würde.«

Er lächelte und streckte die Beine aus. Er trug eine hellbraune Cordhose, ein dunkelblaues Hemd und ein rotes Halstuch – die Kleidung eines arbeitenden Mannes. Aber für Fritzi sah er so strahlend aus wie ein morgenländischer Mogul in Seide und Juwelen.

Loy stopfte seine Pfeife und schloß seine kräftigen braunen Hände um das Streichholz. Aus Pfeifenkopf und Spitze stieg Rauch auf, der sich im Wind verlor. Er rieb den Kopf des Zündholzes an der Schuhsohle ab und legte es dann vorsichtig neben das karierte Tischtuch.

»Sollen wir zurückfahren?«

»Ich könnte ewig hierbleiben. Ich bin eine hoffnungslose Romantikerin. Oder sollte dir das entgangen sein?«

»Um ehrlich zu sein, nein. Habe in Texas nie jemanden getroffen, der so war wie du. Nicht mal halb so wie du.«

»Kann ich mir gut vorstellen. Schauspielerinnen sind verrückt.«

»Ja, aber du nicht.«

Im Schein der Sonne glänzte sein markantes Profil wie eine Bronzeskulptur. Ein Schauer lief ihr durch Beine und Brüste. Warum beugte er sich nicht herüber und küßte sie? Sie waren ganz allein.

Eine Seemöwe kam herbeigeflogen, stieß herab und hielt Ausschau nach übriggebliebenen Krumen. Loy lehnte sich auf seinen Ellbogen zurück, die Pfeife zwischen den Zähnen, und blickte aus zusammengekniffenen Augen hinaus aufs Meer. Sie wollte ihn so sehr, daß sie körperlichen Schmerz empfand. Heute hatte sie ihre Polstereinlagen zu Hause gelassen, weil sie

gehofft hatte, daß … Ihr war klar, daß die Initiative von ihr aus-
gehen mußte.

»Loy.«

»Mmmm.«

»Danke, daß du mich hierhergebracht hast.« Sie erhob sich
auf die Knie, legte die rechte Hand auf seine Schulter. Er legte
die Pfeife auf einen flachen Stein. Sie küßte ihn, öffnete ihren
Mund gerade weit genug, damit ihre Zunge die seine berührte.
»Danke für den schönen Tag.«

Er schlang einen Arm um sie, preßte sie hart an sich und erwiderte ihren Kuß mit der gleichen Leidenschaft. Fritzi zitterte.
Sie hielt die Augen geschlossen. Sie spürte, wie ihr Haar um ihre
Ohren flog und sein Gesicht streichelte. Er roch nach Salzwasser und Tabak. Am liebsten hätte sie ihn nach unten gezogen, auf
sich, in sich, ihm gezeigt, wie sehr sie ihn liebte …

Er löste sich aus der Umarmung. Tätschelte ihren Rücken,
wandte ihr schnell, fast entschuldigend den Blick zu. Dann griff
er nach seiner Pfeife auf dem Stein, steckte sie sich in den Mund
und zündete ein weiteres Streichholz an. Die Seemöwe kehrte
zurück und drehte enttäuscht wieder ab.

Fritzi berührte ihn am Arm. »Du weißt, was ich für dich empfinde.«

»Ich kann es mir ziemlich gut vorstellen.«

Sie strich sich das Haar aus dem Gesicht. »Es ist ja wohl offensichtlich. Fehlt nur noch, daß ich jemanden dafür bezahle,
damit er mit einem Schild durch die Gegend läuft, worauf es
schwarz auf weiß steht. Wahrscheinlich glaubst du, ich sei leicht
zu haben.«

»Ich glaube, daß du ein Schatz bist. Ein bißchen moderner,
als ich es gewöhnt bin, aber eine ganz besondere Frau. Ich
wußte es sofort, als wir uns zum ersten Mal sahen. Meine Gefühle für dich sind genauso stark. Ich möchte, daß wir für immer Freunde bleiben.«

»Freunde. Immer dieses eine Wort.«

Er blieb einen Augenblick lang stumm. »Etwas anderes kann
es nicht sein.«

»Warum nicht? Weil du ein Vagabund bist und alle paar Monate woanders hinziehen mußt? Das ist mir egal. Von mir aus
kannst du zum Südpol wandern, zur chinesischen Mauer, sonst-

wohin. Du kannst sogar ein Jahr wegbleiben, wenn du nur zu mir zurückkommst.«

Er richtete den Blick wieder auf das Meer hinaus, seine Augen waren traurig. »Es steckt mehr dahinter als nur der Wandertrieb. Ich kann mich nirgends niederlassen, nicht einmal, wenn ich wollte. Ich habe nur auf den richtigen Moment gewartet, um es dir zu sagen.«

Sie fröstelte plötzlich, als sie sich zurücklehnte. Ihre Hände zitterten.

»Ich bin aus Texas weg, weil ich weg mußte. Ich habe keinen ruhigen Schlaf, hier nicht, nirgends. Im Gefängnis von Bailey County – um genau zu sein, in allen texanischen Gefängnissen – hängt ein Steckbrief mit meinem Bild. Ich habe einen Mann getötet.«

Es war wie ein Erdbeben. »O mein Gott. Wie ist das passiert? Wer war es?«

»Die Umstände brauchen dich nicht zu kümmern. So weißt du von nichts, wenn jemand mal Fragen stellen sollte.«

Sie sprang auf und rannte weg. Er kam ebenfalls auf die Beine und eilte ihr mit großen Schritten nach. Sein Gesicht schien verschmiert, als stünde er hinter einem regennassen Fenster. *Bitte, lieber Gott, ich will jetzt nicht losheulen.*

Im Licht der untergehenden Sonne schien der Pazifik plötzlich von giftigem Rot zu sein. Der Wind, der vom Meer herüberwehte, war kalt. Sie fuhr sich mit der Hand vor die Augen.

»Du willst es mir nicht erzählen?«

»Irgendwann vielleicht.«

»Ich glaube, wir sollten zusammenpacken.«

»Klar doch. Kann ich dich trotzdem weiterhin sehen? Ich will dich nicht bedrängen, aber ich würde mich sehr freuen.«

»Ich soll also warten, bis du irgendwann auftauchst«, erwiderte sie bitter, »ein Freund sein, der für dich da ist, wann immer du vom Himmel schneist?« Sie trommelte mit den Fäusten auf seine Brust. »Das ist viel verlangt.«

»Aber vor ein paar Minuten hast du noch gesagt ...«

»Ich weiß, was ich gesagt habe. Aber das war, bevor du mir von Texas erzählt hast. Jetzt müßte ich mich jedesmal, wenn du fortgehst, fragen, ob ich dich je wiedersehe oder von dir höre, außer vielleicht aus einem Gefängnis. Vielleicht würde ich auch nie wieder von dir hören. Was würden sie mit dir machen, wenn sie dich …?«

»Mich hängen. Der Mann war Polizist, ein Texas Ranger.«

»O mein Gott.« Sie mußte alle Kraft aufbieten, um nicht die Nerven zu verlieren. »Laß uns zurückfahren.«

Er widersprach nicht.

Die Fahrt zum Picknick war zauberhaft gewesen, kribbelnd vor Aufregung, Erwartung, Hoffnung, daß er sie dort draußen lieben würde. Die Rückfahrt war höllisch lang. Keiner sagte ein Wort. Noch nie in ihrem Leben war sie so aufgewühlt, so enttäuscht und, ja, so zornig gewesen.

An einer Ecke auf dem Sunset Boulevard sahen sie einen Zeitungsverkäufer, der seine Zeitungen anpries. Ungewöhnlich spät für einen Sonntagabend. Ein paar Straßen weiter sagte Loy: »Da ist ja wieder einer. Was schreit er?«

»Ich verstehe kein Wort.«

Der Zeitungsverkäufer hatte eine kleine Menschenmenge um sich versammelt. Einer nach dem anderen bezahlte eine Zeitung, jeder überflog die Schlagzeilen ohne sichtbare Gefühlsregung. Der Zeitungsverkäufer setzte wieder an, sein Blatt auszurufen.

»Muß eine Extraausgabe sein. Ich hole eine.«

Er lenkte den Ford vor einem geschlossenen Barbiergeschäft an den Randstein, stieg aus, schlenderte zur Ecke, erstand eine Zeitung. Nach einem kurzen Blick auf die Titelseite schritt er schnell zum Auto zurück.

»Jetzt ist passiert, wovon seit Wochen die Rede ist. Kaiser Wilhelm hat Rußland den Krieg erklärt.«

Ein neuer Krieg, in den Deutschland verwickelt war – sie fragte sich, wie ihr Vater das aufnehmen würde. Loy trat auf das Trittbrett und gab ihr die *Times*, während er sich setzte.

VIER MÄCHTE IM KRIEG,
FRANKREICH MACHT MOBIL
ERSTER SCHUSSWECHSEL IM DEUTSCH-RUSSISCHEN KRIEG
Mobilmachung in Frankreich wird von der Bevölkerung mit Begeisterung begrüßt

Deutscher Kaiser unerschrocken mit dem Rücken an der
Wand

Immer noch benommen von Loys Enthüllungen, ließ Fritzi die
Zeitung auf den Schoß sinken. Der Gedanke an einen Krieg, der
Jahrzehnte des Friedens in Europa zunichte machen sollte, war
erschreckend. Der General hatte seine Kinder gelehrt, daß ein
Krieg, auch wenn er unter Umständen notwendig sein sollte, nie
ein heiliger Kreuzzug war, der in strahlendem Sonnenschein
ausgetragen wurde, sondern ein schmutziges, grauenhaftes Gemetzel, das Leben vernichtete, Träume zerstörte und wie eine
Teufelsklaue seine Spuren selbst bei denen hinterließ, die ihn
überlebten.

Loys Augen folgten einem offenen Bus voller Touristen auf
Stadtrundfahrt, richteten sich dann auf die Lichter von Santa
Monica, die im schwindenden Licht in weiter Ferne lagen, und
schließlich auf einen Punkt, den sie nicht ausmachen konnte.
Das Zittern in ihrer Stimme erschreckte sie:

»Hoffentlich hat es nichts mit uns zu tun.«

»Ich wüßte nicht wie«, gab er zurück, als er den Gang ein-
legte, um loszufahren.

In Venice sah Fritzi einen Papierfächer, der sich auf der dunklen Vorderveranda bewegte; die Hongs saßen draußen. Loy
machte Anstalten, auszusteigen und ihr aus dem Auto zu helfen.

»Ich gehe alleine rein.«

»Okay. Vielleicht sehe ich dich, wenn ich zurück bin.«

»Wohin geht's diesmal?«

»Arizona. Für einen Monat, vielleicht länger. Ince hat mich
für einen Mehrteiler eingestellt, in dem nicht viele Pferde vor-
kommen.«

»Viel Glück.«

Er streckte die Hand nach ihrem Arm aus. »Fritzi ...« Sie öffnete die Tür und rannte den Weg zur Veranda hinauf. Der Ford
verschwand knatternd in der Dunkelheit.

Mrs. Hongs Schaukelstuhl knarrte. Mr. Hong sagte: »Ein böser Tag. Haben Sie die Nachrichten gehört?«

»Ja. Schrecklich«, pflichtete Fritzi ihm bei, obwohl sie an etwas ganz anderes dachte.

TEIL SECHS

Schlacht-felder

Die Vereinigten Staaten sind heute in der gleichen Lage, in der die Universität Harvard wäre, hätte sie einen guten Footballspieler von hundert amerikanischen Pfund und einen Ersatzspieler von an die hundertzwanzig Pfund, beide zudem schlecht trainiert. Ersterer steht für die Armee, der zweite für die Bürgerwehr. Man weiß, es steht ein Spiel gegen eine erstklassige Mannschaft bevor, die genau zu dem Zeitpunkt die beste Kondition haben wird und jede Position mindestens fünffach besetzt hat. Niemand weiß, wann das Spiel beginnt, aber wir wissen, daß es eines Tages losgeht, und schlimmer noch, daß wir nicht darauf vorbereitet sind …
Wir sollten unser möglichstes tun, um die schlafende Öffentlichkeit aufzuwecken, denn ich versichere Ihnen, daß der Ernst der Lage gar nicht überschätzt werden kann.

General Leonard Wood,
Armee der Vereinigten
Staaten, 1915

In unserem Land ist kein Platz für Halbamerikaner.

Theodore Roosevelt, 1915

68. IN BELGIEN

Die heiße Morgensonne sprenkelte die Bäume. Gelber Blütenstaub trieb durch die Luft. Paul nieste, als er den Milchkarren ins Unterholz lenkte, wo man ihn von der Straße aus nicht sehen konnte. Der alte Ackergaul, der den Karren zog, warf den Kopf herum und schnaubte, als sei er froh, ausruhen zu können.

Sammy schraubte die Moy-Kamera auf den Dreifuß; Paul überprüfte das Magazin. Die Männer hatten sich eine Woche lang weder rasiert noch gewaschen und stanken zum Himmel. Beide trugen Baskenmützen und blaue Kittel. Nur zu den Holzschuhen, die auch hier auf dem Lande üblich waren, hatte Paul »Auf keinen Fall« gesagt.

Sie hatten in einer Scheune in der Nähe eines wenige Kilometer östlich gelegenen Dorfes übernachtet. Als sich Sammy schlafen legte, sagte er: »Das Mädchen, dem der Hof gehört, ist bildhübsch.« Paul grunzte. Er hatte sie gar nicht wahrgenommen, er dachte nur an Julie.

Bei Tagesanbruch wurde er vom Geräusch eines Motorwagens geweckt. Er rannte in den Hof hinaus und sah einen wunderschönen beigen Bugatti, dessen Chauffeur mit dem Mädchen um Brot und Milch feilschte. Paul schaute durch das offene Fenster in das Wageninnere und sah einen älteren Diener in Livree mit Silberknöpfen, der neben seiner Herrin saß. Er klopfte an die Scheibe. Der Diener kurbelte das Fenster ganz herunter. Auf französisch fragte Paul nach Neuigkeiten aus Liège.

»Gestern nacht ergeben. Alle als uneinnehmbar geltenden Festungen sind gefallen. Hinter uns kommen Tausende. Bitte treten Sie zurück, Sie stören die Gräfin.«

Jetzt hörte Paul die Flüchtlinge auch schon. Sie kamen durch das Unterholz. Achsen ächzten, Pferde wieherten, Hühner gackerten. Dazu das monotone Geräusch schleppender Füße und gelegentlich das Aufheulen eines Autos, das über die Banketten fuhr, um die anderen hinter sich zu lassen, zu überholen, wegzukommen.

»Du kannst hierbleiben, wenn du willst«, sagte Paul zu Sammy.

»Nicht um alles in der Welt, Chef. Man is' schließlich nicht jed'n Tag in so 'n großen Krieg.«

Paul stemmte sich das Stativ auf die Schulter. »Dann los.«

Es war Montag, die dritte Woche im August. Der Krieg war drei Wochen alt.

Der erste August, der Tag, an dem der Kaiser dem Zaren den Krieg erklärt hatte, hatte wie ein umfallender Dominostein eine Kette von Ereignissen ausgelöst. Am dritten August erklärte Deutschland Frankreich den Krieg. Am Tag darauf übte Großbritannien Vergeltung, indem es Deutschland den Krieg erklärte. Eine Sondereinheit des deutschen Heeres stieß über die belgische Grenze vor, ungeachtet der Neutralität dieses Landes.

Die Deutschen kesselten Liège ein und zerbombten die aus Eisen und Beton errichteten Verteidigungsfestungen der Stadt. Nachdem Liège gefallen war, konnte die deutsche Armee auf Brüssel und auf Paris vormarschieren. Das war General Schlieffens Schlachtplan aus dem Jahr 1895, der jetzt endlich zur Ausführung kam.

Am sechsten August, einem Donnerstag, verabschiedete sich Paul von Julie und den Kindern. An diesem Tag wurde die offizielle Stellungnahme Washingtons zum Krieg in Europa über den Atlantik gekabelt. Die Vereinigten Staaten würden strikte Neutralität wahren. Amerikanische Bürger dürften nicht in den Armeen der kriegführenden Nationen mitkämpfen. Amerika werde keine Kriegsschiffe liefern, weder der einen noch der anderen Seite. Onkel Joe wird sich über die Neutralität freuen, dachte Paul. Der General hatte noch immer eine starke Gefühlsbindung an sein altes Vaterland, Paul nicht.

Er und Sammy überquerten den Kanal, gingen in Ostende an Land und reisten ohne Schwierigkeiten nach Brüssel weiter. Auf ihrem Weg wurden sie Zeugen der Mobilmachung der belgischen Armee. Die Belgier waren mutig, aber schlecht ausgerüstet. Paul filmte eine Kompanie Kanoniere beim Exerzieren; die Kanonen wurden von großen Hunden gezogen. Er drehte einige Meter, bis ein belgischer Offizier damit drohte, die Kamera zu zertrümmern, wenn er nicht verschwände.

In Brüssel besorgte ihnen der amerikanische Botschafter Whitlock einen *laissez-passer*, mit dem sie sich ungehindert überall bewegen konnten. Dieser Passierschein und ihre Pässe waren die Garantie für ihre Sicherheit. So sollte es zumindest sein.

In einem Café auf dem Boulevard Waterloo traf Paul seinen alten Kollegen Richard Harding Davis, aber auch viele andere Korrespondenten. Paul erklärte, er habe die Absicht, den deutschen Vormarsch zu filmen.

»Na, was die wohl dazu sagen werden«, meinte Dick Davis. »Zeig einem Armeeoffizier, ganz gleich wo auf dieser Welt, eine Kamera, und er denkt sofort: ein Spion.« Paul nickte, er dachte an die belgischen Kanoniere. Davis zog einen Bleistift aus der Brusttasche seines eleganten Leinenrocks.

»Da bin ich auf einmal ganz froh, daß ich nur ein altmodischer Reporter bin.« Er schwenkte seinen Bleistift in der Luft. »Paß auf dich auf, mein Freund!«

Hohe Pappeln säumten die Straße wie grün belaubte Flußufer. Das Flußbett aber quoll über von unendlichem menschlichem Leid. Hunderte von Flüchtlingen, soweit das Auge reichte.

Paul richtete seine Kamera auf die vorbeiziehenden Menschenmassen. Einige starrten ihn an, niemand stellte eine Frage oder bot einen Gruß. Angst lag auf allen Gesichtern. Paul fing an zu kurbeln. »Mein Gott, ist das ein Anblick«, entfuhr es Sammy.

In der Tat: Dieser Strom führte Männer, Frauen und Kinder mit Rucksäcken zu Fuß, auf Fahrrädern und auf hochbeladenen alten Karren mit. Eine Großmutter zog einen Leiterwagen mit einem kleinen Berg Kleider, Kochgeschirr – Überreste eines zerstörten Lebens.

Ein schwarzer Daimler kroch vorbei, auf dem Dach schwankten Koffer und Kisten. Verängstigte weiße Gesichter starrten heraus. Ein junges Mädchen zog mit einem Mehlsack vorüber, in dem das Familiensilber klapperte. Ein bäuerliches Ehepaar mühte sich mit Holzkisten ab, in denen Enten quakten und Frischlinge quiekten. Ein schweißgebadeter Adliger in einem Alfa Romeo hätte beinahe eine Mutter überfahren, die ihre beiden Kinder auf dem Arm trug. Beim Ausweichen stieß er unflätige Bemerkungen aus.

Ein alter Mann, der wie ein Gelehrter aussah, trug ein mit
einem Lederriemen zusammengeschnürtes Bücherbündel über
der Schulter. »Wie viele Deutsche in Liège?« rief Paul.

»Bülows gesamte Zweite Armee. Stehlen alles, von Bildern bis
Postkarten, die Hundesöhne.«

Der Fluß des Grauens strömte über Stunden an ihnen vorbei, dann wurde er schwächer und trocknete schließlich ganz
aus. Paul vermutete, daß die deutsche Vorhut nicht mehr weit
war. Er filmte mit Unterbrechungen; die schmerzverzerrten Gesichter, die traurigen Bündel wiederholten sich. Er und Sammy
schwitzten unter der Staubkruste, die ihre Gesichter fast unkenntlich machte.

Paul ruhte sich im Schatten einer Pappel aus und rauchte
eine Zigarre. Sammy verrichtete seine Notdurft an einem Busch.
Auf den umgebenden Feldern standen die Ähren reif für die
Ernte, die nie erfolgen sollte. Ein silbernes Etwas kam in Sicht.

»Ein Zeppelin«, rief Paul und sprang auf. Zu seiner Linken
wälzte sich eine riesige Staubwolke heran. »Sie kommen.«

Paul trieb den alten Ackergaul so schnell er nur konnte, ohne befürchten zu müssen, daß das Pferd zusammenbrach, zum Dorf.
Zwanzig Minuten nachdem sie angekommen waren, marschierten die ersten Deutschen ein. Das Geräusch ihrer eisenbeschlagenen Stiefel im Gleichschritt auf dem Pflaster war beängstigend. Sie marschierten im Stechschritt, junge Burschen in
sauberen graugrünen Uniformen, die Gesichter lächelnd und
zuversichtlich. Die Dorfbewohner blickten mürrisch. Paul und
Sammy standen mitten unter ihnen auf dem Dorfplatz, sie wurden angestarrt, aber nicht behelligt. Aus Angst vor Beschlagnah-
mung hatte Paul die Kamera versteckt.

Eine Kolonne von Transportwagen rollte durch das Dorf, dann
ein Kommando von Ulanen, alle auf gleichfarbigen Pferden. An
ihren Lanzen wehten Fähnchen. Eine Frau lief vor, um sie mit
einem Strauß gelber Blumen zu begrüßen. Jemand aus der Menge
warf einen Stein. Das Lächeln des Ulan-Offiziers gefror.

Infanterieregimenter, Kavallerie- und Artillerieeinheiten zogen eine Stunde lang durch das Dorf. Hin und wieder fuhr ein
offener Stabswagen nebenher, überholte die Marschierenden auf
dem Dorfplatz und preschte weiter. Pauls Beine und Rücken

schmerzten vom schlechten Schlaf, stundenlangen Stehen und von den zum Zerreißen angespannten Nerven. Er spürte seine sechsunddreißig Jahre; er war nicht mehr jung.

Ein weiterer Stabswagen fuhr auf dem Dorfplatz vor. Er hielt an. Ein Oberst stieg aus, staubig, aber makellos gekleidet. Sein rosarotes Gesicht glänzte, als er die Mütze abnahm. Er hatte rotes Haar, gut geschnitten. Er verlangte nach dem Bürgermeister, zuerst auf deutsch, dann auf französisch.

»Hier, Euer Ehren.« Ein beleibter Mann drängte nach vorne, ergriff die Hand des Oberst. Einen Augenblick lang dachte Paul, er wolle den Siegelring des Offiziers küssen. Einige der Umstehenden murrten.

Der Offizier schnarrte dem Bürgermeister seine Befehle entgegen, gestikulierend verlangte er Quartier und Verpflegung. Ein ärmlich gekleideter Junge von etwa zehn Jahren löste sich aus der Menge. Der Junge hielt ein Holzgewehr in der Hand. Noch bevor seine Mutter ihn zurückhalten konnte, zielte er auf den Offizier und rief: »Peng, peng!«

Der verdutzte Offizier runzelte die Stirn. Auf deutsch sagte er zu seinem Adjutanten: »So was darf nicht einreißen. Die müssen Respekt haben. Schaffen Sie ihn weg!«

»Sofort, Herr Oberst.«

Der Adjutant schritt auf den Jungen zu, die Hand bereits an seiner Pistole. Jetzt richtete der Junge das hölzerne Gewehr mit »Peng peng!« auf ihn. Die Mutter des Jungen rannte auf das Kind zu, streckte die Arme aus, schrie. Sie war noch fünf, sechs Schritte von dem Jungen entfernt, als der Adjutant ihm seelenruhig eine Kugel durch den Kopf jagte.

Blut und Hirnmasse spritzten auf das Kopfsteinpflaster. Der Junge zuckte, bevor er wie eine Stoffpuppe ohne Inhalt zusammensackte. Der Adjutant pustete in die Mündung seiner Pistole, steckte sie weg und salutierte in Richtung seines Vorgesetzten. Der Offizier nickte kurz. Die Hose des Bürgermeisters zeigte einen nassen Fleck.

Paul konnte kaum atmen. Sammys Stimme zitterte, als er »Verdammte Scheiße!« flüsterte.

Die Mutter fiel neben dem Jungen auf die Knie. Fliegen setzten sich auf das vergossene Blut. Ein paar Dorfbewohner mit Stöcken und Steinen drängten nach vorne, aber auf einen Wink

des Obersten zogen drei Männer in dem Stabswagen ihre Pistolen. Die Mutter schwankte hin und her und klagte laut: »*Dieu,
dieu. Fusillé par les Allemands.*« O Gott, o Gott. Von den Deutschen erschossen.

Die Deutschen zogen durch das Dorf, bis das Licht des langen
Sommerabends erlosch. Paul war sprachlos angesichts der Zahl
der Soldaten, des hervorragenden Zustands ihrer Ausrüstung
und der Versorgungseinheiten – von Pferden gezogene Feld-
küchen mit rauchenden Schornsteinen, Krankenwagen, ein offener Wagen, in dem Schuster Stiefel besohlten, sogar ein Postamt auf Rädern. Bei Anbruch der Nacht schlugen sie ihr Lager
auf, wo sie mit kräftigen Stimmen Trinklieder und *Die Wacht am
Rhein* sangen. Paul näherte sich einem jungen Unteroffizier der
Infanterie, der eine Postkarte schrieb, und fragte ihn, wie lange
der Krieg dauern würde.

»Weihnachten sind wir in Paris. Kurz nach Neujahr sind wir
wieder zu Hause.«

Paul und Sammy verließen das Dorf um Mitternacht auf
ihrem Milchkarren, auf dem Kamera und Filmmaterial sicher
versteckt waren.

Rauchwolken schwärzten den Himmel über Belgien. Wo die
Deutschen auf Widerstand stießen, brannten sie zur Vergeltung
alle Häuser nieder.

Paul und Sammy fuhren durch Felder, die von den Eisen-
rädern der Munitionswagen durchpflügt waren. Sie sahen blaue
Bauernhäuser mit roten Dachziegeln, zerbrochenen Fensterscheiben, aus den Angeln gerissenen Türen. Sie sahen zertram-
pelte Gärten mit Stockrosen und andere, in denen rote Krautköpfe wie zermalmte Menschenschädel umherlagen. Paul
filmte, wo er konnte, aber die hölzerne Moy war unhandlich
und leicht auszumachen. Sie mieden die Hauptstraßen, um Be-
gegnungen auszuweichen, bei denen ihre Papiere hätten begutachtet, befragt, ja konfisziert werden können.

In der Nähe eines Dorfes stießen sie auf Soldaten, die mit
Hilfe von Pferden und Ketten Baumstämme von einer Straße
zerrten. Gefällte Bäume waren die einzigen Hindernisse, welche
die Belgier den Deutschen in den Weg legten. Nicht viel weiter

leckten Flammen an der leeren Karosserie eines umgefallenen Autos.

Paul und Sammy versteckten den Karren und näherten sich dem Dorf zu Fuß. Paul hatte die Kamera ohne Stativ in eine Decke gehüllt unter dem Arm. Sammy trug ein zusätzliches Filmmagazin.

Als sie neben einer Scheune ein brachliegendes Feld am Dorfrand überqueren wollten, zog Sammy heftig an Pauls Arm. »Besser, wir verstecken uns, Chef.« Sie rannten in die Scheune und kletterten mit angehaltenem Atem auf den Heuboden. Von dort sah Paul eine Abteilung von Soldaten, die drei Männer und drei Frauen verschiedenen Alters auf das sonnenüberflutete Feld trieben. Ein junger Unteroffizier stolzierte den Zivilisten voraus, denen die Hände auf dem Rücken zusammengebunden waren.

»Meine Damen und Herren«, sagte der Unteroffizier mit lauter Stimme, »Sie haben der Ersten Armee des Generals von Kluck Hindernisse in den Weg gelegt. Ich spreche von den gefällten Bäumen und dem ausgebrannten Panhard-Auto.« Er sprach ausgezeichnet Französisch.

»Dieser Widerstand kann nicht hingenommen werden, ich denke, Sie verstehen das. Wir haben unsere Befehle. Haben Sie noch etwas zu sagen, bevor wir diese Anweisung ausführen?«

Ein Mann spuckte auf die Erde. Eine junge Frau fiel weinend auf die Knie. »Ersparen Sie mir das Theater«, herrschte der Unteroffizier sie an. »Sie könnten Ihre verdiente Strafe wenigstens erhobenen Hauptes entgegennehmen.«

Paul schob die Kamera an das Fenster im Heuboden, überprüfte die Belichtungszeit, vergewisserte sich, daß sowohl die Deutschen als auch die Belgier im Bild waren. Er fing an zu kurbeln, zuckte aber zusammen bei dem krächzenden Geräusch. Konnte man ihn in dieser Stille hören, in der es nur das Gezwitscher der Vögel und das ferne Brummen eines Motors auf einer entfernten Straße gab?

Der Unteroffizier klopfte mit seiner Zigarette auf ein Metalletui. »Feldwebel, exekutieren Sie.«

Der Feldwebel erteilte die Befehle. Die Soldaten hoben ihre Gewehre. »Nein, nein, doch nicht so!« herrschte der Unteroffizier sie an. »Wir wollen eine härtere Lektion. Bajonette!«

Die kniende Frau sank ohnmächtig zu Boden. Ein Bauer mittleren Alters in Stiefeln und Kittel legte den Arm um seine Frau. Die Soldaten warfen einander zögernde Blicke zu. »Rasch, rasch!« schrie der irritierte Unteroffizier, mit seiner Zigarette in der Luft fuchtelnd.

Der Feldwebel räusperte sich. »Bajonette bereitmachen!«

Paul kurbelte weiter, als die Soldaten vortraten und die stählernen Klingen in die Zivilisten stießen. Sie zogen die Bajonette heraus und stießen immer wieder zu, bis alle Belgier zweifelsfrei tot waren.

»Laßt sie liegen!« befahl der Unteroffizier. Seine Zigarette war zu einem Stummel heruntergebrannt. Als er sie wegwarf, fiel sein Blick zufällig auf die Scheune. Die Sonne mußte sich in der Linse gespiegelt haben, denn der Unteroffizier deutete mit dem Finger hinauf.

»Ich habe dort etwas gesehen. Sofort die Scheune umstellen.«

»Kommen Sie, Chef.« Sammy hechtete auf die Leiter zu.

»Gib mir das andere Magazin.«

»Chef, dazu haben wir keine ...«

»Das andere Magazin, verdammt noch mal!«

Sammy gehorchte mit vor Angst aufgerissenen Augen. Mit flinken Händen nahm Paul das Magazin mit dem belichteten Film heraus und legte das andere ein. Er hatte keine Zeit, die Kamera zu öffnen und den neuen Film einzufädeln. Er bedeckte das erste Magazin in dem Augenblick mit Heu, als die Soldaten das Scheunentor aufstießen.

»Du hältst den Mund, kein Wort jetzt«, flüsterte Paul. »Egal was passiert, du zeigst auf keinen Fall deinen britischen Paß.«

Unten wurden Gewehrhähne gespannt. Paul rief auf deutsch: »Bitte nicht schießen, wir sind Amerikaner. Amerikanische Staatsbürger.«

»Kommen Sie herunter, Hände über dem Kopf!« Das war der Unteroffizier.

Paul stieg zuerst hinunter. Der Unteroffizier konnte kaum älter als fünfundzwanzig sein. Er hatte ein rundes Babygesicht und sanfte blaue Augen. In seinem Gürtel steckte eine sauber gefaltete Karte. Alle deutschen Offiziere waren mit einer Fackel für Nachteinsätze ausgerüstet und mit Karten, auf denen die Straßen und wichtigen Punkte gekennzeichnet waren.

Der Offizier schlug die Hacken zusammen. »Unteroffizier Hermann Kinder. Sie sprechen deutsch?«

»Ich bin als Junge von Berlin ausgewandert.«

»Ah, ein Landsmann. Haben Sie Papiere?«

»Ja.« Paul zog sie unter seinem Kittel hervor. Der Unteroffizier entfaltete das übergroße, von Außenminister Bryan unterzeichnete Pergamentpapier, auf das mit sauberer Schönschrift die wichtigsten Daten über Paul, Alter, Größe, geschätztes Gewicht, Augen- und Haarfarbe, eingetragen waren. Der Unteroffizier betrachtete den Paß von allen Seiten beängstigend lange.

Endlich reichte er ihn zurück. Als nächstes begutachtete er Pauls Passierschein. »Ich darf Sie davon in Kenntnis setzen, daß die Belgier in diesem Land nichts mehr zu sagen haben. Brüssel ist am Freitag gefallen. Dieses Schriftstück ist wertlos.« Damit riß er es entzwei und warf die Schnipsel auf den Boden. Er beäugte die Leiter. Sammy blieb auf halbem Weg nach unten stehen, einen Arm um eine Sprosse gelegt. Sein Gesicht war blaß und angespannt.

»Was haben Sie da oben? Ich sah etwas blitzen, die Sonne hat sich auf einem Fernglas oder was Ähnlichem gespiegelt.«

»Meine Kamera ist dort oben«, sagte Paul. »Ich mache Filme für Filmtheater.«

»Kino.« Der Unteroffizier lächelte kurz. »Bringen Sie sie runter«, befahl er Sammy.

Sammy verstand kein Deutsch. Paul wiederholte den Befehl auf englisch. Sammy hob zu sprechen an. Paul starrte ihn nur an. Sammy schluckte und hechtete die Leiter hinauf.

»Sie haben gefilmt, was sich auf dem Feld abspielte?« Paul nickte. »Sie muß zerstört werden«, sagte Kinder zu einem seiner Männer. Der Soldat trug die Kamera aus der Scheune, bis sie ihn nicht mehr sehen konnten. Paul zuckte zusammen, als er hörte, wie der Holzkasten zersplitterte.

»Da Deutschland und die Vereinigten Staaten von Amerika sich nicht im Kriegszustand befinden, bin ich verpflichtet, Sie höflich zu behandeln. Aber ich rate Ihnen, die Gegend unverzüglich zu verlassen. Ein weniger gewissenhafter Offizier hätte vielleicht kurzen Prozeß mit Ihnen gemacht.«

»Ich verstehe.«

»Wenn Sie hier noch einmal aufgebracht werden, werden Sie unverzüglich erschossen.«

»Ja, wir gehen.« Paul grub die Fingernägel in seine Handflächen. Sie waren fast schon frei. Fast aus der Falle.

Er dachte an den im Heu versteckten Film und verständigte sich mit Sammy durch einen Blick. Nebeneinander schritten sie durch das Scheunentor nach draußen. Sammy sah aus, als würde er gleich vor Zorn platzen. Vorsichtig legte Paul einen Finger auf die Lippen, den Rücken auch weiterhin der Scheune zugewandt. Er ging schnell, aber ohne zu rennen. Jeden Moment rechnete er mit einer Kugel im Rücken. Aus dem Augenwinkel heraus sah er, wie sich schwarze Vögel mit starren Flügeln über das Fleisch der Toten hermachten.

Als sie das andere Ende des Feldes erreicht hatten, wagte Paul einen Blick über seine Schulter. Unteroffizier Kinder und seine Männer marschierten in Richtung Dorf.

Paul drängte weiter, auf eine niedrige Steinmauer zu, mit der ein Bauer sein Feld eingezäunt hatte. Dort sagte er leise: »Es ist alles in Ordnung, Sammy, sie sind weg.«

Noch nie hatte er Sammys Gesicht so verzerrt gesehen. Sammy trat gegen die Steinmauer. »Diese verdammten Hurensöhne. Diese Wilden.«

»Hunnen. Das ist der Ausdruck, den ich im Dorf gehört habe.« Sammy blickte ihn verständnislos an. »Wie Attilas Horden.« Sammy begriff immer noch nicht. Er legte beide Hände auf die Steinmauer und ließ den Kopf sinken, erschüttert von soviel menschlicher Grausamkeit.

»Es ist ein Glück, daß sie dich nicht gehört haben, sonst wären wir tot.«

»Ich kann Anweisungen befolgen, oder etwa nicht?« brummte Sammy, immer noch sichtlich aufgewühlt.

»Das kannst du, Sammy. Das und noch viel mehr, und dafür bin ich dir dankbar. Komm, setzen wir uns und ruhen ein wenig aus!«

Sammy setzte sich neben ihn und fächelte sich mit seiner Baskenmütze Kühlung zu.

»Wo geht's jez hin, Chef?«

»Wir schlagen uns nach Ostende zum Kanal durch. Dort suchen wir uns einen Fischer, der uns übersetzt.« Sie saßen schweigend nebeneinander, bis Paul fortfuhr: »Ich glaube, jetzt können wir es wagen. Wir können den Film holen.«

»Sie bleiben hier! Ich hole ihn. Muß doch sicherstellen, daß diese Filme nach Hause kommen, damit die Menschen erfahren, gegen welche elenden, grauenhaften Monster wir kämpfen.«

Paul wollte etwas einwenden, doch die wilde Entschlossenheit in Sammys Augen ließ ihn verstummen.

69. VERDRUSS IM HAUS

Altersschwäche hatte den alten Nicky Speers dahingerafft, den hochgeschätzten Chauffeur der Crowns über so viele Jahre. Ilsa schrieb in ihren Briefen, der General sei der Meinung, niemand könne es an Zuverlässigkeit und Humor mit Nicky aufnehmen, darum habe er ihn nicht ersetzt. Fritzi wurde in Chicago am Bahnhof vom wortkargen bayerischen Butler Leopold abgeholt, der sie auf dem Bahnsteig erwartete.

»Willkommen daheim, gnädiges Fräulein!«

»Danke, Leopold, ich bin froh, wieder hier zu sein.«

»Ihre Mutter und Ihr Vater werden sich freuen, Sie zu sehen.« Wenn Leopold nur zehn Wörter sprach, konnte man ihn schon als gesprächig bezeichnen. Allerdings, so vermutete Fritzi, war das, was er sagte, nur zur Hälfte wahr.

Der Himmel über der lauten Straße war gelb und rußig. Eine schwarze Wolkenwand im Westen kündigte Regen an. Es war Donnerstag, der erste Oktober, drei Tage vor dem »Friedenssonntag«, den der Präsident zum nationalen Tag des Gebets für die Beendigung des Krieges erklärt hatte.

Mit besonderer Erlaubnis von B. B. beurlaubt, hatte Fritzi dem Drängen ihrer Mutter nachgegeben und war durch das halbe Land gereist. Während der Fahrt hatte sie die rigorosen Ansichten ihrer Mitreisenden zum Krieg gehört: Die Vereinigten Staaten sollten Wilson folgen und strikte Neutralität wahren. Die Deutschen seien Barbaren, die nicht davor zurückschreckten, Nonnen zu vergewaltigen, Priester bei lebendigem Leib zu verbrennen, belgischen Babys die Hände abzuhacken. Aber zum Glück werde der ganze Spuk bis Weihnachten vorbei sein. Fritzi besaß dazu keine eigene Meinung, der Krieg hatte auch nichts mit ihrer Rückkehr nach Chicago zu tun. Sie war gekommen, um den fünfundvierzigsten Hochzeitstag ihrer Eltern im Palmer House mit zu feiern. Zu den Gästen der alljährlichen Feier gehörten viele der langjährigen Mitarbeiter des Generals, Geschäftspartner und Freunde aus der Deutsch-Amerikanischen

Gesellschaft in Chicago. Nach einigem Zögern hatte Fritzi sich dann doch entschlossen, nach Hause zu fahren, weil sie hoffte, die festliche Atmosphäre könne helfen, die Kluft zu ihrem Vater zu überbrücken.

Der kastanienbraune Benz-Tourenwagen der Familie setzte sie bei Anbruch der Dunkelheit vor dem Haus ab. Die Dienstboten waren sämtlich neu und Fritzi unbekannt. Ihre Mutter sei noch bei einer Versammlung des Kirchenrats und der General in St. Louis, wo er ein Problem mit seinem Großhändler zu regeln habe. Er werde spät am Abend des folgenden Tages zurückerwartet.

In ihrem alten Zimmer im zweiten Stock roch es trotz der frischen Bettwäsche und der frischen Blumen in der Vase muffig. Beim Auspacken drehte Fritzi sich langsam um, weil sie spürte, daß jemand ins Zimmer getreten war.

»Joey!«

»Hallo, Schwesterchen.« Er humpelte durch das Zimmer; sie umarmten sich. Joe junior warf seine alte Stoffmütze auf einen Stuhl. Joey ging auf die Vierzig zu, war aufgeschwemmt und bläßlich, und sein Atem roch nach Whiskey. Sein Bauchumfang hatte seit dem letzten Mal merklich zugenommen. Trotz seiner sozialistischen Verachtung des Kapitalismus hielt Joey an seiner Arbeit fest. Mama berichtete traurig, er habe seine Prinzipien für Schnapsgeld eingetauscht.

»Hübsche kalifornische Bräune hast du, Schwesterchen.«

»Danke. Du könntest auch etwas Sonnenschein vertragen.«

»Ach, würde ja doch keiner merken. Ich hab' deinen neuen Film gesehen, den, wo du alles kurz und klein haust. Sehr lustig!«

»Es freut mich, daß er dir gefallen hat. Und du, wie geht's dir?«

»Wie soll's mir schon gehen? Immer gleich. Arbeite sechs Tage in der Brauerei und sonntags im Parteibüro.«

Fritzi mißfiel das Selbstmitleid, das in seiner Stimme lag, aber sie sagte nichts. Sie setzte sich auf das Bett. »Hat der Krieg hier in Chicago irgendwelche Auswirkungen? Im Westen wissen die Leute kaum, daß überhaupt Krieg ist.«

»Die Deutschen sind ziemlich aufgeregt deswegen. Pa hat sich unten in sein Arbeitszimmer eine große Karte von Belgien

und Frankreich gehängt, mit farbigen Nadeln für beide Seiten.
Würde mich nicht überraschen, wenn er morgen mit einem Bild
des Kaisers heimkäme. Ich glaub', er wird ein bißchen senti-
mental.« Joe junior faßte sich dabei an den Kopf. »Schließlich
wird er im März zweiundsiebzig.«

»Und was meinst du zum Krieg?«

»Mit einem Wort? Kriminell.«

»Welche Seite meinst du?«

»Beide Seiten. Der internationale Sozialismus betrachtet alle
Regierungen als von Natur aus korrupt, und Kriege sind dem-
nach nichts anderes als politische Auswirkungen dieser Korrup-
tion. Der kleine Mann fängt keinen Krieg an, Schwesterchen, der
Krieg wird ihm von den Ausbeutern aufgezwungen.«

Sie lächelte. »Papa würde das rote Propaganda nennen, nicht
wahr?«

»Sicher, aber es ist die Wahrheit. Ich geh' mich umziehen.
Schön, dich hier zu sehen.« Er wandte sich um, zog seine
Fußprothese nach. »Ach, weißt du's schon? Carl kommt mit
dem Mitternachtszug aus Texas. Er ist auf dem Weg nach Frankreich, kannst du dir das vorstellen? Du freust dich wahrscheinlich, ihn zu sehen.«

Joeys Ton legte nahe, daß er sich nicht freute, ihn zu sehen.
Wie traurig und verloren er aussah! Sie bezweifelte, daß ihm in
diesem Stadium noch irgend jemand helfen konnte.

Carl kam um halb fünf am Morgen ins Haus, sein Zug war mit
mehreren Stunden Verspätung eingetroffen. Mit einer abgewetz-
ten Reisetasche in der Hand und einem schmutzigen roten Schal
um den Hals, stürmte er polternd die Treppe hinauf. Ilsa, im
Nachtgewand, umarmte ihren Sohn und ermahnte ihn, leise zu
sein – ganz besonders, als er den Endpfosten des Geländers derart anrempelte, daß er heftig wackelte.

Fritzi winkte Carl gähnend von der Tür ihres Zimmers aus zu
und versprach, ihn gleich am Morgen zu begrüßen. Joey machte
sich nicht die Mühe aufzustehen.

Jedes Jahr, wenn die Crowns ihren Hochzeitstag mit einem
großen Fest feierten, wies der General Geschenke seiner Gäste
eisern zurück, aber von seinen Kindern ließ er sich gern be-
schenken. Fritzi mußte ihre noch kaufen. Sie bat Carl, sie zu be-

gleiten. Der hatte das beste Geschenk, das er sich leisten konnte, bereits eingepackt – ein billig gerahmtes Photo von sich, aufgenommen vor einem klapprigen Flugzeug, an dessen Tragflächen ganz eindeutig Einschußlöcher zu erkennen waren.

Bei Loop wurde ihnen deutlich vor Augen geführt, daß die große deutschamerikanische Bevölkerung Chicagos keineswegs neutral war, was den Krieg betraf. Ein Straßenhändler auf der State Street verhökerte Blechimitationen des Eisernen Kreuzes. Im Fenster eines Musikgeschäfts waren Columbia-Grammophonplatten mit patriotischen deutschen Liedern ausgestellt.

»Pa wird es nicht gefallen, daß ich für die andere Seite fliege«, meinte Carl ernst.

Sie waren schon eine Stunde lang beim Einkaufen, und Carl klagte wiederholt, er brauche noch eine Tasse Java, um richtig aufzuwachen. Schließlich erstand Fritzi eine hübsche Uhr. Das lackierte Gehäuse war dreiundsechzig Zentimeter hoch und reich verziert – sehr deutsch. Sie war sich nicht sicher, ob sie ihrem Vater gefallen würde, aber ihre Mutter konnte sie bestimmt brauchen. Ilsa führte einen ordentlichen Haushalt, und in jedem Zimmer stand mindestens eine Uhr.

Fritzi war gerade dabei zu bezahlen, da fiel ihr etwas ein: Ilsa war Ende Sechzig, ihre Sehkraft hatte stark nachgelassen. »Ich habe mich anders entschieden. Ich nehme diese da.« Die Uhr war identisch mit der zuerst gewählten, nur waren Zifferblatt und Zeiger größer.

»Macht zwei Dollar mehr«, meinte der Verkäufer.

»Gut, packen Sie sie ein.«

Im Kaffeehaus Fort Dearborn in der Wabash Avenue bestellte Fritzi Tee und Gebäck, Carl einen doppelten Kaffee. Er knöpfte seinen Mantel auf und ließ den roten Schal über sein Hemd hängen. Das unschöne Teil war mindestens einen Meter lang, an den Enden ausgefranst und hatte alle möglichen Flecken. Schließlich siegte Fritzis Neugierde, und sie fragte: »Wo hast du dieses alte Ding her?«

»Von Tess, dem Mädchen in Detroit. Ich habe dir von ihr erzählt.«

Sie hörte den Ernst in seiner Stimme. »Sie hat dir viel bedeutet, wie?«

»Tut sie immer noch.«

»Aber du hast sie verlassen.«

Er nickte wortlos.

Fritzi rieb sich die Hände, um die Krümel abzustreifen. »Weißt du, was das für eine Frau bedeutet?«

»Wie sollte ich?«

»Natürlich, wie auch. Ich will es dir sagen, weil ich nämlich in einen Mann verliebt bin, der auch so ein Vagabund ist wie du.« Mit großer Eindringlichkeit und mit überraschender Erleichterung erzählte sie ihm von Loy Hardin, von ihren Gefühlen für ihn und davon, wie er sich jedesmal zurückzog, wenn sie ihm näherkommen wollte.

»So etwas bringt einen Menschen um, Carl. Man kann nicht mehr schlafen, nicht mehr arbeiten ...« Sie war wütend, weil es nun zwei Männer in ihrem Leben gab, Loy und ihren Bruder, die eine Bindung verweigerten, ohne an die Konsequenzen zu denken. Diese Wut färbte ihre Stimme, als sie es mit einem anderen Ansatz probierte:

»Erinnerst du dich, wie du als kleiner Junge durchs Haus gerannt bist und manchmal Dinge zerbrochen hast? Ich erinnere mich an eine Uhr, an einen Stuhl und an die Marmorplatte auf dem Waschtisch – du warst natürlich zu klein, um den Schaden wiedergutzumachen. Damals mag es in Ordnung gewesen sein, einfach wegzulaufen und Papa oder den Dienstboten die Reparatur zu überlassen. Aber heute kannst du nicht durch deine Ungeschicklichkeit einem anderen Menschen weh tun und dann einfach weggehen, ohne die Verantwortung zu übernehmen. Weißt du, wo Tess wohnt?«

»Soviel ich weiß, noch immer in Detroit.«

»Dann fahr zu ihr, Carl. Mach es, bevor du in dieses gefährliche Frankreich gehst. Das hat sie verdient – einen Besuch. Ich weiß, wovon ich spreche. Ich bin in der gleichen Lage wie sie.«

Sekunden verstrichen. Die Kellnerin legte die Rechnung auf den Tisch. Fritzi streckte die Hand danach aus. Carl betrachtete das ausgefranste Ende des Schals. Dann hob er den Blick und sah sie an, ohne etwas zu sagen.

Das Abendessen wurde wie immer pünktlich um Viertel vor acht mit einem Gongschlag eingeläutet; es hatte sich nichts geändert.

Mit hocherhobenem Kopf und gefrorenem Lächeln um den Mund schritt Fritzi auf das Speisezimmer zu, wobei sie ganz bewußt und ruhig atmete, um Kräfte zu sammeln. Im Türrahmen blieb sie stehen, enttäuscht, Joey, Carl und ihre Mutter, aber nicht den General zu sehen, obwohl sie von den Dienstboten erfahren hatte, daß er zu Hause war.

»Dein Vater ist in seinem Arbeitszimmer«, antwortete Ilsa auf ihre unausgesprochene Frage. »Ich habe Leopold gebeten, ihm zu sagen, daß wir uns zu Tisch setzen.« Ilsa zerknüllte ein Spitzentaschentuch in der linken Hand. Fritzi bemerkte, daß ihre Knöchel weiß waren.

Ilsa setzte sich auf ihren angestammten Platz am Ende des langen, schweren Eßtisches. Fritzi setzte sich auf die eine, Joe junior und Carl auf die andere Seite. Carl unterhielt sich angeregt mit seiner Mutter, während Joey auf seinem Stuhl lümmelte und den Eindruck erweckte, als wolle er jeden niederschlagen, der ihm zu nahe kam. Fritzi saß mit Blick auf ihre Brüder und die riesige Anrichte, über der das Yosemite-Gemälde von Bierstadt hing. Der Raum war genau so, wie sie ihn in Erinnerung hatte: altmodische Walnußtäfelung, massive Möbel, ein aufwendiger Kronleuchter, der vor langer Zeit von Gas auf elektrisches Licht umgestellt worden war.

Sie hörte energische Schritte und erhob sich von ihrem Stuhl, ohne zu überlegen. Ihre Handflächen waren feucht, das Herz schlug ihr bis zum Hals. Der General trat ein, schlank und gerade wie immer, obwohl Fritzi mit Erschrecken bemerkte, wie zerbrechlich er geworden war. Sein Schnurrbart und seine Koteletten waren gepflegt wie stets, aber sein weißes Haar war so schütter, daß die Kopfhaut durchschimmerte. Auf seinen Wangen lag eine ungesunde, cholerische Röte.

»Guten Abend, Fritzi«, grüßte er mit einer leichten Verbeugung. Höflich, aber kalt. Automatisch machte sie einen Knicks, wie sie es als Kind von Ilsa gelernt hatte.

»Papa, ich bin so froh, dich zu sehen.«

Ein kurzes Flackern der Augen quittierte die Bemerkung. Er schritt auf die andere Seite des Tisches, an Carl und Joey vorbei, zu seinem Platz, einem hohen, thronähnlichen Stuhl. Kein Begrüßungskuß für sie – keine noch so kleine Geste väterlicher Zuneigung.

Zwei Mädchen in schwarzen Kleidern und weißen Schürzen traten ein, um das Essen aufzutragen.

»Ist es nicht wunderbar, daß Fritzi bei unserem Fest dabeisein wird, Joe?«

»Sehr schön«, erwiderte er, während er sein Besteck zurechtrückte, indem er jedes Teil einen Millimeter oder zwei bewegte. »Ich hoffe, du bist bei guter Gesundheit, Fritzi.«

Guter Gesundheit? War das alles, was ihm einfiel? Seine dürftige Anteilnahme machte sie wütend, aber es gelang ihr, ihre Wut hinunterzuschlucken.

Mit gespielter Fröhlichkeit sagte Ilsa: »Sieht sie nicht gut aus, Joe? Sie ist sehr beschäftigt in Kalifornien mit …«

»Mit diesen Filmen.« Zufrieden mit der Anordnung seines Bestecks, richtete er den Blick auf seine Tochter. Das Mißfallen, das sie spürte, war entsetzlich. »Ich habe noch keinen gesehen.«

Errötend murmelte Fritzi: »Das macht nichts, Papa, es sind ja auch keine großen Dramen.«

»Mir mißfällt, daß sich eine Frau vor Fremden ausstellt. Pauls Filme sind – sie geben wichtige Ereignisse wider. Sie sind wichtig und deshalb wertvoll.« Carl runzelte die Stirn. Der General fuhr fort: »Ich kann mir doch nicht ansehen, wie sich meine Tochter lächerlich macht. Ich bin nur dankbar, daß so wenige Leute in Chicago wissen, was du tust.«

Joey lachte. »Pa, alle wissen es. Ihr neuer Film ist ein richtiger Renner.«

»In der Brauerei hat niemand davon gesprochen.«

»Zum Teufel, sie sind doch nicht dumm! Deine Meinung über Fritzis Beruf ist schließlich kein Geheimnis.«

»Joey, ich wünschte, du würdest keine solchen Ausdrücke gebrauchen«, schalt Ilsa.

»Er kennt nichts anderes, außer vielleicht seine kommunistischen Sprüche«, sagte der General kalt.

»Viele Arbeiter bei Crown wissen, was das Schwesterchen macht«, gab Joey trotzig zurück, »und ihnen gefällt es. Lev Dunn aus der Abfüllabteilung hat mir erzählt, daß er Fritzi in *Die wilde Nell* gesehen und sich vor Lachen beinahe in die Hosen gemacht hat.«

»Lev Dunn«, wiederholte der General. Fritzi fürchtete, der arme Mann würde nichts zu lachen haben. Die Spannung im

Raum stieg. Die Mädchen brachten Platten und Schüsseln mit silbernen Deckeln herein. Der Hauptgang bestand aus Sauerbraten mit dicker, fetter Soße und Rotkohl. Alle häuften ihre Teller voll, auch Fritzi bediente sich, obwohl ihr der Appetit vergangen war. Die deutsche Hingabe an das Speiseritual war auch etwas, was sie mit diesem Raum an Erinnerung verband.

Ilsa hielt beharrlich an ihrer aufgesetzten Fröhlichkeit fest. »Nach dem Essen muß uns Fritzi von Kalifornien erzählen. Es ist so weit weg und so faszinierend. Ich möchte es gern eines Tages sehen.«

»Südkalifornien ist wunderschön«, stimmte Fritzi zu. »Das Klima soll angeblich milder und sonniger sein als das am Mittelmeer.«

Der General legte seine Serviette zur Seite. »Ich glaube nicht, daß ich Zeit für einen Reisebericht habe. Ich erwarte in Kürze zwei Herren.«

»Hier bei uns?« fragte Ilsa. »Davon hast du gar nichts gesagt, Joe.«

»Wir gehen in mein Arbeitszimmer. Laßt euch von uns nicht stören.« Es war eine schroffe Zurückweisung.

Carl warf seine Serviette auf den Tisch. Er ärgerte sich seiner Mutter und Schwester wegen. »Und was ist mit mir, Pa? Bist du da auch zu beschäftigt, um zu hören, was ich für Pläne habe? Ich gehe nach Frankreich und trete dort in das französische Luftwaffenkorps ein.«

»Als Söldner«, schnaubte der General. »Deine Mutter hat es mir berichtet. Ich brauche dir wohl nicht zu sagen, daß ich diesen Einfall für barbarisch halte und angesichts der offiziellen Haltung dieses Landes außerdem für unpatriotisch.«

»Du lieber Gott«, stöhnte Joey und faßte sich an den Kopf.

Da der General nun die Zielscheibe von Kränkungen und zornigen Blicken geworden war, erhob er sich mit unbewußtem Hochmut. »Ich versuche, mich wie ein verantwortungsvoller Bürger zu verhalten. Die beiden Herren, die gleich hier sein werden, sind Geschäftsfreunde – sie brauen wie ich gutes, bekömmliches Bier.« Er griff nach seinem Krug mit Lagerbier von Crown, einem Muß bei jeder Mahlzeit. »Wir planen eine Zeitungskampagne, um die sogenannte Neutralität des Präsidenten zu entlarven. In Wirklichkeit bevorzugt seine Politik Großbritannien gegenüber Deutschland. Wenn Wilsons Neutralität gleichbedeutend damit wäre, Nahrungsmittel, Medikamente und Waffen an beide Seiten in gleicher Menge zu verkaufen, dann könnte ich das noch akzeptieren. Aber das ist nicht der Fall. Die ganze Ostküste – Zeitungen, Universitätsdekane, die so freiheitsliebenden Intellektuellen, die Waffenhändler –, alle bewundern die Alliierten und verdammen das Vaterland.«

»Vielleicht mit gutem Grund«, begann Carl. »Mein Freund René meinte ...«

Der General knallte den Bierkrug auf den Tisch. »Bring mich nicht noch mehr in Rage, junger Mann. Ich schäme mich zutiefst für das, was du tust.«

Fritzi konnte sich nicht mehr zurückhalten. »Carl sollte tun, was er tun will. Er ist ein erwachsener Mann.«

Der Blick des Generals ließ sie in sich zusammensinken. »Ich habe erwartet, daß du das sagst, wo dein ganzes Leben eigensinnig und selbstsüchtig ist. Ohne auf die Wünsche deiner ...«

»*Joe.*« flüsterte Ilsas schrill. »Kein Wort mehr, um Himmels willen!«

»Es tut mir leid, meine Liebe« – es tat ihm nicht leid –, »ich habe deutsches Blut in mir und du auch, obwohl du das immer mehr zu vergessen scheinst.« Ilsa saß reglos auf ihrem Stuhl. Der General nahm einen Schluck Bier, tupfte sich mit der Serviette den Schnurrbart ab und erhob sich. »Ihr entschuldigt mich bitte, die Besucher werden gleich hiersein, und ich habe zu arbeiten.«

Er marschierte hinaus. Ilsas Stimme zitterte, als sie sich an Fritzi wandte: »Bitte, Liebchen, iß noch etwas, es ist eine Sünde, Essen wegzuwerfen.«

Die Worte fielen in eine bedrückende Stille. Fritzi starrte auf ihren Schoß. Carl blickte unmutig auf seinen Teller. Joe junior zündete sich eine Zigarette an, ein säuerliches Grinsen auf dem fahlen, verhärmten Gesicht.

70. PARTEINAHME

Jedes Jahr mietete Joe Crown denselben großen Ballsaal im Palmer House und engagierte dieselben Musiker vom städtischen Symphonieorchester, welche die Gäste während des Essens leise unterhielten und anschließend zum Tanz aufspielten. Die Gästeliste spiegelte das gesellschaftliche Leben der Crowns in Chicago wider: nicht nur Brauereimitarbeiter und ein halbes Dutzend Konkurrenten, sondern auch einheimische Politiker, darunter Bürgermeister Carter Harrison, waren geladen. Dazu Gemeindemitglieder der Lutherischen Kirche St. Paul sowie Mitglieder der Clubs, denen der General angehörte – Union League, Deutscher Club, Schwäbischer Club. Ilsa lud Frauen ein, die sie von ihrer ehrenamtlichen Arbeit im Hull House her kannte. Die unverheiratete Gründerin Jane Addams kam allein. Alles in allem waren es etwa zweihundertfünfzig Gäste, es wurde ebensoviel Deutsch wie Englisch gesprochen.

Das Fest wurde mit zunehmendem Alkoholkonsum immer lauter: nicht nur Krüge mit Bier von Crown, hell und dunkel, auch Champagner, Liebfrauenmilch, Riesling und rote Frankenweine wurden kredenzt, sondern auch moderne Cocktails, obwohl der General letztere nicht guthieß.

Ilsa sah sehr elegant aus in ihrem Abendkleid aus schwerem gelbem Satin mit breiter Spitzeneinfassung am Ausschnitt. Es war längst aus der Mode, aber es war ein Lieblingskleid des Generals. Fritzi hatte ihr teures Kleid in Los Angeles gekauft. Das anliegende Oberteil aus besticktem schwarzem Chiffon betonte ihren schlanken Oberkörper. Der Rock war aus smaragdgrünem Samt und gerade kurz genug, daß man ihre silbernen Schuhe sehen konnte.

Der Frack des Generals saß wie angegossen, was man bei den Anzügen von Joe junior und seinem Bruder nicht behaupten konnte. Ihre Anzüge kamen aus dem Leihhaus und waren ausgebeult, die Brüder erinnerten Fritzi an zweitklassige Komödianten in einem billigen Zweispuler.

Sie kannte kaum jemanden, aber deshalb brauchte sie sich
nicht zu sorgen, denn die Gäste kannten sie. Sie stellten sich vor
und gratulierten ihr zu ihrem Erfolg. Eine Frau meinte schwär-
merisch: »Sie können sich glücklich schätzen, meine Liebe.
Filmschauspieler sind Amerikas neuer Adel.« Ein aufregender
Gedanke, den sie allerdings nicht ihrem Vater mitteilen würde.

Man aß jeweils zu zehnt an runden Tischen. Fritzi saß am
Tisch mit einem Konkurrenten der Brauerei namens Mingeldorf,
seiner Gemahlin, dem Bürgermeister und dessen Frau, zwei Paa-
ren aus der Kirchengemeinde sowie Crowns Braumeister, einem
Witwer. Ilsa hatte mit der Hotelküche zusammen ein echtes
deutsches Menü für die Gäste zusammengestellt. Als Hauptgang
gab es Kalb, Rind und Lamm, dazu Kalbsbries, sechs verschiedene Gemüse, Knödel, Bratkartoffeln, verschiedene Brötchen,
westfälisches Schwarzbrot und Pumpernickel, als Abschluß eine
köstliche Nachspeise, danach Kaffee mit Schlagsahne.

Toasts auf das Jubelpaar wurden ausgebracht. Der General erhob sich zuletzt.

»Meine Damen und Herren, liebe Freunde. Jeder von Ihnen
ist mir und meiner Frau ans Herz gewachsen« – Fritzi blickte
auf ihre Hände –, »aber heute will ich, wenn Sie gestatten, nur
von einer sprechen.« Er hob sein Glas. »Auf dich, Ilsa. Vor vielen
Jahren habe ich eine Blume gefunden, aus der ein Schatz wurde.
Ich bin der glücklichste aller Männer.«

Alle Gäste erhoben sich und klatschten. Ilsa betupfte sich die
Augen. Carl applaudierte lebhaft; Joey stieß einen Pfiff aus. Die
Musiker stimmten den *Kaiserwalzer* an. Joe führte Ilsa unter auf-
brausendem Applaus auf die Tanzfläche.

Joey verschwand, wahrscheinlich für den Rest der Nacht.
Fritzi sah, wie sich Carl noch ein Glas Champagner einverleibte
und sofort den Ober herbeiwinkte, um sein Glas mit dunklem
Bier zu füllen. Ein wenig später, sie plauderte gerade mit Jane
Addams, hörte sie Carls laute Stimme. Mit Entsetzen sah sie, daß
er im Gespräch mit Otto Mingeldorf von einem Fuß auf den anderen wankte.

»Sie werden sich doch nicht gegen die Wünsche Ihres eigenen Präsidenten stellen?« fragte der Brauer beleidigt. Carl hatte
ihm offensichtlich von seinen Plänen erzählt. Mingeldorf hob
warnend den Zeigefinger. »»Meine Landsleute, wir müssen uns

mit Wort und Tat unparteiisch verhalten.‹ Das waren exakt Wilsons Worte.«

»Aber sicher doch, Otto«, sagte Carl großspurig. »Nur was ist, wenn er unrecht hat?«

Der General hörte auf zu tanzen. Das Stimmengewirr wurde leiser, alle wandten ihre Aufmerksamkeit Carl zu. Mingeldorfs Frau versuchte, ihren Mann wegzuziehen, aber der wollte weiterstreiten.

»Was du da sagst, ist einfach unglaublich! Hier geht es ums Prinzip. Ums Prinzip!« Er bekräftigte seine Worte, indem er mit der Faust in die Hand schlug. »Deutschland und seine Verbündeten müssen sich gegen Unwahrheiten und unbewiesene Anschuldigungen wehren ...«

»Du meinst wohl die furchtbaren Geschichten, die man aus Belgien hört?«

»Lügen! Was glaubst du, wer sie aufbringt? Die Propagandaministerien in London und Paris. Ich habe ähnlich Grauenhaftes über die Kriegsverbrechen der Alliierten gelesen. Im besetzten Frankreich Cholera-Erreger in Brunnen. Französische Priester, die deutschen Soldaten Kaffee geben, der mit Strychnin versetzt ist.«

»Und woher kommen die Geschichten, aus Berlin vielleicht?«

Der General kam auf seinen Sohn zu. »Carl, würdest du bitte so freundlich sein und aufhören, unsere Gäste zu belästigen.«

»Tut mir leid, Pa. Ich wollte ihm nur den Stand der Dinge klarmachen.«

Leise, fast drohend, erklärte der General: »Ich glaube, du hast zuviel getrunken. Bitte wechsle das Thema.«

Besorgt sah Fritzi, wie sich der Ausdruck auf dem Gesicht ihres Bruders veränderte, fast brutal wurde. »Wenn ich soweit bin, Papa. Also, Mingeldorf, ich fliege im Grunde ohnehin nur, weil's mir Spaß macht. Und der Spaß bringt auch noch Geld.«

Der General packte Carl an den Schultern und versuchte, ihn wegzuziehen. »Aber nicht doch«, sagte Carl und wollte ihn wegschubsen. Der General trat abrupt zur Seite, und plötzlich verlor Carl das Gleichgewicht. Seine Beine gaben nach, ungeschickt fiel er der Länge nach hin und schlug mit der Stirn auf dem glatten Boden auf. Die Umstehenden hielten die Luft an.

Der General war leichenblaß. »Steh auf! Ich hab' gesagt, steh auf«, herrschte er Carl an.

Carls Kopf hob sich wenige Zentimeter vom Boden. Fritzi war entsetzt über den glasigen Ausdruck seiner Augen. Sie machte ein paar Schritte nach vorne, um ihm aufzuhelfen. Die Stimme ihres Vaters hallte wie ein Peitschenknall durch die Stille.

»Laß ihn! Er verdient keine Hilfe.«

Den Tränen nahe, trat Ilsa auf ihren Mann zu. »Joe, ich bitte dich ...«

Er kehrte ihr den Rücken zu. Die Gäste verfolgten das Schauspiel verwirrt und teilweise schockiert.

Fritzi und ihr Vater standen nur wenige Meter auseinander, Carl bildete die Spitze des Dreiecks. Das Gesicht des Generals hatte sich purpurrot verfärbt. Er und Fritzi starrten sich wortlos an. Carl versuchte kurz den Kopf zu heben, dann wurde er ohnmächtig. Fritzi trat näher.

»Fritzi, rühr ihn nicht an!«

»Wir können ihn doch nicht einfach so liegen lassen, Papa.«

»Ich rufe den Hausmeister. Er kümmert sich um den Müll. Ich verbiete dir, ihm zu helfen.«

Aber da kniete sie schon neben ihrem gestürzten Bruder.

Ein trostloser Regen ging am Sonntag morgen, dem Friedenssonntag, nieder. Carl war noch vor Tagesanbruch verschwunden, ohne irgend jemandem Lebewohl zu sagen. Fritzis Zug nach Kalifornien ging um Viertel vor zwölf. Um halb elf trug Leopold ihr Gepäck nach unten. Sie folgte ihm. Unten traf sie den General und Ilsa an, beide im Sonntagsgewand auf dem Weg zur Kirche.

Der Ausdruck auf dem Gesicht des Generals war streng. Er und Fritzi hatten nicht mehr miteinander gesprochen, seit sie ihm auf dem Fest getrotzt hatte. »Ich bin einer der Laien, der beim Elf-Uhr-Gottesdienst vorliest«, sagte er jetzt, »deshalb können wir dich leider nicht begleiten. Aber Leopold wird dich zum Bahnhof fahren.«

»Das ist wirklich nicht nötig. Ich kann mir ein Taxi nehmen.«

»Mußt du mir denn in allem widersprechen, Fritzi? Leopold wird dich begleiten.«

Seine zornigen Worte waren wie eine Ohrfeige. Sie holte tief Luft. »Gut, danke, Sir.«

Sie umarmte die weinende Ilsa. Der General stand daneben, steif wie ein versteinerter Baum, als sie ihm einen Kuß auf die Wange drückte.

»Es tut mir leid, Papa, wenn dich mein Besuch erzürnt hat. Wegen gestern abend …«

»Reden wir nicht mehr davon.«

Dafür denken wir daran, dachte sie bitter.

»Wenn du dich je entschließen solltest, einen meiner Filme anzusehen, schreib mir bitte, und laß mich wissen, wie er dir gefallen hat.«

»Das wird kaum möglich sein. Ich habe im Augenblick sehr viel zu tun. Auf Wiedersehen, Fritzi.«

Plötzlich haßte sie diesen abscheulichen Krieg und die Verhärtung der Einstellungen, die er mit sich brachte. Sie war nach Hause gekommen, um den Bruch mit ihrem Vater zu kitten, aber sie hatte ihn nur noch schlimmer gemacht. Voller Verzweiflung verließ sie das Haus.

71. »DIE WAHRHEIT ODER GAR NICHTS«

Das Bild erlosch, zurück blieb die strahlendweiße Leinwand.
Lord Yorke schnippte mit den Fingern. Die in die Decke eingelassenen Lichter gingen an; der getäfelte Projektionsraum im
Obergeschoß des Gebäudes gehörte zur Büroflucht.

Paul und sein Arbeitgeber hatten sich die Hinrichtung durch
Bajonette zweimal angesehen. Paul drückte seine Zigarre in
einer der Messingurnen mit Sand aus, die zwischen den Ledersesseln standen. Graue Asche bedeckte seinen Spenzer. Seine
Kehle war trocken. Er war nervös, schuld daran war eine kurz
vorher geführte Unterhaltung mit Michael Radcliffe.

»Bemerkenswert«, sagte seine Lordschaft. »Quälende Geschichte. Sagen Sie, wer hat den Film sonst noch gesehen?«

»Außer den Laborleuten, die ihn entwickelt haben, niemand.« Er sprach bewußt nicht von mehreren Labors.

»Sie können stolz auf Ihre Arbeit sein, mein Junge.«

»Danke, Sir. Ich gebe den Film gleich in die Redaktion der
Wochenschau.«

Lord Yorke erhob sich langsam aus seinem Sessel. »Das wird
nicht nötig sein.«

»Entschuldigung, aber ich verstehe nicht.«

»Der Film kann in Großbritannien nicht gezeigt werden.
Nach Ansicht der Regierung ist das Filmmaterial so negativ und
gleichzeitig so anschaulich, daß die Moral der Zivilbevölkerung
darunter leiden würde und die Freiwilligenmeldungen zurückgehen würden. Bis auf weiteres hat das Kriegsministerium
Photographen und Filmleuten untersagt, unsere Soldaten an die
Front zu begleiten.«

»Michael hat mich schon vor neuen Erlassen gewarnt. Und
wenn man sich nicht daran hält?«

»Die Strafe ist abschreckend genug. Tod durch ein Erschießungskommando.«

»Großer Gott! Das habe ich nicht gewußt.«

Die Fenster verbargen sich hinter Samtvorhängen, aber der

Lärm der Fleet Street drang dennoch herein: hupende Autos, auf dem Kopfsteinpflaster klappernde Pferdewagen, Zeitungsverkäufer, die lauthals die neuesten Schlagzeilen verkündeten.

»Euer Lordschaft, bei allem Respekt – wie können Sie einer solchen Politik zustimmen? Die Worte, die man am Eingang dieses Gebäudes liest, haben doch eine Bedeutung.« Das Motto des Verlagsimperiums Hartstein war in hohen Lettern über der großen Bronzetür des Erdgeschosses eingemeißelt: *VERITAS, AUT NIHIL*. Die Wahrheit oder gar nichts.

Lord Yorke blinzelte aus seinen Froschaugen und steckte die Daumen in die Armlöcher seiner Weste. »In Kriegszeiten müssen alle Kompromisse machen.«

»Gerade in Kriegszeiten nicht, Sir. Für mich hört sich das an, als wären die meisten dieser sogenannten Patrioten in Whitehall hauptsächlich besorgt, den eigenen Hintern zu retten.«

»Sie reden wie mein Schwiegersohn.«

»Schieben Sie es auf meine Lehrer. Der Mann, der mir beigebracht hat, wie man mit einer Photokamera umgeht, ein alter Ire namens Rooney, hat mir immer wieder dasselbe eingehämmert: Bilder können lügen, aber sie müssen es nicht.«

»In diesem Fall geht es nicht um lügen oder nicht lügen«, gab Seine Lordschaft bereits leicht gereizt zurück. »Die Filme verschwinden einfach, als gäbe es sie nicht.«

»Ich habe mein Leben und das von Sammy riskiert, um sie zu drehen.«

»Lassen Sie uns nicht streiten, mein Junge! Die grauenhafte Wahrheit dieses Krieges kommt noch früh genug ans Tageslicht. Er wird an Weihnachten nicht zu Ende sein, noch lange nicht. Das hat der Kriegsminister durchblicken lassen, als ich gestern mit ihm zu Abend aß.«

Paul zog mit einer heftigen Bewegung eine neue Zigarre aus der Innentasche seiner Jacke, biß das Ende ab und riß ein Streichholz an seiner Schuhsohle an.

»Das ist Ihr letztes Wort?«

»Ja, Paul, ist es. Regen Sie sich nicht auf.«

»Ich rege mich auf. Ich will meinen Film.«

»Das ist leider nicht möglich.« Er drehte seinen plumpen kleinen Körper zu Seite, um Pauls Blick auf das Bildfenster des Projektionsraums zu lenken. Das Licht war bereits erloschen.

»Der Film ist auf dem Weg in den Tresorraum. Das Negativ wird ebenfalls dort gelagert.«

»Sie haben kein Recht …«

»Bitte mäßigen Sie Ihren Ton, mein Lieber. Der Film ist mein Eigentum. Sie können es in Ihrem Vertrag nachlesen.«

»Das ist mir egal, ich will den Film haben.«

»Das ist gegen die Interessen der Regierung und der Verteidigung. Ich bin in erster Linie Bürger dieses Landes und dann erst Geschäftsmann. Vielleicht habe ich so nicht gesprochen, als ich noch arm und hungrig war, aber jetzt kann ich es mir leisten, Patriot zu sein. Ein patriotischer Krimineller, um genau zu sein. Mindestens einmal am Tag muß ich eine Falschmeldung gutheißen – Wahrheiten verschleiern. Unsere Zeitungsverkäufer unten auf der Straße verkünden, daß die Mittelmächte an der Marne zurückgefallen sind. Aber daß der gegenwärtige Sieg unsere Seite eine viertel Million Tote und Verwundete gekostet hat, das verkünden sie nicht.«

»So viele.« Paul schauderte. »Das habe ich nicht gewußt.«

»Der Mann auf der Straße weiß es auch nicht. Paul, Sie sind ein begabter Mann und ein tapferer dazu. Ich schätze Sie sehr. Sie haben viel durchgemacht. Das fordert seinen Preis. Ich rate Ihnen, eine Woche lang auszuspannen. Fahren Sie mit Ihrer Frau und den Kindern aufs Land. Mit klarerem Kopf werden Sie einsehen, daß wir tun, was wir tun müssen. Sie müssen mich jetzt entschuldigen, in zehn Minuten trifft sich die Redaktion des *Light*.«

Mit schwerfälligen Schritten ging er auf die lederbezogene Tür zu. Paul nahm die Zigarre aus dem Mund. »Sir?«

»Ja?«

»Ich kündige. Mit sofortiger Wirkung.«

Langsam kam Seine Lordschaft zurück in den Raum. Seine fetten kleinen Finger spielten mit den dicken Gliedern seiner goldenen Uhrkette.

»Führen Sie sich nicht wie Don Quichotte auf, ich bitte Sie.«

»Entweder mein Film kommt in die Wochenschau der Filmtheater …«

»Damit wir alle eingesperrt werden?«

»Sie haben sich auch in der Vergangenheit schon unbeliebt gemacht, haben Whitehall die Stirn geboten.«

»Diesmal nicht. Ein Dolch ist auf Englands Herz gerichtet.«
Eine theatralische Ausdrucksweise, obwohl Paul nicht an der
Leidenschaft und der Überzeugung dieses Mannes zweifelte.
Das ganze Land war am Rande einer Hysterie aus Furcht vor
einer deutschen Invasion.

»Dann ist es meine Pflicht, die Wahrheit auf anderen Wegen
ans Tageslicht zu bringen.«

»Mein Junge, es ist sinnlos, sich in Positur zu setzen und ...«

»In Positur setzen?« Die Worte explodierten. »Haben Sie sich
den Film wirklich angeschaut? Sechs unschuldige Menschen
wurden ums Leben gebracht, sie wurden niedergemetzelt. Der
verfluchte deutsche Offizier, der den Befehl dazu gab, hatte seinen *Spaß* daran. Das ist der Feind, den wir bekämpfen. *Das* muß
der Öffentlichkeit gesagt werden.«

»Aber nicht von uns. Sie strapazieren meine Geduld wirklich
sehr. Sie befolgen meine Anweisungen, oder Sie können morgen
ins Lohnbüro gehen und sich den Rest Ihres Gehalts auszahlen
lassen.«

»Es wird morgen früh mein erster Gang sein.«

Lord Yorke öffnete die Tür. »Ihre Familie wird unnötig leiden,
das wissen Sie.«

»Wir haben darüber gesprochen. Julie teilt meine Meinung.«

»Sie begreifen nicht, wieviel Macht die Männer haben, denen
Sie sich entgegenstellen. Die werden Sie wegen Verbreitung von
Lügenmärchen zermalmen und zum Frühstück verspeisen.«

»Vielleicht aber auch nicht. Das sind auch nur Menschen.
Und offenbar sogar Feiglinge, denn sie haben Angst vor der
Wahrheit.«

»Armer Narr«, seufzte Lord Yorke und verließ das Zimmer.
»Ich hatte Ihnen mehr Verstand zugetraut.«

Lord Yorkes Schuhe mit den erhöhten Absätzen klickten auf
dem Weg durch die Marmorhalle. Pauls Hand zitterte, als er sich
eine neue Zigarre anzündete. Durch einen Irrgarten von Korri-
doren gelangte er in die Empfangshalle, die dreimal so groß war
wie sein Wohnzimmer. Sammy sprang von einer Bank auf und
warf ein Exemplar des *Light* beiseite. Er sah, in welcher Verfas-
sung Paul war.

»Chef, was zum Teufel ist da drin passiert?« Paul erzählte es ihm in kurzen Worten. Zuerst war Sammy sprachlos, dann wütend. »Beim Himmel, das is'n gemeines Verbrechen!«

»Offensichtlich ist es ein schlimmeres Verbrechen, Filme wie unsere zu zeigen.«

»Wollen Se was dagegen tun?«

»Hab' ich schon. Ich hab' gekündigt.«

Sammys Augen traten hervor. »Was, einfach so?«

»Einfach so. Ich muß noch mein Büro im Cecil Court ausräumen. Seine Lordschaft wird jemand anderen einstellen, Miss Epson ist also versorgt. Und du auch.«

»Zum Teufel! Ich kündige auch.«

»Das kannst du dir nicht leisten, Sammy. Laß mich die Verantwortung tragen.«

»Aber das is' falsch, Chef. Von Anfang bis Ende, das is' falsch.«

Paul antwortete mit müdem Achselzucken. »Wir leben in einer unvollkommenen Welt.«

Er zog an einer Glocke, daraufhin setzte sich der Fahrstuhl in Bewegung. Ein filigraner Käfig mit einem älteren Fahrstuhlführer kam in Sicht. »Wohin, Sir?«

»Vierter Stock.« An Sammy gewandt, sagte er: »Michael will ein Bier mit uns trinken.«

Sie traten aus dem Fahrstuhl in einen großen, grell beleuchteten Raum mit unzähligen Schreibtischen und dem Geklapper eiserner schwarzer Schreibmaschinen. Laufburschen rissen den Reportern die Meldungen aus der Hand und brachten sie mit der Geschwindigkeit flüchtiger Diebe zu einem zentralen, hufeisenförmigen Stützpunkt. Hier zerpflückten die Herausgeber das Geschriebene, sie redigierten die Manuskripte mit dicken Bleistiften, bevor sie in Drahtkörbe geworfen wurden, um auf Schienen zur Rohrpost und in die Setzerei befördert zu werden. Über allem hing der Gestank von Spucknäpfen und Tabakrauch.

Paul ging einen Gang entlang und blieb schließlich vor Michael Radcliffes Schreibtisch stehen. Die meisten Reporter des *Light* waren schon aus finanzieller Notwendigkeit Bohemiens. Nicht so Michael. Eine weiße Pikeeweste war über ein gestärktes Hemd mit brauner Krawatte geknöpft. Das Jackett seines eleganten beigefarbenen Anzugs hing über dem Stuhl. Im Schein einer elektrischen Blechlampe, eine Zigarette im Mundwinkel, hackte er mit zwei Fingern auf die Schreibmaschine ein.

»Michael, ich bin gefeuert.«

»O mein Gott! Die Filme aus Belgien?«

»Ja.«

»Und das hast du hingenommen?«

»Eigentlich habe ich gekündigt, bevor er mich entlassen konnte.«

Michael blinzelte ihn durch den Rauch seiner Zigarette an. »Ich weiß wirklich nicht, ob ich dir eine Medaille für Tapferkeit oder einen Fußtritt für Dummheit geben soll.« Er tippte noch ein paar Wörter, dann riß er das Blatt aus der Walze. »Bursche!« Er schlenderte bereits mit Paul durch den Gang, als der atemlose Laufbursche seinen Schreibtisch erreichte.

Die drei Männer traten hinaus in den Nebel, in diese gelbe Sherlock-Holmes-Erbsensuppe, die der Großstadt London einen Teil ihrer Häßlichkeit und ihres Schmutzes nahm. Paul drehte sich nicht um zu dem Motto über der Eingangstür. Wenn er es getan hätte, hätte es ihn vielleicht gewürgt.

Sie marschierten Richtung Westen. Michael klopfte mit seinem Spazierstock in flottem Rhythmus auf das Pflaster. An der Ecke rief einer der verlagseigenen Zeitungsverkäufer in rauhem unverständlichem Singsang die Abendausgabe des *Light* aus. Der Mann verließ sich auf eine handgeschriebene Tafel.

HUNNEN AN DER MARNE ZURÜCKGESCHLAGEN
Paris sendet Truppen zur Verteidigung
Riesige Verluste lähmen den Feind
Marschall Joffre
»Retter Frankreichs«

Zwei Straßen weiter betraten sie ein rauchiges Pub namens Hare and Hounds. Das Lokal war voller Männer, die lachend ein Bier nach dem anderen tranken und sich zum Rückzug der Deutschen gratulierten. Als hätten sie persönlich etwas damit zu tun. Ein Zwerg spielte auf einer Ziehharmonika *Pack Up Your Troubles in Your Old Kit Bag*.

Sie erspähten einen Tisch in der Nähe der Theke. Michael zeigte dem Wirt drei Finger. Paul drehte seinen Stuhl herum, um nicht auf das große Poster an der schmutzigen Wand sehen zu müssen. Lord Kitchener, Held der Sudan-Eroberung und des Burenkrieges und neuernannter Heeresminister, zeigte mit nacktem Finger auf den Betrachter und schrie stumm: »Briten! Meldet euch als Freiwillige! Gott schütze den König!«

Michael streifte seine eleganten Handschuhe ab. »Ich bin bereit, mir die Zusammenfassung des Dramas anzuhören.«

»Er hat den Film beschlagnahmt. Ich konnte gar nicht anders als kündigen.«

»Man sollte ihn erschießen«, brummte Sammy.

»Samuel«, sagte Michael seufzend, »du kannst dir gar nicht vorstellen, wie oft ich schon mit dem Gedanken gespielt habe.« An Paul gewandt, fuhr er fort: »Und wie geht es dir? Gebeutelt?«

»Verdammt richtig. Als Märtyrer findet man vielleicht Befriedigung, aber auf keinen Fall Ruhe und Trost.«

»Der alte Knabe hätte sich hinter dich stellen müssen. Und kämpfen. Leider haben wir es mit Dummheit auf höchster Ebene zu tun. Der verweichlichte Haufen, der hier das Sagen hat, sieht nicht, was mit Händen zu greifen ist.«

»Und das wäre?«

»Sie treiben uns direkt in die Arme der verdammten Hunnen«, sagte Sammy.

»Richtig«, pflichtete Michael bei. »Die deutsche Heeresleitung heißt Reporter willkommen.« Nach einem Blick in die Runde, um sich zu vergewissern, daß sie keine Lauscher hatten, fuhr er leise fort. »Vor zwei Tagen habe ich in der Deane Street einen gefälschten italienischen Paß gekauft. Damit schaffe ich es bis an die Front, und wenn ich dafür zwanzig Eiserne Kreuze tragen müßte.« Er nahm einen Schluck Bier. »Du wirst diesen Rückschlag verkraften, was?«

»Keine Frage«, sagte Paul. »Ich finde sicher woanders Arbeit. Bis dahin arbeite ich als Freiberufler und verkaufe meine Filme auch so.«

»Ich bleibe bei ihm«, erklärte Sammy. »Das will er zwar nicht, aber ich habe mich so entschieden.« Er prostete der rauchigen Luft mit seinem leeren Krug zu. »Sie können mich mal, Euer Lordschaft.«

Sammy blieb standhaft, was seine Kündigung anbetraf. Nach einem weiteren vergeblichen Versuch, ihn davon abzubringen, war Paul insgeheim dankbar; seine Rückenschmerzen hatten sich erheblich gebessert, seit er Sammy eingestellt hatte.

Kurz darauf verabschiedeten sie sich. Michael hielt ein Taxi an, das langsam durch den dichten Nebel fuhr. Sammy wandte sich pfeifend in Richtung St. Paul's. Paul fühlte sich besser. Es gab da etwas, was er nicht einmal seinen beiden Freunden mitgeteilt hatte.

Er ging weiter Richtung Westen, am Strand entlang bis Piccadilly Circus, wo der Nebel die grellen elektrischen Reklameschilder in sanfte Pastellfarben verwandelte; fast hübsch. Lipton's. Bovril. J. Lyons. Er kaufte ein Dutzend blaue und weiße Gartenastern von einer zahnlosen alten Frau mit gebeugtem Rücken. »Vergelt's Gott, Sir.«

Es war ein langer Weg bis zum Cheyne Walk im Stadtteil Chelsea, aber die Herbstnacht war trotz der Feuchtigkeit mild. Michaels schneidender Zynismus inspirierte Paul. Er konnte mit seinem amerikanischen Paß durch die deutschen Linien an die Front kommen. Er konnte Michaels Quelle nutzen, um Sammy einen gefälschten Paß zu besorgen. Man mußte die Hunnen nicht mögen, um sie zu filmen.

Gegen halb zehn erreichte Paul seine Wohnung. Er schloß auf, trat ein, warf seinen Strohhut auf den Kleiderständer und rief in die Stille: »Hallo? Ich bin da.«

Die neunjährige Betsy kam mit fliegendem Rock die Treppe aus dem ersten Stock heruntergelaufen. Sie hatte die dunklen Augen ihrer Mutter, und man ahnte schon jetzt, daß sie einmal zur Schönheit erblühen würde. Sie warf sich in die Arme ihres Vaters. Ihr Haar duftete angenehm nach Seife.

Er drückte seine Tochter und drehte sie mit ihren nackten Füßen im Kreis herum. Betsy bewunderte ihren Vater und gehorchte ihm fraglos. Der dreizehnjährige Shad hingegen hatte das Alter erreicht, in dem sich Eltern auf seltsame Weise in Schwachköpfe verwandeln, um in diesem Zustand zu verharren, bis ihre Sprößlinge etwa im Alter von Zwanzig wieder vernünftig werden.

Betsy warf einen Blick auf die noch eingewickelten Blumen. »Sind die für mich, Papa?«

»Aber, aber, du weißt, daß sie für deine Mutter sind. Wo sind die anderen?«

»Lottie und Teddy sind im Bett. Shad büffelt Latein. Ich habe ihn furchtbar fluchen hören.«

»Bitte nicht petzen, Miss! Gute Nacht.« Während er sie noch
einmal umarmte, sah er, wie seine blasse, hübsche Frau auf den
Treppenabsatz trat. Er folgte Betsy nach oben. Das Mädchen ging
weiter, er legte die Arme um Julie und zog sie an sich zu einem
leidenschaftlichen Kuß, nach dem er dringend verlangte. Betsy
kicherte und verschwand.

Er überreichte ihr die Astern. »Piccadilly-Spezial, Ma'am. Direkt aus dem Nebel.«

»Sie sind sehr schön, mein lieber Dutch.« Sie streichelte
seine Wange. Dann glitt ihre Hand über seinen Rockaufschlag.
»Du bist ja ganz naß.«

»Ich bin zu Fuß gegangen.«

»Den ganzen Weg? Du mußt erschöpft sein. Hast du gege-
sen? Die Köchin ist schon weg, aber es sind noch ein Steak und
Nierenpastete da.«

»Okay, einverstanden.« Er zerrte seinen Schlips herunter
und stopfte ihn in die Tasche. Sie gingen hinunter in die Küche.
Julie servierte ihm das Abendessen, das er mit einem Krug
Guinness hinunterspülte. Er wünschte, Crown-Bier wäre auch
in England erhältlich, aber Onkel Joe meinte, er verdiene in den
Vereinigten Staaten genügend Geld.

Als er mit der Gabel ein Stück der Blätterteigpastete auf-
spießte, sagte er: »Leider hat sich alles ziemlich so zugetragen,
wie wir befürchtet haben. Ich mußte kündigen. Entweder das
oder nachgeben. Sammy bleibt bei mir. Machst du dir jetzt Sorgen?«

»Ja, Liebling, einfach wegen des Drucks, der von nun an auf
dir lastet. Aber sonst mache ich mir keine Sorgen. Wir kommen
schon zurecht.«

»Ich werde soviel Filme drehen, wie ich nur kann. Und dafür
sorgen, daß sie überall gezeigt werden. Wenn nicht hier, dann in
Amerika.«

»Ich bewundere deine Entschlossenheit. Schon immer habe
ich sie bewundert.«

Er grinste. »Teutonische Sturheit. Außerdem bin ich daran gewöhnt, Risiken einzugehen. Ich gebe zu, daß dies ein großes ist.
Aber ich hatte wirklich keine andere Wahl, Julie. Die Regierung
hält mit der Wahrheit über den Krieg hinter dem Berg. Seine
Lordschaft hat meinen Film aus Belgien konfisziert.«

»Ich wünschte, ich hätte ihn vorher gesehen.«

Er legte seine Gabel nieder. Unter der elektrischen Hängelampe, die einen Lichtkegel auf den Tisch warf, lächelte er.

»Du wirst ihn sehen. Als ich Michael am Tag meiner Rückkehr aus Belgien anrief, erfuhr ich schon im groben, was sich
hier abspielt. Deshalb habe ich den Film in ein anderes Labor gegeben, ohne jemandem etwas zu sagen, bevor ich ihn ins Ver-
lagslabor brachte. Lord Yorke glaubt, er habe das einzige Positiv
und das einzige Negativ. Aber es ist ein Duplikat-Negativ. Das
Original liegt sicher verwahrt in meinem Arbeitszimmer. Ich
kann so viele Kopien davon machen und zeigen, wie ich will.«

72. FRITZI UND IHRE DREI MÄNNER

Kurz nach Fritzis Rückkehr nach Los Angeles klopfte Mrs. Hong an ihre Tür. »Sie haben Besuch von einem Herrn.«

Konnte es sein, daß Loy aus Arizona zurück war? Sie hatte ihn ganz schrecklich vermißt. Sie lief hinunter in das Besuchszimmer.

»Hobart!«

»Ja, ich bin es«, erwiderte er mit einer galanten Verbeugung. »Löcher in den Schuhen, Eisenbahnstaub in den Haaren, Hoffnung im Herzen.«

Nach einer herzlichen Umarmung musterte sie ihn. Sein Aussehen erschreckte sie. Sein billiger grüner Anzug war an den Knien ausgebeult. Ungepflegte Haare hingen auf seinen Kragen. Die Krankheit hatte ihm mindestens zwanzig Pfund seiner stattlichen Gestalt geraubt und für eine blasse Hautfarbe gesorgt. Beide Schnappschlösser seines Koffers fehlten; er hatte ihn mit einer Schnur zusammengebunden.

»Trotz meiner Einladung hätte ich nicht geglaubt, dich je in Kalifornien zu sehen.«

»Das Blatt hat sich gewendet, meine Liebe. Ich komme demütig und auf der Suche nach einer Anstellung beim Film.«

»Großer Gott! Ich hole mir schnell einen Schal, dann machen wir einen Spaziergang, damit ich das alles verdauen kann.«

Sie schlenderten zum Anglerpier. Es war Sonntag, viele Menschen waren unterwegs. Aus der Dampforgel des Riesenrads ertönte *Moonlight Bay*. Sie merkte, daß es Hobart ernst meinte, daß er wirklich verzweifelt war.

Sie fragte ihn nach seinem Herzanfall.

»Das richtige Wort dafür ist ›Offenbarung‹. Als ich zwischen sabbernden Bauern und Obdachlosen in dieser schmutzigen Metropole Terre Haute genas – aus der, wohlverständlich, der Autor Theodore Dreiser, ein Sohn der Stadt, floh, als er noch im Vollbesitz seiner geistigen Kräfte war –, also während ich dort lag, habe ich mein Leben in neugewonnener Klarheit betrachtet. Es ist lächerlich zu denken, daß der König von England einen alten Kerl wie mich irgendwann zum Ritter schlagen wird. Was also bleibt übrig? Ein angenehmes Leben. Was wiederum Geld voraussetzt. In London folgt mir mein Ruf wie ein Straßenköter. In New York sind Projekte, die meinem Können entsprechen, rar. Die Wanderbühnen sind eine einzige Tragödie, da ist jede Produktion ein Spiel mit zahllosen Unbekannten. Warum also nicht wagen, was gefragt ist? Es war dein netter Brief mit dem Vorschlag, hierherzukommen, der mich auf die Idee gebracht hat. Du weißt, daß ich Filme schon immer mochte – was habe ich zu verlieren? Darf ich dir eine Tüte Erdnüsse kaufen? Ich habe noch zwanzig Cent.«

Sie saßen auf einer Bank am Pier und knackten die Nüsse. Sie mochte diesen alten, eitlen Schauspieler, der so albern und anmaßend sein konnte und trotzdem so unschuldig und verletzbar war wie ein Kind. Während sie auf einer Erdnuß kaute, dachte sie laut.

»Einige Produzenten haben viel Geld mit Verfilmungen von Shakespeare verdient. Mr. Pelzer läßt sich vielleicht überreden, er umgibt sich gern mit Kultur. Ich spreche gleich morgen früh mit ihm.«

»Immer noch der barmherzige Engel.«

Unweigerlich kamen sie auf den Krieg zu sprechen. Hobart sagte: »Meine Liebe, ich kenne deine deutsche Herkunft, aber bitte nimm es mir nicht übel, wenn ich meine Meinung sage. Ich bin ein Engländer mit der angeborenen Abneigung der Engländer gegen das deutsche Volk. Ich glaube, die Deutschen lieben den Krieg. Freilich werden sie von einer militärischen Clique regiert, Männern, die alles niedertrampeln, was ihnen im Weg steht, auch wenn es gebrechlich und hilflos ist. Man muß sie aufhalten. Wäre ich noch jung genug und hätte das Geld für eine Schiffsüberfahrt, ich würde nach Hause eilen und mich freiwillig melden. Aber leider habe ich keines von beiden, weder Jugend noch Geld. Ich werde einen anderen Weg finden, meinem Land zu dienen. Aber junge Männer wie dieser Charlie Chaplin sollten besser nach drüben eilen und ihre Pflicht tun.«

Fritzis Fürsprache war beredt. B. B. engagierte Hobart für die Hauptrolle in einem *Macbeth*-Zweispuler. Kelly war nicht erbaut davon, einen englischen Schauspieler zu engagieren, vergaß aber seine Abneigung, als er die niedrigen Kosten auf dem Tisch liegen hatte. Sämtliche Kostüme konnten zu einem Sonderpreis geliehen werden. Hobart war zwar kein gefragter Bühnenschauspieler mehr, aber er hatte noch immer einen Namen. B. B. fand, daß sein Name Libertys Liste von Vertragsschauspielern zusätzlichen Glanz verleihen würde. Als Hobart den Fluch erwähnte, der auf dem Stück liege, reagierte B. B. aufbrausend.

»Wer glaubt denn solchen Humbug? Sie haben selbst gesagt, es sei ein Aberglaube unter Theaterleuten. Wir sind beim Film! Neu, modern. Jedem, der Ihnen, Hobie, in diesem Film an den Pelz geht, legt B. B. Pelzer persönlich das Handwerk.«

Hobart wollte Arbeit und schwieg deshalb ohne weitere Einwände.

Der Regisseur des Films war neu bei Liberty. Es handelte sich um einen sturen Wiener namens Polo Werfels. Wie er selbst zugab, war er früher unter anderem Motorradrennen gefahren, Vertreter für Feuerwerkskörper und Messerwerfer im Zirkus gewesen. Er trug eine schwarze Augenklappe, nannte alle *dollink* statt *darling* und rauchte mehr Zigarren als Paul. Er trieb seine Schauspieler und sein Team unbarmherzig an, immer mit den gleichen Worten: »Bewegen Sie Ihren Arsch, *dollink*, Sie kosten die Firma Geld.«

Kelly fand ihn großartig.

Eddie bat Fritzi in sein Büro und überreichte ihr das getippte Drehbuch für *Tapeten-Nell*; die Dreharbeiten sollten am kommenden Montag beginnen. Eddie strahlte wie ein stolzer Vater, während Fritzi die ersten beiden Seiten überflog.

Sie schleuderte ihm das Drehbuch auf den Tisch. »Also diesmal soll ich in einen Eimer mit Klebstoff treten und mich wie eine Mumie in Klebepapier einwickeln. Großartig!«

»He, Fritzi, was soll das? Das bist nicht du!«

»Oh, Eddie, ich weiß nicht. Alles läuft schief.«

Der Tag nahm eine unerwartete Wendung, als B. B.s Typistin, Miss Lewy, an Eddies Tür klopfte. »Da ist ein Herr draußen, der nach Ihnen fragt, Fritzi. Schnittiger Typ«, fügte Miss Lewy mit Augenrollen hinzu.

Fritzis jähes Herzklopfen war so schnell verschwunden, wie

es gekommen war; »schnittig« war kaum eine Bezeichnung für Loy. Mißmutig, denn sie hatte das Gefühl, ausgenutzt zu werden, trat sie auf die vordere Veranda. Auf der Straße sah sie einen glänzenden roten Reo stehen, aber nirgends sah sie Besuch. Erst als sie hinaustrat, entdeckte sie ihn, wie er vom Ende der Veranda den Blick über das Gelände schweifen ließ.

»Harry? Bist du das?«

»Ja, ich bin's. Wie geht es dir, Fritzi?«

»Was führt dich nach Los Angeles?« Als könnte sie es sich nicht denken.

»Ich war neugierig. Ich war in San Francisco und bin dann die Küste entlang bis nach Big Sur gefahren. Und jetzt möchte ich gern deine Stadt sehen und erfahren, wie Filme gemacht werden. Ich habe noch einen ganzen Tag, bevor ich wieder zurück muß.«

Fritzi wußte nicht recht, ob »schnittig« das richtige Wort war, um Harrys Aussehen zu beschreiben. »Elegant« wäre passender gewesen; elegant und reich. Sein dezent gestreifter Dreiteiler aus grauem Wollstoff war modisch geschnitten, bis oben hin geknöpft. Die Hosen hatten makellose Bügelfalten. Seine Lacklederschuhe glänzten, und aus seiner Brusttasche lugte ein auffallend gelbes Tuch wie eine exotische Blume hervor. In den Händen drehte er einen flotten, weichen Filzhut.

»Es ist wunderbar, dich zu sehen«, sagte sie mit gespielter Begeisterung, denn begeistern konnte sie zur Zeit nur ein Mann. »Ich zeige dir gern die Stadt ...«

Sie hielt inne, bestürzt. Harry hatte so gestanden, daß sie ihn nur von links, nicht von rechts hatte sehen können. Als er sich drehte, sah sie den breiten Trauerflor.

»Oh, nein! Deine Frau?« entfuhr es ihr. Harry nickte ernst.

»Ich mußte ja damit rechnen, aber deswegen ist es nicht leichter. Flavia ist vor fünf Wochen entschlafen. Ich bin noch dabei, alles zu regeln.«

»Es tut mir ja so leid, Harry.«

»Danke. Ich konnte Flavia nicht katholisch beerdigen, wie sie es gewollt hätte. Wir hatten nur standesamtlich geheiratet, und weil ich Jude bin, wurde sie automatisch exkommuniziert. In den Augen der Kirche lebte sie in Todsünde. Ein Gott, der einem guten Menschen wie Flavia solche Schuld aufbürdet, ist kein Gott für gescheite, feinfühlige Menschen.« Er seufzte. »Verzeih, aber hin und wieder packt mich der Zorn. Flavia hat ihr Glaube so viel bedeutet, aber sein Trost wurde ihr verweigert. Wir haben einen Priester gefunden, der das auch für falsch hielt. Pater Pius war in gewisser Weise ein Abtrünniger – er hat Flavia heimlich die Beichte abgenommen.«

Nach einer Pause fuhr er fort: »Die letzten Wochen waren in vieler Hinsicht sehr schmerzlich. Mein Arzt hat mir eine Reise empfohlen, und deshalb habe ich getan, was ich schon lange tun wollte – mir den Pazifik angeschaut.« Er sah sie an, das Gefühl, das aus seinen Augen sprach, war unmißverständlich.

»Und dich wiedersehen.«

»Harry – mmh, komm, ich zeig' dir alles.«

»Fein. Hast du Lust, mit mir essen zu gehen? Die Sehenswürdigkeiten können wir uns morgen anschauen.«

»Natürlich.« Sie hätte es nicht übers Herz gebracht, nein zu sagen.

Sie machte ihn mit den Filmleuten bekannt. Viele begrüßten ihn begeistert, wenn nicht gar verehrungsvoll, sie kannten seine Lieder. Harry lachte viel und bezauberte die Menschen. Aber Fritzi, die in einiger Entfernung stand, bemerkte wohl, daß seine Augen müde wirkten und sein Gang längst nicht mehr so schwungvoll war, wie sie ihn in Erinnerung hatte.

Beim Abendessen schien sich seine Stimmung etwas zu bessern. Sie unterhielten sich über Pauls Buch und über seine wachsende Familie, über Harrys Erfolg als Komponist am Broadway, über den Krieg. Nachdem er sie in seinem kleinen, gemieteten Reo nach Hause gefahren hatte, begleitete er sie bis an die Haustür. Er blieb der perfekte Gentleman, ohne die geringste Andeutung einer Berührung, obwohl er sie, sie spürte es, gern umarmt hätte. Sie hatte sich vorgenommen, ihm nichts von Loy zu erzählen; sie hätte ihm damit nur weh getan.

»Dann also morgen früh?«

»Ja, ich habe mir den Tag freigenommen.«

»Ich kann dir gar nicht sagen, was für ein Elixier du für mich bist, Fritzi. Ich habe mich seit Monaten nicht mehr so wohl gefühlt.«

Auf Zehenspitzen drückte sie ihm rasch einen Kuß auf die Wange. »Das freut mich. Schlaf gut!«

Es war ein turbulenter Tag: Sie fuhren mit der schienenlosen Trambahn für zehn Cent bis auf die Anhöhe des Laurel Canyon, wo sie eine herrliche Aussicht auf die Stadt und die Vororte genossen, die sich immer weiter ausdehnten, und auf die Gärten und Zitrushaine, die sich bis zum Meer erstreckten.

Auf dem Markt von Los Angeles schlenderten sie zwischen Ständen und Wagen umher, kauften saftige Orangen, schnitten sie auf und lachten, als ihnen der Saft ins Gesicht spritzte. Sie schlürften eisgekühlte Getränke in einem Eiscafé und besuchten die große Halle der Handelskammer, deren berühmtestes Ausstellungsstück ein mit Stoßzähnen ausgestatteter, drei Meter großer Elefant war, den man ganz aus kalifornischen Walnüssen gemacht hatte.

Am Ende des Tages kehrten sie in einem feinen Restaurant ein. Dort stellte Fritzi die Frage, die ihr schon ein Weilchen auf der Zunge lag: »Trägst du den Trauerflor ständig?«

»Pater Pius meinte, das sollte ich. Ich möchte Flavia gebührend betrauern.«

»Wie lange?«

Harrys blaue Augen bohrten sich in die ihren. »Ein Jahr. Erst dann werde ich ein vollkommen freier Mann sein.«

Erzähl ihm von Loy!

Sie wußte, daß sie es ihm hätte sagen sollen, um ihm falsche Hoffnungen zu ersparen, aber... später, später. Irgendwie kam es ihr grausam vor.

Ein leichter Nieselregen fiel, als er sie nach Venice zurückbrachte. »Ich möchte dir mein herzlichstes Beileid aussprechen«, sagte sie, als sie auf der geschützten Veranda standen. Lilys lebhafte Flüche drangen durch das Schlafzimmerfenster zu ihnen herunter; offenbar war sie mitten in der Arbeit. »Du bist mir ein wirklicher Freund geworden, Harry.«

»Nicht mehr?«

»Im Moment – nein. Es tut mir leid, im Moment ist es nicht mehr als das.«

Das Licht, das durch das Fliegengitter der Eingangstür fiel, zeigte die Enttäuschung hinter seinem Lächeln. Er war in vieler Hinsicht ein wunderbarer Mann; aber er war eben nicht Loy. Sie fühlte sich hundeelend, weil sie sich mit einer Zurückweisung von ihm verabschiedete. Darum stellte sie sich auf die Zehenspitzen, nahm sein Gesicht in die Hände und küßte ihn auf den Mundwinkel. Er hob den Arm, als wollte er sie umfassen, seinen rechten Arm, den mit dem Trauerflor. Er tat es nicht.

»Paß gut auf dich auf, Harry, bitte!«

»Werde ich. Auf Wiedersehen, Fritzi.« Er setzte sich den Hut keck auf den Kopf, drehte sich um und lief im stärker werdenden Regen die Stufen hinunter.

Der Himmel hörte nicht auf zu weinen. Die Regenzeit setzt früh ein, dachte sie, als sie sich am folgenden Abend müde aus Eddies Auto quälte. Der Drehtag für den neuen Nell-Film war lang und anstrengend gewesen. Eddie, dem es nicht entgangen war, wie niedergeschlagen sie war, bestand darauf, sie nach Hause zu fahren. Sie nahm dankbar an.

Er riet ihr, ein Schlafpulver zu nehmen und sich keine Sorgen um den neuen Film zu machen. Fritzi drückte seine Hand und wünschte ihm gute Nacht. Von Mrs. Hong erfuhr sie, daß Lily gegen sechs Uhr ausgegangen war. »Ich gehe auch«, sagte Mrs. Hong. »Auf dem Herd stehen Nudeln. Essen Sie was. Tut Ihnen gut.«

Fritzi bedankte sich und ging ins Wohnzimmer. Sie streckte sich auf dem Sofa aus, zu müde, um gleich hinaufzugehen und sich umzuziehen. In ihrer Tasche steckte ein Exemplar der *Times*. Sie rieb sich die Augen und versuchte, die neuesten Nachrichten aufzunehmen.

Es waren immer die gleichen Meldungen: hungernde Belgier, der deutsche General Hindenburg, der das Kommando an der russischen Front übernahm, ein Darlehen in Höhe von zehn Millionen Dollar für Frankreich. Außenminister Bryan, der Friedensapostel, verlangte, daß die Vereinigten Staaten alle kriegführenden Nationen gleichermaßen unterstützten. Fritzi wußte, sie hätte an all dem Anteil nehmen müssen, aber im Moment konnte sie es einfach nicht. Sie saß im Schneidersitz auf dem Sofa und versuchte nur, an nichts zu denken, nichts zu fühlen. So saß sie etwa eine halbe Stunde, während der Regen auf das Dach trommelte und die Dunkelheit hereinbrach.

Ihr Kopf fuhr hoch. Sie war eingenickt. Sie sah, daß draußen ein Auto stand, Scheinwerferlichter strahlten die silbernen Regentropfen an. Das Auto mußte sie geweckt haben.

Polizei? War Lily etwas passiert? Sie lief zur Eingangstür, blieb aber vor dem Fliegengitter stehen, spähte hinaus. Der Wind trieb den Regen auf die Veranda, es tropfte von der Dachrinne, das Wasser rann über den Weg zum Haus.

Die Wagentür ging auf und wieder zu. Der Fahrer stapfte durch den Schlamm, an den Scheinwerfern vorbei, wobei er von der Hüfte abwärts in Licht getaucht wurde. Dann sah sie seinen kegelförmigen Hut. »*O mein Gott, Loy?*«

Sie riß die Tür auf, rannte vor zum Geländer der Veranda. Er kam die Treppe heraufgelaufen. Sie griff nach seiner Hand. »Bist du's wirklich? Wo warst du?«

»Arbeiten. Inces Episodenfilm hat länger gedauert als erwartet.«

Glückselig und zu schwach, um ihre Gefühle zu verbergen, fiel sie ihm um den Hals. Sie bog den Kopf zurück und sah ihn an. »Ich dachte, du kämst nie mehr zurück.« Sie küßte ihn flüchtig. Er roch nach Tabak und ein wenig nach Whiskey.

Sie zögerte, ihn loszulassen. Der Wind trieb den Regen auf die Veranda, sie wurden naß. »Wir sollten reingehen.«

Sie spürte, wie er den Arm um ihre Taille schlang, sie sanft nach drinnen zog. Er lachte, ein leises, gurgelndes Lachen, das an das Schnurren einer Katze erinnerte. »Klar doch. War aber ein schönes Willkommen für einen müden Wanderer. Hätte nichts gegen eine Wiederholung.«

Fritzi wurde fast ohnmächtig. Sie schlang die Arme um seinen Hals und küßte ihn leidenschaftlich. Ihr Herz schlug wild.

Er legte auch den anderen Arm um ihre Taille und zog sie fest an sich. Sie spürte seine Erektion an ihrem Bein. Sie nahm seine Hand, zog ihn zur Tür, wo sie vor dem Regen sicher waren. Ihre Kleider waren bereits durchnäßt, ihre Gesichter tropften. Über dem Meer im Westen grollte Donner. Loy drehte den Kopf, spähte ins Haus.

»Ist jemand zu Hause?«

»Niemand.«

Er küßte ihren Hals, ihr Ohrläppchen. »Du hast mir gefehlt, Kumpel. Können wir raufgehen?«

»Ja. O ja. Und keine Erwartungen, Loy, ich verspreche es«, stieß sie hervor, überwältigt von seiner Gegenwart, seinen Händen, seinem Mund, von der Dunkelheit, dem Sturm und all diesen Monaten des Wartens. Sie küßte ihn heftig mit offenen Lippen und saugte sich an den seinen fest. Als sie sich losmachte, um die Tür zu öffnen, zitterte sie. Loy schüttelte das Wasser von seinem Hut und machte eine galante, fast einladende Geste damit.

»Hab' mal gelesen«, sagte er und trat ein, »daß man's richtig machen muß.« Ihre Kräfte schwanden. Ohne Furcht und ohne Scheu ließ sie sich von seinen kräftigen Armen hochheben und in das dunkle Haus tragen.

73. ENTHÜLLUNGEN

Zuerst verspürte sie bei dem Zusammensein mit ihm ängstliche Beklommenheit, doch die schmolz bald dahin und verwandelte sich in drängendes Begehren. Eine wachsende Leidenschaft ließ sie alles vergessen außer der Glut ihrer Empfindungen und vertrieb ihre Angst, unzulänglich zu sein. Ihr Körper, ihr Mund, ihre Haut, ihre Beine, die ihn umschlangen, schienen von Feuer erfaßt. Die Leidenschaft hob und schüttelte sie mit einer süßen, ungestümen Wucht, die alles übertraf, was sie je gespürt hatte.

Als sie danach im heißen und zerwühlten Bett nebeneinanderlagen, streichelte Fritzi ihn und strich ihm das lange, feuchte Haar aus dem Nacken. Draußen prasselte der Regen nieder, glänzend wie silberne Perlen. Sie starrte eine Weile hinaus, dann rief sie: »Du hast vergessen, das Licht am Auto auszumachen.«

Er drehte sich zum Fenster. »Du hast recht. Mist! Hatte den Kopf woanders. Zu spät.« Er beugte sich über sie und küßte ihre Mundwinkel.

»Woher wußtest du, wann ich nach Hause kommen würde?«

»Ich hab' überhaupt nichts gewußt. Windy hat mir erzählt, daß du nach mir gefragt hast, deshalb war ich schon mal hier. Habe mit deiner Freundin Lily gesprochen.«

»Hast du mit Mrs. Hong gesprochen?«

»Die hab' ich noch nie gesehen.« Er strich über ihre nackte Brust. Seine Handfläche war rauh, die Berührung jedoch sanft. »Ich hab' das nicht geplant, das mußt du mir glauben.«

»Na ja, ich war ja nicht gerade unkooperativ«, erwiderte sie und lachte verlegen.

Er lachte auch. Dann küßte er die warme Mulde an ihrem Hals. »Kriegst du jetzt Probleme mit der Vermieterin, weil wir hier oben zusammen sind?«

»Die Hongs kommen erst ganz spät nach Hause. Sie machen immer noch ihren Chop-Suey-Stand sauber, bevor sie schließen. Und Lily würde höchstens lachen. Wenn ich es zuließe, würde sie sogar applaudieren. Sie hält mich nämlich für 'ne Art Nonne.«

»In der letzten halben Stunde warst du es bestimmt nicht.« Es war wahr; sie hatte die Freude der Hingabe erlebt und die Erleichterung, es ohne alle Erwartungen über den Augenblick hinaus zu tun. Trotzdem war sie besorgt:

»War es wirklich in Ordnung?«

»Aber natürlich. Hätte nicht besser sein können.«

Der Regen prasselte gegen die Fenster. Fritzi zog das gestärkte Laken über sich, sie fröstelte, weil ihr Körper auskühlte.

»Bist du sicher? Ich habe gefürchtet, mein Mund ist zu schmal und meine Hüften sind zu breit. Und damit« – sie zeigte mit der Hand auf ihren Busen – »kann ich mich auch nicht brüsten.«

»Psst, soll ich vielleicht zum Gericht gehen und auf die Bibel schwören? Du bist wunderbar, so wie du bist.«

Er legte die Hand unter den Nacken und dachte nach. »Ich glaube, ich kenne niemanden, der ganz zufrieden mit sich ist. Nimm mich. Ich hasse den Namen, den mir meine Mutter gegeben hat. Loyal, was für ein Name soll das sein? Ihr Großvater hieß so. In meinen Ohren klingt er weibisch.«

»Es ist ein schöner Name. Schön und stark.«

»Ich weiß nicht. Ich wünschte, sie hätten mir einen ganz normalen Namen wie Jim oder Bill gegeben. Wegen meines Namens bin ich in der Schule in alle möglichen Streitereien geraten, kannst du mir glauben.«

Er schwieg eine Zeitlang, bevor er fortfuhr: »Ich weiß nicht, wie ich es sagen soll, aber ich möchte, daß du weißt, daß ich nicht einfach nur zum Spaß mit dir ins Bett gegangen bin. Ich mag dich, ich mag dich sehr. Aber ich möchte nicht, daß du erwartest ...«

Sie legte einen Finger auf seinen Mund. »Du brauchst nicht weiterzusprechen. Ich habe doch schon gesagt, daß ich keine Erwartungen daran knüpfe. Ich weiß, was du davon hältst, seßhaft zu werden.«

Er legte die Wange auf ihre Schulter. »Das Vagabundieren liegt mir wahrscheinlich im Blut. Aber das ist nicht alles. Da ist noch meine Schwester Clara.«

»Im Heim.«

»Ja. Du hast ein Recht, die ganze Geschichte zu erfahren.«

»Loy, ich bitte dich gar nicht …«

»Ich will es dir aber erzählen. Erinnerst du dich, daß Mr. Pelzer mir eine Rolle angeboten hat, die ich abgelehnt habe? Ich habe abgelehnt wegen meiner Schwester in diesem gottverdammten Heim. Ich bezahle für bessere Pflege als die, die man eigentlich in einem Armenhaus bekommt. Die Menschen dort werden in einem Flügel eingesperrt, der die reinste Hölle ist. Zimmer wie Zellen. Essen nicht viel besser als Schweinefutter. Für eine gewisse Summe im Monat kriegt meine Schwester eine Kammer mit Fenster. Besseres Essen. Hin und wieder eine Haarwäsche.« Seine Stimme wurde leiser und heiser vor Schmerz.

»Ich möchte nicht, daß mein Gesicht auf einer Leinwand in Texas erscheint. Wenn mich jemand erkennen würde, wäre man mir bald auf den Fersen. Wenn sie mich einsperren, kann ich kein Geld mehr für meine Schwester schicken. Ihr armer Verstand hat aufgegeben, als ein Mann und seine zwei Freunde ihr Gewalt angetan haben. Sie nahmen sie, ich weiß nicht, wie oft, drei, vier Stunden lang. Der Mann, den ich umgebracht habe, war der Anstifter.«

Fritzi hielt seine Hand ganz fest. Nach langer Pause fuhr er fort.

»Etwa ein Jahr nachdem man Clara in zerfetztem Kleid und mit blutigen Beinen in ihrem Haus fand, lebte sie bereits in ihrer eigenen Welt. Ich mußte Papiere unterschreiben, um sie in das Heim einweisen zu lassen. Jedes Mal, wenn ich sie dort besucht habe, habe ich sie gefragt, wer ihr das angetan hat – ich dachte, es wäre nur einer gewesen. Aber sie sagte nichts, starrte nur durch mich hindurch wie durch eine Glasscheibe. Als es ihr ein wenig besserging und sie hin und wieder ein paar Worte sprach, habe ich sie angefleht, mir den Namen zu sagen. Ich wußte, daß sie es mir irgendwann sagen würde, und das hat sie auch. Sie erzählte mir, daß es drei waren, erzählte, wie sie sie gequält haben, immer und immer wieder. Ich kann dir das nicht alles erzählen. Hinterher tat es ihr leid. Sie sagte, sie hätte mir den Namen schon viel früher sagen können, aber sie hätte gefürchtet, daß ich was Unüberlegtes tun könnte. Dem Anstifter könne man ohnehin nichts anhaben, er stehe über dem Gesetz. Er *war* das Gesetz.«

»Ein Texas Ranger, sagtest du.«

»Ein Mitglied der berittenen Staatspolizei, der geschworen hat, das Gesetz zu achten und unschuldige Menschen zu schützen. Er hieß Mercer Page. Meine Schwester hatte recht, man konnte ihm nichts anhaben, ich schon gar nicht. Ich habe ihn trotzdem aufgesucht.«

Der Regen trommelte. Fritzi hielt den Atem an. »Merce lebte allein in einem kleinen Haus auf dem Land. Ich sagte ihm auf den Kopf zu, daß er es war, der seine Freunde dazu angestiftet hatte, Clara zu vergewaltigen, als sie sie beim Erdbeerpflücken sahen. Ich war an diesem Nachmittag in Waco. Mercer Page, dieser Hundesohn, hat es nicht mal geleugnet. Schamlos hat er erzählt, er und seine Kumpane hätten eine Flasche billigen Fusel getrunken, der ihnen zu Kopf gestiegen sei, und als sie Clara gesehen hätten – na ja, es hat ihm offenbar Spaß gemacht, mir ein paar Einzelheiten zu erzählen. Er sagte, er habe sie zuerst genommen, damit er sie mehr als einmal nehmen konnte.«

»Oh, Loy, das ist ja furchtbar.«

»Er konnte sich gar nicht mehr einkriegen vor Lachen. Mercer war ein Stück Dreck. Er erklärte, er könne mir das sagen, er hätte mich nie sonderlich gemocht. Und außerdem, was ich dagegen tun wolle, nachdem Clara verrückt geworden sei und vor Gericht nicht mehr aussagen könne? Wenn die Sache überhaupt vor einen Richter kommen würde. Mercer hatte Freunde bis hinunter nach Austin, Kollegen, die für ihn jedes Alibi zusammengelogen hätten. An dem Punkt habe ich rotgesehen. Ich erinnere mich noch, daß ich geschrien habe, daß ich keinen Haftbefehl und keinen Beweis und auch keinen Richter brauche. Ich zog meine Pistole und schoß, bevor er nach der seinen greifen konnte, die auf dem Tisch lag. Er hat den Tod verdient, aber das ändert nichts an der Tatsache, daß ich einen Mord begangen habe. Das war mein letzter Tag im Bailey County. Ich bin auf meinem gescheckten Grauen die halbe Nacht durch und den halben nächsten Tag geritten. Hätte ihn fast zu Tode geritten, bevor ich in Lubbock auf einen Güterzug aufsprang. Die Ranch hatte ich schon verkauft, ich wohnte in der Stadt, das war also kein Problem. Ich ging nach New Mexico und hab' mich dort versteckt. Von dort ging's nach Idaho und dann runter nach Kalifornien. Ich hab' dir schon gesagt, daß mein Steckbrief

bestimmt in jedem Gefängnis zwischen Muleshoe und dem Rio
Grande hängt. Wenn sie mich aufspüren, sperren sie mich ein
oder hängen mich, kommt ganz auf die Geschworenen an. Tot
oder im Gefängnis könnte ich kein Geld mehr verdienen, und
dann würden sie meine Schwester wieder in die Hölle zurück-
schicken, wo es nach Erbrochenem und Scheiße und allem möglichen stinkt, daß es einem den Magen umdreht.«

Er stützte sich auf den Ellbogen und streckte die Hand aus,
um Fritzis Gesicht zu streicheln. »Aus dem Grund bleibe ich nie
lange an einem Ort. Und so wird es immer sein. Ich will nicht,
daß du meinst, es könnte jemals anders werden.«

Sie preßte ihren Mund auf den seinen. »Ich bin schon glücklich, wenn ich dich nur ein Weilchen habe.«

Der Regen hatte nachgelassen, sein Geräusch war kaum
mehr als ein Seufzen. Sie hörte ihn, sah ihn aber nicht; die Lichter an Loys Auto waren erloschen, das Gas verbraucht.

»Ich wußte nicht, ob ich es fertigbringe, es dir zu sagen. Habe
lange drüber nachgedacht. Aber dann dachte ich, wir sind
Freunde und daß du es vielleicht verstehst. Ich hab' es nicht vielen erzählt. Windy weiß es und ein Vorarbeiter oben in Idaho,
dem ich vertrauen kann. Nicht viele.«

Sie drückte seine Hand. Dann rieb sie ihre Unterarme und
fühlte die Gänsehaut. »Ich glaube, ich muß mir was anziehen.«

Als sie wieder angekleidet waren, begleitete sie ihn zur Tür. Sie
machte im Wohnzimmer Licht, damit die Hongs, wenn sie nach
Hause kamen, den Eindruck hätten, alles sei in Ordnung. Es
hatte aufgehört zu regnen. Überall tropfte noch Wasser. Eine Limousine fuhr vorbei, vier Leute lachten und johlten. Einer warf
eine Flasche aus dem Fenster, die das Wasser einer Pfütze aufspritzen ließ.

Auf der Veranda küßte er sie schnell und ging dann pfeifend
zum Auto. Ein formloser Abschied. Ohne ein Wiedersehen zu
versprechen, es wurde nicht einmal erwähnt. Das war nicht einmal der halbe Laib, das war ein Krümel, und wenn er ihr eines
Tages auch noch den wegnähme – sie konnte nicht einmal einen
Gedanken daran ertragen.

Bevor er ins Auto einstieg, lüftete er seinen hohen Hut und
winkte. Sie hauchte ihm einen Kuß zu. Sie saß auf der Veranda-

schaukel, bis er ohne Lichter davontuckerte. Sie hatte Angst um ihn. Ohne Beleuchtung konnte er ja nicht sehen, was vor ihm lag.

Als das Auto in der Dunkelheit verschwand, kam es ihr plötzlich in den Sinn, daß auch sie das nicht konnte.

74. UND WIEDER DETROIT

»Einzelzimmer, Sir?«

»Das beste bitte. Ich bleibe nur ein paar Nächte.«

Der arrogante Hotelangestellte musterte Carls blaue Strickmütze, die billige Matrosenjacke, den zerschlissenen Schal um seinen Hals, seine ramponierte Reisetasche, die er beim Hotelpagen abgestellt hatte. »Wir ersuchen unsere Gäste in der Regel, die Rechnung im voraus zu begleichen.«

Carl schob Papiergeld über die Marmortheke und trug sich im Gästebuch ein. Es war ein gutes Gefühl, als zahlender Gast in dieses Hotel zurückzukehren, auch wenn es Verschwendung war; vielleicht die einzige, die er sich auf dieser Reise erlauben konnte.

Das Wetter in Detroit war grau und trostlos, hin und wieder regnete es sogar. Die Sirenen der Schiffe auf dem nebligen Fluß schienen den Einzug des Winters zu beklagen. Nach einem heißen Bad und einem Frühstück, das aus einem halben Dutzend Eiern, Bratkartoffeln und einem Steak bestand, schlang sich Carl den Schal um den Hals und machte sich auf den Weg nach Highland Park.

Er war überwältigt von den Ausmaßen der Ford-Fabrik, die erbaut worden war, nachdem er die Stadt verlassen hatte – ein unglaubliches Gebäude, vier Stockwerke hoch und, wie es schien, eine Meile lang, obwohl das wahrscheinlich eine Täuschung war. Was Carl aber noch mehr beeindruckte als die Größe, das war die Anzahl der Fenster. In einer Broschüre, die er bei der Handelskammer mitgenommen hatte, wurde die Fabrik als »Detroits Kristallpalast« bezeichnet.

Entworfen hatte diesen einzigartigen Bau Mr. Fords Architekt Albert Kahn. In der Fabrik hatte Ford seine Vorstellung vom ersten Fließband verwirklicht. Carl hörte es klirren und rasseln, ein monotones Lied durch die Fenster, die trotz des Regens und der kalten Winterluft offenstanden.

Ein Wächter, der die Marke der Mitarbeiter von Ford auf

seinem Regenmantel trug und einen Knüppel schwang, trat durch das Tor.

»Wir stellen niemanden ein.«

»Ich suche keine Arbeit. Wie viele Leute arbeiten jetzt hier?«

»Wozu wollen Sie das wissen?«

»Ich hab' hier mal gearbeitet. Na ja, nicht hier, sondern in der Piquette Avenue.«

Das schien den Mann ein wenig milder zu stimmen. »Etwa zwölftausendfünfhundert. Letztes Jahr sind mehr als dreihunderttausend Autos vom Fließband gerollt. Dieses Jahr müßten es noch mehr werden, die Nachfrage steigt.«

»Mr. Ford ist wirklich 'n Genie. Ich habe gehört, daß man ihn gern als Senator sähe.«

»Oder als Präsidenten. Wie war doch gleich noch mal Ihr Name?«

»Carl Crown. Mr. Ford wird sich nicht an mich erinnern.«

»Haben Sie wahrscheinlich recht. Er ist jetzt ein großes Tier. Führender Industrieller.«

Carl nickte, lächelte und machte sich mit einem Gefühl der Ehrfurcht und einer gewissen Wehmut auf den Rückweg. Der Regen wurde zu einer grauen Schieferwand.

Eine schwarze Familie wohnte in Jesse Shiners Häuschen in der Columbia Street. Die Frau, dürr, mit hängenden Schultern und einem Säugling auf dem Arm, wußte nicht, wo Jesse wohnte, aber Carl erfuhr, daß Jesse bei Sport's auf der East Side arbeite.

»Ist ein Friseurladen. Für Farbige«, fügte die Frau hinzu, um sicherzugehen, daß er im Bilde war. Carl trat wieder in den Regen hinaus.

Der Friseurladen war ein hübscher kleiner Salon mit vier Stühlen. Ein kräftiger, achtunggebietender blauschwarzer Mann mit Glatze trat von einem Kunden weg, den er gerade im ersten Stuhl rasierte.

»Ich glaube, Sie haben sich verirrt, Mister.«

Weiter hinten, am letzten Stuhl, sagte eine Stimme: »Nein, Sport, ich kenne ihn.«

»Jesse!« Carl stapfte nach hinten, wobei er bei jedem Schritt eine kleine Pfütze hinterließ, was Sport mit mißbilligendem Blick quittierte. Im Laden war es angenehm warm, und es duftete nach Talkum, Haaröl und Pomade. Jesse hatte sich kaum verändert, er war so dürr wie eh und je, nur ein paar Altersflecken waren auf seinem kaffeebraunen Gesicht zu sehen. Als er sich aus dem Stuhl erhob, neigte sich sein ganzer Körper zur Seite. Der Anblick erinnerte Carl wieder an die schreckliche Nacht, als der Mordbube einen Fischhaken in Jesses Bein gegraben hatte.

»Wie geht es dir, Jess?«

»Ich lebe. Früher hab' ich Witze über solche Arbeit gemacht, und jetzt, schau mich an. Hätte nicht gedacht, daß ich dich noch mal wiedersehe. Was treibst du?«

Carl erzählte von seinen Plänen, dann sagte er: »Ich möchte Tess sehen. Weißt du was von ihr?«

»Komm mit nach hinten, da können wir reden.«

Carl folgte ihm in das mit Vorräten vollgestellte Hinterzimmer. Jesse zog an der Schnur einer Hängelampe, setzte sich auf eine Bank und bot Carl eine Zigarette an. Carl schüttelte den Kopf.

»Viel weiß ich nicht, nur, was ich hin und wieder in der Zeitung lese. Sie heißt jetzt Mrs. Sykes.«

Carls Gesicht verzog sich zu einer Grimasse. »Sie hat diesen Hundesohn geheiratet?«

»Tja. Aber er ist vor ein paar Jahren tödlich verunglückt. Auf einer Spazierfahrt mit zwei leichten Mädchen, alle sturzbetrunken. Das Auto hat sich überschlagen. Hat sich den Hals gebrochen, der Gute. Die Flittchen haben auf dem Rücksitz gedöst, sind mit ein paar Kratzern davongekommen. Anscheinend gibt's doch noch so was wie Gerechtigkeit.«

»Und sonst?«

»Ich glaub', nichts. Oh, ja, sie und Sykes hatten einen Jungen. Sie lebt mit dem Kind in dem Haus von ihrem Vater auf Piety Hill. Der Vater ist in irgendeinem Altersheim. Die Autofabrik Clymer gibt's nicht mehr. Die Konkurrenz war zu stark.« Jesse paffte an seiner Zigarette. »Aus allem, was ich mir zusammenreimen kann, ist Tess eine gute Frau. Schätze, du warst verdammt vernagelt, daß du sie hast sitzenlassen.«

»Damals konnte ich nicht anders. Kann ich dich zum Mittagessen einladen?«

»Sport gibt uns 'ne halbe Stunde. Aber erst um zwölf.«

»Ich warte.«

Am selben Abend stand Carl in nachlassendem Regen und bei
heulendem Nordwind, der aus Kanada kam, vor dem Haus der
Clymers in der Woodward Avenue. Es war noch immer das herr-
schaftliche Haus, das er in Erinnerung hatte, drei Stockwerke
hoch und hell erleuchtet. Er war überrascht und ein wenig gekränkt, daß Tess diesen Wayne Sykes geheiratet hatte, den Mann,
den er halb totgeschlagen hatte. Aber ihr Vater hatte sie immer
gedrängt, und wahrscheinlich war dieser Bastard eine gute Partie. Außerdem konnte er nicht erwarten, daß Tess ihm, Carl, treu
blieb, da sie annehmen mußte, daß er nie mehr zurückkommen
würde.

Er wollte sich schon von dem Eisentor abwenden, als er sich
plötzlich an die weiche Umarmung an diesem längst verlorenen
Tag erinnerte, an dem sie sich geliebt hatten, und an den Glanz
in Tess' Augen, die so dunkelblau waren, wie er sich die Südsee
vorstellte. Er mußte durch das Tor gehen und sein Glück versuchen.

Ein Livrierter öffnete auf Carls Klopfen die Tür; als er den
tropfnassen Besucher erblickte, reagierte er mit entsprechender
Geringschätzung.

»Handelsvertreter zum Hintereingang. Wir geben kein ...«

»Ich bin ein Freund von Mrs. Sykes.« Der Gesichtsausdruck
des Mannes sagte deutlich, daß er das nicht für denkbar hielt.
»Ist sie zu Hause?«

»Mrs. Sykes empfängt heute abend keine Gäste.«

»Danach habe ich nicht gefragt, ich habe gefragt, ob sie zu
Hause ist. Wenn ja, sagen Sie ihr, daß Carl hier ist.«

»Und Ihr Nachname?«

»Nur Carl.«

Er machte die Tür zu. Der Novemberwind wirbelte ein paar
Schneeflocken herbei. Carl zitterte.

Die Tür ging wieder auf. Vor ihm stand Tess, etwas kräftiger
geworden, mit einer Lesebrille auf der Nase. Ein großer elektrischer Kronleuchter in der Eingangshalle streute glitzernde Lichter in ihr blondes Haar. Einen Augenblick lang schien sie zu
schwanken; er fürchtete, sie würde ohnmächtig werden.

»Ich hätte nicht gedacht, daß ich den Augenblick noch er-
lebe, Carl.«

»Na ja, ich eigentlich auch nicht«, erwiderte er verlegen. »Ich bin auf der Durchreise. Gehe in Montreal auf ein Schiff nach Frankreich.«

»Du lieber Gott! Immer noch der Vagabund. Du mußt ja durchgefroren sein. Bitte, komm herein!«

Als sie die Tür schloß, bemerkte er den Verlobungsring mit einem großen Diamanten an ihrer linken Hand und dazu den schmaleren Ehering. »Mein Freund Jesse hat mir erzählt, daß du geheiratet, deinen Mann aber verloren hast«, sagte er. »Das tut mir sehr leid.«

Tess holte tief Luft. Sie war so angenehm rund, genau so, wie er sie aus den schmerzlichen Tagen der Liebe und des Verlustes in Erinnerung hatte. »Ich habe Wayne nie geliebt. Ich habe ihn geheiratet, weil Vater es so wollte und weil du nicht mehr da warst – na ja, wir wollen die Vergangenheit nicht mehr aufrühren, nicht wahr?«

Aus dem rückwärtigen Teil des Hauses kam ein kleiner Junge von fünf oder sechs Jahren durch die Schwingtüren auf sie zugerannt. Er lief zu Carl, musterte ihn und streckte ihm die Hand entgegen. »Hallo. Sie sind der Gast. Wie heißen Sie?«

»Carl«, antwortete er belustigt. Er schüttelte ihm die Hand. Der Junge war kräftig gebaut, hatte kurze Beine und breite Schultern. Er hatte die gleichen braunen Augen wie Carl, aber Carl sah nur Tess in seinem Gesicht.

»Ich heiße Henry«, sagte der Junge mit großem Ernst.

»Mein Prinz Hal«, sagte Tess und fuhr ihm liebevoll durchs Haar. Dann gab sie ihm einen Klaps auf den Hintern. »Zeit für's Bett.« Henry rannte winkend die Treppe hinauf. »Henry ist der zweite Name meines Vaters«, erklärte Tess. Sie ergriff seine Hand und drängte ihn mit sanfter Gewalt in einen erleuchteten Wohnraum. »Erzähl mir, warum du nach Europa gehen willst.«

Tess klingelte dem Butler, der Carl jetzt mit mehr Achtung behandelte, als er ihm Whiskey und Tess heißen Tee in einer Tasse mit Goldrand servierte. Ihre Augen waren weich und warm, als sie auf den Schal deutete. »Kämpfst du noch immer gegen Drachen und Sarazenen?«

»Könnte man so sagen. Ich werde beim französischen Luftwaffenkorps fliegen. Ich bin seit einem Jahr Flugzeugpilot.«

»Ist es nicht verboten, sich als Amerikaner zur französischen Armee zu melden?«

Carl zuckte die Schultern; der herrliche braune Whiskey taute ihn ein bißchen auf. »Ich glaube nicht, daß Wilson Detektive ausschickt, mich oder irgend jemanden, der auf Seiten der Alliierten kämpft, einzusperren. Mein Freund René – er ist es, der mich zu der Sache überredet hat – hat mich davon überzeugt, daß man sich in diesem Krieg nicht neutral verhalten darf.«

»Aber wie kannst du auf deren Seite kämpfen, wenn es verboten ist?«

»Es ist nicht verboten, in die französische Fremdenlegion einzutreten. Man meldet sich in Paris, dort werden dann die Papiere so lange hin und her geschoben, bis man schließlich Mitglied des Luftwaffenkorps ist. Und Woodrow ist es zufrieden, weil er denkt, man schiebe irgendwo in der Wüste Wache.« Er gestikulierte mit seinem Glas. »Ich hatte die Nase schon voll von diesem alten Narren, als er mich aus Princeton rausgeworfen hat. Hab' ich dir das überhaupt erzählt?«

»Wie er den besten Footballspieler verloren hat? Du hast.«

»Du lieber Himmel, wir haben viel geredet, wie?«

»In so kurzer Zeit«, antwortete Tess und sah sehnsüchtig aus. »Ich wünschte, es hätte weitergehen können …« Bei den Worten schoß ihr die Röte in die Wangen. Sie senkte die Augen auf ihre Teetasse.

Eine Stunde lang schwelgten sie in Erinnerungen. Dann erhob sich Carl, um sich zu verabschieden. Tess hängte sich bei ihm ein; die Berührung ihrer runden Brüste weckte das alte Verlangen und löste den alten Widerstreit in ihm aus.

»Du hast einen prächtigen Sohn«, sagte er an der Tür.

»Ja. Ich wünschte, du könntest länger bleiben und ihn kennenlernen.«

»Ich habe René versprochen, ihn in zwei Tagen zu treffen.«

Sie seufzte. »Es wird immer neue Drachen geben.«

»Aber nicht mehr so viele Sarazenen, die Hunnen haben sie umgebracht.«

Der schwarze Humor erschreckte sie. Sie drückte ihre Wange fest an seine Brust. »Mach bitte keine Witze darüber. Dieser Krieg ist schrecklich. Wir werden irgendwann hineingezogen, ganz gleich, was Wilson heute sagt. Millionen Männer lassen ihr Leben. Paß gut auf, daß du nicht auch dazu zählst.«

Tränen glitzerten in ihren schönen Augen. »Gibst du mir zum Abschied einen Kuß, um der alten Zeiten willen?«

Er riß sie in die Arme. Er mußte seinen ganzen Willen aufbieten, um sie wieder loszulassen, nur noch einmal über ihre weiche Wange zu streichen und in die bitterkalte Nacht hinauszutreten.

75. DER MILLIONENTEPPICH

Fritzi arbeitete mit so viel Energie an ihrer neuen Komödie, daß sie abends vor Erschöpfung der Ohnmacht nahe war. Zu ihrer eigenen Überraschung machten ihr die Dreharbeiten für *Tapeten-Nell* Spaß. Sie wartete mit ein paar kleinen Tricks auf, die sie Charlie Chaplin abgeschaut hatte: Mit einer hochgezogenen Augenbraue, einem traurigen Lächeln, einem verzehrenden Blick steigerte Charlie jede Komödie auf ergreifende Weise und machte sie um so subtiler.

Fritzis Film begann mit Nells Vater, einem mittellosen Tapezierer, der auf dem Weg zur Arbeit auf einer Bananenschale ausrutschte und sich ein Bein brach. Nell stolperte von einem Mißgeschick zum nächsten – tropfende Kleisterpinsel, leckende Eimer, wacklige Gerüste und zusammenbrechende Leitern. Sie verliebte sich in einen Bauinspektor, den ihr jedoch eine gutgebaute Blondine wegschnappte. Am Ende der zweiten Spule blieb Nell mit einem großen weißen Kleisterklecks auf der Nase wie ein trauriger Clown allein zurück. Mit einem kleinen Schulterzucken kratzte sie den Kleister ab und warf ihn aus dem Bild – direkt einem vorbeischlendernden Polizisten in die Augen. Abblende.

Hobart beobachtete Fritzis wütende Energie. Er hatte *Macbeth* überlebt, ohne einen größeren Unfall zu verschulden oder zu erleiden. Es war der letzte Drehtag. Hobart war als Than von Cawdor in eine blaue Samtrobe gekleidet, hatte einen falschen gekräuselten Bart und trug eine Pappkrone mit Juwelen aus Glas. Er und Fritzi saßen bei Zwiebelsandwiches und Malzbier auf Klappstühlen in der Sonne.

»Was ist los mit dir, Kind?« fragte Hobart. »Du bist so nervös. Du redest wie ein Maschinengewehr auf alle ein.«

»Ich arbeite hart, das ist alles.«

»Ich könnte mir einen anderen Grund denken. Ich habe gehört, du hast einen Freund, einen Cowboy, wenn ich recht informiert bin. Man erzählt sich, daß er rasend attraktiv ist.«

Sie versetzte ihm einen Puff. »Laß die Finger von ihm. Er gehört mir.«

Hobart lachte. »Wie schön, daß du glücklich bist! Ich kann dir verraten, daß ich auch auf einer Wolke schwebe. Polo und ich sind Freunde geworden, gute Freunde, wenn du weißt, was ich meine.«

»Liegt da etwa Liebe in der Luft?«

»Du bist wirklich ein kluges Kind«, seufzte Hobart und rückte seine Krone zurecht.

Sie traf sich mit Loy, sooft es ihre und seine Verpflichtungen zuließen, was nicht häufig der Fall war. Er arbeitete wieder, diesmal in einem Western, in dem man die schwer aufzutreibenden Pferde fast alle durch Autos ersetzt hatte. Der Hauptdarsteller war ein zweitrangiger Schauspieler namens Brix, Schauplatz eine Ranch in der Nähe von Ojai. An einem warmen Herbstsonntag fuhren sie im Firmen-Packard hin, Fritzi saß am Steuer. In einem abgeschiedenen Stall zeigte Loy ihr eines der Tiere aus dem Film, ein ausgezeichnetes Pferd, das auf den Namen Geronimo hörte.

»Siehst du, wie klein es ist?« Das Pferd rieb den Kopf an Loys Hand. »Kaum sechzig Zoll. Es ist schnell und wendig auf unwegsamem Gelände – tausendmal besser als die großen Gäule, die sie sonst mieten. Wir haben heute eine Verfolgungsjagd gedreht, ›Western achtzehn‹. Das sind achtzehn Bilder pro Sekunde. Wenn man das bei normaler Geschwindigkeit abspult, ist die Verfolgungsjagd so schnell wie der Blitz.«

»Wie heißt der Film?«

»*Rauchende Kugeln.*«

Sie kicherte. »Gibt es tatsächlich Schießereien zu sehen?«

»Ich weiß, es ist albern. Aber ich hab' es mir nicht ausgedacht, ich bin nur Statist.«

Der verlassene Stall lag ruhig da. Ein Heuboden bot sich an. Loy machte keine Anstalten, noch einmal mit Fritzi zu schlafen, und obwohl sie sich danach sehnte, schämte sie sich, ein zweites Mal die Initiative zu ergreifen. Sie spürte, daß er sich zurückgezogen hatte. Sie war wieder nur ein Kumpel.

Trotzdem war sie glücklich. Immer wieder während des Tages fing sie an zu singen. Lily wußte, daß ihre Gedanken mit Loy beschäftigt waren. »Ihr könntet doch zusammenleben. Nehmt euch ein Hotelzimmer in der Stadt. Meinst du nicht, du könntest dir eine Wohnung leisten, ja sogar ein kleines Haus?«

»Er würde es nie tun.«

»Warum denn nicht?«

»Einfach so. Er ist ein Vagabund. Jeden Morgen, wenn ich aufwache, frage ich mich, ob er vielleicht mitten in der Nacht auf und davon ist.«

Lily schnalzte mit der Zunge. »Du Arme!« Sie umarmte Fritzi lange und innig.

Das große Thema der Filmwelt war Griffith' Bürgerkriegsdrama *The Clansman*, das zu Beginn des nächsten Jahres in die Filmtheater kommen sollte. Aber noch offensichtlicher war der Neid, wenn über Fritzis Freund Charlie gesprochen wurde. Im ganzen Land grassierte das »Chaplin-Fieber«. Tanzorchester spielten *That Charlie Chaplin Walk*, in den Kaufhäusern gab es zu Weihnachten massenhaft Chaplin-Puppen, die Zeitungen brachten Chaplin-Cartoons und Chaplin-Interviews.

Mit dem Kassenschlager des Herbstes, *Tillies gestörte Romanze*, breitete sich die Epidemie noch mehr aus. Vorlage für den Sechsspuler, dessen Dreharbeiten fast sechs Wochen dauerten, war ein bekanntes Bühnenstück. Charlie hatte den Film als einen der letzten für Mack Sennett gedreht. Inzwischen verdiente er, wie alle Welt wußte, bei Essanay zwölfhundertfünfzig Dollar pro Woche. Fritzis einhundertfünfzig in der Woche, die sie seit Anfang des Jahres verdiente, waren geradezu jämmerlich dagegen. Das Gefühl, daß das ungerecht sei, begann an ihr zu nagen.

Charlie kehrte überraschend aus seinem Exil in Nordkalifornien zurück. Er hatte sich in der Abgeschiedenheit von Essanays Studios in Niles nicht wohl gefühlt. Um ihn zufriedenzustellen und nicht zu verlieren, mietete Essanay ein Studio in der Fairview Avenue, das der inzwischen bankrotten Firma Majestic gehört hatte. Von nun an sollte Charlie seine Filme dort drehen.

Schon in der ersten Woche, die er in der Stadt war, lud Charlie Fritzi und Loy zum Abendessen in Ship's Café ein. Er machte sie mit Edna Purviance bekannt, einer hübschen jungen Frau, die die weibliche Hauptrolle in seinen Filmen spielte und seine

Freundin war. Als die Kaffeehauskapelle *Heart of My Heart* an-
stimmte, bat Charlie Fritzi um einen Tanz.

Er war so höflich, daß sie nicht umhinkonnte, eine Bemerkung darüber zu machen. »Du hast dich verändert«, sagte sie,
als sie zu den Klängen der Musik tanzten. »Du redest wie ein
Professor aus Oxford.«

»Sprechunterricht. Für die meisten Menschen ist der Cock-
ney-Akzent ein Zeichen von Unterschicht. Ach übrigens, dein
Texaner gefällt mir. Ruhiger Typ.«

»Nur in Gegenwart von Fremden. Edna gefällt mir auch sehr
gut.«

Charlie heuchelte Enttäuschung. »Weil ich dich nicht kriegen konnte, mußte ich eine andere nehmen. Nein, nein, ich
scherze nur. Ich habe mich sofort in Edna verliebt.«

»Bist du glücklich, wieder in Los Angeles zu sein?«

»Ja, aber du hättest hören sollen, wie sich die Typen von Essanay gewunden haben. Das sind Pfennigfuchser! Aber damit
kommen sie nicht durch«, sagte er mit einem listigen Lächeln.
»Ich weiß, was ich wert bin.«

Nach dem Essen schüttelte Loy Charlie die Hand, Fritzi
küßte ihn zum Abschied und wünschte ihm alles Gute. Charlie
hatte großes Selbstbewußtsein, aber warum auch nicht? Er galt
bereits als der beste Filmkomödiant, und das wahrscheinlich
weltweit. Und genauso wichtig war, daß er aus dem Wert, den
seine Begabung für andere hatte, Kapital zu schlagen wußte.
Auch sie mußte sich mit dieser Situation auseinandersetzen, vor
allem, da *Tapeten-Nell* ein großer Erfolg zu werden versprach.
Noch während der Film geschnitten wurde, erhielt B. B. einhun-
dertzwanzig Bestellungen, und Eddie stürzte sich bereits in die
Vorbereitungen zu *Spritzenhaus-Nell.*

Am ersten Drehtag für den neuen Film machte B. B. wie immer die Runde, um den Mitwirkenden viel Glück zu wünschen.
Fritzi ergriff die Gelegenheit beim Schopf, um mit ihm zu sprechen. »Ich möchte etwas mit Ihnen und Al besprechen«, sagte
sie. »Könnten wir heute zusammen Mittag essen?«

»Ich habe Zeit, und ich werde einen Blick auf Als Termin-
kalender werfen.«

»Bitte sagen Sie ihm, daß es wichtig ist.«

Das ließ ihn aufhorchen. »Wichtig, soso! Na ja, wir müssen

dafür sorgen, daß unser Star zufrieden ist«, sagte er und tätschelte ihren Arm. »Um ehrlich zu sein, wollten wir Sie ohnehin
zum Lunch einladen, kommt also genau richtig. Wo möchten Sie
essen?«

Fritzi hatte sich bereits entschieden. »Im Palmengarten vom
Alexandria.«

»In der Stadt? Wird Ihnen Eddie so lange freigeben?«

»Ich habe ihn noch nicht gefragt, aber ich bin sicher, daß er's
tun wird.«

B. B. legte den Kopf zur Seite und musterte sie mit wissen-
dem Blick. »Ja, ja, ich habe das Gefühl, daß er alles tut, was Sie
wollen. Ein Uhr im Büro von Al.«

Eddie hatte nichts dagegen, als sie ihn bat, sich zwei Stunden
freinehmen zu dürfen. Kellys mexikanischer Chauffeur fuhr
Fritzi und die beiden Männer ins Hotel Alexandria an der Ecke
Sechste Straße, Spring Street. Kelly, der in seinem cremefarbenen Anzug richtig flott aussah, war außergewöhnlich umgänglich. »Ham Hayman hat mich für Samstag abend zu einer großen Party eingeladen. Freunde von ihm haben oben in den
Bergen ein herrliches orientalisches Haus gebaut.«

»Ich kenne es vom Sehen«, schwärmte Fritzi. Es war unmöglich, den spektakulären Bau auf der Anhöhe über dem Hollywood Boulevard zu übersehen. »Die Sache ist bloß«, warf B. B.
jetzt ein, »Al ist verhindert, und ich kann nicht hingehen, weil
Sophie große, laute Partys haßt. Ham möchte aber, daß jemand
die Firma vertritt. Wer könnte das besser als unsere Nell?«

»Ich gehe sehr gerne hin, wenn ich meinen Freund Mr. Hardin mitbringen darf.«

»Ah ja, wir haben von Ihnen und Ihrem texanischen Freund
gehört«, sagte B. B., als der Chauffeur vor dem Hotel vorfuhr.
»Ich wünschte nur, er würde einen Film mit uns machen.«

»Wird er nie. Er ist zufrieden mit seinem Leben.«

»Niemand ist wirklich zufrieden«, warf Kelly ein. »Eines Tages wird er schon noch aufwachen.«

Fritzi schwieg.

Auf dem Weg in die Eingangshalle sagte sie: »Ich würde mich
gern noch etwas hier rübersetzen, bevor wir ins Restaurant gehen.« Kelly und B. B. tauschten einen Blick, als Fritzi sie über
den prachtvollen orientalischen Teppich führte. Überall im

Raum waren hohe Eichenstühle plaziert. Fritzi nahm zwischen den Partnern Platz.

B. B. kratzte sich die Nase. »Fritzi, Sie sind wirklich gerissen. Ich habe das Gefühl, diese Unterhaltung wird mich teuer zu stehen kommen.«

»Wovon sprecht ihr überhaupt?« wollte Kelly wissen.

»Davon.« B. B. klopfte mit dem Fuß auf den Boden. »Der Millionenteppich. Er wird so genannt, weil hier viele große Geschäfte beschlossen werden. Ich habe so eine Ahnung, daß unser kleines Mädchen über ihre Gage reden möchte.«

Kelly setzte zum Protest an, aber B. B. brachte ihn mit einer Handbewegung zum Schweigen. Auf Fritzis Oberlippe standen kleine Schweißperlen. Ihr Herz raste.

»Ich weiß, wie viele Kopien von *Tapeten-Nell* bei den Verleihern sind«, begann sie. »Genau hundertundvierundzwanzig im ersten Monat. Und ein paar Sechziger davon laufen noch immer.« Sechziger waren Kopien, die einen zweiten Monat in einem Filmtheater liefen. Sie wurden zum Preis von zwanzig oder fünfundzwanzig statt der dreißig bis fünfzig Dollar verliehen, die in den ersten dreißig Tagen üblich waren.

»Woher wissen Sie das alles?« fragte Kelly.

»Ich habe mir angewöhnt, einmal die Woche mit einem Buchhalter zu Mittag zu essen.«

»Mit welchem Buchhalter?« fragte Kelly scharf. Liberty beschäftigte drei.

»Tut mir leid«, antwortete sie mit engelhaftem Lächeln.

B. B. zog sein seidenes Taschentuch hervor und betupfte sich die Stirn. »Ich habe verstanden. Sie haben das Gefühl, daß wir Sie nicht entsprechend bezahlen.«

»Sie nicht entsprechend bezahlen!« rief Kelly. »Nachdem wir so viel Geld für …?« B. B. stieß ihn mit der Spitze seines zweifarbenen Schuhs gegen das Schienbein. Kelly verschränkte die Arme und schwieg.

»Dreihundertfünfzig pro Woche, wie klingt das, mein Mädchen?«

Am liebsten wäre Fritzi aufgesprungen, hätte in die Hände geklatscht und sich im Kreis gedreht. Sie hatte vorgehabt, zweihundert zu verlangen. Kelly schaute B. B. mit einem Blick an, als sei sein Partner vollkommen verrückt geworden. Fritzi fragte

sich, ob B. B. ihr dreihundertfünfzig anbot, weil er erwartet
hatte, daß sie mehr verlangte. Mit dem Gefühl, Kopf und Kragen
zu riskieren, schluckte sie und sagte:

»Ich hatte eigentlich an vierhundert gedacht.«

»*Vier?*« Kelly hätte sich an dem Wort beinahe verschluckt.
»Du lieber Himmel, glauben Sie vielleicht, Liberty druckt das
Geld selbst?«

Mit Unschuldsmiene erwiderte Fritzi: »Nein, aber wie es aussieht, macht es Nell.«

»Genehmigt!« rief B. B. und schlug sich auf die Knie. »Ja, Sir,
und es ist ein gutes Geschäft.« Kelly preßte eine Hand vor die
Augen, um seinen bitteren Schmerz auszudrücken. »Wir möchten die Gage aber auch in einen neuen Vertrag aufnehmen.«

»Dreijahresvertrag«, sagte Kelly.

B. B. ergriff ihre Hand und drückte sie heftig. »Sind Sie damit
einverstanden, meine Gute?«

Fritzi war überwältigt. Die dichtbevölkerte Eingangshalle
schien sich zu neigen und zu verschwimmen. Das Geplauder
der Gäste, das Rattern des Aufzugs, das Klingeln der Empfangs-
glocke vermengte sich zu einem üblen Mißklang. Sie wußte
nicht, was sie sagen sollte. Plötzlich tauchte das Gesicht der kleinen Mary vor ihrem geistigen Auge auf. *Denk daran: »Meine eigene Firma.«*

»Das ist sehr anständig von Ihnen, B. B. Und von Ihnen, Al.
Aber bevor wir einen neuen Vertrag unterzeichnen, sollte mein
Anwalt einen Blick darauf werfen, meinen Sie nicht auch?«

Kelly tat den Vorschlag mit einer Handbewegung ab. »Nicht
nötig. Der Firmenadvokat setzt den Vertrag auf. Er wird beiden
Seiten gerecht werden, machen Sie sich da keine Sorgen.« Doch
genau das tat sie; er war viel zu gerissen.

B. B. sprang auf. »Al, sie soll ihren Anwalt haben. Aber nun
genug geredet – wir sind hier, um zu feiern. Mit französischem
Champagner fangen wir an.«

Das Essen im Palmengarten war üppig und gut. Fritzi hatte
Kelly noch nie so sanft erlebt; er verlor kein Wort über die gesal-
zenen Preise. Wegen der Dreharbeiten am Nachmittag trank sie
nur ein kleines Glas Champagner. Sie verließen das Hotel um
Viertel vor drei. Unweit vom Hoteleingang stand ein langer, glänzender Locomobile-Tourenwagen, dunkelblau, mit Radspeichen

aus Metall und offenem Verdeck. Er stand fahrerlos da, und auch der Besitzer war nirgends zu sehen.

»Wo ist Ihr Wagen?« sagte Fritzi zu Kelly.

»Ich hab' den Chauffeur zurückgeschickt.«

»Wir nehmen den hier«, fiel B. B. ein.

»Wem gehört der?« fragte Fritzi.

Mit hörbar säuerlicher Stimme sagte Kelly: »Ihnen.«

»Ein Geschenk für unseren großen Star«, erklärte B. B. überschwenglich. »Heute haben Sie wirklich ein gutes Geschäft gemacht, mein Mädchen. Wir haben das Auto letzte Woche für Sie gekauft, um Ihnen unsere Wertschätzung auszudrücken. Jetzt haben Sie das Auto und eine hervorragende Gage. Eine tüchtige Geschäftsfrau, muß ich schon sagen. Findest du nicht auch, Al?«

»Ja, großartig«, murmelte Kelly.

Fritzi konnte von Glück reden, daß sie nicht ohnmächtig wurde.

76. ENDE DER PARTY

Fritzi schwebte immer noch auf Wolken, als sie und Loy am Samstag abend auf der North Sycamore zum japanischen Palast hinauffuhren. Eine ganze Schlange teurer Autos erklomm hinter ihnen den Berg, Loziers und Cadillacs, Packards und Studebakers, dazwischen hin und wieder ein Maxwell oder Briscoe, ein Oakland oder Scripps, die im Gegensatz zu ersteren wie arme Verwandten wirkten. Die Lichter von Hollywood und Los Angeles glitzerten im Hintergrund. Die Dezemberluft roch frisch und süßlich.

Ein Diener in weißem Hemd und schwarzer Köperhose bedeutete ihnen, vor dem riesigen, eisenbeschlagenen Holztor anzuhalten. Während ein Diener Fritzi auf der Beifahrerseite aus dem Wagen half, lief der andere um den Wagen herum zur Fahrerseite, um das Auto zu parken. »Passen Sie auf den Lack auf«, wies Loy ihn scharf an.

Fritzi wunderte sich, warum er so unfreundlich und gereizt war. Die Verunsicherung durch eine elegante Party? Sie nahm Loys Arm und drückte sich fest an ihn, um ihn ihre Zuneigung spüren zu lassen. Loy zeigte keine Reaktion, ja schien es nicht einmal zu bemerken.

Fritzi sah flott aus in ihrem neuen engen Rock und dem eleganten Hut mit weißen Silberreiherfedern. Loy hatte seine Stiefel geputzt und trug eine Krawatte zu seinem Anzug. Der Lärm der versammelten drei- bis vierhundert Gäste war bis vor die großen Tore zu hören. Sie schritten hindurch in einen kleinen Vorhof und von dort zum Hauptgebäude. Über ihren Köpfen trugen vergoldete Dachbalken eine lichte Decke. Die Besucher waren umgeben von großen blauen und weißen Vasen, chinesischen Löwen aus schwarzem Eisen, Wandschirmen mit wunderschönen Einlegearbeiten. Jeder Quadratmeter Wand war mit fernöstlicher Kunst bedeckt: japanischen Wandteppichen, chinesischen Strichzeichnungen, wilden balinesischen Dämonen. Aus Kohlepfannen stieg Räucherduft auf. Aber es roch auch nach Whiskey, Parfüm und Zigaretten, die zum Teil einen unbekannten, heuartigen Duft verströmten.

Schiebetüren aus Papier und Bambus öffneten sich auf einen riesigen Innenhof mit kleinen Pagoden und geschwungenen Brücken, die sich über Teiche spannten, in denen orangefarbene Karpfen schwammen. Eine schwere Steinlaterne beleuchtete einen japanischen Garten mit verkrüppelten Kiefern entlang eines Miniaturflusses, dessen Ufer mit glatten weißen Steinen belegt waren. In einem Ballsaal auf der anderen Seite des Innenhofes spielte ein Tanzorchester. Fritzi zählte nicht weniger als fünf verschiedene Bars, an denen weißgekleidete Orientalen mit maschinenartiger Geschwindigkeit Getränke bereitstellten.

Ham Hayman erblickte Fritzi in der Menge. Hayman trug einen eleganten Anzug aus braunem Tweed, eine breite Krawatte und ein grüngestreiftes Hemd. Der ehemalige Pelzhändler war aus seinem rostigen Kokon geschlüpft und hatte sich als exotischer Schmetterling des Filmgeschäfts entpuppt. Seine Garderobe war der Beweis dafür.

»Ist das nicht große Klasse hier?«

»Das kann man wohl sagen«, pflichtete Fritzi ihm bei.

»Zwei Brüder namens Bernheimer haben es gebaut. Fünf Jahre Bauzeit. Stammen aus New York. Sie haben viel Geld im Importgeschäft gemacht, chinesische und japanische Waren. So sind sie an das ganze Zeug gekommen.«

Hayman drückte ihren Arm. »Sind Sie mit dem neuen Vertrag zufrieden? Ja? Gut so! Ich habe persönlich allen Bedingungen zugestimmt. Wenn Sie noch irgend etwas haben möchten, brauchen Sie es mir nur zu sagen, darauf gebe ich Ihnen mein Wort. Sie brauchen mich nur aufzusuchen. Sie sind ein wertvoller Besitz. Ach, übrigens, ich habe Ihren Freund noch gar nicht kennengelernt.«

Das lag vor allem daran, daß er bisher nicht eine Sekunde aufgehört hatte zu reden. Fritzi machte die beiden Männer miteinander bekannt. Loy murmelte etwas in seinen Bart. Hayman winkte jemandem, entschuldigte sich und eilte davon.

»Jetzt bist du also ein Besitz«, sagte Loy ohne Lächeln.

»In diesem Geschäft sind alle verrückt. Man darf das nicht so ernst nehmen.«

»Willst du etwas zu trinken?«

»Wenn es das gibt, Bier. Oh, da ist Mary. Ich möchte nur schnell hallo sagen.«

»Klar, mach nur«, sagte er, bereits auf dem Weg zu einer Bar. Als sie sich drängend und schubsend den Weg zu Mary Pickford bahnte, lief sie einem gutaussehenden, sonnengebräunten Schauspieler in die Arme, der ein paar leere Gläser trug. Sie kannte ihn von einer anderen Party. Sein Künstlername war Fairbanks.

»Hallo, Doug, wie geht's?«

»Sehr gut, meine Schöne, und selbst?« Er lächelte sie zwar breit an, aber erkannt hatte er sie offensichtlich nicht. Eine der neuen Klatschzeitschriften behauptete, Mary und der Schauspieler hätten eine Affaire hinter dem Rücken ihrer Partner.

Obwohl Mary von Bewunderern umgeben war, trat sie einen Schritt auf Fritzi zu, als sie sie erblickte, und umarmte die Freundin. »Hört mal alle her! Das ist Fritzi Crown, meine alte Freundin aus Biograph-Zeiten in New York. Fritzi ist die Nellie in den Komödien von Liberty.«

Nachdem sie eine Reihe von Komplimenten entgegengenommen hatte, ging Fritzi beiseite, und Mary gesellte sich zu ihr. »Wir geht es dir, Kindchen?«

»Sehr gut, könnte gar nicht besser sein.« Fritzi grinste. »Mr. Hayman, einer der Besitzer, hat mich heute abend sogar einen wertvollen Besitz genannt.«

»Oh-oh. Hast du einen guten Anwalt?«

»Nein. Glaubst du, daß ich einen brauche?«

Marys süße Augen wurden hart wie die Glaskugeln in dem Murmelsäckchen, das Fritzi als Kind besessen hatte. Kameradschaftlich legte Mary den Arm um ihre Schultern.

»Seit gestern. Soll ich dir einen empfehlen?«

Hobart und Polo Werfels standen Arm in Arm am Eingang des Ballsaals und wiegten sich im Takt der Musik. Hobart trug einen schwarzen Samtanzug, als Akzent ein flatterndes Halstuch in Rosa, das von einem silbernen Navajo-Ring zusammengehalten wurde. Er hatte bereits etliche Gläser Champagner geleert und redete mit fröhlichem Zungenschlag. »Wie heißt dieses Lied, mein Lieber?«

»*Everybody's Doin' it Now*«, antwortete Polo. »Der kleine Itzig

Berlin hat es geschrieben, er sagt, es handle vom schnellen Tanzen. Quatsch, sage ich, es handelt vom Kopulieren.«

Hobart blickte neidisch auf die Paare, die über das Parkett glitten. »Können wir uns trauen?«

»Bist du verrückt? Ganz sicher nicht. Das ist zwar kein kirchliches Lagertreffen, aber wir müssen immer an unsere Karrieren denken. Jede Wette, daß sich ein paar dieser Geier von den Klatschblättern hier eingeschlichen haben.«

»Schade. Ich hätte zu gern ein paar Tanzschritte ausprobiert. Ich wäre zu gerne Vernon Castle.«

»He, *dollink*, Vernon bin ich. Du bist Irene, vergiß das bitte nicht.«

Als Fritzi nach ihrem Gespräch mit Mary wieder bei Loy stand, sagte sie: »Hast du Hobart und Polo gesehen? Sie kichern und flüstern wie zwei Verliebte.«

»Vielleicht sind sie das ja.«

»Zu Hause in Chicago habe ich nie etwas von solchen Dingen gehört.«

»Ich in Texas auch nicht, obwohl wir einen Lehrer hatten, der sich aufgehängt hat. Die Leute sagten, er hätte es getan, weil durchgesickert war, daß er sonderbar ist.«

»Na ja, wenn Hobart glücklich ist, freue ich mich.«

Sie waren von berühmten Gesichtern umgeben. Bill Hart war da, umringt von Bewunderern; Ince hatte ihn fast über Nacht zum Western-Star gemacht. Fritzi begrüßte auch Fatty und Minta Arbuckle, dann Mack Sennett, der Mabel den Hof machte. Mary und Doug Fairbanks schienen zusammenzugehören.

Sie umarmte ihren alten Fahrlehrer Von. Er hatte angefangen, regelmäßig zu arbeiten; er eignete sich perfekt für die Rolle des Bösewichts, vor allem, wenn ein ausländischer, gar teutonischer Militarist gebraucht wurde. Man konnte sicher sein, daß Vons kahler Schädel, die Selbstverständlichkeit, mit der er sein Monokel trug, und seine unglaubliche Begabung, höhnisch zu lächeln, selbst bei einem vollkommen phlegmatischen Publikum Haß hervorriefen. In Wirklichkeit war er ein sanfter und liebenswürdiger Mann, den Fritzi sehr gerne mochte.

Ihr Blick fiel aber auch auf ein paar weniger nette Gäste. Namenlose Männer mit verkniffenen Gesichtern und harten Augen. Junge, auffallend geschminkte Mädchen mit schrillen Stimmen und knappen Kleidern, die zuviel preisgaben. In den vergangenen Monaten hatte Fritzi bemerkt, wie sich Hollywood veränderte. Die provinzielle Stadt mit Einwanderern aus dem Mittleren Westen, in die sie gekommen war, als sie zum ersten Mal aus dem Zug stieg, wurde jetzt von ungehobeltem Volk und Pöbel überschwemmt. Loy erzählte, bei den Dreharbeiten in Ojai hatten er und der Regisseur von *Rauchende Kugeln* zwei Zuhälter vom Gelände vertrieben, die Mädchen auf der Rampe eines schäbigen Lastwagens feilboten.

Mr. Griffith erschien auf der Bildfläche. Er begrüßte Fritzi herzlich. Sie hatte den Eindruck, als sähe er noch hagerer aus als sonst – richtig eingefallen. Sie sprach ihre Besorgnis aus, aber er meinte, er bekomme nur zu wenig Schlaf, weil er im Augenblick dabei sei, Kilometer von Film zu schneiden, um den Termin für die Premiere von *The Clansman* im Clune's Auditorium einzuhalten. »Ich reserviere zwei gute Plätze für Sie.«

Loy mischte sich nicht unter die Leute. Mehr als eine Stunde lang stand er allein in einer Ecke, nippte an seinem Whiskey und wies alle ab, die versuchten, mit ihm ins Gespräch zu kommen. Schließlich schlug Fritzi vor zu gehen. Er stimmte sofort zu. Sie machte sich Sorgen. Würde er ihr sagen, was ihn so bedrückte, wenn sie danach fragte?

Sie verabschiedeten sich von einem der Bernheimer-Brüder und dankten ihm für den schönen Abend. Als sie in den äußeren Hof hinausgingen, trat eine kleine Frau mit einem Federhut, der dreimal so groß war wie ihr Kopf, an sie heran. Sie hatte eine lange Nase und schielte etwas.

»Fritzi Crown! Loretta Gash vom *Screen Play*.«

»Wo die Sterne bei Nacht leuchten'«, sagte Fritzi. Sie hoffte, daß ihre Abneigung für das Schmierblatt nicht allzu offensichtlich war. Wie Spieler, Kuppler und Mädchen, die ihre Gunst verkauften, um ihre Karriere zu fördern, tauchten auch unzählige Herausgeber und Reporter billiger Klatschblätter auf.

»Ich gratuliere Ihnen zum Erfolg Ihrer kleinen Komödie, meine Liebe«, flötete Loretta Gash. »Ist das Ihr Freund? Ich habe gehört, er ist auch Schauspieler. Wie heißen Sie?«

Loys Antwort war ein eisiger Blick.

Fritzi packte ihn am Arm. »Komm, wir gehen!«

Loretta folgte ihnen bis ans Tor. »Sind Sie nur befreundet, oder ist da eine kleine Liebelei im Gange? Wie wär's mit einem Photo? Ich habe zufällig einen Mann mit Photoapparat dabei.«

Wütend fuhr Loy herum. »Kein Photo! Lassen Sie uns in Frieden!« Sein rotes Gesicht machte Fritzi Sorgen. Diesen Ausdruck hatte sie schon einmal gesehen, kurz bevor er jemanden geschlagen hatte.

»Aber, aber, mein Schöner, das Publikum möchte doch schließlich wissen ...«

»Alles, was das Publikum wissen muß«, warf Fritzi mit süßer Stimme ein, »sieht es auf der Leinwand, meine Liebe.« Sie hängte sich wieder bei Loy ein, dann gingen sie gemeinsam zum Tor hinaus.

Fritzi hörte noch die gehässige Bemerkung aus dem Mund von Miss Gash: »Aufgeblasene Gans.«

Die Sterne schienen verschleiert – Staub, aufgewirbelt vom Westwind, der den Regen vom Meer hereinwehte. Loy gab dem Diener die Marke für das Auto. »Ich kann mir nicht vorstellen, daß das viel für deine Karriere bewirkt hat.«

»Nein, aber es hat trotzdem gutgetan. Loy, was ist heute mit dir los?«

Er maß sie mit einem besorgten Ausdruck im Gesicht. »Ich habe versucht, dir den Abend nicht zu verderben. Hab' es wahrscheinlich doch getan, tut mir leid. Laß uns von hier wegfahren. Ich muß dir was zeigen.«

Als sie das hörte, bekam sie eine Gänsehaut.

Immer heftiger prasselte der Regen gegen die Windschutzscheibe. Die an jeder Straßenecke stehenden Straßenlaternen warfen ihr Licht durch das Glas und ließen die Tropfen funkeln. Fritzi drehte leicht den Kopf, um Loy von der Seite zu betrachten. Seine Lippen waren hart aufeinandergepreßt, seine Augen fest auf die Straße gerichtet – kein Hinweis darauf, warum er so bedrückt war.

»Ich dachte, es wäre nur ein kleiner Schauer«, sagte er. »Ich mache besser das Verdeck zu.« Er fuhr das Auto an eine Straßenecke in der Nähe eines Bungalows, dessen Fenster beleuchtet waren. Er sprang hinaus, zog das Verdeck zu und machte es fest. »Das Licht hier reicht gerade aus.« Als er wieder im Wagen saß, nahm er etwas aus der Innentasche seines Anzugs, faltete es auseinander und neigte es so, daß das Licht von draußen darauf fiel.

»Siehst du das?«

»Ja«, sagte Fritzi, erstaunt, daß er ihr ein Studiophoto zeigte, das auf einen billigen Pappkarton aufgezogen war. Das rechteckige Bild zeigte drei Männer in ledernen Überziehhosen und hohen Hüten, die wie der Teufel an der Kameralinse vorbeiritten. Der vordere Reiter war tief über den Hals seines Pferdes gebeugt. Der Wind hatte die Krempe seines Huts hochgebogen; es war unverkennbar Loys Gesicht.

»Der Regisseur hat für die Verfolgungsjagd eine zweite Kamera aufgestellt. Hab' es erst mitgekriegt, als ich daran vorbeiritt. Als ich *Rauchende Kugeln* in der Endfassung sah, konnte ich es nicht glauben, aber da war ich, auf der Leinwand, und zwar mindestens drei, vier Sekunden lang. Wenn jemand unten in Texas den Film sieht, werden sie bald hinter mir her sein wie die Hunde hinterm Hasen.«

Jetzt erst begriff sie. »Hast du den Regisseur gebeten, die Bilder rauszuschneiden?«

»Klar hab' ich das. Er ist ein ziemliches A... eine Kröte. Er ist hochgegangen und hat gemeint, ob ich wüßte, mit wem ich es zu tun habe. Ich mußte mich beherrschen, um ihn nicht niederzuschlagen. Hab' statt dessen den Typen im Labor ein paar Dollar rübergeschoben, damit sie mir dieses Bild ausdrucken. Scheint, als wollten sie es für ein Plakat verwenden.«

»Mach dir keine Sorgen deswegen. Ich spreche mit B. B. Vielleicht kann er die Sache mit einem Anruf aus der Welt schaffen ...«

Loy legte rasch seine Hand auf ihr Handgelenk. Der sanfte, aber bestimmte Druck seiner Finger erschreckte sie irgendwie. »Das hat keinen Sinn. Denk' schon ein Weilchen, daß es Zeit wird weiterzuziehen. Die Sache hat mir Feuer unterm Hintern gemacht, das ist alles.«

Fritzi lehnte sich zurück und hielt den Atem an. Ein paar Straßen weiter wurde ein Auto angelassen, man hörte ein paar Fehlzündungen und dann nichts mehr.

»Du verläßt die Stadt.«

Er schob sich die langen Haarsträhnen aus dem Gesicht.

»Könnte man sagen.«

»Weil dein Gesicht zufällig ein paar Sekunden lang auf einer Leinwand erscheint.«

»Ich hab' dir doch von Clara erzählt«, fing er an. »Daß sie mich braucht und ...«

»Ist das nicht bloß eine willkommene Ausrede, Loy? Weil du glaubst, daß ich dich binden will?«

Schweigen. In dem Bungalow an der Ecke hatte jemand eine Rolle ins Piano eingelegt. Fritzi hörte *A Girl in Central Park*. Fast hätte sie angefangen zu weinen.

Loy fuhr sich mit der Zunge hinter die Unterlippe. Er packte das Lenkrad mit beiden Händen und starrte durch die streifige Windschutzscheibe. Der Regen hatte wieder nachgelassen.

»Das frage ich mich manchmal selbst.«

Fritzi warf das Bild auf seinen Schoß. »Ich weiß nicht, was ich von dir halten soll.«

»Ich bin kein Märchenheld, falls du nach so einem suchst.«

»Ich suche jemanden, der mich so liebt wie ich ihn.«

»Der bin ich nicht, Fritzi. Habe schon mehrmals versucht, dir das zu sagen.«

»Und was willst du mir jetzt sagen? Lebe wohl?«

»Wahrscheinlich.«

»Wann?«

»Jetzt. Ich habe vor, morgen früh nach Norden aufzubrechen. Kauf' mir eine Fahrkarte für den Schnellzug nach Frisco. Da bleibe ich wahrscheinlich ein oder zwei Tage, dann will ich mir Hawaii ansehen, wo die Ananas wachsen.« Er räusperte sich, fast wie ein Priester vor Beginn der Predigt. »Ganz egal, wohin ich gehe, ich werde dich nie vergessen.«

»Welch ein Trost«, spie sie bitter aus. »Welch ein Trost, nachdem du mich einfach so weggeworfen ...«

»Hör zu, ich hab' dir doch gesagt, daß ich nie ...«

»Glaubst du, ich wüßte das nicht, Mister«, schrie sie in perfekter Imitation seines texanischen Tonfalls. Im Licht der Straßenlampe sah sie, wie sein Gesicht weiß wurde und seine Hand ausholte, als wollte er sie schlagen. Sie bedeckte ihr Gesicht, aber der Schlag blieb aus. Während sie ihre Hände in den Schoß senkte, beobachtete sie, wie er seine Faust öffnete und die Finger ausstreckte.

»Ja, Ma'am, du hast es gewußt.«

»Loy, es tut mir leid. Ich wollte dich nicht verspotten.«

»Natürlich wolltest du. Und es ist dir auch hervorragend gelungen. Vergiß es.«

Obwohl Fritzi mit ihren Nerven am Ende war, brachte sie es fertig zu sagen: »Können wir weiterfahren, bevor ich mir das Herz aus dem Leib schreie?«

Er wollte etwas einwenden, besann sich aber eines Besseren. Auf der langen Fahrt in sein verwahrlostes Quartier hinter einem der Ställe in der Alessandro Street blieb sie stumm; sie krallte nur die Nägel in ihre Handballen und hoffte, daß dieser Schmerz sie davon abhalten würde, in Tränen auszubrechen. Als sie die Straße erreichten, fuhr er in die Gasse und stieg aus. Er stellte sich neben das Auto. Fritzi drückte ihre Tür auf und wäre beinahe gefallen, so geschwächt war sie von Schmerz und Zorn. Sie ging um den Wagen herum. Er trat höflich zurück und hielt ihr die Tür auf. Der Regen schlug ihr ins Gesicht und vermischte sich mit ihren Tränen.

»Kannst du so nach Hause fahren?«

»Was zum Teufel macht das schon aus?« Sie warf sich auf den Sitz, die Augen verquollen und kaum in der Lage, mit ihren steifen Fingern das Lenkrad zu finden.

Beinahe mit der Zärtlichkeit eines Geliebten sagte er: »Es macht sehr viel aus. Es gibt Millionen Menschen, die dich für etwas Besonderes halten. Sie lieben dich.«

»Der einzige, an dem mir liegt, liebt mich nicht.«

»Verdammt noch mal, Fritzi ...«

»Nimm deine Hände vom Auto, Loy! Leb wohl!«

Sie wendete den Locomobile in der Gasse und schoß hinaus auf die Alessandro Street. Obwohl sie auf den leeren Straßen fast im Zickzack fuhr und beinahe mit einem Wagen der Pacific Electric zusammengestoßen wäre, schaffte sie es ohne Unfall bis nach Venice.

Ihr dunkles Schlafzimmer wurde stummer Zeuge eines Gefühlsausbruches, der Fritzis Idol Miss Terry oder der Duse würdig gewesen wäre. Sie riß sich die Kleider vom Leib, trampelte darauf herum und grub ihre Absätze hinein, um sie zu vernichten. Im Bett warf sie sich von einer Seite auf die andere und erstickte ihr Schluchzen, indem sie das Kissen vor das Gesicht preßte. Einmal hätte sie beinahe laut aufgeschrien, aber mit Rücksicht auf die Hongs und auf Lily hielt sie sich zurück. Sie weinte seit zwei Stunden. Langsam machte sich Erschöpfung breit.

Sie riß an ihrem verhaßten Lockenhaar, um sich weh zu tun, aber als ihr klar wurde, wie lächerlich das war, lachte sie, ein stockendes, freudloses Lachen. Der Schmerz würde Jahre dauern. Vielleicht würde er nie vergehen. Der Verlust des Jungen, in den sie vor langer Zeit in Savannah verliebt gewesen war, war nichts im Vergleich dazu. Diesmal war ihr gebrochenes Herz nicht mehr zu heilen.

77. U-BOOT

Tausende von Meilen weiter östlich, in den Gewässern des Jade-
busens, einer Bucht an der ostfriesischen Küste der Nordsee,
war die Sonne schon aufgegangen.

Das neue Unterseeboot bewegte sich leise an der Vertäuung.
Auf dem Vorderdeck klappte Sammy das Stativ auseinander,
während Paul auf und ab ging, das auf das Wasser fallende Licht
studierte, den eisernen Kommandoturm und die Schieferdächer
von Wilhelmshaven auf dem Festland. Paul und Sammy waren
nach Deutschland gekommen, um mehr Filmmaterial für eine
geplante Vortragsreihe zu beschaffen. Paul beteiligte seinen Helfer am finanziellen Ertrag seines Buches. Der Exekutionsfilm lag
sicher in einem Londoner Banksafe.

Der U-Boot-Kommandant, Kapitänleutnant Waldmann, stand
mit steifem Rücken neben ihnen und beobachtete sie. Wie er so
dastand, mit gespreizten Beinen und hinter dem Rücken verschränkten Händen, war er das Inbild militärischer Korrektheit.
Mehrere Auszeichnungen, darunter das Eiserne Kreuz, zierten
seinen steifen Rock. Die Enden seines dichten braunen Schnurr-
barts bewegten sich in der steifen Brise. Kapitänleutnant Waldmann war erst Anfang Dreißig, aber seine Hingabe an die Pflicht
hatte schon tiefe Furchen in dem windgegerbten Gesicht hinterlassen.

Paul mochte den Mann. Er hatte nicht diese großspurige
Arroganz der Deutschen, die Paul in Belgien erlebt hatte; stolz
wie ein kleiner Junge auf sein Spielzeug führte er den Besuchern
sein Schiff vor. Dabei erwähnte er jeden einzelnen Vorzug: Die-
selmotoren, neueste periskopische Linsen, leistungsstarker,
drahtloser Sender, Torpedoröhren an Bug und Heck, bemerkenswerte Reichweite – fünftausend Meilen bei acht Knoten, ohne
aufzutanken. Das U-Boot war als letztes zur Marineflotte in der
Nordsee gestoßen. Waldmann erklärte, Deutschland habe seit
dem Stapellauf des ersten U-Bootes im Jahr 1906 auf diesem Gebiet riesige Fortschritte gemacht, und das trotz der Einwände

von Admiral von Tirpitz, der Unterwasserboote wegen ihres damals noch begrenzten Radius ablehnte.

Sammy machte die Kamera fest und trat zurück. »Alles klar, Chef.«

»Danke, Sam.« Paul richtete seine Mütze gerade und suchte in einer Tasche voller Papierfetzen nach einer Zigarre. Auf deutsch sagte er zu Waldmann: »Ich würde gerne Ihre Geschützmannschaft bei einer Übung filmen. Meinen Sie, das läßt sich machen?« Fünf der aus insgesamt fünfunddreißig Matrosen bestehenden U-Boot-Besatzung standen in Grundstellung neben der 150-mm-Deckkanone.

»Aber gewiß, Mr. Crown. Alles was Sie wünschen.«

»Ich danke Ihnen.«

»Es ist uns eine große Freude, wenn unsere Unterwasserfahrzeuge in Ihrem Land gesehen werden. Ich habe gehört, daß Sie vom Feind nicht soviel Kooperation erfahren.« Glücklicherweise verstand Sammy das Wort Feind nicht; er sah ohnehin schon angriffslustig genug aus.

»Keinerlei Unterstützung. Sie haben uns ausgewiesen. Dagegen ist Berlin Journalisten und Kameraleuten gegenüber sehr aufgeschlossen.« Waldmann hatte recht, die verdammten Narren in Whitehall weigerten sich noch immer, Korrespondenten in die Nähe ihrer Armeen, ihrer Waffen oder auch nur ihrer Übungsplätze zu lassen. Paul fühlte sich in gewisser Weise schuldig, weil er sich in Deutschland frei und erfolgreich bewegte; wie Sammy glaubte auch er, daß Deutschland der Aggressor war, noch dazu ein gnadenloser und brutaler. Aber er brauchte Filmmaterial.

»Wenn es nicht geheim ist, hätte ich gerne gewußt, welchen Kurs Sie mit Ihrem U-Boot einschlagen werden?«

»Aber ganz und gar nicht. Es ist allgemein bekannt, daß das Oberkommando in Berlin in Kürze die Gewässer um Großbritannien zur Kriegszone erklären wird. Wenn dieser Fall eintritt, werden wir uns höchstwahrscheinlich dorthin bewegen, um zu verhindern, daß Waffen, die aus Ihrem Land kommen, englische Häfen erreichen.«

»Werden Sie die Schiffe versenken?«

»Ich will hoffen, daß sie die Segel streichen, bevor es dazu kommt.«

»Wir sprechen von Frachtschiffen?«

»Ganz richtig.«

»In London gehen Gerüchte um, Waffen würden auf Passagierschiffen geschmuggelt.«

»Ja, wir haben ähnliche Berichte erhalten. Es heißt auch, daß britische Schiffe, die solche Bannware befördern, die Flagge der Vereinigten Staaten aufziehen, um sich zu schützen. Eine feige Täuschung, wenn Sie mich fragen.«

»Aber selbst in der Kriegszone würden Sie doch niemals ein Schiff torpedieren, das unter neutraler Flagge fährt?«

»Oh, ich bin sicher, daß wir nie in diese unglückselige Lage kommen werden«, antwortete der Kapitänleutnant ausweichend. Er trat näher an Paul heran, damit seine Männer ihn nicht hören konnten. »Trotzdem würde ich Ihnen raten, Mr. Crown, besondere Vorsicht walten zu lassen, wenn Sie demnächst in Ihr Heimatland zurückkreisen.«

»Ich werde allerdings irgendwann im nächsten Jahr zu einer Vortragsreise hinüberfahren. Diese Filme werden in meinen Vorträgen Verwendung finden.«

»Dann rate ich Ihnen, auf einem amerikanischen Schiff zu reisen und keinesfalls mit einem von Cunard oder White Star. Auch wenn es Passagierschiffe sind, sie sind nicht neutral.«

»Ich verstehe. Danke für den Rat!« Ein Rat, den Paul erschreckend fand.

Seemöwen schrien über ihren Köpfen, segelten auf den Schaumkronen. Die deutsche Flagge flatterte am Fahnenmast auf dem Kommandoturm. Wilhelmshaven mit seinen sauberen Straßen und Strandpromenaden bot ein malerisches und friedliches Bild im winterlichen Sonnenschein.

Paul schob den Schirm seiner Mütze nach hinten und beugte sich zur Kamera vor. »Fertig, es geht los.« Kapitänleutnant Waldmann ging in Habtachtstellung und salutierte stramm vor der Kamera. Sammy drehte ihm den Rücken zu und spuckte zur anderen Seite aus. Mehrere Matrosen beobachteten ihn und murmelten etwas. Sammy antwortete mit einem eisigen Blick.

Am Abend, wieder an Land, aßen Paul und Sammy gemütlich in einem gastfreundlichen Wirtshaus, das mit Zweigen, Kerzen und einer Krippe weihnachtlich geschmückt war. Draußen sangen Kinder mit hohen Stimmen *Stille Nacht, heilige Nacht.*

Sammy fragte Paul nach seiner Unterhaltung mit dem Kapitänleutnant. Paul berichtete.

»Als ich ihn eindringlich fragte, was passieren würde, wenn er auf ein Passagierschiff stieße, das angeblich Waffen transportiert, versuchte er den Eindruck zu vermitteln, als würden weder er noch andere U-Boot-Kommandanten das Feuer eröffnen. Es klang jedoch nicht überzeugend.«

»Wie denn auch, dieser hinterhältige Hund« – Sammy stippte die Soße mit einem Stück Schwarzbrot auf –, »der torpediert 'ne Schiffsladung Kinder, wenn irgend 'n Admiral es befiehlt – er und alle anderen in ihren gelackten Uniformen.«

Paul war überzeugt, daß Sammy allen Grund zu diesem Pessimismus hatte. Der barbarische Krieg, der an der Westfront ausgetragen wurde, drohte, sich noch vor Weihnachten mit der U-Boot-Flotte auch auf das Meer auszudehnen. London beschuldigte Berlin wiederholt, gültige Kriegsabkommen zu mißachten und Angst und Schrecken zu verbreiten.

Paul trank den letzten Schluck seines starken Weihnachtsbiers. »Vielleicht hast du recht. Ich glaube, daß es meine Pflicht ist, in die Vereinigten Staaten zurückzukehren und wenigstens zu berichten, was ich hier gesehen und gehört habe. Millionen von Menschen auf der anderen Seite des Ozeans schlafen.«

»Wahrscheinlich glauben sie, daß der Atlantik sie schützt, oder?« meinte Sammy.

»Das stimmt. Es wird Zeit, daß Amerika aufwacht und sieht, was in der Welt vor sich geht. Die Gefahr begreift. Man muß den Menschen die Wahrheit erzählen.«

»Ist ehrenwert von Ihnen, daß Sie's versuchen wollen, aber alleine werden Sie's nich' schaffen.«

»Ich kann einen Anfang machen«, sagte Paul.

78. WINTER DER UNZUFRIEDENHEIT

Im Winter brach die Dunkelheit früh über die Berge und die Küste Kaliforniens herein. Fritzi haßte den Sonnenuntergang,
denn er bedeutete, daß die Stunde des Schlafs näher rückte.
Schlaf bedeutete für sie keine Erlösung, sondern Alpträume von
Verlust, Versagensängsten, Verfolgung, ja Tod. In einem Traum,
der ständig wiederkehrte, war sie Richard III., bucklig und häßlich, der wütend mit seinem Schicksal haderte. In einem anderen Traum ritt Loy auf einem Hengst mit wehender Mähne davon, lachend und für immer unerreichbar.

Sie haßte dieses Weihnachtsfest 1914; alles war ihr eine Last:
das Einkaufen, Einpacken, Wegschicken, Verschenken. Sie empfand nichts, nur Leere und Traurigkeit. Die Weihnachtslieder
klangen für sie disharmonisch, die Festtagswünsche von Freunden und Bekannten geheuchelt und nichtssagend.

Eines Abends begann Fritzi, in Mrs. Hongs Küche zu kochen;
mitunter kochte sie sogar für Lily mit. Sie beschränkte sich jedoch stets auf einfache Gerichte, bei denen man nicht viel falsch
machen konnte. Vorwiegend kohlenhydratreiche, sättigende Gerichte wie Spaghetti; wenn sie allein aß, schlang sie mehrere Teller davon hinunter und trank Bier dazu. Von einer kleinen
Bäckerei in Venice brachte sie ganze Tüten voller Brötchen mit
nach Hause und stopfte zwei oder drei in sich hinein. Der
Grund, warum sie so gierig über Eßbares herfiel, war zum einen
die tröstende Wirkung des Essens, zum anderen ihre Überzeugung, sie sei zu dünn und daher nicht begehrenswert. Eine Ansicht, die sie schon ihr ganzes Leben begleitete.

Sie kam zu der Erkenntnis, daß zu viele traurige Erinnerungen in dem Bett ihres gemieteten Zimmers ruhten. Nachdem sie
mit Lily gesprochen und ihre Schulden beglichen hatte, mietete
sie ein kleines Haus an einer hügeligen Seitenstraße der North
Whitley in Hollywood. Das Häuschen war im sogenannten me-
diterranen Stil Kaliforniens erbaut, es erfreute das Auge mit gol-
denem Stuck und halbrunden roten Dachziegeln. Es hätte auch

ihr Auge erfreut, hätte es in ihrem Herzen und ihrem Kopf Platz für architektonische Feinheiten gegeben.

Zwei Tage nach Neujahr zog sie ein. Zur Feier des Tages und um die Stille der langen einsamen Nachtstunden erträglicher zu machen, ersetzte sie ihren alten Phonographen durch einen neuen, ein moderneres Gerät, einen Victor mit einem bunten, blütenförmigen Trichter, aus dem nun traurig-romantische Musik durch das Haus tönte.

Am ersten Sonntag in ihrem neuen Heim überraschten ihre Kollegen sie mit einer Einweihungsparty, die Hobart und Polo organisiert hatten. Ihre engsten Freunde wußten über Loy Hardins plötzliches Verschwinden Bescheid und wollten sie so ein wenig aufmuntern.

Eddie brachte Rita mit, Jock Ferguson kam mit seiner Irma, und B. B. wurde von Sophie begleitet. Al Kelly ließ sich damit entschuldigen, anderweitig verpflichtet zu sein, und schickte eine billige Glasvase. Charlie übermittelte seine guten Wünsche per Telegramm. Die kleine Mary kam mit Fairbanks; ihre Affaire war in Filmkreisen ein offenes Geheimnis. Das Gedächtnis des gutaussehenden Schauspielers hatte sich einer wundersamen Wandlung unterzogen. Er küßte und drückte Fritzi, als seien sie von Kindheit an dickste Freunde.

Mr. Hong lieferte den Champagner, den er günstig von einem Großhändler erstanden hatte. Begleitet vom wohlwollenden Lächeln von Mrs. Hong, sprach Mr. Hong einen Trinkspruch aus. Er bat die Götter, dem Haus wohlgesonnen zu sein und ihm Glück zu bringen. Dieses Glück gibt es nicht, dachte Fritzi, als sie das Glas hob. Jetzt hatte sie zwar die Einsamkeit, nach der sie sich gesehnt hatte, aber noch lange keinen inneren Frieden.

Am Abend des achten Februar, einem Montag, war die Premiere des Films *The Clansman* von David Wark Griffith im Clune's Auditorium im Stadtzentrum. Zwar hatten schon unangekündigte Voraufführungen des Films in Randbezirken wie Riverside stattgefunden, aber Fritzi hatte wenig darüber gehört, außer daß der Untertitel *The Birth of a Nation*, Die Geburt einer Nation, hinzugefügt worden war und Organisationen der Schwarzen vergeblich versucht hatten, eine gerichtliche Verfügung gegen die Aufführung des Films zu erwirken.

Die Karten für die Premiere in Los Angeles kosteten zwei Dollar. Trotz des hohen Preises war das Haus mit seinen zweitausendfünfhundert Plätzen restlos ausverkauft, und die Schwarzmarktpreise stiegen am Wochenende vor der Erstaufführung auf zwanzig Dollar. Die Premierenfeier wurde jedoch gestört von etwa einem Dutzend Schwarzen, die sich unter dem Zeltdach an der Fünften Straße versammelt hatten. Nachdem der Film in der Stadt noch nicht gezeigt worden war, meinte Fritzi, die Protestierenden glaubten, der Film halte sich an das rassistische Gedankengut des Romans von Dixon. Plakate wiesen die Demonstranten als Mitglieder der *National Association for the Advancement of Colored People* aus, einer Organisation, die sich für die Integration der Farbigen einsetzte und die es noch keine zehn Jahre gab.

Fritzi wurde an jenem Abend von Hobart begleitet, der noch immer eine beeindruckende Erscheinung war, obwohl er ihr gerade bis zur Schulter reichte. Er war fast siebzig, aber er weigerte sich, Themen wie Alter oder Geburtstage auch nur zu erwähnen. Seine Herzprobleme waren nicht wieder aufgetaucht, trotzdem warnte Fritzi ihn hin und wieder vor Überanstrengung.

Polo hatte Freunde im Schneidergewerbe, so daß Hobarts Abendanzug perfekt saß und seine O-Beine und seinen Bauch, der in letzter Zeit immer mehr der Spitze eines Zeppelins glich, kaschierte, so gut es ging. Der alte Schauspieler hatte sich schon vor langem von seinem schulterlangen Haar à la Oscar Wilde getrennt, und mit den Jahren waren ihm um den Scheitel herum die Haare ausgegangen. Er bestand jedoch darauf, die Blöße mit einer lächerlichen, kastanienbraun glänzenden Perücke zu bedecken, die immer ein wenig schief saß und mal nach steuerbord, mal nach backbord verrutschte. Bei frischem Wind neigte sie dazu, sich nach achtern zu bewegen.

Als Fritzi das Theater betrat, wäre sie fast mit Loretta Gash zusammengestoßen. Das rote Seidenkleid der Reporterin und ihr Turban schimmerten im Schein der elektrischen Lampen. Der Blick, den sie Fritzi zuwarf, war feindselig, die Abruptheit, mit der sie sich abwandte, ein vorsätzlicher Affront – vorausgesetzt, Fritzi wäre in der Stimmung gewesen, sich brüskieren zu lassen.

Ein komplettes Symphonieorchester spielte im Orchester-

graben zu Griffith' Film. Schon die ersten Töne der Ouvertüre
versetzten die Anwesenden in gespannte Erregung. Die Geschichte einer Südstaatenfamilie vor und nach dem Bürgerkrieg
fesselte das Publikum. Fritzi bewunderte Mr. Griffith für seine
hochgesteckten Ziele, und sein genialer Geist zeigte sich in Auf-
bau und Schnitt. Die Szenen auf dem Schlachtfeld waren einfach
spektakulär, auch die, bei deren Aufnahme sie dabeigewesen
war. Ihr Herz begann schneller zu schlagen, als der kleine
Oberst, der adrette Henry Walthall, ein Banner der Konföderierten in den Lauf einer Kanone der Unionsarmee schob. Nach der
Pause eilte der Ku-Klux-Klan der in Bedrängnis geratenen Familie zu Hilfe, und die spannungsgeladene Dramatik wurde noch
vom *Ritt der Walküre* unterstrichen, der aus dem Orchestergraben dröhnte. Einer dieser Reiter mit Kapuzen war Loy, erinnerte Fritzi sich traurig.

Obwohl sie von der künstlerischen Darbietung aufgewühlt
war, fühlte sie sich doch gleichzeitig vom Inhalt abgestoßen. Sie
war und blieb die Tochter von General Joe Crown, der dafür
gekämpft hatte, aus schwarzen Menschen freie und gleichbe-
rechtigte Bürger zu machen und nicht etwa Dummköpfe, als die
Griffith sie darstellte – Einfaltspinsel in grellen Kleidern, die an
Hühnerbeinen nagten und die Knochen auch im Parlaments-
gebäude über die Schulter zu Boden warfen. Die Tatsache, daß
Griffith in Kentucky aufgewachsen und sein Vater als Rebellen-
offizier gedient hatte, erklärte seine Sympathien, aber Fritzi war
nicht der Meinung, daß es dadurch auch gerechtfertigt war, die
vermummten nächtlichen Reiter zu glorifizieren und Schwarze
zu lüsternen und dümmlichen Gestalten zu degradieren. Sie gehörte zu den wenigen, die beim anschließenden stürmischen Applaus nicht aufstanden. In der Lobby hielt sie sich der Menschen-
schlange fern, die anstand, um dem Regisseur zu gratulieren.

Lily schlenderte mit einer gefalteten Zeitung von der Größe der
Sensationsblätter ins Zelt. Das Zelt hatte einen festen Boden und
Wände aus weißem Leinenstoff, es stand hinter dem sonnenge-
bleichten Gebäude, das Libertys eigentliche, völlig überfüllte
Garderoben barg. Auf einem kleinen Holzschild stand »Miss
Crown«.

»Sag mal, Fritzi, wo zum Teufel kommt das her?«

Fritzi drehte sich auf dem Hocker vor dem Schminktisch zu ihr um. »Das Zelt? Es stand schon da, als ich heute morgen kam.«

Ihr betont gleichgültiges Schulterzucken sollte die Bedeutung dieser Tatsache mindern, doch Lily pfiff trotzdem.

»Ein eigenes Zelt als Garderobe. Du bist eindeutig auf dem Weg nach oben.«

Sie reichte Fritzi eine Ausgabe von *Screen Play*. »Hier, lies mal. Seite vier.«

Lilys Hemdbluse mit einem großen gelben Flecken, vermutlich Senf, hing auf der einen Seite aus dem Rock. Zeige- und Mittelfinger ihrer rechten Hand waren bräunlich verfärbt. Sie zündete sich eine Zigarette an und lehnte sich gegen die mittlere Zeltstange, während Fritzi blätterte. Lily hatte diese Woche bereits zwei Arbeitstage versäumt. Ihr Gesicht wirkte eingefallen und grau.

»… Ebenfalls bei der Premiere von Griffith' Epos anwesend: Libertys Starkomödiantin Fritzi Crown, am Arm ihres tragischen Schauspielerkollegen Hobart Manchester – *nicht* ihr üblicher Begleiter, wie Screen Play hiermit erstmals berichten kann. Miss C. gehört ja vielleicht zum neuen Adel dieser Stadt, aber privat scheint es ihr an Niveau zu fehlen, springt sie doch mit einem Cowboy-Darsteller mit Dreck unter den Nägeln und weiß Gott welcher Vergangenheit ins Stroh. Viele dieser Kaktushelden, die am Wasserloch herumlungern und auf Tagesjobs hoffen, hängt der Ruf an, dem Gesetz der Ranger ihrer Heimat nur einen Schritt voraus zu sein. Vorsicht, Fritzi!«

»O mein Gott!« Sie warf die Zeitung auf den Boden.

Lily blies den Rauch ihrer Zigarette in die Luft. »Was hast du ihr getan?«

»Nichts. Ich traf sie im Dezember auf einer Party. Ich habe ihre billigen Fragen über Loy nicht beantwortet.«

»Er ist gegangen.«

»Offensichtlich weiß sie das nicht.«

Lily schnalzte mit der Zunge und schüttelte den Kopf. »Viele Leute lesen, was dieses Weib schreibt. Viele glauben jedes Wort.«

»Na komm, so ein ausgemachter Mist kann mir doch nichts anhaben.«

Lily zermalmte das Streichholz mit der Spitze ihrer roten Lederpumps. »Das hoffe ich. Kellys Sekretärin sagte, Kelly hätte es gesehen, und es hätte ihm nicht gefallen. Es werfe ein schlechtes Licht auf das Studio. Er ist ein verdammter Heuchler.«

Am späten Nachmittag traf sie Kelly im Büro von B. B. persönlich.

»Ich habe dieses Treffen einberufen, um zu überlegen, wie wir die Produktion von Filmen mit unserem Star beschleunigen können«, erklärte B. B. Vor ihm lagen große Bögen hellgrünen Tabellierpapiers, vollgeschrieben mit Zahlen. Fritzi und Eddie saßen vor B. B.s Schreibtisch. Al Kelly kauerte in einem Stuhl in der Ecke und musterte Fritzi gallig.

Eddie antwortete als erster. »Wollen wir das wirklich? Es besteht die Gefahr, daß wir den Markt übersättigen.«

Kelly schnaubte. »Wir könnten jeden dritten Tag einen Nell-Zweispuler abdrehen, ohne den Markt zu übersättigen. Die Verleiher sind ganz wild darauf.«

»Selbst in England, wo der Krieg Thema Nummer eins ist«, stimmte B. B. zu. »Skandinavier und Dänen warten schon. Genauso die Franzosen. In ein paar Wochen reise ich nach Übersee, um mir persönlich ein Bild zu machen und bessere Konditionen auszuhandeln. Wer ein Produkt von Liberty erwerben will, muß entsprechend dafür bezahlen.«

»Ist solch eine Reise eine gute Idee bei all den deutschen U-Booten?« warf Fritzi ein. »Ich habe gelesen, daß die Deutschen ein amerikanisches Frachtschiff, die *William Frye*, versenkt haben, das nur Weizen und keine Waffen geladen hatte.«

»Lieb, daß Sie sich sorgen, aber wir müssen unsere Investitionen schützen, und ich rieche jedes faule Ei. Dort drüben könnte man auf den Gedanken kommen, die Bücher zu fälschen, um sich auf unsere Kosten eine goldene Nase zu verdienen. Außerdem überqueren ständig Hunderte von Schiffen den Atlantik, und es gibt nur ein paar von diesen U-Booten. Ich habe keine Bedenken. Wir nehmen dieses fabelhafte Schiff von Cunard, die *Lusitania*.«

Am folgenden Samstag arbeitete sie einen halben Tag. Am Nachmittag standen Hobart und Polo mit einem lauten, lebhaften Geschenk bei ihr vor der Tür, einem weiblichen Dackelwelpen aus einer Tierhandlung.

»Du siehst in letzter Zeit so traurig aus, mein Püppchen«, sagte der Regisseur. »Wir dachten, ein hübscher, kleiner deutscher Hund könnte dich ein wenig aufmuntern.«

»Ihr seid beide sehr lieb.« Den zappelnden Hund an die Brust gedrückt, küßte sie die beiden Männer auf die Wange. Der Dackel leckte ihr das Kinn.

Nachdem sie dem herumtollenden Hund eine Weile zugesehen hatten, fragte Hobart: »Wie willst du sie nennen?«

Das bedurfte keiner langen Überlegung.

»Schatzi. Das bedeutet etwas Kostbares, etwas, das man liebt.« Sie nahm Schatzi hoch, die fiepte und sich sogleich in Fritzis Armbeuge kuschelte. Vor Aufregung entleerte der kleine Hund seine Blase.

Fritzi hielt ihn mit ausgestreckten Armen von sich weg. »Mädchen, dir muß man Manieren beibringen. Für den Zweck habe ich das richtige Papier. Hobart, sei so nett und hol mir einen *Screen Play* aus der Abstellkammer!«

In der folgenden Nacht bellte Schatzi und jaulte, wie es ein junger Hund tut, der sich plötzlich in einer fremden Umgebung wiederfindet, genauer gesagt in der Abstellkammer, wo ihn Fritzi mit einer Schüssel schnell noch gekauften Hackfleisches eingesperrt hatte. Sie hatte den Fußboden mit einigen Seiten von Loretta Gashs Schmierblatt ausgelegt.

Nachdem sie eine Stunde lang das Unglück des armen Hundes mit angehört hatte, kapitulierte Fritzi. Barfuß tappte sie zur Abstellkammer und öffnete die Tür.

»Na schön, Schatzi, du hast gewonnen.«

Freudig machte der Dackel einen Luftsprung und hinterließ feuchte Spuren auf Fritzis Baumwollnachthemd. Sie lachte, zog sich um und setzte sich mit Schatzi auf dem Schoß in die Küche. Zusammen aßen sie zwei Portionen aufgewärmtes Chili und zwanzig Biskuits. Das Bier trank Fritzi allein. Auf Lilys Vorschlag hin hatte sie sich Anfang der Woche auf einer Münzwaage gewogen. Seit Loys Verschwinden hatte sie sieben Pfund zugenommen. Bisher hatte sie noch nie zugenommen. Noch ein Tribut an das Alter?

Als sie sich wieder schlafen legte, schmiegte sich Schatzi an ihren Bauch, als sei dort schon immer ihr Ruheplatz gewesen. In einem Alptraum jagte Fritzi Loy durch einen leeren, endlosen

Raum. Als ihre Verfolgung immer verzweifelter, ihr Versagen immer deutlicher wurde, wurde sie von Panik ergriffen – sie würde ihn niemals erreichen. Schreiend und um sich schlagend wachte sie auf. Der kleine Hund leckte ihr den Schweiß vom Gesicht.

79. LUFTKRIEG

Das neue Flugzeug war prima, es war leicht und gut lenkbar. Sie hatten die kleinere Ausgabe von Nieuports zweisitzigem Aufklärungsflugzeug *Bébé*, Baby, getauft. Die N65-Staffel, die den Luftraum über Nancy abdeckte, hatte drei davon zugeteilt bekommen, und heute war Carl das zweite Mal mit einem davon unterwegs.

In den ersten Monaten im französischen Fliegerkorps hatte Carl eine langsame Farman geflogen und die meiste Zeit damit zugebracht, deutsche Schützengräben mit einem Fernglas auszuspähen. Doch weil er ein erfahrener Pilot war, wurde er bald von der Beobachtungsstaffel in die N65 versetzt, ein echtes Jagdgeschwader, das sich nicht damit begnügte, die Gegend auszukundschaften, sondern feindliche Flugzeuge, die französisches Territorium bedrohten, verfolgte und abschoß. Deshalb hatte Carl sich von seinem Freund René trennen müssen, der weiterhin Jagd auf deutsche Aufklärungsballons machte – schwerfällige Gashüllen, die mit tödlicher Wucht explodieren konnten. Ein Pilot, der ihnen zu nahe kam, lief Gefahr, mitsamt dem feindlichen Ballonfahrer in die Luft gesprengt zu werden.

Carl war vor einer Stunde aus dem französischen Hangar gerollt, der aus Segeltuch und Stützträgern gebaut war. Obwohl es ein warmer Tag war, trug er den mit Schaffell gefütterten Mantel, den er bei einem Spezialausstatter für Flieger in Paris erstanden hatte. Das Fliegerkorps besaß keine Uniformen. In diesen Anfangstagen der Fliegerei trugen Piloten lediglich Staubmäntel und froren sich in den Propellerböen in größeren Höhen den Hintern ab, hatten seine Tischkameraden ihm erklärt.

Carl hatte sich Tess' Schal um den Hals geknotet und sorgfältig in den Mantelkragen gestopft. Die restliche Fliegerausrüstung bestand aus einer Schutzbrille und ölverschmierten Arbeitshandschuhen. Einen Fallschirm hatte er nicht bei sich. Zwar gab es welche, aber sie waren viel zu sperrig für einen großen Mann, der in einem kleinen Pilotensitz eingezwängt war.

Weiße Strähnen an den Schläfen waren Zeugnis der Belastung, der man als Pilot der Luftwaffe ausgesetzt war. Es gab Männer, die buchstäblich über Nacht weiß geworden waren, meist nach einer dramatischen Luftschlacht. Carl flog jetzt schon seit dreieinhalb Monaten und war noch nie in einen Kampf verwickelt gewesen, obgleich er schon einige feindliche Flugzeuge verfolgt hatte.

Ein zufälliger Beobachter hätte Carl für eine schäbige Erscheinung gehalten, er selber fühlte sich als Draufgänger und Abenteurer. Mit dieser Einschätzung stand er nicht allein da. Die meisten Flieger kamen sich stärker, klüger und mutiger vor als die Männer, die im Morast der Schützengräben kämpften. Auch betrachteten sie sich als vom Schicksal begünstigt – sie waren dem schmutzigen Grauen der Bodenkämpfe entkommen. Zwar unterschied sich der Tod am Boden nicht vom Tod in der Luft, alles andere aber unterschied sich durchaus.

Bébé glitt auf sechstausend Fuß Höhe ruhig dahin. Der achtzig PS starke Sternmotor dröhnte gleichmäßig. Drei weitere Piloten befanden sich in Carls Nähe. Deutsches Artilleriefeuer knatterte wieder unter ihm und übersäte das Land auf etliche Meilen hin mit Staubwolken, in denen die Minen wie Feuerwerkskörper explodierten. Von Stellungen, die hinter ihm lagen, kam die Antwort der französischen Artillerie.

Er beugte sich hinunter, um das Luft- und Gasgemisch zu kontrollieren, und als er wieder aufblickte, erschrak er bis ins Mark. Seine drei Kameraden waren in einer sich hoch auftürmenden Wolke verschwunden. Zweitausend Fuß unter ihm tauchte plötzlich aus der gleichen Wolke eine zweisitzige Aviatik mit schwarzen Flügelkreuzen auf, die in die entgegengesetzte Richtung flog. Ein Beobachter der Artillerie.

In Windeseile legte er sich seine Taktik zurecht: Er würde die Aviatik von unten angreifen. Da ein zweiter Deutscher am schwenkbaren Geschütz auf dem Rücksitz saß, wäre ein Angriff von oben zu tollkühn gewesen.

Ein Jagdflugzeug vom Typ Fokker tauchte ebenso unvermittelt aus der Wolke auf. Die Eskorte des Beobachters. Sofort änderte Carl seinen Plan. Fokker waren absolut tödliche Gegner, denn ihre Geschütze feuerten durch die synchronisierten Propeller. Der Versuch, einen noch besser synchronisierten Mecha-

nismus zu entwickeln, war eine der großen technischen Herausforderungen dieses Krieges. Als erstes mußte er die Fokker aus-
schalten.

Zumindest verfügte er über mehr Erfahrung als viele der
jungen Franzosen an der Front. Manche hatten gerade fünf
Stunden in der Flugschule hinter sich und waren davor noch
nie geflogen. Einen Menschen mit so kläglicher Ausbildung in
die Luft zu schicken war für Carl schlimmer als Mord.

Carl zog sein Flugzeug nach oben und wendete gleichzeitig.
Dann drückte er die Spitze nach unten und spürte sofort das heftige Vibrieren der Flügel, das sich auf den Rumpf übertrug. Un-
beirrt hielt er an seinem Sturzflug fest und befand sich bereits
nach wenigen Sekunden über der Fokker, wo er sofort den
Knopf betätigte, mit dem aus dem großen Lewis-Geschütz gefeuert wurde, das über ihm auf dem Oberflügel befestigt war.

Die erste Runde ging daneben. Er tauchte unter die Fokker
und drehte ab. Sofort nahm die Fokker die Verfolgung auf.

Carl flog der Sonne entgegen. Die Maschinengewehre der
Fokker ratterten los und schlugen kleine Löcher in seine *Bébé*,
knapp einen halben Meter hinter der Pilotenkanzel. Er riß den
Steuerknüppel zurück, und das Flugzeug stieg steil aufwärts.

Kurz bevor er sich zu überschlagen drohte, drückte er den
Knüppel in die andere Richtung und fiel genauso steil wieder
ab. Wieder spürte er das gewaltige Vibrieren der Flügel. Aber es
war ihm gelungen, die Fokker abzuschütteln.

Nach dem Ausweichmanöver flog Carl wieder auf seinem ursprünglichen Kurs. Er überholte das deutsche Aufklärungsflugzeug. Der Bordschütze versuchte seine Waffe auf ihn zu richten,
war aber zu langsam. Als Carl ein gutes Stück zwischen sich und
die Aviatik gebracht hatte, erschien dahinter plötzlich wieder
die Fokker, tauchte kurz unter dem anderen Flugzeug ab, zog
dann wieder nach oben und verringerte den Abstand zu Carls
Nieuport stetig.

Ein weiteres Wendemanöver, und Carl flog mit vollem Beschuß auf die Fokker zu. Die Fokker erwiderte den Beschuß
und traf Carls Propeller. Ein Splitter riß ihm eine blutende
Wunde ins Gesicht.

Die beiden Flugzeuge befanden sich nun auf Kollisionskurs
und feuerten ohne Unterlaß aufeinander. Carl konnte das ju-

gendliche Gesicht des feindlichen Piloten, sein blondes Haar und den angespannten Kiefer deutlich erkennen. Nur noch Carls Hände und sein Wille kontrollierten das Flugzeug. Der Rest seines Körpers befand sich in wilder Panik. Seine Blase entleerte sich.

Eines seiner Geschosse traf den Benzintank des Deutschen. Die Druckwelle der Explosion erschütterte seine eigene Maschine, und der rote Feuerball, der auf ihn zuschoß, versengte ihm das Gesicht. Wie ein Wahnsinniger drückte er die Maschine nach unten und konnte gerade noch rechtzeitig der tödlichen Gefahr ausweichen. Die Nieuport wackelte und bebte. Die Tragflächenbespannung riß an manchen Stellen, und einzelne Fetzen lösten sich. Carl versuchte verzweifelt, den Sturzflug abzufangen, und dachte dabei: *Erster und letzter Abschuß an einem Tag.*

Tausend Fuß über dem Boden reagierte das Flugzeug endlich. Ein paar Augenblicke flog er mit geschlossenen Augen, bis er spürte, wie das Zittern in den Flügeln nachließ und schließlich aufhörte. Dann blickte Carl nach oben und sah gerade noch, wie die Aviatik in den Wolken das Weite suchte.

Seine Hose war zum Glück wieder trocken, als er landete. Er übergab die Nieuport dem Mechaniker und lief zu einem offenen Stabsauto, das ihn zu dem Schloß bringen würde, wo seine Schwadron Quartier bezogen hatte. Flieger fuhren und schliefen stilvoll – sie dinierten auch entsprechend. Beim Abendessen in der Messe – es gab köstlichen Fisch und eine gute Flasche Graves – lauschte Carl den Worten seines Kommandeurs Major Depardieu:

»Gute Arbeit heute. Ihr Kollege Rossay war während des Einzelkampfes über Ihnen und hat den Abschuß bestätigt.«

Die Messe in der großen Halle des Schlosses war voller Menschen und die Luft rauchgeschwängert. Von den sechzehn Piloten, die regelmäßig flogen, waren zwölf anwesend, sie spielten Klavier, lachten und warfen mit kleinen Pfeilen auf Postkarten an der Mitteilungstafel. Die Karten stammten von einer deutschen Firma namens Sanke und zeigten Konterfeis deutscher Helden im Luftkrieg, von denen Oswald Boelcke und Max Immelmann am deutlichsten erkennbar waren.

Der Major nahm das Monokel aus dem Auge. »Sie sind sich

der Tatsache bewußt, daß die Bespannungen von *Bébés* Tragflächen dazu neigen, sich zusammenzuziehen und zu lösen,
wenn man die Maschine zu steil nach unten fliegt?«

»Ja, Sir, davon habe ich heute eine Kostprobe bekommen. Allerdings konnte ich nicht lange darüber nachdenken, ich war
ziemlich beschäftigt.«

»Natürlich.« Depardieu stieß mit seinem Cognacschwenker
leicht an den von Carl. »Es ist trotzdem nicht nötig, *mon ami*,
daß Sie dem Schicksal nachhelfen.«

Mehr Worte brauchte er nicht zu machen, damit Carl verstand, was er meinte. Die Männer der Schwadron sprachen oft
darüber, daß die durchschnittliche Lebenserwartung eines Piloten, der an der Front gegen den Feind im Einsatz war, drei Wochen betrug.

Auf eine gewisse Art war Carl stolz auf seinen Erfolg, doch er
verspürte nichts von jener berauschenden Ausgelassenheit wie
damals, als er Rennen gefahren war und Stunts geflogen hatte.
Vielleicht hatte es damit zu tun, daß das kurze Duell in sechstausend Fuß Höhe mit dem Tod eines Mannes geendet hatte.
Wahrscheinlich ein guter Kerl – einer, der nur einen Befehl be-
folgt hatte und seiner Mutter fehlen würde.

Carl griff nach dem Cognacschwenker, um seine Nerven zu
beruhigen. Als er am nächsten Morgen in den Rasierspiegel
schaute, waren die beiden weißen Streifen an seinen Schläfen
ein gutes Stück breiter.

80. TORPEDIERT

Am letzten Abend auf See wandte sich Kapitän Turner an einige Hundert der Passagiere, die sich in der großen Lounge eingefunden hatten. Nicht alle fanden hier Platz, denn das Schiff, liebevoll *Lucy* genannt, hatte auf dieser Überfahrt mehr als zwölfhundert Menschen an Bord.

William Turner war einer der erfahrensten Kapitäne der Schiffahrtslinie Cunard, ein kräftiger, breitschultriger Seemann, der sich ein wenig steif unter seinen Passagieren bewegte. Was, so folgerte B. B., vermutlich bedeutete, daß Bowler Bill, dessen Spitzname von seiner bevorzugten privat getragenen Kopfbedeckung herrührte, ein verdammt guter Kapitän war.

Wie alle öffentlichen Räume des Überseedampfers war auch dieser Saal luxuriös ausgestattet, ganz im spätgeorgianischen Stil: schwere Möbel und üppige Wandbehänge an polierten, mahagonigetäfelten Wänden. Die elegante Kleidung der Damen und Herren rundete das Bild perfekt ab.

Kapitän Turner stellte sich breitbeinig, die Hände auf dem Rücken, vor seine versammelten Gäste. »Sehr verehrte Damen und Herren. Zwar wünsche ich keinesfalls, Sie unnötig zu beunruhigen, aber als Kapitän dieses Schiffs ist es meine Pflicht, Sie in Kenntnis zu setzen, daß wir heute in einem Funkspruch von der Admiralität über Unterseeboot-Aktivitäten im Gebiet von Fastnet Rock unterrichtet wurden.«

Die unheilschwangere Verlautbarung ließ Sophie aufkeuchen. Ihre Hand fuhr unwillkürlich an die enge Diamantkette an ihrem Hals. B. B. fiel fast von der Sofalehne, auf der er saß und Sophies andere Hand hielt. Die Reaktion der anderen Mitreisenden reichte von milder Besorgnis bis zu panikartigen Ausbrüchen.

»Wir haben daraufhin das Tempo gedrosselt und den Kurs geändert, damit wir Fastnet um mehr als zwanzig Meilen umfahren. Außerdem wird uns ab morgen früh ein Kreuzer der Königlichen Marine nach Liverpool eskortieren. Sie werden vielleicht bemerkt haben, daß wir bereits gewisse Vorsichtsmaßnahmen getroffen haben. Alle Rettungsboote wurden ausgeschwenkt, die Planen entfernt und die Vorräte überprüft. Die Mannschaft hat die Bullaugen Ihrer Kabinen verdunkelt. Wir bitten Sie, unnötiges Licht zu vermeiden, insbesondere an Deck. Eine weitere unangenehme Pflicht ist für mich, Sie daran zu erinnern, daß wir kurz nach unserer Abreise eine Rettungsübung nach Maßgabe des Schiffahrtsgesetzes durchgeführt haben. Obwohl jeder Passagier zur Teilnahme an dieser Übung verpflichtet ist, wurde ich von den Offizieren, welche die Teilnehmerliste führten, davon unterrichtet, daß die Hälfte unserer Gäste nicht erschienen ist. Ich erwartete nicht, daß wir in eine Notlage geraten, die den Einsatz von Rettungsbooten erfordert, dennoch muß ich Sie dringend ersuchen, sich mit der entsprechenden Platzordnung vertraut zu machen, falls Sie nicht an der Übung teilgenommen haben.«

B. B. war dort gewesen, aber Sophie hatte es vorgezogen, im Bett zu bleiben.

Ein Mann hob die Hand. »Kapitän, wir hörten, *Lucy* sei mit Abwehrgeschützen und Munition bestückt worden, unten im F-Deck, wo sich früher ebenfalls Kabinen befunden haben. Wegen der Stahltüren kann man nun nicht mehr hinunter.« B. B. war das gleiche Gerücht zu Ohren gekommen: von einem Dutzend Sechs-Zoll-Geschützen auf schwenkbaren Gestellen sowohl auf der Backbord- als auch auf der Steuerbordseite. Er hatte Sophie nichts davon erzählt.

Der Kapitän machte ein Gesicht, als hätte er den Fragesteller am liebsten über offenem Feuer geröstet. »Dazu kann ich keinen Kommentar abgeben, Sir. Ich muß jetzt zurück auf die Brücke. Mit weiteren Fragen wenden Sie sich bitte an einen der Offiziere. Ich danke Ihnen für Ihr Erscheinen und Ihr Verständnis und wünsche Ihnen einen angenehmen Abend.«

Einige unter den Gästen besannen sich auf ihre Manieren und applaudierten. Bowler Bill war bereits verschwunden. B. B. lag das Abendessen plötzlich wie ein Stein im Magen. Er war weniger um sich besorgt als um Sophie, der die Angst ins Gesicht geschrieben stand.

»Benny, sind wir in Gefahr?«

»Nie und nimmer. Die deutschen U-Boote sind hinter Frachtschiffen her, die Munition und dergleichen geladen haben. Niemand greift ein schwimmendes Hotel wie dieses an.« Mit der ausschweifenden Handbewegung, mit der er seine Worte unterlegte, hätte er beinahe einer Dame den Federschmuck vom Kopf gefegt.

»Angenommen, es würde etwas passieren. Kommen wir dann heil von Bord?«

»Aber natürlich. Ich habe vor dem Abendessen persönlich einen Inspektionsrundgang über das Schiffsdeck gemacht.« Da er Sophies ängstliche Natur kannte, hatte er sich die Einzelheiten eingeprägt. »Dieses Schiff besitzt zweiundzwanzig Rettungsboote aus Holz und sechsundzwanzig faltbare. Mehr als genug für sämtliche Passagiere. Und jetzt quäle dich nicht länger! Möchtest du lieber tanzen oder Karten spielen?«

Sophie wollte weder das eine noch das andere. B. B. begleitete sie in ihre Königssuite, eine der Luxuskabinen an Bord. Hier gab es einen Salon, ein Eßzimmer und zwei Schlafzimmer; in dem unbenutzten der beiden stapelten sich ihre zwölf Gepäckstücke. Nachdem Sophie zu Bett gegangen war, kehrte er auf das Promenadendeck zurück, betrachtete den Sternenhimmel über dem Atlantik und sog die weiche Mailuft in seine Lungen.

»Schau mal, Alf, was ist das eigentlich für eine seltsame weiße Linie da im Wasser?« fragte B. B.

Alf Vanderbilt, der reichste Mann an Bord, war einer von B. B.s neuen Freunden aus der ersten Klasse. Vanderbilt spähte auf den sprudelnden Strahl unter der Wasseroberfläche hinunter, der auf den Rumpf zuschoß. Die beiden Herren schöpften auf der Steuerbordseite des Promenadendecks frische Luft. Sophie ruhte.

Es war kurz nach zwei Uhr am Nachmittag des siebten Mai, ein Freitag. Die Luft war klar und warm. Die Stewards hatten die Bullaugen im ganz in Weiß und Gold gehaltenen Louis-XVI-Speisesalon geöffnet, in dem B. B. und Vanderbilt auf der Achtergalerie das Mittagessen zu sich genommen, Geschichten ausgetauscht und sich für ihren Aufenthalt in London nach ihrer Ankunft im Hotel Ritz zum Tee verabredet hatten.

Erleichterung und Vorfreude hatten sich während des Vormittags unter den Passagieren ausgebreitet. Von dem versprochenen Kreuzer war zwar nichts zu sehen, aber man konnte die irische Küste schon mehrere Stunden lang ausmachen. B. B. bil-

dete sich ein, in der Ferne Old Head von Kinsale, eine bekannte
Landzunge, entdeckt zu haben. Er wunderte sich ein wenig, daß
der Kapitän in diesem gefährdeten Gewässer nicht wenigstens
einen Zickzackkurs eingeschlagen hatte, aber er nahm an, Bowler Bill wußte, was er tat.

Vanderbilt beugte sich weit über die Reling, während der
weiße Streifen mittschiffs immer näher kam. »Komisches Ding,
Benny. Mein Gott, es kann doch nicht ein …«

Die Detonation erschütterte das Schiff vom Bug bis zum
Heck. B. B. wurde gegen die Reling geschleudert. Ohne eine
Sekunde Zeit zu verlieren, richtete er sich auf und stürzte an
Vanderbilt vorbei zur nächsten Tür. Alarmglocken begannen zu
schrillen. Menschen rannten ziellos umher und schrien wild
durcheinander. Jemand zeigte an der Reling nach unten. »Ein
riesiges Loch. Wasser strömt herein.«

Das Schiff begann bereits, sich nach steuerbord zu neigen.
Liegestühle schlitterten über das Deck. Eine zweite, stärkere Explosion ließ das Schiff erzittern, als B. B. in die Aufzugshalle
rannte. Mit einem Schlag fiel die gesamte Stromversorgung aus.
Der Aufzugsanzeiger blieb zwischen zwei Stockwerken stehen.
Die Menschen im Fahrstuhl begannen zu schreien.

Die Ventilatoren in der Wand verströmten plötzlich Rauch.
B. B. lief zur Treppe. Die Alarmglocken hörten nicht auf zu kreischen. Sieben kurze Töne und ein langer, das Signal für Schiffskatastrophen. Ein weiterer Ruck nach steuerbord warf ihn gegen die Treppenhauswand. Er klammerte sich an den Handlauf
und taumelte weiter nach unten, dann rannte er wie ein Wahnsinniger durch den Korridor, denn jetzt wußte er es mit grausamer Gewißheit: Die *Lusitania* sank.

Ein Mann aus einer benachbarten Kabine zerrte seine ohnmächtige Frau auf den Flur. Der Mann war jung, blond und britisch;
B. B. hatte mehrfach Whist mit ihm gespielt. Das Schlingern des
Schiffs drückte ihn gegen B. B., den er mit einem Fausthieb zur
Seite beförderte. »Aus dem Weg, fettes Judenschwein!« Er zog
seine Frau in Richtung Treppe.

B. B. drehte am Knauf der Kabinentür. Sie klemmte. Mit einer
Kraft, die er sich nicht zugetraut hätte, trat er die Tür ein und
stürmte in den Raum, gerade als sich der Überseedampfer noch

ein Stück weiter auf die Seite legte. Mit dem Gesicht voran landete er auf dem Teppichboden. Sophie schrie auf und half ihm
auf die Beine. Die Schubladen schossen aus der Kommode. Gläser und eine hübsche Vase fielen herunter und zersprangen in
tausend Scherben.

»Sophie, wir müssen zu den Booten.«

»Ich bin bereit.« Sie hatte sich bereits für die Ankunft an
Land umgezogen und trug den dunkelbraunen Umhang mit
Nerzkragen, den sie sich für die Reise gekauft hatte. Ihre Augen
unter dem schwarzen Samthut mit den langen Federn waren
groß und dunkel.

»Laß den Hut hier, er ist nur im Weg.«

»Benny, ich habe zwanzig Dollar für …«

»*Laß den Hut hier!*« Er wollte eigentlich nicht laut werden
oder ihr Handgelenk so fest packen, aber sein Herz hämmerte,
Schreie gellten durch die Gänge, und das Schiff neigte sich alle
paar Sekunden ein Stück weiter zur Seite. Er stürzte durch den
Korridor und zog Sophie mit sich. »Bleib hinter mir.«

B. B. ignorierte den stechenden Schmerz in seiner Brust und
sprintete wie ein Footballstürmer zum Treppenschacht. Er war
übergewichtig und untrainiert, aber von wilder Entschlossenheit. Wenn sie das Bootsdeck erreichten, würden sie überleben.
Bootsdeck, Sektion Zwei, Backbord, das war sein Ziel.

Rauch und Ruß aus den Ventilatoren nahmen ihnen auf der
Treppe die Sicht. Die Passagiere schrien sich an und stießen sich
aus dem Weg, aber die Kraft der Verzweiflung trieb B. B. unermüdlich vorwärts. Er ließ Sophies Hand nicht los, während er
sich Stufe für Stufe nach oben kämpfte. Ein Gefühl des Trium-
phes durchflutete ihn, als sie durch die Tür auf das Bootsdeck
stolperten.

Chaos! Die Backbordrettungsboote, viele davon schon halb-
voll, konnten nicht hinuntergelassen werden, weil die Neigung
des Schiffs sie nach innen, über die Reling, schob. Unzählige
Menschen drängten sich in die faltbaren Rettungsboote darunter, obwohl verzweifelte Deckoffiziere immer wieder mit lautem
Gebrüll darauf hinwiesen, daß diese Boote erst zu Wasser gelassen werden konnten, wenn die regulären Rettungsboote aus
dem Weg waren. Von allen Seiten stürmten weitere Hiobsbot-
schaften auf B. B. ein:

»Nicht genug Schwimmwesten.«

»Wo sind sie?«

»Sie müßten eigentlich hier sein.«

»Das Schiff geht unter!«

Das Deck lag inzwischen so schräg, daß alle nach vorn geschoben wurden, wo sie über Deckstühle stolperten. Das Aufhängungsseil eines Rettungsboots riß an der Talje. Rettungsboot Zwei stürzte hinunter und begrub die Passagiere in dem faltbaren Boot darunter. B. B. sah Blut, Arme und Beine, geknickt wie Streichhölzer. Fast gewaltsam schob er Sophie zurück zur Tür. »Auf dieser Seite kommen wir nicht von Bord.«

Rußverschmierte Köche, Stewards und Heizer strömten in die Aufzugshalle, und anderes Schiffspersonal drängte über die Treppe herauf, nicht weniger von Todesangst erfüllt als die Passagiere und ebenso verzweifelt entschlossen, der Katastrophe zu entkommen. B. B. kämpfte sich nach steuerbord durch, sah gleich links ein halbvolles Rettungsboot und hastete mit Sophie darauf zu. Er zwang sie, auf die Reling zu klettern. Mit einer Hand schob er ihre ausladende Hüfte in das Boot. Eine kleine Gruppe beherzter Offiziere versuchte, Faltboote von den Bootsklampen zu lösen und ihre Seitenwände aus Leinen aufzurichten. Aus den Ventilatoren drang weiterhin unablässig Rauch und Ruß.

Die *Lusitania* neigte sich wieder ein Stück. Das Rettungsboot wurde dadurch noch weiter vom Schiff weggeschwenkt, als B. B. auf die Reling stieg. Wie ein Hochseilartist versuchte er, mit kreisenden Bewegungen der Arme die Balance zu halten. Sophie stand auf und lehnte sich gegen das Dollbord. Sofort begannen andere Passagiere auf sie einzuschreien, sie solle sich setzen, und der Decksoffizier brüllte: »Boot Nummer zwei zu Wasser lassen! Zu Wasser lassen, verdammt!«

»Benny, spring!« schrie Sophie. B. B. sprang.

Eine kurze Weile schien er schwerelos über dem spiegelnden Meer zu schweben. Dann fiel er in das Boot, wobei er fast das Bewußtsein verloren hätte, als er mit der Stirn auf der Ruderbank aufschlug. Sophie hielt ihn am Gürtel fest und zog seine Beine ins Boot.

Als B. B. wieder klar sehen konnte, erkannte er Alf Vanderbilt, der in unnatürlicher Ruhe an Deck stand, eine Zigarre rauchte und das Spektakel betrachtete. Ungefähr sechs Fuß trennten das Rettungsboot vom Schiff. B. B. fuchtelte mit den Armen. »Alf, komm!«

»Zu weit weg, Benny.«

»Hol dir eine Schwimmweste!«

»Es gibt keine.«

»Dann spring!«

Mit einem traurigen Schulterzucken erwiderte Vanderbilt: »Hat keinen Sinn. Kann nicht schwimmen.«

Das Schiff machte einen gewaltigen Ruck, und seine Spitze tauchte in die Wellen ein. Der Bug des Rettungsboots senkte sich ebenfalls steil ab, und diejenigen, die sich nicht festgehalten hatten, purzelten hinaus. B. B. konnte sich gerade noch mit einer Hand an einer Ruderbank festkrallen und wollte mit der anderen nach Sophie greifen, aber sie flog bereits an ihm vorbei und verschwand aus seinem Blickfeld.

»Sophie!«

Er versuchte, sich durch ein Gewirr aus Armen, Beinen, schwingenden Fäusten, weit aufgerissenen Augen und kreischenden Mündern einen Weg zum Bug zu bahnen, doch da neigte sich das Rettungsboot noch weiter, und ein Flaschenzug gab nach. B.B. schrie auf, als er in hohem Bogen aus dem Boot in das grünschimmernde Wasser geschleudert wurde.

Hustend und spuckend ruderte er mit Armen und Beinen, um sich über Wasser zu halten. Wie ein gigantischer Fisch aus Stahl tauchte die *Lusitania* langsam mit dem Bug voran ins Meer. Ihr Heck hob sich der Sonne entgegen. Ihr Rumpf stand fast waagrecht zum Wasser. Ununterbrochen sprangen oder fielen Passagiere und Mannschaftsmitglieder ins Meer und landeten zwischen Möbeln und Wrackteilen.

Ein alter Mann trieb vorbei, festgeklammert an ein Sofa. Ein Stück weiter weg saßen ein Schiffsoffizier und ein weiblicher Passagier auf einem Klavier, das irgendwie aus dem Schiffsbauch herausgeschwemmt worden war. Hinter dem Wrack breiteten sich wie eine Schleppe Trümmer, Stühle, Tische, Lampen, Ruder, zerschmetterte Planken von Rettungsbooten und auf und ab schaukelnde Köpfe im Sonnenschein aus. B. B. erkannte einen Mann in einem *Lusitania*-Schwimmring wieder, einen großspurigen, deutschfreundlichen Menschen aus Pittsburgh.

»He, Rupert. Einen schönen Helden habt ihr, den Kaiser. Einen Mörder.« Rupert trieb starren Blickes weiter.

Dafür, daß es Frühling war, war das Wasser verteufelt kalt. B. B. fühlte seine Kräfte schwinden. Er biß sich auf die Lippen, bis er Blut schmeckte. Er mußte wach bleiben und Sophie finden. Obwohl er noch nie ein ausdauernder Schwimmer gewesen war, fand er die Kraft, paddelnd wie ein Hund voranzukommen. Dabei rief er immer wieder: »Sophie! Sophie!«

Da sah er sie. An einen Tisch geklammert, hielt sie gerade noch den Kopf über Wasser. Über dem sonnenbeschienenen Meer hallte das Knirschen und Ächzen des untergehenden Schiffs unaufhörlich wider. Es war mit der Bugseite bereits zur Hälfte unter Wasser. Aus dem Heck stieg schwarzer Rauch in die Luft. Unfaßbar, aber es starrten noch immer einige Passagiere durch die Bullaugen ihrer Kabinen. Andere sprangen ins Wasser, schlugen jedoch mit einer solchen Wucht auf, daß sie sich dabei vermutlich etliche Knochen brachen, wenn sie es überhaupt überlebten. B. B. sah Kapitän Turner, der sich an einen Rettungsring klammerte.

»Sophie, halt aus! Ich komme.« Er verlor fast das Bewußtsein, als ein schwerer Brecher seinen Mund mit dem ekelhaften Geschmack von Salzwasser füllte und er einen Moment lang befürchtete zu ersticken. Keuchend spuckte er das Wasser aus und schwamm so schnell er konnte, aber seine nassen Kleider hingen schwer an ihm und machten das Vorankommen mühsam. Kaum noch zehn Meter trennten ihn von Sophie, als sie eine Hand hob und ihm zuwinkte.

»Benny, beeil dich, ich habe schreckliche Krämpfe.«

»Laß nicht los!« brüllte er mit schmerzender Kehle. Sie winkte ihm weiter zu. B. B.s Kräfte ließen rasch nach, er war kein junger Mann mehr. Aus irgendeinem Grund verstand Sophie nicht, daß sie sich mit beiden Händen an dem Tisch festhalten mußte. Das graue Haar hing ihr über die Augen. Ihr verzerrtes Gesicht verriet Schmerzen.

»Oh, Benny, es tut so weh.«

Sophie griff mit beiden Händen unter das Wasser an ihren Bauch. Eine riesige Welle schwappte über sie hinweg. Sie rang nach Luft und wollte nach dem Tisch greifen, doch er war bereits aus ihrer Reichweite getrieben. Sie fiel nach hinten und versank im Wasser, als er immer noch etwa sechs Meter von ihr entfernt war.

»*Sophie!*«

Mit einem letzten donnernden Tosen und in einer Sturzflut aufgepeitschten Wassers verschwand auch das Heck der *Lusitania* und hinterließ einen schäumenden Wirbel und ein Meer ertrinkender Menschen. Das Schiff versank, nachdem es von dem Torpedo getroffen worden war. Sophie Pelzer verschwand mit ihm in der Tiefe.

81. MARSCHIEREN

Eine Flotte von Fischerbooten und Schleppern aus Queenstown rettete siebenhunderteinundsechzig Menschen aus der Irischen See. Von den elfhundertachtundneunzig Passagieren der *Lusitania*, die ums Leben kamen, waren hundertvierundzwanzig amerikanische Staatsbürger, viele davon Berühmtheiten: der Theaterproduzent Charles Frohman, Alfred Vanderbilt und Mr. und Mrs. Elbert Hubbard.

In Deutschland wurde der Untergang des Schiffes als großer Sieg gefeiert; der Kaiser erklärte den Tag zum Nationalfeiertag. Durch die Vereinigten Staaten ging eine Woge des Entsetzens. *The Nation* urteilte: »eine Tat, für die selbst ein Hunne erröten muß«. In vielen Leitartikeln wurde die Warnung von seiten der Botschaft als »Todesanzeige« bezeichnet. Deutschland wurde »mutwilliger Mord«, »ein Schlag ins Gesicht der Menschlichkeit«, »das schlimmste Verbrechen eines Volkes seit der Kreuzigung Christi« vorgeworfen. Manche Herausgeber forderten die sofortige Kriegserklärung.

Deutschamerikaner mieden tunlichst das Auge der Öffentlichkeit. In einigen Städten wurden Fensterscheiben von Bäckereien, Gaststätten und Fleischerläden, die in erster oder zweiter Generation Deutschen gehörten, mit Steinen beworfen. Vor der Brauerei Crown legte ein unbekannter Vandale bei Nacht ein kleines Feuer, das einen Lieferwagen niederbrannte und einen Lastwagen beschädigte, bevor die örtliche Feuerwehr eintraf.

Liberty überschwemmte die Verleiher mit *Rennbahn-Nell*, aber Fritzi fühlte viel zu sehr mit B. B., um einen Gedanken daran zu verschwenden. Sie weinte eine Stunde lang, als sie von Sophie Pelzers Tod erfuhr.

Das Studio verpflichtete Krankenschwestern, die B. B. von England nach Hause begleiteten. Der Tod seiner Frau hatte ihn so mitgenommen, daß er nicht imstande war, allein zu reisen. Die Ärzte wiesen ihn in Haven Hill ein, ein Privatkrankenhaus inmitten eines vier Hektar großen Parks, umgeben von den

Orangenhainen Riversides. Am ersten Sonntag nach seiner Ankunft fuhren Fritzi und Hobart mit Schatzi hinaus, um B. B. zu
besuchen.

Die unbefestigten Straßen waren die reinsten Rillenpisten.
Als Fritzi einem riesigen Schlagloch auswich, stellte Hobart fest:
»Ganz schön weit weg von der Stadt. Bestimmt gibt es auch
näher gelegene Krankenhäuser.«

»Kelly hat es ausgesucht. Er sagte, das wichtigste sei opti-
male Pflege.«

»Vielleicht legte er eher Wert auf die Entfernung vom Studio«, bemerkte Hobart trocken.

Vor dem Sanatorium band Fritzi Schatzis Leine um den
Schaltknüppel. Kläglich winselnd fügte sich der Dackel seinem
Schicksal, und Fritzi betrat mit Hobart das Hauptgebäude. Ein
Pfleger führte sie durch eine Hintertür ins Freie, wo B. B. allein
auf einer Bank unter einer Palme saß und mit unbeweglicher
Miene vier Patienten in Bademänteln beim Krocketspiel zusah.
Weiter hinten warf ein Wassersprenger seine Fontänen auf den
trockenen Rasen. Das Klicken der Krocketbälle war das einzige
Geräusch in dieser Stille.

B. B.s gelocktes graues Haar war weiß geworden. Eine leichte
Wolldecke lag über seinen Beinen. Sein Morgenmantel war auf
der Vorderseite fleckenübersät. Fritzi war bestürzt, ihn so teil-
nahmslos und ungepflegt anzutreffen. »Hallo, B. B.«, sagte sie
sanft. »Wie geht es Ihnen?«

»Gut. Und Ihnen?« Er bemerkte Hobart, der im Schatten
stand und nervös sein schwarzes Barett knetete. »Und Ihnen?«
fügte er geistesabwesend hinzu.

Fritzi nahm B. B.s Hand und drückte sie zwischen ihren Händen, wie er es mit ihr immer getan hatte. Er reagierte nicht.
»Fühlen Sie sich hier wohl?«

B. B. zuckte mit den Schultern. »Ist schon in Ordnung.«

»Es tut uns allen so leid wegen Sophie. Sie war eine gute
Frau.«

»Sophie.« Sein Blick glitt an den hellbraun verputzten Gebäuden vorbei zu den niedrigen Hügeln mit den Orangenbäu-
men. Er legte die Finger der rechten Hand an die Augenbraue,
seine klassische sorgenvolle Haltung. »Arme Sophie.«

Die Unterhaltung schleppte sich noch zehn Minuten dahin.

Als Fritzi es nicht mehr ertragen konnte, sagte sie: »Hobart, wir müssen gehen.« Sie tätschelte B. B. und drückte einen Kuß auf seine blasse, sommersprossige Stirn. »Wir kommen Sie bald wieder besuchen.«

Sein Blick folgte einem Krocketball durch ein Tor. Er erwiderte nichts. Fritzi kämpfte mit den Tränen, als sie die Hand des alten Schauspielers nahm und ihn mit sich zog.

Bevor sie Haven Hill wieder verließen, sprachen sie mit dem Direktor, Dr. A. B. Gerstmeyer, einem Nervenarzt. Er war ein kleiner Mann mit merkwürdigen Augen. Die Regenbogenhaut war mehrfarbig gestreift – grün, dunkelblau und grau. Ein Auge neigte außerdem dazu, in regelmäßigen Abständen in eine andere Richtung zu wandern.

Gerstmeyers Büro war kühl und dunkel. Diplome von Heidelberg und Harvard hingen hinter seinem Schreibtisch. Die Jalousien vor dem Fenster warfen ein Streifenmuster an die weiße Wand.

»Ich mache mir ernsthafte Sorgen um Mr. Pelzer«, erklärte Fritzi ihm. »Ich bin mir nicht sicher, ob er uns erkannt hat.«

»Ganz im Gegenteil, er erkennt alle seine Besucher. Mr. Kelly war gestern hier, und Mr. Pelzer wußte seinen Namen, als man ihn hinterher fragte. Es liegt keine Beeinträchtigung des Erinnerungsvermögens vor. Die Konzentration des Patienten ist auf etwas ganz anderes gerichtet. Er ist gefangen in jenen Minuten, in denen seine Frau ertrank. Immer und immer wieder durchlebt er diesen Moment und sucht nach Möglichkeiten, wie er sie hätte retten können. Er kann den Schauplatz der Tragödie nicht verlassen, zumindest jetzt noch nicht.«

»Er und Mrs. Pelzer hatten keine Kinder«, sagte Fritzi. »Gibt es andere Verwandte, die ihm helfen könnten, darüber hinwegzukommen?«

»Das war auch meine Überlegung. Es gibt zwei entfernte Cousinen, zu denen er jedoch keinen Kontakt hat. Wissen Sie, Miss Crown, diese Art von Trauer kommt häufig vor, wenn ein Partner aus einer langjährigen Ehe stirbt. Mr. Pelzers Gefühl, persönliche Schuld zu tragen, verstärkt sein Bedürfnis, sich selbst zu bestrafen, nur noch.«

»Indem er die Welt aussperrt?«

»Und zur Strafe sein Leben auf Null reduziert.«

»Wird er wieder gesund? Er ist ein außergewöhnlicher Mensch. Warmherzig und aufrichtig – wir alle lieben und respektieren ihn. Außerdem braucht das Studio ihn.« Sie dachte an Al Kelly, der in letzter Zeit ungewöhnlich eifrig war. Warum auch nicht? B. B.s Krankenhausaufenthalt machte ihn zum Alleinherrscher von Liberty. Er konnte jede beliebige Anweisung erteilen, ohne ein Veto befürchten zu müssen, und jede Laus um den Balg schinden.

»Eine völlige Genesung ist durchaus möglich, vorausgesetzt, der Ruf seiner Arbeit dringt bis zu ihm durch.«

»Können Sie sagen, wie lang sich das hinziehen kann?« fragte Hobart.

»Nein, Sir. Er kann einen Monat lang so dasitzen oder ein Jahr. Oder für immer, je nachdem, wie tief die Verletzung ist. Ich kann nichts tun, wenn er es nicht will. Niemand kann es.«

Verzagt sagte Fritzi: »Danke, Doktor. Darf ich Ihnen meine Telephonnummer dalassen? Bitte rufen Sie mich an, wenn ein Notfall oder irgendeine Veränderung eintritt. B. B. liegt mir sehr am Herzen.«

»Das beruht auf Gegenseitigkeit«, erklärte Gerstmeyer, während sie die Telephonnummer auf ein Stück Papier schrieb. Überrascht sah sie auf. »O ja, er hat Sie viele Male erwähnt. Ich versichere Ihnen, es ist nicht der Verlust des Gedächtnisses, der den Patienten lähmt. Es ist diese Welt, in der Mrs. Pelzer ums Leben kam, ohne daß er ihr helfen konnte. Er möchte kein Teil dieser Welt mehr sein.«

Am nächsten Morgen begann Hobart mit den Aufnahmen zu *Upper Crust*, *Oberschicht*, einem Drama, in dem er den steinreichen Vater eines Mädchens aus gutem Hause spielte. Die Schauspielerin, die seine Tochter verkörperte, war eine kleine, dunkelhaarige Naive namens Gloria Swanson. Sie sah so unverschämt gut aus, daß Fritzi ein wohlbekannter Anfall von Minderwertigkeitsgefühlen überkam. Sie erholte sich jedoch davon, als Hobart sie und Miss Swanson zum Mittagessen einlud und sie feststellen mußte, daß die kleine Gloria eine humorlose Person war, die nichts anderes im Kopf hatte als ihr Aussehen und ihre Karriere. Zwar versuchte Miss Swanson, Fritzi zu schmeicheln, ließ aber

keinen Zweifel daran, daß sie Komödien verachtenswert fand
oder zumindest weit unter dem Niveau einer ernsthaften Schauspielerin, wie sie selbst eine war.

Nach dem Essen nahm Hobart Fritzi beiseite. »Du leidest
noch immer sehr unter der Sache mit der *Lusitania*, nicht
wahr?«

»*Sehr* ist gar kein Ausdruck.« Seit Sophie Pelzers grauenvol-
lem Tod hatte sich ihr vages Interesse am Kriegsgeschehen in die
leidenschaftliche Überzeugung gewandelt, Deutschland müsse
bezwungen werden, wenn nötig mit Hilfe der Vereinigten Staaten. Womöglich trieb sie damit endgültig einen Keil zwischen
sich und ihren Vater, aber man muß an seinen Prinzipien festhalten. Diesem Grundsatz hatte der General sein ganzes Leben
untergeordnet, und er hatte seine Tochter entsprechend erzogen.

»Das örtliche Bündnis für Verteidigungsbereitschaft hat für
Samstag nachmittag einen Protestmarsch in der Stadt mit anschließender Kundgebung organisiert«, unterrichtete Hobart
sie. »Ich werde mit marschieren. Kommst du auch?«

»Wenn mich Eddie entbehren kann, auf jeden Fall.«

»Du bist ein großartiges Mädchen.« Hobart zog sie in seine
Arme und drückte sie.

Dreihundert Teilnehmer versammelten sich vor dem Moroscos
Globe Theater am South Broadway zum Protestmarsch. Es war
eine buntgemischte Gruppe aus Suffragetten, Akademikern,
ärmlichen Bohemiens, Sozialisten, Studenten und kleinen alten
Damen aus Alkoholgegner-Vereinigungen. Hobart drückte Fritzi
ein an einem Stab befestigtes Plakat in die Hand.

GREIFT ZU DEN WAFFEN!
DIE HUNNEN
müssen
aufgehalten werden!

Fritzi hob das Plakat hoch und reihte sich neben Hobart ein,
eine fünfköpfige Musikkapelle übernahm die Führung und
schmetterte *The Battle Cry of Freedom*, *Der Schlachtruf nach Freiheit*. Sie schwang ihr Plakat im Takt der Musik.

Der Nachmittag war grau und kühl und ließ Regen ahnen. Fritzi hatte deshalb einen eher schlichten Rock und eine Jacke aus schottischem Tweed angezogen, dazu eine weiße Leinenbluse und eine weiße Krawatte im Ascot-Stil. Ihre Kopfbedeckung hatte sie wohlüberlegt ausgewählt: einen ausladenden Matrosenhut aus schwarzer Seide, dessen breite Krempe ein wenig herunterhing und ihr Gesicht teilweise verdeckte. Sie war bereit mit zu marschieren, aber sie wollte nicht unbedingt die Aufmerksamkeit auf ihre Person lenken. Ihre Hoffnung, der Hut könnte dabei eine Hilfe sein, erwies sich rasch als reichlich naiv. Der Zug war gerade einen Block weit gekommen, als ein Straßenbengel vom Bürgersteig auf sie zeigte. »Seht doch nur, das ist die Nellie aus dem Kino.« Bald folgte ihr eine kleine Schar von Verehrern.

Hobart bemerkte ihr Unbehagen. »Da kann man nichts machen, meine Liebe, du bist einfach berühmt. Ich könnte mir denken, daß sie dich bitten werden, auf dem Platz ein paar Worte zu sagen.«

»Oh, ich kann doch unmöglich ...«

»Natürlich kannst du.«

»Ich bin nicht vorbereitet.«

»Doch, das bist du. Du bist intelligent, du bist tief berührt von den Ereignissen der letzten Zeit – wenn dir Zweifel kommen, denk einfach an Pelzer.« Ein Schauder lief Fritzi über den Rücken. Ohne es recht zu merken, war sie auf einen Weg geraten, der plötzlich eine andere Wendung genommen hatte.

Sie marschierten den Broadway hinauf bis zur Zweiten Straße, dann nach Westen bis zur Hill Street und dann wieder nach Süden zu dem Platz an der Sechsten Straße. Die Kapelle spielte jetzt *Onward, Christian Soldiers, Vorwärts, christliche Soldaten*. Kurz vor der Vierten Straße fingen einige Radaubrüder vor einer Kneipe namens Wittke's Old Bavaria an, den Protestzug zu verhöhnen und mit Steinen und Dreckklumpen zu bewerfen. Ein weißhaariger Professor, der zwei Reihen vor Fritzi marschierte, taumelte, als ein Stein seine Stirn streifte. Schlammspritzer klatschten auf Fritzis Hut. Noch mehr Störenfriede stolperten aus der Kneipe. Einer von ihnen warf einen flachen Schlegel auf die Marschierenden. Der Paukenspieler fing ihn in der Luft auf und schleuderte ihn zur Seite.

Einer von den Rabauken rief Fritzi zu: »He, du rote
Schlampe, bleib bei deinen Filmen!« Er warf einen roten Ziegelstein. Hobart schrie: »Paß auf!« und schubste sie zur Seite. Im
gleichen Augenblick wurde der Täter auf dem Randstein von
einem Mann am Kragen gepackt und mit einem Fausthieb nie-
dergestreckt. Nicht faul, schlug der seinem Angreifer den Hut
vom Kopf. Angewidert ging Fritzi weiter, während die beiden
weiterrauften.

Auf dem Kundgebungsplatz versammelten sich die Demonstranten vor einigen benebelten Landstreichern und Saufbrü-
dern. Der Präsident des Bündnisses für Verteidigungsbereitschaft bat Fritzi tatsächlich, auf die Rednerbühne zu treten und
ein paar Worte zu sagen. »Bitte«, beschwor er sie, während sie
auf die Bühne trat, »nehmen Sie den Hut ab, damit die Leute Sie
sehen können.«

Dem Anblick von Fritzis länglichem Gesicht und den zerzau-
sten blonden Locken folgte Applaus. Sie schwenkte ihren
schmutzigen Hut und bat um Ruhe.

»Schön, Sie wissen also, wer ich bin.« Die Menge lachte, und
Fritzi lächelte. »Aber wenn ich heute mit Ihnen marschiere, bin
ich nur amerikanische Staatsbürgerin. Ich bin hier, weil ich auf
der *Lusitania* eine liebe Freundin verloren habe. Der Angriff auf
ein Passagierschiff war ein Verbrechen, die Tat einer vollkommen
herzlosen Regierung. Ich möchte unsere amerikanischen Männer nicht in einen fremden Krieg schicken, aber wir können
nicht einfach zusehen, wie die Deutschen die Freiheit mit
Füßen treten und alles zerstören, was Recht und Ordnung ist.«
Die Worte kamen ohne Zögern aus der Tiefe ihres Herzens.

»Meine Vorfahren sind Deutsche« – jemand buhte, ein anderer pfiff –, »aber ich empfinde keine Sympathie für ein Land, das
kaltherzig das Leben Unschuldiger vernichtet. Nach dem letzten
Stand der Zählung starben vierundneunzig Kinder beim Untergang der *Lusitania*. Vierundneunzig Kinder, die keine Vorstellung davon hatten, zu welchen Grausamkeiten Erwachsene
fähig sind. Ihr Leben war voller Hoffnung auf eine glückliche
Zukunft in der Fürsorge liebender Eltern. Was mußten sie erleiden? Versuchen Sie, es sich vorzustellen! Die verzweifelte Angst,
als sie in den eiskalten, stürmischen Ozean fielen, plötzlich und
ohne die geringste Chance, sich selbst zu helfen.«

Fritzis Ausbildung, ihre vielen Vorsprechtermine und die Auftritte in der Provinz zahlten sich jetzt aus. Ihre Stimme wurde immer fester. Unter grauen Wolken und trotz des Winds, der ihr ins Haar fuhr, sprach sie weiter voller Inbrunst.

»Stellen Sie sich die Kinder in der rauhen See vor, wie sie in wilder Angst um ihr Leben kämpfen, sie gehen unter, kommen wieder hoch, gehen wieder unter. Ihre Lungen brennen. Verzweifelt rufen sie nach ihren Eltern, aber sie sehen nur fremde Menschen, die mit ihnen ertrinken.« Die Menge hörte in gebanntem Schweigen zu.

»Meine Damen und Herren, wir müssen denen entgegentreten, die Kinder einer solchen Hölle aussetzen. Solche Menschen müssen wir zwingen, ihre Grausamkeiten einzustellen. Wir müssen den Frieden einklagen. Wir müssen mit unserer ganzen moralischen Stärke die Alliierten unterstützen. Aber diese Geste bleibt ohne Bedeutung, wenn wir nicht gleichzeitig unsere Stärke demonstrieren. Noch vor kurzem war ich viel zu beschäftigt, um diesem Krieg überhaupt Beachtung zu schenken. Als mich die Ereignisse schließlich zwangen, ihn zur Kenntnis zu nehmen, war ich der Meinung, wir dürften nicht daran teilnehmen, kein Geld dafür ausgeben, kein Leben eines Amerikaners aufs Spiel setzen. Ich habe meine Meinung geändert. Heute bin ich fest davon überzeugt, daß wir Geld für unser Militär aufbringen müssen. Wir müssen unsere Männer ausbilden. Wir müssen Tausende rekrutieren, um die Truppen zu vergrößern; wir müssen bereit sein, den Deutschen zu zeigen, daß wir eingreifen werden, wenn diejenigen, die gnadenlos Kinder umbringen, sich weiterhin weigern, vor dem Altar der Humanität niederzuknien und sich ihrer Verbrechen schuldig zu bekennen. Wenn sie das nicht freiwillig tun, müssen wir sie dazu zwingen. Und es gibt nur einen Weg, dies zu erreichen. Wir müssen uns für den Krieg rüsten.«

Sie streckte die Hand und spreizte die Finger wie ein mahnender Priester.

»Wir müssen aufrüsten, uns bewaffnen. Wie viele Unschuldige müssen noch sterben, während wir weiterhin zögern und diskutieren? Stimmt ein in den Ruf!«

Sie ballte die Hand zur Faust.

»Aufrüsten. *Jetzt* aufrüsten.«

Erschöpft schloß sie die Augen. Was sie dann sagte –
»Danke« –, war kaum zu hören.

Mit erhitzten Wangen verließ sie das Rednerpult. Sie konnte
sich kaum an die Hälfte dessen erinnern, was sie frei gesprochen
hatte, es war aus ihr herausgebrochen. Aber sie hatte die Menschen aufgewühlt. Sie pfiffen und johlten begeistert. Hobart
nahm sie in die Arme:

»Fabelhaft, meine Liebe, einfach fabelhaft! Alle großen Hel-
dinnen der Bühne, die du so verehrst, lägen dir zu Füßen, wenn
sie dich gehört hätten. Das war deine beste Vorstellung.«

»Jedes Wort war ehrlich gemeint.«

»Ich weiß«, erwiderte er, während sich die Menge auflöste.
»Ich frage mich, wie Kelly es aufnehmen wird. Er würde als Ire
niemals Großbritannien unterstützen.«

»Vielleicht erfährt er gar nicht, daß ich gesprochen habe. Er
ist mit Bernadette nach Yosemite gefahren.«

»Wenn jemand anders die Rede gehalten hätte, wäre es möglich, daß er es nicht erfährt. Aber du bist Fritzi Crown. Es wäre
klug, dich an das zu halten, was du selbst gesagt hast. Wir müssen uns rüsten. Sei gerüstet für ihn.«

82. DIE BESTÜRZTE NATION

Pauls Schiff, die *Caronia*, überquerte den Atlantik ohne Zwischenfall. Die Anspannung der Passagiere wegen des Schicksals der *Lusitania* war jedoch fast mit Händen zu greifen. Er stieg im Hotel Astor am Times Square ab und rief seinen amerikanischen Verlag Century Company an, um für den nächsten Tag ein Treffen mit dem zuständigen Lektor zu vereinbaren. Während er unterwegs war, sich ein neues Hemd zu kaufen, traf im Hotel ein Anruf seines Agenten ein, der seine Vortragsreihe betreute – eine Einladung zum Abendessen.

Das heißt, es war die Witwe seines Agenten, die ihn einlud. Bill Schwimmer, der tatkräftige Gründer von American Platform Artists – kurz APA – war im Sommer 1914 zusammengebrochen und an einem Hitzschlag gestorben. Marguerite Schwimmer war eine blasse Frau nordischen Typs und deutscher Abstammung. Sie war bestrebt, zäher und härter zu erscheinen als ihre männlichen Konkurrenten. Zur Begrüßung schlug sie Paul kräftig auf den Rücken. Sie trug eine schwarze Hose und eine doppelreihige, kastenförmige schwarze Jacke mit Krawatte. Noch nie hatte er Marguerite in verspielter oder heller Kleidung gesehen.

Sie tranken Bier unter einer Pergola, an der bunte Laternen hingen. »Wie geht es Ihnen, Junge?« erkundigte sich Marguerite. Es amüsierte ihn, schließlich war sie in seinem Alter. Sie fluchte wie ein Kutscher und rauchte eine Zigarette nach der anderen, sehr zum Mißfallen der Oberkellner und anderer Gäste. »Irgendwelche anderen Vorschläge zum Titel des Vortrags?« Diese Frage hatte sie ihm bereits nach England gekabelt. »Der Tourneemanager in Minneapolis hat gestern ein Telegramm geschickt. Er hält *Kriegsgreuel* für einen fürchterlichen Titel, der die Leute abschreckt. Sind Sie sicher, daß Sie ihn nicht ändern wollen?«

Paul zündete seinen Zigarrenstumpen noch einmal an. »Ja, bin ich.«

»Nun, dann machen Sie sich mal auf einiges gefaßt. Je weiter

Sie nach Westen kommen, Junge, desto beliebter sind die Deutschen.«

»Dann müßte ich ein richtiger Renner sein. Ich bin ja deutscher Abstammung.«

»Ich auch, aber ich hänge es nicht an die große Glocke. Ich hätte mich längst in Marguerite Smith umgetauft, wenn ich nicht so verdammt viel Briefpapier und Visitenkarten vorgedruckt hätte.«

»Sehen Sie, Marguerite, Wahrheit bleibt Wahrheit. Der Kaiser und seine Leute sind besessene Militaristen, die diesen Krieg wie Metzger führen. Ich verstehe nicht, warum die Deutschen ihnen so ergeben sind, aber sie sind es. Deshalb: Das ganze Volk muß zur Rechenschaft gezogen werden.«

»Dutch, ich warne Sie, diese Art Gefühlsduselei ist hier nicht besonders beliebt, geschweige denn populär. Lassen Sie sich nicht durch die Presse im Osten blenden. Es gibt noch immer eine große Kluft in diesem Land. Teufel noch mal, manche Leute behaupten sogar, unser Außenministerium sei an der Sache mit der *Lusitania* schuld, weil es nicht davor gewarnt hat, mit Cunard und White Star zu reisen!«

»Und deshalb soll ich meinen Vortrag ändern?«

»Ich habe eine schöne Vortragsreise für Sie gebucht, Dutch. Erstklassige Häuser. Wenn Sie auf die Barrikaden gehen und Ihr Publikum vergraulen wollen, ist das Ihre Sache.« Sie lächelte säuerlich. »Natürlich hänge ich mit drin. Ich würde meine Agentur gern in den schwarzen Zahlen halten.«

Paul steckte eine Hand in die Tasche seines ungebügelten Jacketts und berührte die Münze, die ihm Michael in London gegeben hatte. Eigentlich sollte er Marguerite Deutschlands grausige Würdigung des Schicksals der *Lusitania* zeigen. Andererseits würde sich dadurch ihre Diskussion lediglich in die Länge ziehen. Die Münze erinnerte mit chauvinistischen Parolen und schauerlichen Abbildungen, einem grimmigen Sensenmann und einem sinkenden Schiff, an diesen »Sieg«.

»Reden wir lieber über was Angenehmeres«, schlug Marguerite vor. Sie fuhr sich mit der Zunge über ihre rot bemalten Lippen. »Hätten Sie gern Gesellschaft in Ihrem Hotel? Natürlich lade ich Sie zu diesem Essen ein, aber das ist kaum eine angemessene Begrüßung für einen müden Reisenden.«

Paul errötete wie ein Schuljunge. »Marguerite, Sie schmeicheln mir, aber ich bin immer noch verheiratet.«

»Großer Gott, Sie ändern sich nie! Ich hasse Männer mit Prinzipien. Sind so verdammt überlegen.« Ein vorbeieilender Ober, der das hörte, erblaßte und hätte beinahe sein Tablett fallen lassen.

Mit einem engen, zwei Zoll breiten Arrow-Kragen mit spitzen Enden, engen, abnehmbaren Manschetten und einem ebenso enganliegenden Anzug stand Paul in dem kleinen weißen Kreis des Karbonlichtbogens. Sein Pult stand am Bühnenrand, rechts von der Leinwand. Marguerite hatte für ihn einen Vortragssaal in der berühmten Musikakademie in der Vierzehnten Straße gemietet.

Er konnte nur wenige helle, ovale Gesichter in den ersten Reihen und den Logen ausmachen. Er redete in die Dunkelheit hinein, während graue Bilder von Schützengräben über die Leinwand flackerten.

»Vor den Schlußszenen muß ich Sie warnen. Ich habe sie voriges Jahr in Belgien gefilmt. Um zu verhindern, daß mich die Deutschen entdeckten, mußte ich mich mit meiner Kamera auf einem Heuboden verstecken.«

Das Feld kam ins Bild; dann das halbe Dutzend Gefangene und das Exekutionskommando.

»Wenn die Bilder zu aufwühlend sind, sehen Sie bitte weg. So ist die Wirklichkeit. Das ist das Gesicht des Feindes, der die Demokratie überall im Westen bedroht.«

Als sich das erste Bajonett in ein Opfer bohrte, hörte Paul entsetztes Keuchen. Jemand auf der Galerie rief »Nein!«. Ein Mann in der dritten Reihe zog seine Frau auf den Seitengang, sie verließen den Saal. Andere Zuschauer standen auf und suchten ihre Sachen zusammen.

Und das im englandfreundlichen New York.

Die Szene war zu Ende. Die Projektionslampen erloschen. Paul stand allein im Lichtkreis. Entmutigt durch die Reaktionen, setzte er zu seiner Schlußbemerkung an, einer Ermahnung an das Publikum, sich die Frage einer amerikanischen Intervention gründlich zu überlegen. Er ließ keinen Zweifel daran, daß er sie für notwendig hielt, doch er stolperte mehrmals über die

Stichworte auf seinen Notizzetteln, und seine Rede endete kraft-
los. Spärlicher Applaus begleitete das Fallen des Vorhangs.

In den Kulissen schüttelte der Inspizient Paul halbherzig die
Hand und verschwand. Paul ging müde in seine kleine Garderobe, wo Marguerite auf ihn hätte warten sollen. Keine Spur von
ihr; der Portier hatte sie ebenfalls nicht gesehen. Nach zwanzig
Minuten trottete Paul über die Vierzehnte Straße zu Lüchow's.
Die Geräuschkulisse und die gehobene Stimmung im Restaurant schlugen ihm erst recht aufs Gemüt. Er ließ sein Essen stehen und kehrte im Nieselregen, der die Gehwege in glänzende
Spiegel mit leuchtenden Farbflecken verwandelte, ins Astor
zurück. Das überwältigende Gefühl, versagt zu haben, lastete
tonnenschwer auf ihm.

Am nächsten Tag erschienen nur wenige Kritiken seiner Prä-
sentation. Der Kommentar der *Sun* entsprach dem allgemeinen
Tenor: »Selten haben eineinhalb Stunden soviel Schauerliches
und soviel Elend, um nicht zu sagen aufs äußerste abstoßende
Bilder geboten. Szenen der deutschen Armee bei ihren täglichen
Pflichten, so authentisch und anschaulich sie auch sein mögen,
unterscheiden sich in nichts von denen anderer Armeen und tragen wenig zum besseren Verständnis des europäischen Konflikts
bei. Der übermächtige Eindruck, den die Vorführung hinterläßt,
ist von abscheulicher Häßlichkeit. Die Schlußszenen, die den
Mord an sechs Belgiern zeigen, können in einer Tageszeitung,
die in den Haushalten gelesen wird, nicht beschrieben werden.
Der Berichterstatter Crown, fraglos ein talentierter, mutiger und
in seinen Absichten aufrichtiger junger Mann, hat sein amerikanisches Publikum falsch eingeschätzt. *Kriegsgreuel* mag die Realität der Auseinandersetzungen wiedergeben, ist jedoch keine
Volksunterhaltung und sollte in einem Land, das nicht zu den
Kriegsmächten gehört, keinesfalls gezeigt werden.«

Am Samstag verlangten vierzig Leute am Kartenschalter ihr
Geld zurück.

Paul begann seine Reise nach Westen auf einer südlichen Route.
Zwischen Vorträgen in Baltimore und Richmond sprach er im
Weißen Haus mit einer Kopie der Hinrichtungsszenen vor. Er
bat um ein Gespräch mit dem Präsidenten und hoffte, sein Emp-
fehlungsschreiben als erfolgreicher Autor würde ihm Zutritt ver-

schaffen. Ein Beamter wies ihn jedoch ab; der Präsident habe in nächster Zeit keinen freien Termin.

Charleston, Atlanta, New Orleans, die staubigen Städte von Texas – die Verwalter der Säle begrüßten ihn ohne große Begeisterung. Jeden Abend verließen mehrere Zuhörer vorzeitig den Saal. Andere murrten laut oder buhten. Deutschamerikanische Gesellschaften sandten Demonstranten, die störten und seinen Vortrag mit provozierenden Fragen unterbrachen. In San Antonio warf jemand einen Sack mit verfaultem Gemüse von der Galerie. Er verfehlte sein Ziel und traf zwei Zuhörer im Parkett, die mit einer Strafanzeige drohten. In Houston stahl jemand alle Projektorlampen, so daß die Vorführung um eineinhalb Stunden verschoben werden mußte; da saßen dann noch ganze zweiundzwanzig Zuhörer im Saal.

Städte entlang seiner nördlichen Rückroute – einschließlich Minneapolis und Des Moines – schickten Telegramme mit Absagen, die Marguerite kommentarlos an ihn weiterleitete. Paul wurde reizbar und trank mehr Bier, als ihm guttat. Er kam zu dem Schluß, daß das Problem nicht darin lag, daß seine Zuhörerschaft die Deutschen für ein Volk von Heiligen hielt, sondern eher in seiner sturen Befolgung dessen, was Wexford Rooney ihm vor Jahren in Chicago beigebracht hatte: Wex hatte immer gepredigt, Bilder müßten schonungslos die Wahrheit zeigen. Michael hatte recht, in zwiespältigen Zeiten wie diesen gab es so etwas wie zu viel Wahrheit. Er hörte Straßenmusikanten den neuesten Hit spielen – *I didn't Raise My Boy To Be A Soldier, Ich habe meinen Jungen nicht aufgezogen, damit er Soldat wird.*

Als Pauls Zug in Los Angeles einrollte, holte ihn ein stämmiger, O-beiniger Engländer ab, der eine verwegene, kastanienbraune Perücke trug, obschon er ziemlich bejahrt war. Paul hatte schon von Fritzis Freund Hobart Manchester gehört; er hatte mit seiner Cousine von Arizona aus ein völlig verrauschtes Ferngespräch geführt.

»Fritzi bedauert zutiefst, daß sie nicht persönlich kommen konnte, mein lieber Junge«, erklärte Hobart, während sie mit den Filmbüchsen zum Gepäckwagen gingen. »Die Dreharbeiten zu ihrem Zirkusfilm lassen ihr kaum Zeit zum Verschnaufen – die Kehrseite des Erfolgs.«

Paul bat einen Gepäckträger, die Filmbüchsen direkt an
Clune's Auditorium schicken zu lassen. Hobart räusperte sich
unbehaglich. »Wenn ich einen Vorschlag machen darf: Warum
lassen Sie die Filme nicht in Ihr Hotel schicken?« Ehe Paul protestieren konnte, fuhr er fort: »Ich bedaure, Ihnen die
schlechte Nachricht überbringen zu müssen. Ihr Vortrag wurde
abgesagt.«

Es war Paul, als habe ihm jemand einen Schlag in die Magengrube versetzt. »Ich möchte mit dem verdammten Direktor des
Ladens sprechen.«

»Wir können natürlich vorbeischauen, wenn Sie es wünschen«, bot Hobart an. »Ich habe mein Automobil ganz in der
Nähe geparkt.«

Zerknittert und müde wie er war, spürte Paul plötzlich grenzenlose Wut in sich aufsteigen. Unter der Markise vor Clune's
nahm er seine Mütze ab und kratzte sich am Kopf. Sein Haar war
inzwischen fast völlig ergraut. Ein Plakatkleber rührte gerade in
seinem Eimer.

NUR EINEN ABEND!
KRIEGSGREUEL
Bebilderter Vortrag von
PAUL CROWN
Kameramann für aktuelle Nachrichten &
Autor von *Zeuge der Geschichte*

Wie die lange Bürste des Mannes die Buchstaben mit Kleister
überstrich, war fast schon beleidigend. Im Direktionsbüro des
Filmtheaters traf Paul auf eine nervöse Sekretärin und eine sorgfältig verschlossene Tür.

»Mr. Semmel ist nicht da, er ist außer Haus.«

Paul hätte am liebsten einen Stuhl genommen und damit die
Tür eingeschlagen. Statt dessen schnippte er sich Asche vom
Spenzer und knurrte die junge Frau an: »Verstehe. Bestellen Sie
ihm einen Gruß.«

Sie reichte ihm ein gelbes, zusammengefaltetes Blatt. »Das ist
für Sie gekommen.«

Wieder ein Telegramm von Marguerite. Darin stand, daß Chicago und Milwaukee aufgrund schlechter Kartenvorverkäufe

und Beschwerden von Filmtheatern, in denen er aufgetreten war, die Vorträge abgesagt hätten. Sie teilte ihm außerdem mit, daß sie eine Klausel des ursprünglichen Vertrages, den er mit APA geschlossen hatte, in Anspruch nehmen wolle; und die besage, jede Seite könne den Vertrag jederzeit kündigen. Ihr Büro vertrete seine Interessen ab sofort nicht mehr. Sie erwarte zwar ihre Kommission für Auftritte, die er noch absolvieren werde, doch er müsse ab jetzt ohne ihre Hilfe auskommen.

Er stürmte die Treppe hinunter. *Kommt davon, wenn man das eindeutige Angebot einer willigen Frau ausschlägt.* Dieser billige Witz konnte seine Stimmung jedoch keinen Deut heben.

Fritzi eilte sofort von Liberty nach Hause, nachdem sie den ganzen Tag an *Zirkus-Nell* gearbeitet hatte. (»Bis heute habe ich noch nie mit einem hundertzehn Pfund schweren Schimpansen in einem Clownskostüm gespielt, und ich habe nicht vor, mir diese Erfahrung ein zweites Mal anzutun, besten Dank.«)

»Was machst du nach deiner Vortragsreise?« fragte sie Paul nach dem Abendessen in ihrem kleinen Haus, das Paul auf Anhieb sehr gut gefallen hatte. Paul, seine Cousine und Hobart saßen auf der kleinen Terrasse, wo es jetzt angenehm kühl war, nachdem sich die Sonne hinter die Hügel zurückgezogen hatte. Hobart schenkte einen ausgezeichneten roten Sonoma County nach. Es war halb neun, ein wunderschöner Sommerabend.

Nach kurzem Nachdenken erwiderte er: »Ich glaube, ich werde nach Hause fahren zu Julie und den Kindern und mich dann wieder der Kriegsberichterstattung widmen. Und dann muß ich versuchen, jemanden zu finden, der meine Filme kauft. Ich habe ja nichts anderes gelernt.«

»Es tut mir leid, daß du so ein ablehnendes Publikum hattest«, sagte Fritzi.

»Sie begreifen es einfach nicht. Wenn ich, verdammt noch mal, nur wüßte, warum!«

Hobart zog an seiner Zigarette und sah einer Vogelschar nach, die über den bernsteinfarbenen Himmel zog. »Der Krieg ist für die meisten Amerikaner immer noch keine Realität. Die Empörung über die *Lusitania* scheint abzuflauen. Der Krieg macht Amerika reicher. Ihre Landsleute wollen profitieren, eine schmerzhafte Beteiligung jedoch vermeiden.«

Nach Einbruch der Dunkelheit baute Paul Fritzis Projektor in dem kleinen, gemütlichen Wohnzimmer mit den freigelegten Holzbalken und bunten Navaho-Teppichen auf und zeigte seinen Film. Als die sechs belgischen Männer und Frauen auf dem Acker starben, weinte Fritzi; Hobart fluchte.

Paul schaltete das Gerät aus und die elektrische Beleuchtung wieder ein. Fritzi rieb sich die geröteten Augen, schniefte und steckte das Taschentuch ein.

»Es gibt einen Menschen, der diese Bilder unbedingt sehen muß, Pauli – Papa.«

»Chicago ist abgesagt. Ich mache dort nicht Station.«

»Bitte überleg es dir noch mal. Mir zuliebe.«

»Du willst, daß ich den Projektor aufstelle und ihn zwinge, sich einen Film anzusehen, der sein geliebtes Vaterland verunglimpft? Du hast mir doch erzählt, wie er zu diesem Krieg steht.«

»Ja, aber du könntest ihn vielleicht dazu bringen, daß er seine Meinung ändert. Du kannst ja sagen, daß du es eigentlich nicht wolltest, ich dich aber überredet hätte. Ich nehme die Verantwortung auf mich. Er kann mich nicht mehr verachten, als er es ohnehin tut.«

Paul schwieg. Er hatte es sich in einem tiefen Ledersessel bequem gemacht und die Beine ausgestreckt. Offene Schnürsenkel, die Weste verkehrt zugeknöpft. Die Krawatte war gelockert, sein Haar zerzaust. Etwas in ihm wehrte sich dagegen, die Wut des Generals auf Fritzi zu lenken. Hobart betrachtete die beiden mit müde herunterhängenden Lidern.

»Bittest du mich darum, weil ich den Film gedreht habe und gerade verfügbar bin?«

»Aber nein, ganz und gar nicht. Papa respektiert mich nicht mehr, dich aber schon. Und du gehörst zur Familie.« Sie faltete die Hände im Schoß. »Also ist es deine Pflicht. Papa hat den falschen Weg eingeschlagen, das schreibt Mama in jedem Brief. Du mußt es tun, Pauli – es sei denn, du hättest kein Gewissen mehr oder kein Gefühl für Moral. Aber ich weiß, daß das nicht so ist.«

Er machte eine verzweifelte Geste zu Hobart.

»Was sagen Sie dazu? Sie wirft ihre Köder geschickt aus, nicht wahr?«

»Dafür gibt es in unserem Beruf geniale Lehrmeister«, murmelte Hobart.

»Pauli, mach dich nicht lustig. Es ist eine ernste Sache«, mahnte Fritzi.

»Bei Gott, das weiß ich. Schenk mir noch ein bißchen Wein ein, solange ich nachdenke. Es könnte damit enden, daß der General uns beide bis an sein Lebensende verachtet.«

83. KELLY ERTEILT ANORDNUNGEN

Fritzi zog den Kopf aus Rogers Rachen. Eine unbeschreibliche Erlösung; Roger hatte Mundgeruch, wahrscheinlich von den vielen Steaks, Koteletts und Rinderrippen, mit denen er gefüttert wurde, damit er nicht in Versuchung kam, die Schauspieler zu beißen. Im Gegensatz zu Buster, dem hundertzehn Pfund schweren Schimpansen, neigte Roger aber nicht dazu, Fritzi aus Neugier auf den menschlichen Körper die Kleider vom Leib zu reißen.

Roger war ein herrliches, wenn auch schon älteres Exemplar des Königs der Tiere. Er wog sechshundert Pfund und war vier Fuß groß; damit war sein Kopf auf gleicher Höhe mit Fritzis Brust. Allerdings hatte Roger eine Diät dringend nötig. Sein Bauch hing deutlich nach unten.

Roger mochte Blickkontakt. Er blinzelte Fritzi aus seinen gelbbraunen Augen an, rieb sich an ihrer Brust und riß die gewaltigen Kiefer zu einem Gähnen auf. Danach legte er sich in der Regel zu einem Nickerchen nieder.

Eddie kam in den Käfig gerannt, der auf der Außenbühne aufgebaut war. Die Hälfte der Gitterstäbe war aus Gummi. Fritzi legte die Peitsche zur Bändigung des Löwen zur Seite und wischte sich mit dem Saum ihres gestreiften Umhangs den Schweiß von Gesicht und Hals. »Herr im Himmel, in dem Kostüm wird einem ganz schön heiß.« Zu dem Umhang trug sie Hosen, riesige Schuhe, eine schreckliche Perücke und passende Schminke: gigantische Lippen, einen roten Ball auf der Nasenspitze, eine Träne unter dem linken Auge.

»Kann ich mir vorstellen«, äußerte Eddie mitfühlend. »Die Aufnahme sah prima aus, aber könnten wir vielleicht noch eine machen, nur zur Sicherheit?«

»Ach, Eddie!« Als professionelle Schauspielerin beklagte sie sich jedoch nicht weiter. »Ob Roger noch einmal mitmacht?«

»Sein Besitzer behauptet, das Betäubungsmittel wirkt noch eine Stunde.«

»Sein Wort in Gottes Ohr.«

Roger zuckte mit dem gelbbraunen Schwanz und stieß ein unfreundliches Brummen aus. Fritzi folgte Eddie aus dem Käfig und verließ den Drehort. Hinter der Kamera, die so angebracht war, daß man zwischen den Gitterstäben hindurch filmen konnte, schwatzte Jock mit dem Besitzer von Roger. Weiter hinten stand Al Kelly und beobachtete die Szene mit seinem üblichen Stirnrunzeln des Mißfallens.

Fritzi ließ sich in einen Stuhl unter einem Sonnenschirm fallen und nahm dankend ein Glas Limonade entgegen. Jock Ferguson trug nur ein Unterhemd, er erkundigte sich bei Rogers Besitzer: »Wie kriegen Sie ihn eigentlich dazu, sein Maul so weit aufzureißen?«

»Löwen sind klug. Sie lassen sich gut dressieren. Roger weiß, daß er nach Hause zu seiner Frau darf, sobald wir fertig sind. Afrikanische Löwen treiben sich nicht herum. Sie nehmen sich eine Partnerin fürs ganze Leben. Aber wenn ich Ihnen noch mehr erzähle, schieben Sie bald an meiner Stelle die fünfunddreißig Mäuse pro Tag ein.« Jock lachte.

Roger richtete sich auf. Er gab ein liebeskrankes Gurgeln von sich und begann auf und ab zu gehen. Ein Filmassistent befestigte rasch eine Kette an der Käfigtür – was nicht viel nützen würde, sollte Roger die Gummistäbe entdecken. Rogers Besitzer griff durch das Gitter und fuhr dem Tier durch die Mähne, wobei er leise auf ihn einredete. Roger schüttelte den Kopf, entblößte seine wenigen verbliebenen Zähne, ließ sich auf den Boden plumpsen und legte sich auf die Seite. Fritzi fand, daß er verstimmt aussah. Stundenlang in der heißen Sonne zu drehen, das war für keinen Schauspieler besonders angenehm, weder für zwei- noch für vierbeinige.

Der Schatten eines Mannes näherte sich. Al Kelly trat unter den Schirm.

»Würde Sie gern in meinem Büro sprechen, Fritzi.«

Eddie mischte sich ein. »Boß, wir müssen die Szene in den Kasten kriegen, bevor Roger ungemütlich wird.«

»Die letzte Aufnahme schien mir in Ordnung. Ich möchte nicht, daß wir das Geld zum Fenster rauswerfen.«

Mit einer Kopfbewegung forderte Kelly Fritzi auf mitzukommen. Das Gehen in Schuhen, die von der Ferse bis zur Spitze

gute sechzig Zentimeter maßen, war nicht einfach. In Eddies un-
glaubwürdigem Drehbuch sprang die wilde Nell für den weiblichen Zirkusclown ein, weil die mit dem Luftakrobaten durch-
gebrannt war. Nell zähmte einen Löwen, der von einem Fiesling
mißhandelt worden war, verhinderte eine Feuersbrunst, bewahrte den Zirkus vor dem Bankrott und rettete wieder einmal,
trotz typischer Mißgeschicke mit Eimern, Schläuchen, Trampo-
linen und Zeltseilen, alles und jeden, während sie selbst wie immer leer ausging. Nells heimliche Liebe galt dem starken August, der jedoch die Kassendame bevorzugte, zufällig die Tochter
des Zirkusbesitzers. In der letzten Szene wurde Nell langsam
ausgeblendet, während sie den Arm um Roger legte.

In seinem Büro fiel Kelly mit der Tür ins Haus. »Fritzi, wir bezahlen Sie, damit Sie für das Studio arbeiten. Wie mir zu Ohren
kam, hatten Sie, als ich in Yosemite war, einen Auftritt in der
Stadt.«

»Ich bin beim Bündnis für Verteidigungsbereitschaft mit marschiert, wenn Sie das meinen.«

»Und haben eine große Rede gehalten, die im ganzen Land
übertragen wurde. Ich habe den Artikel in der *Times* gesehen, als
ich zurückkam. Was ich gelesen habe, hat mir gar nicht gefallen.«

Sie tupfte sich mit dem Taschentuch die zerfließende
Schminke vom Gesicht. »Tut mir leid. Anscheinend sind wir
über den Krieg geteilter Meinung. Ich habe nur gesagt, was ich
empfinde.«

»Nehmen Sie sich meinen Rat zu Herzen. Lassen Sie sich
nicht einspannen, das kostet nur unnötige Kraft.« Er lächelte
mit der Aufrichtigkeit eines Heiratsschwindlers, der eine Witwe
umgarnt. Gutmütigkeit war nicht sein Fach.

Sie erwiderte ärgerlich: »Es gibt Wichtigeres, als Filmstar zu
sein und Autogramme zu verteilen.«

»Nicht, wenn es an meinen Geldbeutel geht, meine Gute. Es
heißt, die Filmleute seien der neue Adel, vielleicht der einzige
Adel, den dieses Land je hervorgebracht hat. Und Sie gehören
dazu. Sie brauchen sich nur die Presse anzuschauen, die Sie haben. Die Menschen würden Ihnen zuströmen, auch wenn Sie
pupsen würden.«

»Al, bitte!«

Er fuhr in schärferem Ton fort: »Wenn Sie zu einem Thema, das die ganze Nation beschäftigt, den falschen Standpunkt einnehmen, kann es passieren, daß Ihr Publikum Sie ganz schnell fallenläßt. Und das können Sie sich nicht leisten.«

»Ich lasse es auf einen Versuch ankommen.«

»Na schön, Liberty kann es sich nicht leisten. Ich werde es nicht zulassen.«

Sie hörten sich an wie zankende Kinder, aber wie Kelly sie anfuhr, das war weder kindisch noch lustig. »Halten Sie sich von solchen Demonstrationen fern. Und keine Reden mehr! Das ist eine Anordnung! In dieser Firma bestimme ich, was gemacht wird.«

»Aber nicht bei mir, Al. Nicht außerhalb der Tore.«

»Dann ist das Ihr letzter Film als Nell.«

»Wie bitte?«

»Dieser Rechtsanwalt, den Sie uns auf den Hals gehetzt haben – ein wahres Genie. Er hat nur eine Kleinigkeit übersehen. Sie haben einen Vertrag unterschrieben, der Sie verpflichtet, drei Jahre lang für Liberty zu arbeiten. Sie haben aber kein Mitspracherecht, was die Art der Arbeit anbelangt, das heißt, in welchem Film Sie spielen. Wir müssen Sie bezahlen, aber wir müssen Sie nicht spielen lassen.«

»Haben Sie den Verstand verloren? Die Nell-Komödien bringen ein Vermögen.«

»Sicher, aber das wird sich sehr schnell ändern, wenn Sie weiterhin Ihren Mund zum Thema Krieg aufreißen. Die Hälfte der Menschen in diesem Land will damit nichts zu tun haben. Die Hälfte! Vielleicht auch mehr. Merken Sie sich eins, Fritzi: Liberty hat die Nell-Filme geschaffen, und Liberty besitzt die Rechte an dieser Figur. Wir können jede beliebige Schauspielerin für die Rolle engagieren. Wir können Sie wieder zurück zu Ihren Cowboy-Filmen schicken, wo Sie Prinzessin Lachendes Regenwasser spielen. Verstehen Sie, was ich sage? Wir können Sie schwarz anmalen und als Negermädchen auftreten lassen. Oder als das Hinterteil eines Pferds.«

»Sie bluffen.«

»Gut, wie Sie meinen. Sie werden ja sehen. Nehmen Sie Urlaub, Fritzi. Einen schönen, langen Urlaub. Wenn dieser Nell-Streifen abgedreht ist, können Sie so viele gottverdammte Reden

für England halten, wie Sie nur wollen. Ach übrigens, noch eins.
Sparen Sie sich diesmal die Mühe, zu Hayman zu rennen. Ham
ist in dieser Sache völlig meiner Meinung. Er findet es gar nicht
komisch, was die Schmutzfinken von der Presse über Studiobe-
sitzer schreiben. Daß alle deutsche Juden seien, die den Kaiser
lieben.«

Er schwang sich in seinem Stuhl herum und wandte ihr den
Rücken zu. Fritzi wankte aus dem Büro. Ihre komischen Schuhe
klatschten. Sie fühlte sich wie ein Abstinenzler, der auf leeren
Magen einen Liter Gin gekippt hat.

Ein kühler Wind aus den Bergen ließ die Temperaturen in der
Nacht absinken. Fritzi zündete ein Feuer an und legte eine neue
Scheibe auf das Victrola. Caruso und sein *Vesti la giubba* hallte
im ganzen Haus wider. Das Lied über einen traurigen Clown
schien ihr passend.

Sie lag auf dem Navajo-Teppich vor dem Kamin und wärmte
sich die nackten Füße. Ihr Blick trübte sich beim Klang der Musik, sie dachte an Loy. Die klagende Weise verstummte; die Nadel fuhr kratzend weiter über die Platte. Fritzi zog den Apparat
auf und spielte das Lied noch einmal ab.

Die Irrungen und Wirrungen der Welt verunsicherten und
frustrierten sie wie nie zuvor. Das ganze Leben träumte man von
der großen Liebe, und dann stellte sich heraus, daß man den
falschen Mann erwischt hat. Man schlug einen Weg ein, auf dem
man sich Erfolg erhoffte, aber es war der falsche. In einer Mischung aus Verzweiflung und Zufall nahm man einen anderen,
weniger verlockenden Weg, und siehe da, dort fand man die Erfüllung seiner Träume auf völlig unerwartete Weise – bis jemand
alles Erreichte gefährdete, nur weil man tat, was man für richtig
hielt.

Wurden Hoffnungen und Träume immer so durchkreuzt, verzerrt, verändert, wie man es nie für möglich gehalten hätte? War
es das, was die Leute mit dem Rätsel des Lebens meinten? Wenn,
dann hatte sie jedenfalls keine Ahnung, wie dieses Rätsel zu
lösen war; sie spürte nur den Schmerz, den dieses Leben in ihr
auslöste, und er ging tief.

Was hatte das alles zu bedeuten? Wie konnte man es begreifen? Was konnte man anderes tun, als am nächsten Morgen auf-

zustehen und weiterzumachen? Vor dem verglimmenden Feuer schlief sie ein, ohne eine Antwort auf die Fragen gefunden zu haben. Nur das kratzende Geräusch der Nadel des Victrola war zu hören.

Fritzi faßte den Entschluß, Los Angeles für eine Weile zu verlassen. Sie kaufte für Schatzi ein perlenbesetztes Halsband, steckte sie in einen Reisekorb und bestieg einen Zug nach Texas.

Sie nahm die Pecos & Northern Texas-Linie, die von Lubbock nach Farwell Junction an der Grenze zu New Mexico fuhr. Von der Landschaft sah sie nur wenig, denn die Staubwolken, die wie gelbe Giganten über das Land fegten und die Erde der Baumwollfelder aufwirbelten, nahmen ihr die Sicht.

In Muleshoe stiegen nur zwei Passagiere aus, Fritzi und ein Amboßverkäufer mit einem kleinen Muster im Gepäck. Er verschwand hustend in einer gelben Wolke. Fritzi blickte sich um. Ein farbiger Gepäckträger kam ihr entgegen.

»Gibt es hier ein Hotel?«

»Ja, Ma'am. Auf der anderen Seite der Straße.«

»Danke.«

Der Angestellte am Empfang starrte sie ungeniert an, während sie sich im Gästebuch eintrug. Fritzi hatte sich inzwischen daran gewöhnt, daß die Leute sie anstarrten, wie sie die kleine Mary oder Charlie anstarrten, aber es gab noch immer Augenblicke, in denen sie neben sich stand und sich verblüfft fragte, wie das möglich war. Eine Staubwolke trieb an der schmutzigen Scheibe der Eingangshalle vorbei. »Gibt es im Ort ein Polizeirevier?« erkundigte sie sich.

»Nein, Ma'am.«

»Einen Sheriff?«

»Ja, Ma'am, er hat hier ein Büro.« Er beschrieb ihr den Weg. Die Menschen waren immer besonders hilfsbereit, wenn sie Fritzi erkannten; das war einer der wenigen Vorzüge.

Das Gerichtsgebäude aus Sandstein paßte farblich zu den Staubwolken. Es roch nach Spucknäpfen und altem Papier. Das Büro von Sheriff Rob Roy Trigg befand sich im ersten Stock. Der Sheriff war ein großer, alter Bulle von einem Mann mit konservativem Haarschnitt, hochgezwirbeltem Schnurrbart und ordentlicher, städtischer Kleidung. Er war gerade dabei, Fahndungsblätter durchzusehen. Etliche Steckbriefe hingen an seinem schwarzen Brett. Sie überlegte kurz, ob wohl ein Blatt mit Loys Bild und Personenbeschreibung dabei war.

Trigg wäre fast über die eigenen Füße gestolpert, als er hinter seinem Schreibtisch hervoreilte, um ihr den Besucherstuhl anzubieten. »Es ist mir eine Ehre, Ma'am. Meine Frau und ich, wir sind begeisterte Anhänger Ihrer Filme.«

»Danke, Sheriff.« Wie oft hatte sie diesen Satz schon gehört, doch jeder, der ihn äußerte, war überzeugt, der erste zu sein, so daß sie einfach nicht unfreundlich sein konnte.

»Ich bin wegen einem Mann hier, den ich in Los Angeles kennengelernt habe. Ein ehemaliger Einwohner dieser Stadt. Loyal Hardin.«

»O ja, natürlich, ich kenne Loy.« Seine Worte gaben keine Wertung preis. Eine Fliege spazierte über den tintenverkleckssten Löscher des Sheriffs. Er verscheuchte sie.

»Wissen Sie, wo er sich aufhält?«

»Nein, Ma'am, leider nicht. Schon seit Jahren hat ihn keiner mehr gesehen. Er hat einen Texas Ranger, Captain Mercer Page, getötet, wußten Sie das?«

»Mir ist so etwas zu Ohren gekommen. Loy und ich haben in mehreren Filmen zusammengearbeitet. Er kümmerte sich um die Pferde, und manchmal übernahm er kleine Rollen.«

»Was Sie nicht sagen! Wußte ich gar nicht.« Er zog eine aus dem Strunk eines Maiskolbens gefertigte Tabakspfeife aus der Schublade. »Stört es Sie?« Sie schüttelte den Kopf. Er stopfte die Pfeife. »Loys Schwester Clara lebt drüben in Lubbock in einer Klapsmühle.« Triggs Hand schwebte mit einem brennenden Streichholz über der alten Pfeife. Er verbrannte sich fast die Finger, bevor er es ausblies. »Die Sache mit Mercer Page war wirklich eine Schande. Loy Hardin erschoß ihn und verschwand auf Nimmerwiedersehen, bevor die ganze Geschichte herauskam.«

»Was meinen Sie mit ›die ganze Geschichte‹?«

Trigg lehnte sich zurück und umschloß mit beiden Händen den Pfeifenkopf. »Es stellte sich heraus, daß Loy Mercer erschoß, weil er, äh, Loys Schwester belästigt hatte. Nachdem Loy geflüchtet war, meldeten sich noch andere Frauen. Zuerst eine junge Frau in Lariat, im Parmer County. Dann eine aus Castro County, die Witwe eines Pfarrers. Frauen von sechzig Jahren, können Sie sich das vorstellen? Der Himmel weiß, wie viele geschwiegen haben. Der Mann war ein Tier. Nicht würdig, das Abzeichen der Ranger zu tragen. Endete damit, daß die Mordanklage sozusagen fallengelassen wurde. Loy hat das bloß nie erfahren.«

Welch eine Ironie des Schicksals! Als B. B. ihn für eine gute Rolle wollte, befürchtete Loy, in seiner Heimat erkannt und eingesperrt zu werden und damit nicht mehr für Clara sorgen zu können. Armer, geliebter Mann! Hätte er eingewilligt, wäre er heute vielleicht ein Filmstar. Auf jeden Fall war er ein freier Mann, egal, wo er sich aufhielt. Wahrscheinlich würde er es nie erfahren.

84. IN DER HITZE DES GEFECHTS

Mitten in einem glühendheißen Sommer, in dem die Zahl der leidenschaftlichen Kriegsbefürworter ständig wuchs, fand sich Joe Crown mehr und mehr in die Enge getrieben.

Das Klima für Deutschamerikaner wurde zunehmend rauher und feindlicher. Die Karikaturen in den Leitartikeln stellten alle Deutschen als »grausame wilde Tiere« und »verlogene Hunnen« dar. Die Zeitungen brachten Schauergeschichten über Spionageringe, die heimlich von »Halbamerikanern« finanziert wurden. Joe mußte die traurige Wahrheit erleben, daß man als amerikanischer Bürger deutscher Abstammung ein Ausgestoßener war.

Obwohl er Ilsa gegenüber kein Wort erwähnte, peinigte ihn die Sorge um Carl, der im fernen Frankreich in einem windigen Flugzeug sein Leben aufs Spiel setzte. Carl schrieb nie, so daß er und Ilsa nicht wußten, wie es ihm ging, was die Angst noch schlimmer machte.

Körperliche Gebrechen setzten Joe Crown zu. Sein Augenlicht wurde immer schlechter. Ein Sturz auf dem Eis im späten Winter hatte die arthritischen Schmerzen in seiner Hüfte verschlimmert. Er ging gebeugt, konnte die Schultern nicht mehr gestrafft halten, wie er es so viele Jahre lang getan hatte, um seinen Stolz zu demonstrieren, Offizier der Union und später, im Jahr 1898, General der Freiwilligenarmee gewesen zu sein. Seine Haltung war nicht mehr aufrecht und militärisch, er war alt und krumm.

Seit seinem dreiundsiebzigsten Geburtstag am einunddreißigsten März, so kam es ihm vor, schien sich die Lage drastisch zu verschlechtern. Er hatte seinen Geburtstag allein mit Ilsa im Speisesaal des Union League Club gefeiert. Das Getuschel und die vereinzelten bösen Blicke an jenem Abend waren ihm nicht entgangen. Nun, was konnte man auch erwarten, wenn selbst sein Freund Roosevelt »Halbamerikaner« in seinen Reden denunzierte.

An einem Tag mitten in der größten Julihitze war sein Neffe
Paul mit dem transkontinentalen Zug angekommen und wollte
ihm einen seiner Filme zeigen.

»Warum soll ich meine Zeit vergeuden?« sagte der General,
nachdem Ilsa sich zurückgezogen hatte. Er saß mit seinem Neffen bei Bier und Zigarren in seinem stickigen Arbeitszimmer im
ersten Stock des Hauses. Heftige Windböen rüttelten als Vorbo-
ten eines Sturms, der von den weiten Ebenen heranbrauste, an
Türen und Fenstern. Pauls Zug hatte sich schon durch Wolken-
brüche und Hagelschauer gequält.

»Warum soll ich mir die Stimmung verderben und über eine
Stunde lang widerwärtige Dinge ansehen, kannst du mir das verraten?«

»Weil diese Bilder die Wahrheit über das berichten, was vor-
geht.«

Joe Crown war müde und geplagt von Schmerzen aller Art,
geplagt auch von Prohibitionisten, Pseudopatrioten und treulo-
sen Kindern. Am liebsten hätte er seinem Neffen eine grobe Abfuhr erteilt. Statt dessen trank er sein Bier aus. Paul, den er wie
einen eigenen Sohn liebte, sah ihn erwartungsvoll an.

»Warum liegt dir soviel daran?« fragte der General schließlich.

»Weil ich deine Rechtschaffenheit respektiere, Onkel Joe. Ich
weiß, daß du nicht versuchen wirst, die Wahrheit zu verleug-
nen, wenn du sie gesehen hast. Zu dieser Sorte Männer gehörst
du nicht.«

Der General kaute auf seiner Zigarre. »Du sagtest, deine
letzte Station sei Los Angeles gewesen?«

»Ja, ich war dort, als der Rest meiner Vortragsreihe abgebla-
sen wurde.«

»Hat Fritzi etwas damit zu tun, daß du hier bist?«

Paul vermied den Blick seines Onkels nicht. Er blinzelte
nicht einmal. »Sie wollte, daß du den Film siehst, ja. Aber ich
übernehme die Verantwortung. Es war meine Entscheidung, in
Chicago haltzumachen.«

Ein greller Blitz tauchte die Fenster in weißes Licht. Wider-
willig sagte der General: »Na schön! Für dich, nicht für sie.«

Paul sprang auf. »Ich habe einen Leihprojektor mitgebracht.«

Nach den eher nüchternen Szenen von deutschen Soldaten hinter den Linien und den grauenerregenden Einblendungen der Schützengräben erschien das belgische Feld auf der Leinwand. Der Unteroffizier klopfte mit seiner Zigarette auf ein Metalletui. Die Soldaten hoben die Gewehre.

Der Unteroffizier befahl die Anwendung von Bajonetten. Eine kniende Frau sank ohnmächtig zu Boden. Ein Bauer in mittleren Jahren legte den Arm um seine Frau.

Der ungeduldige Unteroffizier winkte mit der Zigarette. Die Soldaten nahmen die Bajonette hoch, stürmten vor und rammten die Stahlklingen in die sechs Opfer. Als diese mit schmerzverzerrten Mienen zusammenbrachen, stießen die Soldaten noch einmal zu und dann noch einmal, viel häufiger als nötig.

Joe Crowns kalte Zigarre fiel zu Boden. Seine Hände umklammerten die Lehnen seines Sessels, als die Leinwand dunkel wurde. Regen klatschte gegen die Fensterscheiben. In seiner Erschütterung fielen ihm nur die abgedroschenen Worte ein: »*Gott im Himmel.*«

Taumelnd stand er auf. Paul trat rasch an seine Seite, um ihn zu stützen. »Ich brauche Luft.«

»Draußen stürmt es, Onkel Joe.«

»Luft. Komm mit oder bleib, wie du willst.«

Wie ein verletztes Tier wankte er zur Tür. Paul folgte ihm durch das dunkle Erdgeschoß. Der Wind ließ die Haustür krachend auffliegen.

Der General ging mit unsicheren Schritten die Stufen vor dem Eingang hinunter und kämpfte gegen den Wind an, der ihnen feine Sandkörnchen ins Gesicht spie. Ein leeres Faß wurde in einer Wolke von Staub rumpelnd über die Michigan Street getrieben. Plötzlich drückte ein Gewicht auf Joes Brust wie von einem eisernen Amboß. Er stützte sich an einer Ulme ab und rang nach Atem.

»Onkel Joe, was hast du?«

»Zieht nur ein bißchen. Hab' ich ab und zu mal. Geht vorbei.«

Diesmal dauerte es fünf Minuten, bis es vorüber war.

»Jetzt ist es wieder gut.« Der Wind blies ihm nun in den Rücken, und sein weißes Haar wehte ihm um den Kopf. Pauls Krawatte knallte im Wind wie eine Peitsche.

»Weiß Tante Ilsa von diesen Schmerzen?«

»Nein.« Joe hob seinem Neffen eine Faust unter die Nase. »Du darfst ihr auf keinen Fall etwas davon sagen. Ich verbiete es dir ausdrücklich!«

Tief erschüttert und ernüchtert von Pauls Film, fand Joe Crown in den nächsten Nächten keine Ruhe. Seine Angestellten mußten plötzliche Wutausbrüche ertragen, was sie aus gelegentlichen Krisenzeiten der Vergangenheit noch als Zeichen inneren Aufruhrs kannten.

Geschäftsleute aus Joes Bekanntenkreis traten mit der Bitte an ihn heran, seinen Namen für eine Anzeige benutzen zu dürfen, die sich für Friedensverhandlungen zwischen Deutschland und den Mittelmächten einsetzte. Die meisten der bis dahin geleisteten Unterschriften stammten von Deutschamerikanern. Man bat ihn außerdem um fünfhundert Dollar als Beteiligung an den Kosten für die zweisprachige Anzeige, die in den englisch- und deutschsprachigen Zeitungen der Stadt erscheinen sollte.

»Ich werde unterschreiben, und ich werde euch das Geld geben«, willigte er ein. »Aber mißversteht meine Beweggründe nicht. Ich hege keine Sympathie für die Männer, die diesen Krieg von Berlin aus führen. Ich möchte, daß der Krieg beendet wird, damit die Ermordung Unschuldiger aufhört.«

»Durch die Alliierten«, sagte einer der Männer.

»Durch beide Seiten«, erwiderte er.

Die Motive des Generals waren aus dem reißerischen Text der polemischen Anzeige natürlich nicht ersichtlich. An einem schwülen Abend steckte jemand auf einem eingezäunten Gelände der Brauerei Lieferwagen in Brand. Joe wurde um drei Uhr in der Nacht aus dem Bett geholt.

Als er um die Mittagsstunde des nächsten Tages in den Union League Club zum Essen fuhr, näherten sich die Temperaturen achtunddreißig Grad Celsius. Der Rücken seines leichten Sommeranzugs war schweißdurchtränkt. Auf den Stufen des Clubs blieb er atemlos stehen, um sich die Stirn abzuwischen.

Während er an besetzten Tischen vorbei zu seinem gewohnten Tisch am Fenster ging, sprach ihn ein Mann namens Reginald Soames an, der mit zwei weiteren Clubmitgliedern zusammensaß. Soames war Brite und gehörte zur britischen Botschaft in Chicago. Er und Joe hatten in vielen Wohltätigkeitskomitees miteinander zu tun gehabt. Joe hielt ihn für einen egozentrischen Wichtigtuer. Soames hatte ein Jahr in Heidelberg studiert und würzte seine Sätze gerne mit deutschen Ausdrücken, allerdings mit fürchterlichem Akzent. Trotzdem verlangte es das Gebot der Höflichkeit, daß der General den Gruß erwiderte.

»Joe«, sagte Soames, als dieser näher trat; er weigerte sich, Joes militärischen Titel zu verwenden. »Ich habe die Anzeige gelesen, die Sie unterzeichnet haben.« Soames' Begleiter starrten den General mit kaum verhohlener Abneigung an. »Ehrlich gesagt, finde ich die darin zum Ausdruck gebrachte Rührseligkeit nicht einmal der Verachtung wert.«

»Sie haben natürlich ein Recht auf Ihre eigene Meinung. Ich bin niemandem eine Erklärung schuldig, weder Ihnen noch sonst jemandem. Guten Tag.«

Er spürte, wie sein Herz zu rasen begann, als er sich abwandte. Das gleißende Licht der Sonne, das durch die Fenster hereinströmte, schien aufzuflammen und ihn zu blenden. Er wankte; einer der Ober wollte ihm zu Hilfe eilen, doch der General winkte ab.

Hinter seinem Rücken sagte Soames absichtlich laut, damit er es hören mußte: »Die Amerikaner sind geistige Brüder von uns Engländern. Die Vorstellung, die ›Hunnen‹ ungeschoren davonkommen zu lassen, wäre – wie soll man das erklären? – nicht einfach unangebrachte Loyalität, sondern noch etwas anderes. Es gibt ein gutes deutsches Wort dafür. *Feigheit.*«

Das war mehr, als ein Mann hinnehmen konnte, der sein Leben zuerst im Bürgerkrieg und dann noch einmal in Kuba riskiert hatte. Mit hochrotem Gesicht fuhr der General herum und machte ein paar rasche Schritte auf Soames zu.

»Ich werde keine Beleidigung von Leuten wie –«

Der Satz wurde nicht beendet. Der General stieß ein seltsames Röcheln aus und griff sich an den Hals. »Fangt ihn auf!« rief jemand, als Joe nach vorn kippte.

Seine Hände wollten nach einem Tisch greifen, erwischten jedoch nur das weiße Tischtuch, das er mit sich nach unten zog. Geschirr und Gläser gingen in Scherben. Volle Schüsseln wurden mitgerissen und zerbrachen. Der Inhalt einer Weinflasche ergoß sich gurgelnd auf den teuren Teppich.

Der General lag halb bewußtlos, in Panik und beschämt über seinen Schwächeanfall, auf dem Boden. Sein Hinterkopf ruhte in einer braunen Soßenpfütze. Joe wollte sich aufrappeln, schaffte es aber nicht. Das letzte, was er sah, waren betroffene Gesichter, die auf ihn herabstarrten.

Im Zimmer mußte eine Temperatur von knapp vierzig Grad herrschen. Und der Geruch! Einreibemittel; verschwitzte Laken. Ilsa hatte elektrisches Licht untersagt und statt dessen eine ihrer sorgsam gehüteten Lampen aus den Tagen des Kerosins neben das Bett gestellt. Sie hatte die teure Lampe, die auf niederer Flamme brannte, vom Dachboden heruntergeholt, vorsichtig ausgewickelt, gereinigt, gefüllt und angezündet. Schirm und Fuß waren aus hellblauem Milchglas und mit Rosen handbemalt. Die Lampe hatte viele Jahre lang das Musikzimmer erhellt. Fritzi erinnerte sich gut daran, wie sehr ihre Mutter sie liebte.

Fritzi kniete sich neben das Bett und nahm die gebrechliche, geäderte Hand ihres Vaters in die ihre. Der General drehte den Kopf auf dem Kissen zu ihr um. Seine Augen wirkten klein und merkwürdig kalt, wie die einer toten Robbe, die Fritzi als Kind gefunden und in den Armen gehalten hatte.

Weiße Stoppeln bedeckten seine Wangen. Er formte die Worte nur mit der rechten Seite seines Mundes, mühsam, undeutlich. Die linke Hälfte seines Gesichts bewegte sich nicht. *»Fritzchen.«*

»Papa. Wie geht es dir?«

»Besser.«

Er sah mit Sicherheit nicht besser aus. »Es tut mit so leid, daß das passiert ist, Papa.«

»Danke.« Er wollte ihr übers Haar streichen, war aber zu schwach, die Hand zu heben. Sein Lächeln war nur ein Zucken der Lippe.

»Du wirst wieder gesund, Papa, es wird vorübergehen.« Draußen auf dem Flur hatten sie und der überraschend ruhige Joey das Urteil des Arztes erfahren. Ihr Vater hatte den Schlaganfall überlebt und würde vielleicht eines Tages wieder gehen können, allerdings nur mit fremder Hilfe.

»Ja, bestimmt.«

»Ich bin, so schnell ich konnte, aus Texas gekommen. Ich möchte dich um Verzeihung bitten, weil du dir meinetwegen so viele Sorgen machen mußtest. Ich mußte nach New York gehen, ich konnte nicht anders, aber ich weiß, wie sehr du darunter gelitten hast. Es tut mir leid. Wenn wir auch oft verschiedener Meinung sind, ich habe nie aufgehört, dich zu lieben.«

Seine kraftlosen Finger bewegten sich kaum spürbar. »Meine liebe Tochter.« Und dann, wie eine Segnung, sagte er noch ein Wort: »Vergeben.«

Ein übler Geruch stieg vom Bett auf. Hilflos suchten Fritzis Augen die kräftige Krankenschwester in dem dunklen Raum. »Er hat sich naß gemacht.«

Die Augen des Generals füllten sich mit Tränen der Scham. Sie berührte seine Hand. »Ruh dich aus, Papa. Ich schaue später wieder nach dir.« Eine Träne glitzerte im Schein der Lampe, die über seine Wange in die weißen Stoppeln rann.

85. BOMBEN

Paul erfuhr vom Schlaganfall des Generals, als er durch die Tür am Cheyne Walk trat. Ilsa hatte die Nachricht gekabelt. Er hoffte, daß er nicht dazu beigetragen hatte, was er aber nie erfahren würde. Wenigstens war sein Onkel noch am Leben.

Seit er zu Hause war, ging es Paul wesentlich besser. Und das, obwohl sein Sohn Shad auf jede Frage oder Bemerkung eine patzige Antwort gab. Shad war inzwischen ein großer, schlaksiger Junge. Er besuchte eine staatliche Schule auf dem Land. Betsy, mit ihren elf Jahren in den Anfängen der Pubertät, war noch immer ein folgsames, liebes Mädchen. Wie lange das allerdings noch dauern würde, konnten beide Eltern nicht vorhersagen.

Lottie war eine Nervensäge wie die meisten Fünfjährigen, aber Teddy, der Dreijährige, war gerade in einer jener Phasen der Folgsamkeit und Anhänglichkeit, die geplagte Mütter besonders lieben.

Die ausgezeichnete Köchin Phillipa verkündete, sie werde die Familie verlassen, um in einer Munitionsfabrik Zündschnüre für Granaten zu schneiden. Sie hatte viele Jahre mit guten Sheffield-Messern geschnitten und gewürfelt, jetzt machte sich ihre Kunst bezahlt. Julia hatte Verständnis dafür. Zusammen mit Hunderten anderer Frauen verbrachte sie etliche Stunden in einem schmutzigen Lagerhaus an einem provisorischen Tisch, um Verpflegungspakete für die Soldaten zu schnüren.

Paul und Sammy drehten auf selbständiger Basis Aufnahmen bei einer Jachtregatta und einem Hindernisrennen. Zusammenschnitte mehrerer Themen zu einer »Wochenschau« waren mittlerweile in den Vereinigten Staaten regelmäßig im Verleih. Paul verkaufte einiges an Wochenschauen von Pathé und Gaumont und übernahm Aufträge für eine neue Schau, die Hearst-Selig News Pictorial. Doch obwohl er immer wieder Aufträge hatte und keine Gefahr bestand, daß er und seine Familie darbten, war er unglücklich. Den Mißerfolg seiner Vortragsreise durch

Amerika trug er wie ein unsichtbares Mal mit sich. Michael Radcliffe hatte Mitleid mit ihm. Mindestens einmal in der Woche gingen sie zusammen aus, um eine Kleinigkeit zu essen, ein Bier zu trinken und anschließend das Kino am Leicester Square zu besuchen. Nicht, um sich zu amüsieren, sondern um die bemerkenswerten Nachrichtenfilme der Regierung anzusehen.

Ein besonders aufwühlender Streifen zeigte mutige englische Soldaten, die sich den Bajonetten der deutschen Infanterie entgegenstellten. Die Deutschen führten sich auf wie Barbaren und stießen gnadenlos auf am Boden liegende Feinde ein, genau wie in Pauls Film aus Belgien. Die überlebenden Engländer zogen sich auf das andere Ufer eines Flusses zurück und verschanzten sich dort. Die Artillerie deckte ihren Rückzug, während sich die Deutschen zu einem zweiten Angriff formierten.

Granaten landeten im Fluß und ließen riesige Fontänen aufspritzen. Granaten explodierten auf der Uferseite, die in Feindeshand lag, und deutsche Soldaten flogen durch die Luft. Engländer mit zusammengebissenen Zähnen feuerten mit rauchenden Maschinengewehren, bis auch der letzte Gegner gefallen war. Dann schwenkten die Engländer ihre Helme und jubelten. *Mutiger Einsatz* lautete der eingeblendete Titel.

»Ich habe ein bißchen nachgeforscht«, sagte Michael. Er saß tief eingesunken in seinem Logenplatz und hielt eine brennende Zigarette zwischen den Fingern. »Erstunken und erlogen, von Anfang bis Ende.«

»Gestellt? Dachte ich mir doch gleich.« Paul hatte am Anfang seiner Laufbahn selbst bei etlichen gestellten Filmen mitgearbeitet.

»Ich kann dich an den Ort in der Nähe von Staines bringen, wo er gedreht wurde. Die sogenannten Deutschen sind einige unserer besten Jungs. Auf den Spitzen der Bajonette sind Schutzkappen. Eine Federvorrichtung am Kolben läßt die Klinge zurückgleiten, wenn sie auf einen Widerstand trifft. Die Minen, die im Wasser explodieren, sind mit Schießpulver gefüllte Blasen, die mit Drähten gezündet werden. Die Explosionen an Land wurden mittels Dosen voller Schießpulver erzeugt. Die fliegenden Menschen sind natürlich Puppen. Alles bühnenreif inszeniert vom Oberkommando. Ein weiterer verdammter Triumph der Redlichkeit, wie?«

Deutschland schickte riesige silberne Luftschiffe über den Kanal, um Bomben abzuwerfen und die Stadt in Angst und Schrecken zu versetzen. Mehrere Male beobachteten Paul und Julie das Spektakel vom Dach ihres Hauses am Cheyne Walk aus. Die feindlichen Luftschiffe schwebten hoheitsvoll in einer Höhe von über siebentausend Fuß, unerreichbar für Bodengeschütze. Der Schaden, den die Bomben anrichteten, war normalerweise gering und über eine weite Fläche verteilt, aber der psychologische Effekt war gewaltig.

An einem schönen Sommertag stand Paul vor den dunkelbraunen Hallen des Reform Clubs, wo Jules Vernes fiktiver Abenteurer Phileas Fogg gewettet hatte, in achtzig Tagen um die Welt zu reisen. Paul hatte eine unerwartete Einladung zum Mittagessen erhalten. Lord Yorke saß an seinem Stammtisch und unterhielt sich mit dem Marineminister, dem rotwangigen Winston Churchill. Paul hatte den selbstgefälligen Politiker in Südafrika während des Burenkriegs kennengelernt. Sie begrüßten sich herzlich. Churchill nannte ihn Dutchie und bot ihm eine gute Havanna an, bevor er davonschwankte.

»Am besten bringen wir den unangenehmen Teil gleich hinter uns«, sagte Lord Yorke. Paul hatte die Einladung mit einer unguten Vorahnung angenommen. Sie schien sich zu bestätigen. »Sie haben den belgischen Film an sich genommen und gezeigt – mein Eigentum, wenn ich Sie erinnern darf, Paul. Damit haben Sie mein Vertrauen mißbraucht. Ich hätte Sie anzeigen können.«

»Warum haben Sie es nicht getan?«

»Weil Sie zwei Qualitäten besitzen, die ich schätze. Talent, das ist etwas, was sich gut verkaufen läßt, und Aufrichtigkeit, das ist etwas, was oft nachteilige Auswirkungen auf den Geldfluß hat. Verteufelt wenig Gutes hat Ihnen der Film drüben in den Staaten eingebracht. Menschen, die reihenweise den Saal verließen, geplatzte Vorträge – nicht gerade ein durchschlagender Erfolg, mein Junge. Hat Ihrer Karriere geschadet, würde ich annehmen. Strafe genug.«

»Hören Sie, Sir, wenn Sie mich eingeladen haben, um Vergangenes aufzuwärmen, gehe ich besser wieder.«

»Na, setzen Sie sich lieber, und plustern Sie sich nicht so auf.« Seine Lordschaft winkte ab. »Was ich mit Ihnen besprechen möchte, ist eine Umkehrung oder zumindest Modifizierung gewisser offizieller Richtlinien. Whitehall wird in Kürze die Genehmigung erteilen, daß eine begrenzte Anzahl ziviler Journalisten und Kameraleute die Armee begleitet.«

Paul mußte über die Unverfrorenheit des Mannes fast lachen. »Bieten Sie mir einen Job an?«

»Ich biete Ihnen an zu überlegen, ob Sie zurückkehren wollen, natürlich nach entsprechenden Vereinbarungen.«

»Ich habe fristlos gekündigt.«

»Das habe ich nicht vergessen. Ich bin bereit, Ihr eigensinniges, um nicht zu sagen, berufswidriges Verhalten zu vergessen. Ich möchte Sie und Ihre Kamera an die Front schicken. Auch für diesen Auftrag will ich nur die besten Leute unter Vertrag haben.«

Paul war so aufgeregt, daß er seine Zustimmung fast laut hinausgeschrien hätte. Doch er bezwang sich: »Hört sich an, als stünde ich dabei unter Regierungsaufsicht.«

»Das ist in der Tat der Fall. Mit strikten Vorschriften. Ausrüstungen werden inspiziert, damit keine Linsen mit langen Brennweiten in die vordersten Linien mitgenommen werden. Keine Flugzeugaufnahmen aus weniger als vierzig Meter, lauter solcher Mist. Sie wären allerdings fest angestellt.«

»Kommt ziemlich überraschend. Muß ich mir erst durch den Kopf gehen lassen.«

»Denken Sie bei einem Scotch darüber nach, ich nehme auch einen. Herr Ober!«

In Pauls Kopf schwirrten die Gedanken durcheinander. Er konnte nicht leugnen, daß er darauf brannte, den Krieg aus nächster Nähe zu erleben, erst recht mit offizieller Genehmigung. Dazu wurde ihm allerdings ein Kompromiß abverlangt. Wie würde Michael an seiner Stelle handeln?

Der wortgewandte Michael ließ sich nichts entgehen, was ihm zum Vorteil gereichte; er hätte sofort zugesagt. Nach dem üblichen Feilschen und einer ausgezeichneten Dover-Scholle mit Kartoffeln hatte sich Paul ebenfalls entschieden. Seine Lordschaft war hoch beglückt. Als sie den Club verließen, steckte er eine Geldnote in Pauls Brusttasche.

»Da sind zehn Pfund. Vorschuß auf Ihr Gehalt. Führen Sie Ihre Frau aus. Ein gutes Abendessen, ein Varieté, mit meiner

Empfehlung.« Mit schelmischem Augenrollen gestand er: »Ich wollte Sie von Anfang an zurücklocken. Seien Sie ein guter Junge und rufen Sie den Personalchef so bald wie möglich an. Grüße an die Gattin. Auf Wiedersehen.«

Er war in seiner von einem Chauffeur gesteuerten Rolls-Limousine entschwunden, bevor Paul ihm das Geld zurückgeben konnte.

Der Gedanke, am Abend auszugehen, gefiel Julie. Da sie Barbara, ihr Mädchen, ebenfalls an eine Munitionsfabrik verloren hatten, bat Julie Michaels Frau Cecily, den Abend über bei Betsy, Lottie und Teddy zu bleiben. Sie und Paul nahmen ein Taxi durch die abgedunkelten Straßen zum Hotel Waldorf in Aldwych, einem schönen alten Restaurant im Stil Eduards VII. mit ausgezeichneter Küche. Sie aßen Roastbeef mit Yorkshire Pudding und tranken eine gute Flasche Rotwein dazu, ehe sie um halb acht die wenigen Treppen zum Vaudeville Theater eilten, wo Charlot's Revue gastierte. Paul hatte zwei Karten für das Parkett erstanden, an einem Außengang.

Ungefähr um Viertel vor zehn, mitten in einer komischen Nummer mit einem Tenor und dem beliebten Star Eustacia Van Sant, wurde der Saal von einer gewaltigen Erschütterung heimgesucht. Die geistesgegenwärtige Schauspielerin trat mit einem beruhigenden Lächeln an den Bühnenrand. »Ach, schon wieder Verteidigungsübungen.« Die Zuschauer, die sich von ihren Plätzen erhoben hatten, setzten sich wieder. Paul steckte das Programm in seine Seitentasche und flüsterte in Julies Ohr.

»Das bezweifle ich. Möchtest du hierbleiben, während ich nachschaue?«

»Auf keinen Fall.«

Er wartete eine Minute, damit es nicht den Anschein hatte, als flüchteten sie. Sie gingen durch den von einem Vorhang abgetrennten Gang hinauf zur Eingangshalle. Als sie diese durchquerten, erleuchtete eine weitere Explosion über der Wellington Street die Nacht. Julies Hand fest umklammert, eilte Paul darauf zu.

Suchscheinwerfer warfen ihr gebündeltes Licht durch die Dunkelheit auf einen Punkt am Himmel über der Stadtmitte. Sirenen heulten. »Zeppeline. *Zeppeline.*« Als Paul hinaufblickte, sah er ein langes, stromlinienförmiges Luftschiff, auf dem sich die Strahlen trafen.

Bodengeschütze im entfernten Green Park eröffneten das Feuer. Brandgranaten, die auf das silberne Ungetüm abgefeuert wurden, hinterließen blauweiße Spuren am dunklen Nachthimmel, flogen jedoch nicht weit genug. Zwei Taxis mit abgeblendeten Lichtern, die einander gerade überholten, wurden von einer zweiten, ohrenbetäubenden Bombenexplosion erwischt. Sie explodierten in einem Feuerball.

Schaufensterscheiben zerbarsten. Glassplitter flogen in alle Richtungen. Paul legte die Arme schützend um Julie. Er sah, wie Menschen durch die Luft direkt auf ein Flammenmeer zugeschleudert wurden, das aus einem riesigen Krater loderte. Jemand schrie: »Eine Gasleitung!«

Die Bodengeschütze setzten ihre Sperrfeuer fort, während der Zeppelin über die Charing Cross Station dahinglitt. Irgendwo schlug eine weitere Bombe ein. Aus den Theatern, Cafés und Pubs strömten die Menschen heraus. »O Gott, wie furchtbar«, sagte Julie. »Sollten wir nicht weg von hier?«

»Doch, du hast recht, komm, wir … Warte.« Im Flammenschein sah er eine von einem Schutthaufen halb bedeckte Gestalt. Eine alte Frau mit zerzaustem weißem Haar. Sie winkte schwach mit der Hand.

Ein gebrechlicher Mann gleichen Alters wandte sich hilflos flehend an Paul. »Das ist meine Frau Liddy. Können Sie uns helfen?«

Paul brachte Julie in einem Ladeneingang in Sicherheit und rannte zurück, um den Schutt mit den bloßen Händen wegzuräumen. Der alte Mann wollte ihm helfen, war jedoch kaum in der Lage, die Steinbrocken auch nur hochzuheben. Ächzend hievte Paul einen Stein nach dem anderen auf die Seite. Dabei kam auch eine zerbrochene Gardenienschale zum Vorschein.

Der Blick der alten Dame ruhte hoffnungsvoll auf ihm, als er den letzten Steinbrocken von ihren blutigen Beinen hob. Der Zeppelin ließ auf seinem Weg nach Westen noch eine Bombe fallen. Gäste eines kleinen Hotels, manche in Schlafgewändern, irrten umher, doch ihre aufgeregten Fragen blieben unbeantwortet. Der Verkehr in der Strand Street staute sich in beiden

Richtungen. Als Paul die alte Frau aufhob, spürte er, wie sie erstarrte. Ihr Kopf fiel schlaff zur Seite.

Paul und der alte Mann sahen sich in dem flackernden Licht an. »O nein, Liddy, bitte, lieber Gott, nein«, stammelte der Mann. »Bitte, lieber Gott, nicht Liddy. Heute ist doch unser Hochzeitstag. Neunundvierzig Jahre.«

Die Suchscheinwerfer tasteten den Himmel ab. Kleine Eindecker mit flammenspeienden Auspuffrohren nahmen die aussichtslose Verfolgung des Luftschiffs auf. In der Menschenmenge auf der nördlichen Seite der Strand Street erkannte Paul Julie, die ihm mit dem zusammengerollten Programmheft zuwinkte. Er konnte mit der toten Frau in den Armen nicht zurückwinken.

Polizisten deckten die Tote zu und leiteten den Verkehr durch die engen Durchgangsstraßen nördlich von Aldwych und der Strand Street. Paul und Julie mußten über Haymarket und Piccadilly bis in die Nähe des Ritz gehen, um ein Taxi zu ergattern. Am Cheyne Walk saßen sie eine Stunde mit Cecily zusammen und berichteten ihr von den Grauen des Bombenangriffs, bevor auch sie in einem Taxi nach Hause fuhr.

Paul konnte nicht schlafen. Er hielt Julie in den Armen, während in seinem Kopf immer wieder die gleichen Bilder abliefen: die hellen, feuchten Augen der alten Dame, als er die Steintrümmer von ihrem zerschmetterten Körper räumte. Wie ihr Kopf plötzlich zur Seite rollte und ihre Augen sich trübten. Ihm fiel auch jene Nacht in Santiago auf Kuba ein, es war das Ende eines anderen Kriegs gewesen, in einem anderen Jahrhundert. Michael hatte betrunken die Worte aus der Offenbarung des Johannes gerufen: »»Und es geschahen Blitze und Stimmen und Donner und Erdbeben und ein großer Hagel... und die Völker sind zornig geworden...‹«

Am nächsten Abend lag beim Essen ein Stapel Zeitungen vor Paul auf dem Tisch, darunter die *London Light* und *Daily Mail*. Paul griff nach seiner Teetasse und blickte dabei unverwandt in die wunderschönen dunklen Augen seiner Frau. Die Finger der anderen Hand trommelten auf das Titelblatt der *Light*.

»Zeppeline. Giftgas. U-Boote. Großer Gott, Julie, in was für eine Welt entlassen wir unsere Kinder?«

»Auf jeden Fall in eine andere als die alte«, seufzte sie. »Laß uns hoffen, daß wir alle überleben.«

»Millionen werden sterben. Was Michael den ›großen Fleischwolf‹ nennt, ist in Frankreich bereits in vollem Gang.«

»Aber du wirst zurückgehen.«

»Ich muß zurückgehen. Sammy ist auch bereit. Es ist unser Beruf, Julie.«

»Natürlich«, erwiderte sie und griff mit Tränen in den Augen nach seiner Hand.

86. OPFER

Im Spätsommer schoß Carl sein zweites deutsches Flugzeug ab. Der Abschuß war weder einfacher noch weniger schrecklich als der erste, aber er war anders; weniger gefühlsbeladen. Wegen des ersten erfolgreichen Luftkampfes durfte er ein schwarzes Malteserkreuz auf die Verkleidung der Nieuport malen. Während er mit dem Pinsel die Farbe auftrug, mußte er unwillkürlich denken, daß auch sein Herz ein Mal trug. Nur daß dieses für immer darauf lasten würde.

Die Nachricht von René Le Mayes Tod war ein schwerer Schlag für ihn gewesen. René hatte es einmal zu oft mit einem Drachen, dem Beobachtungsballon, den sie im Spaß *Mädchentraum* nannten, aufgenommen. Lange Reihen dieser Drachen waren entlang der deutschen Front aufgereiht, jeder von ihnen von einem Stahlseil gehalten, an dem eine Telephonleitung zum Boden führte. René hatte sich wie üblich einem Ballon genähert, um mit einer Salve die tausend Kubikmeter Wasserstoff in der Hülle über dem Beobachtungskorb in Brand zu setzen. Aus irgendeinem Grund hatten seine Geschütze Ladehemmung, weshalb er versuchte, den Ballon mit seiner Flügelspitze aufzuschlitzen. Ein Kamerad aus seiner Schwadron bestätigte, daß ihm dies auch gelungen war, aber ein verirrter Funke aus dem Motor löste genau in diesem Moment eine Explosion aus, die René, sein Flugzeug sowie den Späher und dessen Helfer in dem schaukelnden Korb mit in den Tod riß.

Carl war tief erschüttert, als er davon erfuhr. Sein Gemütszustand verfinsterte sich mehr und mehr. Die Prahlerei der Kampfflieger war nichts als trügerischer Schein, wie er bald herausgefunden hatte. Major Depardieu hatte es in ehrliche Worte gefaßt. »Nerven und Geist der Flieger stehen unter unvorstellbarer Anspannung. Das kann jemand höchstens vier Monate aushalten, ehe er zerbricht. Vorausgesetzt natürlich, er bleibt so lange am Leben.«

An einem herrlichen Oktobernachmittag stießen etwa sechs

Meilen innerhalb des von den Deutschen besetzten Gebiets vier
Flugzeuge von Carls Geschwader auf sechs rote Dreidecker.
Im Handumdrehen schwärmten die Deutschen über und unter
ihnen.

Eine der roten Fokker heftete sich an Carls Fersen; egal, wohin er auswich und wie er manövrierte, der Deutsche war immer
da. Vielleicht kannte der Pilot Carl; für Flieger gab es Möglichkeiten, den Feind zu identifizieren. Carl kannte den Deutschen
nicht und wollte ihn auch nicht kennen.

Nach einem Luftkampf, der fast zehn Minuten dauerte, ohne
daß ein Sieger auszumachen war, mußte Carl einen Treffer hinnehmen, der seinen Motor beschädigte. Er spähte zur Seite, um
seine Position auszumachen. Die Flakabwehrgeschütze des
Feindes – sie nannten sie Archie –, waren gedreht worden, um
auf französische Flugzeuge zu feuern. Durch die aufsteigenden
schwarzen Wolken signalisierte Carl einem seiner Gefährten,
daß sein Motor beschädigt sei, zog eine Kurve und drehte nach
Westen ab.

Die Fokker war direkt hinter ihm, feuerte aber nicht. Carls
beschädigte Benzinleitung verlor Treibstoff. Vor ihm tauchten
die Ballons auf, die für die deutsche Artillerie nach nahenden
Feinden Ausschau hielten. Normalerweise waren sie drei Meilen
hinter der Grenze zum Niemandsland festgemacht, woran er erkennen konnte, wie weit er noch fliegen mußte, bis er in Sicherheit war. Er drehte *Bébé*, um zwischen zwei Drachen hindurch-
zugleiten; der Gehilfe im Ballonkorb zu seiner Linken feuerte
aus seinem Gewehr drei Salven, ohne ihn zu treffen.

Kurz darauf war Carls ganzer Treibstoff verbraucht. Der Motor stotterte, dann setzte er ganz aus. Carl verlor an Höhe. Das
Knattern der deutschen Flakabwehr wurde immer leiser. Er
nahm den Helm ab und blickte zurück. Der Deutsche in der
Fokker war noch da. Carl rechnete fest damit, abgeschossen zu
werden, vielleicht erst, wenn er schon fast außer Gefahr war.
Schließlich war es die Aufgabe von Kriegsfliegern, feindliche
Flugzeuge abzuschießen. Dennoch gab es einen auf beiden Seiten geltenden Ehrenkodex. War man in ritterlicher Stimmung
und hatte die Maschine des Feindes außer Gefecht gesetzt, bestand keine Notwendigkeit, den Flugzeugführer zu töten. Offenbar war der Deutsche in dieser Stimmung. Er flog rechts an Carl

vorbei und grüßte ihn mit zufriedenem Lächeln und einem fröhlichen Winken mit einem Lederhandschuh. Helm und Brille verbargen alles außer dem Lächeln.

Dann drehte er ab und war weg. Carl hielt *Bébé* in der Luft, bis er die deutschen Schützengräben sah und hinter ihnen, in der Ferne, die französischen Ballons, Caquots, in einer ähnlichen Linie vertäut, wie sie die Deutschen hatten. In fünfhundert Fuß Höhe glitt er über die Gräben, begleitet von sinnlosem Beschuß vom Boden aus, der ihm nichts anhaben konnte. Er nahm Kurs auf ein Gebiet zwischen Minenkratern im Niemandsland, so nah wie möglich an den vordersten Schützengräben der Franzosen. Behutsam zog er das Flugzeug immer weiter nach unten …

Der Boden war rauher, als es von oben ausgesehen hatte. Etwas verfing sich im Fahrgestell, so daß das Flugzeug nach vorne kippte und Carl aus dem Sitz geschleudert wurde. Er landete mit voller Wucht auf der linken Seite. Wie ein roter Blitz durchzuckte ihn der Schmerz, ehe er ohnmächtig wurde.

Rasende Schmerzen in seinem linken Arm ließen ihn wieder zu sich kommen. Die Deutschen nahmen ihn aus ihren Schützengräben unter Beschuß. Er robbte in die andere Richtung durch den ekelerregenden Gestank von Schmutz und Exkrementen, der wie eine Glocke über der gesamten Westfront lag. Seine linke Hand war ohne Gefühl; sein Arm hing wie ein abgeknickter Ast herab. Er kroch durch Stacheldrahtschlingen, indem er sich mit dem rechten Arm vorwärtszog und mit den Knien nachschob. Der Stacheldraht verletzte ihn am Nacken. Wieder wurde Tess' Schal mit seinem Blut getränkt.

Halb bewußtlos stürzte er in einen Graben und nannte einem französischen Poilu mit letzter Kraft seinen Namen, ehe er wieder in erlösende Dunkelheit versank.

»Schauen Sie«, forderte man ihn auf und reichten ihm einen Handspiegel an sein Krankenbett.

Sein Haar war vollkommen weiß.

»Ihr linker Arm ist gelähmt«, hieß es. »Wenn nur die Nerven verletzt sind, werden Sie ihn eines Tages vielleicht wieder bewegen können. Vielleicht auch nicht. Auf jeden Fall können Sie nicht mehr fliegen. Wir schicken Sie nach Hause.«

Carl war zu müde und niedergeschlagen, um Erleichterung zu verspüren.

»Das ist für Sie. Kam in einem Behälter, den ein feindlicher Pilot abgeworfen hat«, wurde ihm erklärt.

Carl übersetzte den Brief ohne Probleme:

»Reinhard Grotzmann, der Pilot, den Sie vor ein paar Wochen abgeschossen haben, war ein Freund und Kamerad. Er kam wie ich von der Infanterie. Als ich von seinem Tod hörte, war ich entschlossen, den Täter zu finden und Gleiches mit Gleichem zu vergelten.

Mitten in unserer Verfolgungsjagd änderte ich jedoch meine Meinung aus einem einfachen Grund: Wenige Piloten haben mich bisher so herausgefordert wie Sie, Sir. Ich würde mich freuen, wenn wir uns ein zweites Mal begegneten, aber nicht als Feinde. Vielleicht besuchen Sie eines Tages mein Vaterland unter günstigeren Umständen, dann würde ich einem Mann wie Ihnen gern die Hand schütteln. Das Hauptquartier weiß immer, wo ich mich aufhalte, da meine berufliche Laufbahn der Armee verschrieben ist.

Mit guten Wünschen für Ihre Gesundheit verbleibe ich
Ihr ergebenster
Hauptmann Hermann Göring«

Carl schleuderte den Brief zu Boden und drehte das Gesicht zur Wand.

Der deutsche Offizier tat, als seien sie Schauspieler in einem historischen Stück, bei dem es um Tapferkeit und Ritterlichkeit ging – so einen Krieg gab es jedoch schon lange nicht mehr. Zu Carls Schwadron gehörten kompromißlose Piloten, die überzeugend dafür eintraten, die Luftwaffe nicht auf strategische Missionen auf dem Schlachtfeld zu beschränken, sondern sie auch gegen Fabriken, Eisenbahnanlagen, Städte – und Zivilisten – einzusetzen, um die Industrie an ihrer Basis zu zerstören, die Bevölkerung zu demoralisieren und damit die Kapitulation zu beschleunigen. Hauptmann Göring würde diese Taktik nicht begreifen, während jene Männer, welche die Zeppeline nach London schickten, sie bereits in die Tat umgesetzt hatten.

Dieser Deutsche mußte einer von der altmodischen, gutgläubigen Sorte sein, schloß Carl, als er, den Kopf auf der gesunden

Hand ruhend, im Bett lag und ins Leere starrte, während andere Verwundete in der übelriechenden Krankenstation phantasierten und stöhnten. Hauptmann Göring war von einem Ideal beseelt, das Carl in dem Blut und den Leiden eines Krieges, der nur noch ein Abschlachten war, dahinwelken und sterben sah.

»Eine telegraphische Botschaft«, sagten sie und zeigten ihm ein zusammengefaltetes, schmutziges Stück Papier. »Um einiges verspätet.«

Carl las die ersten Zeilen. »O Gott!« Dann las er weiter. Der General hatte den Schlaganfall überlebt.

Carl glättete das Papier, legte es auf den groben Stoff seines Krankenhaushemdes und bedeckte es mit den Händen. Er starrte an die Decke. Jemand schrie vor Schmerz. Er schloß die Augen und fühlte sich nutzlos und einsam.

In Paris, wo Carl auf dem Weg an die Küste haltmachte, besuchte er ein Kino, um sich seine Schwester anzusehen. Inzwischen ging es ihm besser, auch wenn er seinen linken Arm noch nicht bewegen konnte und nur von Zeit zu Zeit ein schwaches Kribbeln spürte. Er trug ihn in einer schwarzen Schlinge.

Wegen des Krieges waren fast alle französischen Filmstudios geschlossen. Die Filmtheater waren auf amerikanische Produktionen angewiesen, und ganz oben auf der Beliebtheitsskala standen die Streifen mit der wilden Nell. Die Franzosen nannten sie die tolpatschige Nell. *Nell Gauche au Cirque* zeigte die üblichen Mißgeschicke des liebenswerten Wildfangs, der bis zum Schluß nichts richtig machen konnte. Zuerst warf Nell eine Zeltstange um, dann das ganze Zelt. Die Zirkuskasse fiel ihr in einen Brunnen, dann verbrannte sie das nasse Geld, als sie es im Backofen trocknen wollte. Doch als sich der Löwe befreit hatte, war sie die Retterin in der Not, auch wenn ihr Fuß dabei in einem Eimer feststeckte. Mit einem Lächeln und schmeichelnden Worten zähmte sie die Bestie, die sich hinlegte, auf die Seite rollte und ihr die Wange leckte.

Carl betrachtete Fritzis Filme stets mit einem seltsamen Gefühl. Auf der Leinwand war sie so gänzlich anders als die ältere Schwester, mit der er zusammengelebt, die er geneckt und angebetet hatte. Sie hatte immer eine große ernsthafte Theaterschauspielerin werden wollen, doch sie war durch Komödien

berühmt geworden. Daß Fritzi ihren Ruhm verdiente, bestätigten die Lachsalven und das Kichern der kriegsmüden Franzosen
rund um Carl. Silbrige Schatten flackerten auf seinem lächelnden Gesicht.

Als er das Filmtheater verließ, regnete es noch immer. Zwei
Stunden lang saß er in einer Hotelbar und dachte an Tess.

87. IN DEN SCHÜTZENGRÄBEN

»Muß der verrückteste, verfluchte Krieg der Geschichte sein«,
meinte Sammy Minuten vor der Bombardierung. »Die Kerle stehen nur in der Gegend rum, glotzen sich an und schießen aufeinander.« Sammy und Paul hatten eine Woche lang unter
strengster Beobachtung alliierte Truppen gefilmt, ehe sie auf
einem Umweg über das besetzte Brüssel an die Front gereist
waren. Filme von den Engländern gingen an Lord Yorke; die
Aufnahmen von den Deutschen waren für Pauls eigenes Archiv
bestimmt.

Die französischen Haubitzen feuerten ihre ersten Salven um
vier Uhr. Paul hatte schon vor einiger Zeit aufgehört zu filmen,
das nachmittägliche Winterlicht war zu dunkel geworden. Er
stand mit Sammy in einem Schützengraben der vordersten Linie
und spähte über eine Holzverschalung, die aus Kistenbrettern
gezimmert war. Der zuständige Offizier des Abschnitts, Major
Nagel, brüllte in ein Feldtelephon, während er sich das andere
Ohr mit einem Finger zuhielt.

Paul schlug den Kragen seines Überziehers hoch und kaute
auf seiner kalten Zigarre. Im Niemandsland schleuderten Minen
Erdfontänen empor, die Erdbrocken regneten auf sie nieder. Die
Sperrfeuer der Artillerie, die von den Beobachtungsballons gesteuert wurden, rissen Löcher in den Stacheldraht, der kilome-
terweit in jede Richtung verlegt war, und erfüllten damit ihre
Aufgabe – den Sturm der Infanterie zu ermöglichen.

Im Niemandsland ragten einige minengeschädigte Bäume
wie verbrannte Finger in den Himmel, Überbleibsel einer einst
idyllischen Landschaft, die nun von wassergefüllten Kratern,
Lehm und endlosen Rollen Draht entstellt war. Vor den Augen
Pauls und Sammys wurde ein Baumstamm getroffen, der sofort
in Flammen aufging und einen glühenden Funkenregen in alle
Richtungen sprühte.

Major Nagel trat zu ihnen. »In ungefähr einer Stunde müßten sie über die Hügel kommen. Immer das gleiche, schon den

ganzen Monat. Die französischen Bastarde nennen es ›uns zu Tode knabbern‹.« Nagel, ein übergewichtiger Bayer, war irritiert über diese merkwürdige Art der Kriegführung und empört über die Lage, in die seine Männer dadurch gebracht wurden.

Sammy und Paul traten rasch zur Seite, als zwei Maschinengewehrschützen aus den Sappen, den schmäleren Gräben, die zu vorgelagerten Geschützstellungen führten, unter Feuerschutz in den Schützengraben gerannt kamen. Die Männer hatten ihre Waffen, einen Dreifuß für die Lafetten und Munitionsgürtel bei sich. Weitere Schützen folgten ihnen. Nagel rief »Schnell, schnell« und scheuchte sie in dunkle Öffnungen in der Wand des Grabens. Genauso schnell, wie sie gekommen waren, waren die Schützen wieder verschwunden. »Was wir zu verteidigen versuchen, ist die Ausrüstung, nicht die Soldaten«, erklärte Nagel bitter.

Major Nagels Stellung lag im Abschnitt zwischen Châlonssur-Marne und Epernay im Departement Marne. Der Major und seine Männer standen Einheiten von Feldmarschall Fochs Neunter Armee gegenüber, ungefähr hundertvierzig Kilometer nordöstlich von Paris. Auf dem Weg zur Front hatten Paul und Sammy deutsche Soldaten gefilmt, die Wäsche wuschen, fröhlich ihre Mahlzeiten einnahmen, marschierten und sangen sowie riesige Skoda-Haubitzen und *Große Bertas* von Krupp warteten. Jede Szene war von hohen Offizieren sorgfältig arrangiert worden, um die Welt mit der Kampfmoral und der Ausrüstung der Deutschen zu beeindrucken. Bei näherem Hinsehen bemerkte Paul jedoch ganz anderes. Alle Truppen, selbst der frischeste Nachschub, wirkten schwach und verängstigt. Die prächtigen Uniformen des vergangenen Sommers waren verschwunden, ersetzt durch Tarnfarben und moderne Stahlhelme.

Die deutschen Stellungen sollten die eroberten Gebiete den Winter über verteidigen. Jeder Graben war sechs Fuß tief; drei Bereitschaftsgräben verliefen parallel hinter dem vordersten Schützengraben. Im Zickzack angeordnete Gräben verbanden sie im rechten Winkel miteinander. Alles war ordentlich und genau abgesehen von dem Dreck, dem Geruch ungewaschener Kleidung und dem Gestank der Fäkalien, die aus den Latrinengräben quollen und von unzähligen Stiefeln in die Erde getrampelt wurden. Paul hatte sich fast übergeben, als er zum ersten

Mal die Luft in den Stellungen einatmete. Nagel erklärte unwirsch, die ganze Westfront rieche nicht besser.

Auch nach Einbruch der Dunkelheit ging die Bombardierung weiter. Nagel bestand darauf, daß Paul und Sammy in einen der Bunker gingen. Dort kauerten sie neben einer provisorischen Kohlenpfanne, einer mit Löchern versehenen Ölbüchse. Sie gab Wärme ab und viel Rauch, an dem man in dem kleinen Raum beinahe erstickte; aber man roch dadurch weniger von den Ausdünstungen feuchter Uniformen, ungewaschener Soldaten und deren Exkremente.

Der Boden über ihnen bebte, als französische Minen einschlugen. Erde bröckelte auf Pauls Haar. Mißtrauisch musterte er die Holzstützen des Unterstands. Sammy wirkte nervös. »Verdammt gemütliches Plätzchen, was?«

Unter Pauls Kleidung ging Ungeziefer auf Erkundungsreise. Es bahnte sich einen Weg unter den schmutzverkrusteten Mantel, den Spenzer, zwei Hemden und die Unterwäsche und juckte barbarisch. »Als ständigen Wohnsitz würde ich es mir nicht gerade wünschen.«

Am Eingang des Bunkers rief jemand: »Sie kommen!« Paul hörte das Gewehrfeuer, als die Artillerie verstummte. Major Nagel hatte Scharfschützen in die Sappen geschickt, um den französischen Soldaten, die über das Niemandsland heranstürmten, mit Flankenfeuer zu begegnen. Paul zerkaute seine Zigarre, als Soldaten draußen anfingen zu schreien und zu jammern.

Maschinengewehre ratterten. Rote und gelbe Blitze leuchteten über dem Schutzbunker auf – Leuchtbomben, die abgeschossen wurden, um Licht auf die Angreifer zu werfen. Die Attacke dauerte vierzig Minuten. Doch die Deutschen hielten die Stellung; die Linien blieben ungebrochen. Schließlich verhallten auch die letzten Schüsse. Ruhe kehrte ein. Jemand rief, die Luft sei rein. Paul und Sammy kletterten aus dem Unterstand. Als Paul ins Freie trat, sah er einen jungen Obergefreiten, der über den Rand des Grabens hing. Der Kiefer war ihm weggeschossen worden; die Augäpfel standen hervor wie gekochte Eier. Paul würgte.

Die Poilus waren in ihre Gräben zurückgekehrt. Unter dem kalten Sternenhimmel krochen Nagels Männer nach vorn, um Leichen aus den Sappen zu ziehen und sie ein paar Meter vor

dem Schützengraben aufzuhäufen. Paul zählte leise mit. Fünfzehn. Sammy zog an seiner Zigarette, während sie zusahen.

»Wie viele haben in diesem Krieg schon dran glauben müssen?« fragte Sammy.

»Weiß der Himmel. Eine Million Deutsche, eine Million Franzosen, vielleicht genauso viele Engländer. Ist es ein Wunder,
wenn die Roten den Krieg eine Verschwörung von Königen und
Kapitalisten gegen die Armen und Machtlosen nennen?«

Sammy blickte sich rasch um und erwiderte leise: »Aber wir
wissen, welche Seite im Recht ist, stimmt's, Chef?«

»Ja, wir schon.«

Halb erfroren schlief Paul in dieser Nacht im Bunker. Bei
Morgengrauen lud er die Kamera, kletterte aus dem Graben und
suchte den besten Platz, um den Leichenberg zu filmen. Er erinnerte sich, so ein Gemetzel schon einmal aufgenommen zu haben, und zwar nach dem Sturmangriff von Oberst Roosevelt auf
San Juan Hill im Jahr 1898.

Allmählich drang die Scheibe einer blaßgelben Sonne durch
den dünnen Morgennebel. Alle Geräusche waren gedämpft, aber
Paul hörte, wie sich Männer im Niemandsland bewegten. Er
stellte gerade die Kamera auf, als Major Nagel aus dem Schützengraben auf ihn zustürmte.

»Das können Sie nicht machen, das ist verwerflich!«

»Herr Major, ich habe die Erlaubnis. Ich habe Papiere, die unterzeichnet sind von ...«

»Das ist mir egal, und wenn sie von General Moltke unterschrieben sind. Es ist mir egal, ob die Heilige Jungfrau persönlich vom Himmel herabgestiegen ist, um sie zu unterschreiben,
es ist verwerflich!« schrie der aufgebrachte Offizier. »Ich habe
gestern gute Männer verloren. Ich habe meinen zweiten Offizier
verloren, Hauptmann Franz, einen vielversprechenden jungen
Mann. Alles, was von ihm übriggeblieben ist, sind kleine Fetzen.
Es gehört sich nicht, das zu filmen, haben Sie mich verstanden?«

Plötzlich aschgrau, schlug er die Hände vors Gesicht und
schluchzte. Er schwankte wie ein Schößling im Sturm. Als ihn
ein Feldwebel wegführte, erklärte ein Oberleutnant:

»Sie müssen wissen, dem Herrn Major geht sein Beruf über
alles, die Armee ist sein Leben. Zu Hause hat er vier Kinder, Mädchen. Er hatte Franz wie einen Sohn angenommen und sich um

ihn gekümmert. Dieser schmutzige Krieg zermürbt uns alle. Ich muß Sie bitten, wieder in Deckung zu gehen. Das Gebiet wird von Scharfschützen beobachtet, und der Nebel lichtet sich bereits.«

»In Ordnung«, murrte Paul. Aufgrund der winterlichen Kälte und ihrer unbequemen Unterbringung hatten seine Rückenschmerzen wieder eingesetzt. Sammy trottete herbei und bot an, die Kamera zu tragen. Paul willigte gern ein.

»Halten Sie sich bitte gebückt«, sagte der Oberleutnant und ging voraus.

Paul kam seiner Aufforderung nach und beugte sich trotz zusätzlicher Schmerzen nach vorn. Sammy hatte den Oberleutnant offenbar nicht gehört. Eine Zigarette im Mundwinkel, machte er flapsige Bemerkungen, er würde sich jetzt gern dahin zurückziehen, wo man ein Bad und eine warme Mahlzeit kriegen könnte.

»Und Frauen. Wie kann ein Kerl überleben, ohne ab und zu ein bißchen ...?« Ein Schuß peitschte vorbei, dann noch zwei. Paul sah, wie die Kamera aus Sammys Hand flog. Sammy stürzte wie ein gefällter Baum direkt aufs Gesicht. Sein Hinterkopf war ein Krater, gefüllt mit weißlicher Masse und Blut.

Paul fiel auf die Knie, faßte Sammy an den Schultern und schüttelte ihn. »Sammy, Sammy!« Der leere Blick und der offenstehende Mund seines Freundes erschütterten ihn, wie ihn nur wenige Dinge in seinem Leben erschüttert hatten.

»Ich muß Sie bitten, ihn hierzulassen, bis es dunkel ist«, sagte der Oberleutnant und ging neben Paul in die Hocke. »Ich befehle es.«

»Fahren Sie zur Hölle«, antwortete Paul, wobei ihm Tränen über seine schmutzigen Wangen rannen. »Zur Hölle mit Ihnen! Ich werde ihn zurückbringen, wann es mir paßt.«

Der Oberleutnant zog sich zurück. Paul drückte Sammy an seinen Mantel, ungeachtet des Bluts und des üblen Geruchs, den der Tote plötzlich verströmte, und weinte. Sammys Tod verkörperte den Alptraum, der Europas goldene Sommer des Friedens und des Vertrauens vernebelte und sie in Winter der Verzweiflung und der Vernichtung verwandelte.

Unter der bleichen Sonne, in der die Drahtschlingen langsam wieder erkennbar wurden, schleifte Paul Sammys Leiche zum

Graben. Eine Stunde später begrub er die sterblichen Überreste in feindlichem Boden.

Er begutachtete seine Kamera. Die Beschädigung war irreparabel. Dasselbe galt für ihn. Er hielt die Kamera wie ein totes Kind in den Armen und sann darüber nach, wie lange das Gemetzel wohl noch andauern würde – wie viele Millionen Menschen mit ihren Träumen und Hoffnungen noch krepieren würden.

88. DER JUNGE

Sie standen wieder in dem hübsch eingerichteten Salon wie vor seiner Abreise nach Frankreich. Sonnenstrahlen drängten von der Woodward Avenue herein. Von den schmelzenden Eiszapfen an den Dachrinnen lösten sich in regelmäßigen Abständen Tropfen. Carl sah erschöpft und abgemagert aus, er brauchte dringend eine Rasur. Sein lebloser linker Arm lag noch immer in der schwarzen Schlinge.

Mit der anderen Hand löste er den roten Schal mit den ausgefransten Enden und verblichenen Flicken, den dunklen Flecken und ungelenken Stichen. Ernst und mit fast feierlicher Geste legte er Tess den Schal um den Hals, ließ ihn über ihre Schultern hinabgleiten und straffte ihn.

»Alle Drachen und Sarazenen sind tot, Tess. Ich bin für immer nach Hause zurückgekommen. Zu dir, wenn du mich haben willst.«

Tess berührte den Schal und mußte ihre Freudentränen zurückhalten. Sie duftete nach lieblichem Fliederwasser und Backhefe.

»Noch nie habe ich mir etwas mehr gewünscht. Aber was wirst du tun? Für deinen Vater arbeiten? Ich ziehe auch nach Chicago, wenn du das möchtest.«

Er schüttelte den Kopf. »Die Prohibition ist nicht mehr aufzuhalten. Papa erholt sich zwar langsam, aber die Brauerei existiert in ein bis zwei Jahren vielleicht nicht mehr.« Er dachte einen Augenblick nach. »Ich würde lieber Automobile bauen, als Bier brauen. Automobile und Flugzeuge.«

»Die Firma Clymer gibt es nicht mehr.«

»Ich weiß.«

»Aber andere Fabriken in Detroit florieren. Ich kenne die richtigen Leute. Doch zuerst ...« Sie zog ihn zu einem Sofa und setzte sich dicht neben ihn. Er genoß ihre Nähe und ihre Wärme.

Den Blick auf ein sonniges Fenster gerichtet, fuhr sie fort:

»Erinnerst du dich daran, als du das erste Mal weggingst, sagte ich, daß ich niemals zulassen würde, daß aus dem Liebesakt ein Gefühl der Verpflichtung wird – oder ein Band, das dich festhält? Darum gibt es etwas, was ich für mich behalten habe, weil ich der Meinung war, es wäre Erpressung, es dir zu sagen. Ich wollte nicht, daß du bei mir bleibst und dein Leben lang unglücklich bist.«

Er nahm ihre Hände in die seinen. »Was hat du mir nicht gesagt, Tess?«

»Hast du es denn nicht geahnt? Es ist der Junge. Ich habe Wayne geheiratet, damit er einen Namen hat, doch sein Name ist in Wirklichkeit nicht Sykes, sondern Carl Henry Crown. Ich habe den Namen nach Waynes Tod ändern lassen. Ich habe ihm erklärt, aus welchem Grund.«

»Er ist mein Sohn?« sagte Carl. »O mein Gott. All die Jahre wußte ich nicht …?«

Sie küßte ihn rasch und leidenschaftlich. »Wenn jemand schuld hat, dann ich.«

»Weiß er von mir?«

»Ja, ich habe es ihm erklärt. Er ist klein, aber sehr vernünftig. Ich glaube nicht, daß er verletzt ist, eher neugierig. Vor allem, was dich betrifft. Er hat mich vieles gefragt und gab auch zu, nie eine tiefe Bindung zu Wayne empfunden zu haben, was er bis zu diesem Augenblick immer bedauert hatte. Ich habe Hal gerufen, als man mir sagte, du seist hier. Er wartet in der Bibliothek.«

Sie nahm seine Hand und zog ihn zum Flur. »Er ist ein guter Junge, du wirst ihn mögen.«

Sie gingen über den Marmorboden zu einer offenstehenden Tür. In der Bibliothek schaute der Junge den nahenden Schritten erwartungsvoll entgegen. Die zusammengepreßten Spitzen von Zeigefinger und Daumen verrieten seine Nervosität. Carl bemerkte sofort die Ähnlichkeit. Er hatte sie früher schon an den Augen gesehen. Seine eigenen Augen füllten sich mit Tränen.

»Hal, hier ist dein Vater«, sagte Tess mit einem Lächeln voller Liebe. Sie trat einen Schritt zur Seite, um Carl vorbeizulassen. Ein warmes Gefühl des Glücks und der Zufriedenheit durchströmte ihn, und ihm war klar, daß er in diesem Augenblick eine neue Welt betrat, in der seine unerfüllten Träume und Hoffnungen eines Tages doch noch Wirklichkeit werden konnten.

89. DAS UNVOLLENDETE LIED

»Ja, Mr. Folger, ich habe es notiert. Kundgebungen im Freien in Eureka, Santa Rosa, Napa und Oakland. Dann die Parade und das Vortragsprogramm in San Francisco. Nein, danach kann ich nichts mehr tun. Ich habe mein Haus vermietet und beschlossen, nach New York zurückzukehren. Ich habe genug vom Film, und das Studio setzt mich ohnehin nicht ein. Nein, Mr. Folger, ich scherze nicht. Ich will Ihnen die Umstände nicht näher erklären, Sie würden sich zu Tode langweilen. In Ordnung, vielen Dank. Auf Wiederhören.«

Fritzi hängte die Sprechmuschel des Wandtelephons ein. Umrahmt von einem sonnigen Rechteck blieb sie eine Weile stehen. Im Flur erinnerte sie ein Stapel leerer brauner Schachteln ständig daran, daß sie packen mußte. Hinten in der Küche schlürfte Schatzi Wasser aus ihrem Napf.

Das Haus war still, fast wie tot. Um zwei Uhr nachmittags stand die Dezembersonne bereits tief, das Licht war stumpf und wärmte nicht. Fritzi strich sich eine Haarsträhne aus der Stirn und entfernte sich mit kraftlosen Schritten von der Wand. In vier Tagen sollte sie in den Osten reisen. Sie hatte vor, ihren Eltern noch einen Besuch abzustatten, ehe sie nach New York weiterfuhr, wo sie, matt und mitgenommen, aber keineswegs übersättigt, wieder im Theater anfangen würde. Hm, ob Harry Poland nicht einen Song darüber schreiben könnte? Vermutlich schon, aber wer würde den schon kaufen?

Schatzi kam aus der Küche und folgte ihr. In der Mitte des Flurs, vor einem Spiegel, fiel Fritzi etwas ins Auge. Sie beugte sich so weit vor, daß ihre Nase fast das Glas berührte, und zog eine Haarsträhne hinter ihrem linken Ohr hervor. Grau. Großer Gott – die ersten Zeichen des Alters. Was kam als nächstes?

Sie schlenderte ins Vorderzimmer und ärgerte sich über das Durcheinander – Nippes aus Keramik, Theaterzettel, Hefte mit Zeitungskritiken ihrer Filme lagen herum und warteten darauf, eingewickelt und verpackt zu werden. Sie bahnte sich mit dem

Fuß einen Weg durch leere Kartons und kurbelte das Victrola-Grammophon an. Fünfmal spielte sie *A Girl in Central Park* ab, dann legte sie Carusos *Vesti la giubba* auf. Es gefiel ihr fast ebensosehr wie Harrys Lied, obwohl der von Seelenpein gequälte Tenor sie jedesmal aufs neue ergriff. Sie wußte, warum *il Pagliàcciao* weinte.

Die Tatsache, daß sie Filmschauspielerin war, würde ihr am Broadway einige Türen öffnen, aber sie befürchtete, daß es die Rollen, die man ihr anbot, einschränkte – verrückte Tanten und närrische Mädchen in Schwänken, niemals Ophelia oder Medea. Sie war auf einen bestimmten Typ festgelegt. Was für Rollen würde man ihr erst anbieten, wenn sie die Vierzig überschritten, die kleinen Fettpolster ihrer Taille sich zu Schwimmringen aufgebläht und die grauen Locken sich wie Löwenzahn vermehrt hatten? Falls man ihr dann überhaupt noch Rollen anbot!

Leoncavallos Arie klang durch das Haus. Zum Teufel mit der Packerei! Sie ließ sich in den Sessel fallen, lehnte sich zurück und überließ sich ihrer Mutlosigkeit. Die laute Musik übertönte die Geräusche eines ankommenden Taxis. Sie sah es durch das Fenster, über den Victrola-Trichter hinweg. Ein Mann in einem schlechtsitzenden Anzug stieg aus, lief um das Auto herum auf den Gehsteig und öffnete die Tür, um dem zweiten Fahrgast, einem gebrechlichen, weißhaarigen Mann, behilflich zu sein.

B. B. Pelzer.

Er klammerte sich an den Arm des Mannes, in dem Fritzi den Pfleger von Haven Hill wiedererkannte. B. B. kam mit kurzen, vorsichtigen Schritten den gepflasterten Weg herauf. Er blinzelte wie ein Nestling, der zum ersten Mal die Welt erblickt. Fritzi lief zur Tür.

»B. B. Wie ich mich freue, Sie zu sehen! Wie geht es Ihnen?«

»Schlecht zu sagen. Meine Beine fühlen sich an wie Streichhölzer. Wenn Sie mich noch lange hier stehen lassen, sind sie bald geknickt.« B. B.s elegant gestreifter Anzug hing wie ein Sack an ihm. Sein Kugelbauch war drastisch geschrumpft wie alles andere Fett an ihm.

Fritzi führte ihn zu einem Sessel im Wohnzimmer. »Ich warte im Auto«, versprach der Pfleger im Hinausgehen.

B. B.s Blick wanderte über die Nippesfiguren, Hefte, Kartons und aufgerollten Teppiche. »Eddie war bei mir. Er hat mir alles erzählt. Er sagte, niemand außer mir könne Sie aufhalten. Sie werden das doch nicht wirklich tun, oder?«

»Doch. Kelly zwingt mich, meinen Vertrag einzuhalten, aber er läßt mich in keinem Film mehr mitspielen. Ihm passen meine Reden nicht.«

»Das sagte Eddie auch.« Auf einmal sprühte B. B. vor Energie. »Dieser irische Bastard wird verschwinden, dafür werde ich sorgen! Schließlich halte ich immer noch die Mehrheit. Ich fahre von hier aus direkt ins Studio und kümmere mich darum. Aber jetzt wollen wir über Sie sprechen. Sie gehören zum Film. Und zwar exklusiv zu Liberty. Sie wollen doch nicht wieder am Broadway arbeiten! Denken Sie nur an die zugigen Theater, die Garderoben mit kaltem Wasser, das Ungeziefer – pfui Teufel! Eddie hat genau den richtigen Film für Sie, hat er mir erzählt. Sagen Sie mal, haben Sie was zu trinken? Heißen Tee vielleicht? *English Breakfast* mag ich sehr gern.«

Dr. Gerstmeyer hatte gesagt, B. B. könne sein geistiges Gefängnis verlassen, wenn er wolle, aber er müsse es wollen. Es rührte sie, daß ausgerechnet ihre bevorstehende Abreise das Werkzeug war, mit dem Eddie seine selbstgewählte Isolation durchbrochen hatte.

»Ich fürchte, ich habe nur *Earl Grey*.«

»Ist in Ordnung, ist auch eine britische Sorte.«

Sie setzte den Wasserkessel auf und stellte ein Tablett bereit, während Schatzi B. B.s Manschetten beschnupperte. Mit ängstlichem Blick strich er ihr über den Kopf. »Braver Hund.« Schatzi knurrte und schlich davon.

Fritzi trug das Tablett in das dämmrige Wohnzimmer und reichte B. B. eine Tasse.

»Ah, das tut gut!« B. B. leckte sich die Lippen. »Was ich Ihnen jetzt vorschlage, war eigentlich Izzy Sparks' Idee; er leitet unseren Verleih in Nashville. Sie erinnern sich doch sicher an ihn.«

»O ja. Jedes Mal, wenn er uns besuchte, wurde er von zwei Revuetänzerinnen begleitet.«

»Typisch Mr. Iz. Betrügt seine wunderbare Frau nach Strich und Faden, was seinen geistigen Kapazitäten aber nicht zu schaden scheint. Er brachte Eddie auf einen genialen Einfall. Iz war begeistert von Ihnen in den Indianer-Filmen. Konnte Sie nicht vergessen. Und das ist dabei herausgekommen, zwei in einem.

Eddie schreibt gerade das Buch, er ist ganz wild darauf.« B. B.
hielt den Atem an. Man hörte bereits die Fanfaren.

»Wildwest-Nell. Wirbelt den Wilden Westen durcheinander!
Ich weiß, daß Sie Schlimmes durchgemacht haben, Fritzi, nachdem dieser Cowboy einfach auf und davon ist. Eddie hat es mir
erzählt. Aber Arbeit ist eine gute Medizin. Sie wollen arbeiten,
und wir haben Arbeit für Sie.«

In Fritzis Augen standen Tränen. »Oh, B. B., ich weiß nicht,
ob ich es überhaupt kann.«

»Natürlich können Sie. Sie sind ein starkes Mädchen. Himmel noch mal, Sie sind ein Profi! Was soll's, ob man Schnupfen
oder Bauchweh hat? Man spielt trotzdem. Das ist Schauspielerei. Ihre Antwort?«

Ellen Terry kam ihr zu Hilfe.

Du sagst ja.

Das erste, was Fritzi am Montag morgen auffiel, war das Vorhän-
geschloß an Al Kellys Büro.

Ihre alten Freunde hießen sie willkommen wie die verschol-
lene Königin von Saba. Jock Ferguson umarmte und küßte sie
herzhaft. Windy White, passenderweise für die Rolle des Trun-
kenbolds unter Vertrag genommen, bot ihr einen Schluck aus
seiner Flasche an, was sie dankend ablehnte. Nein, er hatte
nichts von Loy gehört – er rechne auch nicht damit.

Fritzi stakste auf hochhackigen Stiefeln aus ihrem Gardero-
benzelt. Weite Überhosen aus Schafsleder, die sie über einer groben blauen Baumwollhose trug, schleiften im Staub. Ein blauweißes Hemd brachte ihren voller gewordenen Busen gut zur
Geltung. Sie trug den riesigen Zuckerhutsombrero in der Hand,
denn er rutschte ihr bis zur Nasenspitze über die Ohren, sobald
sie ihn aufsetzte.

Auf der verglasten Bühne war ein Saloon nachgebaut worden. Fünf Komparsen aus dem Wasserloch standen herum. B. B.
saß neben der Kamera auf einem Regiestuhl.

Eddie trat mit seinem kleinen Megaphon zu ihnen, die beige-
farbene Mütze in die Stirn gezogen. Seine Reitstiefel glänzten,
und die Reithose war makellos sauber. Eddie, so stellte sie fest,
neigte in letzter Zeit ein wenig zu Großspurigkeit. Nun ja, Erfolg berechtigte zu kleinen Extravaganzen, nicht wahr?

»Wie geht es dir, Fritzi?«

»Ich komme mir in diesem Aufzug ziemlich blöd vor.« In Wirklichkeit war sie einfach deprimiert. Wie wenig hatte sich verändert! Die unbeantworteten Fragen waren geblieben. Wo war das Lachen? Es gab keines. Nur eine weitere Aufnahme. Aber schließlich war das ihr Beruf, etwas anderes konnte sie nicht. Vielleicht würde es ihr eines Tages ja wieder Spaß machen.

»Können wir eine Probeaufnahme machen?« fragte Eddie. »Zeit ist Geld.«

»Da haben wir ja einen neuen Kelly unter uns«, sagte B. B. so laut, daß es alle hören konnten.

»Fritzi?«

»Ich bin soweit«, erwiderte sie müde.

»Jock, halt dich bereit. Fritzi, du weißt, was du zu tun hast. Du kommst hereingestürmt, übersiehst den Spucknapf. Du stolperst, fällst auf den Pokertisch. Die Tischbeine geben nach, die drei Kartenspieler kippen auf ihren Stühlen nach hinten um. Möchtest du ein Polster unter dein Hemd, damit du dich nicht stößt?«

Ungeduldig antwortete sie: »Nein. Fangen wie lieber an.«

»Kamera ab!« rief Eddie. Jocks Assistent fing an zu kurbeln; Fritzi stand hinter der Kulisse neben den schmierigen Flügeln der Schwingtür und konzentrierte sich auf die Szene. Die Sonne, die durch das Glasdach fiel, blendete sie für einen Moment. Sie sah einen großen, breitschultrigen Mann, dem eine Sekretärin den Weg gewiesen hatte, auf die Bühne eilen. Etwas an der Gestalt des Mannes, an seinem selbstbewußten Gang erinnerte sie an …

Nein, sie täuschte sich. Es war nicht Loy. Es war Harry Poland.

»Kamera läuft!«

Sein Erscheinen hatte sie einen Augenblick abgelenkt, so daß ihr ganzer Einsatz durcheinandergeriet. Sie verfehlte den Spucknapf, blieb an einem leeren Tisch hängen, verlor das Gleichgewicht und stolperte mit dem Kopf voran in eine der Pappwände. Der Stoff zerriß. Eddie schrie Jock an, die Aufnahme abzubrechen. Sechs Fuß von ihr entfernt, auf der anderen Seite der Glastür stand – ja, es war Harry, der gelbe Rosen in grünem Seidenpapier schwenkte.

»Was in Dreiteufelsnamen geht hier vor?« schrie Eddie.
Fritzi zog den Kopf aus den Kulissen, unverletzt, aber verlegen
lächelnd wegen ihres peinlichen Patzers. Harry trat durch die
Glastür und tippte mit dem Finger an den Hut.

»Ein alter Freund von mir«, erklärte Fritzi. »Sein Anblick hat
mich ein wenig durcheinandergebracht.«

»Harry Poland, meine Damen und Herren«, stellte er sich vor.
»Ich erinnere mich an einige von Ihnen von meinem letzten Besuch. Ich habe eine weite Reise zurückgelegt, um Miss Crown zu
sehen – es tut mir sehr leid, wenn ich Sie bei Ihrer Arbeit gestört
habe.«

Rosetta, eine von Eddies Assistentinnen, drückte das Notiz-
buch an die Brust. »Harry Poland, der große Komponist? *The
Elephant Rag* und all die anderen Titel? O mein Gott, Eddie, er
ist berühmt.«

»Ja, aber ich muß einen Film machen«, erwiderte Eddie und
verschränkte die Arme, um zu zeigen, wie wenig beeindruckt er
war. »Na schön, Fritzi, sprich mit deinem Freund.« Eddie
winkte den anderen mit seinem Megaphon zu. »Fünfzehn Minuten Pause. Aber ich warne euch, wir müssen die Zeit heute
abend dranhängen.«

Fritzi legte den riesigen Sombrero auf einen Tisch und fuhr
sich mit den Fingern durch die wirren blonden Locken. Sie kam
sich in ihrem Westernkostüm reichlich albern vor, besonders
weil Harry wie immer geschniegelt und gebügelt aussah. Seine
goldene Uhr mit passendem Armband glänzte mit den Spitzen
seiner Schuhe um die Wette, in denen sie sich spiegeln konnte.
Er tippte sich ein zweites Mal an den Hut und reichte ihr die
Rosen.

»Oh, vielen Dank, sie sind wunderschön.« Sie sah sich nach
einer Vase um, doch natürlich gab es in einem Westernsaloon
keine Vasen. Rosetta eilte herbei, um ihr die Blumen abzunehmen, und versprach, sie sofort ins Wasser zu stellen.

Harry räusperte sich und griff in seine Jacke. Sie bemerkte gefaltete Blätter in der Innentasche, aber er ließ sie stecken und
wies statt dessen auf die neugierigen Blicken der Komparsen,
des Regisseurs, des Kameramanns, des Bühnenschreiners und
der Bühnenarbeiter. »Könnten wir uns vielleicht irgendwo un-
gestört unterhalten?« raunte er.

Fritzi zeigte auf eine Stelle weiter hinten, wo das Grundstück noch unbebaut und von Unkraut überwuchert war. » Vielleicht dort.«

»In Ordnung, geh du voran.«

Sie traten ins Freie hinaus. Harry entdeckte einen alten, verrosteten Schubkarren und setzte sich auf die Seite mit dem platten Rad. Fritzi ließ sich auf der anderen Seite nieder.

»Ich freue mich so sehr, dich zu sehen, Harry. Hast du geschäftlich in Los Angeles zu tun, oder machst du wieder Urlaub?«

»Weder noch.« Er sah sie eindringlich an. »Ein Jahr ist vergangen.«

»Stimmt.« Sie hatte es also nicht vergessen.

»Ein bißchen mehr als ein Jahr, um genau zu sein. Ich war in London, um meine neue Show vorzubereiten. Ich habe ein Lied für dich mitgebracht. Es ist noch nicht perfekt, auch noch nicht fertig, es fiel mir auf der Überfahrt ganz plötzlich ein. Wußtest du, daß John Philips Sousa *The Stars and Stripes Forever* auf ähnliche Weise geschrieben hat?«

»Tatsächlich?«

»Er kehrte, tiefbetrübt über den Tod eines Freundes, nach Amerika zurück, und der Marsch schrieb sich innerhalb von Minuten mehr oder weniger von selbst. Ich war allerdings alles andere als tiefbetrübt! Aber die ersten Zeilen sind auch mir blitzartig eingefallen.«

Er kramte das gefaltete Notenpapier hervor, das ihr schon aufgefallen war. Er räusperte sich und begann leise in einem angenehmen, wenn auch ungeübten Bariton zu singen:

»Ich geb' nicht auf,
Du gibst nicht nach,
Liebst mich bis zum heut'gen Tag
nicht so sehr,
wie ich dich mag.
Liebste, nein, ich geb' nicht auf,
warte mit Geduld darauf.
Meine Liebe reicht für zwei,
Alles sonst ist einerlei.«

Harry hob den Blick, sein Gesicht war tiefrot. »Du siehst, daß es noch nicht perfekt ist, nicht wahr? ›Meine Liebe reicht für zwei‹ – das ist schlecht, schwierig zu artikulieren. Das Problem ist …« Sein Adamsapfel hüpfte wild auf und ab, und seine blauen Augen fixierten sie mit einem Ausdruck, der ihr die Haut im Nacken kribbeln ließ.

»… das Problem ist, daß diese Worte den Gedanken haargenau ausdrücken.«

»Harry, was willst du mir sagen?« Sie hatte fast Angst vor der Antwort.

»Ich will dir sagen, daß ich dich liebe, und ich stelle mich dabei verdammt dumm an.«

Die Glut seiner Worte verblüffte sie – und schmeichelte ihr. Sie bemerkte verschwommene Gesichter, die sich an die Glasscheiben der Bühne drückten. Sie wandte ihnen den Rücken zu und klemmte die verschränkten Hände zwischen die Knie.

»Hör mal, Harry …«

»Bitte, Fritzi« – die Worte sprudelten aus ihm heraus –, »laß mich sagen, was ich dir sagen möchte und weshalb ich Tausende von Meilen gereist bin. Ich habe von diesem Land geträumt, lange bevor ich es sah. Ich habe von den unbegrenzten Möglichkeiten in Amerika geträumt, und als ich hier ankam, entdeckte ich die Freiheit, die ein Mann braucht, um seine Träume zu verwirklichen. Ich entdeckte auch neue Träume. Allein die Luft in diesem Land löst Visionen von Dingen aus, die durchaus erreichbar sind. Alle meine Träume haben sich erfüllt, bis auf einen, und das ist der wichtigste. Du, Fritzi. Dich ganz für mich allein zu haben. Bei dir zu sein, solange ich lebe. Ich habe davon geträumt, seit wir uns im Central Park begegnet sind. Ich habe mich an diesem Tag in dich verliebt, aber ich konnte nichts tun, außer ein Lied zu schreiben. *A Girl in Central Park*. Jetzt bin ich frei. Ich möchte wissen, ich muß wissen, ob es eine kleine Chance für mich gibt.«

Eine Biene summte an ihrem Gesicht vorbei. Sie verscheuchte sie mit der Hand.

»Harry, ich möchte dir nicht weh tun. Du bist ein guter, aufrichtiger Mann, ein liebenswerter Mann. Du verdienst es, daß ich ehrlich bin. Ich mag dich sehr. Ich bewundere dich über alle Maßen. Aber ich liebe dich nicht so, wie du es möchtest.«

Anstelle von Enttäuschung brach er in Begeisterung aus. »Das ist nicht nötig! Das wirst du früher oder später, dafür werde ich sorgen. Verstehst du nicht?« Er hielt ihr das Papier unter die Nase. »Ich habe dieses Lied geschrieben, um genau das zu sagen.«

Fritzi lehnte sich auf dem Schubkarren zurück und mußte unwillkürlich lachen.

»Ich muß schon sagen, du bist unglaublich siegessicher.«

»Ja, stimmt. In diesem Land werden Träume wahr, und Hoffnungen gehen in Erfüllung.«

Sie schüttelte den Kopf. »Ich verstehe es nicht. Ich meine, daß du so fasziniert bist von ...«

Er ließ das Notenblatt zu Boden flattern und nahm ihre Hand zwischen seine Hände.

»Du bist wunderschön.«

»Ach, Harry, das stimmt nicht.«

»Wunderschön – für mich. Vom ersten Augenblick an.«

Fritzi schüttelte den blonden Schopf. »Das hat mir noch nie jemand gesagt.«

»Dann wurde es höchste Zeit.«

Sie sah ihn mit einer neuen, verwunderten Zärtlichkeit an, dann lachte sie wieder, ein kehliges Lachen. »Du bringst mich fast dazu, es zu glauben. Ich könnte schön sein, in einem anderen Leben vielleicht, in einem anderen Jahrhundert.«

»In diesem Leben. In diesem Jahrhundert.« Er zog sie von dem rostigen Schubkarren hoch. »Jetzt.«

»Harry, alle sehen uns zu ...«

»Das ist mir vollkommen egal. Ich liebe dich. Du bist schön. Glaub es mir. Ich habe genug Liebe für zwei. Hilf mir, das Lied zu Ende zu schreiben, Fritzi. Hilf mir, und ich sorge dafür, daß du es keine Sekunde bereust«, sagte er, während er sich zu ihr hinunterbeugte, um sie zu küssen.

NACHWORT

Ich freue mich, endlich die weiteren Erlebnisse der Familie Crown aus Chicago vorlegen zu können. Die Post jener Leser, die *Die Flamme der Freiheit* gelesen haben, riß nicht ab, hinzu kamen aber auch E-Mails, durchschnittlich einmal am Tag – gestern zum Beispiel von einem australischen Leser –, die nach dem »nächsten Buch« fragen. Anfragen dieser Art sind ermutigend, gleichzeitig aber liegen sie einem schwer auf der Seele, wenn sich die Arbeit verzögert.

Ich habe *Sterne der Hoffnung* genausogern oder sogar lieber geschrieben als alles bisherige, und das aus zwei Gründen: Erstens ist die Zeit unmittelbar vor dem Ersten Weltkrieg historisch faszinierend. Eine alte Ordnung erstarb, was damals jedoch nur wenigen bewußt war. Barbara Tuchman verwendet in *Der stolze Turm* den Begriff »Sonnenuntergang« zur Beschreibung dieses Prozesses. In kaum mehr als zehn Jahren schlitterte Amerika und mit ihm die ganze Welt aus idyllisch goldenen Sommern des Friedens in rauhe, blutige Winter des Krieges – eines Krieges, so apokalyptisch und zerstörerisch, wie ihn sich die meisten der damaligen Zeitgenossen nicht einmal vorstellen konnten.

Zweitens konnte ich mit diesem Buch glücklicherweise den Menschen einen Lorbeerkranz flechten, denen ich in grenzenloser Zuneigung verbunden bin: den Männern und Frauen, die sich mit allen Widrigkeiten des Schauspielberufes auseinandersetzen. Da ich selbst ursprünglich Schauspieler werden wollte, habe ich Fritzi bei jedem Schritt ihres beruflichen Kampfes begleitet und es mit Begeisterung getan.

Der Hintergrund der Geschichte basiert, wie immer, auf historischen Tatsachen. Nur in wenigen Fällen habe ich einige reale Figuren zeitlich versetzt, indem ich bestimmte Filmschauspieler oder Regisseure für den Fortgang meiner Geschichte um ein Jahr zurück- oder vordatiert habe. Dabei habe ich aber nie die Leistungen dieser Menschen verfälscht, es sei denn, ich hätte

einen Schauspieler in einem ganz offensichtlich erfundenen
Film mitspielen lassen.

Fort Lee in New Jersey war der erste »Wildwest«-Schauplatz
der Filmindustrie. Tatsächlich verfolgten und störten Detektive
der Motion Picture Patents Company die unabhängigen Filme-
macher, deren Firmen auch *blanket firms*, verdeckte Firmen, genannt wurden, aus den von mir dargelegten Gründen. Das ging
bis etwa 1915, als ein Regierungserlaß die Patentverwertungsgesellschaft endgültig verbot.

Der Film *Die Geburt einer Nation* von D.W. Griffith gilt zurecht als Meisterwerk, aber gleichzeitig auch als schlimm rassi-
stisch. Als der große Regisseur die Romanvorlage von Thomas
Dixon in einen Film umsetzte, war unser Land erst ein halbes
Jahrhundert von dem Krieg entfernt, der uns zunächst ausein-
anderriß, dann aber die Freiheit des Individuums neu definierte
und uns auf einen neuen und besseren Weg brachte.

Noch immer erfüllte leidenschaftliche Verbitterung die Be-
siegten, zu denen auch Griffith' Vater gehörte. Die Geisteshal-
tungen, die sein großangelegter Film widerspiegelt, gibt es leider immer noch in unserem Land; sie belasten uns bis auf den
heutigen Tag.

Charlie Chaplin hat nie bei der britischen Armee gedient. Im
Grunde war er für die moralische Unterstützung der Truppen
viel wertvoller. Es gab keine beliebteren Filme bei den Soldaten
als die Charlie Chaplins.

Das Idol von Fritzi, Ellen Terry, stand 1916 zum ersten Mal
vor der Kamera. Sie trat in einer Produktion der British Ideal
Film Company auf, in *Her Greatest Performance*, *Ihre größte
Rolle*. Sie spielte in diesem Film einen Bühnenstar, der mit seiner
Schauspielkunst einen unschuldig des Mordes angeklagten
Freund zu retten vermag. Ellen spielte noch in einer Reihe weiterer Filme mit, bevor sich ihre Karriere dem Ende zuneigte,
und ich nehme an, Fritzi hätte angesichts dieser Kapitulation
vor dem neuen Medium eine gewisse Befriedigung empfunden.

Höchst eindrucksvoll beschwören die Bücher des britischen
Filmhistorikers Kevin Brownlow die Ära des Stummfilms. Sie legen eine vollständige Chronik dar, die nur noch übertroffen
wird von der Thames-Television-Produktion *Hollywood*, einer Serie, deren Drehbuch und Regie von Brownlow und David Gill

verantwortet werden. Ursprünglich wurde die dreizehnstündige Produktion, durch die James Mason führt, vom staatlichen Sender PBS in den Vereinigten Staaten gezeigt. *Hollywood* umfaßt einen Zeitraum von dreißig Jahren Filmgeschichte, beleuchtet jeden Aspekt, von Stunts bis zu Sexskandalen, und legt in seiner ungewöhnlichen Gesamtlänge anschaulich dar, weshalb die Stummfilme in den Jahren unmittelbar vor *Der Jazzsänger* zu einer Kunstform wurden, die man auf der ganzen Welt verstand und liebte. Diese großartige Serie findet man als Sammelwerk in vielen Videokatalogen.

Die Beschreibungen der Fabrikanlage der Ford Motor Company an der Piquette Avenue stützen sich auf die im Henry-Ford-Museum befindlichen Grundrisse. Sie wurden 1953 von einem ehemaligen Arbeiter der Fabrik aus dem Gedächtnis gezeichnet.

Noch immer fahren die Züge der New Yorker Untergrundbahn durch City Hall, den schönsten der alten Bahnhöfe. Doch schon seit einiger Zeit halten sie dort nicht mehr, der Bahnhof ist für die Öffentlichkeit gesperrt.

Die grundlegenden Vorarbeiten zu *Sterne der Hoffnung* fanden in der Thomas-Cooper-Bibliothek an der University of South Carolina statt, die mir die Ehre erwies, mich als Mitglied der Forschungsabteilung ihres Department of History zu führen. Dr. George Terry und die Angestellten der Bibliothek sind in ihrer Hilfsbereitschaft unermüdlich.

Zu den Mitarbeitern der örtlichen Bibliotheken, denen ich danken möchte, gehören Donna Errett, Leiterin der Hilton Head Island Branch Library, und ihre Kollegen; Jan Longest von der Bibliothek der Beaufort-Außenstelle der University of South Carolina, Hilton Head; und Angestellte der öffentlichen Bibliothek von Greenwich, Connecticut, unter der Leitung von Elizabeth Mainiero.

Weitere Fachinformationen lieferten mir mein Freund und Kollege Ken Follett; Carl und Denny Hattler; mein Schwiegersohn Bruce Kelm aus Santa Rosa; der Braumeister Tim O'Day; mein Freund und manchmal auch Schreibpartner, der Komponist Mel Marvin; mein Schwiegersohn Dr. Charles Schauer aus Jacksonville; Dan Starer aus New York City, auf den ich mich immer verlassen konnte; mein Freund und Nachbar Willis O. Shay, Esq.; mein Kollege bei den Western Writers of America;

Dale L. Walker aus El Paso; und Raymond Wemmlinger, Bibliothekar und Kurator der Hampden-Booth Theater Library von The Players in New York. Besonderer Dank auch noch dem Panhandle-Plains Historical Museum in Canyon, Texas.

Wie immer muß ich auch diesmal darauf hinweisen, daß keine der genannten Personen oder Einrichtungen für die letztendliche Auswertung des mir zur Verfügung gestellten Materials verantwortlich ist. Diese Verantwortung liegt einzig und allein bei mir.

Besonders hervorheben möchte ich vier Menschen, deren ermutigende Worte, deren Begeisterung und redaktionelle Fähigkeiten in den verschiedenen Stadien der Entstehung des Buches dazu beitrugen, daß das Manuskript Fortschritte machte: in London Barbara Boote von Little, Brown UK; Andrew Nurnberg, mein Literaturagent für Europa; in New York der Rechtsanwalt Frank R. Curtis, Esq., und Genevieve Young.

In meinem Verlagshaus Dutton Signet stehe ich tief in der Schuld der Lektorin Danielle Perez, deren großartiges Gespür für eine Story und deren flinker Bleistift Stärke 3 die Vollendung des Manuskripts zur wahren Freude machte. Ebenso danke ich Elaine Koster für ihr Vertrauen in dieses Buch.

Außerdem möchte ich mich bei Herman Gollob bedanken, der mir half, die Familie Crown zu entwerfen und zu formen, *Die Flamme der Freiheit* edierte und vor seiner Pensionierung einen wesentlichen Beitrag zur Planung dieses Romans leistete. Julian Muller, Joe Fox, Herman Gollob: In den letzten fünfzehn Jahren hatte ich das Glück, von drei Großen des Verlagswesens betreut und gedruckt worden zu sein.

Zum Schluß, wie immer, bedanke ich mich bei meiner Frau Rachel für ihren Beistand, ihre liebevolle Unterstützung und ihre unerschütterliche Ermutigung.

John Jakes
Hilton Head Island SC –
St. John USVI – Greenwich CT
2. Oktober 1995 – 25. September 1997

Der Autor ist auch im Internet vertreten:
www.johnjakes.com

WENN DIE
MÄUSE
KATZEN
JAGEN

THRILLER

JAMES
PATTERSON

Gleich zwei psychopathische Serienkiller halten die Welt in Atem:
Gary Soneji, seit seiner frühesten Kindheit fasziniert von »Jahr-
hundertverbrechen«, die er durch Intelligenz und Raffinesse
noch zu übertreffen versucht, und der geheimnisvolle »Mr.
Smith«, ein skrupelloser Mörder, dessen blutige Spur sich ohne
erkennbares Muster durch Europa und die USA zieht. Beide Killer
sehen in Alex Cross, Polizeipsychologe in Washington, DC, mit
Sinn für Familie, Freunde und Musik, den einzig adäquaten Gegner in ihrem tödlichen Katz-und-Maus-Spiel. Und so beginnt Alex
Cross' gefährlichster Fall, vor allem als Soneji schwört, ihn und
seine Familie zu töten ...

»Die Story gleicht einer Fahrt mit einer Achterbahn, deren Bremsen versagen!«

Chicago Tribune

»Garantie: Spannung bis zur letzten Seite.«

Kölner Express

ISBN 3-404-14342-6

BASTEI
LÜBBE